鸦片战争三部曲

烟河

River of Smoke

Amitav Ghosh

阿米塔夫·高希〔印度〕——著

郭国良　李瑶——译

人民文学出版社
PEOPLE'S LITERATURE PUBLISHING HOUSE

著作权合同登记号　图字 01-2016-4665

RIVER OF SMOKE

图书在版编目(CIP)数据

烟河/(印)高希著;郭国良,李瑶译.—北京:人民文学出版社,2016
ISBN 978-7-02-011641-6

Ⅰ.①烟…　Ⅱ.①高…　②郭…　③李…　Ⅲ.①长篇小说-印度-现代　Ⅳ.①I351.45

中国版本图书馆 CIP 数据核字(2016)第 095730 号

责任编辑　**陈　旻**
特约策划　**彭　伦　姚翠丽　杜　晗**
封面设计　**高静芳**

出版发行　**人民文学出版社**
社　　址　**北京市朝内大街 166 号**
邮政编码　**100705**
网　　址　**http://www.rw-cn.com**

印　　制　**山东德州新华印务有限责任公司**
经　　销　**全国新华书店等**

字　　数　**350 千字**
开　　本　**890 毫米×1240 毫米　1/32**
印　　张　**15**
版　　次　**2016 年 8 月北京第 1 版**
印　　次　**2016 年 8 月第 1 次印刷**

书　　号　**978-7-02-011641-6**
定　　价　**49.00 元**

如有印装质量问题,请与本社图书销售中心调换。电话:01065233595

献给母亲
八十岁诞辰

目录

第一部

岛

第一章

迪提的神龛隐匿于毛里求斯岛深处的一处悬崖之上，海岛的西海岸与南海岸在此处相遇，历经长年风霜雨露形成了莫纳山。神龛之所算是一处地理上的奇迹——山洞是千百年的风吹雨刷形成的，当中矗立着一根石灰岩——这山中也是独此一处。每当迪提晚年讲起选址一事，她常说不是出于偶然而是命运之神的指引——此地若非亲临，这奇美断是无法想象的。

卡阿家族的农场在海湾的对面。当迪提已近晚年之时她的双膝因为关节炎变得僵硬，所以她自己无法登山来到神龛。她自己无法走动，就只能靠别人抬着为她特制的蒲蒲——又像轿子又带着罩箱。所以每次去神龛的拜祭都是一次大规模的活动，卡阿家族的许多男性成员都需要参加，尤其是年轻力壮的。

要动员起整个家族——克利奥尔语称为卡阿之家——并非易事，因为家族人丁兴旺，散居于岛上及岛外各地。每年仲夏，族中每人都尽力汇聚于此，因为这是新年之前的圣节季。从前一年的十二月中旬整个家族就开始准备，等到节日季伊始，整个家族就开始上山；队伍中还有外甥、嫂子、弟妹、姐夫、妹夫和其他旁系亲属。卡阿家族的方阵会在田地里集合，然后像个钳子一样向山上行动：有些坐着牛车从雾霭环绕的高地居尔皮普和卡特勒博尔纳过来；还有的乘船从路易港和马埃堡赶来，他们从很远就会看到云雾缭绕着的莫纳山山尖，朝着它一直驶到海岸边。

山顶之行要依天气行事，因为越向山顶，越风高路险，所以必择晴天出发。如果觉得吉日已到，吉日前夜就要开始作山顶之行的安排。山顶神龛礼拜之后的宴会是最令人期待的，族人无不满怀激动与期许地开始宴会的准备工作：锡顶的屋子里菜刀、磨罐、研钵和擀面杖的声音此起彼伏，有擀马萨拉[①]皮儿的，有拌酸辣酱的，成堆的蔬菜都切成了馅儿，等着夹进薄饼和豆炸饼里。

天亮以后，迪提会亲自检查，让每个族人都洗得干干净净，而且任何人都不得吃下一口食物——和其他朝圣礼拜一样，朝圣者的身体，不论内外都不得受到污染。迪提总是第一个起床，她拄着拐杖，挨个去敲每间小屋的木门，用她的比哈尔语和克利奥尔语混合的独特语言叫醒族中的每个人：起床啦，邦瓦里！穆派丽！快起来！还没起？

等到全族人都起床时，阳光已经照亮了萦绕莫纳山山顶的云朵。迪提乘着马车拉着的车厢走在整个队伍的最前面，全族人缓缓走出田地，穿过大门走下小山，朝着连接这座小山与岛屿的地峡走去。所有的车马只能走到地峡处，行近此地大家纷纷下来。迪提则上了蒲蒲，由年轻人轮流抬着继续前进。她的坐轿依然走在最前面，穿过莫纳山脚下那些浓密的绿林。

山顶之行最后那段最陡峭的险路之前有一处开阔的平地，族人会在这里歇息片刻，缓口气时可以一瞰脚下壮阔的丛林与群山，两旁是呈扇形的海岸与沙滩。

只有迪提对这片美景没有那么赞叹。所以，没过几分钟，她就会催促每位族人：起来！我们不是上这来看风景的，不能一天都在聊东聊西的。不行！谁都不行！

借口说腿疼头晕根本没用；那样只会招来迪提大吼一声：快站起来！

其实，想要让大伙儿都行动起来也并非难事；因为都饿着肚子走了这么远，心里盼望着朝拜后的大餐，每个人都迫不及待地想要结束此行，尤其是孩子们。所以青壮年们再次抬起迪提的蒲蒲走到队伍的最前方：他们

---

① 马萨拉，印度食品，五菱菜饺。

沿着一段陡峭的小路向上，一路可听到脚踩在石子上的沙沙声响，然后再绕过一处山脊。随后马上就可看到莫纳山的另一侧，此侧山体多悬崖峭壁，直削入海。刚一转入此侧，就能听到海浪拍打峭壁的巨响，振聋发聩；厉风刮着每个人的脸庞。这是此行最险的路段，风力最劲。所以此处不得停留，更不能欣赏环绕周遭的风景，这里海天一体，浑然天成。谁要是停了下来准会挨到一记迪提的拐杖：快走……

只要再走一会儿，就到了神龛入口处的石壁处。族人都称这处天然的奇观为密坪，就算是建筑师也设计不出一处更合适的神龛之所：洞的地面宽阔平滑，头上的石壁是神龛的天花板。还有一处看上去就像阴凉的阳台，因为这洞中竟然还有一排栏杆扶手，是长节的植物攀长在石壁上形成的。如果你足够勇敢，不会轻易头晕，就可以从一旁探出身望下去，看到海浪冲拍着悬崖：这些碎浪都是南极洲的冰川水随洋流至此，有时即使天晴无风，海浪也会汹涌地冲击山脚，似乎这傲慢的雄山阻挡了它向北的旅程，誓将它扫平。

密坪纵有着奇工巧匠的设计，来者若要坐在洞中，一应的碎浪山景却都会隐而不见——那些长节的植物一面围护着阳台，一面也挡住了山下的大洋。石壁上的这处阳台正是大家围坐的好地方。有些从外国过来的表亲们误以为密坪得名于此——大家都聚坐于此，这不正是小广场之意吗？而且四处封闭，正合密室之名。可是，只有操印度语的布道者才会这样想：岛上土生土长的人都知道，在克利奥尔语中，“密坪”这一词语还意指用来擀面皮的平盘（在他们家乡那儿叫做“大板”）。迪提的密坪就位于石灰柱旁石洞的正中央：其实它是一块巨大的圆石，历经千年的风霜雨露被磨成了顶上平滑的巨石。族人一落下脚，女人们就开始忙活开来，擀起了比纸还薄的面皮、面饼，里面裹上前一晚准备好的美味馅儿料：都是岛上最可口的蔬菜切碎和成的——有紫色芋头、绿色蔬菜和干菜。

几张迪提这段时期的照片一直保留至今，其中有几张还是用很漂亮的银板照相法留下的。其他有一张是在密坪照的，迪提占据最突出的位置，还是坐在蒲蒲上，双脚搁在地面上。她身着莎丽，但与照片中其他女人不同，她撩起了头纱，露出了花白的头发。莎丽的面纱垂在肩膀上，脖子上挂着许多钥匙，这象征她仍在主持家族事务。她的脸庞依旧黝黑，圆圆的脸上多出了几道深深的皱纹：银板照相法拍得很清晰，让人感觉仿佛可以抚摸到她皮肤的质地，就像那种皱皱的、略有些僵硬的皮革。她的双手叠放在腿上，身体倾向一边，看上去却并没有平和感觉：双唇紧闭，眼睛斜盯着镜头。一只眼睛因为患了白内障，空洞地折返了光线，而另一只却目光凌厉而坚毅，照片中仍能清楚地看到她那独特的灰色瞳孔。

通往神龛内室的入口扭头可见：那不过是石壁上的一处裂缝，裂缝看上去非常窄，根本无法想象那后面竟然是一处巨大的山洞。照片的背景中可以看到一个缠着腰布的大肚子男人，他正催着族里的孩子们排成队，等会儿好跟着迪提走进神龛的内室。

接下来的仪式过程同样也是不可违背的：迪提要负责从最小的孩子们开始进行拜祭，这样他们便可以最先开始吃饭。她一手拿着拐杖，另一手举着蜡烛，召唤着所有年轻的卡阿族人——小姑娘和小伙子们——快速穿过像大厅一样的山洞，走进神龛最深处的密室。这些饥肠辘辘的年轻人快步跟上迪提，很少有人会注意密室外洞壁上的壁画。他们几乎是跑向迪提称为“拜祭室”的地方：这是石壁中很小的一个内洞，深深地藏在最里面。如果这个神龛只是一处普通的寺庙，此处也应是最核心的位置——这儿供奉着众多神像，他们围簇着一位在印度教众神中并不很有名的神像：风暴之神玛鲁特和哈努曼[①]之父。在这里，伴着闪动的油灯灯光，族人们会举行一场简短的拜祭，口中念叨着佛语，低吟着祈祷。接着，每个人会送上一捧香蕉花，然后再吞下一口供品。孩子们会蹦蹦跳跳地回到密坪，他们大声喊道：开餐了！开餐了！——但其

① 哈努曼，印度教中神名，是罗摩神的崇拜者。印度教守护之神毗瑟挐的第七个化身，其身形为猴面人形。

实那里连张桌子都没有，只有一些香蕉叶，也没一把椅子，只有些床单和垫子。

这些饭食基本上都是素斋，而且必然也都做得口味清淡。因为都是室外点火烹制，用的都是最粗制的盛具：面饼面皮是主食，只能就着炸菜团、番茄和花生制成的酱以及罗望果等制成的酸辣酱，再吃上一口咸菜或两片腌柠檬或三捻树果，有时也许还会有热乎乎的辣椒和柠檬做成的酱——当然，肯定会有卡阿家族自己养的奶牛挤出的牛奶制成的酸奶和酥油。这些饭食都是最简化的，可等他们消灭了所有的食物，一个个都瘫靠在石墙上，抱怨自己实在胡吃海喝得太多，肚子都开始不舒服地咕噜起来，真是不该吃这么多，等等。

多年之后，由于飓风侵袭，这处绝壁塌入了海中；飓风之后的雪崩让神龛也坠入海中。当年那些参加过朝圣的孩子们记得最清楚的只有面皮和面饼、蔬菜和毛里求斯酸辣酱、酸奶和酥油。

等大餐过后，油灯都点上了，孩子们就回到神龛外面的石洞中，然后看着石壁上那些画出神。迪提称之为“回忆之庙”。

家族中的每个孩子都知道迪提是如何学会画画的：是在“那地方”，在印度斯坦，在她还是孩子的时候，祖母就在她出生的那个小村子里教她的。村子位于比哈尔的北部，名叫诺扬布尔。那里可以看到两条大河——恒河和卡兰纳萨河——汇流于此。那里的房子和岛上的造型完全不同——没有锡顶，也不见任何金属或木制材料。在“那地方”人们住的都是泥土造的房子，上面盖着茅草，抹上牛粪。

在诺扬布尔，大多数人家的墙上都是空白的，但迪提家与众不同：祖父年纪轻轻就在家乡向东六十英里处的达尔彭加当上了军官。他在那儿服役时娶了旁边村落里一户拉其普特[①]人家的姑娘。等他后来退役回到家

① 拉其普特人，印度种姓之一，指印度北方一部分专操军职的人，自称是古印度武士种姓刹帝利。

乡，妻子也随他一起来到了诺扬布尔。

“那地方”胜于毛里求斯，每个城镇村庄都有自己引以为傲的东西：有的是以陶器闻名，有的是自产酱的风味；还有的是愚蠢的当地人，有的是自己种的稻米。祖母的家乡叫默图伯尼，那里最有名的就是装饰漂亮的房子和粉饰精美的墙壁。她搬到诺扬布尔的时候，也把自己在默图伯尼的秘密和习俗带到了那里：她教会了自己的女儿和孙女儿们如何用稻米面将墙刷白，如何用水果、花朵以及有色泥土调制出各种鲜活的颜色。

迪提家的女孩们都各有专长，而她最擅长绘出凡人们在提婆、天神以及邪神脚下玩耍嬉戏的图画。她笔触下那些活灵活现的小人物常常有着她周围人的特征：这一众人等都是她最爱的人，其中也不乏一些她最惧怕的人。她喜欢先勾勒出轮廓、侧影，然后再加上此人最突出的特征，因此，比如说她笔下的大哥，原来在东印度公司下的部队里当兵，他的画像里就总会有一把还冒着烟的来复枪。

迪提结婚之后也离开了家乡，但她发现夫家对她从祖母那儿学来的手艺并不欢迎，他们这里的屋墙上从没有一道粉刷的痕迹，更不要提什么色彩了。可是夫家的人总不能不让她在树叶和破布上涂涂画画吧，而且也不能剥夺她在拜祭室做礼拜的权利：她的拜祭室只是一间很小的壁龛，这里是她所有梦境与幻象的圣所。在她那长达九年的首段婚姻中，画画不仅是一大自我慰藉，更是对悠悠岁月的记载：迪提没有念过书，这是她记录生活细节的唯一途径。

后来，在卡鲁阿的帮助下，迪提逃离了那段不堪的生活，但画画这一习惯她一直保持着，而卡鲁阿也成了她的第二任丈夫。在他们刚刚踏上前往毛里求斯的路上，迪提才发现自己已经怀上了卡鲁阿的孩子——而且，据说正是她的儿子吉林指引她找到了此处神龛。

以前，迪提曾在莫纳尔湾另一侧一处新开辟的种植园做一名苦力。种植园主是个法国人，在拿破仑战争中负了伤，身体和精神上都遭受了创伤：他带着迪提和另外八名“朱鹭”号上的苦力来到这个岛上的一角，因为他们都被卖给了这名种植园主。

当时，此种植园是毛里求斯岛上最偏远、最荒无人烟的区域，所以其价格尤其低廉：这里几乎没有可以通行的道路，供给几乎全部要靠船运。有的时候几乎断了粮，苦力们只能去旁边的丛林里去搜寻食物以填饱肚子。莫纳尔山上的丛林长得最为茂密，但却少有人登上这面的山坡——因为这座山被认为是邪恶之所，据说成百上千的人都丧命于此。奴隶制还在实行的时候，莫纳尔山因其险峻而成为逃亡奴隶的不二栖身之地，当时有很多成功逃脱的奴隶都在莫纳尔山中定居了下来。直到毛里求斯在 1834 年废止奴隶制之后，逃亡者之家——克利奥尔语中称为“栗色之家”——一直留存于此。由于不了解山外的变革，这些栗色之民一直在莫纳尔山中过着他们早已习惯的生活——直到有一天，大批军队来到山中，向他们奔袭而来。他们根本没有把这些军人当作传递自由解放的信使——这些栗色之民以为他们是来擒拿他们的，便纷纷跳崖逃命，但都摔死在了下面的巨岩之上。

迪提和她船上的那些朋友从“朱鹭”号上被带到海湾另一侧的种植园的时候，那起跳崖的惨剧刚刚发生了几年，所以悲戚的血腥记忆还浸染着莫纳尔山下的景色。苦力们每每听到山中风声的呼号，便认为是那些逝去的冤魂在恸哭，心怀如此恐惧，苦力中断无一人敢踏足此山。

迪提和其他苦力一样，对莫纳尔山也充满惧怕。她一岁大的儿子已经断了奶，种植园又时常断粮，小宝宝就只能吃挤碎的香蕉。莫纳尔山上有大片香蕉树，迪提有时会鼓起勇气，把儿子绑在后背，穿过地峡来到山上。有一天，一场骤风暴雨把迪提困在了山上。等她注意到要变天的时候，海浪已经腾起，淹没了地峡；她已没办法回到种植园去，只能硬着头皮沿着一条小路上了山，希望可以找到一块能躲风避雨的地方。其实，这条杂草丛生的小路是从前的栗色之民们开凿出来的，它沿着山坡直通山顶，绕过山脊，直达一处石洞——这里就是后来迪提家族的密坪。

当迪提跌跌撞撞绕过那处山脊时，终于找到了一处遮风避雨的地方：

她打算就在那里等着风暴过去，自己却不知道这不过是一处较为安全隐秘之所的入口。据家族传说，是吉林首先发现了那处通向神龛的裂缝：迪提当时把他撂在地上，想把之前采来的香蕉放好。话说吉林是个很爱爬的孩子，不出几秒钟的时间，等她一回头就发现孩子已不见了踪影。

她惊叫一声，以为他滚下了山脊，摔到了山脚的岩石上——但接下来听到石缝中传来吉林咯咯的声音。她四下找寻也没有看到孩子，便走到了裂缝处，先用手指触了一下边缘，然后把手伸进裂缝里。里面感觉很凉爽，而且似乎空间更大，她这才迈步进去，当时差点踩到自己的孩子。

等眼睛适应了里面的黑暗，她才知道这山洞里原来是有人住过的：墙边上堆放着柴禾，地上还碎着很多火石。洞里的地上到处都是果壳，她踩在尖利的炮弹果壳上，差点划伤了脚趾。在洞中的一处角落，有一块已经干硬的大便，由于时间久远早没了臭味：可奇怪的是，这种东西不论在哪儿总会让人感到莫名的恶心，此时看到却让迪提心里多了份踏实，这说明这个山洞里住过的是实实在在的人，而不是什么鬼魂、妖怪或恶魔。

后来风暴来袭，只听得疾风怒号，迪提垒起一些柴禾，用地上的火石生起一小堆火：火生起来之后，迪提发现在洞内灰白的石墙上有些地方用木炭画上了壁画；有些像是人形，但看上去都是小孩儿涂画上的。外面呼号的风声把吉林吓得哭了起来，迪提看到了墙上这些多年前的图画，自己也心生一念，她也可以在这墙上作画嘛。

她对儿子说道：看，你的爸爸，他也在这儿，有他陪着我们。所以别怕了；爸爸就在我们身边……

这是她在洞中画出的第一笔画：比真人还要大的卡鲁阿的轮廓。

随后的年月里，她的孩子和祖孙们常常会问起，为什么神龛的墙上没有画她自己。为什么没有描画她在种植园里那些年的经历？为什么多是自己的丈夫和那些同她一起来到此地的难民？她就答道：对于我来说，你们祖父并不单单只是一幅画中的形象；他就像真人一样存在；他就是真理。每次我费尽力气来到此地，就是为了和他在一起。我这一生中的每一天的第一秒都是煎熬：我来到这里，就和他团聚了。

*

要欣赏神龛内的所有壁画，总是要从那幅比真人还要大的轮廓人形开始：这幅画作就像卡鲁阿真人一般，比任何人都要高大、壮硕，像克利须那神一般黝黑。虽然是以轮廓呈现，但他高高地踞于墙上，如同至高无上的法老一般，腰间系着腰布。但他的脚下写着他的名字，这显然出自他人之手，这名字是他在加尔各答的难民场临时取的——“马道·卡阿”——名字周围还画有漂亮的涡旋花边。

和其他朝圣拜祭一样，卡阿家族到神龛的拜祭活动也要遵循很多固定仪式：习俗规定了环拜的方向以及参看壁画的顺序。在家族先父的画像之后，便是一长幅壁画，族人都称它为“分离”（*Biraha*）：这个下面没有刻字也没有壁画，但每个卡阿家的人都知道它的名字，就连最小的女孩和男孩都知道这里记录了他们家族历史中最重要的一个转折点——迪提与她丈夫分离的时刻。

族人对此都有了解，当他们从印度来到毛里求斯，完成穿越黑水之旅的时候，迪提、卡鲁阿和很多卖身的契约工都是乘坐“朱鹭”号的。不过他们到底是如何踏上这次惊险之旅的，族人不得而知，但人人知晓他们一路受尽折磨，卡鲁阿最终出于正当防卫而被判处死刑。但死刑还未执行，黑水上空风暴骤起，将“朱鹭”号几乎吞没。卡鲁阿和船上的另外四个苦命人，一起乘救生船得以逃脱死刑之罚。

卡阿家族中，一直由族长讲述祖先们如何从“朱鹭”号上惊险逃生：所以族中所有人对这段往事的熟知不亚于古罗马人对“鹅救罗马”① 的烂

① 公元前 390 年，克尔特大军乘节日狂欢之夜偷袭罗马，守城的士兵因节日痛饮纷纷沉睡，竟未能发觉。幸亏罗马士兵养的鹅，乱叫起来，这才惊醒了罗马人，将敌人击退。这就是著名的“鹅救罗马”的故事。现在，在罗马城里，还有一座鹅纪念碑，上面塑有一只引颈高亢的鹅，以表彰鹅的功绩。

熟于心——这些故事无不透露出一丝丝的命运与自然相交织的神秘，让你不得不相信命运的造弄。在迪提的绘画中定格的是那艘如命运一般的救生船被怒浪从“朱鹭”号旁卷起的瞬间：“朱鹭”号宛如一只神秘变幻的大鸟，船头是它尖尖的鸟喙，身后是两面巨大翅膀一般的船帆。逃生的小船在它右侧，只相差一英尺左右的距离，但却被两波巨浪生生地与“朱鹭”号隔了开来。与这艘纵帆船的大鸟造型相互对应，救生船被刻画成一条半浸在海水中的鱼；是它带领祖先脱难的，也许是为了强调它的重要性——这艘船的大小被大大地夸大了，从画面上看，它的大小几乎和“朱鹭”号相当。两艘船上也都画上了人物，纵帆船上有四个，救生船上有五个。

为了让奇迹成为日常生活的内容，办法之一就是一再地重复讲述：虽然故事梗概已经为人所熟知，但族人仍喜欢问迪提同样的问题：她是如何带领家族来到这处神龛的？

这个？女孩和男孩都会大叫起来，纷纷指着图上的人，这个？这个？

但关于这个，迪提一如以往，有着她自己的仪式。不论这些小孩子们怎样叫嚷，她总是几十年如一地开始她的讲述，她举起自己的拐杖，指向救生船那五个人影里最小的一个。

那就是！看到那个长着三条眉毛的了吗？那是乔都，那个印度水手——他是和你们的波莱特姨妈一起长大的，他就像她的哥哥一样。那边那个，头上绑着头巾的就是水手长阿里——他是当船长的好手，而且聪明得跟机灵鬼一样。那两个是船上的犯人，他们是要被押到毛里求斯服刑的——左边那个，他的父亲是孟买的一个大老板，但他的母亲是个中国人，所以我们都叫他清人，但他的名字其实叫阿发。另外一个犯人就是你们的尼尔叔叔，他最喜欢讲故事了。

讲到这里，她的拐杖头就会移向高大的麦道·卡阿的身影，他身子高高、直直地站在船的中间。这五个人中只有他的脸是背过去的，好像正在看着“朱鹭”号，向他的妻子和还未出生的孩子道别——画中，迪提的腹部已经高高隆起了。

瞧那里！“朱鹭”号的甲板上就是我，还有你们的波莱特姨妈在旁边，巴布·诺伯·凯辛在另外一边。站在后面的那位就是扎卡里大副——扎卡里·瑞德大副。

迪提的位置在整幅图中安排得最有深意：其他人都站在自己的船上，但她不一样，她画得好像自己悬在空中，离开甲板。她的头稍稍向后倾斜，这样她的目光就跳过卡鲁阿的肩膀，落在那怒嚣的黑水之上的天空中。就像整幅壁画的其他元素一样，迪提的头这样略显刻意的一倾，让整幅画都有了一丝静谧的感觉，似乎在昭示着接下来的故事会慢慢展开，自有安排。

但若有人提出这样的疑义，迪提就会生气地反驳：你们是笨狗吗？别说那些无趣的话了：这整个传奇，从开始到结束不过就几分钟，而且这几分钟就像一瞬间，完全是手忙脚乱，一团混沌，一切都乱了套。相信我，那五个人得以逃脱，完全是个奇迹——而且所有这一切，如果不是因为水手长阿里，都是不可能实现的。是他设计了这次逃跑，就是那个人；都是他的设计。所有的印度水手都参与其中，当然，由于他们计划周密，船长怎么也没办法给所有水手定罪。那真的是瞒天过海，怕是只有像水手长那样鬼头鬼脑的家伙才设计得出来：他们一直等着风暴把所有的警卫和监工都逼到甲板下面，回到他们自己的房间，然后把这些人都锁在了下面。水手长计算好时机，等那两个老爷到甲板下换班的时候再逃出来。清人阿发是腿脚最快的，他负责锁住老爷的舱门——但没想到的是，阿发竟然用一把鱼枪把大副的肋骨刺穿了，送他上了西天——但那是后来发现他们乘船逃走之后我们才知道的。乔都把我放了出来，我到了甲板上，以为自己失明了。因为那天晚上真的是一片漆黑，只有闪电的时候才看得见东西——而且，暴风雨夹着飓风，那一声声轰隆隆的雷鸣，似乎是要震破你的耳朵。我的任务就是把你们的祖父从桅杆上解下来，他们当时把他绑在上面，伴着那么大的风和雨，你们想象不到那有多困难……

顺着她的讲述，大家都以为这一系列的疯狂举动最多不会超过几分钟——但是，迪提依然娓娓道来，她说这一分别在她记忆中足足有一两个小时那么长。而关于那晚的故事中的不解之处还不止这一处呢。后来，波莱特证实了一点，从卡鲁阿被放到救生船上，一直到扎卡里把他们赶下甲板处，她一直都待在迪提身旁；而这整个过程，她发誓，迪提的双脚从未离开过“朱鹭”号的甲板，一秒钟都没有。但她的坚持丝毫不会改变迪提的讲述：她一直坚称，之所以将自己画成悬在甲板之上，是因为自己被一种无形的力量，许是那如有神助的风暴，托了起来而后旋向空中的。

但凡听过迪提讲述的人都可以深深感受到，迪提笃信自己被风托向高处，她才可以向下俯看一切——没有一丝恐惧抑或惊慌，而是充盈满心的平静。似乎风暴之神挑中了她作为自己的知己，凝固了时间，将自己的眼睛借予迪提；就在那一瞬，只有她可以洞悉风暴中的一切：她看到了“朱鹭”号，看到了后甲板的舷梯下四个人相互紧抱，而迪提自己也身在其中；在纵帆船的东面，她看到一排小岛，被很多深深的河道划开；她还看到一条条钓鱼的小船，停靠在海湾和港口处，还有些其他样貌奇怪的船只在河道中行驶。而后，就像父母指引着孩子去发现某些有趣的东西一样，风暴托起了她的下颚，让她的目光落在被这风暴困住的一艘船——就是“朱鹭”号上逃走的救生船。她看到那几个逃亡的人利用风暴之眼的平静，快速穿过黑水来到最近的岛上；她看到他们跳下救生船，让她惊讶的是，这几个人竟将救生船翻了过来，推到了水里，让海流将它卷走……

迪提后来一直坚持，虽然只有几秒钟的时间，但所有这一切——这些景象和人物——她都看得真真切切。如果她说的是真的，那说明这一切绝不仅仅只有几秒钟——因为风暴之眼的平静不可能单独只为那几个逃亡的人服务，船上的警卫和监工也会抓住这一时机的。风势渐渐减小，他们已经开始在敲自己船舱的门栓了；而且其实只有一两分钟那门栓就被敲开，他们就会拥上甲板的……

是扎卡里大副救了我们，迪提说道，如果不是因了他，那肯定是个灭顶之灾——那些佣兵和监工如果看到我们三个在甲板上，不知道他们会怎么收拾我们。但大副扶我们起身，把我们推回了关着其他苦力的下层船舱。多亏了他，那些警卫和监工拥上甲板的时候，我们已经下去了……

而之后的事情，他们——迪提、波莱特，还有舰舱里其他的苦力——就只能靠猜测了：在风暴之眼那短短的平静之后，又是狂风大作，好像风暴又攫住了"朱鹭"号，甲板上有好多的脚步声，只听到他们叮叮咣咣跑来跑去。之后又是一阵飓风刮来，什么都听不到了，满耳都是呼号的飓风和倾泻的暴雨。

直到后来，苦力们才听说，那晚上发生的一切都怪罪到了扎卡里大副的头上——犯人的逃跑、水手长和印度水手的叛逃与叛变，甚至是大副的死——所有这些与他本没有任何干系的罪责都扣到了他的头上。

在下层船舱里，苦力们根本不知道发生了什么，而最后终于出来放风的时候，监工们就告诉他们那五个人都死了。救生船也找到了，已经破了个大洞底朝天了，所以那五个人肯定也难逃一死。而扎卡里大副被紧紧地锁铐了起来，因为船长不得不压制住那些暴怒的监工们，承诺一到路易斯港就把他交给当局处置。

你可以想象这样的消息定会在我们中间引起轩然大波，印度水手们为水手长阿里的死而悲痛，苦力们都哀悼起卡鲁阿，波莱特为乔都落泪，因为他就像她的哥哥一般，当然她的眼泪还为扎卡里大副而流，因为他是她的爱人，她已经将心交给了他。告诉你们，我是当时唯一没有掉泪的人，因为只有我最清楚。我轻声地告诉你们的波莱特姨妈，听着，别担心，他们都没事儿，那五个人；因为是他们把船又重新推回到海里，这样船上的人就会以为他们全都死了，不再去追寻他们的下落了。而扎卡里大副，也不要担心，他肯定自有安排——你要相信他。的确，没过两天，有个叫曼都的印度水手，给波莱特姨妈送来了一捆大副的衣帽，然后小声告诉她："等我们进了港，穿上这个，我们会想办法把你送上岸。"我是唯一没有感到意外的人，因为这一切我早已看在眼里，就在风暴把我举起，让我洞悉一切的时候……

迪提对自己那晚的记忆从来不容别人有一丝质疑。所有听她故事的人都是在这个岛上土生土长的，所以对风暴都有深刻的认识：没人能想象得到，也不敢相信可以透过风暴之眼洞悉这个世界。有没有可能她是通过回忆才想象出的这一切？还是说她当时突然出现了幻觉？那幻觉让她认为自己看到了一切，而族中的子女无不对这种可能心存疑虑。

但迪提坚定不移：难道他们不相信星辰、星相以及掌纹吗？难道他们不相信，有时冥冥之中命运总会有所显露，让人们在迷雾中受到指引吗？那为什么风暴不能？星辰与星相是按既定的轨道运转——但是风暴，没有人知道风会吹向哪里。风，变幻莫测，无影无形：而正是这让她那天认识到——她，迪提，以往一直认定自己受星辰星相所控；现在突然参悟，原来是风神带着她来到了毛里求斯，开始了她新的生命；是风神派来了一场暴风雨，解救了自己的丈夫……

讲到这里，她就会指着“分离”这幅壁画，指向这画中最引人注意的图案：暴风雨。她将暴风雨画在了整幅壁画的上面部分，占满整个长幅：整个形状就像一条巨蛇，由外向内盘旋着，一圈又一圈，最终收笔于一只巨大的眼睛。

你们自己看，她会告诉那些质疑的族人，难道这不是证据吗？如果不是亲眼所见，怎么会凭空想象出来长着一只眼的风暴之神？

第二章

一般来说，卡阿家族的人并不是那么容易上当受骗的。他们也找不出其他的合理解释，所以大部分都把“分离”这一壁画所描绘的当作一段不同寻常的家族记忆。后来，尼尔向卡阿家族讲述时证明了迪提关于分离这一段的讲述，至少有一处的确是很有见地的：也就是说，风暴当时确实是盘旋在一只眼的四周的。这也预示了那场风暴的降临不但非比寻常，而且也的确具有革命性：因为，1838 年，即那场风暴发生的那年，科学家们首次提出，飓风可能是围绕一个中心产生的——换句话说，那是一个暴风之眼。

尼尔踏上莫纳山之时，风暴是围绕一个中心这一见解已完全被人们所熟知——但这一见解之所以让尼尔深深印入脑海，缘于十年前他与风暴的首次遭遇。他曾在杂志上读到过介绍风暴的文章，文中对风暴形成的描写让他不禁讶异——一只巨大的风暴之眼，从一只大大的望远镜中看过去，看到它刮过的行迹，掀起途中的某些物体、又会诡异地放过一些，让它们丝毫不受损伤；风暴会带来新的转机，创造新的开端，书写新的命运，让一些本来毫不相关的人霎时休戚与共。

现今回想起来，他对风暴的理解有了更具体的含义——而当时正处于风暴之中的尼尔却并未理解至此。迪提，一个大字不识、惊慌失措的年轻女人，怎么会能洞悉这一切？而在那时，世界上也只有为数不多的几位顶尖科学家才刚刚提出这一想法。

这是一个谜，尼尔深信不疑。正因为如此，当他听着迪提讲述那日的故事，他也跟随着她的声音回到了那个风暴之眼当中。

……水手长阿里和其他人都在朝我喊：嘿！快！你们的祖父，他真是长得太魁梧了，体形巨大，身材健硕。他走到船的这边，我就跪倒在他的脚下：让我跟你走，让我跟着，我乞求着他，但是他推开了我：不！不！你一定要想想肚子里的孩子；你不能跟我走！那时候，他们都在往船上爬——风暴在我们周围肆虐；一眨眼的工夫，救生船就被卷走了。突然就不见了……

尼尔似乎又记起了那船板，在他的脚下震颤，雨水浇盖在他的脸上：那感觉太真实了，直到那些孩子们拉着他的胳膊，他的注意力才回到这个神龛：后来怎么了，尼尔叔叔？你当时害怕吗？

不，当时不怕，他回答道，我现在回想起来觉得很惊险——但真正置身其中就没有时间让你感受恐惧了。当时的风暴猛烈，我们只能紧紧抓住轮船；感觉这艘小船和我们都要被卷进风暴之中。但就像奇迹一般，我们并没有被卷走：就当我们完全没有思想准备的时候，风暴之眼降临了，风一下就停了。我们趁着这短短的间歇将船划到了岸边。当我们的脚刚踏上沙滩，第一个想法就是赶快把船拉过来，把它藏到一个安全的地方。但是，水手长阿里阻止了我们：不，他说，我们应该把船板凿下来几块板子，掀个底朝天，然后把它重新推回到海里！我们不敢相信他说的话；听上去就是疯话——如果我们没有船，以后怎么离开这个小岛？但是水手长根本不听我们的：船，岛上有的是船，他说，如果我们留着这艘，这船上还有水高标记，会带来很多风险的。如果有人找到这艘船，就知道我们幸存了下来，那我们这辈子都要过着逃亡的生活——还不如让别人以为我们都死了；这样就没人再惦记我们，我们就可以开始新的生活了。他的想法是对的，当然——把船推回去是最正确的做法。

然后呢？然后又怎么了？

第一个晚上，我们躲在了石头下面，避过了风暴。你们可以想象，当时的我们心理感受很复杂，虽然身体受尽苦痛，但人人得以幸存，而且幸运的是，我们都自由了。可是，这新来的自由，又让我们不知所措。除了水手长阿里，我们其余人都不知道自己身在何处。我们都以为自己被冲到了什么荒芜之地，肯定会被饿死。那是当时最大的担忧，但没多久我们就卸下了这个包袱。破晓时分，风暴停了。太阳升起，晴空万里，我们走出去发现周围有成千上万只椰子——都是风暴把它们从树上刮下来的，地上、水里全都是。

等我们吃得饱饱的，我和阿发四下走了走，看看我们这是到了哪里：那个岛，像是一座巨大的山，至少当时我们是这么以为的；直接从海里矗立起来，在与海水相接的地方，都是些暗黑的巨石和金色的沙滩。除了这个，茂密的森林覆盖了整座岛屿——原来应该是个丛林，只是这场风暴把所有的绿色都刮了下来，只留下光秃秃的树干和树枝。这正是我们所恐惧的事情：这是片荒芜之地！

那时候，水手长阿里却没像我们这样紧张忙碌；他蜷在阴凉的地方，睡得酣香。我们知道不用去叫他，所以就围坐一圈，等着他醒来，人人无不忧心忡忡。所以他醒过来的时候，你们可以想象我们是多么急切地簇拥在他的身边：我们现在怎么办，水手长阿里？

这时候，水手长才告诉我们，他以前就知道这个岛；他年轻的时候在一艘海南人的破船上干活，多次登上过这个岛。这个岛叫做大尼科巴岛[①]，这可绝不是个荒芜之地。在山的另一边，沿着水流找下去，有很多富裕的村落。

怎么会在这里？我们问。

他指了指天空，天上有很多盘旋的鸟儿，它们一边盘旋一边发出叫声。看到那些鸟没有，他说，岛上的居民们管它们叫金丝燕：他们都很崇

① 大尼科巴岛，印度尼科巴群岛中最大的岛。位于印度尼西亚苏门答腊岛西北约140公里处。也是印度最南端的岛屿。

敬这种鸟，因为它们是村里财富的来源。这些动物看上去并不起眼，但它们可以产出一些东西，有着极高的价值。

什么？

鸟窝。为了它们的窝，人们愿意花大价钱。

你们可以想象，当我们三个印度斯坦人听到了这种话会多么震惊！我和你们的祖父、乔都都以为水手长在逗我们。

世界上哪里会有人愿意买燕子的窝呢？我们问。

中国，他说，在中国，他们煮这种东西吃。

就像煮粥一样？

是的。只不过，在中国，这是最昂贵的食物。

我们实在不敢相信，所以我们都转向了阿发：真是这样的吗？

是的，他说，如果这些鸟窝就是我们广东那里叫“燕窝”的东西，那么这东西确实很值钱，在东海，这玩意完全可以当货币来用——根据它们不同的品质，基本上等价于同样重量的银子或金子。在广东，一盒子燕窝就等价于八金衡制磅[①]的金子。

我们的第一想法就是自己发财了。我们想，只要找到这些鸟窝，就把它们都挖下来。但是水手长阿里很快纠正了我们。这些鸟都把窝筑在大山洞里，他说，而且每个山洞都归属不同的村落。如果我们想到山洞里随便去掏人家的鸟窝，那就别打算活着离开这座岛了。所以在采取任何行动前，我们得先找到一个村子里的头领——当地人称为 *omjah karruh* 的那位——要先征得他的同意，然后他会给我们安排，让我们可以获得多少利润。

所幸水手长刚好认识这样一位头领，于是我们马上出发去找那人所在的村子。走了大约半天时间，我们找到了那位正在向山坡上走的头领；虽然跟着他的还有很大一帮去干活的人，但他看到我们还是很高兴，因为他的人手还是不够。

---

① 一金衡制约等于 373.24 克，所以八金衡制的金子约为三千克。

然后他们又爬了大约一个多小时的山，终于来到了山洞的入口处，我们站在那里，全都被眼前的景象惊呆了。整个山洞的地面都泛着象牙的白色，上面覆盖着厚厚的鸟粪。阳光被地面反射过来，明晃晃地映到整个山洞里，这个山洞比我们以往看到的都要大、都要高。洞壁足有几百英尺高，上面布满了数不清的白色鸟巢；山洞里每一块露出来的岩石似乎都盖上了珍珠母。

虽然大量的鸟巢都筑在洞壁的上面，但也有一些离地面比较近。我看到的第一个鸟巢就跟肩膀齐高，而且里面还有一只鸟：我走过去的时候，这只鸟也没有动，直到我把鸟巢拿下来，它也没有动——整个鸟窝比我的手掌还要小，而且我能感觉到它的心脏在我的手掌里跳动。这小动物十分的小，不超过八英寸，呈黑棕色，腹部下是白色的，鸟尾是叉子的形状，翅膀有着锋利的弧度——我后来才知道这种鸟叫“金丝燕”。当我打开手掌时，它尽力扑腾着翅膀，但却飞不起来：直到我把它扔了出去，它才振翅飞翔。

这场风暴重创了这片聚居地，很多鸟巢都被刮到了地上。等把那些羽毛、树枝和灰尘掸尽之后，这些鸟巢显出了亮亮的白色；这样一眼就看得出它们和其他鸟巢是用完全不同的材料制成的——它们看上去做工非常精良，是由很细的细丝一卷卷绕成的。这些鸟巢非常轻，七十个鸟巢加在一起才差不多够一市斤——大约相当于二十一英式盎司。

我们收集了几千个鸟巢，然后帮他们一直运到村里。为了回报我们的辛劳，他们让我自己留下一部分——虽然不能让我们一夜暴富，但肯定是够我们接下来的行程花销了。

于是，有了这笔资金，我们就可以继续前行了——摆在我们眼前的路似乎更多了。北面是缅甸的丹那沙林海岸，还有船只繁多的丹老港；南面是班达亚齐[①]，这是最富足的地区；向东只需几日，就可以到达新加坡和

① 印度尼西亚亚齐特区首府。古名“巴图拉赫曼”、“拜都拉赫曼”等。位于苏门答腊岛西北头。

马六甲。

如果我们一起走，肯定会引起人们不必要的关注，所以我们一定要分开行动。水手长阿里想要去丹老港，乔都决定跟他一起走。阿发决定要向东走，先去新加坡，然后到马六甲，他在那边有亲戚——他的姐姐和姐夫几年前刚刚搬过去。

只有我和你们的祖父麦道·卡阿比较难下决心。他早先想到的就是要尽力到达毛里求斯，希望可以与你们的祖母团聚。但是他知道，想要在小地方隐姓埋名肯定不是件易事，而且如果有人知道他再次现身，那是一定要把他关进牢里的，说不定还会被送上绞刑架。而我的情况又和他不同：我的妻子马拉提，我的儿子拉吉·拉坦都在加尔各答，我是多么盼望返回故乡，把他们带在我的身边。但是，立刻折返肯定是很危险的，因为我很快就会被人认出来。

经过一番讨论，又思考良久，我们最后考虑到丹老港比较近，你的祖父决定和乔都、水手长阿里一起走。而我的决定是阿发帮我做的：我和他一起经历了很多，现在已经成了亲密朋友。他劝我和他一起走，到新加坡和马六甲去，就这样，我听从了他的劝告。

我们就这样分开了：水手长阿里安排他们三个乘坐一艘马来快帆船去往丹老港。我和阿发一直等到一艘布吉[①]商船停靠那个岛上，商船刚好是开往新加坡的。

然后呢？接下来呢？接下来呢？

你们放过尼尔吧，迪提催促着自己家的这帮孩子：怎么这么多问题——你们想要累坏他啊？他是上这儿来休息的，知道不，不是来和你们玩的。快别在那儿问东问西啦——去吃你们的饼吧。

原来迪提赶走他们是另有他意。等孩子们一一散去，她递给尼尔一块木炭，说道：现在该你了。

---

① 布吉，东南亚印度尼西亚民族之一，主要分布在苏拉威西岛西南部。系新马来人的后裔。

该我干什么？尼尔问。

往我们的墙上画画。你是我们最初的记忆之一，这也是你的记忆之庙。每个到这儿来过的人都在里面画过——扎卡里大副，波莱特，乔都。现在该你了。

尼尔不知如何拒绝。好吧，他说，那我尽力吧。

他可从来没画过什么，但他还是从她手中接过了那块木炭，开始画了起来，但还有一丝犹豫。孩子们一个个又回来了，围在周围，一边给他鼓励加油，一边还在互相问着问题。

——他是在画一个人，是不是？

——是，是，看他有胡子；还有个头巾……

——他身后是不是一艘船？有三个帆……

又是迪提止住了这些好奇的声音：这是谁？

巴拉姆老爷。

他是谁？

巴拉姆吉·那鲁吉·莫迪老爷——阿发的父亲。

那他身后呢？那是什么？

他的船："安娜希塔"[①]号。

*

后来关于"安娜希塔"号是不是也遭遇了"朱鹭"号碰上的那场风暴有很多的争议。因为当时的资料有限，所以根本无法得出可靠的判断，但可以确定的是，"安娜希塔"号当时在离大尼科巴岛的西面不到一百英里的地方，正朝着尼科巴海峡驶来，她也遭遇了恶劣的海上天气。她比我们要提前十六天离开孟买，正打算途经新加坡，去往广东。

在那之前，整个航程都一帆风顺，她也碰上过几次大风呼号，但都打

① 安娜希塔，波斯人崇拜的大女神。

着满帆就挺了过来。她是一艘光亮优雅的三桅船，在孟买建造，而这些孟买制造的帆船通常都比那些英制、美制的鸦片货船要驶得快，就连那些大名鼎鼎的“红色漫游者”号以及“海女巫”号都无法企及。这次航程，她也一路顺风，马上就又要创造一次速度纪录。但是孟加拉湾的天气在九月是出了名的变幻莫测，当天气暗下来的时候，她那位寡言少语的新西兰船长马上让船停了下来。风力渐大的时候，他给船老板巴拉姆老爷送来了口信，建议他在这段风暴来临的时间一直待在船主套间里。

几个小时之后，巴拉姆还待在那里，船上的事务长维科冲了进来，告诉他船上装的鸦片货箱全都松了。

怎么可能呢，维科？

确实松了，老板；我们必须尽快采取措施。

巴拉姆紧跟着维科的脚步来到了下层，极力想在湿滑的舷梯上站稳。为了防止被盗，下面的货舱被门栓拴牢了，船的颠簸让那些链子和锁头更加不容易打开。当巴拉姆最后拿着油灯照进门栓的时候，他看到了一幅完全离谱的景象。

下层舰艇里全都是鸦片。在这场风暴的搅动下，上百箱的鸦片都松散开来，滚落一地。那些盛着鸦片的土陶罐像一个个炮弹一样来回撞击着舰艇的四壁。

这些鸦片呈泥棕色：虽然摸上去像皮革一样，但一碰到液体就会溶化。“安娜希塔”号的建造者也考虑到了这种风险，所以采取了很多巧妙设计使这个舱密不透水。但是潮气把那些捆货物的麻绳都浸得松软，所以全都散了开来；鸦片箱子撞来撞去，里面的货物碎成了泥浆。这些黏乎乎的半液体在下面来回荡动，随着船只的晃动不停冲撞着四面的墙。

巴拉姆从没碰上过这样的事儿：他遇上过很多次风暴，可从没有一次托运的鸦片会惨成现在这副模样。他一直以行事谨慎自居，在与中国贸易往来的三十多年中，他自己已经总结出如何堆放鸦片箱子的经验。这批货里有两种鸦片：其中三分之二是产自印度西部的“摩腊婆”鸦片——小小的蛋糕形鸦片，看上去像粗黄糖一样，这类鸦片没有任何保护性的覆盖物，只盖上些罂粟叶子和轻轻的一层罂粟“废料”。另外一部分托运的货物是“孟加拉”鸦片，这类的包装持久性更长，每个鸦片丸都装在坚硬的黏土陶具里，形状和大小似若炮弹。每个箱子里有四十粒这样的炮弹，每个小丸都放在厚厚一层罂粟叶、罂粟秆和其他罂粟的组成部分上。这些箱子都是由芒果树的木材制成，基本可以保证三到四周内其中的货物完好无损。而这个时间段刚好是孟买到达广东大致所需的时间：从未有过破损，就算难免出现一些损坏，也大多是渗进了水。为了防止渗水，巴拉姆一般都会在各排之间留出些空隙，这样可以保证箱子间空气的流通。

这些年来，巴拉姆的操作一直都没有纰漏：在他穿行于印度与中国的这几十年间，从来没有一次航行中的货物损失会超过一两箱。这丰厚的经验让他一直对自己的方法很有信心，所以当“安娜希塔”号遭遇风暴的时候，他也没有想到下来检查一下货物的捆绑情况。直到这些散了架的箱子撞来撞去的声音被船员听到，才把这一重要情况通报给了维科。

巴拉姆看了看下面的船舱，看到那些板条箱一个个像木筏撞击到暗礁上一般；整个货舱里都是些硬壳的鸦片球，全都被木板撞开了，里面黏乎乎的黑浆就像子弹迸裂一样。

维科！我们得采取点措施；得下去，趁这些箱子还没有全散架之前把它们固定好。

维科块头很大，挺着个圆圆的大肚子，亮黑色的皮肤，一双警觉的眼睛向外凸出。他的全名叫维多利诺·马尔廷奥·索尔斯，出生在孟买附近的瓦赛（又名伯塞恩），算是个“东印度人”；他稍微会说几种语言，还会讲些葡萄牙语，已经在巴拉姆公司干了将近二十年，他一直称巴拉姆为“老板”。自从维科被提到了事务长这个职务，他不但管理巴拉姆的个人事务，而且还兼任他的顾问、媒人和商业合伙人。因为他一直都把自己收入的一部分加入投资，所以他现在可谓无所不能；他不但在孟买，还在许多其他地方添置了房产；他是个虔诚的天主教徒，甚至还用自己母亲的名字捐建了一座小教堂。

维科这次并不需要和巴拉姆一起出航，但他自有其原因，不得不说他也是为了保障自己的投资。“安娜希塔”号上的货物中，他的投资占了很大比重，所以他对货物安全的担忧绝不亚于巴拉姆。

你在这儿等着，老板，他说，我去叫些水手来帮忙。你千万别自己下去。

为什么？

维科刚站直了身子，又转过身来再次提醒他的老板：要真是咱们船出了什么事，老板自己就会被关在下面，是不是？你等着我——我马上就回来。

巴拉姆知道他的建议是中肯的，但在这样的情形下他实在控制不住。他正值壮年，而且还爱操心：让他老老实实等太考验他了，如果他不能讲话又动不了的时候，努力自持的结果就是不停地晃来晃去、舌头打着响、不断地按着手指关节。他靠在舱门口，看到一阵阵浓雾：那种鸦片诡秘的香气混着舱底腐水的恶臭。

如果巴拉姆还像年轻时一样身材削瘦，腿脚轻便，他一定会毫不犹豫冲下舷梯；可现在他已经五十多岁了，关节已经有些僵硬，腰身也胖了许多——但他这点胖是属于健康有活力的，金色的肤色、泛着粉嫩的脸颊显现出活力和精力。听天由命可不是他的性格：他脱下衣服，走下货舱，马上被甩得东倒西歪，因为下货船的舷梯不停地左摇右晃。

他手臂挎在铁杆上，紧紧地抓着油灯的把手。尽管一再小心，却忽视了脚下那摊黑黏泥。因为货箱都被撞碎了，里面的干罂粟叶和其他的罂粟“废料”都撒了出来，全都搅在黏泥里。下面的舱板又臭又滑，就像盖满了牛粪，脚下所有的东西都粘上了像牛粪一样的破草烂叶。

巴拉姆从梯子上刚一下来，就摔了个狗吃屎，脸一子下埋进了这堆粪一样的黏泥里。他尽力翻身坐了起来，背靠在一根木梁上。他什么也看不见，油灯也摔灭了；没一会儿，全身的衣服都粘满了这种黑泥，从头巾一直到长衣全都黏上了：他虽然穿了黑皮鞋，但鸦片浆已经在鞋里的脚趾间扑哧扑哧的了。

他感觉自己的脸上湿湿凉凉的。他抬起手来想抹把脸，但船却一个翻滚，手上刚抹下来的糊糊又蹭到了嘴唇和嘴里。在这一片漆黑里，箱子和盒子不断地撞击着他的身子，他突然感到了一股令人眩晕的鸦片味。他开始疯狂地抓挠脸颊，感到万分恶心，想把脸上的黑浆擦干净，可一个木箱子撞到了他的手肘上，导致更多的鸦片浆流进了他的嘴里。

舱口处出现了亮光，他听到一个急切的声音：老板？老板？

维科！这儿！巴拉姆看着那束灯光，感觉它从摇晃的舷梯上慢慢地离他更近了。船身又是一阵颠簸，他被甩向一边，埋在一团黑浆里。他的眼睛、耳朵、鼻子、气管里全都是鸦片浆——他感觉自己像要被淹没一般，那一刻他的眼前闪过了好多张脸——有他在孟买的妻子希琳拜和两个女儿；几年前在广东刚刚过世的情妇，池梅，以及他和她生的儿子。池梅的脸在他眼前停留了片刻；就在他坐起来使劲咳出鸦片的时候，他感觉她正盯着自己的眼睛；感觉那样真实，他不禁伸出手去触摸——但发现自己盯着的不过是维科的油灯。

他的手本能地去摸了摸自己的腰带——七十二根线绕成的腰带，这是他的信物，历来都系在腰间。打从小时候开始，这腰带就是他的护身符，保护他远离那些莫名的恐惧——一摸才发现，这腰带也浸满了黑浆。

就在风暴的怒号中，他听到了一阵爆炸声、撕裂声，好像整艘船都裂开了一样。船身完全倾向右舷，维科和巴拉姆都在甲板上滑了出去。两个人坐躺在甲板和堵墙之间，那些散开了的鸦片球像炮弹一样撞向这些木板。每个鸦片球的价值都等值于同重的银子——可是维科和巴拉姆完全没有心思考虑钱这回事。“安娜希塔”号斜得几乎竖起来，他们一度认为她肯定会翻过去。

就在这紧急关头，船十分缓慢地恢复回来，龙骨的重量硬是把它从翻船的边缘压了回来。在调整回新的平衡点时，她又难免翻向了另一边。

如奇迹一般，维科的油灯却一直亮着。等船不那么倾斜的时候，维科问巴拉姆：老板？怎么回事？你为什么要那样看着我？你看到什么了？

巴拉姆看着他的事务长，不禁大吃一惊：维科满身都是泥一样的黑浆，从他乌黑的头发一直到鞋尖上。这番景象真是太让人震惊了，因为维科从来都很注意自己的外表，通常都穿着欧洲的衣服：他的衬衣、马甲、臀部全都盖满了鸦片，似乎已经和他的肤色混为一体了。而那双大大的、凸出的眼睛，和他那张还滴着黑浆的脸相对比，显得格外明亮。

你在说什么，维科？

刚才老板伸出手的时候，看上去像撞见了鬼似的。

巴拉姆一脸厉色地摇着头：没什么。

但是老板——你嘴里还喊着一个名字。

是小弗[①]的名字吗？

是的，但是你喊的是他的另一个名字——他的中文名字……

阿发？

这是个巴拉姆几乎从来没叫过的名字，维科也知道：不可能——你肯定是听错了。

没有，老板，我告诉你，我听得很清楚。

现在，巴拉姆的脑子一阵迷糊，他感觉自己的舌头似乎也变得沉重起来。他嘟囔道：肯定是这里熏的……鸦片……我有幻觉了。

维科很担心，紧皱着眉头，抓住巴拉姆的手肘，把他拉上了舷梯。老板一定要去船主室休息。我会照料一切的。

巴拉姆又看了一眼货舱：他的财富从未如此与一趟货物休戚相关——可他却对这批货的结果完全不关心。

那好，维科，他说，把货舱里的东西都弄出来，尽可能抢下来多点

---

① 小弗，弗拉姆吉·普斯东吉·莫迪的爱称。

儿；然后把损失数告诉我。

好的，老板；要当心，慢慢来。

巴拉姆向上走着，感觉说不清原因，这舷梯分外漫长。不知道是因为船只的颠簸，还是因为自己的头晕，他没有急着爬上去，而是小心翼翼地上几阶就缓缓气。走到上面的时候他看到有五六个水手正在等着下去，他们给他让开了路，都张大了嘴看着他。顺着他们的目光，巴拉姆也低头打量了一下自己，发现他和维科一样，浑身都沾满了厚厚的鸦片浆，衣服都成了一层皮。他头痛得厉害，所以在踏出舱门围板时，又稳了稳步子。巴拉姆以前也尝过鸦片：从前在广东的时候，他时不时也会抽上一管大烟——他算是幸运分子，可以时不时尝上一口，而后又不会上瘾：他不在广东的时候从来不会想抽大烟。但是把鸦片当大烟抽和用嘴品尝这种原汁原味、黏乎乎的、半液体状的东西是截然不同的。突如其来的反胃和虚弱让他完全没有准备：他现在完全没有考虑货舱里的损失；他的眼睛和思绪都集中在另一个地方，带着透视一切的专注，那就是池梅：不论他看到哪里，都是池梅的脸。当他从拥挤的船身里走向宽敞、豪华的船尾，那里就是他和其他船上官员的船舱，他这一路走来，她的脸就像一盏中国花灯般，一直悬在他身前给他照路。

船主套间在一段长长舷梯的最末尾，要穿过很多舱门。这些门旁有的挤满了水手，看到巴拉姆走过来，其中一个监工对他说：老爷——你的翻译伤得很重。

怎么回事?

船晃来晃去，肯定把他从床上晃了下来。也不知道他的行李箱怎么就掉下来，砸到了他身上。

能活命吗?

不好说，老爷。

这位翻译是个上了年纪的帕西人，一直帮巴拉姆写信。真不知道没了他，他该怎么办；但他现在实在是没精力再为此神伤了。

还有别人受伤吗？巴拉姆问那个监工。

有，老爷；还死了两个水手。

那船有什么损伤？

整个船头都被撞掉了，老爷，全掉了，包括那个小帆。

船头上的像也没了？

是的，老爷。

船头上是安娜希塔的雕像，她是掌管水域的女神。这船是他妻子家珍贵的传家宝。她家就是米斯特雷[①]家，“安娜希塔”号的老东家。他知道，如果他们知道了，必然觉得这损失是厄运的征兆——可他现在觉得还有更倒霉的事情要处理，他想马上回到自己的船舱，把这身衣服脱下来。

一定要照顾好翻译老爷；转告船长……

是，老爷。

*

其实，尼尔无须参看波莱特在神龛中的画作：他还是看到了——是一个男人头部的轮廓，用线条勾勒出来，但不像那些漫画手笔，浑圆的一如新月的内括：他的鼻子线条很长，就像垂下的一样；眉毛像雪貂的胡子，下巴上长着尖尖的、向上翘着的胡子。

你知道那是谁吗？迪提问。

当然知道，尼尔说，这位是彭罗斯先生……

彭罗斯先生的长相会让人过目不忘：瘦削而且线条突出，前额突出，下巴向上翘着，像把大镰刀。个子高瘦，走起来总弓着身子，眼睛盯着地上，好像在把脚前的绿色植物详细归类。他是出了名的不注重自己的外表，所以常会看到他胡子里夹着稻草，袜子上粘着草刺；至于他的衣服，没有哪件是没补丁和污渍的。每次陷入沉思的时候——他经常在深思——

① 米斯特雷，有“能工巧匠”之意。

上扬的胡须和挑翘的眉毛总是有个性地摆动着，好像是在宣布，如果没有什么绝佳的借口，万万不可以打扰他。他这种面部痉挛可不是因为上了年纪，他还是个孩子的时候就喜欢这样盯着一处，样子很像臭鼬，所以大家给他起了个“费切尔”的外号。

除了这种奇怪的面部抽搐和特有的习惯，他的举止总蕴含着一种力量，他的注视似乎可以洞穿一切，所以人们从未把他当作一个乖戾怪异的老头。弗雷德里克·“费切尔”·彭罗斯其实是一位有着卓越成就和可观财富的人：一位著名的花木培育家和珍稀植物家，他通过出售种子、树苗，嫁接树苗和园艺设计——他特制的苔藓修剪机、撬树皮机和花园翻松机——在英国有着众多追捧者。他名下最主要的企业是彭罗斯苗圃，位于康沃尔的法尔茅斯：他的公司以从中国进口的园木出名，有一些园木——白花丹、会开花的温柏树和腊梅——在不列颠群岛受到了极大欢迎。

这次费切尔之所以再次踏上东方之旅，是因为他有寻猎奇树异花的癖好，他乘坐的是他自己的船，一艘双桅帆船，名为“雷德鲁斯”①号。

“朱鹭”号到达路易斯港两天后，“雷德鲁斯”号也停靠了进来，而她这一路也遭遇了很多不幸与悲剧。在这艘双桅帆船上，费切尔受的苦是最多的，他的船员一再劝告他，他才肯到岸上稍作休息：“雷德鲁斯”号停靠港口的第一天，两名水手就划着船将他送上岸，帮他租了一匹马，这样他可以骑着它去庞普勒穆斯植物园。

正是因为这个植物园，“雷德鲁斯”号才会将路易斯港作为停靠站。庞普勒穆斯植物园是一家成立较早的植物园，其创立者和园长中有几位还是植物学界的杰出人物——大名鼎鼎的皮埃尔·普瓦沃，是他发现了黑胡椒这种植物，还有菲利贝尔·肯默生，是他发现了叶子花属。如果说园艺家也有朝圣之旅的话，那么毫无疑问，庞普勒穆斯植物园一定是最为神圣的向往。

---

① 雷德鲁斯，康沃尔的一处地名。

庞普勒穆斯离路易斯港只需一个多小时的路程。费切尔以前去过一次，那是在他第一次造访中国的回程途中：那时候这个岛还是法国殖民地——它现在已经归属英国，岛上变化很大。他自己也觉得惊讶，竟然没费什么力气就找到了通往村子的道路。走在路上，他发现路旁长着些很不错的灌木丛，名为“林中火”，属于旋花灌木，会开出很多像火一样通红的花朵。若是以往，看到这样的植物，他一定会激动万分，跳下马来仔细端详——但他现在的脑子里惦记着的事情却让他快马加鞭。

没一会儿，庞普勒穆斯就到了。

这个村子算是岛上风景最美的，有粉刷着鲜艳颜色的亭子，白色的教堂，铺着鹅卵石的小路，马蹄踏上会叮叮作响。房子和广场与费切尔记忆中的样子一样，但当他望向植物园的方向时，不由吃了一惊，差点从马上跌落：那里曾种着整齐的树木，间隔考究，可以望向如画一样的远景，可现在全变成了一片乱糟糟的花花草草。他摇了摇头，简直不敢相信，又更加仔细地看了看：大门柱还在原来的位置，但里面似乎已经长成一片丛林。

他勒住马，问一位上了年纪的路人：“女士！植物园？你知道怎么走吗？”

那女人撅着嘴，摇了摇头，用生硬的法语混夹着英语说道：“啊，先生……园子……二十年了……英国人不管……”

她摇着头走开了，费切尔只能自己往前走。

知道了是自己的同胞让这么好的园子荒废至今，费切尔心中虽不免忧伤，却也不出意料之外。自从邱园[①]的园长约瑟夫·班克斯爵士离世，英国自己的一丛植物园也都为人们所忽视，那远在殖民地上的一个园子年久失修也就不足为奇了。即便如此，看到眼前的一片荒芜，他还是难抑胸中的怒气：园里的树冠无人修剪，已经交杂成一片巨冠；枝叶密实，下面

---

① 邱园是英国皇家植物园，位于伦敦市市郊。

的花床和石板路完全被笼罩在阴暗之中；院子周围，树木已经长得密不透风，榕树那些长出地面的根须包裹着大门入口，已经成了天然的屏障——就像一道铁闸门，外人是无论如何也进不来的。而植物园并非原始丛林，普通的野境断然没有如此多的植物种类，它们来自不同的大洲。大自然中到哪去找这样的森林？非洲的匍匐植物攀上了中国树木，印度的灌木和巴西的藤蔓已经难分难解。这是鬼斧神工，是植物园中的巴别塔。

费切尔一边在悲叹着植物园的衰落，一边却没忘记现在正是个难得的好机会。这植物园不论废弃与否，里面肯定有很多稀有物种，既然现在已无人看管，像他这样的植物收集家如果要采集几株宝贵的植物，肯定算不上盗窃行为。

费切尔把马拴在以前的大门处一根已经生锈的铁杆上，然后踩上了那些堵着入口的厚厚的榕树根。还没走上几步，他就突然停了下来——这个植物园并不像他刚才以为的那样已经荒废、无人料理：低头看地上，就会发现泥泞的土地上留着一双新鲜的鞋印。

地面湿滑，想要悄悄地不出声响比较困难，费切尔不得不抬高膝盖，像走钢索的人一样，踮着脚尖往前走，这样他的鞋才不会发出吧唧吧唧的声音。鞋印后来消失在一片很厚的灌木丛中，费切尔停了下来，仔细思考了起来：虽然看不到人，但他能感觉到自己不是一个人，而且那人离他很近。他比刚才还要小心，又走了几步，过了一两分钟，他听到一个声音，马上站着一动不动：因为毫无疑问，那是金属刀刃挖入土中的声音。

声音似乎是从两排树后的一处空地传来。他藏在一堵厚厚的黄色竹子后面，慢慢向前蹭。又过了两分钟，他可以看到那个人的后背：他穿着短裤和一件松垮的衬衣，屈腿蹲着，正在地上挖坑——可能是想把偷来的赃物埋起来，说不定是具尸体。

费切尔又向旁边移了几步，这样可以看得更清楚，他发现自己搞错了，但对看见的一切更加不能理解了：那人在挖的并不是大坑，而是一个浅浅的小坑，就像园丁要下种之前挖的那种小坑。而挖的手法也不是那种藏赃物或是埋尸体的挖法：他用的是园丁铲子——费切尔以自己的经验判断，这人的手掌一看就是常使用铲子的。那人向一旁转了转，原来他还带了个容器——乍看上去像个小桶，但是上面还有个突出的小针。费切尔再往近瞅了瞅，加上之前的观察，他知道这东西是“移植机”，是专业的园丁工具，用来转移一些娇贵的植物。

刚才这番小心窥探真是多余。他会不会是一个假装园丁的亡命徒，还是一个假装亡命徒的园丁？莫非也是一个收藏家？在这里挖些奇花异草？

费切尔觉得最后一种可能性更大些，这时那位园丁突然站起身，头向后转过来：费切尔只瞥见一点儿，但判断得出他是个年轻人，绝不是什么恶徒，只不过是个小伙子。他也没什么武器，所以不会对他构成什么威胁。

费切尔本想不太张扬地走出去，但他的脚踩在了一节竹子上，咔嚓一声就断成了两截。年轻人立马转过头来，眼睛警觉地瞪得老大，看到这位躲躲藏藏的博物学家，手里握着一把明晃晃的大砍刀。

“抱歉，小伙子……”

费切尔为自己的偷偷摸摸感到有些尴尬。如果现在这位园丁斥责自己，他认为也无可厚非——就算他朝自己扔了东西，也情有可原。但年轻人并没有去捡石头，而是抬起手臂挡住松散的衬衣里敞露的胸脯。彭罗斯印证了自己对这位年轻人的好印象——因为他从小也接受如此的教育，公开场合不穿外衣是不体面的——所以他快步向前，想解释自己的行为，同时一并做一下自我介绍。年轻人却突然跳开去，冲进了灌木丛。

“等一下！”费切尔喊道，“听我说，我没有恶意……”——但那家伙已经跑得没影了。

费切尔又瞅了一眼那架移植机，看到一段淡蓝发灰色的植物根茎，刚刚被剪断——可能是仙人掌科的——但他没时间仔细研究。他手握大砍刀，走向灌木丛深处，去追园丁。

没一会儿，费切尔就得用砍刀劈开茂密混杂的树丛，里面的荆棘和草刺划拽着他的衣服。虽然他一直都没看见园丁，但还是向前走去，一直到他劈尽那些灌木，发现自己走到了一片齐胸高的杂草中。两边都是高耸的伞干顶榈树，像沿街种的一样排得笔直。从远处一片混杂的叶子后面，可以看到一处小巧而错落有致的村舍：一些生命力顽强的小树苗已经在房顶和墙上扎了根，挤裂了墙上的瓦片和房顶的木头；一些攀援植物也撬开了几处百叶窗，时不时地搭在窗框边那些老旧的折叶上。

费切尔记得这幢房子，因为上次他来的时候有人给他介绍过，那就是“我的乐所”。这房子是大名鼎鼎的皮埃尔·普瓦沃亲自建造的。当他走向这处房舍，多少带着一位朝圣者的敬畏，脚步也有些放慢——植物中的胡椒属[①]就以这里曾经的主人的名字命名。费切尔想，如果一位探险家在丛林中发现一处废弃的神庙，一定和自己现在的心情一样——而不无讽刺的是，现如今吞噬这座神庙的力量正是自然，而它本是这神庙所供奉的神灵。

正当费切尔准备踏上已经开裂铺着石板的门槛时，门口突然出现了一个人影。正是刚才那位年轻的园丁：他现在已经穿戴整齐，一件外套加了顶帽子，但这时手里握着一根特大的棍子。

费切尔收住脚步。“这完全没有必要。”他把自己的大砍刀放在地上，伸出了手，“我是弗雷德里克·彭罗斯——他们都叫我费切尔。我没有恶意。”

“那要我自己判断，先生，”年轻人马上回应道，并没有和他握手，“你要先告诉我你到这儿来的目的，我再作判断。”

费切尔发现他的英语讲得非常流利，但他的语言中还有些令他困惑的地方——不论是他的用语还是语调，都有某些印度水手们的影子。

“我正在等你的回答，先生。”年轻人说道，带着几分严厉。

费切尔移了移步，又挠了挠胡子。“那，”他说，“咱们俩应该是志同

---

① 胡椒属（*Poivrea*），法语中胡椒即为 poivre。

道合的啰。”

年轻人皱起了眉头，他可能是在考虑这句话的含义，这时费切尔得以细致地再次观察他，比他之前的判断也许还要年轻，他的脸颊上还透着青年的朝气：事实上，他这个年龄的小伙子即使不害怕，也多少会表现出一些不安——但他的声音并没有颤抖，也没有任何局促的表现。

“我不明白，先生”，园丁回答，“你怎么能说我们是志同道合的呢？你根本不知道我在这里的理由。”

“因为我刚才在那里看到你了，”费切尔说，“你在挖那棵仙人掌。”

听到这个，园丁眯起了眼睛，然后露了一丝微笑。“我看你是误会了，先生，”他说，“我已经很久没碰过仙人掌了。”

这回轮到费切尔不解其意了：他不理解为什么年轻人要费心掩饰挖植物的行为。“你是什么意思，小子？”他有点生气了，“你刚才在那手里拿着个仙人掌。我亲眼看到的——你没办法抵赖。”

年轻人耸了耸肩，一脸诚恳。“这其实没什么，先生：只是个简单的误会。你会犯错很正常，可以完全忽略。”

“你说什么？”在植物方面费切尔可从来没遭受过这样的羞辱，他昂着头，气得够呛，“你以为我还是个新手，连仙人掌都会认错？”

这年轻人笑得更爽朗了：“你既然这么有把握，彭罗斯先生，那你愿意和我打赌吗？”

“你想打赌，是不是？”

虽然费切尔不是个好赌的人，但他还是把手伸到兜里，拿出了一个银币。“我和你赌这么多，但愿你能赌得起。”

他示意费切尔跟着他移步至那片齐胸高的草丛中。费切尔想要跟得紧些，但小伙子走得快得像坐了马车，他根本跟不上。后来他终于停下来朝他喊道：“我们这是要上哪去？”

“这里。”

费切尔循声望去，看到年轻的园丁正跪在一条石椅旁，上面满是苔藓。椅子下面是棵带刺的植物，被一种藤蔓层层包围着：看着那个球根状的植物和上面的小刺，费切尔也意识到自己确实犯了个太低级的错误了。

“你看，彭罗斯先生，”男孩很得意地说，“这不是仙人掌，而是大戟。林奈正是看到了这种植物，才发现了大戟属植物。这种叫朱巴国王大戟——曾是个长得不错的物种，但现在恐怕已经灭绝了。所以我得想办法把它再次种植开来。”

费切尔羞愧难当地坐在椅子上。“你演示得很到位，我承认。”他手伸到口袋里摸出那枚银币，“你赢得正大光明。”

年轻人没讲话，伸出手来。当费切尔把那枚银币扔到他手里时，他拿了过去，站在那里盯着八英镑的银币好像以前从未见过一般。

“那你在哪里住呢?”费切尔问他。

“怎么，先生，”年轻人说，“我就住这里，住在那所房子里。”

“你是说那个屋舍？但那里已经废弃了，不是吗?”

“当然没有，先生。”园丁回答道，“来，我带你去看看。”

费切尔再一次又回到那片齐胸高的草丛中，当园丁朝着“我的乐所”快步走去时，他不得不追着他。等他终于上气不接下气到达时，年轻人已经在门口候着他了。

“你可以自己看看，”年轻人说着，带着主人的自豪感示意他进去，“这房子里面可不像外面看似落败。”

费切尔从门口望进去就信以为真——虽然地面上满是灰尘、墙壁间悬着些蜘蛛网，但很显然这房舍并没因此减分。家具和其他房间里的东西一样，费切尔并没看出有人居住的迹象。

“那你睡在哪里呢?”

“这里有的是地方，先生。你看。”

年轻人推开一扇门，费切尔看到房间被打扫得一尘不染，而且已经重新布置过：地板干干净净，空气中充满了阵阵香气，这香气来自壁炉和窗框上垂下一束束的青蒿。房间中央还有一堆床单和帘子，像割下来的草一样堆成了一个垫子。房间的一角放着一把椅子和一张书桌，也是一尘不染。在书桌上有一个皮面捆扎的本子，打开的页面上的东西马上吸引了费切尔的眼睛——那上面用带颜色的笔触描画了一株植物。

费切尔看到这个，是不可能不走上前仔细端详的。那幅图是手绘的，一株他不认识的植物，长着狭长的叶子。下面的字是法文和拉丁文，但他却不认识。

“你在这儿就是干这个吗？”

“哦，不！我只画画，先生——别的不管。”

“那别的呢？”

“那是我——我叔叔写的。他是个植物学家，这一切都是他教我的。但是他死前还没有完成手稿，所以把这个任务留给了我。”

费切尔的眉毛又开始因好奇而抖动起来：植物学家的圈子很小，大家就像一家人；每个人都会认识一些其他的植物学家，有些熟络，也有些只知道名字和成就。“那他是谁呢，你这位叔叔？他名叫什么？”

“兰伯特，先生。皮埃尔·兰伯特。”

费切尔不禁叫出声来，被半噎回了嗓子。“那……我……兰伯特！……你说他是你叔叔？那你是他什么亲戚？”

园丁也开始结结巴巴：“怎么了，先生……他是我爸爸的弟弟……所以我……我是他的侄子，保罗·兰伯特。他的女儿，波莱特，是我的堂妹。”

“你说她吗？”

尽管费切尔·彭罗斯按他自己的说法，是个厌恶人类的人，但他并不是不懂得观察人类：突然，一切似乎都明白了——那“男孩”用手臂挡在前胸时那种略显羞愧的讶异，以及撒满鲜花的卧室。他又看了看那幅画，看到了一个签名。

“这些是谁的画，你刚才说？”

"怎么，是我的。"

费切尔又低头看了一眼画："但是这个签名，如果我没看错，写的是可不是'保罗'，而是'波莱特'。"

*

除了巴拉姆自己，只有维科知道"安娜希塔"号的下层货舱里装了三千箱鸦片。巴拉姆和维科可费了老大的劲想保守这个秘密，他们捏造了提货单，轮换装货的工人，还乔装掩盖了一些货箱。如果让这事众所周知，那显然是不够谨慎的，这样会很难购买保险，也大大地增加了被海盗和小偷觊觎的风险——因为这次不但是巴拉姆货运生涯中价值最昂贵的一次，而且也可能是在印度次大洲上最昂贵的一次货运。

只有为数不多有这种关系和名气的商人才能承接这样一批货，巴拉姆就是其中一位，因为他在与中国的贸易中经验丰富，无人可出其右——巴拉姆在从商的生涯中已经往返两地十五次。在这些年中，他几乎是单枪匹马地建立起了孟买最大、最赚钱的贸易商行之一：米斯特雷兄弟出口分公司。

虽然这家公司是孟买最杰出的企业之一，但是他的生意范围一直以来都比较狭窄，基本上都集中在造船和机械操作上。这个出口分公司是巴拉姆自己的想法，正是他把这个小公司打造成了与那些著名的船厂几乎平起平坐的竞争对手。他的这一想法在公司中并没有遭到太大的反对；如果说他不得不坚持己见，那也主要是因为他对自己的岳父忠心耿耿。他的岳父就是鲁斯托姆吉·派斯顿吉·米斯特雷老爷——是他接纳了他，让他在这个世界上有了一番作为。

和其他那些靠强强联合来聚敛财富的人一样，巴拉姆借着妻家的名望赚得盆满钵溢：他尊重自己的妻家，同时也心存感激，因为是他们不计他的贫寒出身，让他有机会发家致富。

曾几何时，在他们家乡古吉拉特邦的瑙萨里，巴拉姆家也很富足、受人尊敬；他的祖父是一位有名的纺织品商，和巴罗达、印多尔、瓜廖尔[1]当地的皇室都有联系。祖父虽然一生行事谨慎，但晚年的时候，却做了数笔冒失的投资，留下了沉重的债务。他行事光明磊落，所以每笔债务都自己揽下，连角角、分分、半厘都要还清；结果家里被拖累得分文不剩，后来家里的店连一把贝币[2]都拿不出——据说当时穷得连扯一根手臂长的线的钱都没有。所以不得不又变卖了家里漂亮的老宅子，举家搬到了镇子边上的几间房里，这让老头子和他的儿子，就是巴拉姆的父亲都遭受严重打击，从此一蹶不振，加上巴拉姆的父亲本就患有肺病，而且长年身体羸弱；他都没有看到巴拉姆参加穿衣礼——就是琐罗亚斯德教[3]的皈依仪式——就去世了。

所幸的是他的儿子和两个姐姐，还有他们的妈妈在她年轻的时候就学会了一门能赚钱的手艺：他的母亲是个手艺相当好的裁缝，她绣制的披肩出价很高，而且受人追捧。家族败落之事在乡里乡亲中传开后，马上就有很多订货请求，稍加节省，加之勤奋劳作，她不但可以养活自己的儿女，还可以让巴拉姆接受起码的启蒙教育。没多久，她的名声已经传到了孟买：她应邀为城里最阔绰的一位帕西商人的女儿绣制出嫁的披肩——此人正是鲁斯托姆吉·派斯顿吉·米斯特雷老爷。

之前两家也互有耳闻，米斯特雷家是在瑙萨里起家的———开始只是家很小的家具厂，当时莫迪家正值兴旺，给予了他们慷慨的资助和支持。家具厂下面还有一家造船的小厂：起步虽小，但这个小分厂逐渐超过了所有其他的分支。在从东印度公司拿到一个重大的合同之后，米斯特雷家就搬到了孟买，在马扎岗区的码头边建了一座船坞。当时鲁斯托姆吉老爷负责这一公司，他拿出自己继承的那笔钱，开始积极扩展生意。在他的带领

① 巴罗达、印多尔、瓜廖尔，均为印度中央邦中的区域。

② 从前南亚和非洲部分地区作货币用的贝壳。

③ 琐罗亚斯德教，流行于古代波斯及中亚等地的宗教，中国史称祆教、火祆教、拜火教。

下，米斯特雷造船厂成长为印度次大洲上经营最成功的企业之一。现在，他的女儿嫁给了一户富足的商人之子，夫家是戈拉巴的达迪家，婚礼计划将以空前的盛况举行。

可就在一切喜庆开始之前的几天，当一切事宜安排妥当，人们的期许一片高涨时，命运再次开了一个黑色的玩笑：一位达迪家在亚丁的合伙人送给了准新郎一匹阿拉伯的种马，小伙子刚满十五岁，非要骑着马到海滩去溜一圈。这匹马因为漫长的舟车劳顿累得不知东西南北，所以一有人骑更是变得狂暴怒躁：在海滩上急驰狂奔，男孩最终摔下马，当场毙命。

对于米斯特雷家来说，这个男孩的死给他们带来的是双重打击：不但理想中的准女婿没有了，而且他们知道这场悲剧发生之后，自家的女儿如果想再嫁个好人家，恐怕也是不可能了：她有了如此的厄运，将来的日子也不会好过。他们试探性地打听了几户人家，人家的答复印证了他们的猜测：女孩的境遇让人同情，但却没有人家肯娶她。后来家里人确信，商人圈子里的是不会与他家结亲了，米斯特雷一家只好不情愿地到孟买市外回他们老家去打听打听，就是这样问到了巴拉姆母亲家。

巴拉姆家虽然落败了，但是莫迪家族中的这家值得人尊重，而且巴拉姆这个小伙子一身干劲、长相俊美、读过些书、年龄合适，马上就满十六岁了。打听到的都是夸这个小伙子的，又恰逢米斯特雷老爷有一次刚好去瑙萨里，亲自见了见巴拉姆，对他的热情和干劲印象深刻：虽然他举止不免有些粗鄙，家庭又太贫穷，但他最终拍板认定他和自己的女儿很般配。两家的条件相差悬殊，所以在向巴拉姆母亲提亲的时候，他家定下了几条约定：因为这小伙子既没有钱也不大可能马上发迹，小两口婚后要住在孟买米斯特雷庄园里；而且小伙子以后要帮他家做生意。

虽然这门婚事会带来梦寐以求的好处，巴拉姆的母亲却并没有帮他一口应承下来：她自己生活中历经的艰辛让她对世界有更深刻的见解，说到这门亲事附加的条件，她说：一个男人要住在妻家，当个“上门女婿”——可不是件易事。你知道人们都是怎么看这些女婿的：养狗、养猫、不养婿；女婿、外孙、外孙女，统统赶进槽沟去……

巴拉姆听了只是笑了笑，这种糙理肯定不适用米斯特雷家这样富裕沉稳的家庭。他自己已经等不及想要摆脱贫困的家境，他知道这样的机会不可多得：他其实一开始就主意已定，但还要走个提亲应亲的形式，所以他等过了一个礼拜后才让母亲代表他应下了这门亲事。

婚礼仪式并没有很张扬，两人成亲后就搬进了米斯特雷家在孟买阿波罗街上的庄园里。

希琳拜是个害羞、话少的姑娘，而那场悲剧更造就了她忧愁的禀性；与其说新娘，倒不说她更像个少寡，总是一脸愁容，好像还在悲悼着那位未嫁的夫婿。对于巴拉姆来说，她只是尽到一个人妻的本分，谈不上什么浓情或是蜜意，而他也并未在这方面有过高期许，所以二人相处平静，连着添了一双女儿。

巴拉姆和希琳拜谈不上深厚的爱意，但彼此也没什么矛盾——可巴拉姆和家里其他亲戚的关系可没这么安耽。米斯特雷庄园面积很大，住了很多人，有希琳拜的父母、她的三个哥哥、嫂子们、哥嫂家的孩子们——父母在家中自有族长的威严，兄长们对这个乡下来的穷小子都存有戒心：就好像是个自以为是、粗野陋俗的穷亲戚想方设法地挤进了他们家里来，想要夺走他们的家产。

巴拉姆有时候确实有些举止不当，他自己也不否认这一点，他也知道自己土里土气的古吉拉特语夹杂着蹩脚的英语，在米斯特雷这样彬彬有礼的庄园里确实有煞风景。但这都还是小事；最让他感到不适的是他自己完全没有米斯特雷家男人应具备的才能。他们一家都是杰出的造船能手、能工巧匠，每个人都有一项引以为豪的手艺傍身。希琳拜的父亲，鲁斯托姆吉老爷，一生都致力于印度本地自制的船只——欧洲人管它们叫“乡下船”、“柚木船”——但他却可以让自己造的船比它们毫不逊色。这位老爷本人发明了好几项造船的创新技术，而且还坚持培训手下的学徒们始终走在快速发展的制造技术前列。常有国外制造的时髦精良的船只停靠孟买：

他们会和那些船上的工匠和修理工们交好，所以米斯特雷家可以及时掌握最新的技术进步以及船上应有的一些航海器具设计，他们常常快速改良，以为己用。他们的船只设计先进、造价低廉，很多欧洲舰队和船主，连女皇陛下的皇家海军，都会舍南安普敦①、巴尔的摩②、吕贝克③的船坞，而派专员到米斯特雷公司采购船只。

米斯特雷家族之所以能在一个竞争激烈的行当一枝独秀，也许正是因为他们专注将一项事情做精。巴拉姆想成为这样一个专业化很强的公司里的一员，作为一个新手，他既没技术也没本领：他毛手毛脚使不好工具，又不喜欢干细活，而且他个性十足，不喜欢和工人们一起干活。他当造船学徒的时间并不长，没多久就被分到船厂后面一间破烂的办公室去了，负责把公司的账做成表。但这个职位也不适合他，他既不喜欢那些没完没了的数字，也不喜欢那些同事：收账的和记账的都太拘泥于形式了，缺乏想象力，没有企业家的魄力。接触过他们，他认为自己的才能与他们完全不同；他善于与人打交道，总能掌握最新消息，而且对风险和机会自有敏锐的判断：虽然每日要面对无聊的挑拣零钱、填表记账，但他在办公室工作的那段时间，一直都在关注着其他分厂的消息，他一直相信终有一天自己会有机会经营一家企业，而那种工作才是最适合自己的。

没过多久，巴拉姆在心里就认定了自己想要做的买卖：印度西部与中国的贸易往来迅速增长，其中商机无限——不但可以赚钱，还可以出海航行，逃离这无味的生活，去经历外面的精彩。他心知要说服米斯特雷家从事这种买卖可不容易；在经营方面他们都很保守，从来不喜欢投机倒把的生意。

当巴拉姆第一次把做外贸的主意和岳父提起的时候，岳父的第一反应的确是十分反感：什么？往国外卖鸦片？那就是赌博——我们米斯特雷公

① 南安普敦，英国英格兰南部港口城市。

② 巴尔的摩，美国马里兰州的港口城市。

③ 吕贝克，德国北部石荷州城市。

司可不会搅进这种买卖里去。

但巴拉姆可不是冒失前来。您听我说，岳父，他说，我知道您和您家人都是从事制造和机械的。但您看看现在外面的变化。现在卖有用的东西赚不到最多的钱，反倒是卖那些没什么用的赚得多。越是并不真正实用的东西，赚的钱越多。你看看那些从中国进来的新的白糖——他们管它叫“砂糖”，难道它比蜂蜜、比粗黄糖甜吗？不，但人们愿意花两倍甚至更高的价钱去买它。再看看那些卖朗姆酒和杜松子酒的赚了多少。难道比我们自己的棕榈酒、葡萄酒、波斯酒好喝吗？不，但人们就是喜欢买。鸦片和这是一个道理。除非你生了病，不然那东西什么用都没有，但还是有人要买它。而且鸦片这东西，一般吸上就再也停不下；所以市场会越来越大。英国人想要把这个生意接手过去，只让英国人自己卖。幸运的是，这生意现在孟买这里还没让英国人垄断，我们可以赚钱，又何乐而不为呢？现在每个船厂都自己养一只船队来从事海外贸易；我们米斯特雷家是不是也应该开设一个出口公司？你看最近别家船厂就靠出口棉花和鸦片赚了多少：每次运往中国的货物都会赚个两到三倍。如果您同意，我愿意亲自带船走一趟广东，去探探路。

鲁斯托姆吉老爷并没有马上被说服。不，他说，这和我们公司经营的相去太远。我是不会同意的。

巴拉姆就只好再重回自己记账的工作，但他表现得实在太差，鲁斯托姆吉老爷把他叫到自己办公室，不留情面地对他说，他已经变成了一个彻头彻尾的废物。船厂里他只能帮倒忙；在家里和亲戚们也处不好——如果他继续这样下去，就成了家里的负担。

巴拉姆低下头说道：岳父，人都会犯错。我才刚刚二十一岁；给我个机会让我跑一趟中国，让我证明自己的价值。相信我，我一定会为您和咱们家争光的。

鲁斯托姆吉老爷久久地看着他，然后极不情愿地微微地点了下头：好，去吧，看看你能闯出个什么来。

米斯特雷公司为巴拉姆的第一次广东之旅提供了资金支持——结果出乎所有人意料，连巴拉姆自己也有些吃惊。那次行程中的众多惊喜当中令他最难忘的就是广东的飞地，那里都是做生意的外国人。“番鬼城”，那些老手们都这么叫，那里管治森严又奢华无限；你明知自己在那儿的一切所为都有人知晓，但又远离家人的严苛审度；那里不准女性进入，却会在不经意中撞上桃花：二十多岁的巴拉姆就是这样风光无限而又似有天意地和池梅生出了情愫。她是个船家女子，给他生过一个儿子——这孩子是万万不能让孟买的妻家知道的，这反倒让他更加宝贝这个儿子。

在广东，卸下了家乡、家庭、乡邻、责任和体统，巴拉姆似乎变成了另一个人，这个人似乎一直蛰伏在他体内：现在他就是巴瑞·莫迪，他自信、有力、合群、好客、爱热闹而且杰出有为。而当他返回孟买，这另一个自己就会重新被包裹起来：巴瑞又变回了巴拉姆，一个沉静话少、尽心顾家的丈夫，和一大家子住在一起也从未有任何抱怨。不能说哪个自己更为真实。这两样生活对巴拉姆来说都同样重要，不可或缺，而且他从未想过改变任何一边的生活。虽然希琳拜冷淡的服侍和对他的不满不加掩饰地挂在脸上，可这些也都是他不愿放弃的，正是这种态度才压制住了巴拉姆天生的热情奔放。

巴拉姆的生意大获成功，他完全可以从米斯特雷公司分离出去，自立一家外贸公司的门户——可他从未做此打算。而正是因为他这样的低姿态，家里人对他也再无怨言。除了自己的所得，巴拉姆还担任孟买一家显赫公司的代表，这可以为他赚取额外的好处：在广东他可以住在精良的住所中，在那里的几乎任何花费都可以报销。而且像“安娜希塔”这样的船只可供他使用，这不但让他行事方便，更提高了他的身份地位，因为这艘船是他岳父亲手制造的，当时只为他一人使用，“安娜希塔”号就是他岳父的旗舰：不论是广东还是世界任何地方，没有哪个商人的船舰可以与“安娜希塔”号的豪华比肩。

如果真从米斯特雷公司中分立出来，那他和妻子肯定也要从庄园中搬出——巴拉姆知道希琳拜是永远不会同意搬离庄园的。每次他只是刚刚提及此意，她就会哭得像个泪人。你怎么还想搬走？这里难道不是你家吗？如果我搬走了，母亲会被气死的。而且你一去中国就那么久，那些月月年年——难道我要一个人守着家，旁边连个男人都没有？如果我们有个儿子，那情况又不一样，可是……

所以巴拉姆也乐得留在米斯特雷家里，自己静心经营着自己的生意，让外贸这个分公司日渐成长为家庭船厂下一个富裕的分支。可是令人不解的是，巴拉姆生意上的成功并没有让希琳拜的兄长们对他的态度有所改观：相反的，他们本就对他心存猜疑，现在似乎更加担忧，因为他们的父亲肯定会更加依赖他了。

巴拉姆不理解这些米斯特雷家晚辈的态度，可他的母亲却不以为然，为了说明此事，她又开始博引自己长久积累的民间智慧。难道你不知道他们为什么害怕？她说。他们互相之间是这样谈论你的：宠物狗咬你咬得最狠……

以前他常会笑话母亲这些朴素的俗语，可是最后世事竟证明了母亲一直都是对的。

为米斯特雷公司工作了这么久，巴拉姆一直以为有了岳父的鼓励，他终有一天可以掌控自己创立和栽培的分公司。可米斯特雷老爷却在一次中风中全身瘫痪，不能说话。一连几个月老爷都挣扎在生死边缘，这让全家乃至公司都陷入了混乱。一直传言他早就起草的遗书却没有找到，他去世后，儿子和孙子很快为公司将来的去向吵成了一锅粥。巴拉姆和希琳拜并没有参与到这场争吵中，因为她的兄长们早就把她那份遗产交由信托人管理，而巴拉姆又未持有足够的股份，所以没人把他当个有分量的人。

直到巴拉姆被那些大舅哥召去开会的时候，他才刚知道他们正在合计着什么。他们围着他坐成一个半圆，告诉他他们已经就公司的去向做出了一致决定：造船方面的生意一直在走下坡路，所以他们决定变卖整个公司折现，分给各个兄弟和他们的孩子，可以拿这笔钱各自去开办生意。而出口分公司和船队目前是公司最值钱的部分，他们就要先从变卖这两块下手。当然对于巴拉姆来说多少有些不幸，这就意味着他可以退休了；而鉴于他对公司的贡献，公司决定拿出相当多的一部分资金来给他清算——毕竟他也已经五十多岁了，两个女儿也已成婚，夫家条件也都不错。难道现在拿上一笔丰厚的退休金算不上他这光彩一生最为合适的归宿吗？

换句话说，他，巴拉姆，一个为这家公司付出如此重大贡献之人，现在却被一笔遣散费打发回家了。

米斯特雷家会愿意把这么一家有着丰厚赢利的出口分公司卖掉，这是巴拉姆万万没有预想到的。而他也不愿接受退休这个想法：再也不出海，再也不能回广东，这相当于毁灭了自己一半甚至更多的生活；这还不如一死痛快。他上次去中国已经是三年前的事情了，他的儿子现在刚二十出头，却不知跑到哪儿去了，池梅也死了。妻不在而子未寻，就单单因为这个，让他永不回广东也是万不可能的；如果不知道自己儿子的下落，他就是死也不能瞑目啊。

为什么现在就要变卖？巴拉姆问他的大舅哥们。现在出口分公司比以往任何时候都要赚钱，你们为什么要卖掉它？为什么不再等几年？

米斯特雷家的兄弟们解释说，他们最近听到了不少令他们担忧的消息，说中国那边的情况每况愈下；甚至还有消息称那边的皇帝马上就要全面禁止进口鸦片。看来眼前将会有很长一段时间的不稳定因素，所以很多孟买商人都已经退出对中国的出口贸易。而他们也向来觉得这买卖过于投机；现在他们已经决定卖掉出口分公司，免得它拖累公司余下的产业。

巴拉姆只能一脸错愕地盯着他的大舅哥们：他比他们更了解和关注这方面的消息和传言。而他得出的结论正好相反，在他看来，目前这种状况反倒是个千载难逢的商机，可遇而不可求啊。就像在 1820 年间流传的那则流言，那年弗雷德里克老爷还劝他不要出口鸦片。巴拉姆不但坚持出口，而且还承运了最大一单货物；结果就像他所预想的一样，他当时赚了个盆满钵满。而正是这次机敏的一举将他推到了在华外商中的佼佼者行列，这些佼佼者在广东被叫做“代办”。

巴拉姆预想今年还会如此也是有自己的理由的：他最近得知，有数位中国高官联合向皇帝上书，请求将鸦片贸易合法化。所以接下来中国那边有可能采取的举措是：如果向此项贸易征税，清朝朝廷可从中获取巨额财富，官员也能从中盘剥肥利。这之后中国对鸦片的需求一定会暴涨。

巴拉姆如果乐意，本可以把这些消息告诉给米斯特雷兄弟；他也可以把自己的计划告诉他们，他打算今年承运一批更大量的鸦片，给公司赚取更多的钱。但他却没有开口；他自己做了一个许多年前就应当完成的决定：他的机智、胆量和经验都用来给自己的大舅哥们赚钱了，现在该轮到自己了。如果他动员起自己的人脉、把存的钱都取出来、财产抵押折现、变卖希琳拜的珠宝首饰、再问朋友借些钱，那么他可以把自己的资产翻个两到三倍，他就可以建立自己的公司。这是个必须要冒的风险。

他向几位大舅哥礼貌地一笑。不，他说，你们不用卖了出口分公司。

你是什么意思？

你们不用卖掉，因为我会从你们手中买下来。

你？他们齐声惊叫道，你考虑一下花销……有那么多船……“安娜希塔”号……水手以及工资……保险……办公室……仓库……营运资本……固定资产。

他们又不做声开始笑他，最后终于有一位兄长缓了口气，问他道：你有那么多资金吗？

巴拉姆摇了摇头。没有，他说，我现在还没有那么多资金。等我们谈好价格，我向你们保证我会在一年内把钱给你们。那之前，我要求你们不要动出口分公司，交由我来经营管理。

兄弟们互相交换着不安的眼神，不知道如何作答。为了最终有个定数，巴拉姆柔声地说道：你们也知道，其实没有别的办法。孟买所有人都知道是我白手起家建起了这个出口分公司。如果我劝他们别买，谁也不会不听我的。那样的话，你们连十分之一的价钱都卖不出。

正在这时他们头顶上传来了个声音。其实只是个重物掉到了上层房间的地板上——巴拉姆知道他这些大舅哥们很迷信，他立马抓住了这个机会：他把自己的手放到了心口上，说道：神之至上，我言为真。

如他所料，此言一出，纷争不再：米斯特雷兄弟们接受了他的条件，巴拉姆马上就开始着手自己的工作了。

这些年来，他早就建立起了广泛的人脉，有小本商人、开大篷车的、放高利贷的，都是这些人负责把鸦片从西部和中部印度城镇的市场运来孟买。他把手下和使者派往各地，瓜廖尔、印多尔、博帕尔、代瓦斯、巴罗达、斋浦尔、焦特布尔和科塔，全都放出话去，说孟买今年只有一个老爷能给鸦片出个好价钱。同时为了筹钱进货，巴拉姆把自己的积蓄都拿了出来，而且把自己能贷出钱的关系都利用起来。但钱还是不够，于是他把自己的地也抵押了——虽然妻子是咬着牙反对——他还卖光了家里所有的金器、银器和首饰。

可是即便如此，他筹到的钱还是离预期数目有段距离，而计划最终得以实现完全是因一件不可预期之事。在夏季季风快结束的时候，那通常都是商队出发去往广东的时间，关于中国的传言现在似已确凿无疑，商品的收购价格急转直下。等没有人再收购的时候，巴拉姆就可以出手了。

而正是这次集结的货物遭遇了 1838 年 9 月那场风暴。货物的全部价值，如果按巴拉姆估计的价格计算的话，应该超过一百万中国银两——等同于四十吨英国银两。

那风暴中损失了多少呢？巴拉姆躺在船主室的床上，嘴里鸦片带来的眩晕感还未消失，他满心焦虑。每次维科出来他都会问：多少，维科？损失了多少？

还在算，老板；还不知道。

等维科最后清算好之后，结果比预想的有好的一面，也有坏的一面：维科预计他们大约损失了三百箱——占总货运的百分之十。

如果说损失了五吨银两毋庸置疑，确是摧毁性的一击，但巴拉姆看到那么惨烈的场面，以为会是更大的数目。考虑到保险的赔付，他还是会有很多剩余来偿还那些投资者，并且确保自己稳赚一大笔。

眼前的问题是他要怎么来打这副牌；牌在手上，局已定下。

*

看着小姑娘掉眼泪总是难受的，费切尔更是受不了这一幕。他使劲地抓着自己的胡子，而且清了好几下喉咙，他突然说道：“你听到这个可能会觉得吃惊，波莱特小姐，但是我认识你父亲。你和他长得很像，我要说。”

波莱特抬起脸擦干了眼泪。

“但这实在是难以置信，先生：你是在哪见过我父亲的？”

“就在这里。在庞普勒穆斯。就在这个植物园……”

那是三十多年前，那时候费切尔刚完成了第一次到中国的旅行，返回英格兰的途中。那次旅行也很艰难：他那个老派的“植物舱”在一次雹暴中受到了损毁；海水淋到了那些植物，海风也侵袭了它们。他收集的植物中一半都死了，所以他来到庞普勒穆斯时几近绝望。但是在植物园入口处的一个储物棚里，他见到了皮埃尔·兰伯特：那时这位植物学家还很年轻，刚从法国来到这里，而且就在来这里的路上他开始实验了一种新的移种植物的盒子：找一个旧木箱子，去掉外面的几根板子，然后换上几块厚厚的方玻璃。他送给费切尔两个这样的盒子，而且一分钱都没要。

“我一直想感谢你的父亲，但是我再没有见过他。现在知道他已经去世了，我也很伤心。”

听到这个，波莱特一改刚才的沉静，开始向他讲述自己的故事。她告诉费切尔，她的父亲死在了加尔各答，留下她自己一人，身无分文；她决定来到毛里求斯，她的家人在这里曾有过一些过往，她成功地将自己偷运到一艘苦力船上，那船就是“朱鹭”号；这次行程可谓多灾多难，但是因为几位船员的好心，她得以平安上岸；船上的二副，扎卡里·瑞德，借她衣服穿，但他现在被捕了，马上就要被押送回加尔各答接受审判，罪名是煽动船员暴动；因为自己身无分文，她只能一路走到植物园，她的父亲原来曾在这里工作过——但是发现植物园早已废弃，无人管理了；因为再没有落脚的地方，她只好住在那处废弃的房舍中，这几天都住这里，随便找些东西果腹。

“那你现在打算干什么？你知道吗？”

“不，还不知道。但是既然这几天都过来了，再多坚持两天也未尝不可。”

费切尔又咳了一下，清了清喉咙，转身向她：“那你看——如果我给你提点更好的建议呢，波莱特小姐？一个工作？你会不会考虑一下？”

“工作，先生？”她谨慎地问他，“是什么样的工作，我能问问吗？”

“是园艺的工作——但是在船上的。你可以有自己的船舱，年轻女士所需的一应俱全。按甲板长的水平付你薪水，吃喝免费。”他又停顿了一下，“算我欠你父亲的人情。”

波莱特笑着摇了摇头：“你心真好，先生。但是我不是无家可归的小猫。我父亲也不会让我滥用你的好意的。我自己，先生，得向你坦白，我已经受够了受人施舍。”

“施舍？”

费切尔突然感觉身体的某个部位在动：就好像一种从未有过的疾病突然袭来，而他从未有过类似的经历——喉咙处有一种窒息的感觉，双手像中风一样，眼睛痒得难受。他跌坐在椅子上，手指伸向喉咙处，迷迷糊糊地发现自己的胡子尖处有水珠在往下滴。他看了看自己潮湿的手指，好像手指变形成某种费解的东西——就像尖刺处抽芽而出的卷须。

费切尔不是一个爱掉眼泪的人：他还是个小孩的时候，被打、被拍、被踢也不掉滴眼泪。可是现在就好像一生中积蓄的痛苦都奔涌而出，顺着他的脸颊淌了下来。

波莱特跪倒在他身边，忧伤地看着他的脸。“但是先生，这是怎么了？

如果我说的什么冒犯了你，那绝不是我的本意。”

“你不理解，”费切尔抽泣着说道，“我给你工作并不是要施舍你，波莱特小姐。事实上，我也有个女儿。她的名字叫埃伦，她也曾和我一起出海。她从小就想去中国，去采集植物，就像我一样。一个月前，她生病了，我们怎么都治不好。她后来去世了，没有她，我都不知道自己还能不能继续工作下去。”

他将双手从脸上移开，抬头看着她：“说实话，波莱特小姐，这其实是你在为一个老人做件好事。为了我。”

第三章

多年以来，巴拉姆一直觉得新加坡那些刚建成的小镇简直混乱得像个笑话。

过去，巴拉姆穿行海峡的时候，他从不会停靠新加坡，他都是到马六甲，那是他最喜欢的城市之一：他喜欢马六甲的位置、那里像模像样的荷兰风格的建筑、中式的寺庙、粉刷雪白的葡萄牙教堂、阿拉伯口味的汤，还有长期定居在那里的古吉拉特人家所住的gali——他是个美食家，城里的峇峇[①]商人家里举办的宴会他尤其偏爱。

那个时候的新加坡只不过是个森林覆盖的岛屿之一，刚好挡在海峡的出口处。它南边的河流入海口处有一个马来人的小村庄：有时会有船只在附近抛锚，然后放下大艇到村里去讨些淡水和补给。但这岛上的林子里有恶虎、鳄鱼和毒蛇；所以若非迫不得已，外人都不会逗留过久。

当英国决定在这样一个没有发展前景的地方建城兴镇，巴拉姆像其他人一样，认为这座城早晚还是要被森林吞没的：离马六甲就只剩一天的航程，那谁还会愿意停靠在这样的地方？一年年过去，虽然巴拉姆自己更青睐马六甲，但船上的其他掌事却总说新加坡港口的设施更好，他也不得不更多地造访那里——他们比较中意提凡戴尔先生的船坞，因为它位置便

① 峇峇，又作“巴巴”，峇峇和娘惹，或称土生华人是指数百年来居住在马来西亚、印尼和新加坡的当地华人。男性称为峇峇，女性称为娘惹。他们主要在中国明朝或以前移民到东南亚，大部分人的原籍是中国的福建或广东潮汕地区，其中有部分是客家籍。

利：他们常说这个船厂是这个地区最好的。

“安娜希塔”号在挺过风暴之后便朝这个船坞开来，虽然第二斜桅和船头雕饰都被风暴卷走了，但其他桅杆还都完好，所以不到一个星期就可以开到。由于误食鸦片的副作用还未消失，巴拉姆在这段时间都起不了床。一连几天，鸦片让他不停地反呕恶心：这种剧烈的反胃他从未经受过，比最严重的晕船反应还要强烈。他的胃部每个小时都会有一两次痉挛，让他感觉好像肠子都要从嘴里吐出来。每次发作他都浑身无力，没有维科帮他，连身子都翻不过来。

“安娜希塔”号到达新加坡的时候，巴拉姆虚弱得根本出不了卧室；船被拉到船坞整修加固，他只能留在船上。但这也不算遭罪，因为这镇上最像样的酒店就是达特龙奎依先生开的，那里的舒适度和他房间的设施无法相提并论。“安娜希塔”号上船主套间的奢华怕是只有皇家游艇可与之匹敌：有卧室、客厅、书房、浴室和盥洗室。这里和“安娜希塔”号的其他房间一样，隔墙上画着古波斯和亚述的图案，都是雕刻在木柱上的：这些木柱上有沟槽，就像波斯波利斯①和帕萨尔加德城中的一样；房内还立有挂矛武器架，上面绘有带翅膀的法罗哈②和跃起的马儿。舱室中的一角有一张很大的红木书桌，另一个角落处是一个小小的圣坛，上面有一个镀金边框装裱的查拉图斯特拉先知③的图片。

套房中的床是最豪华的体现：带着四个边角的华盖，而且床的位置安排别有用意，巴拉姆常在上面就可以从船舱的窗户看到外面的海港。这样他可以亲眼看看新加坡比之以往有了多么快速的变化和发展。

提凡戴尔船坞位于新加坡河的入海口和内港之间，这里正是河口处；锚泊地位于稍远的海湾中。“安娜希塔”号刚好抛锚在这两处之间，随着

---

① 波斯波利斯，古波斯帝国都城之一。

② 法罗哈，在拜火教中指人类的灵魂。

③ 查拉图斯特拉先知，相传为公元前 7 至前 6 世纪古波斯的先知，琐罗亚斯德教创始人。

潮汐来回摆动：当面向外的时候，可以看到上百艘货船和大号木帆船下的驳船，都绕在海湾中大船的周围。在它们返回海岸的时候，这些经过的小船离“安娜希塔”号非常近，巴拉姆都能听到那些秋丽船员的声音，他们用泰米尔语、泰卢固语和奥里亚语说话、叫喊、唱歌。当“安娜希塔”号的船尾转过来的时候，他就能看到一片片新建的仓库和办公楼。有时候“安娜希塔”号会被潮汐带得更远，这样他就能一直望到河的上游，看到渔船码头，更小点的渔船会在那里卸货、下客。

港口中各色各样的活动似乎永无休止，船只来来往往，这样看着巴拉姆也开始理解，为什么他认识的好几个商人最近都在新加坡或买或租了多间仓库和办公室：看来这个新城在贸易的重要程度上，很快就会赶上马六甲了。这让巴拉姆的情绪又变得复杂起来：这个英国人建起来的新地方应该不会像以前的马六甲那么好混；在马六甲，马来人、中国人、古吉拉特人和阿拉伯人都住在一起，和那些常居当地的葡萄牙人、荷兰人混得熟络。但是新加坡这座城的设计却不同，他们刻意地把“白人城”和其他的居住地分隔开来，而且给中国人、马来人和印度人也都分别划定了居住区域——有些人管那些地方叫“少数民族聚集区”。

这样一个奇怪的新城市会变成什么样呢？可以肯定的一点是，它一定会是个买进卖出的好地方。维科上岸先草草打探了一下，发现这里确实有很多小摊和市场——维科最喜欢的是每周一次的集市，远近各处的人都会赶集来卖或换些旧衣服。

听了维科的描述，还有自己观察到的河上的船只往来交通，巴拉姆认为新加坡已经快速发展成为印度洋上一个重要的中转地：所以当他听说自己的老朋友扎迪·卡拉比迪恩也在这里时，并没觉得意外——维科在当地的商业大街上走的时候碰到了他。

嘿，维科！巴拉姆说，你怎么不把扎迪大哥一起带回来呢？

他正去哪儿办事，老板。他说他会尽快过来的。

他来新加坡干什么？

他要去广东，老板。

哦？巴拉姆坐了起来，那他已经订好船票了吗？

不知道，老板。

维科，你现在就出去找到他，巴拉姆说，请他和我们一起走，坐“安娜希塔”号。不答应可不行。让他马上上咱们的船。快去，快！

扎迪·卡拉比迪恩是巴拉姆关系亲近的朋友之一。两人已经认识二十三年了，当时是在广东。扎迪是个专职的商人，常往返于印度洋和中国南海的各个港口，卖些钟表、手表、音乐盒还有些其他的机械类小东西——他们管这些叫“小玩意儿”，广东那边很需要这类货品。

虽然扎迪本是亚美尼亚人，但他家已经在埃及住了上百年，他们住在开罗基督教徒和犹太人聚集的那个区。据传言，扎迪的祖先还是个孩子的时候就被卖给了埃及的苏丹：他后来扶摇直上，混到了骑兵头衔，就把自己的一些亲戚都弄到了开罗，他们慢慢都富裕起来，有手艺人、收税的，还有经商的。之后他们的生意关系发展到了亚丁、巴士拉、科伦坡、孟买，还有远东的几处港口，也包括广东。

比起他家族中的其他人，扎迪是个更喜欢走南闯北的人，而且通晓多门语言，其中就包括印度斯坦语。他在另一方面则更有天赋，那就是巴拉姆所说的“消息灵通”，也正因如此，两人才在广东有幸相识。

那是1815年11月底，法国人在滑铁卢被打败的消息刚刚传到中国南方，那里大部分的欧洲人听到这个消息都感到宽慰。因为很多欧洲人因战事一再推迟回国的时间，现在都又做打算，准备返回故土；这也引起了很多麻烦，最明显的就是外币开始紧俏。因为激增的需求，很难拿到可以在印度花的外币。巴拉姆突然意识到，如果想让自己当季的利润兑现，他不得不跑一趟英格兰。

这对巴拉姆来说并不是个坏事：他以前从没去过欧洲，一想到欧洲之行，他就兴奋不已。可是当他想订一张船票的时候，他发现往西走的船少得可怜。这时候一位帕西朋友向他介绍了扎迪·卡拉比迪恩。

扎迪对欧洲大陆的政治情形可是密切关注的，他预见了百日王朝[①]一事，而且还从中获利。介绍他给巴拉姆是因为他也要去英格兰，而且他早猜到会有大批向西返乡的欧洲人。他还在同舱里预订了其他床位，希望可以找到一个性格合适，又肯大手笔花钱的同行人做伴。两人一番讨价还价，最后谈妥条件，于1815年12月7日在澳门登上了光荣船运公司的“卡夫奈尔”号船。

扎迪个子很高，脖子又细又长，脸上永远都像生了冻疮一样，因为他那棕亮又透粉的脸颊总是长着许多密布的裂纹。船一起锚，巴拉姆和扎迪两个就形影不离。两人的卧舱在船的最里面，为了远离舱底污水的臭气，他们大部分时间都待在甲板上，靠着船舷聊天，任海风吹着脸庞。两人都三十五六岁，而且令他们自己惊讶的是，虽然他们的家乡在不同的大洲，但却有着许多共同点。和巴拉姆一样，扎迪也是靠着一段不平等的婚姻白手起家——他被挑中要娶一个富家的寡妇女儿为妻，而她家和自家有点远亲关系。他对于亲家待他如穷小子有着感同身受的理解。

有一天，他俩靠在船舷上看着“卡夫奈尔”号翻起的浪花，扎迪说：你离开家的时候，住在中国的时候——你是怎么……怎么解决鱼水之需的？

谈到这样的事情，巴拉姆总是会不自然，他有点结结巴巴地答道：……你是什么意思？

这没什么好丢人的，你看，扎迪说，不是说只有身体有需要，我们的灵魂也是需要的——一个男人在自己家里都觉得孤寂，难道他没有权利去别的地方寻找伴侣吗？

你觉得那是权利？巴拉姆问他。

---

① 此处原文为“百日之战”，实指拿破仑一世在被流放后重返法国，试图重建法兰西第一帝国的一连串事件。1815年3月20日，拿破仑从厄尔巴岛逃到法国，集结军队，把刚复辟的波旁王朝推翻，再度称帝；6月28日，因为滑铁卢战役的失败，拿破仑再被流放到圣赫勒拿岛，波旁王朝再度复辟。拿破仑战争至此结束，拿破仑重返帝位总共101日，因此史称“百日王朝”。

不论是不是权利，我不介意告诉你，我——和那些常年漂泊在外的人一样——克伦坡那还有个家。那里的“老婆”是个锡兰人，虽然我和她的家庭并不是法律意义上的，但在我心里一样亲密，不亚于那个继承我姓的家庭。

巴拉姆看了看他，然后又垂下了眼睛：这很难吧，是不是？

他这话的语气让扎迪停顿了一下：你也有这样一个爱人吧？

巴拉姆低下头，点了点头。

是中国人吗？

是的。

是他们说的那种“妓女”——专门服侍男人的？

当然不是！巴拉姆生气地说道，不是。我认识她的时候她是个洗衣女，一个寡妇。她和她母亲、女儿住在船上；她们靠给那些飞地的居民洗衣服养家糊口……

巴拉姆从未跟任何人谈过这个，没想到讲出来会有如此的解脱，他讲着讲着便停不下来了。

她的名字叫池梅，他告诉扎迪。认识她的时候，巴拉姆第一次到广东。作为帕西人当中最年轻的一位，他总要去帮那些大老爷们跑腿办事，有时候他还会被派到码头去帮他们打听衣服洗好没有，这让他第一次碰到了池梅。她正在她家那艘船船尾的平滑处捶洗衣服，头发上紧紧地扎着一个头巾，有几绺头发从紧扎的头巾中垂了下来，卷曲在前额上。她的脸长得很标致，而且很有生气，黑亮的眼睛，双颊像红亮的苹果。两人互相看了下，她马上就把脸转开了。后来等他要返回工厂的时候，他又回头望了她一眼，看到她也在看着他。

等他回到自己的住处，眼前总是浮现出她的脸庞。这已经不是巴拉姆第一次对在码头工作的姑娘心生情愫了，可是这次他的渴望比以往都更加强烈。她看他的样子有些特别，他总是挥之不去那眼神，让他再次回到她的舢板上。他会找些借口跑去那个洗衣船上，有几次他发现了她在看他，她马上就红了脸，迅速地移开了目光。通过这个他知道她已经认得他了。

他发现她的舢板上似乎只有另外两个人住着，一个老妇人和一个小姑娘。船上从来没有男人。知道了这个，他似乎更加有了动力。有一天，当他发现只有她一个人的时候，便抓住了机会："你叫什么名字？"

她红着脸答道："李笑杰。那先生叫什么名字？"

后来他才明白，其实她是告诉他可以称她为"李小姐"，但那时候，知道她番鬼城的话讲得流利就足够了。

"我，巴瑞。巴瑞·莫迪。"

她卷着舌头叫着他的名字："巴瑞先生？"

"是的。"

"巴瑞先生也是白头鬼？"

巴拉姆知道这个词，意思就是"戴白帽子的鬼"，是用来称呼帕西人的，因为他们都戴着白色头巾。他笑着答道："是的。"

她害羞地点了点头，然后又闪回到了舢板船的船舱里去。

那时候他就认定，这个女子有她的独特之处。广东船女和那些住在城里的中国女人不同：她们不缠足，而且总是光着脚，她们的举止从不是娴静羞涩的：她们划船、装货，干起活来丝毫不比男人们差劲。而且在钱上也更为算计，却不加掩饰，像巴拉姆这样初来乍到的，大家都提醒他和这样的女人打交道要格外小心。

和其他的洗衣女工有所不同，池梅从来不张口要礼物或是小费。她也会力争多讨要些工钱，但是谈完就作罢，不再纠缠不休。巴拉姆有一次想多给她些钱，硬把几块多余的铜钱塞到她手里。她仔细地数完后马上追上了他："巴瑞先生！钱给多了！给，这些还你。"

他想劝她收下，可她却发了脾气。她指着旁边那些俏俗的花船："那船上有花姐们。巴瑞先生可以去找。"

"巴瑞先生不想要花姐。"

她耸耸肩膀，把钱币扔到他的手心里就走开了。

他之后一次再见到她就有些害羞，而他这样的举动她却很开心。等他把要洗的衣物交给她之后，她小声问道："巴瑞先生？要，不要，花姐？"

"不要，"他说，然后他鼓足勇气，说，"巴瑞先生不想要花姐。想要李小姐。"

"哎呀！"她笑起来，"巴瑞先生不要乱说话啦！李小姐可不是花姐啊！"

巴拉姆那时候对这种洋泾浜英语的发音还不大熟悉，但两人之间的谈话却勾起他一种难以言表的情欲：他有时会在半夜醒来，在那自言自语，好像在和她讲话，向他解释自己的生活："巴瑞先生有一个老婆，还有两个女儿……"

等他再去拿衣服的时候，他想办法打探了一下她的情况。他假装那包衣服太重拿不动，说道："李小姐有丈夫吗？如果有，他能帮搬下么？"

她的脸色沉下来："没有。丈夫死了。在海上。一年了。"

"哦？巴瑞先生心里很难过。"

那之后没多久，巴拉姆也历经了丧亲之痛。他收到了母亲的一封信，信中告知他，他在古吉拉特的小妹妹去世了。她已经病了有几个月了，但是一开始母亲认为最好不要告诉他，他离家那么远，除了担心也别无他法。而现在既然已经去世了，索性就告诉他了。

巴拉姆一直很宠爱这个妹妹，他悲伤得难以自拔，又不愿和广东这里的帕西人讲这个噩耗。他回到自己的小房间，本应该为孟买帮那些高层履行的职责他全然没有心情。有一天，一位大老爷朝他发了脾气，说他没有好好去帮大家洗衣服。在一通臭训之后，老爷扔给他一块洗破了的头巾。

看——都是你的错，看看洗成什么样了！

巴拉姆可没有心情和这个老爷争辩，他走出工厂区，直奔池梅的舢板船。那时候已经天黑，但他一点也没费劲就找到了船。不知什么原因，船上只有她一个人。

"巴瑞先生，请，请。有什么事？"

“李小姐做坏了好多事。”

“哎呀！我做了什么事啊？”

“扯坏布。”

“扯坏什么布啊？巴瑞先生给我看看？”

“看。看。”

舢板船上只有一盏小灯，还是在船舱里。船舱里又窄又矮，可也没什么东西，所以并没觉得太挤。巴拉姆蹲在弧形的船顶下，打开了那坏布，想找到被洗坏的地方。头巾都是有几码长的布，所以没一会儿就缠在两人的手臂上解也解不开。

巴拉姆开始说出一连串咒骂的言语——她突然抓住了他的手臂。

“停下，停下，巴瑞先生。停下。”她拿起一块布，擦了擦他的脸。

“巴瑞先生有什么难处？心里难过？”

他的喉咙干干的，回答道：“是的。太难过了。妹妹死了。”

她坐得离他很近，肩膀斜倾向他的方向。他把头垂向了她颈部的锁骨处，让他意外的是，她并没有推开他。她伸出一只手来轻抚他的后背。

他以前从未感到过被抚摸是如此的舒服，头脑里并没有什么情欲或是爱欲，满心里都是感激。

而后不一会儿就可以明确看出，她对于他的心意已决。她在耳边轻声告诉他现在不能久留，因为母亲和女儿马上就要回来了。她很快就会让人给他送信：“是个小男孩——我家亲戚。名叫阿龙。”

两天后，巴拉姆感到有人在拉自己的衣角。他回过头来看到身后站着一个小男孩。他的鼻子下面挂着一条像珍珠一样的鼻涕，穿着一件脏脏的外袍和破裤子。他就像飞地里其他那些小孩儿一样，每天都讨些钱币，有时还会帮大人们跑个腿。

“你叫阿龙？”

男孩点了点头，然后开始向码头走去。他走路歪歪扭扭，总好像马上要摔到脸一样。这样的走路姿势很显眼，所以即使是天黑巴拉姆也能瞧见他。他们走到一个没有点灯的舢板船处。阿龙示意巴拉姆爬上去，他费劲地爬到前甲板上。池梅就在黑漆漆的船舱里等着他。她摆手示意他不要说话，两个人就一声不响地坐在一起，阿龙就会解开船索，把舢板船朝河的上游白鹭湖的方向划去。这时她铺开了一张毯子。

“过来，巴瑞先生。”

他从未和自己妻子以外的女人亲近过：他在生意上一贯自信和好胜，可一到亲密或个人的事情上，他却总是害羞而内敛的。以前他脱衣时是庄重而且无语的；可是在这里，池梅一边帮他脱下头巾、扯下外衣、解开裤子，一边不停地咯咯直笑。她正想扯下他那根寓意神圣的腰带，他小声说道：“这根绳是我信的教要带的。不能解。”

她又是一通大笑：“哇！信教系的绳都有？”

“有。有。”

“白帽鬼的大布太多了。”

“白帽鬼还有别的大东西。”

在这拥挤的船舱里，坚硬的舢板、船来回的摇摆、舱底透上来的鱼干臭味，这些都营造出一种迷晕的迫切感。和希琳拜之间的爱事就像在医院例行体检一样，两人的身体除了必需接触的部位，其他部分都不会彼此触碰。巴拉姆对于现在这一切都毫无心理准备：湿透的汗液、身体的沾黏、打滑、偶尔摸错了地方，池梅竟然还放了个响屁，这实在是他始料不及的。

完事之后，两人依偎在彼此手臂上，听到船外的烟花声，两人从铺盖里伸出头去看。湖边的村里正在庆祝着什么，炮仗以弧形冲上天空。而天上炫丽的亮光倒映在暗黑的水面上，舢板船在这一片闪亮当中似乎悬浮了起来。

当船向河岸返回时，池梅开了口，说的事情巴拉姆心里早有准备：“巴瑞先生要给些感谢[①]。已经做过了爱事。吃鸡肉要给钱啊。巴瑞先生要

① 感谢（cumshaw），此处“感谢”意为“小费”、“报酬”等，对应汉语中的“感谢”。最初为中国港口城市中乞丐行乞时所用，后来在19世纪被港口中的外国人转用，泛指“小费”等意。

给大感谢。”

两个人在一起你一言我一语地吵了半个小时，商量到底他应该留下多少钱——这种讨价还价要比任何甜言蜜语都暖心。这是他最熟悉的语言，是他每天都要用上的言辞，他更擅长的是这个，而不是什么你侬我侬。最后他满心欢喜地把身上所有的钱都留给了她。

他要上岸的时候她说：“巴瑞一定要给阿龙些感谢。”

巴拉姆的口袋已经底朝天了，所以他笑了：“没钱了。晚点会给阿龙感谢的。”

男孩跟他一直回到了住所，巴拉姆大发慈悲，赏了他一件让小男孩的脸上露出明亮微笑的礼物：他给了他半块摩腊婆鸦片，让他马上就转手卖掉：“去买鞋、买衣服、吃些米饭。懂唔懂啊？”

懂！唔该晒[①]！男孩脸上带着得意的笑跑开了。

这次之后，巴拉姆和池梅就开始经常见面了，一周一次到两次。这些爱事通常都是叫阿龙的这个男孩来联系。巴拉姆经常看到他在飞地里跑来跑去，身边还有其他男孩，只消阿龙抬抬眉毛、瞄一眼他就明白了。晚上的时候他到码头去，她就会在舢板船里等着他。

从一开始，巴拉姆就对她很大方，甚至可以说是太大手笔了。那年在他回孟买之前，他问她想要什么，她说她想换一艘更大的船，他一口答应下来。等第二年刚开春，他又带着丰厚的礼物回来了。他每次在广东的逗留结束后，都一定要给她留下足够多的钱物，足够她自己和家里人花销——她的女儿和母亲——一直到他下次再回来。她会不会趁他不在的时候又跟了别人，对此他从未有过一丝的戒备：他对她绝对的信任，而她也完全对得起他的信任。

1815 年 3 月，就在巴拉姆要回孟买前的几天，池梅拉着她的手放在了腹部：“看看这，巴瑞先生。”

---

① 唔该晒，粤语，意为“谢谢”等意。

"孩子？"

"孩子。"

他感到非常开心，就像他当初得知希琳拜怀孕一样：他唯一的担心就是怕她可能不想要这个孩子。为了让她生活更轻松些，他给她拿了钱，让她顺河而下离开广东，这样她回来就可以跟别人说这孩子是她领养的。

他对这个孩子的到来非常激动，所以那年他只在孟买待了四个月，季风结束就返回中国了。刚到澳门，他没有等着坐客船，而是租了一艘快蟹船从珠江三角洲的小支流回到了广东。

他的宝贝已经出生，长布包裹着，骄傲地把它的生殖器露在外面。她把孩子放到他的手臂里，他使劲搂紧着，没想到一阵温热的尿液从男孩的小鸡鸡呲出来，尿得他满脸尽湿，直顺着胡子淌下来。

他开心地笑了："他名字叫什么？"

"梁发。"

"不。"巴拉姆摇了摇头，"他名字应该叫弗拉姆吉。"他俩又是态度良好地吵了好一会儿也没有最后谈妥。

而这件事之后三个月，巴拉姆就认识了扎迪。当他向自己这位新认识的朋友敞开心扉的时候，那一幕还依然清晰。当他讲完就忍不住笑了，扎迪也笑了起来：那男孩到底叫什么了？

她管他叫阿发。我叫他弗雷迪。

是你的独生子？

是的。

扎迪拍了拍他，算是对他的恭喜。恭喜！

谢谢。那你和你另一位妻子有几个孩子？

两个。两个女儿：阿丽娜和萨吉斯。

扎迪说起这两个名字，陷入了沉思。他手肘撑在甲板栏杆上，下巴抵在拳头上：你说，巴拉姆老弟，你有没有考虑过离开自己的家庭——你法律上那个——这样可以和另外一个生活，我是说池梅，还有她给你生的这个孩子。

这个问题让巴拉姆大吃一惊。不，他说，从没想过。我从来都不会这样想的。为什么？难道你这样考虑过？

是的，我考虑过，扎迪说，跟你说实话，我经常这样想。他们没有别的亲人，只有我——但是我另一个家庭，在开罗那个，他们拥有一切。时间越长，我越不愿离开这些真正需要我的人。一离开他们，我的心就绞作一团。

他沉重的语气让巴拉姆颇感吃惊；他觉得如果是一个负责任的商人，怎么会真的考虑要与自己的家庭和一切关系断绝联系呢。在他的世界，如果迈出这一步，他知道这不但会让自己颜面尽失，还会人去财空。他觉得这实在是太好笑了，一个这么完美的男人，一个丈夫和父亲，怎么会冒出如此天真的想法。

你知道他们怎么说吗，扎迪大哥，巴拉姆语气略带调侃，棍子指挥脑子，好人也变傻子。

不是这样的，扎迪说。

那是什么呢？难道是——他们说的——“爱”？

叫它**爱**，叫它**情**，叫它**恋**，随你怎么叫它。这是我心里的感觉。难道你没有感觉吗？

巴拉姆想一想，然后摇了摇头。不，他说，我和池梅那不叫爱。我们叫爱事，我更喜欢那样。另外一点——我不知道怎么跟她表达，她也不知道怎么向我表达。如果你自己都找不到一个词来形容，你又怎么知道自己感受到的是什么呢？

扎迪又一次长时间地、带着赞许地看着他。

我为你感到悲伤，我的朋友，他说，最后，你知道，最后留存的就只有那无法表达的东西了。

只有那些了？巴拉姆大笑起来，你疯了吗，扎迪大哥！你开玩笑呢，是不？

不，我没有。巴拉姆老弟。

那扎迪大哥，巴拉姆轻声地说道，如果你是这样想的，那么你是打算离开你的妻子了，是不是？

扎迪叹了口气。是的，他说，总有一天我会这样做的。

巴拉姆从不认为扎迪真的会那样做，谈话当时和后来都不认为他真的会离开——但是几年后，扎迪真的如他所言，离开了原来的家庭。他给开罗的那家留下了一大笔钱，然后在科伦坡的要塞地区买了一幢宽敞的大房子。巴拉姆没多久之后去看过他：他的情妇是个中年发福的荷兰女人，在他看来，两人的孩子都很幸福、健康，培养得很好。

第二年，巴拉姆请扎迪来广东见了池梅和弗雷迪。池梅给他们做了顿丰盛的晚餐，弗雷迪那时候才刚刚会走路，扎迪很是喜欢他。扎迪后来每次到中国都会去看看他们。等他回到科伦坡的时候，就会给巴拉姆捎去她们的消息。

正是从他的信中，巴拉姆知道了弗雷迪的出走，还有池梅的离世。

*

最后帮波莱特下定决心的是亲眼看到了“雷德鲁斯”号——这艘双桅船就像施了魔咒一样，让她对费切尔所求之事仅存的那点儿疑虑也烟消云散了。

如果说船可以按照船主的形象设计建造的话，那么这艘船一看就知道归谁——她就像是船版的费切尔一样。“雷德鲁斯”号船身修长，带着尖尖的角和锋利、上扬的线条——而且她的船首斜桁甚至也会颤动和摇晃，就像她船主眉毛的习惯动作一样。有时风吹过“雷德鲁斯”号的船桅发出的声音也和其他船不一样：波莱特不禁会想，如果船只会说话，那么“雷德鲁斯”号应该也像费切尔一样，满口浓重的口音，还有响亮的元音发音。

但这些并不是“雷德鲁斯”号区别于其他船只的地方：她的独一无二

之处在于她甲板上的植物。一般来说，航行的船只上都有植物：大多数船上都会栽一些，有些是为了船员补给蔬菜，有些为了装饰，有的只为在大海中添加一抹绿色。但是“雷德鲁斯”号上的植物群种可远远超出了五六盆：甲板上有很多沃德箱①。这些都是新发明：玻璃前挡的箱子，两侧的板子可以调节，其实在功效上就是微型的温室。这种发明完全革新了在海上运送植物的方法，使之更简单、更安全；“雷德鲁斯”号上有很多这样的箱子，全都用钢索和粗绳牢牢地固定住了。

船上绿色最葱郁的就是后甲板：围着船栏还有后桅纵帆下面，摆着一排排的罐子和箱子。费切尔为了给这些植物多加一层保护，还设计了一个很巧妙的可移动的雨篷。这些篷可以按要求调节，为植物提供阴凉、阳光，免受海上恶劣天气的影响。如果遇上雨天，雨篷就会变成储水栏：船上有这么多植物，“雷德鲁斯”号要比其他船只需要更多的淡水，所以浪费一滴水费切尔都会极不乐意。

“雷德鲁斯”号有着自己独特的处理垃圾的步骤：底层甲板的废物不会不加处理就倒入海里。船员的主要食物就是咸肉，吃剩的渣子和垃圾混在一起，所有能用作植物肥料的都要拣出来。茶叶渣、咖啡渣、剩饭，还有一些碎饼干和硬面饼——所有这些都扔在一个巨大的桶里，这个桶就吊在船尾。桶上有着密实的防水盖子，但一到炎热无风的时候，这桶里就会散发出阵阵恶臭，旁边船只上的人都会觉得恶心。

“雷德鲁斯”号上密实的绿色植物以及玻璃面的大箱子，都让她与众不同，常会被旁人取笑：码头上的人总会问，这船是不是那些有名的“精神病船”，上面装满了送往偏远岛屿的疯子。但这个双桅船和她的主人一样，只是长相上有些古怪。波莱特很快发现，“雷德鲁斯”号并没有像外表那么花哨；相反地，船上的每个组成部分都是为了两项最基本的功能：节省和赢利。比如说，船上所载的这些植物根本不需花大手笔购进，也不

① 沃德箱，培育蕨类植物等的玻璃容器。

用资金运转，但这些植物的潜在价值是相当巨大的。而且，船上这些货物还从不遭贼，也没有海盗惦记，因为它们的真正价值只有少数识货的人才知道。

“雷德鲁斯”号上的植物并不是随意装运的。它们都是费切尔亲手挑选的：多数是从美洲运来刚刚引入欧洲的，所以中国应该没有这些植物。植物群中有金鱼草、山梗莱和轮藻，是亚历山大·冯·洪堡[①]从墨西哥引入美洲的；从墨西哥引入的还有墨西哥白色香橙花和一株漂亮的倒挂金钟属的植物；从美洲西北部引入的莓果，这株植物既有装饰性、也具备药用性，是一株漂亮的松柏目科植物，这几种都是大卫·道格拉斯引入的——费切尔确信，这棵植物在中国一定会受到欢迎，因为中国人很喜欢松柏类植物。当然还有一些灌木类的小植物：尤其是会开花的加仑子，费切尔对它的期望值很高。他告诉波莱特，这株植物当时的售价够支付道格拉斯第一次美洲之旅的全部花销——走运的是，现在还没有人把它介绍到中国。

费切尔打算用这三株美洲植物来换三株中国植物，然后再运回西方。波莱特觉得这个主意真是太好了，肯定从未有人想到过，但费切尔很坚决地否认了：“你有没有听说过汤执中[②]？”

波莱特想了想，说：“是不是角蒿就是用他的名字命名的？会开漂亮的小喇叭形状的花？”

“正是他。”费切尔说。

角蒿之父是耶稣会会士，费切尔说，他在北京的朝廷里待过几年。和其他外国人一样，他的行动会受到限制，而且不可以到城外去收集各种植物，也不能进御花园。他想改变这种限制，所以想出了这样的办法，就是

---

① 亚历山大·冯·洪堡（1769—1859），德国科学家，与李特尔同为近代地理学的主要创建人。生于德国柏林，亦逝于德国柏林，是世界第一个大学地理系——柏林大学地理系的第一任系主任。他的哥哥是柏林洪堡大学创立者威廉·冯·洪堡。

② 汤执中（1706—1757），法国传教士，植物学家。曾在清朝皇帝乾隆的御花园中工作。在此期间，他曾收集了许多中国特有的花木种苗，并将它们输送到欧洲，其中有荷花、苏铁、角蒿、翠菊、侧柏、槐树、臭椿等。同时他也把欧洲的植物移植到了中国。

以物换物：他给法国家乡去信，希望运来一些欧洲花草。于是他手下的特派员给他运来了郁金香、矢车菊还有耧斗菜。但是这些都不能让皇帝瞧上眼——皇帝却看上了一株不起眼的含羞草。

“如果是这样，那为什么我们‘雷德鲁斯’号上没带来呢？”

别看“雷德鲁斯”号外表奇巧，但她可并没什么特殊的作用，因为建造她的并不是个疯狂的科学家，也不是个臆想的造梦人。她其实是一条很普通的船，就是一位勤劳的园丁一手打造的——他不是深邃的思想家，而是一个务实的工作者，在他看来，大自然是一幅拼图，如果拼得好，可以带来丰厚的利润。

而这样的想法对波莱特来讲实在是太新鲜了。她的父亲教她了解了植物学，父亲对大自然的爱更像是一种宗教信仰，是一种精神追求：他相信，只有尽力去了解每一个物种的内在生命力，人类才可以穿越尘俗的世界和造作的分隔。如果说植物学就是这一宗教圣经，那么园艺学就是这一信仰的形式。在皮埃尔·兰伯特看来，照顾好一个花园可不仅仅是撒下种子、修剪枝桠，而应该是精神修行，是与其他生命形式的交流。这种交流无须语言，只能通过认真研修它们的表达方式才可准确理解——它们表达的语言就是开花、成长、枯萎。他也告诉波莱特，只有这样，人类才能理解组成地球之灵真正的生命能量。

费切尔的世界观和波莱特的爸爸相比实在是天壤之别，可在波莱特看来，从某种特殊的角度来看，他似乎比她爸爸更能融入自然的规则当中：费切尔就像是长在石坡上的一棵歪歪扭扭的老树，有着不可动摇的决心，他依靠这个世界，从中汲取自己的生命力；他靠此敛财，而又视钱财如无物；他从不喜用奢物，财富之于他并非安逸、反生焦虑——像是一副重担，更像是为避荒寄存在地窖里成包的洋白菜。

等波莱特后来愈加了解他，才知道他的这些想法和态度都与成长环境有关。他是康沃尔郡一个蔬菜水果小贩的儿子，出生地在法尔茅斯城郊一个常常被冷风侵袭的小村庄，村里就可以看到海。他的父亲原来是一艘水果运输船上的水手——这些水果运输船从地中海的果园运送水果到英国市场，都是些速度快、外漆光亮的小船。后来他因为出了事故，右臂伤残，只能靠别的营生养家糊口：他开始倒卖水果蔬菜，有些是从以前的船友那买来的。彭罗斯家共有五个孩子，家里条件也不好，他们上学也是三天打鱼两天晒网。等男孩在家里帮不上父亲的时候，就得去附近的农场和花园里上班赚些散钱。就这样，费切尔被一位教区的医生看上了，这位医生是个业余博物学家，他注意到这个男孩很会料理植物，就教会了他辨识植物，还借书给他看。他循循善诱，反复教育，让这个男孩养成了自我修养的好习惯，这对男孩有很大帮助。没多久他就被一艘水果运输船的船长相中，招他当了一名水手。他马上就琢磨出了个妙法可以保存船上那些地中海运来的货物——橙子、李子、柿子、杏、柠檬还有无花果。和大多数商运船一样，水果运输船允许每位船员自己带些货物，可以自己挣点钱。如果天气好的时候，费切尔就会带些树苗、水果树和花园中种植的植物，等船到了伦敦，这些东西都可以卖出很好的价钱。

费切尔一直保留着那时候养成的习惯，这对他财富的积累有着很重要的作用。他苦心经营了很久，终于把彭罗斯苗圃建成了英国园艺界一家举足轻重的公司，而且现在他想要脱手一段时间，哪怕只是暂时的，都不是件容易的事儿。费切尔非常清楚，他作为一名稀有物种的供给者，园艺这门生意是需要不断创新进步的——一方面，现在一株新奇的花朵要从弥足珍贵变成艳花俗草的时间是越来越短了；另一方面，现在市场上咄咄逼人的后起之秀也越来越多。彭罗斯公司的竞争者中，最令他头痛的就是德文郡附近的维奇苗圃。他们不但热衷于搜寻新货种，而且还喜欢资助一些探险性的航程和远征，虽然目前为止还没有什么收获：有些探险者们卷钱就跑了；还有些失了心性、横死他乡；那些好不容易回来的，也没带回来什么有价值的新鲜货。这些人中有一个很有潜力的康沃尔郡年轻人，他把自己发现的最好的东西都藏了起来，然后再卖给维奇家——这样的奸诈实在让费切尔痛心疾首，因为那位德文郡的竞争对手居然都算不上个货真价实的西方人，他不过是个苏格兰半吊子。

这些事情都让费切尔更加坚信，只有他亲自出马，才能照顾得好这些花花草草，也才更可能节约更多的开支：因为他苗圃里很多值钱的苗种都是他自己采集的，采自中国南方，而且那时他既没经验又没什么资源支持。他那时就坚信，如果他可以开着自己的船再回到中国，肯定可以取得更大的成就——可是这样的一次旅程至少要持续个两三年，而且他还要先把家里的事情安排妥当。他上了岁数才结婚，妻子撒手人寰的时候扔下了三个孩子——一对双胞胎儿子和一个女儿，小女儿比两个哥哥要小很多。把自己的孩子扔到亲戚家，那是费切尔断然不肯的；但是随便找个女人结婚，只为找来个照顾孩子的，那费切尔就更为鄙夷了。所以他十分不情愿地一再搁置自己的这个计划，直到两个儿子已经可以帮他打理生意了。在出行之前，他为航程做了精心准备，其中包括设计和建造“雷德鲁斯”号，船的名字正是他妻子的出生地。

彭罗斯家的儿子是很能干的年轻人，有经商的头脑，生活中的其他事情也处理得得心应手。听着费切尔的讲述，波莱特听得出来，他对这两个孩子唯一的失望之处在于，对植物学和自然历史，两个孩子都不感兴趣：在他们看来，植物和门把手、香肠以及市场中任意一件标着价钱的东西别无二致。

彭罗斯家的孩子里只有埃伦继承了费切尔对自然世界的热爱之情。父亲对她疼爱有加，这是原因之一（而且费切尔向波莱特袒露，她长得很像她的母亲凯瑟琳，她常常获得如是褒奖：“脸蛋漂亮得胜过身段”）。虽然埃伦的身体并不是很好，却坚持要跟着父亲到“雷德鲁斯”号。费切尔劝她留在家里，跟她讲长途航行中的凶险，但是她却谈起了玛丽亚·马利安①。这是一位传奇的植物插画师，在五十二岁的时候从荷兰旅行到南美洲。费切尔无以应答，因为当时就是他把马利安画的苏里南的花和昆虫给

① 玛丽亚·马利安（1647—1717），德国著名博物学家，插画师。

她看，才激发了埃伦对植物学的兴趣。

埃伦用她自己那种沉静的表现，向费切尔证明了她和父亲一样意志坚定。后来费切尔的态度也不得不有所缓和："雷德鲁斯"号上特意给她留出一间船舱，专为埃伦所用。双桅船在春天起航离岸了，船上共有十八名船员，还装配了很沉的各种植物和栽培设备。"雷德鲁斯"号乘风破浪，很快就经过了加那利岛。埃伦很喜欢那里山坡上的野花，她坚持要上岸爬到山上——可能就是在那里她染上了高烧，但是这场病是在回到船上几天后才严重的，可那时船已经航行到了海中。费切尔带的药品里没有可以缓解这个高烧的，在"雷德鲁斯"号离圣赫勒拿岛[①]还有一天航程的时候，埃伦终究没有坚持住，去世了。费切尔把她葬在山旁的一处墓地，那里种满了风铃草和山梗莱。

当费切尔带着波莱特来到那扇锁着的门前时——那是埃伦原来的房间——不用他告诉，波莱特也看得出来已经有好几个星期没有人进过这屋了。

"现在这房间是你的了，波莱特小姐。在那箱子里你可以找到一些埃伦的衣服：如果你觉得能穿，尽可以随便挑。"

说完这个，费切尔关上了门，让她自己安顿一下。

船舱不大，也不奢华，但有一顶温暖而舒适的床铺和一张书桌。而且还有很多设施供一位年轻女士使用，毕竟这一船上都是些男人：有盥洗室和瓷制水盆，天花板上还用铆钉巧妙地固定了一个铜盆。

床铺旁有一个书架，看里面的书波莱特就可以大概了解到埃伦·彭罗斯是怎样一个人：有一本经常翻阅的《圣经》，一本约翰·卫斯里[②]的生平传记，一本卫理宗的赞美诗集，另外几本都是些祈祷类的书。除了这几本，还有一些植物学的书，其中有一本玛丽亚·马利安的插画书。但没有

---

① 圣赫勒拿岛，位于南大西洋。

② 约翰·卫斯里（1703—1791），18 世纪的一位英国国教（圣公会）神职人员和基督教神学家，为卫理宗的创始者。

一本小说或是诗集：看来埃伦·彭罗斯和她父亲一样，没有一点浪漫和诗意的情怀。

等波莱特翻看箱子里的衣服时，更加印证了对埃伦的看法：衣服都是朴素、耐穿的，基本上只有很少的饰边、蕾丝和其他装饰。衣服的领子都很高，不会露出脖子，颜色都很简洁，基本上都是黑色。当波莱特试穿其中一件的时候，她发现这件衣服的主人比她的身形更宽肥一些——箱子中有个针线盒，她完全可以自己改得合身。

波莱特穿着费切尔女儿的衣服走了出来，心中有些迟疑。但费切尔似乎并没有注意到她外表的变化：他当时正在照料一株生了病的花旗松，他只说了句："自己去拿把大剪刀。"

过了好几天之后，他才漫不经心地一提："看到自己的衣服又有了用途，埃伦一定会很高兴的。"

波莱特一时没有准备："呃，先生……我不知道要怎么感谢你……你做的这一切……"

她的喉咙里似乎有些东西，让她不能再讲出什么话来，她自己并未觉得不好，因为就是这么几句感谢的话就让费切尔尴尬窘迫得不得了。他的脸马上变得通红，然后开始嘟囔道："别在这费话了，波莱特小姐，现在还有工作要做。"

过了一两天，波莱特就已经把"雷德鲁斯"号当作自己家了。船上的水手也为她的到来很开心，因为可以减轻些他们照看植物的工作，所以他们甚至比老板还要欢迎她的到来。波莱特马上就在船上找到了自己的位置。在"雷德鲁斯"号离开路易斯港之前的那几天，她一直担心着扎卡里。但是她在码头上，有一天偶然碰到了巴布·诺伯·凯辛·潘德，让她心里的担忧多有缓解：他告诉她扎卡里现在还被关押着，等着遣送回加尔各答，就"朱鹭"号上发生的事情接受审讯。

"不需要担心，兰伯特小姐——瑞德先生会没事儿的。奇林沃思船长对他特别心软。他愿意为他作证，所以案子会被撤的。我也会陪着他。我会密切关注的。”

这让波莱特很安慰：“请您告诉他，巴布·诺伯·凯辛，我很好，而且非常走运。我碰到一个有名的园丁，彭罗斯先生。他是个百万富翁，现在打算去中国收集植物。他让我当他的助手。”

“那么你也要去中国吗？我向神祈祷，祝你一路平安。”

“你也是，巴布·诺伯·凯辛。请您告诉扎卡里我希望可以很快见到他，不论我在哪里……”

*

尼尔和阿发去往新加坡的旅程非常缓慢：他们从大尼科巴岛上搭乘的武吉士纵帆船刚刚从麦加朝圣归来，所以不得不在苏门答腊海岸线上停靠很多地方，因为许多朝圣者都是这里的。行程被拖延了几天。到达新加坡时正赶上了低潮，纵帆船只能在外海港抛锚。船上的旅客们没等着潮水再涨，就凑了些钱币，租了一艘秋丽驳船把他们带到了上游的渔船码头。

河流的入海口处挤满了船——快帆船、舢板船、平底帆船、三桅帆船和独桅帆船。在这些破烂的海船和河船中，有一艘船显得鹤立鸡群：中等大小的三桅帆船，做工精良。她就停在河口，而且停靠的位置刚好驳船要经过她的右舷船梁。这船上凿子凿出的线条和流线型的外形似乎是在特意引起人们的注意，让大家看看她经历了怎样的磨难；她的船头上缠绕着很多的网，船身上的伤处非常明显：在她的艏斜帆桁和原来船头雕饰之间被撞出了一个巨大的空洞。

很多人都转过头去看这个断了头的船，尼尔注意到阿发好像被这艘破损的船深深吸引住了——他盯着她看，他那握着船舷边缘的手指关节都已经攥得发白了。

等到了渔船码头，天已经黑了。他们穿过河，本想要找间小客栈，一般印度水手、苦力和其他工人都可以花几个铜板租块地铺来睡。但是阿发又改变了主意。他沿着堤岸走着，说道：“饿了！来，我们找个饭船。”

停在岸边的很多小船上的厨火都升了起来，有些上面有成群的人——大多都是中国人——他们都在边吃边喝着酒。阿发停下来挨个打量着，但是好像哪艘都不遂他的心意。又走了一会儿，他突然停了下来，然后向尼尔打个手势，让他跟着他穿过一段步桥。他似乎没有任何迟疑，尼尔也不知道他的依据是什么，因为这个船看上去比其他的都要更暗些，而且也没有什么客人。

“为什么这艘？它有什么不一样的？”

“别管了。上来。”

船上有一个圆脸的年轻女人，还有一对夫妇看上去像是她的祖父母。他们看上去已经要打烊了，因为那个老头已经靠在一个垫子上。阿发在步桥上朝他们喊了几句。不知道是打招呼还是问问题，尼尔也听不懂，但是这几句话却好像有魔力似的，马上就让这艘昏昏欲睡的船有了生气：老夫妻满脸堆笑，年轻女人热情地招呼阿发进去。

“她在说什么？”

“她说叔叔婶婶要睡觉了，但是她乐意给咱们烧菜。”

他们这样热情欢迎让尼尔感到非常意外，因为他和阿发看上去都像是身无分文的要饭的，两人都穿着磨得精薄的裤子和脏兮兮的外袍，肩上背着自己的小布包。“你跟他们说的什么？”他问，“他们看到你怎么那么高兴呢？”

“说的船话，”阿发依旧用他那简洁的表达方式说道，“他们懂。没关系。吃饭。喝。我们喝广东酒。”

饭船的形状很奇特：看上去好像船的中间部分被挖了下去，船的主干和船尾都略高一些。在船尾处有一个木制的“房子”，房子有扇重重的门，在另一边船头处，有块茅草覆盖的区域，四面都是开放的，客人就在这里吃饭，有几个垒起来的厚木板用作餐桌。被挖出来的中间部分就是烧菜的地方：厨师只要站着就可以把烧好的菜放到桌子上。

两人坐下，阿发侧向厨房，和那个年轻姑娘又说了几句。说完他手指着“房子”的顶上，那里挂着几只头朝下的活鸡，脚都被捆着。女人站起来，从房顶上摘下来一只鸡，然后开始拔鸡毛，那动作就好像从藤上摘下一个水果。一开始鸡也呱呱乱叫，不停地拍着翅膀，她砍下它的头，脚还是捆着的，就扔下了船，到了河里它还在拍着翅膀。慢慢地，鸡就没了声音，过了一分钟，肚子里的内脏被扔到了一个挂在船旁边的篮子里，里面发出水煮沸的咕嘟声。紧接着就是热油的嗞啦声，不一会儿，一盘鸡肝、鸡胗、鸡肠杂炒就端上来了。

那味道真是香啊，尼尔也不用筷子了，直接用手抓着吃了起来。阿发虽然刚才还说自己饿，但现在好像根本都没注意到这盘菜——他刚刚和厨师说完话，眼睛和注意力就又回到了河那头那艘没有艏小帆的船上。

“你为什么要盯着那艘船，阿发？”尼尔最后问道，“它有什么特殊的？”

阿发摇着头，好像要从昏睡中清醒过来一样：“我告诉你，你也不会信。”

“告诉我吧。”

“那船是……我家。我爸。”阿发不屑地笑着。

“你说的什么意思？”

“没什么。是我爸家的。”

又有一瓶热辣、闻上去酸酸的液体端到了他们面前，阿发倒进了一个小小的白酒盅里。他咂了一口，又笑了，就像他每每尴尬或不安时那样。也不知他这是打算正经起来还是想要轻佻耍逗，因为阿发内心的外在表现并不像其他人一样：在认识他的这几个月间，尼尔发现，有时阿发会像孩童一样傻傻的，但却会紧跟着就雷霆大怒；而有时候压抑着的沉默，却不过是有些迷糊犯瘾。

现在阿发虽然在笑，但尼尔感觉到他并不是在开玩笑，至少不是完全在开玩笑：他和河那边的船有种强烈而又冲突着的联系，这是一个他想极力抵触的联系。

“那这船名字是什么？”他说，有点挑衅的意思，他有点希望阿发根本不知道答案是什么。

但他却脱口而出：“名字：‘安娜希塔’号。爸爸信的教，水域女神的名。就像我们的妈祖。之前，前面有雕塑，女神的。叫——你们叫？”

“……船头雕饰？”

“船头雕饰。现在没。家人伤心。特别是爷爷，他造的船。”

“‘爷爷’？”尼尔问，“你爸爸的父亲，你是说？”

“不，”阿发说，“爸爸大老婆那边的。鲁斯托姆吉·米斯特雷老爷，孟买有名的造船商……”

厨师过来打断了他的话，她站起来递上来一盘酱鸡爪。阿发夹起一只来，要用自己的筷子喂给她，两个人一阵笑，又逗了一会儿，她才让他把鸡爪放进她的嘴里。然后她又咯咯笑着扇开他的手，最后他转过身来朝向尼尔。

“对不起，”他说，眼睛闪着光，“好久没见女人。没机会爽爽。”他笑着，又往酒盅里倒了些酒，“就见着你。两个人，脚捆着，像鸡一样。”他指着船顶上那些被捆着的鸡，又笑了。

尼尔点了点头：“没错。”

在海上的那段时光，两个人被紧紧地锁在一起，所有的移动和转身都要同时进行。尼尔从未和任何人有过这么长时间的接触，从未与另一个人有如此近距离的亲近——可是现在，就像以前一样，他感觉自己根本不了解阿发。

“你的意思是，”尼尔说，“你是鲁斯托姆吉·米斯特雷老爷的亲戚？”

“是的，”阿发说，“从爸爸那边。他的大老婆是老爷的女儿。我也有很长时间是不知道的……”

阿发得知自己在遥远的孟买有亲戚时，已经十几岁了。小的时候，人家就告诉他说他是孤儿，刚生下来爸爸和妈妈就都死了，是他那位守寡的大姨妈把他养大的。这其实不光是告诉他，那时候在广东码头上、番鬼城里认识他们的人了解到的都是这个。而且阿发的长相和肤色也没有让人对他的爸爸是谁起过疑心，生活在船上都是他那种被晒黑的肤色。长大以后，他也从没觉得自己的家庭和周围人有什么不同，只不过有一点，自家有个富裕的捐助亲戚，叫“巴瑞叔叔”，是个印度来的“白头鬼”，而且他还是自己的教父，他们的话叫“干爹”。巴瑞叔叔是他爸爸以前的老板，大人这么告诉他的。他父母去世之后，巴瑞叔叔觉得应该对这个孤儿负起责任，所以会给姨妈钱，让她来抚养他，而且还会从印度给他带礼物，连老师和家教的钱都是叔叔付的。

姨妈并没有让巴瑞叔叔对这孩子抱有太大的希望，她也不同意给他花太多钱请老师。要让船家的孩子上学并不容易，所以巴瑞叔叔得花很多钱安排。他想让这个孩子读些古汉典，还要学些英语；他想让这个孩子长大后可以“受人尊重”，当个绅士，在番鬼城的生意人间混得开，让他们可以佩服他灵巧的手脚和肚里的知识。姨妈却觉得这样做没什么意义：她倒更愿意巴瑞叔叔把钱都给她，别对那孩子这么上心。当朝廷法律禁止船家的人参加科举考试时，他学书法能有什么用呢？当船家人禁止在岸上建房子的时候，他学拳击和骑马干吗呢？她希望他就像其他船家孩子一样，学些打鱼、开船和修船的本领。

但是，如果她不是醒着的时候，在她的梦里，姨妈一定是知道他并不是一个真正的船家孩子，因为她总是做同样的噩梦，梦里这孩子被一个长得像龙一样的鱼袭击了——其实是鲟鱼。所以她也从来不让他下水。

和其他船家孩子一样，阿发从小脚踝上就系着个铃铛，这样家里人就能听到他在哪里；他也和他们一样，开船的时候，就被放在一个桶里，后背也捆着个木板，这样如果掉到水里，他就会浮起来。但是其他孩子两三岁的时候就会拆下板子和脚踝上的铃铛——阿发的却一直戴着，给他招来好多讥笑。在广东的码头上，小男孩总会跳进江里逗那些番鬼们乐和乐和，番鬼们会把钱币和小玩意扔到江里，他们捞上来就归他们了。阿发也想和这些船家的孩子一起游泳，潜到江底捞些钱币，但是家里人却严禁他下水，就是因为那只鲟鱼的凶兆。

姨妈心里也知道想让一个水上人[1]的孩子不下水，那根本就是不可能的。

“在他们——我们——小的时候，就会漂……”

阿发的话再次被打断，又上了两盘菜，清透的汤里漂着切碎的鸡块：他拿筷子指着其中一块上上下下漂动着的鸡块：“我们就像这样学游泳。本地人——那些不住船上的——他们总笑话我们，说我们不长脚、只长鳍。我一样学着游泳，但都是趁姨妈不在的时候；有时候我也会和其他孩子一起下去捞钱币。有一天她知道了，把我从水里拉出来，打我，在大伙面前臭骂我。实在是太丢人了，我想自己跳河里，要是那鲟鱼来吃了我，更好。我想：她这样打骂我，是因为我没有爹妈。我想：如果我是她孩子，她不可能这样打。我想：还是跑吧。自己盘算着，和那些乞丐打听些路子，但是大姐知道了。她把一切告诉我了：姨妈不是姨妈，是妈妈。巴瑞叔叔也不是干爹，是爸爸。我不能去问妈妈，因为如果她知道是大姐告诉我的，就会打大姐。我等着巴瑞叔叔再来。他一个人的时候，我问：你是爸爸，是吗？姨妈是妈妈？一开始他说，不，不是。但我后来又问，又问，他开始哭，然后都承认了。他说，是，都是真的；他是爸爸，他在孟买还有个家。”

阿发不再说话，示意尼尔端起酒盅。两个人干了杯之后，尼尔也沉默了一会儿。阿发又倒满了酒，然后平静地说道：“很震惊吧？你知道这一切之后？而且还是这样发现的。”

“震惊？是的，可能。”阿发的声音平缓而没有丝毫波动，“一开始我什么都想知道。孟买。大老婆。姐姐们。你能想象得到，这一切对我来说多么奇怪。我小时候，就在这样的船上生活；我们也是穷人，像他们一样。穷苦的船家人，有时候没吃的，喝西北风。结果有一天，听说自己

① 水上人，亦为疍家、蛋家、艇家等，是广东、广西和福建一带一种以船为家的渔民。

爸爸是好鬼[1]有钱的人，有钱的白毛鬼。现在我想我知道为什么妈妈打我了——我不是真的中国人，我是她见不得人的秘密，但是她还需要我，因为我，爸爸才给钱。但现在已经没关系了。他还有一个家。我想知道爸爸的那个家。我问爸爸，但他什么也不说。不喜欢说那个家。他给我讲马六甲、科伦坡和伦敦，但从不讲孟买。我在书里读到过'西方的岛屿'——印度——有金子和神力，所以我想去——想像孙悟空一样一个跟头翻过去。但这都是我想的——脚站在自家的船上，日日生活的地方。听说爸爸的船，'安娜希塔'号，我发了疯一样想去看看。"

"那船开到了广东？"

"没有，"阿发说，"大船不能开到广东——开不上这条河。它们都只能在黄埔抛锚。见过很多来来往往的船，所以我了解：我知道那船创了纪录——从孟买开到广东只用了十七天。等爸爸来了，我说：带我，带我去船上，他脸就红了，摇摇头。他害怕如果带我上船，就会有消息传回孟买。大老婆知道我，会有麻烦。船不是他的，他告诉我：是岳父和大舅子的。他喜欢花钱雇来的下人，所以要小心。但这些我都不理解；我无所谓。我告诉他，我要去，不然我就给他丢人。我就自己去黄埔。然后他说，好，他带我去。但是他让我跟着维科，他船上的事务长——他自己不带我。维科把船指给我看，给我讲故事。就像我脑子里幻想的样子——一个宫殿，比那些官船都漂亮。要不是亲眼所见，根本没法相信……"

他又停下来指一指"安娜希塔"号向上翘着的上层后甲板，上面挂着一盏罗经柜灯，照着下面。"看，船尾那——第三个船桅，你们叫什么？"

"后纵桅？"

"对。那船桅像树。在树下甲板上，有雕出来的长椅，人可以坐。爷爷造这些椅子，就像村里的榕树。维科告诉我的。后来，我看到'安娜希塔'，总是想那是我的椅子……"

① 好鬼，粤语"非常"的意思。

厨师再次打断了他的话，她端上来几碗冒着热气的米饭，还有剩下的鸡肉。这次的鸡肉又换了好几种烧法，闻着非常诱人，但是尼尔沉浸在阿发的回忆中，对吃的也没什么心思了。

“那你后来又上船上了吗?”

“没有——没上，看过很多次。在伶仃岛[①]。”

“你去那看你父亲?”

“不。爸爸从没去伶仃。”他看到尼尔眼中有些迷惑，便说道，“来来，我指给你看……”

阿发拿筷子很快地扒下鸡肉，夹起了那块叉骨。他把骨头放在了厚木板桌上，指着开口的地方：“这个就是珠江口，通往广东。”然后他又从碗里夹出些米饭，撒在了那个开口处。“这些都是小岛——有很多，就像海里冒出来的牙齿。这些牙齿对海盗很有利。对于那些像爸爸的外国商人，也很有利。因为外国船不可以把鸦片运进广东。朝廷禁止。他们就假装没有运鸦片。他们开到这，”——他的筷子又指向了叉骨开口处的另一堆米饭——“伶仃岛。在那卖鸦片。价钱谈好，卖家就放下船，快船，有三十个桨的那种——‘快蟹船’。”阿发笑了，用筷子把那块叉骨扔到了水里。“我就是那样上的伶仃岛，坐‘快蟹船’。”

“为什么？你去那干什么?”

“你说呢？买鸦片。”

“给谁?”

“我老板——他是个大鸦片贩子，有很多快蟹船，手下很多人，叫兄弟。我们就是一大家，他是我们的大哥大，我们这家的大哥大。我们叫他大佬。他是广东人，但是哪儿都去过——还去过伦敦。在伦敦待过很久，回来后开始在澳门做生意。他有很多像我这样的给他干活；他喜欢用我们这样的。”

① 伶仃岛，外伶仃岛在珠海香洲东南部。名字来历：因该岛伶仃孤立，且在内伶仃之外，故名。

“你们这样的是什么意思？”

“假俊仔——‘混血小子’。”阿发笑着说，“珠江附近有很多这样的——在澳门、黄埔、广州。在任意一个港口，只要是有花柳街的地方，就有很多野仔和‘外海孩子’。他们也要吃，也要活。大佬给我们工作，对我们好。有好长一段时间，我就当他是我的亲大哥。但后来我们掰了。所以我得离开广东，跑路。不能回去。”

“发生什么事情了？”

“大佬，他有女人。不是老婆，但……你们叫什么来着？”

“妾？”

“对。妾。她长得漂亮。名字叫阿德丽娜。”

“是欧洲人？”

“不。阿德丽娜也是像我一样：一半清人，一半阿差①。”

“阿差？什么意思？”

“‘阿差’——就是广东人称呼你们。你们印度斯坦人——在广东都叫你们‘阿差’。”

“但是‘阿差’的意思是‘好’。或是‘好的’。”

阿发笑了：“广州话的意思是反的。阿差是‘坏人’的意思。所以你对我差，你对他们阿差啊。”

尼尔也笑了：“那你的阿德丽娜是半个阿差？她从哪里来的？”

“她妈妈是住在澳门的果阿人。她爸爸是广东的中国人。阿德丽娜很漂亮，她也喜欢抽鸦片。大佬不在，让我照顾她。有时候她让我和她一起抽大烟。我们都是半个阿差，都没去过印度。我们一起谈印度，谈她的妈妈，我的爸爸。然后……”

---

① 阿差（Achha），有两层含义。一为印地语 achcha 的对音，印语中 achcha 是表示明白或同意对方所说的话时所回应的感叹语，近似英语的 yes。每每见印度人交谈时说 achcha，所以以此称呼印度人。又一原因是来自于 acharya 一语，在印度语中 charya 是老师、有识之士、智者之意。出自梵文 acarya，乃对有文化、有修养的人的尊称。

“你俩相爱了？”

“是。我们癫癫特特[1]。疯了一样。”

“被你的老板发现了？”

阿发点了点头。

“那他会怎样？”

“你说呢？”阿发耸耸肩，“国有国法，家有家规。我知道大佬要杀我，所以就藏在妈家了。后来听说兄弟来找我，就跑路了。去了澳门，假装是基督徒，藏在神学院里。后来他们把我送到了西孟加拉邦的塞兰坡。”

“阿德丽娜呢？”

阿发看着他的眼睛，然后用筷子指向了泥水浑浊的河里。

“她自尽了？”

他点了下头，细微得几乎无法觉察。

“但现在都过去了，阿发，你难道现在就不想回广东吗？”

“不想。不能回去，就算妈还在。大佬到处都有眼线。不能回去。”

“但是你的父亲呢？为什么不去看看他？”

“不！”阿发把酒盅重重地摔在桌上，“不。不想见爸爸。”

“为什么？”

“上次我见他，让他带我上印度。我想离开。离开大清国，离开广东。我知道如果留下，我和阿德丽娜肯定要出事。我也知道大佬要是知道，他能做出什么样的事儿——对她、对我。所以我有一天去找爸爸。让他带我去印度，坐‘安娜希塔’号。但他说：不，不，弗雷迪，不能去。不可能。后来我也生气。非常生气。再也不见爸爸了。”

尼尔虽然听出阿发声音的激动，但能感觉到这艘船对他这位朋友的影响愈加强烈了，那种磁力似乎越来越大。“听我说，阿发，”他说，“不论你和你父亲之间发生了什么，都已是过眼云烟。可能他现在已经变了，难

---

① 癫癫特特，粤语“做傻事”的意思。

道你不想上去看看他在不在船上吗？”

“没必要知道，”阿发说，“我知道。他在船上。我知道他在。”

“怎么知道的？”

“看到旗？带柱子那个？只有爸爸在船上才升起来。”

“那你为什么不给他送个信儿？”

“不。”这话从阿发口中说出，就像是个小炸弹，“不。不想送。”

尼尔抬起头看着阿发的脸，一直没有什么表情的脸上，好像突然皱成了一张挤坏的面具。但阿发马上又正了正自己的肩，摇了摇头，好像要让自己清醒些。又一扬头喝了口酒，他说：“尼尔先生，你让我说了太多话。不说了。我们睡觉。”

“睡哪儿？”

“这里。这船上。姑娘说我们可以睡这里。”

第四章

从毛里求斯去往中国南方的这段路程，费切尔选择了一条最短的路，取道爪哇，其间会停靠昂格尔进行补给，昂格尔港正对着苏丹海峡那边冒着火苗的喀拉喀托火山。

下令升起船帆的时候，“朱鹭”号还停在路易斯港。当她驶出港口时，“雷德鲁斯”号就离这艘纵帆船几百码远。“朱鹭”号甲板上没有一个人，光秃秃的桅杆让它和旁边那些高高的帆船相比显得十分渺小。波莱特感到很是惊讶，就是这样一艘小小的帆船，却可以影响如此众多人的命运。所以当“雷德鲁斯”号的船帆被风鼓起，这艘双桅船疾速向前时，波莱特还是无法将眼光从“朱鹭”号上移开，还是费切尔提醒了她，该干活了。

“机灵些，波莱特小姐，在海上可没时间发呆……”

波莱特也马上意识到，这可不是危言耸听：想要照顾好一艘正在航行的帆船上的植物可是件忙碌不停的差事。总是有活要干，就好像要照顾的这个花园是种在一个喜欢乱动的大动物的后背上。“雷德鲁斯”号几乎从来都不是水平的，她最平静的时候也会左沉沉、右晃晃；还有的时候，甲板会上下来回摇晃，船首一会儿扎进海里，马上又直冲上来。所以这些摇晃对于植物来说都会是个潜在的巨大威胁：如果光照的角度稍稍有变，一些喜荫的灌木类植物就会被暴露在灼热的热带阳光之下；如果一个大浪拍来，就会扬起一片海水，冲到花盆里，那无异于给它们浇了盐水；如果甲板过于倾斜，沃德箱就会从钢索中松动下来，顺着舷梯一路撞下去。

每一次这些紧急的情况发生，或者其他更多难料的突发情况发生时，都有必要的步骤和要求，而这些全都是费切尔自己研发的。他不会向别人详细解释自己的方法，所以大多时候，波莱特都得边看边学。有时候，他会边工作边自言自语——波莱特发现，别看这些嘟囔几乎听不清楚，但却可以从中学到很多。

比如说土壤问题，费切尔会盯着一株枯萎的植物，哪怕是放在阴暗地方的，他也能根据植株生的毛病推断出这土质成分里有什么组成问题。有些土“热”，他说，还有一些“冷”，他的意思是说有些土比其他的更容易吸热升温，另外一些会长时间地保持某一温度。为了达到平衡，他会存几桶土，全都倒放在船上，有些标着“冷”，有些标着“热”：标“冷”那些颜色更淡些，像白垩质的土壤，标“热”那些一般颜色更暗些，更泥质一些，更像种植东西的土质。每当有需要的时候，他就会让波莱特帮他取一些，然后小心地适量加入进行调节。

刚一开始，波莱特觉得这种冷土热土的概念太玄乎了——但不可否认的是，费切尔的办法有时候真能起到起死回生的神效。

费切尔另一项研究得很透彻的是肥料。他非常赞成用传统材料使土壤增肥——“雷德鲁斯”号的船舱里有很多桶，里面装着油菜籽饼、麦芽粉和亚麻籽面——但他最感兴趣的肥料是那些可以在航海程中收获或培育出来的。比如说海草：他相信，某些种类的海草经过一系列的浸泡、晾干、研磨可以变成对植物相当有好处的肥料。每次“雷德鲁斯”号遇到海草，他都要放下渔网和水桶，捞上来一些，然后把他相不中的挑出去，剩下的就泡在淡水里，再晾在船的后桅索和帆索上。晾干之后，他把它们放在研钵里磨成面，再把这些面分成一个个小份，就好像这是什么难得的好东西似的。

“雷德鲁斯”号上养的鸡也是另一项重要的植物肥料来源。波莱特的职责之一就是每天早上把圈里的鸡屎清扫出来，费切尔说这个加些水发酵一下，也可以成为相当不错的肥料。连鸡的骨头也不能乱扔：鸡肉被吃光后，每个部分都有用，鸡毛和骨头都被切碎，塞入“雷德鲁斯”号船尾上的肥料桶里。费切尔说，掉队的海鸟就更有用了，因为它们可以直接被切碎。所以要是有只疲劳的海雀或海鸥站在船上歇息一下，水手们就会一阵哄抢——因为逮到海鸟的，费切尔都会有点儿小赏。

肉骨头也是发酵肥料中比较宝贵的：剩饭桶中的骨头用锤子砸碎后扔到肥料桶里。波莱特从来不知道动物骨头还可以派上这个用场，但费切尔言之凿凿地告诉她，这在伦敦很普遍，屠夫会把这些废料卖给农场主，从中赚取一笔不小的收入——不单单是骨头，还有动物的毛和角。每个骨粉和碎骨都卖得出价；煮烂之后磨成粉，然后制成一块块肥料，里面富含石灰、磷酸盐和氧化镁。

鱼和鱼骨头也可以物尽其用。双桅船的后面常悬着两三杆鱼线，每每捕到鱼，而且这鱼够吃一顿，费切尔就会下令一定要把骨头剔得干干净净，鱼头、鱼尾和鱼身的骨头都要拿去作肥料。如果钓上来的鱼太小，他就会直接把它们放到花盆里。他说，在康沃尔，沙丁鱼是绝好的肥料，通常都是整条埋进土里。

有一天，有一只胖胖的小海豚被搅在“雷德鲁斯”号的鱼线上。它被拉上来的时候还活着，波莱特本想放它走，但费切尔可听不进去——他不知道在哪里读到过，说萨默维尔勋爵萨里的农场上曾经用过鲸脂，效果非常好。看到这么个小动物在“雷德鲁斯”号的甲板上“像个平底锅里的煎鱼”，他感到由衷的高兴。波莱特有些伤心，这个小海豚马上就被杀了，皮脂被刮了下来，放到了一个特殊的桶里分解发酵。

唯一一种被费切尔禁止不用的东西就是——至少波莱特在的时候他是这样说的——“排物”，也就是自然分泌排泄物。但他对船员多有偏见，他毫不犹豫地承认，要是他自己的，他肯定会拿来用的。他说化学家大量佐证过，所有的尿液，不论是人的还是动物的，都能以溶剂的方式提供蔬菜所需的基本养分。而其他的排物，也都是有用的。据说在康沃尔，老费切尔·彭罗斯“是铁公鸡，为了肥料要他扒大便，他都会满心欢喜而为之”——他自己也大方地承认，在英国用粪便作肥料，他是这方面的先锋派。这是中国的园艺方法，他原来还不是很了解。

“真的吗，先生？还有别的吗？”

“当然有，”费切尔说，“比如说矮化栽培——他们在那方面真是聪明。还有温室。他们已经用了几百年，那些小支架，用纸和木头做的。还有分层透气。”

波莱特从来没听过这些：“天啊，先生，这些都是什么啊？”

“就是你把东西直接移植到枝桠上……”

费切尔说这是中国的园艺方法，他将它传回英国，加以普及，自己凭这个赚了好多钱。他扭身又回到自己的船舱，手里拿着一个仪器出来了。这是他设计的，起了个名字叫“彭罗斯繁殖罐”，到市场上去兜售。大约与洒水壶一般大小，只是旁边切开了一条，可以放入一根嫩芽。切条的一旁有一个小圈，可以把这个罐挂在树枝上：这样嫩芽可以生根，但却不用种在土里。

“如果不是在中国见过，我自己是无论如何也发明不出来的。”

这些故事让波莱特大开眼界。费切尔和她想象中的植物收集家完全不同，他长相如此另类，行为如此乖张，实在不像个勇敢无畏的探险家。但波莱特从她父亲的讲述中有所了解，连最伟大的收集家洪堡也和传说中有很大偏差——矮胖粗壮、干练敏捷，而且还是个花花公子，以至于有时慕名前去找寻他的人，常常以为自己碰到的是个冒牌货。费切尔并不是像他这样的探险家——但是“雷德鲁斯”号上的植物和设备足以证明，他做事严谨，精明能干，更重要的是他对植物满腔热情。

“先生，”有一天，她问道，“我能否问您，您最初想来到中国，是因为什么呢？”

“可以，”费切尔说，他的眉毛一抖，“我尽可能详尽地回答你。那时候，我还以当水手为生，在一艘康沃尔的水果运输船上……”

有一年夏天，那艘船开到了伦敦，在那里停靠了几天。费切尔听说有位绅士正在四处打听，想要找些懂得照顾植物的水手。他又详细打听之后发现，这位招兵买马的绅士正是约瑟夫·班克斯爵士，克佑区[①]邱园的园长。

“约瑟夫·班克斯爵士？”波莱特也惊讶地叫出声来，“先生，您是说第一位介绍澳大利亚植物种系的那个约瑟夫·班克斯爵士吗？”

“正是他。”

费切尔在海上当水手的这些年间并没有荒废自己对植物的研习：每有闲暇，其他水手就会抽烟、聊天、玩闹，而他却潜心阅读和自修，因为他知道约瑟夫·班克斯爵士是库克船长处女航上的博物学家，皇家博物协会是个真正的科学研究帝国，而他是当之无愧的会长。

费切尔对这位皇家花园园长颇为敬畏，二人的最初见面还有段小插曲。约瑟夫爵士是他见过的最大牌的绅士，他时刻注重自己的仪表着装，头上的假发卷要扑上香粉，鞋跟擦得锃锃亮。可到了见面的时候，费切尔马上意识到自己这身打扮实在太寒酸：夹克衫上的补丁似乎更加显眼，脸上还发出很多痘痘，船友们都说他那张脸就像一锅冒泡儿的汤汁。而且他又是个腼腆的人，每当紧张的时候舌头就打结，家里的弟兄都开玩笑，说他“笔成鼻，宝成抱，舌头一劲绕啊绕”。

可是费切尔大可不必担心。约瑟夫爵士马上就看出他是从康沃尔来的，还问了他一些关于康沃尔郡植物的问题。第一个问题是关于“伞形植物种子”的，第二个问题是关于一种叫做“珊瑚项链”的花，费切尔都能够准确地描述并认出这两种植物。

园长因此很满意，从座位上站起来，来回走了几步。突然他停下来，说他想找个人去中国——找个有园艺经验的水手。“你觉得自己可以胜任吗？”

费切尔一般不易激动，他挠了挠头，小声说道：“那要看给的薪水，

① 克佑区，英格兰东南部大伦敦区的西部一区。

还有此行的目的了，先生。你得再说得详细些，我才能回答。”

“那好，你听我说……”

约瑟夫爵士说，大家都知道邱园里有许多来自世界偏远地区的各种植物，但目前有一个地区的植物还非常少，那就是中国——那里植物种类繁多，不但美丽而且药用价值很高，所以在商业方面有极高的价值。其中有一种——茶树——属于山花属的植物，主要用来产茶——这种植物占世界贸易的比重极大，占英格兰全国收入的十分之一。

而这种植物的价值也已被英国的竞争对手和敌国所了解：荷兰和法国的主要园林和植物标本馆也在极力采集这一植物种系，而且他们努力的时间远比英国要长——却也都没有获得成功。一直无法取得突破的原因也不难揣测，毫无疑问最重要的原因就是中国人出奇的执拗。和其他那些植被富饶的国民不同的是，这些天朝人好像对自然赋予他们的馈赠钟爱有加。中国园艺师和园林师们是世界上知识最为渊博、手艺最为精湛的，他们时刻警惕守卫着自己的植物瑰宝，那些让其他中国人着迷的小东西、小玩意儿对他们一点儿不具吸引力。有时即便是重金收买，他们也不肯将自己的植物相让。欧洲人为了获得一株可栽培的茶树已经努力多年，拿出的回报甚至可以把阿拉伯的骆驼全都买光——但还是颗粒无收。

更让欧洲人犯难的是，中国根本不让外国人进入内陆，更不可能探密其中，寻宝觅藏，虽然他们在别处都是如此。外国人只能集中在中国的两个城市，广东和澳门，而且当地还会有官兵把守监视。

虽然困难重重，几大列强并没有松懈努力，还是想要获得中国最宝贵的植物。英国在这场竞赛中并没有被甩在后面，几家竞争者只不过早努力了两年。英国东印度公司在世界上最大的分公司就建在广东，而且为了获利，约瑟夫·班克斯说服了东印度公司中几个比较有科学研究头脑的代理人，让他们尽可能多地收集植物种类。他们也着手去做了，而且还取得了些成绩——可他们的努力又遇到了另一个问题：想把这些植物从中国运回英国实在是太困难了。天气的不可预测性、渗漏的苦咸的海水，而这些气候变换还不是他们需要面对的唯一危险——更大的威胁是那些负责照顾他们的水手的态度——可以说水手们是世界上最糟糕的园丁。他们觉得这些植物对他们也是种威胁，如果饮水稍有短缺，他们肯定不会浇灌这些花花草草；如果船只遭遇了风暴或是鱼群，那这些瓶瓶罐罐肯定是最先被扔下不管的。

之前的行程结果都不甚满意，约瑟夫爵士几年前决定派一名正规培训过的园丁去往广东。当时挑中的人是邱园中的一位领班，一个名叫威廉·克尔的年轻苏格兰人。这个领班的工作做得很不错，但最近好像有些心事：他写信来说他打算明年夏天去菲律宾，所以他请求约瑟夫爵士再另派一位信得过的人，让他把在广东采集好的植物安全地带回英国。

“你意下如何，我的好朋友？”约瑟夫爵士说。“你可愿意完成这个使命？如果你同意，那我就在下周去往广东的东印度公司的船上帮你订个位置。”

费切尔接受了这项工作，虽然他出发及抵达广东的时间都延误了，但是那次航程的结果非常令人满意，从此他就开始接受了这位园长的大力赞助：几年后他再次被派往中国，这次已经不单单是位监护人，而是取代了威廉·克尔。第二次去往中国的旅程为费切尔扬名立万，他在植物学家和园艺学家中的名望大增——在澳门和广东待了两年，他带回了很多新的植物。他精心挑选植物种类，都是一些可以适应英国气候的种类，由他介绍引进的植物便很快在英国的花园里扎根落户：两种紫藤、一种极美的百合、漂亮的杜鹃花丛、英国少见的报春花、一种色彩光亮的山茶花，还有很多其他的花花草草。

“很多发家的英国人都是从广东起步的，”费切尔说，“我很幸运地也成为其中一员。”

“广东是什么样的，先生？”波莱特说，“那里到处都是花园吗？”

费切尔露出他那难得的一笑。“完全不是那样——是我见过的最繁忙、最拥挤的城市。也是最大的，比伦敦还要大。那里房子挨着房子、船连着船，花花草草都长在些你意想不到的地方。舢板船的顶篷上、斑驳的老墙上垂下来，还有些挂在凉亭上。街上跑着一些板车，上面装满了花棚；往返在河上的舢板船上，有时也都是卖花的。每到过节的时候，鲜花满城，那些卖花的叫出来的价格真是能让英国园丁妒忌得脸都绿了。天啊，我有一次就亲眼看到一船的兰花一个小时就卖光了，而且每盆都能卖出一百个银币。”

“我好想亲眼看看，先生！”

费切尔皱起了眉头。“但你看不了，知道不？”

“哦？”波莱特说，“为什么呢？”

“因为欧洲女人是不能进广东城的。他们的法律禁止。”

“但是，先生，”波莱特非常不快，“怎么能这样？那些住在那儿的商人呢？难道他们都不带自己的妻子、孩子？”

费切尔摇了摇头：“不行。外国女人只能到澳门——再近就不行了。”

知道自己不能去广东让波莱特大失所望：就好像一把闪着火光的长矛从天上直插下来，把她关在了伊甸园门外，让她永远不能在植物探险的历史中留下自己的名字。

波莱特感觉到眼泪在眼眶里打转。“但是，先生！那我不能跟你去广东了吗？那我待在哪儿呢？”

“在澳门有很多英国人家都愿意接收房客。你在那里最多就待一两个星期。”

波莱特还一度幻想自己可以到野外去收集植物。如今，眼看这样的机会没有了，她立马哭了起来。“但是，先生，我会一直惦记着的。”

“哎呀，波莱特小姐，”费切尔说，“你没必要太往心里去。那边的海岸有很多岛屿，你在那里一样可以采集各种植物。没必要不开心。你看，我指给你看……”

费切尔拿过来一张南部中国海岸线地图，他指向珠江口叉开的地方，那里星罗棋布了上百个小岛。入海口的西边就是葡萄牙人定居地澳门：外国船只在澳门取得“令牌”后才可以沿珠江而上到达广东。在珠江口的东面，有一个很大的岛，叫做香港：那里海风肆虐，人口稀少，那里的人不在乎什么洋人上岸，男女都无所谓。费切尔去过一次香港，那是他唯一一次可以在中国土地上采集植物。他发现了一些品种不错的兰花，所以一直盼望着能再去一次，这次一定要好好逛逛这个岛。

“那可是个好地方，波莱特小姐，”费切尔说，“你可以在那里的野外尽情地采集，包你如愿以偿。”

*

扎迪像往常一样，张开双臂拥抱巴拉姆并亲吻了他的面颊。两人分开后各自打量一番，巴拉姆才发现对方似乎有了明显的改变——一种脱胎换骨式的改变——他这位朋友俨然焕然一新。

嘿，扎迪大哥！他说。你成了个白人！阁下！

扎迪穿着深色裤子，高领衬衣，一件夹克外衣，扎了条男式领巾——他有点尴尬地看了一眼自己的衣服，摆了摆手，示意这没什么大不了的。总有一天你也要穿成这样。在这样的地方，穿成这样有时候好办事。

两人坐在船主室的客厅里，窗户的两侧摆了两张中式扶手椅。巴拉姆引着扎迪坐到椅子上，说道：希望你还没欧化到不嚼番叶[①]吧？

没有，扎迪笑着说。还没有。

好！巴拉姆招来一名男侍者，让他把他的番叶篮子拿来。

与此同时，扎迪环顾了一下这个他曾多次光顾过的会客厅。这里没有什么损毁，真是万幸，他说。不过船头被撞成这样真是糟糕。

是的，巴拉姆说。没有更严重，还算幸运的。我从没碰到过这么厉害的风暴。两个印度水手被卷进海里——我那位老帕西翻译也死了，就在他

① 番叶，在印度、斯里兰卡、马来西亚、泰国、缅甸等地广泛用于食用。由槟榔叶包裹槟榔果以及烟叶等多种香料制成。

自己的舱里。还有些货舱被淹。

那货物也有损失吧？

是的。我们损失了三百箱。

鸦片？

是的。

三百箱？扎迪的眉毛不禁上扬。如果按去年的价格来算，那够你再买两艘船了！

男侍者拿了个银质篮子过来，把它放在茶几上。巴拉姆打开篮子，从里面拿出一张嫩绿的槟榔叶，然后在上面细心地抹上白石灰。

这是我经历过的最厉害的风暴，巴拉姆说，我听说下层货舱进了水，想去看看能不能补救。那里水太多，我被撞倒了，然后发生了一件非常奇怪的事情。

什么？你说啊，巴拉姆老弟，我正听着呢。

巴拉姆拿起一个槟榔，用一把银质的东西切开它。就那么一阵，他说。我以为自己要被淹死了。然后你知道吗，人们以前常说的，快淹死的人会看见些东西？

听说过。

我感觉我看到了池梅。所以能见到你我很高兴，扎迪大哥。我想问问你，你上次在广东时了解到的池梅和弗雷迪的情况。

巴拉姆把槟榔叶折成三角状，递给了扎迪，扎迪拿过来在脸颊上敲了敲。

我很过意不去，巴拉姆老弟，我知道得也不多。我去他们船家那里，想找找看池梅那艘饭船，但没有找到。所以我就去找了你原来的买办打听，他给我讲了他们的情况。

巴拉姆又拿起那个切槟榔的工具。什么？告诉我。

扎迪有些迟疑。说起来很不好，巴拉姆老弟，所以我才没给你写信。我想亲口告诉你。

说啊，巴拉姆有些不耐烦。到底出了什么事？

好像是被抢了。有贼上了她家的船，她想把他们赶走。就是这样出的事儿。

巴拉姆的手一动不动，切槟榔那把银刀从手指当中滑落。你是说，她是被杀死的？

是的，我的朋友，扎迪说，要我亲口告诉你这件事，我也很难受。

那弗雷迪呢？

买办对他的事情也不知道，扎迪说，池梅死了没多久，他也消失了，再就没有消息了。

你说会不会他也出事了？

那就不知道了，扎迪说，但是你也不要乱猜。可能他就是离开那里，去了别的地方。我听说他那个同母异父的姐姐结婚了，搬到了马六甲——可能他去投奔她了。

巴拉姆又回想起他最后一次见池梅，那是三年前，那时她刚刚买了新船——一艘宽大、漂亮的船，船尾呈上扬的鱼尾状。他在回孟买前去和她告别。因为两人熟识已久，所以他常常到她的船上去吃晚饭——两人已经像是结婚多年的老夫老妻。一般巴拉姆来池梅不自己烧菜——她的拿手菜是口味清淡的粤菜，她知道他喜欢吃辣点儿的菜。所以她会派个人去附近的船上拿些担担面，还有辣子鸡，有时可能还会叫“夫妻肺片”这样的川菜。这些菜到了之后都是她端上来，坐在他对面，帮他扇扇子赶走苍蝇。这么些年过去，她已有些发福，脸颊也胖乎了些，但衣服还是松松垮垮的，颜色也很朴素。这让他有些不满，因为她从不注意自己的外表，他总要问她为什么不把送给她的那些珠宝都戴上。她就会拿出一枚金玉胸针，别在外衣上，然后朝他开心地笑道：“巴瑞先生现在高兴了？”

那些贼是不是奔那些珠宝首饰去的？他暗自思忖：她用手去挡贼人的锋刀，眼前就浮出一个画面，她外衣上的裂缝，就是她别胸针那个地方，有鲜血从她的胸口流了出来。

巴拉姆双手捂住脸：不敢相信，我不信啊。

扎迪站到他身旁，手放在他的肩膀上。我知道你很难过。

我不信啊，扎迪大哥。

你还记不记得，我的朋友，扎迪柔声说，那些年前，你和我谈起爱？你说你和池梅之间那不是爱？是其他东西，一种不同的东西？

巴拉姆用手擦了擦眼睛，清了清喉咙。是的，扎迪大哥，我还记得。

扎迪捏了捏巴拉姆的肩膀：我看，也许你当时是错的，是不是？

巴拉姆只得几次强忍住眼泪，才再次开口说道：你看，扎迪大哥，我和你不一样——我没考虑过那些事情。可能你说的是对的——也许我对池梅的感觉就是你所说的那种感觉：爱。但现在又有什么用呢？她人已经不在了，不是吗？我可还得活下去：我还得把这些货卖掉。

没错。你得往前看，巴拉姆老弟。

没错。那你说，扎迪大哥，你要不要和我去广东？坐“安娜希塔”号？我给你找个好舱位。

好，当然好，巴拉姆老弟！能和你再次同行，那实在太好了。

好！那你什么时候可以上船？

给我一两天时间，我拿了行李就回来。

扎迪走了之后，巴拉姆在自己的船舱也待不下去了。风暴之后，他第一次决定走到船甲板上。

他一直盼望这一时刻，想亲眼看看“安娜希塔”号的船首，眼前的景象比预想的还要令他震惊。虽然船首三角帆已经换好了，但看到那个镀金的船首雕像已经不复存在，巴拉姆心里感到一些空落。

我受不了，维科，他说，我还是下去。

巴拉姆所恐惧的与其说是失去了这个雕像，还不如说是那对米斯特雷家族造成的影响，尤其是对希琳拜，她是那么看重各种神迹和凶兆。巴拉姆一直不大相信预兆和预言，两人常会为此拌嘴：因为她从来都不掩藏这份虔诚，她坚信两人婚姻的种种不幸中最不吉利的就是：二人无子。

希琳拜从小就生活在这样的家庭中，周围都是强势、有主见的男人，虽然夫妻二人都尽心宠爱两个女儿，但她一直渴望能有一个亲生儿子。为了达此目的，她拜了很多仙井，扶过许多有神效的石头，系了数不清的仙线，求过和尚、托钵僧、老师、神人和圣人保佑。尽管所有这些虔诚的祈求都没有回应，她却更加坚信这些中间人的神力。她会祈求巴拉姆和她一起去寻找他法：可是为什么呢？为什么你不肯和我一起求呢？

好多年前，有一次她终于说服了他，带他去见了她的一位古鲁[1]：她脑里已经深信这个人可以为自己解难，帮她生一个儿子，所以她坚持让巴拉姆陪她一起去见他。巴拉姆几个月以来一直不乐意，最后希琳拜说自己可以生育的年头越来越少了，无可奈何的他心一软就答应顺了她的意：他也是为了让家里安生些，才同意去见这个神人的呀。这位送子神人是一个住在包里瓦利丛林里的灰头土脸的苦行僧，他住的地方离城里有两小时的路程。他问了巴拉姆很多问题，又为他把了好久的脉；在经过很长时间的思索和摆弄后，他说他现在终于弄清楚事情的原委了——问题不在希琳拜而在他巴拉姆身上。他说，巴拉姆体内的阳性能量已被耗尽，这是他的家庭情况使然：上门女婿几乎都这样——一个住在妻家屋檐下的男人势必被妻家人的强势所削弱。想要他重获男性子嗣的能力可并非易事，但是，只要巴拉姆愿意服用神剂，涂敷药膏，当然，此外还要为他这位苦行僧的静修处捐上一笔可观的钱财，这也不是不可为之。

巴拉姆一直压着自己的脾气，耐着性子看他忙前耍后，但最后他还是没有掩饰自己的不满，问道：你是真懂还是装懂？

老头那已经患了白内障的双眼里透着一丝精明，他笑容可掬地答道：怎么？难道说你的种子在哪里还真的结出过果实？

巴拉姆一下子明白这老头其实是精心设好了一个陷阱。如果现在就揭穿他，肯定会招致希琳拜的怀疑，虽然不揭穿他要捐出一大笔钱，但这笔

---

① 古鲁，印度的宗教导师或领袖。

开销还算是个小数目，如果他们知道了他已经生了个儿子——还是个杂种——那他要出的代价可绝不止这些。在此前没多久，有一件类似的事情在他们的圈子里掀起了不小的风波：那个男的是巴拉姆认识的一位商人，最后他被逐出了帕西长老会。他不但被原来的社交圈所抛弃，而且沦为一个贱民，任何帕西人不得租给他屋子住，他的生意也全毁了，因为再没有人肯和他做生意。如果可以阻止这样的情况发生，巴拉姆可是宁愿要多少给多少来破财消灾。

可当他想开口反驳时，他发现自己根本不知从何说起。如果闭口不言，那倒还算简单；但如果要亲口否认自己有儿子，假装他从来没有过一个亲生骨肉，这似乎太难以启口了。为人父、为人夫之于巴拉姆就像是一种信仰，否定这样的事实就像否定信念；否定这种血缘联系，就好像切断的不单单是与儿子的血脉，也切断了与两个女儿的血缘。

那位苦行僧似乎感察到了他的难处，便追问道：你还没有回答我的问题……

巴拉姆能感觉到妻子的眼睛正盯视着自己，他克制住自己，勉力说道：没有。你说得没错，那一定是我种子的问题。我会接受你的治疗——悉听尊便。

接下来，连着几个月，他都一直吃苦行僧配的药，擦他配的药膏，如数捐了钱款，按要求与希琳拜同房，连次数也应他的要求。这些努力并没有白费，希琳拜再没有表达想要儿子的强烈愿望——可是，从另一方面来看，这次“治疗”的失败似乎更让她相信了对未来不祥的预感。她对那些神迹和凶兆的笃信比以往更加狂热。

巴拉姆打算再次起航去中国南方的时候，希琳拜的感知已进入最为敏感的时期。他临行前的几个星期，她就开始每日去火神庙去拜，与庙里的帕西住持相谈数小时。起航的日期和时间都要由她的占相师来确定，既然他自己不肯去找算命师，她就只得替他求来，并委派他们进行一切必要的预言和占卜。起航的前一晚，如果听到一只猫头鹰在叫，那她就会另择吉日；而且，天亮之后，她也会把家里重新安排一遍，让他走过的每一处都摆满了喜吉之物——安排一位女仆站在楼梯旁，头上顶着一壶水；园丁一定要分布在花园各处，但不能表现出刻意为之，每位的手臂之上都缀满各种水果和鲜花；等巴拉姆要上马车之前，会有一个神秘的渔夫冒出来，确保巴拉姆能看到他。希琳拜连他走到码头的路线都要安排好，目的是避开洗衣码头——因为要尽一切可能躲开拿着不净衣服的洗衣工。

本来，希琳拜这些神神叨叨的行为充其量只不过会让巴拉姆稍稍分心：可现在已经对他的出行构成了障碍——她使出浑身解数想阻止他离开。不要走，她恳求他。……不要走，今年不要走。人人都说会有麻烦的。

他们怎么说的？巴拉姆问。

他们说得很多，她说，尤其是说那位带着战舰的英国海军司令。

你是说海军司令梅特兰？

是的，她说。就是他。……他们说要和中国打仗。

说来也巧，巴拉姆了解梅特兰司令其人，也清楚他的使命：他是受邀登上他的旗舰“阿尔杰”号的孟买商人之一，他知道梅特兰指挥的舰队派往中国的目的只是要震慑中国。

听着，希琳拜，他说，你没有必要担心这些事情。我的工作就是提前了解这些事情的发展。

但是，希琳拜分辩道，我跟你说的就是我哥哥他们告诉我的，他们说中国要停止鸦片的进口，甚至有可能要因为鸦片打仗。他们说你现在不应该去：风险太大了。

这话让巴拉姆更加反感：嘿，希琳拜，你那些哥哥知道些什么？他们干他们的，我的生意我自己做。如果他们像我一样一直在中国做生意，他们就该知道，打仗这事儿提过很多次了，但是从来也没动过一根毫毛——现在一样也不可能。如果你父亲现在还活着，他肯定会支持我的——但就像古话所说，“智者失，事必败……”

希琳拜发现这样的劝说没有用，就开始把自己的其他担忧讲了出来：她的一位占星师说，星相表明，现在所有出航者都有危险；一位占卜师已经看到了战争和不宁的凶兆；还有一位值得信任的圣人告诫说，大海上将有动荡剧变。希琳拜坚信自己的丈夫将面临险境，她又拉上两个女儿——她们都已结婚成家，而且已生了孩子——让她们也恳求父亲，希望他不要走。为了让步，他已经两次推迟了出航日期，希望可以等到一些吉利的兆头。可是等了半个月，还是没有吉兆出现，于是最终因为怕错过广东的交易，他便自己定了个日期，告诉她们已经不能再等下去了。

启程日来临之际，一切都乱了套：天刚蒙蒙亮，猫头鹰就叫了起来，这分明是个凶兆；头巾掉到了地上，肯定是晚上就掉了的。更糟糕的是，希琳拜穿上衣服陪巴拉姆去码头的时候，她那红色的结婚手镯也断掉了。她不禁掉下眼泪，再次恳求他不要走。你知道手镯断了对一位妻子意味什么，是不是？就算你不在乎我：你总该在乎我们家吧？你真的不在乎女儿们和她们的孩子吗？难道你什么都不在乎吗……？

她的声音与以往不同，巴拉姆也不能再像平常那样一味地哄她：那是一种他从未感受过的紧迫与绝望。好像她终于不再视他为一个替代自己原来丈夫的人了，好像历经四十年的恪尽职守，她对他的感情突然一下子成熟了。

她这一生对他是那样的失望、冷漠、不公，现在却表现出如此原始赤裸的感情——哪怕只是提前一天迸发出来。他本来有可能会把池梅和弗雷迪的事情全盘托出，但现在船就等着起锚出航，根本无从谈起。他双臂环抱希琳拜，她就坐在床边，拿着那个已经破碎的手镯。她那单薄、消瘦的身形从头到脚都裹在一块产自中国的灰白色织锦丝绸里；莎丽的颜色也很朴素，但这莎丽的光泽让屋子里晃着一条条奶白色的光线：除了手镯她没有戴任何珠宝，身上唯一的一抹亮色就是脚上那双赤红色的拖鞋——是他很多年前在广东给她买回来的。

她慢慢张开手指，巴拉姆把那个破玻璃环从她手上摘了下来。听着，希琳拜，他说，就让我最后去这一次，等我回来，我把一切都告诉你。你那时就会明白为什么我非去不可了。

等你回来？但是，如果……？她转过脸去，欲言又止。

希琳拜，巴拉姆说，我母亲以前常说“妻之声声祈，切切入佛耳”，你的真心祈福会保佑我的。

*

他们是谁呢？

这个问题困扰的并不单单是阿发和尼尔，每一位去楚丽村[①]衣服集市上的人都会困惑。这个小集市每周一次，新加坡很多驳船夫、苦力和小贩都住在那一带。在新加坡这一处新开垦的疆土上，这一块是最穷的地方，贫民窟一个连着一个，竹墙小木屋和小窝棚一个个都挤在一起，村子一边是浓密的丛林，另一边是泥泞的沼泽。

集市在一处宽敞的地方，旁边就是新加坡河的一个支流。通往集市的是一条泥泞的小道，多数人都是坐船来到集市的。从马来人和华人聚居群过来的人都坐小船和雇来的大舟古[②]船，水手和印度水手一般都是从自己的船上下来，坐着颜色鲜艳的唐舡[③]，上面还载着货物，他们打算卖掉货物或换些其他东西：空闲时间里织的毛衣、用束环索和粗线绳缝制的粗布外衣、淹死的船友衣箱子里找到的油布衣和厚羊毛大衣。

尼尔和阿发是为数不多步行到此的，集市上繁闹的场景着实让两人惊讶。他们费劲地在一条没什么人影的路上走了好久，突然，在一条长满海榄雌的河滩边出现了一伙嘈杂混乱的人群。看样子与氛围，这里和任何一个村旁的市场和市集没有什么不同：有小贩、沿街叫卖的、杂耍的、卖小

---

① 楚丽村，此地又名小印度，主要居住自印度移民来的泰米尔族人，地处新加坡实龙岗沿岸，该区域原是规划出来拘禁泰米尔族裔犯人的。

② 大舟古，在新加坡河上常见的一种帆船类型。

③ 唐舡，在新加坡河上常见的体积稍大的平底驳船。

吃的、卖肉的、专卖羊肉的——但是卖衣服的才是最能招揽生意的，而且大多数人都是奔这个来的。

水手们管这个集市叫“沃迪市场”，因为这个市场原来就是卖“沃迪”军装的。现在还是能找到很多卖军装的。上哪儿去找这样的地方？你可以拿掷弹兵的头盔换一条蒙古人的头巾，步兵的一件紧身夹克可以换一条轻步兵的裤子。这些部队的东西并不是市场里唯一的货品：沃迪市场这二十年来已经小有名气，而且也绝不仅仅只在新加坡境内，而是名声远扬。周围的半岛、海岛和海岬就直接称它为“衣服市场”，这里，各种各样的衣服应有尽有：产自巴布亚的阴茎护鞘、苏禄裙①、孟加拉邦的莎丽、巴戈博产的裤子。那些有钱人喜欢去广东的欧洲商店和中国商店去买东西，那些没什么闲钱、腰包太紧的——或是那些根本没钱，只有些臭鱼烂鸡的——这个地图上没有、当局也不管的市场才是最合适的目的地：女人上哪儿去拿高棉的布裙换一件比兰②的夹克呢？渔民又上哪用布裙换短上衣？或是用圆锥形的雨帽换巴厘的小帽？身上只缠着些腰布、想要换上一身鲸须做的紧身褡和丝质的浅口鞋的人，除了这里还能上哪儿呢？

市场里的衣服，有的来自生活拮据的朝圣者、传教士、士兵和游客，他们都是正好路过这个海港；但也有一些是远道而来的，他们大多是在印度洋的某个偏僻之地被抢劫一空，偷得一分未留，或是遭遇了海盗——凡是混迹这片水域的，人人都知晓要想将盗得之物马上脱手，那非这个沃迪市场莫属。和其他市场不同，买家都知道这里的货品要好好检查一番，因为好多货品上都有血迹、子弹洞、匕首洞和其他一些不易发现的纰漏。一些上档次的衣服就更要多加小心——镶边的朝袍和带刺绣的长袍——这样的衣服大多是从坟墓里挖出来的，如果细心查看，常常会看到被虫子啃咬的洞。在此地购买固然有风险，但同样也会有丰厚的回报：一个逃兵如果

① 苏禄裙，斐济群岛男子穿的一种围裙。

② 比兰，位于菲律宾东南部的棉兰老岛上的地名。

想拿三角帽和饰领换一身英式衣服，还能上哪儿去呢？这样的地方固然不会长期存在，但沃迪市场存在一天，就会被人们当作天赐的好事儿。

尼尔是从一位住在楚丽村的羯陵伽[1]船夫那知道了这个服装市场的。这实在是个好消息，因为他和阿发到了这里，穿的都是从外岛上捡来的衣服——破裤子、背心，还有几件磨薄了的布裙。如果他们不想招人耳目，穿得这样破破烂烂肯定是不行的，但是这段日子他们的钱也花得差不多了，镇上店里的衣服他们是买不起的。

沃迪市场是解困的好去处：他们买的第一样东西就是布袋子，他们拿着这些袋子继续买，从一个小摊走到另一个，用杂七杂八混合的语言讨价还价。尼尔还买了件欧洲式样的外衣、几条有瘦有肥的裤子、几块打算用作头巾的长巾和方巾、三四件浅色的棉长袖长衣。阿发也和他一样，各样都买了几件：一件男式大衣、衬衫和马裤、几条黑色和白色的头巾，还有几件中式衣服。

两人正打算朝一个鞋摊走去，忽然听到有个声音朝二人喊过来，声音大得盖过了市场的嘈杂声。“弗雷迪！你个贱人……！”

阿发登时惊呆了，血色都充到了脸上。他没有停下，也没有回头看，戳了尼尔一下让他跟上。走了几步，他小声地说：“看看是谁。看他长什么样？”

尼尔回头瞄了一眼，看到一个肚子大大的人，穿着欧式的衣服：那人帽子下面肤色很深，眼睛呈白色而且凸出，他正快步跟在两人身后，手臂里抱着一大堆刚买的衣服。

“长什么样？”

尼尔还没回答，那个声音继续喊道：“弗雷迪！嘿！弗雷迪你个贱人！是我，维科！”

阿发从嘴角小声地对尼尔说：“你继续，继续走。咱俩晚点见。”

---

① 羯陵伽，南印度的地名。

尼尔点了点头，继续稳步走着，直到走出一段距离才停了下来，然后站在一个小摊的挡雨处。他转过身，看着那两人。

虽然离得这么远，但还能清楚地看到维科在恳求阿发，而阿发似乎不为所动，毫无反应。但过了一会儿，他放松了些，维科似乎也松了口气，抱了抱他，然后很快就朝支流那边走去，那儿有一艘秀美的快艇在等着他。

尼尔等了一会儿，然后才问阿发。“那是谁？”

“爸爸的事务长，维科。我跟你讲过他，没吗？”

“他说什么？”

“他说，爸爸病了。他非常想我。我必须去看他。”

“你同意？”

“是的，”阿发还是言简意赅地说道，“我去船上。一会儿。他们接我。”

尼尔不知为什么，对阿发的这个计划感到很不安。“我们要谈谈，阿发，”他说，“你打算跟你父亲怎么说？如果他问你这几年在哪里，你怎么回答？”

“不说，”阿发说，“什么都不说。告诉他三年前我离开中国，上船。一直在海上。”

“如果他发现你在印度呢？还有你被判刑和所有一切呢？”

“不可能，”阿发说，“他不能！我离开广东后，一直用不同的名字。监狱里只关住我的身体：没名字，没。没人能把我和那些联系起来。”

“那然后呢？如果他想留你在身边呢？”

阿发摇了摇头：“不。他不留我。他怕大老婆知道。关于我。”

然后阿发继续表现出他那种几乎令人恐怖的神秘感知能力。他把手臂环在尼尔的肩膀上，说：“你怕我把你扔下，啊？尼尔？别担心。你是我朋友，不是吗？不会扔你在这里。”

那天晚上，等阿发去“安娜希塔”号之后，尼尔回到他们住的饭船上，坐着等了一会儿。过了几个小时，他开始怀疑阿发晚上不会回来了，他有点耐不住性子了：到底是因为什么，他感觉自己的命运将与阿发和他父亲的会面息息相关呢？如果说二人要分道扬镳，那他自己一定会尽力而为——而他也只能尽力而为。他站了起来，向后甲板走去，在饭船的船尾有一处有遮盖的“房子”。前几个晚上他就是睡在这里，一躺下就睡着了。

过了几个小时，他醒了过来，是被尿憋醒的。他打开房门，看到月光闪闪地泛在河上。完事之后，他又回到船舱，眼神瞄到船头处——看到两个人影坐在那里，斜靠在船的一侧。

尼尔马上就清醒过来。他悄悄地向前走去，只离那两个人影几码远。两人都靠在月光映照着的舱墙上：一个是阿发，另一个是那个烧菜的厨娘。

“阿发？”

阿发只是轻轻地嘟囔了一声。

他走到那边，尼尔看到阿发手里拿着一杆大烟枪。

“你在干吗，阿发？”

“抽烟。”

“大烟？”

阿发头向后慢慢地倾下，脸色在月光下显得更加苍白，眼里有一种尼尔从未见过的神情，平和而迷幻，但并不混沌。“是，大烟，”他柔声说道，“维科给了我一点儿。”

“留点心，阿发——你知道大烟害你不浅。”

阿发耸耸肩。“瘾发了，必须来一口，今晚必须。”

“为什么？”

“爸爸说的事。”

“什么？”

阿发停了停，然后说：“妈妈死了。”

尼尔吃了一惊。阿发的脸上没有任何表情，声音也听不出任何情绪。

“怎么死的？”

“爸爸说，小偷，可能。”他又耸耸肩，然后斩钉截铁地说，“说这些没用。”

“你跟我讲讲，”尼尔说，“不能不说。你父亲还说什么了？”

阿发的声音越来越小，好像飘进了一口井里。“爸爸高兴见我。他哭啊哭。他说对不起我，太多。”

“那你呢？你见到他高兴吗？”

阿发还是耸耸肩，什么也没说。

“还有吗？他有没有告诉你接下来该做什么？”

“他同意了，说我最好去马六甲找姐姐。他说等广东这季过了，他给我钱做生意。再等三四个月。”

阿发的意识肯定已经飘到别的地方去了，尼尔发现也问不出来什么东西了。“好吧，”他说，“那我们睡吧。明天再谈。”

可就在他转身要走的时候，阿发喊了声：“等一等！有消息给你。”

“什么？”

“给爸爸工作吗？”

尼尔看着他那空洞的眼神和没有表情的脸，想他不过是在那说胡话。“你说什么？阿发？”

“爸爸要翻译——写信读报。老翻译死了。我告诉他，我认识个人能干。我在监狱看你写信，不是吗？你会写英语、印度斯坦语什么的，是不？”

“是的，但是……”

尼尔手掌抱着头又在阿发的身边坐了下来。他对巴拉姆·莫迪什么都不了解，除了他从阿发那听来的一切，而且那些就足够让他有所疑虑了。他时不时会想起自己的父亲，拉斯卡里的老爷：他和自己的父亲交流也很少，因为老爷大部分时间都和情妇在一起，很少待在家里。两人少之又少的会面每次还要精心准备，常常让他心生焦虑：每每要见父亲，尼尔总会觉得自己哑口无言，很多复杂的情感无从表述——有惧怕、愤怒、对父亲固有的怨恨——现在一想到要见巴拉姆，这一切情绪都涌上了心头。

可是，如果能有一份工作，那该有多好，就可以不再像逃犯一样生活了。

“爸爸明天见你。”阿发说。

“明天！”尼尔说，“这么快？”

“是的。”

“你是怎么跟他介绍我的，阿发？”

“我告诉他咱在这儿，新加坡认识的。我只知道，你做过翻译。他说明天见你。谈工作。”

“但是，阿发……”

尼尔一时语塞，但阿发又是凭他那神奇的感知，好像体会到了他心里复杂的想法。

“你会喜欢爸爸的，尼尔。人人爱爸爸。有人说他是个了不起的男人。见多识广。他不像我。我不像他。”他笑了，“我只有一个时候像爸爸。”

“什么时候？”

阿发举起大烟枪：“看？抽大烟的时候，我像爸爸。人人都爱的牛人。”

第五章

离中国海岸只有一个星期的航程了，波莱特才知道“雷德鲁斯”号上除了丰富的植物宝藏之外，还有一个“绘画花园”——植物图画和插画图解的收藏。

她这么晚才了解到这些收藏，是因为这些画并没有摆出来，而是被整齐地用布带绑着，藏在昏暗的小储藏室里，里面还有费切尔的植物标本、种子罐和其他仪器。波莱特的发现并不是什么意外：费切尔没什么艺术思想，所以这些图画的艺术价值对他并没有什么吸引力。他只是把它们当成工具，一种有特殊作用的工具，提供线索，帮助他寻找一些新奇未知的植物物种。

用图画来寻找植物，波莱特觉得这真是个绝好的办法，但又很好奇这是个怎样的步骤：到底什么更难寻找呢？是在自然里寻找新物种，还是在人类艺术品最稀有的领域中寻找更难呢？这是一个古老而且经过实践证实的方法，费切尔说，但并不是他发明的：可以追溯到最早在中国工作的欧洲植物采集者——其中有一位名叫詹姆斯·坎宁安的英国植物学家，他在18世纪的时候曾两次来到中国。

在坎宁安的时代，外国人去往中国要比后来容易一些。他第一次去的时候很幸运，在厦门港待了几个月。他发现当地的中国画家手艺精湛，可以用非常写实的工笔绘出植物、花朵和树木。这个发现对于他来说是很幸运的，因为那时候没人敢向往把成活的植物通过海路从中国带回欧洲。这位采集者的目的主要就是收集种子，然后建成一个“干花园”。除了这些收集之外，坎宁安还增加了另一种收集，“绘画花园”：他回到英国的时候带回了一千多张图画。这些植物插画让英国人非常羡慕，同时也招致了很多怀疑的声音——那些习惯了欧洲植物种系的人们觉得这不可能或几近天方夜谭：如此漂亮的花朵怎么可能会真实存在？有些人说，这些图画中的花就是植物界中的凤凰、独角兽和所有其他神话中的生物。但是，他们当然错了：没多久全世界就会知道，坎宁安的这些收藏品中的很多图画，都是这个世界将从中国收到的最令人瞩目的花朵——八仙花、菊花、榆叶梅、牡丹、四季开花蔷薇、鸢尾、数不清的栀子花、报春花、百合、玉簪、紫藤、紫菀以及杜鹃的新品种。

“但是，最让坎宁安出名的还要数山茶花。”

他从来都没有想明白，费切尔说，为什么林奈要用卡默[①]教授，一位没什么名气的德国医生的名字来命名山茶花。这一种类就应该被叫做“坎宁安”，以此来纪念坎宁安，因为他对山茶花有着满腔的热爱，是他一生的追寻：英国见到的第一片山茶花叶就是他寄回来的。

坎宁安对山茶花的特别兴趣并不单单是因为它的花：他认为，在人类所知最有价值的植物种类中，仅次于各类谷物的就是它了。这并不难理解：山茶种属为世界提供了茶树，在当时已经是一项范围广、利润大的商业贸易来源了。坎宁安对于茶树这一姊妹物种的兴趣更是来自于一段中国古代传说：一个男人掉进了一个没有出口的山谷，他却活过了百岁，因为他当时仅靠一种植物为食。这种植物有着金黄的颜色，浸泡出来的饮品可以使白发变青丝、舒筋活骨、润肺生津。坎宁安给它起了名字——“金花茶”——而且坚信如果可以找到这个物种并且大面积种植，它的价值将远

① 1712 年，著名的德国医学家兼旅行家英格柏特·坎普法，在游记中描绘了他发现的一朵“日本玫瑰”，那是山茶花首度出现在西方的记载里。二十三年后，1735 年，瑞典植物学家林奈为这朵花取名 Camellia，以纪念耶稣会传教士乔格·约瑟夫·卡默（George Joseph Kamel）投注了二十三年光阴在亚洲深入研究。

超茶树。

“那他找到了吗，先生？”

“可能吧，但是没有人知道……”

在他第二次中国之行返回英国的途中，坎宁安却在印度南部的海岸消失不见，没了踪迹，他收集的所有植物也都随他一并消失。后来有传言说，可能是因为他找到了某种受到特殊保护的物种，所以被取了性命。而且后来有一包他的文件完好地抵达英格兰，这让人们对这一传言更加信以为真：这包材料是他返程启航之前刚刚寄出的，文件中就有一张小小的图画，上面的花没有人认得。

“金花茶？”

“你自己看，”费切尔依旧言简意赅地说道。他拿过来一个夹子，从中抽出一张正方形的纸，交给了波莱特。

卡片并不大，上面的图画差不多只有十五厘米见方：精细的毛笔勾画，画纸是淡黄色的宣纸。画的背景是淡淡描画的一座雾气笼罩的山峰；画的前面是一株嶙峋的柏树，树下坐着一位老人，手里捧着个碗。他的身边放着一根树枝，上面有几朵色彩鲜艳的花。画太小了，所以花瓣的形状无法被精确地绘制出来，但是花朵的颜色非常生动：是由浅渐变至耀眼的金色。

在卡片的背面有两行竖排的中国汉字。

波莱特指着那两排字：“这两排字写的什么，先生？”

费切尔点了点头，把上面又翻了过去。只见在汉字的另一边，用淡淡的工整的铜版字体的英语写道：

初篁苞绿箨，新蒲含紫茸。①

舒筋活络骨，清心润肺通。

① 此为谢灵运的诗作《于南山往北山经湖中瞻眺》中原句，但后两句则无出处考证。

这几行字下还有一行字：谢灵运[①]，康乐公。

康乐公，费切尔说，是个真人，而不是什么神话英雄。他生于5世纪，被认为是中国最伟大的博物学家之一。他这两句诗的意思是，这种花不但可以抗衰老，而且还可以用来抵御人类最恐惧的疾病——肺痨。

坎宁安死后多年，他的这些材料为约瑟夫爵士所有。他也相信金花茶可能是最伟大的植物学发现之一：是植物收集家们的圣杯。费切尔说，这也是为什么他决定要由皇家出资派一个受过培训的园艺家去广州——此人就是威廉·克尔。

"但是克尔先生并没有找到这个茶花？"

"没有——可他找到了一些线索。"

克尔邮回邱园的最后一批植物数量很大，为了确保可以安全抵达，他还雇了一位年轻的中国园艺师送到伦敦。这个男孩的名字叫阿飞，虽然只有十几岁，但非常聪明，而且手艺精湛——植物抵达的时候几乎完好无损。一到了邱园，他就交给了约瑟夫爵士一个小小的"绘画花园"——几十幅广州艺术家绘制的植物图画。这里面约瑟夫爵士就发现一张不知名的花，这朵山茶和坎宁安的画中所绘制的非常相似。

费切尔从架子上又取下一个夹子，从里面拿出一张画递给波莱特："这——看看。"

这幅画并不是画在纸上的，而是另一种材料，一种更厚、更硬的材料，纸面似乎年代更为久远，却有着打磨过的光滑：这是由芦苇秆中的木髓制成，费切尔解释说，广州的画家更喜欢这种材质。这页纸为大裁纸，中间有一处灵动的鲜艳颜色。而且绘制的手法更增加了图画的活力，木髓上有很多层颜色，所以画中的主角在光滑的纸面上显得尤为突出——画中是两朵绝美的花儿，花瓣形成好几圈同心圆。在花的正中心处有一簇密密

① 谢灵运（385—433），东晋著名山水诗人，袭封康乐公，所以又称谢康公、谢康乐。

的雄蕊，似乎被一圈圈的淡紫色给点亮了；这个色彩似乎洇进了下面的花瓣底部，但颜色从中心向外又有渐变的过程。到了花冠的最外面，就变成了耀眼的金色。

波莱特从未在一朵花中看到过这样不同寻常的颜色变化："真美，先生——真容易让人怀疑世上是否真有这样的花。"

"不能怪你，"费切尔说，"但是，如果你注意一下画法，你就能看出来这是实物素描。不是吗？"

波莱特又看了看那幅画，她发现这个构图和欧洲植物画是不一样的：构图中还包括很多其他的细节。她盯着叶子看着，其中有两片画得非常精细：椭圆形的叶子，带着优美的滴水形叶尖；叶柄也画得很真切，连叶肋骨和叶脉都看得清楚，叶面闪着亮亮的光泽。画中还有一朵花苞，苞头从层层如鱼鳞一样的萼片中挤出。

"约瑟夫爵士给您看的就是这张图吗？"

"正是。"

阿飞到了邱园后不久，费切尔就再次受到了约瑟夫·班克斯爵士的召见。见到园长后，他知道除了那些植物和图画之外，威廉·克尔还让阿飞带了一封信，希望可以解除他在广州的职务。他已经在那里工作了几年，现在迫切地想离开广州。他已经收集了二百多种新物种，约瑟夫爵士也决定遂他心愿，作为对他的奖赏：在锡兰为他另立一个新职。

"但是在广州还有很多工作需要完成，"约瑟夫爵士说，"我已经收到了确切的线报，说有一种花的价值已经远超克尔的任何发现。因此，我决定再次派往中国的人选将不作为邱园皇家花园的代表，而是作为私人投资者的使者。"

言毕，约瑟夫爵士把刚刚得到的金花茶的图画递给了费切尔。

"不用我多说，彭罗斯，这可都是最高机密。"

"明白，先生。"

"你意下如何，彭罗斯？你是个靠得住的人，是不是？你可想扬名立万？还能赚些金银钱币？”

费切尔那时就已经知道，无论如何，园长的这个职务早晚会让他的生活发生天翻地覆的变化：那时他已经从第一次的中国之旅回国三年了。他一回到英国，就在邱园里谋得一份工作，而且已经升到了领班。他在法尔茅斯有位倾心已久的姑娘，因为这个较高的职位，已经迎娶到家，现在也怀了孕。费切尔真的不想在这时离开娇妻，但是她劝他接受园长的请求：她说，她可以回娘家待个两三年，等费切尔回来。法尔茅斯有很多姑娘都嫁给了水手，同病相怜的姐妹有很多，她不要紧的；但这样的机会可是稍纵即逝的。

于是，费切尔又踏上了第二次去往广州的旅程。两年后，他带着各种珍贵的植物回来了，不但扬名立万，也赚得了很多财富——但是金花茶却还是没有寻得。

“那你一点儿线索也没有吗，先生？”

“没有。”费切尔说。

约瑟夫爵士并不愿把两幅原作交给费切尔，所以当时他是带着复制品出发的。两幅复制品都不够精细，在去往中国的漫长旅途中也都损毁得很厉害。

“现在我有了原图，就不一样了，”费切尔说着把画都放回了夹子里，“知道从何下手了。”

*

尼尔刚刚踏上船板，就明白了称“安娜希塔”号为“船之宫殿”并没有半分夸大。她并非以宽大博得此名：船身只有一百二十英尺[①]长，要比停靠在新加港外港的很多欧洲和美洲的龙骨削长的船只小很多。这些稍大的船只，虽然也是打造精良、结实牢靠，但都是日常的贸易船只。“安娜

① 约为36.5米长。

希塔”号看上去则更像是艘消遣享乐的游艇、有钱人的奢华玩物。铜制的装饰物在阳光下闪着光芒，木甲板被打磨得锃亮。除了少了个船头雕饰，再看不出任何刚刚经历了风暴的迹象。船上的绳索和缆绳都收拾得规规矩矩，一个新的船首斜桁傲立在船首之上。

他环视甲板，目光被吸引到了舷墙之上。从外面看，舷墙像是坚固的木头，但现在站在甲板上，他看到舷墙里面都有修饰，钉了一排排木板，上面画着古波斯和美索不达米亚主题的图案：长着翅膀的狮子，刻着凹槽的圆柱，踏步前进、手执长矛的人们。他本想仔细地看看这些图案，但却没有时间，因为维科一直催他往船尾走。“来，翻译。老板等着呢。”

船尾有大厅、船舱和特等客舱，是整艘船最豪华的部分。白天的时候，船尾被柔和自然的光线笼罩，光线来自装饰性的天窗，舱内没有任何阴暗的角落，而其他木制的船内常常昏黑阴暗，“安娜希塔”号却有种开阔、通透的感觉。船内走廊是红木制成，里面挂着来自波斯波利斯[①]和埃克巴坦那[②]废城的蚀刻画。尼尔也很想在这里多做逗留，但是维科还是催着他快走，直到他们来到了船主套室的门口。他抬起手来敲了敲门。

老板，翻译来了——弗雷迪让他来的。

带他进来。

巴拉姆坐在桌前，穿着轻质棉长衫，还有银线锦缎制成的浅口平底鞋，下巴上的胡子修剪整齐，头上戴了一个简单但绑得利利索索的头巾。

尼尔打量着这位商人，他鼻子高挺，眉毛浓黑，可见阿发的好样貌肯定是遗传自他父亲。而且还看到了一些其他优点——敏锐的洞察力，还有一种意志力：许是决心，抑或绝情。可是巴拉姆脸上却找不到一丝阿发的那种疲惫的脆弱感：他健谈得体，幽默和蔼，让人开心。尼尔看得出，他的魅力大多来自这种待人接物的方式。

---

① 波斯波利斯，古波斯帝国都城之一。

② 埃克巴坦那，伊朗城市哈马丹的旧称。

快，翻译老师，他说道，伸出两只手以示敬意。干吗站在那儿像棵大树一样？走近些，好不好？

他抑扬顿挫的声音让尼尔马上抛开了与自己父亲会面的记忆：他很快意识到，巴拉姆和自己那位老庄园主的父亲没有分毫相似之处——可以说，和他以前认识的任何一个富有、有影响力的人都不尽相同。巴拉姆并没有那些人脸上常见的饱经世事的表情，或是身体乏惫；相反的，他显得能张罗，就像他那质朴的口音，说起话来精力充沛、直来直去。

“那您叫什么名字？”

尼尔已经决定按自己这份新差事起好了名字：阿尼尔·库马尔翻译，老板。

巴拉姆点点头，指着一把有直背的椅子。好，翻译老师，他说，那您坐那把椅子上吧，这样我们都能看着对方讲话。

按您的意思，老板。

尼尔走向那把椅子，隐隐感觉这可能是个试探——可能是巴拉姆面试手下人常用的开场式。具体试探什么他也一时想不出，所以他就按要求走了过去，坐在了椅子上，也没有开口讲什么。

他这样明显是做对了，因为巴拉姆接下来表现得很热情。好！他大声说道，高兴地拍了拍桌子，非常好！

尼尔到底做对了什么，他也不知道，巴拉姆接下来告诉了他。“非常高兴，”他用英语说道，“看到你知道怎样坐椅子。受不了那些喜欢盘坐在地板上的翻译。以我的地位，让我怎么能忍受那些就喜欢在地板上爬来爬去工作的人呢？外国人会笑话的，是不是？”

是，老板，尼尔说。他恭敬地低下了头，尽力模仿着他自己原来那些翻译的举动。

“那你是见过些世面的，呃？翻译老师？”巴拉姆说，“做过一两回？尝过些米饭扁豆汤和咖喱饭之外的东西，呃？会坐椅子的翻译可是不好找。那你也会用刀叉了？一点点儿？”

是，老板，尼尔说。

巴拉姆点点头："你认识弗雷迪，我的教子，就在新加坡，是不是？"

是，老板。

"那之前你是做什么的？你怎么到这来的？"

尼尔感觉到这个问题的目的不单单是在询问他的经历，同时也在测试他的英语——所以他用自己最标准的口音重述了一下早就准备好的故事：他来自一个在特里普拉邦偏远小国的抄写者家庭，该邦位于孟加拉邦的边界旁；因为家族在当地宫廷中失宠，所以被迫走上经商之路，家里人为很多商人从事笔译和口译。他跟随自己上一个老板从吉大港来到新加坡，但是老板却意外身亡，所以他现在可以为巴拉姆工作。

巴拉姆对他的这段故事似乎并没什么兴趣，但是尼尔流利的英语确让他印象深刻。他向后推开自己的椅子，站了起来，在地板上踱着步。"哎呀，翻译老师！"他说道，"也许以后就都是你说英语。那这是让我丢脸喽，是不？"

尼尔这才反应过来，自己很不聪明地让老板丢了面子。所以他决定从今往后，一定尽量都用印度斯坦语，说英语的场合都留给巴拉姆自己。

"你也会写草体波斯文吗？"

是，老板。

"古吉拉特语？"

不会，老板。

巴拉姆似乎对此没有丝毫不悦："那好吧。没必要什么都会。古吉拉特语我自己可以尽量来写。"

是，老板。

"对好翻译要求的可不仅仅是读读写写。还需要别的，对不？你明白我的意思吧？"

我不确定，老板。

巴拉姆走到尼尔面前停了下来，双手背在身后，弯下腰来双眼盯着尼尔："我说的是信任——钱柜——也有人称它为钱匣。你知道这两个词，知道它的意思吗？对于我来说，翻译就像收账员，只不过翻译处理的都是词语。就像收账员要锁住保险柜，翻译要关住嘴。如果你要为我工作，那么你看到的、写下的，都要锁在你的脑子里。脑子就是你的库房，你的宝库。"

说完，巴拉姆又绕到椅子后面，双手放在尼尔的颈部，把他的头转来转去。

"你现在明白了吗，翻译老师？就算是土匪要把你的头拧下来，库房也要锁住？"

巴拉姆的语调更像开玩笑，而不是在威胁，但是他的举止却传达了那么一丝严峻。尼尔虽有些困惑，但还是一直克制着没有失态。是的，老板，他说。我明白。

好！巴拉姆高兴地说，但是还有一件你要知道的事情：你的工作中最重要的部分并不是写信。目前更重要的任务，我称之为"新闻报告"——收集消息并向我汇报。人们总认为只有统治者和大臣们才需要了解战争、政治以及一切相关事宜。但那都是老旧的想法。现在时代不同了：不了解消息，土就埋半截了。所以我常说：消息生财。你明白吗？

我不是很明白，老板，尼尔嘟囔着，我不明白的是为什么消息可以帮着生财。

好吧，巴拉姆边说边在地板上踱着步。我给你讲个故事，你就能明白了。我是和我朋友扎迪·卡拉比迪恩去伦敦的时候听到的这个故事。那是二十二年前——1816 年。有一天，有人带我们去那里的交易所，然后指给我们看一个有名的银行家，一个叫罗思柴尔德的先生。这个人比谁都理解消息的重要性，他自己建立起传递消息的系统，有鸽子、信使和其他东西。后来就发生了滑铁卢战役——你听说过，是不是？

是的，老板。

战争爆发那天，伦敦交易所里每一个人都很紧张。如果英国输了，那么黄金的价格就会下跌。如果他们赢了，金价就会上涨。怎么办？买还是卖？他们等啊，等啊，当然银行家是第一个知道滑铁卢战役结果的人。你觉得他当时会怎么办？

他买进黄金，老板？

巴拉姆大笑着拍着尼尔的后背。看，所以你只能当翻译，不能当老板。笨啊——他开始卖啊！当他一开始卖，每个人都想，哇，打输了，我们还是快卖吧。金价就开始下跌，跌，跌。等时机一到，罗思柴尔德先生开始买进——他买，买，买。明白了？就是因为他比别人先得知了消息。后来有人跟我说，这个故事并不是真的——但又有什么关系呢？这个故事正适合我们所生活的年代，对不？我告诉你，如果我有勇气，我肯定会走上前去抚摸他的双脚。你就是我的导师！我肯定会这样说。

巴拉姆一直踱着步走来走去，但是现在他停在了尼尔面前：你现在明白了，翻译老师？为什么消息对我这样的商人重要了？你知道吗，我们要去广州？等到了那里，你就要做我的六路眼、八方耳。

尼尔有点警觉：广州，老板？怎么做？我在那里谁都不认识。

巴拉姆耸耸肩不以为然。你不用认识谁。认识人的事情交给我就可以了。你要做的就是看在广州发行的两份英语报纸。一份是《广州纪录报》，另一份是《中国丛报》。有时候也会有其他的报纸，但是你不用去看其他的——我只对这两份感兴趣。你的工作就是翻看这两份报纸，然后向我汇报消息。你一定要把那些没用的东西去除掉，就把重要的告诉我。

巴拉姆走到书桌前拿起一份报纸。给，翻译老师，这是一份《中国丛报》，我的朋友扎迪·卡拉比迪恩先生借给我的。他划出了一些——你能告诉我是些什么消息吗？

是，老板，尼尔说。他浏览了这几行，然后说：这些好像是一位中国高官写给中国皇帝的悼念词的摘录。

是的，巴拉姆说，你继续说。他写了些什么。

“‘鸦片是异邦输入的毒药。如果说它有什么优点，答案就是：它可以提升兽性，让人不知倦怠。因此中国人纷纷沉沦其中。起初他们只是追随潮流，但毒物逐渐侵蚀，烟瘾形成，沉迷的大烟鬼如行尸走肉，清瘦枯槁像野鬼一般。这就是鸦片对人的伤害。更为甚者，此毒物价高得令人咋舌，且只能纯银购买。最初鸦片吸食只会损及日常营生；如果吸食时间够长，便会家破人亡、倾家荡产、自暴自弃。世上再无邪恶如此之物。与砒霜相比，鸦片之毒十倍更巨。吞食砒霜之人定是名望已弃、自觉无路可走。他定是绝望至极，方会吞食，自损健康。吸食鸦片者会受到多重伤害。

"'当吸食者吸入大烟，幻觉精神被无限提高；但他应知这种表现是虚假惘物。即如捻长灯芯，火苗似长，实则速耗灯油，终取灯灭。幼者吸食损其寿、断其后、父母妻皆无所依靠；壮者吸食，只可速终其岁……'"

停下！呸！够了。

巴拉姆一把夺去了尼尔手中的报纸，扔到了桌子上。

好的，翻译老师，你完全可以看懂英语。只要你愿意，工作就是你的了。

*

关于费切尔，如果有一件事是波莱特确定了解的，那就是他是一个讲究方法的人。所以当她知道他很早就开始提前准备计划找出那幅茶花图画的起源出处时并不觉得惊讶。他把希望寄托在了威廉·克尔获得的那张图上：那幅图的久远程度不会超过三十年，而且几乎可以肯定是在广州绘制的——所以很可能这个画师还活着。

"但是你还需要一个专家来确定那位画家，先生，是不是？"

"是的。"费切尔说。

"那你认识什么人吗？"

"不认识，但是我知道一个人，他或许能帮上忙。"

费切尔想到的是一个英国画家，他已经在华南住了好多年，听说他人脉很广，而且知识渊博。费切尔打算到澳门后尽早去拜访他一下。

“他名字是什么，先生？”

“钦纳里。乔治·钦纳里。”

“哦？”

波莱特的注意力马上被吸引起来，但是她小心地假装出一种无所谓的语气，问道：“是吗，先生？你是怎么听说他的？”

“从他的一个朋友那……”

费切尔说，这个人是他在法尔茅斯苗圃里一位常客那听说的——常客名叫詹姆斯·霍布豪斯，是一位肖像画家，年轻的时候就认识钦纳里。霍布豪斯先生告诉他，这位艺术家已经在华南居住了十多年，而且据说他和澳门以及广州的画家都很熟络。

霍布豪斯是在皇家艺术学院认识的钦纳里，他们和约瑟夫·玛罗德·威廉·透纳[①]都是同时代的艺术家。钦纳里自认和他的才华相当，不过却是个性格多变的人：随性且机智，多情且奢侈，常常是刚刚还幽默诙谐，下一秒却暴跳如雷。这显然和他们那圈的人是格格不入的，霍布豪斯先生还介绍说，钦纳里家的人常常都是天赋禀异但行为乖张。

这位艺术家显然遗传了家族中的特性品质。一份前途无量的工作也不能将他留在伦敦。他自己去了爱尔兰，和很多不着调的年轻人一样，娶了自己房东的女儿。她连着给他生了两个孩子，可他那样潇洒的性格，完全担不起这样的生活重担；他又抛下一切，扔下了自己的老婆，任她独自照看两个孩子。他这次的目的地是马德拉斯[②]，他的哥哥住在那里。在城里住了五年之后，他搬到了孟加拉邦，最终定居在加尔各答。在英属印度的首府，他取得了惊人的成功，成了东方人尽皆知的英国大画家。他的盛名慢慢传回了英格兰后，他的家人决定到印度去和他团聚——第一个来的就

---

① 约瑟夫·玛罗德·威廉·透纳（1775—1851）是英国浪漫主义风景画家，著名的水彩画家和版画家，他的作品对后期的印象派发展有相当大的影响。

② 马德拉斯，印度港市。

是他的女儿玛蒂尔达，他最后见她的时候，她还是个小女孩，如今已出落成了大姑娘；接着就是他那位没福的妻子，玛丽安妮；最后是他的儿子约翰，他希望踏上从军之路。但这次搬来和父亲团聚却是他的不幸——他刚到了一年就染上了登革热。儿子的去世几乎使钦纳里精神失常，他于是迁怒于妻子，连一眼都不愿瞧她。他又一次脚底抹油，溜之大吉，逃得远远的——去了澳门，这个地方他向往已久，因为大家都把这种玩笑话挂在嘴边，如果他的妻子又寻他来，他就可以躲到广州，因为那里根本不让外国女人进去。

霍布豪斯先生说，在中国南方，他的这位老朋友终于发现了一个适合自己的地方，他在那里已经住了十三年，这么久的年头对于他来说基本上相当于一辈子了。现在，他已经六十四岁，不必操心结婚成家的事了，他似乎更乐意和那些船长、远行商人、鸦片商和其他云游四方的人为伍。这些人对他的作品有着极高的认可和肯定：他们为数众多，又肯出大价钱，所以听说他现在已经建了个画室，培训了很多僮仆和仆人，按他的方式作画，这样才能完成订货量。

一位曾被认为与罗姆尼①、雷伯恩②、霍普纳③齐名的画家，远离了欧洲的画廊，在这么偏远的地方消耗生命，守着这么个穷乡僻壤，为一众市侩庸人服务，钦纳里难道不在乎吗？是不是他假装毫不介怀？有传言说是因为伦敦的鉴赏家们不重视他的作品，因此他心中积怨沉重，最后拿起了大烟管让烦恼烟消云散。霍布豪斯并没有点明这些是否是那些虚情假意的手下人对钦纳里的胡诌诋毁——他自己不愿就此事发表观点，但他却委婉地向费切尔透露，意在让费切尔去详细了解一下，并在返回伦敦后与他互通

---

① 乔治·罗姆尼（1734—1802）与庚斯博罗、雷诺兹被并称为英国肖像画三大师。

② 亨利·雷伯恩（1756—1823），苏格兰画家，年幼父母双亡，早年跟一金饰匠学艺，后转师于爱丁堡画家大卫·马丁。二十八岁时在伦敦结识雷诺兹，受其艺术深刻影响。五十九岁时才成为皇家美术学院院士，六十六岁被英王乔治四世授予爵士称号，聘为苏格兰御用画家。

③ 约翰·霍普纳（1758—1810），英国画家，是热门的上流社会肖像画家。后成为托马斯·劳伦斯爵士的同行和朋友。1789 年成为威尔士亲王的肖像画家，1795 年入选皇家艺术学院。

有无。

波莱特默不作声地听着这段故事，谨慎地没有任何表示，生怕被发现她对这位艺术家以及他的工作有那么丁点儿的了解。事实上，她不是第一次听到钦纳里的名字，而且远远不止名字这么简单。至少这位艺术家生活的某一方面她要比费切尔更为了解：那就是他的另外一个家庭——他在加尔各答逗留的那十二年间与孟加拉邦的情妇桑达丽所生的两个儿子。

波莱特认识乔治·钦纳里的两个儿子，是因为桑达丽和她最爱的奶妈坦堤玛的意外相见。坦堤玛是乔都的妈妈，是她把波莱特从小带大：她和桑达丽来自同一个村子，村子位于胡格里河边。两人后来在加尔各答又再次相遇，重拾儿时的记忆，当时两人都在一位欧洲老爷家干活，欧洲老爷与旁人不同，秃头还有些糊涂。可是二人并没太多共同之处，因为波莱特的爸爸，皮埃尔·兰伯特，和白人社会格格不入，他当时只是一个植物园的副园长，和那些人相比真是普通得不能再普通了。乔治·钦纳里当时在加尔各答可是收入颇丰，他家的房子和城里其他那些大老爷一样，一堆堆的仆人在走廊里扫来扫去，马厩里挤满了马夫，至于厨房，据说单单果汁和奶油葡萄酒，一个星期就要花掉一百新铸卢比……

钦纳里是个浪漫的有情人，所以为他疼爱的桑达丽挥金如土，专为她在主宅旁建了座楼，让她和两个儿子住在里面。还给她配备了一众侍从：一位僧人、几个保姆和仆人，甚至还有一位番叶师，这人专门按她的口味折槟榔叶。这样的安排对二人都很合适——桑达丽可以按她自己的习惯吃喝生活，而钦纳里先生有了这样一个宝贵的小情窝，可以随时满足自己所需，而且其他老爷和夫人来拜访的时候，也不用担心他们不合时宜地出现。

桑达丽也是一位有传奇色彩的人物，曾几何时她也小有名气、光鲜亮丽。她是村里鼓师的女儿，能歌善舞，正是这吸引了钦纳里先生。有一次欣赏过她的演出之后，他请她到身边作陪了一会儿。后来桑达丽怀上了他的孩子，就不再演出了，从此开始了享受挥霍的生活，身上锦罗玉缎、披金戴银。在她得意之时，常常向坦堤玛炫耀，总要可怜她挤在小屋里，还要为兰伯特家里窘迫的境况忙前忙后。

但是，当那位艺术家的另一个家庭马上就要搬来加尔各答的消息传来时，一切都变了模样。和其他许多放荡不羁的人一样，钦纳里其实从某种意义上来讲也是极其传统的—— 一想到自己的合法妻子以及孩子如果知道了他在孟加拉邦的小绵羊还有她的两个孩子，他就陷入了恐慌。以前美味可口的小黄油面包顷刻间变成了棘手的烫山芋，她和两个儿子被立即清出了侧房，送到了基德布尔的一间公寓小房，时不时会有仆人去送些月供钱。

可是，这样的安排当然是无法遮人耳目的，因为对城里的老爷们来说，钦纳里先生的私人生活就像鸦片交易所里起伏的价格一样受人关注。玛丽安妮·钦纳里马上就知道了丈夫另一个家庭的事情，不过值得称道的是，她一直确保那家人有吃有穿，让丈夫尽到他应尽的职责。她甚至为两个男孩安排了洗礼的教堂：原来他们的名字是可卡和罗宾，洗礼后分别改为“亨利·柯林斯·钦纳里”和“爱德华·查尔斯·钦纳里”——这可让他们的小玩伴们笑话得不得了，他们当然依旧唤他们以前的孟加拉邦名字。

玛丽安妮·钦纳里做了更有益的事情，她劝丈夫收这两个男孩进他的画室，这样他们可以学到父亲的手艺，于是二人在父亲的监护下在画室里工作了很多年。可两人终归是不幸的，他们生活中的这段插曲并没有持续很久——他们还没长到十几岁，父亲就逃离了加尔各答，抛下了两个家庭。

两个孩子受到了双重打击，因为那时候玛丽安妮·钦纳里对可卡和罗宾也失去了关怀的兴趣。可能是她自己儿子的离世让她实在难以面对这两个男孩，也可能是因为她的女儿嫁给了一位英国地区法官，并一直逼着自己的母亲和他们斩断联系，毕竟他们是自己丈夫的一段不堪往事；也可能只是因为在殖民地社会濡染已久，让她柔软感性的一面也日渐坚硬起来。

其实不论如何，乔治·钦纳里一离开，桑达丽和两个儿子早晚是要自生自灭的。画家之后寄来的那点儿钱根本不够维持生活，所以桑达丽要靠给很多英国人家烧饭、打扫卫生来赚些钱。但是桑达丽的确是位值得敬佩的女人：不论多辛苦，她都尽全力确保儿子可以继续接受艺术的培养——她常常这样说，除了画笔，没有任何事情可以让他们和基德布尔街上那些孩子们区分开来。

这两个钦纳里的男孩，大一点儿那个叫可卡，他高大魁梧，皮肤黝黑，长相英俊，头发呈浅棕色，举止总是潇洒大方。他个性随和，拿起画笔总能画出些东西，虽然事实上他对艺术并没有太大兴趣——要是他父亲不是画家，他的手指永远也不可能沾上颜料。他的弟弟罗宾不论在长相还是性格上都与他刚好相反：他脸颊滚圆，眼睛突出，铜色头发，大家都说罗宾和他父亲长得很像。与父亲一样，罗宾也胖胖的，个子不高。和哥哥不同的是，罗宾对艺术有着真切的热情——这种热爱如此强烈，甚至已经超出了自己本已十分杰出的天赋，其实作为起草人和画家，他还是很有天赋的。可他总感到创作不出能让自己满意的作品，所以他把大量精力都投入到了研习其他艺术家的作品中，不论是过去的还是现世的，他常常四处找寻印制品、复制品以及蚀刻画，都要拿来好好研究临摹。他另外一个爱好就是古玩和奇异之物，所以有一段时间他常常跑去兰伯特家的小屋，在那里一待几个小时，在皮埃尔·兰伯特收集的植物物种和植物绘画中翻来寻去。虽然他比波莱特大几岁，但总透着些孩子气，让他们的年龄和性别差异似乎不复存在。他常常给她讲最新的潮流，从他妈妈那些日渐稀少的衣服和小饰品中拿些小玩意儿送给她——脚链、手镯之类的。波莱特对这些饰品不感兴趣，这让他觉得很意外，因为他自己如此钟爱这些玩意儿，他常会系在自己的脚踝上或是手腕上，转来转去，在镜子里欣赏自己。有时候他们两人会一起穿上他妈妈的衣服，在房间里跳来跳去。

罗宾还把对波莱特的艺术教育作为己任。他常会带来一些书，书上都是精细的欧洲画作的复制品——他父亲给他留下了很多，这些都是他最宝贵的财富。他经常钻研这些书，他生来就有这样的天赋，但凡看过的东西，他都可以依记忆过目不忘，绘制出来。当他得知波莱特打算给他爸爸的书上画插图时，他竭尽全力教导她，教她如何配色、如何画出干净漂亮的线条。

波莱特和罗宾的关系并不简单：作为一名老师，他总是过于严苛，一旦她用铅笔或是画笔画错了哪里，他总会严厉地批评，导致老师和学生常常争吵。可是他那些花哨的衣服、不知何时爆发出的大笑、对丑闻的热衷又让她觉得很有意思——可是她有时又实在想不通，为什么他总想让她摆脱掉她淘气的禀性，非把她变成一位淑女。

由于以上种种原因，罗宾·钦纳里在她的生命中曾占据过很长一段时间——可这一切都在她刚满十五岁的时候中止了。那时候他又开始对乔都非常着迷，并决定完成一幅画——乔都和波莱特是画中的主要角色。他说，这幅画的构图是受欧洲艺术中一个很重要的主题启发，可是当波莱特问他是什么主题的时候，他又不肯告诉她。她也无须知道，他说，因为这并不重要，他其实是在重新阐释这个主题，赋予它新的精神。

波莱特和乔都对这个画作都并没什么热情，当他们发现需要站着几个小时一动不动的时候，两人更不愿意参与其中了。可是罗宾的请求实在恳切，他们不忍心推脱——据他宣称，这个作品给了他创作一幅杰作的机会，可以让他一举奠定艺术家的身份——所以他们很同情他，心软了下来。半个月的时间里，他们都听从他的指令，二人肩并肩站着，他在画架上描来画去。这段时间里他从来不允许他们看他画得怎样，如果他们问起，他就会说，等着，等着，还没到时候呢，等画好了你们自然就看到了。每次作画的时候，乔都和波莱特都穿着平时的衣服——他戴着头巾，穿着短裤，她穿着短莎丽。有时候，在他的恳求下，他们会把这些衣物穿得更紧些，不过他们一次也没脱过衣服——简直无法想象。

最后，当他们偷看了一眼未完成的画作，两人都要气疯了，因为他们发现画中的自己全都一丝不挂。不仅如此，两人被画得完全荒诞怪异，或者说是毫无廉耻。两人站在一棵巨大的榕树下，直视着对方，好像在炫耀着彼此赤裸的身体。而且，画中波莱特的皮肤被画成了死灰一样的白色，她手里拿着一个芒果（在榕树下啊！），乔都的肤色像墨汁一样黑漆漆的，头上盘着一条眼镜蛇。让波莱特感到庆幸的是，手里的芒果刚好可以挡住自己身上最不愿暴露的部位。可是乔都身上的眼镜蛇就没那么幸运了——虽然蛇的尾巴缠在他的腰上，可却故意把本可以挡住的部位给露了出来。那部分不但看得一清二楚，而且还画得栩栩如生，可以清楚地看到包皮还没有被割过，这对乔都的伤害实在是太大了。

这件事情实在令人震惊、粗鲁无礼，乔都本来就是个急脾气的人，这次更是暴跳如雷，把画布一把从画架上扯了下来。罗宾在体力上根本不是他的对手，他束手无策，只能求波莱特劝劝乔都。快拦着他，我求你了，他说；我是把你们画成了亚当和夏娃，表现你们天真简单的美；不会有人知道这是你们的——求求你，我求你了，快拦住他吧！

但波莱特几乎和乔都一样气愤，她才没有听罗宾在说什么，她扇了他一记耳光，然后帮乔都一起把那个画布撕了个粉碎。罗宾默不作声地看着，眼泪哗哗地从脸上流了下来，最后他说：你们等着瞧，你们要付出代价的，总有一天……

此事之后，他不再来访，而且从那时起，波莱特也不大关注钦纳里家男孩在忙些什么了。对他们之后的事业发展情况也大多是来自坦堤玛偶尔的提及。她记得那件事发生几年之后，听说桑达丽生病了，大儿子可卡作为穆尔希达巴德州长的私人使者被送到了英国。

剩下罗宾一个人在加尔各答打拼，他利用自己的天赋取得了些许成功，但却让自己沦为笑谈：他开始自己绘制“钦纳里”画作。因为他对父亲的风格和绘画方法非常熟悉，所以画出和父亲一样的画作丝毫不是什么难事，而且他真的卖出了几幅，赚了很多钱，当然他说这些作品都是他父亲离开前留下的。可是最后这场骗局被人揭穿，为了免于在印度的牢狱之灾，罗宾完全依从了他叔叔威廉的做法——逃离印度。据说他跑去找他的父亲了，但是他具体跑到了哪里，波莱特也不知道。直到她从彭罗斯先生那听说乔治·钦纳里现在已经搬到了澳门，她才想到可能罗宾也跑到那里去了——那么说，如果她陪着彭罗斯先生去那位画家家里的话，很有可能会再碰到他。考虑到二人最后一面的情形，她觉得他实施报复的可能性还是比较大的。

虽然她记得罗宾是个比较热心的人，而且常常觉得二人的友谊终结有些惋惜，但是她也知道他这个人脾气暴躁，喜欢搬弄是非，他完全有可能编造出一些莫须有的事情，那肯定会让她和费切尔之间产生隔阂。她在回想这些的时候，错过了好时机，她本可以直接向费切尔讲明她和罗宾有些怎样的过往。可后来又是阴差阳错，她再没有机会向费切尔挑明。

*

在巴拉姆的一再坚持之下，尼尔和阿发都在船上陪着他，一直等着“安娜希塔”号维修、重装完成。每人都有自己的船舱——和前几个月之前的极度匮乏相比，这简直是一份超乎想象的奢华。二人从早到晚都有各种美食恭候：每天早餐，巴拉姆会叫来他的私人管家，迈斯托——一位皮肤黝黑、个头高大的人，秃头光亮，胳膊粗壮——来与他商议该给他的教子午饭和晚饭准备些什么食物。每一顿饭都是品种多样的盛宴，有时候是帕西式的，有炒羊肉①和糙米饭，羊角豆炒鱼子和酸辣蒸鱼片②；有时候是果阿式的，炸虾卷、辣香鸡③、辣虾；有时候又是东印度公司式的，羊肉南瓜咖喱和酸辣肉丁。

但是二人也并非总是如沐春风：尼尔得时刻小心，一直假装着他和阿发只是点头之交，在新加坡刚刚相识；而且他还要时刻小心掩藏自己知道

① 炒羊肉，帕西菜肴，多由羊肉炒制，其中的调味品有小扁豆、蔬菜、香料、孜然、姜、蒜等，有时还会加入葫芦或是南瓜。

② 酸辣蒸鱼片（patra-ni-machhi），帕西菜肴，蒸鱼片上涂上酸辣酱，并由香蕉叶包裹着。

③ 辣香鸡，果阿菜肴，菜中常加入罂粟种和干辣椒粉。

阿发和巴拉姆之间的真实关系。这种假装并不容易，因为有时候连巴拉姆自己都克制不住他作为一名教父的伪装，总会自然流露出对阿发深深的感情，有时会突然把阿发搂进手臂中，给他一个紧紧的拥抱，有时候他还会叫他“小子”或是“儿子”，然后把吃的都夹到他的盘子里。

阿发对这些感情的表露常常是毫无反应，有时候还会面露厌恶，可巴拉姆似乎不以为然。他就好像此生第一次过上了自己想要的生活——他自愿做一位家长，把自己的智慧和经验都传授给儿子。

巴拉姆这种笨拙和稍稍过火的感情表达，尼尔觉得有些感动。他明白为什么阿发会有所反感，他也明白他认为这么多年来，父亲早将他抛弃，不承认这样一个儿子，那现在这样的关怀实在是难平胸中父爱缺失的沟壑。

在尼尔看来，巴拉姆与阿发的关系当中最引人注目的并不是它的不足，而是这真实存在的父子关系。他之前在加尔各答的生活中，认识很多男人，他们都生了很多私生子，那些人中没有一个会对自己的情妇以及子孙流露出任何这样的情意。他甚至还认识一些人，他们因为害怕惹事上身，会亲手把自己的孩子掐死。他自己的父亲，那位老庄园主，据说就有不下十个私生子，而且还是很多不同情妇所生。他处理这些问题的办法就是给那女人一百卢比，然后把她们打发回自己的村子去。在他这个阶层的男人中，这样的事情司空见惯，他已经算是很慷慨的了。尼尔以前也从未觉得这有何不妥，没有切身思考过——因为他从来就没把他爸爸那些私生子当作自己的半个兄弟姐妹。在他继承庄园主的位子之后，他完全可以好好询问一下自己那些半兄弟姐妹们的生活过得怎样——可是这种想法他压根就没有过。回想一下，尼尔难以逃避自己在这方面的过失，这让他再次认识到，巴拉姆对阿发和他母亲所做的一切不但是不同寻常的，而且对于一个身份地位如他的男人，那实在是凤毛麟角。

把这一切向阿发解释就没那么容易了。

“对爸爸来说，‘弗雷迪’是小哈巴狗。所以拍拍、抱抱、捏捏。爸爸就关心自己，没别人。”

“听我说，阿发，我知道你为什么会这么想。但是相信我，很多处在他这个位置的男人，完全可以抛弃你和你母亲。那样一了百了，一百个男人有九十九个都是如此。他没有这样做，证明了他的优点。难道你看不到吗？”

阿发一耸肩不做理论——也可能是假装的——但是尼尔清楚，别看他抱怨不平，但是他这位朋友现在身处此境是以前从未想到的，而且他心底是高兴的：这就是，他成了父亲的心尖儿。

日子一天天过去，阿发话越来越少，而且越来越消沉，尼尔知道这并不单纯因为要与父亲分别的日子正在临近，虽然父亲现在终日黏着他。另外的原因是他知道自己不能去广州。有一天，两人在后甲板上散步，阿发带着明显嫉妒的口吻对他说：“你幸运。你去广州——世界上一等的城市。”

“全世界？”尼尔惊讶地问道，“为什么你要这么说？”

“没有哪个地方像它那样，哪儿都没有。你自己看。”

“你怀念那儿，是不是？”

阿发低着头，下巴都陷进了胸前：“太想。太想广州了。但不能去。”

“要不要我帮你捎个信给谁？或者要我帮你见见谁？”

“没！”阿发急步地走来走去，“不！在广州，你不能提我。小心，特别小心，一直小心。不要啰啰唆唆。不能提阿发。”

“你可以相信我，阿发。但我希望你也可以去。”

“相信我，尼尔。我也想。”阿发抬起一只手放在尼尔的肩上，“到那儿要小心，我的朋友。”

“为什么？”

“在中国，人们说‘尝鲜到粤’。年轻人最好不要去——沉沦的方法太多。”

第六章

去往中国的最后一段航程，费切尔选择了一条迂回的路线，让“雷德鲁斯”号避开那些以海盗闻名的地方，比如说像马里亚纳群岛[①]。这片海域是波莱特从来没有见过的，上面有上千座崎岖陡峭、荒芜偏远的小岛。这些小岛全都是荒蛮的地方，海风长年侵蚀、陡峭硬石的山坡上长满了成堆的绿色植物；也有一些和航海地图上标注的名字一样形象：“官帽岛”、“榫子岛”、“龟头岛”和“针岩岛”。

随着海岸线的临近，可以看到各种各样不熟悉的船型和船帆索具：火船[②]、平底帆船、小艇和庄严的西班牙长艇。有时也会看到英式和美式船只。有一天早上，费切尔认出一艘从船旁经过的双桅帆船。这艘小船的船长他认识，所以他想过去打个招呼。船上的水手摇船把他送了过去，一个小时之后，他回来了，看上去极度心神不宁，眉毛都拧成了一团。

“有坏消息，先生？”波莱特问道。

费切尔点了点头：小帆船的船长告诉我，现在想要拿到允许外国船只进珠江的那个印章非常难。现在就连进澳门港都要费些脑筋，所以很多外国船只都只能到入海口的另一边去候着，入海口就是那个把香港岛和九龙岛分开的那个海峡。

---

① 马里亚纳群岛，位于菲律宾群岛以东，是西太平洋一系列火山和上升珊瑚构成的。

② 火船，在中国南海常见船种，多为葡萄牙系船只，或中国仿制欧洲船只建造的船只。

费切尔考虑了一会儿，决定按那个船长建议的航线来走：“雷德鲁斯”号不再取道澳门，而是调转船头，朝另一个方向开去。

马上就看到一系列陡峭的山脊从海中直竖起来。费切尔说，这就是香港：海岸边看不到几处房子，连树也没有几棵；这是个荒野萧零、海风肆虐的地方，和旁边其他的海岛差不多，只不过更大、更陡、更高些。费切尔说，岛的名字“香港”是“芳香的海港”的意思：波莱特看着这样一个荒芜、冷峻的地方，觉得这个名字起得真是奇妙。

“雷德鲁斯”号把船锚下在一处岛上最高山峰俯瞰之下的海湾。那里还停着另外几艘外国船；船下簇拥着很多小帆船和领航船，在船和陆地之间来回运送一些食物和旅客。

第二天早上，费切尔坐着一艘领航船去了澳门，留下波莱特负责照顾“雷德鲁斯”号上的花园。他去了一天，回来之后垂头丧气。

英国驻澳门代表查理·义律把当时的不利情况向他和盘托出。清朝皇帝已经颁发了一系列法令，命令各省政府务须强力打击鸦片贸易。地方政府收到法令之后焚烧了很多在珠江上盛行的“快蟹船[①]”，通常都是这些船把外国船上的鸦片直接运到岸上。很多英国商人都认为这种情况很快就会恢复正常——在过去也有过这样警惕紧张的时候，但是从来没有超过几个月的时间。这次却不一样：有些贩卖商想重建自己的快蟹船，但是又被官员烧了。而这只是开始。清官们接下来又开始逮捕当地的鸦片商，有被关进监狱的，有些还被处死。他们的店铺和老窝都被端掉了，鸦片全部焚烧。接下来，珠江上的船只往来规定越来越严，所以现在很难拿到印章。只有广州商会担保的那些外国人才有可能拿到印章。费切尔在商会并不认识什么人，所以他在近期是不大可能拿到印章了。既然目前的状况如此，义律上校建议费切尔把“雷德鲁斯”号暂停在香港附近，等着情况有所

---

① 快蟹船，船两侧有成排的桨橹，外形活似蜈蚣和螃蟹，船体通常漆成红黑两色，元明时期叫“蜈蚣船”，清代称“快蟹”，出没于珠江口外贸的黄金水道。

转机。

听着费切尔的叙述，波莱特一直在注意留心着“钦纳里”。没听费切尔提到，她问：“那您还见到谁了吗，先生？”

费切尔看了她一眼，沉默了一会儿，嘀咕道：“真见了。我还去见了钦纳里先生。”

“哦？那这一见可有什么成效，先生？”

“有的。但却并不是我料想的。”

钦纳里先生在画室里见了费切尔，画室就在他居所的楼上。他的住址在鹅眉街八号：房子宽敞，阳光明媚，房里挂了很多张漂亮的肖像画和风景画，其中有一幅还是由两个中国学徒画的。

费切尔进屋后过了一会儿才明白，钦纳里先生邀请他到画室原来是希望可以为他画像，并赚些佣金。等费切尔向他解释说自己此行的目的完全是另外一回事——关于两幅从广州得到的植物画作时，艺术家的表情有点不悦。他对这两幅茶花的画只是草草地扫了一眼，然后就说它们不过是些没用途的小装饰画——广州画家抹的那几笔根本不配让个一本正经的艺术家瞧上眼，他说道；说实话，那些画植物图画之类的小喽啰根本都算不上艺术家——他们尽是些造假的、模仿的，只会画些廉价的纪念品画，用来糊弄游客和水手的。

“艺术在中国是死的，先生，死的……！”

费切尔明白，他肯定是碰上这位艺术家心情糟糕的时候了，所以他决定先离开，改日再来。就在他起身准备离开的时候，艺术家也许觉得刚才有些欠妥，问费切尔知不知道怎么往防波堤走，他可以在那里乘上小船。费切尔说并不认识路，钦纳里先生说会派个人跟他一起去，给他带路。他说刚好他有个侄子住在这里，是他弟弟的儿子。他从印度过来一阵了，对这城里的路很熟。

费切尔很感激他主动帮忙，钦纳里先生就叫来自己的侄子，那年轻人才二十多岁。他和这位艺术家长得非常像，他俩的脸上都长着突出的眼睛，像门把手一样的大鼻子，两人就像长着同一张脸似的，只不过年龄上有差异，再有就是肤色上相差一些，这位年轻版本的钦纳里肤色更黑一些。两人长得如此相像，如果费切尔第一次见，肯定会错把他们当成父子，而不是叔侄。两人的相似并不单单只是长相上——在往防波堤上走的时候，费切尔了解到这位年轻人也是一个艺术家，而且和他钦纳里叔叔的风格也非常相近。钦纳里先生其实是他的启蒙老师，年轻人说：现在他向叔叔学习，打算自己去广州为人画画赚钱，他的叔叔已经帮他搞到了一个印章，所以他打算几天后就出发。

一听到这个，费切尔马上就想出了一个主意：他拿出了两幅茶花的图画给这位年轻的钦纳里看，问他到了广州之后，能不能帮忙打听一下这两幅画的情况。年轻的钦纳里爽快地答应了，就在到防波堤这段短短的路程上，两人还商量好：他定期把收集到的消息向费切尔汇报，费切尔会为此先付他一些定金，如果打听出实质性的消息，他还会重重有赏。

这个安排中费切尔只有一件放心不下的事情，那就是这两幅画不能留在自己手里了。但是这个担忧很快就被解决了：年轻的钦纳里先生自称是一位手艺精湛的仿画师。他说只要把画作留给他几天就可以，他几天后就可以画出一样的复制品，画好就会马上亲自把原作送到“雷德鲁斯”号上。

“我可以问您一下吗，先生？”波莱特有些迟疑地说，“钦纳里先生那位侄子的名字叫什么？”

“爱德华——爱德华·钦纳里。”费切尔说到这里，有些尴尬地扯了下自己的胡子，“但是他说，你认识他，他叫罗宾。”

波莱特倒吸了一口气：“他说的？”

“我要说，听说你在船上，年轻的钦纳里很开心。他说你就像他的妹妹一样，但是你们因为些小事吵翻了。他说他非常想你——但他叫的是你另外的名字——什么来着？帕什么？”

“帕格里？”波莱特刚刚手掌一直抓着下巴，听到这里放了下来，“是的——他给我起过很多名字。罗宾以前是——现在也算——一个亲密的朋友。请原谅我，先生。我之前应该告诉你的——但是发生了一件很不幸的事情。你需要我告诉你吗？”

“你不用担心那个，波莱特小姐，”费切尔露出一抹难得的微笑，“钦纳里先生已经告诉我了。”

*

当听到喊声时，大家都还没准备：**看那啦！**陆地！前面就是中国！**大清！**

巴拉姆和扎迪当时正在“安娜希塔”号的后甲板上，正在站岗的印度水手开始一边招手一边喊道。两人走到舷墙边，用手挡着光向前望去，马上就看到了原本水平的地平线开始有了线条，此起彼伏的陆地风景已经隐约可见。最前面是海南岛的岛尖，那里是中国的最南端，一会儿“安娜希塔”号就已经离得够近，巴拉姆可以从小望远镜里看到前方：从表面看来和新加坡以及他们路过的很多岛屿并没有太大不同，也是陡峭的山、茂密的森林、海岸边金色的沙滩。

在看到陆地后不久，船上的长官们就把所有人手召到甲板上，让大家都提高警惕：海南岛周围素以海盗闻名，所以周围任意一艘过往的船只都不能掉以轻心。船的头尾都安排了岗哨，还安排了人爬到最高处放哨。

扬帆起航！

桁端上的翼横帆和每个桅杆上的顶帆全都扯开，“安娜希塔”号的速度几乎要快过海风，船头破浪尖在浪间来回穿梭，当抢风前行的时候，船梁几乎会竖起。当船随着海浪来回摆动时，海岛又消失不见，但是快日落的时候再次出现，这次又可以看到白云围裹着的高山了。

眼前的景象让巴拉姆兴奋异常，这让他又想起了另一次航程和他曾去过的另一个岛屿，那是差不多二十二年前，那个岛屿在地球的另一边。

告诉我，他对扎迪说。你还记得那次吗？我们去见那位将军？

扎迪笑道：当然，巴拉姆老弟。怎么能忘呢？

那是1816年2月，巴拉姆和扎迪乘坐东印度公司的“卡夫奈尔”号去英格兰。从广州出发两个月之后，到达了开普敦，在那里他们得知了一条让人吃惊的消息：拿破仑·波拿巴被流放到大西洋上的一个小岛上了。这个消息让他们感到意外，因为他们离开澳门的时候，传言说威灵顿公爵已经在滑铁卢把这位皇帝吊死在了一棵树上。不过听说波拿巴被关在圣赫勒拿岛并不算很意外，这是他们航线下一站就要停靠的港口，当大家觉得有可能一睹从前那位暴君如今的惨状时，船上的旅客们都很兴奋。

巴拉姆当时对欧洲的政治局势了解甚少，所以这个消息对他并没有很大的影响。可是对于扎迪来讲，这消息就好像晴天霹雳震开了他脚下的枕木。波拿巴占领埃及的时候，扎迪只有十五岁，还住在老开罗的父母家里。他还清晰地记得当时城郊陷入了一片恐慌，听说一支法国军队已经占领了亚历山大港，并且正向首都进发。当战争打到了金字塔处时，他像很多人一样，翻墙跳进姆阿卡拉教堂里，听着炮火声在河对面炸开。

波拿巴当时的胜利对扎迪的影响是多方面的，有大有小。比如说，他开始上法语课，他和他的堂兄弟们开始骑马，而骑马这件事放在以前，作为基督徒是不可以的，所以他对第一次在开罗的埃兹贝奇亚花园骑马始终难忘。而且他也是在那个时候开始跟一个法国制表师当学徒，这门手艺和其他本领让他后来发了家。

扎迪有很多亲戚的生活也是因为这次入侵被彻底改变。有几个堂兄因为会几句法语，后来为入侵的部队当翻译；还有一些在战后新建的印刷社找到了工作。他以前有位穷困潦倒的叔叔，欧汉·卡拉比迪恩，本来是个艺术家，更是因此生活有了翻天覆地的变化。以前他都是画神像，常常是入不敷出，主要就靠教堂给点儿钱维持生计；现在他被法军抓住，法军们都想要些埃及基督徒的纪念品——没人在乎其实事实上他只是个亚美尼亚人，根本不是什么埃及基督徒。

而且法国的入侵，虽然不是直接，也促成了扎迪的婚事。他母亲那边有家亲戚一下子富得流油，因为他们和法军签了协议，为法军提供酒和猪肉。当拿破仑决定继续向北进军，攻下巴勒斯坦和叙利亚的时候，那家亲戚就委托自家的女婿和军队的行李车一起北上。这个女婿这时才刚刚开始帮娘家做生意，但一年后就因身染瘟疫而客死雅法。等服丧期过了，这户人家决定不能让自家年轻的女儿当一辈子寡妇——这才成就了扎迪的婚事。

当拿破仑在埃及的时候，扎迪只见过他一次，但是那次会面却是非常近距离的。当时这位执政官正要去尼罗河水位测量处，到那里去主持一个仪式，仪式标志着每年河水的洪期开始。扎迪和看热闹的人群挤在一起，发现拿破仑要比自己整整矮了一头。

现在，当“卡夫奈尔”号向着那位昔日帝王的流放之地靠近时，又勾起了扎迪脑海里很多尘封多年的记忆。如果他当初觉得其实可以亲身遇见那人，他的情感也许甚至会更加强烈——但他知道这几乎是不可能的。波拿巴肯定是这世界上被看守最严密的犯人，他对巴拉姆说；连想想可以看到或是碰到他，都实在够愚蠢——但是，他们很快发现，同船的旅客中很多人都抱有这样的幻想。

“卡夫奈尔”号主要是艘货船，另外几位旅客其实就是四对英国夫妇。而旅客的地理分布，以及其他很多因素，都注定了扎迪和巴拉姆与那几位英国旅客不会有太多共同语言。他俩的船舱处在船的腹部最底处，挨着底舱，和他俩一起吃饭的都是印度水手、监工、制帆工和其他一些小船官，如果他们想要舒活舒活筋骨，一般也都只能在主甲板上。英国夫妇们的船舱都在船尾和后甲板舱室里，和船上长官的船舱在一起。他们和船长一起就餐，闲暇的时候就待在后甲板上，其他人若非收到命令或邀请，都是不可以踏足的。

虽然有这些隔阂，旅客们却也都互相认识，因为主甲板是船上的大路，有时候他们也会彼此碰面。那时他们就会彼此鞠躬、屈膝、行额手礼[1]、问好——虽然礼节诚恳，但总有些呆板，因为两方旅客的着装看上去就别扭，一边穿着西裤、皮上衣和男外套，而另一边却裹着长袍、围着厚厚的头饰。

虽然他们之间很少打交道，但扎迪和巴拉姆对那些同船旅客的所作所为还是有所了解的，因为他们经常从后甲板下面的船舱经过，能听到他们头上正在进行的谈话片段。升降梯的下面有一个小壁橱，壁柜上是个排风口，如果上面谈话的内容他们特别感兴趣的话，这里是个很方便的偷听处。

当“卡夫奈尔”离开开普敦之后，他们听到了很多关于那位被废皇帝的谈话。

“从来没想过我是这么想看一眼这个人，这个东西，他曾是个十足的恶棍……”

“竟会想看一眼这个魔鬼，真的太让人惊讶了——但说实在的，我自己也觉得很想看一眼。”

“谁会不想呢，亲爱的？看一眼被关在兽穴里的怪物可是千载难逢啊。”

在海上又过了一个星期左右，后甲板上的对话又有了新的变化。他们不再讨论去一窥拿破仑的可能性，那些英国旅客又开始讨论怎么想办法，去他原来的房子看上一眼。

真够愚蠢，扎迪很不屑地说，除非他们长出翅膀，像鸟一样会飞，不然连拿破仑的毫毛都看不到。

“卡夫奈尔”号离开开普敦差不多三周后，可以看到地平线上缓缓出现一处海岛之上的山顶住所：这就是圣赫勒拿岛。从很远的地方就可以看到，英国海军异常戒备——海岛旁有很多船只在巡逻，就好像海岸边马上要进行一场浩大的海战一样。

---

① 额手礼，穆斯林国家右手扶额鞠躬的礼节。

看到了海岛、海岛周围的战船，后甲板上响起一阵阵激动之声："想象一下，这里潜伏着惹得世界众怒的东西……"

"……握着世界上最优秀的王国的权杖……"

"……在耶拿[1]和奥斯德立兹[2]消灭了所有的敌军……"

巴拉姆和扎迪正在甲板下他们的偷听处，听到这些，二人知道现在去一睹那位前帝王的想法已经成为一项成熟的计划了。这些英国人里有一位和英军的海军上将有关系，而且已经起草了一封信，希望可以允许他们去见一面那位前任的执政官；而且，"卡夫奈尔"号的船长已经被他们推举去亲自送这封信，这样方能显示出此事的官方性。

由于岛上采取了严格的安全措施，船的靠岸过程花费了相当长的时间。当"卡夫奈尔"离岛还有好几英里的时候，就被一艘单桅纵帆战船给拦住了。在费劲一番口舌之后，"卡夫奈尔"号的船长还是要接受冗长的问询，然后才可以继续向海港靠近。这个事件让船长有所迟疑，二人听到他和那些英国人有些争辩，船长提醒他们就算拿破仑本人同意他们的请求，当局也很可能不会同意他们上岛和这位囚犯见面。可是几位女士可不会轻易改变想法，"卡夫奈尔"号刚刚沉下锚，她们就又开始叫嚷起来，非让船长履行他的承诺。船长的双桅小船被放了下去，手里拿着一封请愿信朝詹姆斯敦[3]划去。

船长回来的时候，从他的神情就能看出，没有什么可让他们高兴的消息。巴拉姆和扎迪马上跑到偷听的地方，听到他说拿破仑被严密把守，所以想要见他不亚于攻陷一座碉堡。

"波拿巴刚到的时候，他向海军上将表示说从这个岛上逃走显然是不可能的，那其实可以取消警卫和哨兵把守。'不，不，将军，'海军上校这样回答，'你是个远比我聪明的家伙，所以一定要他们把守，而且每十二

① 耶拿，德国西南部城市，1806 年普法激战的战场。

② 奥斯德立兹，捷克斯洛伐克中部一城市，拿破仑于 1805 年在此击溃俄奥联军。

③ 詹姆斯敦，圣赫勒拿岛首府。

个小时就要有一位军官见你一次。’从那以后，就一直是这样的规矩。”

船长说，在这样严密的看守之下，波拿巴很少愿意接见任何客人。他之前拒绝了所有的类似请求，一再表示就算比海军上将再高头衔的人他也不愿见。他放开标准接受一组路过旅客的社交拜访的可能性几乎为零——但船长还是完成了自己的职责，把他们的信递了上去。

第二天，船长的预言得以证实。两位没有穿制服的人来到了船上，向那些满心期许的旅客们宣布他们的请求被即刻拒绝：将军表示他不愿也不能接受任何拜访者。

这一宣布让他们都失声大叫，不仅仅是失望至极，而且还掺杂着愤怒和怀疑。

“哦，那个禽兽！他做了那些事情，难道他不觉得他欠这个世界些什么吗？”

“那是当然，先生，在这样一个孤独的地方，他肯定也缺乏陪伴……他曾一度享尽最光鲜的社交生活，最愉快的谈话……”

“女士，有人听到过他说，他宁愿当时冻死在俄罗斯的雪里，或是在莱比锡[①]被一枪打死。”

“哦，要说赏他一死那最好是……”

对话就这样持续了一阵儿，有讥讽挖苦之词，也有再三恳求之情，直到最后来访者受不了这些纠缠不休，起身离开了。他们走向升降梯的举动十分突然，因此巴拉姆和扎迪根本来不及从那个壁橱里抽身。扎迪匆忙闪开，但巴拉姆却和那几位来访者撞个正着，正在升降梯的最下面。虽然有些猝不及防，但他还算能沉着应对，庄重地向他们鞠躬，并带着一丝毫不相干的样子。他这样及时救了场，来访者也友善回应。当他回身离开的时候，巴拉姆知道自己给那些人留下了非常好的印象，因为他听到那几位和船上的英国人耳语道：

① 莱比锡，德国东部城市。

"戴头巾那个——他是不是就是印度的王侯?"

"比那强——他是古波斯的王子……"

"是个血统纯正的帕西人——是薛西斯[1]和大流士[2]的直系子嗣……"

巴拉姆想，这要是让他母亲听到了得笑成什么样子，自己也不禁乐了。

第二天他们收到消息，"卡夫奈尔"号还要在圣赫勒拿岛再停留一段时间，因为设备出了点儿小故障。巴拉姆和扎迪因为受够了船上的狭小空间，等不及想要马上到达目的地，听到这样的消息让二人更加心烦。但是那些英国人，和他们不同，又燃起了乐观的期盼。他们听说拿破仑喜欢在自己居所的附近散步，就开始安排去租些马匹，骑着马来到山上。扎迪预言他们这次探险会一如以往颗粒无收——但这次他错了，骑马上山这伙人回来之后，期盼更加强烈。他们虽然没有看到波拿巴本人，但却碰到了某个人，那人说他也许有可能帮他们斡旋安排。那人碰巧是一位军需官，负责将军住所的一应供给；而且他还认识其中一位旅客，所以马上就表现得自己是一位极为通情达理、乐于助人的人。他说将军最近对"卡夫奈尔"号表现出了些兴趣，而且他主动表示愿意将他们的请求直接递请贝特朗总元帅，这位元帅是和将军一起被流放至此的。他向他们保证第二天一定给予答复。

当然了，第二天这位军需官来到"卡夫奈尔"号的时候已经是正午了。过了一会儿，有位印度水手就下来告诉巴拉姆说他们召他过去，让他到后甲板上。

巴拉姆之前可从未收到过类似的邀请，他有些吃惊。你确定吗?他对印度水手说，谁派你来的?

老爷和太太们，那人回复道。

---

① 薛西斯，波斯帝国国王。

② 大流士，波斯帝国君主。

真的？快。告诉他们我马上就去。

他马上换上一件新长袍，爬上升降梯来到后甲板上，受到了前所未有的热情欢迎。

“哦，莫迪先生，请坐。”

“你今天怎么样？没被这天气影响吧，我想？”

“没有，没有，”巴拉姆马上回答道，“我身体很好。您尽管直言，需要我做些什么？”

“那个，莫迪先生……”

一开始还有些尴尬局促，但你一言我一语，军需官就讲到了重点上。“我知道，莫迪先生，你也知道拿破仑·波拿巴现在是这个岛上的囚犯。你的一些船友们非常想要见见他，他也同意接见他们了。但是有一个条件。”

“什么？”

“波拿巴说他要先见你一面，莫迪先生，然后才肯见其他人。”

“我？为什么？”巴拉姆十分吃惊。

“莫迪先生，因为波拿巴听说在‘卡夫奈尔’号上有一个索罗亚斯德的王子。”

“王子？”巴拉姆的眼睛瞪得老大，“什么王子？为什么他要见王子？他见王子干吗？”

军需官清了清喉咙，然后解释道：“莫迪先生，因为波拿巴一度把自己幻想成我们这个时代的亚历山大大帝。他的目的是一路向东进军，从埃及到波斯再到印度，去追寻伟大的马其顿人的足迹。他还曾梦想在波斯波利斯的城门下遇见大流士，就像亚历山大……”

对于巴拉姆以及所有其他族人来说，没有哪个名字比那个长着两个角[①]的希腊人更让他们愤恨的了。他热血当头，大声喊道：“呸！你们说

① 可兰经中将亚历山大称为“*Dhul-Qarnayn*”，意即“长着两个角的”。

什么亚历山大——狗历山大？你们可知道那个可恶的东西都干了些什么？抢劫宫殿、烧毁庙宇、祸害妇女——还有什么是他没干过的？连小男孩都不放过。现在又出来这么个败类，你们真以为我会笑呵呵地去看他？难不成我疯了？”

军需官紧张得马上安慰他：“你不要担心，一点儿也不用：波拿巴并不想伤害你。他毕竟是个法国人，不是希腊人。而且他感兴趣的不单单是你的宗派，还想了解你在中国的生意情况。因为他曾说过，东方雄狮最好睡着，因为如果它醒了，那世界肯定要被震撼。”

这让巴拉姆有些迷惑，他说道：“你意思是什么？这个人觉得中国人睡得太多了，是吗？”

“哦，不，”军需官说，“他这只是个比喻。我的意思就是说他也很想了解那个国家。这也是他想见你的理由之一。”

巴拉姆现在的心情还是很愤怒，所以对任何人的请求都没有妥协的意思。“不！一会儿我是大流士，一会儿我又成忽必烈汗？他怎么想的？让他找中国人去。干吗非得我去？”

“哦，求求你了，莫迪先生，”一位英国女士恳求他，“难道你不能再重新考虑一下吗？”

巴拉姆也有点消了气，他的手指点着桌面，他想着接下来要怎么办。被一位刚刚当过帝王的人召见的确是个抬举自己的事情——但是他也想到，赤手空拳地去见一位击溃过千军万马的将军，恐怕不是明智之举。他好像听到了母亲用古吉拉特语在自己耳边说：头上了磨台，逃不过碾槌。

巴拉姆挠了挠胡须，说道：“我也有个条件。如果我去，那我的好朋友卡拉比迪恩先生一定要和我一起去。”

其他人有些狐疑地彼此看了看。“为什么必须这样呢？”

“因为，”巴拉姆说，“他会讲法语，不是吗？他给我当翻译。”

“那恐怕是不大可能了，”军需官说道，还带着点故意的坚决态度，“波拿巴，我要讲明，并没有邀请你的朋友。”

“那好！呸！浪费什么时间？”他抓起自己身上的长袍，好像要站起来的样子，“那我就先告退了。”

“哦，等下！莫迪先生，拜托！”

女士们的干预终于解决了此事，最终同意大家第二天早上十点钟出发。

当然了，扎迪其实在偷听处一直听着这伙人的谈话，听到自己也可以去，心里由衷地感激——而且巴拉姆最后还成功商议，可以把他的卧铺费用稍作减免。

其实，巴拉姆之所以坚决地要带上扎迪，不单单是为了把自己的朋友带上，也确实是为了自己考虑。巴拉姆本能地告诉自己，等候帝王的时候肯定是需要一些礼节的，虽然这位帝王已经被废黜，但他自己还真想不出什么样的礼节是合适的，那真是毫无头绪。他去拜访过几位王侯和王公，甚至还有一位空有头衔的君主——沙·阿拉姆二世。他是当时位于德里的几近落败的莫卧儿帝国的君主。这些经历都让他深知，那些国王和帝王都非常在意自己的尊严，不论当时的情形有多么潦倒。

扎迪当然要比巴拉姆见过更多的世面，所以对这些宫廷礼节比较熟悉——可就是他这样一个见多识广的人，也从未见过这样的世面，对于某些方面的礼节他和巴拉姆一样不知该如何应对。比如说，他们应该怎么穿衣？两人箱里都有一套欧洲样式的外衣和裤子，但是两人都不大愿意换下自己习惯的衣服，换上那些裁剪过紧的服装。而且扎迪考虑，拿破仑肯定会失望的，不是吗，难道这位波斯王子要穿着一套殖民地小职员的服装现身？所以说，最好还是穿他们熟悉的风格——幸好他们还有几件衣服，穿到宫廷里也不会显得太不合适。扎迪有一件奢华的土耳其产的丝褶束腰长袖长袍，还有一件金色刺绣的耶烈万[①]产的马甲。巴拉姆有一条银灰色的“显贵人士”穿的裤子，上面带有装饰性的拉带；和它搭配的是一件及

① 耶烈万，亚美尼亚首都。

膝的宽松上衣，奶油色的丝质制成，上面绣着金色岩石。这两件最后还要加上一件华丽的外衣——蓝色的丝质长袍，立领上带着金锦布制的丝带。至于头上的装饰，扎迪很好解决，只要戴上一顶高高的、紫貂皮制的帽子就行——但巴拉姆的头饰，是二人临行前准备的最重要的部分。他礼仪性的头巾足足有十多英尺长，他知道在这个小船舱里，连两个人转个身都困难，断然是不能围好的。

他们之前一直担心穿衣的事情，但后来发现这并不算艰巨的：因为两人都互为侍从，你帮我掖掖，我帮你系系，等船长的小船准备好带着这一队人去往詹姆斯敦港的时候，二人早就穿戴整齐了。

詹姆斯敦港是这个岛上最大的居住区，看上去这个港口以前风景如画，但却也与别处风格迥异：城里有两排颜色鲜艳的房子，位于一个较为陡峭、V字形山谷的最下面。随着向岛内伸展，山谷又升到一座山上，山顶有一处风格朴素的居所——那就是拿破仑被关押的地方。

这一队人都骑着马匹，已经安排好了，大家开心地出发，沿着城里那条狭窄、卵石铺就的小路向山顶走去。这位前帝王的住所名叫郎伍德，在这个岛上最高的山峰之上，离岛的首府有五英里的距离。小路虽然狭窄，但风景不错，每一处转弯都会有不同的景致，湛蓝的大海和茂密的山坡，山坡上长满了蕨类植物。随着小路越来越陡，他们经过了果园和大片的野花，之后就看到一队英国的守卫军人。旁边是一处破破烂烂的村舍：他们听说那里曾是亨利·格拉蒂安·贝特朗伯爵的居所，他曾是法国宫廷总监、法军驻爱尔兰部队的前总司令。

到了这里，他们都下了马，有人去报告了他们的到来，总监出来见了他们。他并不像有些人所惧怕的那样，长着一副魔鬼的模样，他长相出众，而且举止相当优雅。双方互致问候，总监就带着这些访客向他的村舍走去，并告诉他们，他打算给他们介绍一位很有意思的人。队伍里的女士们都以为，他这话的意思就是他们马上就要见到那位恶魔，所以又开始兴奋起来——可这完全是自作多情，总监其实只是在开玩笑：候在村舍里的那位其实就是他的妻子，他们都很喜欢她，因为她端庄大方，讲得一口流利的英语。

她见到扎迪似乎很高兴，拿出了一件骆驼毛制成的披肩，说这是玛利亚·路易莎[①]女王从一位亚美尼亚人那里花了三百畿尼[②]买来的。这引发了大家一阵讨论，英国来的这些客人马上就与这位伯爵夫人相见恨晚了，其实她是爱尔兰和克里奥尔人的混血。他们为这位夫人着迷，所以当贝特朗总监过来带着几分歉意地告知他们，现在他要带两位亚洲客人去与将军私下会面的时候，他们并没有表现出太大的失望。总监说：如果可以，他们就在这里再与伯爵夫人交谈一会儿，他这就要带另两位走了。英国来的客人们马上就同意了，于是巴拉姆和扎迪站了起来，跟着总监走出了村舍。

朗伍德位于山顶上，通往那里的小路陡峭崎岖。一看到房子，两位客人不由得吃了一惊：那原来只是一个小平房，既不宽敞，也不豪华。唯一特征就是靠在山墙上的门廊，如果没有门前把守的士兵，很容易把这里当成是个平常人家的房子。

在花园的最下面，有个帐篷，有一个排的士兵把守着。还有几位来访者在那里候着，但总监与士兵交谈几句之后，巴拉姆和扎迪就被领到了其他人的前面。又走了几步，总监停了下来，给他们朝前指了个方向，那边看上去像是一个花园。他现在必须返回他自己的住所，他说，但是他们应该可以找到将军了——每天这个时候，他都喜欢在花园里散步，他们走上去就一定能碰到他。

剩下这段路程是最累的，扎迪和巴拉姆都喘着粗气，长袍下都热出了一身臭汗。

“他是个怎样的皇帝？”巴拉姆一边喘着气，一边嘟囔着，“连个帮他

① 玛利亚·路易莎女王（1782—1824），西班牙女王。

② 畿尼，英国的旧金币，值一镑一先令。

迎接客人的侍者都没有。”

虽然总监当时一再保证，但他俩却没有看到将军，而且等他们到了那里，发现花园里的花也不过就是零星几朵雏菊和满天星。

“至少也种几朵玫瑰，是不是？”巴拉姆很反感地说道，“皇帝——黄了个地的？”

两人继续快步前行，穿过一块菜地，看到一个人朝他们走来。这人不但带着股盛气凌人的气势，而且前胸还别着一颗星。两人都认为这肯定就是波拿巴本人。

在一个满是肥料的菜地上遇上一位皇帝，这是巴拉姆无论如何也没预料到的。他决定一切都看着扎迪的动作行事，于是稍稍向后退了些，眼睛紧盯着他的朋友。就算他直接跪在了泥里，巴拉姆也下定决心照他的样子做，可管不了会把衣服弄脏或怎样。但扎迪的动作却有点难以模仿：他取下了头顶的帽子，露出了头。巴拉姆也闪过这样的想法，想把自己的头饰跟着取下来；但他马上意识到，想要解开十英尺长的头巾可不是件容易的事情。不管这人是不是皇帝，他决定无论如何是不能摘下头巾的。他只是深深地弯下腰，鞠了一躬。

让两人气恼的是，这些努力都是白费的：来的这位根本不是拿破仑，只是一个等候的军官——而且，看着他俩的一阵窘态，这人还觉得很好笑。“将军决定接见你们，”他狡黠地笑道，“请你们二人注意举止。”

*

天气出奇的好，“雷德鲁斯”号后甲板上的瓶瓶罐罐和花花草草之间摆上了椅子，全都是为了迎接罗宾·钦纳里的到来。波莱特在遮光的雨篷下看着这位客人上船，船主人在他走上侧梯时对他的到来表示欢迎。

就在她看到罗宾的时候，波莱特发现自从二人最后一次见面，他变化了很多。她自己当然也变了，只是他的变化更多地体现在服装和举止上。他还是那个个头小、矮胖的家伙，门把手一样的大鼻子、眼睛突出、粉红的嘴唇鼓起着——但浮夸艳丽的衣服、透明的领巾、亮闪闪的小饰品全都不见了，换成了深色的、素净的西装——原来他曾一度笑话这种衣服是“英国船员的制服”。夹克和裤子全都中规中矩，衬衣的衣领不高不低，原来他的头上总喜欢戴着闪亮的花色大手帕和各种颜色的轻薄头巾，现在只是一顶普通的黑礼帽。

肩膀上背的包也和之前相去万里，原先他总背着带刺绣的书包、配着珠宝的小手提袋，现在的背包是带着铜扣的皮箱。波莱特虽然离得远，但看到他伸到包里，拿出一个薄薄的文件夹。

“你的图画，彭罗斯先生。我在复制旧一点的那幅时并不难，因为画中并没有很多细节。但这是我复制的另一张——我打赌，你肯定分不出来哪个是原画。”

“你说得没错，但我可不是个好赌的人。”

听罗宾的声音，波莱特感觉到他的口音也有很大变化，变化之大不亚于他的外表：已经完全没有了孟加拉邦的语调。而且他大声喊道：“波莱特呢？她在哪儿？”那圆润的口音完全是一位地道的英国老爷。

“就在那等着您呢，”费切尔指向后甲板，“你上去吧。我知道你俩肯定有很多要说的，所以你俩先聊一会儿吧。”

只听罗宾一声尖叫——“哎呀，那不是她嘛，我亲爱的帕格里！”这一声还挺像以前她熟悉的那个老朋友的。然后他冲上升降梯，那样子分明就是以前那个罗宾，噼里啪啦用孟加拉邦语说道：“哎呀，帕格里——好久没见！快过来，你……”

波莱特伸出手臂搂住了他，他那柔软丰盈的拥抱就像以前一样，波莱特不禁回忆起来。她想起了他们在一起的那段时光，彼此逗玩、取笑、吵嘴、闲聊，她突然感觉到，罗宾也许是自己曾有过的最亲近的朋友——因为乔都之于她更像是个兄长，而不是朋友。

哦，罗宾，见到你太高兴了——好久没见。

“是太久了，太久了！”罗宾大叫道，“我好想我亲爱的，亲爱的帕格里。”

你原谅我们了吗，罗宾？乔都和我？

“当然，”罗宾说，把她从怀中拉开，“都过去了。你们还都是小孩儿，就算不是小孩儿，容我直言，我可爱的帕格里小姐，你们那品位如此的与众不同，怎么能指望你们去理解艺术？其实错的是我，都怪我自己——虽然我不能否认，你们把那幅画给撕碎当时对我实在是沉重的一击。我对那幅画投入很多，损失了它之后我真的是一蹶不振——而且，不怕告诉你，那最终导致了一个很不幸的结果。我那可怜的、最亲爱的母亲，你知道，她太过善良又对世事无防，知道那事儿之后很担心我，她竟然安排——你能相信吗？亲爱的帕格里——我结婚！”

真的吗？那结果呢？

“没结成，亲爱的帕格里，因为我可不是结婚过日子的人，而且，她——我那位新娘——是个母夜叉，谁见了她都会觉得心惊胆颤。”

真的？那你怎么办的？

“我就像钦纳里家族的传统风格一样，亲爱的帕格里，跑啊。当然我第一个想到的是逃到广州，就像钦纳里先生一样，因为那里是唯一一个老爷可以不被太太找到的地方。其实逃跑并没那么简单，我告诉你，因为去往中国的路程可不便宜，不论从哪方面来讲……但幸运的是我自己手头还有几幅画，都是按钦纳里的风格仿画的，只差个签名。只要签名搞定，我就可以不费吹灰之力把画作卖掉，而且我想，钦纳里先生如果知道我这急时之需，也会原谅我这种行为的。但是，天啊，事事都不如我所料：钦纳里先生严厉训斥了我伪造他签名这一行为——更糟糕的是，他其实根本不在广州，而在澳门。澳门是个十分无趣的乡下，在那里，人人都假惺惺地装作是有教养的人，连钦纳里先生也染上了这种毛病。我的到来把他的鼻子都气歪了——你相信吗，亲爱的帕格里，他一直让我假装是他的侄子，而且非要我穿上最无趣的这身行头，否则就禁止我在公众场合现身。我尽量听他的话，但他还是要唠唠叨叨地教育我，让我回到加尔各答。他说，让我和妻子谈和，其实他早就知道了，那女人已经和一个乐队的指挥跑到了巴拉格布尔。我又不是傻子，我知道他其实就是想摆脱我——可是我下定决心一定要在广州待上一季再离开，他无论如何也没有动摇我的决心。”

可是为什么呢，罗宾？为什么到广州对你来说这么重要？

罗宾长长地叹了一口气：“我不敢告诉你，亲爱的帕格里。我怕告诉你，你会笑话我。”

当然不会。快告诉我。

“亲爱的帕格里，我的生活，你也知道，其实从来都算不上幸福——而且比起那些常常说不幸福的人，其实我现在这样的状态还是很不错的：这样说吧，我现在相信广州是唯一一处我最有可能找到一些小小满足的地方。”

“广州？”波莱特惊呼道，“为什么是这里，而不是别处？”

“亲爱的帕格里，我现在也上了年纪，知道自己已经注定不会享受那种家庭的幸福。很有可能我要单身一辈子了，如果我找不到一位朋友，那么我这辈子将会是孤独的——这位朋友应该是一位真诚友爱、为情付出的伴侣。所有我崇敬的那些艺术家都有这样的朋友，可以让他们全身心地投入到艺术创作中——波提切利、米开朗基罗、拉斐尔、卡拉瓦乔。在读了一些有关他们生平的书籍之后，我日渐明白人生中一直缺少这样一位朋友才是我可悲的地方：没有朋友，我将无所成就。可是，你知道的，亲爱的帕格里，我这个人向来不善于交朋友——我和其他男人不同，而且人们有时确认为我有点**古怪**。甚至在我还是个小男孩的时候，就从来没有人爱和我玩，连我自己的哥哥都不愿和我玩——哦，如果每次被别的男孩打败我就存下一便士的话，那我现在肯定富得流油了，说真的！”

“但是，罗宾，到广州去寻找朋友难道不奇怪吗？”

“当然不喽，亲爱的帕格里！人人都向我保证，世界上再没有一个地方比广州的飞地更适合去寻找友情了，因为那里有数不清立志单身的男人们。因为他们觉得，你知道，住在一个禁止女人进入的飞地里根本不是什么难事，而且在广州还可以赚到很多钱。我认为，那里最适合像我这样抱定单身想法的人了。他们告诉我说，每年总有一段时间，成群的单身汉就像南飞过冬的鸟儿一样涌入广州——有好几位钦纳里先生的朋友亲口告诉我的。我常把他们的话学给他听，但这似乎总会惹恼他——他说我就是那种会沦陷在广州的诱惑里的那种人，而且他是永远都不会赞成自己的亲生骨肉选择这样一种生活的。他的态度是那样的坚决，我都不大敢去了。他确实是永远都不会同意，我想，如果我没有拿我手里唯一的筹码去要挟他的话。我告诉他，如果他不想办法帮我搞到一个印章的话，那我就要向他那群有教养、有身份的朋友**揭穿**他，把他如何对待我的母亲、我的哥哥，还有我的事情**全**都告诉他们。听到我这么说，他的态度软化了，亲爱的帕格里，他已经都帮我安排好了：我就要在广州的马克威克酒店住一季啦！”

“我好嫉妒你，罗宾！”波莱特说，“我多希望可以和你在一起。”

罗宾手臂揽过波莱特，拥抱了她：“你可以，我最亲爱的帕格里格拉。我一定会经常给你写信——广州和这些外岛之间经常有船只往来，所以我给你邮信是很方便的。我一定会让你通过我的眼睛看到广州的！”

“真的吗？罗宾？我真的可以拜托你吗？”

“当然可以——你可以毫不怀疑。”好像为了说话算话，罗宾紧紧地攥了下波莱特的手，“现在，亲爱的帕格里，该轮到你了……你和你那个坏哥哥。快讲给我听听——要告诉我**一切**！”

*

巴拉姆和扎迪刚转过一个弯就瞥见了将军：波拿巴站在一片矮树丛中，看着下面的山谷。他矮胖粗壮，比巴拉姆个子矮一点儿，身子有点儿向前倾，双手背在后面。他比巴拉姆想象的还要矮壮一些，肚子高高地撅起，看上去真想不到他会是个人生阅历异常活跃的人。他穿着一件普通的绿色外衣，天鹅绒的衣领、银扣子，每个扣子上都印着不同的纹章图案；棉布色的马裤，袜子是丝绸的，鞋上有大大的金搭扣。外衣的左面有一颗大大的星，上面明晃晃地刻着帝国雄鹰，头上戴着一顶竖着的黑色礼帽。

访客走了过来，波拿巴摘下礼帽，微微鞠了下躬，要是换作别人这样的动作未免流于敷衍，但是换作他，其实他只是示意时间有限，没有必要弄些多余的小礼节了。巴拉姆印象最深的是他如炬的目光，因为那就像是外科医生的手术刀一般，好像可以直接切入他身上，剥去肌肉只留下空空的骨架。

他刚刚开口说话，他们就看出来，虽然是军人出身，但向两位来访者介绍自己实在让他很为难。但他显然知道扎迪是翻译，因为介绍完成之后，他立马就转向了扎迪。

你的名字是“扎迪”，是不是？他带着微笑问道，那是不是取自伏尔泰先生同名的那本书？你是巴比伦城的哲学家吗？

不，陛下，我其实是亚美尼亚人，这个名字是我们族人古代时常用的名字。

两个人你一言我一语，巴拉姆刚好可以仔细地看看这位将军。他这样的身材让他想起了母亲的古吉拉特语俗话：——“脖子短必是野孩子”。他还注意到了他那锐利的目光、辛辣的讲话方式、简单却有力的手势和嘴角常挂着的一丝浅笑。扎迪之前就告诉过他，拿破仑只要自己乐意，就会释放出非凡的魅力，那本领就像是魔力。巴拉姆现在亲眼所见，这本领甚至都可以跨越语言的障碍，让人不知不觉为他着迷。

巴拉姆马上就意识到，他们二人的谈话内容是关于自己的，他是从将军不时投射过来的目光判断出来的，而且他也意识到自己马上要被长时间地询问了。有人在谈及自己，却不知道内容是什么，这种感觉有些奇怪，所以等扎迪最后把头转向他，并开始用印度斯坦语翻译出将军的话的时候，巴拉姆才感到很高兴。

巴拉姆也是用同样的语言回答的——扎迪可不是一位有一说一的翻译，而且拿破仑感兴趣的很多话题，其实他比巴拉姆知道得更多，所以他们的对话马上就变成三方的了。大部分的时间，巴拉姆都只是个一头雾水的观众。直到很后来他才知道当时说的都是什么——但回想的时候，他又都记起来了，历历在目，就好像他和扎迪是用同样的耳朵在听、同样的嘴巴在讲话。

巴拉姆回想起来，拿破仑的第一轮问题是关于他私人的，所以让扎迪感到有点尴尬。这位让普鲁士帝国遭殃的帝王宣称他对巴拉姆的长相印象深刻，从他的面庞和胡须能看出古代波斯的血统。然而从他的服装并没看出太多的相似之处，因为他的衣服看上去更像是印度的样式。所以他很好奇，想知道目前的帕西人都保留了古波斯文明中的哪些部分。

巴拉姆对这个问题是精心准备的，因为经常有英国朋友问他类似的问题。他答道，将军说的是对的，他的衣服大部分都是印度斯坦风格的，除了两个最基本的东西：他信奉的宗教要求每位信徒，不论男女，都要贴身穿着一件由 72 根线制成的束身衣，还有一件名为沙德拉的祭服——这两件衣服巴拉姆当时都穿了，就在外层衣物的下面，这就像将军猜想的一样，和他自己国家以及同样地位那些人没什么两样，他们也会这样穿衣。外表做出些改变，但是里面总要保留些区别其他的特征，而这种办法也同样适用于生活中一些其他的方面。关系到宗教信仰，帕西人总是十分虔诚地遵循老规矩，努力听从先知查拉图斯特拉的教义；可是在其他方面，他们自由地借用周围邻国的习俗和惯例。

那么查拉图斯特拉先知的主要教义是什么呢?

这个宗教是最早期的一神教派中的一支，陛下。按照这个教的圣经《圣特—阿维斯陀》，上帝就是阿胡拉 · 马兹达[①]，他是无所不知、无处不在、无所不能的。在阿胡拉 · 马兹达创造世界的时候，据说他释放了令山崩、促地裂的光芒。这一神奇的光芒的一部分被创世者所吸收，并合入体内；另外的部分从光芒中逃离，并被阿胡拉 · 马兹达驱逐开。这个黑暗的能量就是恶神——魔鬼，或是撒旦。善与光就一直为阿胡拉 · 马兹达所

① 阿胡拉 · 马兹达，远古波斯信仰拜火教（索罗亚斯德教）神话中至高之神。

用，黑暗的力量就与他作对。每一位索罗亚斯德教的信徒都要拥善驱恶。

拿破仑转向巴拉姆：那他会说索罗亚斯德语吗？

不，陛下。和他们的同乡人一样，他从小就只会说古吉拉特话和印度斯坦语——他直到很后来才开始学讲英语的。至于阿维斯陀经里的古话，现在完全都只有教士和那些熟知经文的人会用。

那中国话呢？将军问道，住在那个国家，你们二人有没有试着熟悉那儿的语言呢？

两人异口同声地答道：没有，他们说。他们不会说汉语，因为在中国南方做贸易的人常用的话是一种方言——或者，也有人称为“皮钦语[①]”，意思就是只谈“生意”，这样的叫法也很符合它的用途，因为它就是用来谈些生意上的事情。虽然有很多中国人可以轻松流利地讲英语，但他们却不肯用英语与外商谈判，因为他们认为这样会让自己处于劣势。用洋泾浜英语他们觉得更可信，因为这种英语的语法和广东话的是一样的，但词汇却主要都是英语、葡语和印语——这样，生意中人人都用这个自己不擅长的行语，其实对大家都有好处。而且皮钦语很简单，不难学，那些不会讲的人，在广州也有很多翻译，一般叫做“通事”，可以把这种语翻译成英语和汉语。

那你们在广州的时候，将军问，你们可以和中国人自由相处吗？

当然，陛下，这方面并没有限制。我们主要都是和中国商人的特别行会打交道，叫做“商行”，商行成员的唯一职责就是和外国人做生意。如果有任何不规矩的事情发生，这些人是要对外国人的行为负责的，所以中国商人和其他国家的商人，从某种意义上来讲，关系是非常紧密的，更像是一种合作关系。但那里还有另一个层次的中间人：他们一般叫做“买办”，他们主要负责为外国商人提供一应供给和下人。他们还负责保养我

① 皮钦语（pidgin），也称为洋泾浜英语。最初为 19 世纪中外商人使用的混杂语言，一般西人称为“皮钦语”，华人称为“洋泾浜英语”。其实 pidgin 实为英语 business 的发音变体。

们居住的地方，“十三行”。

扎迪最后这三个字是用英语讲的，其中一个字吸引了将军的注意：哈！“行”。就是我们法语里“商行”那个“行”？

这个问题扎迪也是有所准备的，所以他可以给出答案：不，陛下。“行”这个字一开始是威尼斯人用的，后来是果阿的葡萄牙人。本来这个字是葡萄牙语中的“工厂”的意思，指的就是代理人居住和经商的地方。在广州，这些工厂也称为“行”。

那其实跟加工东西没有关系了？

没有，陛下，一点关系也没有。这些行，正规地讲，都是归商行会，但可能你眼见了也不会联想到那里会是洋行，因为很多洋行目前已经归属各个不同的国家和王国。有些甚至已经挂起了本国的国旗——法国行就是挂旗的一家。

将军快步地走着，并斜看了扎迪一眼：那这些洋行就像使馆一样吗？

外国人一般都当洋行为使馆，虽然中国人并不认同。英国时不时地会指派些代表去往广州，但是中国并不认可，而且他们只可以和省级的清官对话，而这种会面也不会被政府轻易批准，因为清官不会接受任何请愿性质或未用正规毛笔字书写的信件——但是英国人又不肯这样屈就，所以这种交流请求往往都不被接受。

拿破仑笑了笑，阳光映在他的牙齿上：他们的关系建立在繁文缛节上了？

正是，陛下。任何一方都不肯让步。如果说世界上还有哪个国家能和英国的傲慢与顽固相匹敌，那非中国莫属。

但是既然是英国在向那里派使节，那意思就是他们更需要中国，而不是反之？

正是，陛下。从上个世纪中叶开始，英美对中国茶叶的需求就在增加，所以现在东印度公司的主要利润来源都是茶叶。茶叶贸易的税收占据全英收入的十分之一。如果再加上像丝绸、瓷器、漆器这些产品，欧洲对中国的需求是永难满足的。但是，另一方面，中国对欧洲出口的产品并不大感兴趣——中国人只认准自己的产品，比如说自己的食物、习俗，他们认为都要比别的国家的好。在过去的这些年间，这让英国人很头疼，因为这种贸易流太不平衡，所以英国流失了大量的银币。这才是为什么他们开始从印度向中国出口鸦片。

将军回过头看了一眼，挑起了眉毛：开始？开始？你的意思是这种贸易不是一直都有？

没有，陛下——这种贸易在六十年前不过只有一点点，当时东印度公司进行这种贸易只是为了控制一下金条的流失，事实证明他们取得了很大的成功，现在供应已经有些跟不上需求了。现在银币的流向已经完全反过来了，大量的银币从中国流往英国、美国和欧洲各国。

将军走到一棵长着奇怪的茂密树叶的树下停了下来，他摘下两片叶子，分别递给了巴拉姆和扎迪。你们肯定会感兴趣的，他说，这棵树叫做白菜树，它只长在这个岛上，你们可以把这片树叶当作来过这个岛的纪念物。

扎迪鞠躬，巴拉姆也跟着马上弯下腰：我们感谢您，陛下。

他们现在已经离那个房子有段距离了，将军决定折返。有那么一阵——巴拉姆觉得有些释然——将军的注意力已经从他们刚才讨论的事情中转移开了。但是，一旦他们又走了起来，他发现将军并不是一位注意力容易分散的人。

那请告诉我，两位先生，难道中国人就没觉得鸦片有害吗？

当然有，陛下。上个世纪鸦片进口就被禁止了，而且多次被禁呢。其实这是暗底下的贸易——很难中止，因为很多官员，不论大小，都从中获利。对于那些贩卖商和贸易商，只要有丰厚利润可图，他们总会找到法律的空子。

拿破仑低下头来看着尘土覆盖的小路。是的，他轻声地、好像在自言自语一样：由于我们的欧洲大陆制度，我们在欧洲也面临这一问题，商人和走私商们在规避法律上总是技高一筹。

所言极是，陛下。

现在，将军的眼里闪着光：依你们之见，中国会允许这样的贸易持续多久？

那只能等着瞧了，陛下。目前的情况是，如果这种贸易中止，那对东印度公司将会是灾难性的打击。毫不夸张地说，没有东印度公司，英国是没法控制它在东方的殖民地的；他们绝不可能放弃这样丰厚的利润。

真够讽刺的！拿破仑突然说道，又向客人露出他那迷人的微笑，多么讽刺啊？如果是鸦片让沉睡着的中国醒了过来呢？如果中国真的醒来，你觉得会是好事儿吗？

当然不会，陛下，扎迪马上回答道，我从来都知道，邪恶的事物生不出什么好事儿。

拿破仑笑了。那整个世界除了邪恶还有什么呢？比如说，你们为什么要做鸦片生意呢？

不是我，陛下，扎迪迅速地答道，我是个造表的，从没参与过鸦片贸易。

但是你的朋友呢？他是卖鸦片的，不是吗？那他认为那是恶的吗？

这个问题让巴拉姆一时不知所措，他一时语塞。他马上开动脑筋，说道：鸦片就像风和潮汐，我没有力量左右它的行进方向。乘着这阵风开船的人，不能简单地说他是善还是恶。要看他如何处理周围的事情——他的朋友、他的家人、他的下人——才能正确地评判他。这是我的信条。

拿破仑又用他那如炬的目光盯着巴拉姆：但是，也许乘着这阵风的人，终会有一死呢——但愿不会？

他的这一想法并没有说出口，因为这时已经可以看见郎伍德了，而且有位副官正快步沿着小路来寻将军。

波拿巴转向扎迪和巴拉姆，从头上摘下了礼帽：再见，先生们，祝你们好运！

第二部

广州

第七章

广州马克威克酒店

1838 年 11 月 7 日

最亲爱的帕格里，我**欣喜若狂**！广州，谢天谢地——花了多久的时间！我坐的是一艘客轮——一艘**非常**奇怪的船，形状像个毛虫一样，连速度也是。我多羡慕那些富有的番鬼船主们，他们坐着精致的单桅帆船，光亮的小艇，从我们身边经过，吹着海风。我听说，最快的船只从澳门到广州只需要一天半的时间。这艘毛虫船用了两倍的时间，而且最后我们发现，其实是把我们扔在了黄埔，那里离广州还有十二英里左右。

黄埔是珠江上的一个岛屿，周围的水域全都是外国船只的锚泊地。这些船只都不允许再向广州靠近，所以都在这里等着客满或是客清。这使船上那些可怜的水手们实在是太痛苦了，因为黄埔岛上除了一座漂亮的塔外，再没有什么有意思的地方：岛上的村庄之于珠江，就像巴奇巴奇岛之于胡格利河——一片片破烂、摇摇欲坠的仓库、港务办、海关室。他们的船一停就是几周，无聊的水手和印度水手们四处闲荡，只能掰着手指数日子，等着下一次离开海岸开往广州。

幸运的是，你不必在黄埔逗留很久，因为不论白天黑夜，都有往返广州的渡船。这里的河流里挤满了各种形状、设计精巧的船只，所以你一时还不会感觉到自己马上就要到达一座大城市了。左边是一座名叫

"河南"[1]的小岛，岛上布满了花园、住宅和果园，看上去非常有田园气息——这里也像极了去往加尔各答的路途，因为加尔各答城隔着条河对面就是奇特波，那里满是田野和森林。但这里的舢板船、宽板船还有盐船的数目一直在增加，没多久就会有相当多的船停锚在河两侧，看上去就像连绵屏障，让人无法看到河岸上的景象。桅杆和船帆的上面望过去就是广州城的城墙——大面的灰石筑成，相隔一段距离就有瞭望塔和多层把守的大门。和这座巨大的城池相比，加尔各答的威廉堡显得太渺小了：广州城的城墙绵延数英里，你可以望见城墙攀延到山上，最后建成了一座巍峨的五层塔楼。这座塔楼叫做镇海楼（这名字难道不是最有诗意的吗？）而且他们说，如果你肯给看守塔楼的卫兵一些钱，他们还会让你进去看看。据说从那看去的风景非常漂亮，整个城市的景色都在你脚下，好像一张巨大的地图。如果你沿着城墙走的话，差不多一两个小时就可以走到镇海楼，我是一定要去一趟的——否则我就根本不算看过这个外城池一眼。因为外国人是被完全禁止踏入城门的——这实在是太让人更加渴望进城了！哦……要看和要画的东西实在是太多了，沿着城墙的外围就是城郊——外城池只是广州城的旗舰，那周围还停靠着很多更小的船舰。

你也许不敢相信，亲爱的帕格里，但是广州城郊最漂亮的地方就是它的河流！在广州城河上的贫民窟里住着的人要远远超过加尔各答的人口总数：有人说，光那里就有足足一百万人！他们的船都停在河道的两边，那里的船多得你根本都看不到下面的河水。乍一看这座浮城就像是浮木、竹子和茅草制成的棚屋区。每艘船都靠得很紧，如果不是时不时地左右摇晃或是震动，你肯定会以为自己是身处在一个形状奇怪的棚屋里。离河岸最近的就是一排排的舢板船，这些船大多有四五码长。船顶由竹子制成，设计虽然极简但却不可思议的巧妙，因为船顶可以依天气而移动位置。下雨的时候，竹船顶上的覆盖物可以展开，让整艘船都不被雨淋。天气好的时

① 广州人将珠江以南的海珠区称为"河南"。

候，船顶的竹席还可以卷起来，船上的生活区可以晒到太阳——你可以看到船上所有人在干什么，这着实让人吃惊。船上住的人家总在忙忙乎乎，这座浮城就像个水上的蜂箱：有人在船里做豆腐；另一艘船在做佛香；一条船上在烧面条，另一条在烧别的——这一切都伴着刺耳的咯咯鸡叫声、猪的呼哧声还有狗吠声，因为每艘漂着的船不但是个小工厂，也是个小农户！船与船之间根本没有什么水路，宽窄只够一个贩卖小船经过；而这些小船上的东西可是你想也想不到的，那上面全都是各种各样的叫卖者和小贩——制革匠、补祸匠、裁缝、制桶匠、修鞋匠、理发师、正骨师，还有很多其他的，全都拿着铃铛、锣，扯着嗓子声声叫卖着。

番鬼们说浮城里有各种土匪、强盗、流氓、妓女和各种地痞——我不得不承认，这些只会让我更想去探索那里。这实在是太抓人眼球了，所以我想试着画几幅航海的画，也许按范·雷斯达尔[①]的风格画，或者按透纳先生的风格画（但我估计恐怕是不行了，天啊，钦纳里先生一提到这名字就会气得脸都绿了）。

最后说到外国人居住的飞地——我现在已经学会了，这里也叫“番鬼城”！它地处广州城的最偏远端，就在外城池的西南大门外面。从外表看来，番鬼城并不像你想象中那样：至少和我预想的样子不同，而它真实的样子让我大吃一惊！我认为那些洋行肯定是精心设计、带有一些天朝的风格——也许有那种弯弯的屋檐或是塔尖，就像中国国画上那些迷人特征。但如果你自己亲眼看到这些洋行，亲爱的帕格里，我向你保证，他们肯定会让你觉得像来自很遥远的地方——维梅尔[②]的阿姆斯特丹或是……钦纳里笔下的加尔各答。你会看到成排的建筑，其中有圆柱、大写字母、壁柱、高高的窗户和瓦片铺就的屋顶。有一些院子里有带廊柱的走廊，挂着和你在印度看到过的一样的卷草帘：如果你半闭上双眼，你就会以为自己

---

① 范·雷斯达尔（1628—1682），荷兰风景画家。

② 维梅尔（1632—1675），巴洛克时期的荷兰著名画家。

身处加尔各答的河岸，看着那些大英国商行的港务室和办公室。颜色还是不同的，更明亮、更多样一些：从远处看，这些洋行就像给外城池的灰墙上抹上了几笔色彩。

这十三个洋行里英国洋行是最大的，它旁边有个带钟塔的小教堂，钟声可以让整个番鬼城都知道时间。房前有一处花园，还有一根巨大的旗杆。其他洋行前面也有飞扬的国旗——荷兰、丹麦、法国和美国。这些国旗比我见过的任何国旗都要大，而且旗杆都出奇的高。看上去就像巨大的长矛，深深插入中国的土地，国旗都高高飘扬在洋行的屋顶之上，好像是确定让城墙里的清官可以看到一样。

你知道我在渡船上就开始考虑要怎么绘出这样的画面。当然我还没有开始落笔，但我知道这一定是项艰巨的挑战，尤其是考虑到这幅作品的深度。这些洋行的前门都很窄，你看到都会认为可能也就够容纳十几个人。可是在每个建筑的后面有很多房子、院子、仓库和账房；一条长长的、拱形的长廊环绕着每个院子，连接着各处房子和院子——每到晚上，每条走廊上都点着灯，看上去就像城里的街道一样。

有人说洋行是按照一种特别的中式建筑风格建造的，所有的亭子和院子都要在一整个院墙里；但我也听有人说，这些洋行建得有点像牛津大学和莱顿[①]大学，走廊和房子都是呈四边形分布。如果我是个波斯微型画画家，我会先画房子的正面，然后就会从一个角度绘出它的后面，让这个院子内部的一切都呈现出来。但是这是连想都不能想的想法，因为这会让钦纳里先生丢脸的，原因是我至少得花个把年的时间练就这种绘画技能。

我又在乱想了：我一定要带你到番鬼城的河边石梯处，那里叫——我说的可是千真万确的——“屁眼角”[②]（想进入那传说中的城池，换句话说，就一定要从这个无法言说的角进入）。这个小地方和我们加尔各答的登陆石梯

---

① 莱顿，荷兰西部城市。

② 此处指“行后馆口”，一般洋人称为“Jackass Point”，直译为“屁眼角”。

那并没什么不同：那里没有防波堤——直接就是台阶，黏乎乎的，沾满了海潮带上来的泥（是啊，我亲爱的帕格里小丽丽，珠江就像我们胡格利河一样，每天潮涨潮落两次！）可是就是在加尔各答，我都从没看到过像屁眼角这样脏乱的地方：那么多人、那么吵闹、那么喧嚣、那么多苦力，为了抢到你的包和碗，竟会打得鸡飞狗跳！我觉得自己还算是幸运的，因为我的船开向一个满脸堆笑的年轻小子，叫阿雷。（怎么那么多叫阿的，你可能会问，怎么就没有一个叫欧什么的？在澳门的街上你也会碰到数不清的年轻人，他们都自称“阿曼”、“阿甘”什么的，如果你要问这个“阿”是什么意思，他们就会告诉你，广东话里这个音，就像英语一样，这个音没有什么意思，只是清清喉咙而已。可是因为叫“阿”什么的大多都是年轻人、穷人，你可别想当然地以为他们就是叫这个名字的。很有可能他们之前是叫“喷火龙”或是“千里马”的——至于这些名字到底是不是真名字，那只有他们老婆和朋友才会知道。）

阿雷既非龙亦非马，他只有我一半身材。我还以为我那箱行李非压扁了他，没想他手腕一转就全背了起来。“上哪里？”他问我，我告诉他：“马克威克酒店。”我就跟着这位小力工，走上了河岸，这河岸蜿蜒着深入到了番鬼城的最中心。洋行和河岸边有一处空地，英国人管这儿叫“四方”，但是印度斯坦人给它起了个更好的名字，他们管它叫“广场”，它是个十字路口、集会地、市场、散步道，更是一个喧闹不休的舞台：这里永远充满活力、生气，我觉得根本没办法用画笔捕捉在画布上。不论你看到哪里，总有些光怪陆离又独一无二的事情：你听到一阵唧唧喳喳的鸣叫声离你越来越近，看过去就是一个人，扁担上挂着成千个胡桃核；再走近些你就会看到，每个胡桃都被刻成精致的小笼子——里面竟是蟋蟀！这人背了几千只蟋蟀，而且全都高声鸣唱着。你还没走两步，马上就会被另一个声音吸引，这声音还是小跑着向你走来。在声音的中间是一个气派的人，可能是个清官或是公行商行中的商人。他坐在一顶轿子里，那种带帘子的箱式椅子，用扁担架起来。那些抬轿子的人叫“轿夫”，而且轿边有很多随从跟着跑，敲着鼓和锣开路。这一切都太新鲜有趣了，你盯着看了好久，以至于差点被这种没有尾巴的马车给踩在脚下……

但其实这只是个弹丸之地！整个番鬼城——广场、街道，再加上十三个洋行——也只够占加尔各答那里广场的一个小角落。从飞地的一边起到另一边也只有一千英尺长，还不到四分之一英里，宽只有长的一半。番鬼城从某种程度来讲就像一条漂在海上的船，上面有几百——不，应该有几千——的人挤在这块狭小的地方。我相信这世界上再找不出这样的地方，这么小又这么多样化，来自世界各地的人，你挨着我、我挤着你，每年要在这里住上半年。我跟你讲，帕格里拉密啊，如果你可以站在这里广场上，看着各个洋行的国旗，我相信你也会被盛景征服：就好像你来到了世界上最后一个、最大的商队大旅馆的门前。

从某种程度来讲，这场景又似乎很熟悉。不论你看向哪里都能看到印度军官、职员、厨师、信使、苦工、门卫、账房、船夫和印度水手。亲爱的帕格里，番鬼城中各样的惊喜中最大的一个就是——这里大多数居民都是从印度来的！他们来自信德①和果阿、孟买和马拉巴尔②、马德拉斯和科林加③山区、加尔各答和锡莱特④——可是这些对于在广场转悠的那些流浪儿可没什么区别。他们给每个不同的洋鬼子都起了名字：英国人叫“爱说”⑤、法国人叫“卖狗屁”⑥。印度斯坦人也一样，他们叫“阿差”：不管你是从卡拉奇来的，还是从吉大港来的，那些小子都会跟在你身后，手伸着，喊道：“阿差！阿差！赏点钱吧！”

他们好像以为阿差都是从一个国家来的——这种想法难道不是很有趣

---

① 信德，巴基斯坦城市名。

② 马拉巴尔，印度西南部一沿海地名。

③ 马德拉斯和科林加，均为印度地名。

④ 锡莱特，孟加拉国地名。

⑤ 广州人称英国人为“I-say”（爱说），因为英国人常说“I say”。

⑥ 广州人称法国人为“Merde”（卖狗屁），因为法国人口头语“Merde”，意为“狗屎”。

吗？而且其中还有一个洋行就叫“阿差洋行”——当然了，这个洋行没有挂旗。

*

尼尔在阿差洋行的工作每天都要很早开始。巴拉姆是一位习惯比较固定的人，他手下的人都要按他的意愿和方便来安排自己的时间。对于尼尔来说，这就要求他天还没亮就得起床，因为他的职责就是要把巴拉姆的办公室打扫干净，一切事务按他的喜好安排妥当。老爷在这方面是容不得一点瑕疵的：房间一定要在他进来的半小时前就打扫干净，这样灰尘才能落定；尼尔的书桌和椅子的位置也有规定，只能摆在他对面墙的角落靠墙位置，差一点儿也不行。完全做到要求可不是件易事，因为他这样肯定是要叫醒、催促很多其他下人，可是尼尔这样一位年轻又没什么经验的翻译老师，他们可不愿买他的账。

这间办公室也是尼尔见过的办公室中比较奇怪的一间：就好像是从哪个北欧寒冷的国家直接运到中国来的——屋顶很高，布满椽子，就像小教堂一样，办公室里竟然还有个壁炉和壁炉台。

是维科告诉了尼尔，老爷是如何得到这间办公室的。巴拉姆早年在广州，就像很多帕西商人一样，住在荷兰洋行里。据说在很久以前的古吉拉特，帕西人曾经给来自荷兰的商人很大的帮助——后来作为回报，他们在和中国开始贸易之后，就为帕西人提供住所了。原来在苏拉特，巴拉姆的祖父以前有一位来自阿姆斯特丹的合伙人，巴拉姆能住入荷兰洋行也是因为这个关系。荷兰洋行是个有些无趣、正经八百的地方，连大笑或是高声说话都会招来不悦的眼光，甚至还会被人长篇阔论地教育一番。巴拉姆作为孟买帮里最年轻的一员，只能被安排在这所洋行里最潮湿阴暗的房间里。虽然很多其他帕西人也住在这个洋行里，但这并没有让他觉得好受些——有些上了年纪的，还自认为得多看着巴拉姆这位年轻人——所以当他听说旁边有个不错的房间，他马上就亲自过去看了看。

这处新地方就在丰泰行，行的前脸和其他洋行比起来显得很普通。和其他洋行一样，它并不是只有一幢大楼，而是一排房子，由拱形的走道和长廊连接，每个楼之间都有一个院子。这些房子大小各异：有些较小，而那些大的可以隔成多个公寓，每间公寓里都有厨房、仓库、办公室、账房和生活区。后面的房子就不大漂亮了：离广场远，里面隔着很多长廊和院子，所以比前面的更暗更脏；有些就像经济公寓，每个小单间里都住着番鬼城里最穷的洋租客——小本商人、打零工的、仆人和一些小职员。

在番鬼城里，最优美的住所是那些看得到广场的房子，但一共也没有几处，因为这些楼的前脸都很窄。所以这样的房子都算是很豪华的，价格极高，能找到间看得到风景的公寓是相当困难的。当巴拉姆发现自己在看的这个套间正好可以看到广场，他马上就预付了定金。从那以后，他每次来都会租下这个套间，每次来都再多租几间房间，因为他带来的收账员、监工、职员和厨房伙计的数目一次比一次多。

后来，很多其他孟买商人都跟巴拉姆学，他们也开始搬到丰泰行，所以现在这个行就叫“阿差洋行”了。可巴拉姆毕竟是第一个搬到这里的帕西人，因为他在这里住的时间已经超过二十年了，所以丰泰行里最好的房间当然都是归他了。现在归他的有一个仓库、一个厨房、一个账房，还有几个小隔间和宿舍，可以住下他的十五位随从。他自己的房间位于顶楼，里面有间宽敞但有些背阴的卧室，冰凉的卫生间和一个餐厅，但餐厅一般没有特殊场合也并不用。当然还有他的办公室，那里可以很好地看到广场和珠江。过去的多年间，他办公室这种直棂的窗户已经成了飞地里一处小小的标志，很多老住户都向新来的人指着那窗户，说：“你看看那，那就是巴瑞·莫迪的办公室。”

当然巴拉姆并不是唯一使用这个房间的商人，他也有贸易季待在孟买的年头，这期间这个房间就会租给其他商人。这个公寓之前住户中会有些人留下些东西，因为在交易季结束，商人们总会发现自己会多出很多东西，不能方便带回家，这时最方便的办法就是直接扔在这里。因此有很多各式各样的东西堆满了办公室：齐腰高的低头弯腰的小塑像、木雕塔、漆制镜子、一个用来碾磨树籽的银质小罐、上面有只圆溜溜大眼睛的金鱼玻璃碗。这些东西大部分都是巴拉姆的，其中还有一个放在房间最暗的角落里的一个不知道什么东西的大石头，上面盖满了灰尘，那东西又大又灰不拉叽的，麻麻粒粒地布满了小洞，看上去就好像是有蛆虫从里面咬的一样。

“你知道那东西是谁送的吗？”一天早上，巴拉姆指着那块大石头问尼尔。“刘家听，我以前的买办。有一天，天气不错，他过来说买了个礼物请笑纳。我就说，好啊，好啊。然后六个家伙就把这大石头抬了上来。我想：开玩笑吧，这家伙肯定是在里面藏了什么珠宝或是其他东西——然后突然拿出来，搞个惊喜。但是，没有！他告诉我，这是他曾曾祖父从太湖那儿买来的，太湖的奇石最有名——（想象一下，呃？这些中国人连石头都有‘著名的产地’——就像我们的甜肉一样）。但等把石头拿回家之后，他祖父又觉得这东西还不够好。天啊，你能搞明白这些家伙怎么想的吗？上帝老早以前就造了这块石头，但是这还远远不够。他们怎么办，你知道吗？他们把它放在房檐下，这样水滴在上面，弄出图案来。这些家伙真的是闲得慌，呃？和你我不一样，没有在抓紧时间干活。这块破石头就在屋檐底下待了九十年，然后刘家听觉得这石头成活了，就把它拿来给我当作礼物。妈的，我想，我拿这么个死大的石头能干吗呢？可又不能拒绝，那样他该感觉不好了。也不能带回家，那我老婆肯定要骂我。‘什么？’她肯定会说：‘难道你在中国找不到好东西了，就知道带些棍棍和石头回来？你在那都学了些什么乱七八糟的东西？’那怎么办？我只能把它扔在这。

这块大石头并不是房间里唯一对老爷有着特殊内涵的物品——他的书桌也算一件。书桌，毫无疑问，是件异常漂亮的家具，用刷了红漆的紫檀木制成，并配上光亮的白铜部件。前面打开就能看到两排拱形的鸽笼式分类架，每个小柱子都雕得好像镀金的书脊。在写字台的下面有九个抽屉，每个上面都装有铜拉手和锁洞。

书桌抽屉的所有钥匙都在巴拉姆的保险柜里，除了那把最大的用来开最前面抽屉的——老爷交付给尼尔一把，因为他的工作就是每天早上打开书桌抽屉，将为巴拉姆选好的要书写的材料都摆在里面。老爷最喜欢的毛笔并不是什么稀有的东西——可是他要求的墨水就不一样了，巴拉姆可不要那些普通的。在广州他坚持要用那种雕刻精良的砚台，还要几块质量最好的墨石，以及那种小罐装的特殊的“泉”水——所有这些一应俱全，如果有需要，他还要自己研墨，就像那些中国文人一样，慢条斯理、若有所思地磨开。可巴拉姆又是那种爱着急生气的脾性，所以这根本就不大可能，可是不管怎样——砚墨的材料，还有那些毛笔，每天都要按要求摆在同一个位置——书桌靠近左上角的那里。有意思的是，不管是书桌还是这些砚墨的东西，其实都没怎么用过，因为巴拉姆在办公室的时候，很少会坐上一会儿，他大部分时间都是在那里踱来踱去；就算有时候他必须要签个文件，也都是站在窗户旁边，用尼尔的那支毛都快掉光的毛笔签的。

巴拉姆只有在吃早饭的时候才会用到椅子。早饭可是个相当讲究的事儿，历经多年，已经几近演变成为一种仪式：由厨师迈斯托主持，而且不是在巴拉姆个人的餐厅，而是在办公室一角的一个大理石桌子上进行。老爷走进办公室之后，迈斯托就会拿一块丝绸布铺在桌上，然后等巴拉姆落座，他就会在老爷前面摆上一排排的小碟小碗，里面盛了些印度炒蛋——鸡蛋配上香菜叶、绿辣椒和小洋葱；还有饺子，鸡肉香菇馅儿；有时还会切上几片吐司加上几串烤肉串，也许旁边配上马德拉斯小粥，酥油口味，还有一小盘碎羊肉拌肝，等等。

巴拉姆早餐最后一般都喝一种饮料，迈斯托说是他自己发明配制的：饮料是茶叶做的，但是和广州常见的茶可不一样——凡是来阿差洋行的中国人一闻到那味就觉得恶心要吐。（“你看，”维科很瞧不起地说道，“这些家伙什么蛇啊、蝎子吃得个欢，怎么奶就让他们恶心了？”）

虽然是迈斯托来准备饮料，但是获得原材料的事情还是要维科做的——这可不是个简单的差事，因为这个饮料中最重要的材料是牛奶，和没药、榄仁相比，这在广州很难找到。整个飞地里的主要奶源就是丹麦洋行的那几头奶牛；很多欧洲商人都离不了奶油、黄油和奶酪，所以丹麦洋行那些奶刚刚挤到桶里，就被人抢订一空。能忙乎的维科又发现了另一家供应者：就在飞地河对面的河南岛上，那里有一座很大的庙，里面住了很多喇嘛。他们喜欢喝黄油茶，其他的食物都需要牛奶，所以为了代替牦牛，他们养了一小群水牛，迈斯托的饮料里需要的牛奶就是这些水牛提供的。他用一些武夷茶叶再加些丁香、桂皮和八角煮沸这牛奶，然后再加上些中国产的细砂糖，这些糖现在在孟买也很受欢迎。最后做好的这个甜食叫做“茶”或是“香料茶”（第二个名字就是因为里面加的那些香料），巴拉姆离不了这种饮料，所以时不时就给他倒一大玻璃杯拿进来，他每天就喝着这个过活。

茶这种饮料不单单只有巴拉姆爱喝，整个阿差洋行都喜欢，巴拉姆的随从每天都急切地等着那些力工们走过来，嘴里喊着：香料茶，香料茶！他们最盼望的是中午那顿大杯茶，一般还会有些小吃。一般常常发的小吃是一种维吾尔小吃，叫做烤包子——是小三角形面点，里面通常是肉馅，放在泥炉上烤着，然后趁热就在广场上叫卖，很容易买到。这个其实算是一道印度小吃的祖先，所以阿差洋行的人很喜欢吃，而且他们用的都是印度斯坦名字——萨莫沙。

和阿差洋行里的人一样，尼尔每天也开始向往中午的萨莫沙和香料茶。对尼尔来说，听着这些陌生的词汇就像它们所代表的食物一样值得回味。他发现自己每天都从巴拉姆的各种随从那学到很多新词：有些比如像“茶”是广东话，还有一些是从维科那学来的葡语——比如说“falto”，意思是“欺诈”或是“假的”，用阿差的话讲是“phaltu”。

尼尔自己在渐渐适应，他明白一字号的丰泰行也算是个小世界，有自己特有的食品和词语、仪式和规矩，感觉就像居住在此的人们是一个新区域的第一批居民，而这个新区域是尚未成形的“阿差斯坦”。而且这里所有居民，从最底层的那些扫地的到挑剔的账房，人人都对此地有种自豪感，感觉好像洋行里的人都是一家人。尼尔一开始感到有些惊讶，因为从表面看来，让阿差们像一家人一样那不要说是不可能，简直就是可笑的：这些形形色色的人来自印度次大陆很多遥远的地方，他们之间使用的语言不下十几种；有些是从英国或葡萄牙的殖民地过来的，还有一些是从纳瓦布和纳吉姆、王侯和王公统治下的州里过来的；这些人有穆斯林、基督徒、印度教徒、火教徒，当然还有几个在印度本国是会被所有信徒所排挤的。如果他们没有离开那片次大陆，这些人无论如何不会相遇、不会碰面、更不会互相交谈。如果是在家乡，他们无论如何也想象不到彼此之间有什么共同之处——可在这里，不论喜爱与否，他们都逃不开之间的共同性，那就是每次他们踏出洋行，广场里那些人都会这样喊道："阿差！阿差？"

如果你想对这种胡乱混在一起表示抗议，那也是白费劲：那些小要饭的才不管你是卡耆[①]穆斯林、婆罗门天主教徒，还是孟买来的火教徒。是不是因为长相？还是因为衣服？还是你说的语言（可还是想不通，因为每个人都那么不同）？还是说因为每个人身上都沾染着香料味道？不论原因是什么，过了一段时间，你也不得不接受这一点，认为你身上总有某一点让你和其他阿差相联系：在这里，这就是个事实，你无法逃避，你无法抛下这些，就如同你不能剖下自己的皮肤再换上另一层新皮肤。可是奇怪的是，一旦你接受了这个事实，就会感受到它真实的存在，这种神秘的一致性只存在于广场里那些仔们，等你认识到其他人怎么理解和对待你们的，你就会理解到你们所有人都深陷其中。你在这个屋檐下，在门口的广场中待的时间越久，你们间的这种联系就会越强——可矛盾的是，这种联系并不是一种增强的自尊感，反倒是一种你我共有的羞耻感。因为你知道，几乎广州所有的"黑泥"都是从你们家门口的海岸运来的；而且你也知道，就算你家依靠那黑泥赚得的财富再微乎其微，也不能洗去你身上沾染的那

① 卡耆，印度的一个种姓。

恶臭，因为和其他鬼子相比，它似乎更无法甩掉地粘在你身上。

*

巴拉姆站在办公室的窗前望向外面，眼前的景象和小教堂熟悉的钟声一样令他很是心安：窗外的广场，其景致就像以前一样——一堆堆的兜售小贩挤来挤去，他们总想拉些客人去酒馆或是新豆栏街。从屁眼角的石梯那涌上来的水手和印度水手，一个个都想到岸上来好好快活快活。树底下和各条小路的入口处挤满了乞丐，手里不停地敲着拍板。扛包的力工在仓库和快船之间跑来跑去；剃头的守着自己的地盘，在便携式竹帘遮阳盖下给客人剃额头、编辫子。

虽然看上去一切如常，但巴拉姆一到了珠江就清楚地知道，中国这边的事情确实不一样了。以前他会把“安娜希塔”号停在珠江口的伶仃岛上——货船都停在那里，大多是从印度长途漂泊过来的。但这次那个岛上却看不到一艘船，只有两艘废船，一艘是美国的，另一艘是英国的。在过去的年间，都是从这些没桅杆的船的甲板上把鸦片装到那些快蟹船上。那些细长的、能装的小船在水面上快速前行，六十个船桨同时抬起落下，曾是珠江上最摄人心魄的一幕。可现在河口上却看不见一艘快蟹船，两艘废船的甲板上原来总是人来人往、一片红火，现在却是人去船空，好像整艘船都底朝天翻了过来。

巴拉姆对这个早有准备，所以他把“安娜希塔”号停在了香港，就停在与九龙之间相隔的那个狭窄的海峡里。这在以前也同样是不可思议的，因为船只都会刻意避开那里，生怕被海盗盯上。可是今年所有的鸦片船都停在了那里，至少大家彼此有个照应，多少有些安慰。

看到珠江口的情况，巴拉姆料想广州一定也是情形大不如前，所以当他发现番鬼城跟以前基本上差不多的时候，心情真是为之大振。当他的目光最终落到珠江上那块浮城时，他才意识到这座城里至少有一方面已经永远不复存在了，而这一方面恰巧与他自己相关。出于习惯，他的眼睛直接望向池梅的船一直停靠的地方：就在浮城的最左边，那里珠江和支流北江[①]相汇，形成一块宽阔的水域，名为“白鹅湖”，过去的几年间，池梅虽然换过几次船，但一直停在那里。最开始的时候，她那艘饭船极为普通，而且体积又小，巴拉姆想把它从停在河岸边的几百艘船里认出来殊为不易。但后来随着时间的推移，她的船越换越大、越换越漂亮，最新近的一艘很是吸引人，他站在办公室里可以毫不费力地看到它：它油漆明亮，有前后甲板，船尾形似一管上扬的鱼尾。每当他站在窗边，目光就习惯性地望向那里。如果船里有烧菜的油烟飘出，他就知道池梅已经生起炉火，准备开始一天的忙碌劳作——好像那艘船的节奏与他的办公室有着神秘而必然的契合。

刚到广州时，巴拉姆怀有些许愿望或期待，希望可以看到池梅的船还停在原处，因为从某种意义上来讲，那也是他的财产之一，毕竟是他掏腰包买给她的，当然想自己来处理这艘船。

来广州这段旅程的后半段，即从黄埔到广州的这一段，他脑子里一直在记挂这件事，心想一到广州，一定马上找个机会联系他的买办刘家听来处理此事。可等他到了屁眼角的时候，却没看到刘家听，而以前都是他在港口迎接他的。取而代之的是刘家听的一个儿子，名叫刘亭官。巴拉姆从他那里听说，刘家听因为积疾已久，几个月前已经去世——按当地习俗，就由他的儿子接手父亲以前的主顾。

巴拉姆听到这个消息颇为震惊：刘家听已经做他的买办很久了，两人二十刚出头的时候就开始一起共事，一同发家，也都慢慢上了年纪。两人之间的感情和信任都很深厚，熟知彼此家庭，巴拉姆不在的时候，都是刘家听在照顾池梅和弗雷迪；他一直像个大叔一样照顾着那个孩子的成长，巴拉姆都是通过他给他们钱和礼物。

刘家听的离世意味着巴拉姆和广州的联系又断了一条线：他买办的儿

① 北江，隶属珠江系，是珠江的三大支流之一。

子们，他也是从小就认识他们，但是他从未想到这些孩子会接手父亲的生意——更没想到的是，接手的竟是亭官，这小子是个轻浮鬼，对自己的正事从不大上心。当巴拉姆向他问起池梅的船的时候，他漫不经心地说已经卖掉了——卖给谁他可不知道。

每次巴拉姆站在窗前，他的目光总会不经意地望向那艘船以前停靠的地方——当他发现已经找不到什么了的时候，心里总会突然一阵绞痛，不禁浑身缩了起来。

在那样拥挤的地方，真没想到一艘船的消失会在心里形成一个如此巨大的空洞。

巴拉姆在番鬼城生活的另一个重点现在也看不到了：那就是广州商会，以前这个商会就在丹麦洋行里。

这个商会名字虽然听上去一般，但却是个很重要的机构：它负责管理飞地里所有商人，并为他们代言，也同样控制着番鬼城里繁忙的社交生活。广州的很多外国商人以前都在印度待过，所以习惯了白楚拉会[①]、孟加拉会以及其他一些类似的小商会提供的便利服务。因为在广州没有类似的地方，所以商人们也只能将就在商会里图些方便。它是番鬼城里最大的一幢楼：丹麦洋行里的二号楼。一楼是商会办公室以及大厅，大厅可以容纳整个商会成员在此聚会。一些社交活动的设施在楼上：这里也被称为“会所”，那些愿意多交些会费的人可以使用这里的大烟室、酒吧、图书馆、会客室、阳台；天气好的时候可以在阳台享用午餐，还有一个餐厅，透过餐厅的窗户可以看到一处名叫“沙面岛”的小沙洲。

这幢楼上面还有一层，那里有几间豪华套间和会议室。这些房间只供少数人使用——商会主席以及商会中权力较大的委员。这个组织的官方称谓是“商会委员会”——但在番鬼城大家就直接叫“委员会”。

商会与白楚拉会和孟加拉会有一个明显不同的方面：这里完全排除亚

---

① 白楚拉会：白楚拉与孟加拉邦相邻，白楚拉会是在印度建立的第一个英国殖民者的会所。

洲人，这个规矩完全是商会自定，而不是什么章程要求。之所以必须采取这一政策，完全是由广州贸易的特殊性决定，这里进口的大部分产品都是从孟买和加尔各答运来的。而这一供应链，尤其是马尔瓦鸦片，完全是由印度商人控制，所以他们大都认为此举太不礼貌，不可能让印度次大陆的会所全都严格执行这种种族划分。因此，商会把入会费提到非常高的水平，表面上就是要回避那些他们不想招收的会员。但委员会又有规矩，需要包括至少一位帕西人———一般都是需要住在广州的帕西人中威望最高的一位。孟买的商人中，这可是一个人人觊觎的位置，几近加冕受礼，因为委员会在飞地就相当于一个非官方的议会。

巴拉姆到广州刚刚只有一周时间，维科就拿着封信来到了他的办公室，上面的封印是休·汉弥尔顿·林赛先生，他时任商会主席，同时兼任委员会主席。因为维科对番鬼城的繁文缛节相当熟悉，所以他也猜出几分这封信的来意了。他举着信，乐得都合不拢嘴：看，老板，看看这是什么！

当然巴拉姆对这封信的到来也不是完全没料到，可他打开封印的时候，还是带着几分孩童常有的兴奋。这是他几十年前第一次到广州以后就一直都有的梦想：被人们认定为广州阿差的领头人。

他笑道：是啊，维科——他们邀请我加入委员会。

信中还有一张手写的字条，邀请巴拉姆和其他几位委员会成员一起共进晚餐。

巴拉姆抬起头，看到维科乐得好像是自己受邀一般。嘿！老板！看看你现在啊！你现在是老爷中的老爷了——城里的老爷、国际化的老爷！全世界都被你踩在脚下了。

巴拉姆耸了耸肩，意思这夸奖太高了，可当他又看了一眼那封信后，自己胸中也充满了自豪之情：他小心地把信折起，放到了自己长袍前胸的口袋里，紧紧贴着心脏；这就是切实的佐证，他已经与那些成功的商人——杰姆塞吉·雷迪莫内老爷、杰姆塞吉·吉吉博伊老爷——成为一列；已经板上钉钉了，他，巴拉姆吉·那鲁吉·莫迪，他的妈妈以前要靠绣披肩养家糊口，而他现在已经成了世界上最有钱的人的领头人。

第二天早上，扎迪走进了办公室，双臂张开：嘿，巴拉姆老弟！你已经受邀加入委员会了，是真的吗？

扎迪会提前知道了消息，巴拉姆倒不觉得奇怪。是的，扎迪大哥，是真的。

好样的，巴拉姆老弟！我真的好高兴。

也没什么大不了的，巴拉姆谦虚地说，委员会也就是聊聊天。不过就是掩人耳目，还是那几个人说了算。

扎迪很肯定地摇了摇头。哦，不，巴拉姆老弟。以前可能是那样的，但现在就不同了。

你这话什么意思？巴拉姆问。

你没听说吗？扎迪笑道，威廉·渣甸已经决定离开广州。他就要回英国了！

这个消息着实让巴拉姆大吃一惊：至少近十年以来，番鬼城最有影响力的人就是威廉·渣甸。他的公司，怡和洋行是广州贸易最大的一家，而且多年以来他一直积极主张扩大在中国的鸦片市场。渣甸在印度也人脉广众，而且很多人对他相当崇拜。在孟买商界，巴拉姆也是少数几个受他打压的商人之一。因为渣甸和巴拉姆的一位帕西竞争对手相熟，所以这二人的联手可是让巴拉姆头痛不已。对于巴拉姆来说，渣甸这人的离开真是求神告佛盼望着的，所以他甚至都不敢相信这是真的。

你确定吗，扎迪大哥？为什么渣甸要回英国？他不是已经很多年都没回去了？

这恐怕不是他自己决定的，扎迪说，现在清政府已经知道，他的公司一直在往中国北方的港口派船只，目的就是去拓展新的鸦片贩卖店。据说是清政府要把渣甸赶出中国。但他们并不打算引渡他，而是让他自行离开。

渣甸走后，巴拉姆说，那商行肯定是要天翻地覆了。

是的，扎迪笑着说。我看你肯定会交上很多新朋友。事实上，说不定兰斯洛特·颠地会亲自和你示好。

颠地？兰斯洛特·颠地？

还有哪个颠地呢？

兰斯洛特·颠地是托马斯·颠地的弟弟，托马斯·颠地是广东最重要的洋行之一宝顺洋行的创办人。巴拉姆和汤姆·颠地[①]相熟已久：他是位老派的苏格兰人，勤俭，谦逊，不做作；他和巴拉姆一直关系不错，而且已经合作多年，和那位令人讨厌的渣甸的怡和洋行抗衡多年。差不多是九年十年之前，汤姆·颠地的身体状况开始不大好了，就返回了英国，把洋行留给了自己的弟弟打理。兰斯洛特·颠地和他哥哥并不是同类的人，他心直口快，雄心勃勃，对那些竞争对手常是恨意十足，十分瞧不起那些他觉得不如自己的人。朋友没几位，却与多人交恶，可就是最与他针锋相对的对手也不能否认，兰斯洛特·颠地是一位头脑了得、目光远大的生意人：人人都知道在他的领导下，宝顺洋行早就超过了怡和洋行。虽然兰斯洛特·颠地在商业上取得了卓越的成功，在番地城却没有太大的影响力；与迷人又上进的哥哥不同，他直言不讳，又不愿委曲求全，所以常常不给别人留面子。他是不大可能主动讨好巴拉姆的——巴拉姆也尽量不去巴结他，因为他感觉这个年轻人一直当他是个古怪的老派商人，肯定觉得自己的想法都太过陈旧。

自从汤姆回到英国之后，我都没怎么和兰斯洛特·颠地说过话。

扎迪笑了。是的，但以前你不是委员会的啊，巴拉姆老弟，是不是？你等着瞧。他马上就会来跟你聊聊了。说不定不止他一个上赶着呢。

你为什么会这么说？

那些白人——我是说美国人和英国人——他们现在都各自打着小算

① 托马斯·颠地的昵称。

盘。大家都不大清楚这几个月这里到底是怎样的情况。渣甸和他那伙人一直在敦促英国政府亮一亮武力。但是也有其他的观点：有些人觉得这只是个过渡阶段，鸦片贸易马上还会像原来一样。

有那个可能，不是吗？巴拉姆问道。毕竟，以前中国人也张罗过说要停止这种贸易。就几个月前还有过大动作，后来不是又都一切正常了。

扎迪摇了摇头：这次不一样，巴拉姆老弟。现在不一样，我认为这次中国人是来真的了。

你为什么要这样说，扎迪大哥？

你看看，巴拉姆老弟。你到广州一路上有没有看到过一艘快蟹船？刚一开始搜捕和焚烧快蟹船的时候，也有人说这不过是做做样子，没几个月河上就会有一批新的快蟹船。但是，没有。还有些贩卖商打算重新造快蟹船，可是清官们把那些也烧了。最近这几个星期，他们已经逮捕了好几百个卖鸦片的；有些被关进了监狱，还有些已经被处决了。现在想把鸦片带上岸几乎是不可能的了。现在一些番鬼们已经开始采取新的措施了：开始自己运鸦片。他们把鸦片藏在自己的小快艇和中型艇上，然后让自己的印度水手开到珠江上游。那样就算船被抓住，他们还可以赖在那些水手身上。

那样风险不算很大吧，是不是？巴拉姆问，毕竟，中国人以前不大管那些外国船的。

但现在变化太大了，巴拉姆老弟，扎迪说，这话不假，中国人和我们外国人打交道一直比较谨慎：他们尽量避免正面冲突、使用武力，这种回避在任何国家都很少见。但就在今年一月份，他们拦下了一艘英国船，当他们发现船里有鸦片的时候，就把所有货物收缴，并把船只赶出了中国。而且你肯定也听说海军上校梅特兰和他的舰队的事情了？中国人既不见海军上校，也不见义律上校，义律可是英方的代表呢。都是因为那些什么规矩啊磕头啊的事情。整个舰队就走了，除了激怒惹恼了中国人，再没达成任何成效。现在双方有了误会，而且都对彼此怀恨在心。中国人已经下定决心要中止鸦片贸易，只是他们还没有决定好如何禁止。而英国人也不知道应该做何回应。

扎迪朝巴拉姆笑了笑。所以我现在很庆幸自己不是你，巴拉姆老弟。

那是为什么呢？

因为这些国家的不同意见肯定要在委员会一见高下了。你到时候也会身陷其中。你极有可能还会是各方争取的砝码。毕竟这里交易的鸦片几乎都是从印度斯坦来的。你到时候可就真的掷地有声了。

巴拉姆摇了摇头。你这让我压力好大，扎迪大哥。我只能代表我自己——不能代表别人。当然不能代表所有的印度斯坦人。

但你不得不代表，巴拉姆老弟，扎迪说，不单单是为印度斯坦——你代表的是我们这些人，既不是英国人，也不是美国人，也不是中国人。你要问问自己：未来是怎样的？如果战事爆发，你要如何保护我们的利益不受损？谁会赢，是欧洲人还是中国人？我们看到过欧洲人的力量，在埃及和印度，那里的人苦不堪言。但是你和我也知道，中国不是埃及，中国也不是印度：如果你把清朝皇帝的统治和那些苏丹、帕西国王和印度王子相比，很明显中国的统治方法明显要好很多——政府实际上是他们的主宰。如果说中国人真的打败了欧洲人，那我们怎么办？我们和他们的关系又会受什么影响？我们也会变成他们眼中的帮凶。在这里做了几代人的生意之后，我们就要被永远地赶出中国了。

巴拉姆笑了。扎迪大哥，你一直就是个哲学家；我看是因为你总花太多时间盯着你的那些个钟——你现在想得太超前了。我不可能根据些将来有可能发生的事情来做出眼前的决定。

扎迪直视巴拉姆的眼睛。但还有另外一个问题，是不是，巴拉姆老弟？问题就是，继续鸦片贸易到底是不是对头？过去我们不知道中国人是不是真的反对鸦片。但是现在已经毫无疑问了。

扎迪的声音里有某种东西——一丝反对或是指责——让巴拉姆很难受。他感觉到自己有些激动，但他不想和老朋友吵起来，所以他让自己的声音稍稍低了些。

你怎么能这么说呢，扎迪大哥？就因为北京那边一纸文书并不能证明全中国就都是一条心了。如果说百姓反对，那鸦片贸易肯定是没法进行的。

世界上有很多事情，巴拉姆老弟，总是要进行的，不会考虑百姓的想法。小偷、土匪、饥荒、火灾——难道统治者不应该让人民免受这些罪吗？

扎迪大哥，巴拉姆说道，你和我都知道，这个国家的统治者都从鸦片贸易中赚得盆满钵溢。如果说清官真愿意的话，他们明天就可以禁止这种贸易。他们之所以容得它发展到今天这个地步，就是因为他们自己也从中得利。没有任何人把鸦片强加给中国，毕竟中国可不是那种可以随便让任何国家踢来踢去的小国家：它是这个世界上最大、最强的国家之一。你看看一直以来，它是如何欺负、侵扰自己的邻居的，邻国在它眼里都是“蛮夷之国”。

是的，巴拉姆老弟，扎迪轻声地应道，你说得也不无道理。但是，其实受到不公待遇的，并不总是那些弱小无助的。仅仅因为一个国家强大、执拗、按自己的想法存在——这并不意味着我们的做法就不可能是错的。

巴拉姆叹了口气，他现在意识到，广州的改变又多了一层，他以后再不能自由地与扎迪交谈了。

我们聊些别的，扎迪大哥，他有些疲惫地说道，跟我讲讲，现在生意怎么样？

*

从“雷德鲁斯”号的甲板上看，这个岛就像是一只巨型蜥蜴，它那硕大的、抬起的头一直延伸到海里，岛上的山就是它的脊背，一直向后弯成一根翘起的尾巴。

乍一见，它那森然的山顶和云朵包裹的峭壁就像磁石一样吸引着波莱特。这种吸引很难解释，因为那些矮木密布的山坡看上去并没有任何有意思的东西。岛上的植被并不茂密，而且也没什么价值：就算以前这里森林茂密，现在也被岛上那些穷困的岛民们全都砍光了，这些岛民散居在岛的边缘处。他们砍得真是一干二净，只剩下些矮小的树桩和歪歪扭扭的枝丫。除了这些，山坡上似乎也只是些小石头和矮树——而且树的颜色也像那些小石头一样，少有的那点绿色也都变成了深秋的灰棕色。

“雷德鲁斯”号落锚在海岸的北面，那里有几处村庄，就在九龙海角的海岸上。每天都会有小贩船往返几次，它们划过海峡来贩卖些生活用品：鸡肉、猪肉、鸡蛋、榅桲、橙子，还有各种蔬菜。这些船大多是女人和小孩划来的，不讨价还价的时候，村民们还都算相当友好。可是一旦登上了岸，村民的态度就大变样了。他们以前常碰到些醉酒的外国水手，所以对上岸的外国人都心存疑虑，甚至充满敌意。偶尔几位外国人自己划船上了九龙岛，那感觉是相当的不愉快，因为不管他们走到哪儿，都有人跟着喊怪佬、番鬼和死怪佬!

但相比之下，香港就比较清静了，因为那里根本没有什么居民。比如说，“雷德鲁斯”号停靠的这片海岸根本就没有居民。最近的一处小村庄也离船很远，而且那小村庄也不过是一堆破烂的窝棚，外面围了一块块稻田。虽然本土人对这里没什么兴趣，但这个小岛对外国船只来讲就具有相当宝贵的价值了：因为这里有干净的饮用水，源自岛上山峰和峭壁上流下的清澈小溪。

有辆轻便的二轮推车每天一次，有时候不止一次，会拉满空空的水桶，从“雷德鲁斯”号推到那条狭长的、布满卵石的海滩上。波莱特经常和水手们一起过去，他们在那里装水桶、洗衣服，她就会在海滩上漫步，或是登上山坡。

有一天，她沿着一条小溪走了将近半英里，那条小溪从山峰上流下，溪路陡峭，布满石头。这一路并不好走，就在她要打退堂鼓的时候，她抬头看到了山坡上有个空洞，离她不过几百码。山洞洞口边上有白色的污迹，她离近了一看，原来山洞里有些开花的植物。她脱下鞋爬了进去，翻过了一段满是石子的陡坡，石头把她的衬衣都划破了。但是这些都是值得的，因为马上她就发现满洞里都开满了白色的花朵，她以前在加尔各答的植物园里看到过类似的花，它们叫杓兰——皇后杓兰。

她开心地蹦蹦跳跳地下了山，第二天就拉着费切尔过来了。这次他们又爬得更高些，在两个峡谷之间又有了新的发现：一种淡红色的兰花。波莱特没见过这种兰花，但是费切尔看了一眼就认了出来：毛柱隔距兰。

两人爬得很高，于是坐下喘口气、休息一下，波莱特被眼前的景象彻底征服了：桅杆高耸的船在这片湛蓝的海峡里显得十分渺小，远处能看到中国大陆的山崖，一路延伸到雾蒙蒙的远方。

“你真幸运，先生，”波莱特说，“可以到中国的森林和山峰里自由游荡。在这样广袤美丽的野外研究植物，这是多么令人心动的机会。”

费切尔有些吃惊地看着她。“游荡？你都想些什么呢？你真的这么想，以为我可以在广州的野外随便采集植物？”

“难道不是吗，先生？”波莱特也很惊讶，“不然你是如何找到这么多新植物的？你给我介绍的那些？”

费切尔放声大笑起来。“在花圃里——就像以前在英国一样。”

“真的吗？先生？”

费切尔点了点头：在中国，想到森林里去转转那是根本不可能的，因为外国人根本不可能去广州和澳门以外的地方。有幸看到过内陆里的植物的少数几个欧洲人都是耶稣会会士，还有几位博物学家，他们运气好，可以陪同国家使节团去北京。其他植物收集家们都只能待在这两个南方城市，可这两个地方又都人口稠密、喧闹拥挤，好几百年都没有什么“野外”地方了。

“那威廉·克尔先生呢？”波莱特问道，“他不是引进了南天竹，还有秋海棠和‘月季’？这些肯定不是来自花圃的吧？”

“哦，当然，”费切尔说，“都是花圃里的。”

费切尔说，比利·克尔采集到的所有东西，而且可以说，任何一位植物采集者在中国所获得的物种——所有的丰富了世界花园的海棠、杜鹃、牡丹、百合、菊花和玫瑰——所有这些植物瑰宝都来自同一个地方：不是丛林、不是高山、不是沼泽，而是各式各样的由专业园丁经营的花圃里。

波莱特，这个一直洗耳恭听着的姑娘，大吃了一惊，“真的吗，先生？那在哪儿呢，这些花圃？”

“在湖南岛，广州的对面。”

在那个岛的西面有一片水域很好的地方，费切尔说。花圃都在那里，外国人都管那里叫“花地花园”。要花八西班牙币才可以买到一个印章去那里——而且那里的花圃每周只开几天。

“那它们是怎样的，先生，那些花圃？”

费切尔的嘴张开又闭上好几次，他在想到底要怎样形容。“像迷宫，”他最后说道，“就像汉普敦宫里的迷宫一样。每当你以为已经无所不见了，马上就会发现，你其实只看了九牛一毛。你就在里面来回地转，盯着那些人家让你看的各样植物，一脸迷茫，就像一只迷失在风暴中的小羊。”

波莱特搂着膝盖，叹了口气：“我多想去亲眼看看，先生。”

“可是不行啊，”费切尔说，“所以你还是死了这条心吧。”

第八章

马克威克酒店

11 月 14 日

最亲爱的帕格里，你说一位远方的朋友给你写信，却不好好讲讲他的住所，是不是太不够意思了？我那位哥哥去了伦敦，来信从来不给我讲讲他住的地方，实在是让我心神不宁——我这样一个笨笨的小画家，如果不让我亲眼看看，总是无法想象出样子。所以我才意识到，我也犯了同样的错误——我还从来没跟你讲过我住的房间。

我亲爱的帕格里丽丽女士，让我来给你好好讲讲马克威克先生的酒店。它就位于番鬼城的正中心，在两条主干道的正中间，这两条大道名字很好记，老中华大街和新中华大街。虽然名叫大街，但你可别以为它们有多宽多广，像乔林基街[①]或是滨海大道[②]。番鬼城的大街长都不超过飞地的总长，所以也就不过几百英尺。而且我估计我们的大街在这里也不会有人理解，因为这里的大街就像相互平行的马厩，连接着每个洋行。这些大街从广场处向飞地的外围延伸开来，飞地的外围是一条繁忙的大路，名叫十三行大街。

---

① 乔林基街，位于加尔各答的繁华商业街。

② 滨海大道，位于新加坡河入海口的著名大街。

在飞地里只有三条大街，而且其中一条只不过是个很小的小街，就像你在基德布尔看到的一样，名叫新豆栏街，它窄得可怜，两个人相会不侧过身来都走不过去——而且我告诉你，亲爱的帕格里，你常常会在那里看到些不堪入目的事情。这条小街旁都是些光线昏暗的小窝棚和臭烘烘的小木屋，卖些名叫火烧和小烧的酒（后面那种酒，他们告诉我，说里面浸了鸦片，而且还在里面泡了些蜥蜴的尾巴什么的）。那些水手和印度水手每每到了番鬼城，要到岸上歇几天的时候，最喜欢到这些酒家来。因为在黄埔停了几个星期，这些可怜的家伙们都要无聊死了，一个个巴不得喝个烂醉，所以连屁股都没沾到凳子上就开始一杯杯干了起来。而且那里也根本没有椅子或是长凳，店里都扯着绳子，系在齐胸的那个高度。我第一次见这些奇怪的家具设施（他们真的就当这些绳子是家具）的时候，上面坐了五六个水手，胳膊都甩来甩去，嘴角滴着那些醉酒的呕吐物。这些绳子就是为了让他们一杯杯酒下肚之后不至于倒下去——如果他们真倒在地板上，那很可能要淹死在自己的呕吐物里。这些人中有一些，所有的假日都是这样迷迷糊糊地混过去，双脚晃来晃去，身子歪在绳子上，完全找不到东南西北。

不必多言，你也猜得到，这些窝棚里出售的当然不仅仅是酒。只要一踏进这条小路，你就会被那些拉皮条的给包围。“要鸡？要仔？想找什么样的鸡？你跟我讲。我了解很多，什么样的都有。”

我亲爱的帕格里，你可不要以为，你可怜的罗宾会想要尝尝这些鲜。可是又无须否认，在这样一个任何欲求都能得到实现、任何需要都能得以满足的地方，心里确实会有一种奇妙的激动。（也许并不见得能得到完全的满足：就在昨天，我刚好经过那里，有个水手和一个长得像个涂脂抹粉的女巫一样的人走进了新豆栏街。没一会儿，那位水上的骑士就没死没活地叫道：“天啊，快救救我！我被个冒牌货给抓住了，要不是我挣脱了，我的宝贝非跟着它归了西不可！”）

新中华大街比新豆栏街要文明多了，但其实也不过就是个喧闹、拥挤的小街。和加尔各答周围的新娘市场一样，这里的商店也是一家挨着一家，小贩也都会扯着你的衣服，扯得你都不知道他们到底想干吗。那些老番鬼们对这些见怪不怪，都会拿着黄竹条清出条路来——但我可不想手里拿个黄竹竿，因此我尽量都不上这条街。

和我们这里的其他道路相比，老中华大街真是个干净安逸的地方。事实上，准确点儿说，它是个拱廊通道，旁边都是商铺。有些商铺很高，但是和街上那些洋行的高墙相比就相形见绌了。走道上面的空隙上都铺了一层垫子，因为精心铺设，走在下面总是清爽阴凉的，就像走在林间的小路一样。而那些商铺，就更令人陶醉了，里面陈设的货品全都漂亮地摆在架子和那些玻璃上罩盒子里。这些商铺卖的有漆器、锡镴器、丝绸和各种各样的纪念品（这里面最好的是那种好多层的球，是由整根象牙雕制而成，外面的大球包裹着里面一个个越来越小的球）。每个商家的名字都用英文和中文写在门上，通常旁边都有个标志，示意这家商铺是卖什么的："漆器商"、"锡器商"、"象牙雕师"，等等。每个商铺上面还都挂着些长条旗、三角旗和画着的各样标志，每每微风吹过，整条街都跟着闪着各色的亮光，真的是像幅画一样。

在我看来，那些店家比他们的店铺更有趣。我最喜欢的一个店家就是裁缝王先生，他态度友好，总是很热情地展示货品，如果经过他家不进去喝杯茶都会觉得不好意思。他是个很滑稽的人。今天早上我坐在他店里的时候，他跑过去朝一大堆水手招手。"嗨！杰克！"他喊道，"还有你，塔儿！真看不下去！想买点什么？"

那些水手都醉得东倒西歪，其中一个喊道："我想买什么？你个木头脑袋的老海豚，我想买个威尔士产的假发，还要带套子的。"

王先生深信不疑，他觉得哪个番鬼想要的衣服他都能有，所以他马上指着一件绿色的长袍。"这个行，这个行！你看看，"他叫卖道，"有塔儿先生想要的东西。"

一听到这个，水手们就哄堂大笑，其中一个又喊道："真看不下去！

那东西要是威尔士的假发，你就是英格兰女王！”

你可想而知，王先生很受打击。

在老中华大街的最里面，也就是十三行街的另一边，就是公所——也叫“委员会所”。它是按清朝的衙门样式建造的，是个很精美漂亮的办公室。旁边都是高墙，墙里有很多大堂和亭子的顶棚，全都向上弯翘着。这些建筑样式精致，但是很多番鬼都对公所有些惧怕——因为这里就是他们被清官召见，要求他们向清官报账的地方！

可是为什么我要磨叽这些街道和公所，本来我是应该给你讲马克威克酒店的啊？这个嘛，现在讲也来得及！我马上就要抓着你的手——看！——带着你走进我的房间。

马克威克先生的酒店就在帝国行，是这十三洋行里最有意思的一个。它之所以起了这个名字是因为它以前和奥匈帝国有联系，虽然现在已经见不到几个奥地利人了，但象征哈布斯堡王朝的两头鹰的标志还依旧固定在大门上（这也是为什么本地人也管这个洋行叫孖鹰行）。

马克威克先生和他的密友雷恩先生一起经营这家酒店。他们是作为练习生来到中国的，一起为东印度公司工作（马克威克先生是位管理员，雷恩先生是个男管家），两人是那种**永远**在一起的密友。他们两人又有些奇怪，看上去就像些儿歌里唱的一样，雷恩先生矮胖矮胖，总是乐乐呵呵，马克威克先生高高瘦瘦，总是一脸忧郁，而且好像总是在嗅着什么味道，虽然有时他未必真的是在闻味道。他们房子的一层有家店铺，出售各种各样的欧洲产品：霍奇森的麦芽酒、德国产的上等葡萄酒、莱茵河产的红葡萄酒、雨伞、手表、六分仪等。他们还有个咖啡室，这让飞地里的中国人看着十分好奇；当然还有间餐厅，那里的食物是最有意思的，因为马克威克先生很能干，把中国的菜肴作了改进，加入了些欧洲的口味。有一道菜叫“杂碎”，水手们相当喜欢，据说有人花大价钱想要买这道菜的配方，但他却是人家出任何条件都不肯透露。他还出售一种自制的酱，里面配上中国辛辣佐料：名叫马克威克酱，常混中国这片的老江湖们都离不了这个酱。

“酒店”都在上面的楼层，而且占据了多间楼房。这些楼房以前肯定都是很宽大的，但现在已经长久荒置，急需修缮。现在这里就像兔子窝一样，走廊很昏暗，门厅里满是蜘蛛网（不得不承认，我很适应这样的地方，因为这样某个长相奇怪的外鬼可以轻易地藏身此处，不被人发现）。房间很潮湿，没几件家具，但是要价并不便宜，一晚上要一美元！要按正常的价钱，我是肯定住不起这样的酒店的，但是我真的是最为幸运的，亲爱的帕格里：我认为，马克威克先生并不希望我和他的其他客人混在一起（像他这样无时无刻不在闻风嗅味的一位，他对我和我叔叔的一些事情肯定是有所耳闻的），所以他给我安排了一间阁楼，远远地憋在顶层上，价钱甚至不及其他那些房间的一半！但是啊！真心希望亲爱的帕格里你亲眼看看，你肯定会像我一样对它爱不释手。虽然又小又透风（我估计这里以前是个鸡窝），但是却常常满是阳光，因为它有一扇大大的窗户和一处小门廊。我认为，这扇窗户是这个房间最好的地方：我告诉你，我甜美的帕格里，我可以一整天泡在这里，因为它刚好可以瞧见广场，就像在观看一场永不落场的大戏，看一出能超越所有的演出。

这个房间另一处优点，就是我有一位非常与众不同的邻居：他是个亚美尼亚人，就住在我的楼下。他走南闯北，比最好的翻译会的外语都多。长相让人过目不忘，讲话令人心情愉悦，我再没碰到过如他一样出色的人（……我最亲爱的帕格里多尔侯爵夫人啊，我是怕你想歪了，他并不是我心中的那个他——他和我父亲差不多岁数，而且好像已经儿孙成群了）。他让我想起咱们加尔各答那里的亚美尼亚人：他在开罗长大，跟一个法国人学的造表，那位法国师傅之前曾和拿破仑一起到过埃及（你也许不相信，但卡拉比迪恩先生还真的见过波拿巴本人）。他称自己是个“玩意儿商”——因为他卖手表、钟表和音乐盒，这些东西用广东话讲都叫“玩意儿”。对这些东西的需求很大，卡拉比迪恩先生最好的音乐钟表可以卖到几千美元一个（他还卖给皇帝一个，在北京的那个皇帝）。等把那些外国的小玩意儿都卖完之后，卡拉比迪恩先生就会买来好多本地产的钟表和手表——这些表也一样能用，而且成本很低，所以他可以把这些小玩意儿卖到印度和埃及，赚到很多的钱。

卡拉比迪恩先生经常到广州来，已经坚持好多年了，所以各路的八卦他都知道——哪些大班[①]又有矛盾了，谁又跟谁关系好，哪些人是不能一起请来吃饭的（是的，我亲爱的帕格里，在这么个小地方还有很多小帮、圈子和小集团）。这里还有那种皇家亲戚，至少有一位没有皇冠的国王，他就是威廉·渣甸先生，是个苏格兰裔的大富豪。他英俊潇洒，个头高挺，而且尽管已经是五十多岁的人了，看上去显得非常年轻。钦纳里先生以前给他画过一幅很出名的肖像：我承认，我以前也很欣赏那幅作品，但是看到渣甸先生本人之后就看出差距了。因为我觉得钦纳里先生实在是太讨好他了。如果是我来画渣甸先生，我肯定就要按照委拉斯凯兹画西班牙菲利普四世的肖像那种画法。渣甸先生的脸庞也是光滑、气色很好，而且目光中有种笃定的力量，同样的自我满意。卡拉比迪恩先生说渣甸刚来广州的时候本是打算当个医生，但后来觉得从医实在无聊，便转而经商了。渣甸已经赚得上百万了，主要是卖鸦片——他是个勤快的人，办公室里连把椅子都没有，因为他怕自己会坐在那里闲聊变得懒惰。他的公司叫怡和洋行，合伙人是个很普通的人，所以大家很少看到渣甸先生和他在一起。当他出来转的时候，常常都是和他的密友在一起——是一位叫韦特莫尔的先生，番鬼城有名的花花公子，总是穿得精致漂亮。你真该看看，他俩一到广场散步，广场上的人们都是怎样给他们闪出路来的：大家都点头哈腰、脱帽敬礼，你肯定会以为渣甸先生就是土耳其的苏丹国王，和他最爱的第一夫人出来散步。渣甸先生和韦特莫尔先生对彼此都很关心，卡拉比迪恩先生说在舞会上（是的，在番鬼城里经常会有舞会）他们都会和对方

---

① 外国商船中管货和处理商务的货长，依照其职务高低，分别称为大班、二班、三班。以后逐渐推广开来，成为对洋行经理的称呼。

一起跳华尔兹和波尔卡，不论其他人怎样想争取和他们跳上一曲。但这样感人的深情可能也要走到尽头了。扎迪大哥说渣甸先生马上就要做出“最终的牺牲”，意思就是，离开广州，回到英国去完婚。渣甸先生极不情愿，不单单是因为他的密友，还因为他一生中大部分时间都在东方，他对这片土地已经有了深深的眷恋。

你也知道，亲爱的帕格里，如果我不能看见并把它画下来，我对它就根本不会有兴趣。我以前从来没觉得，政治也会成为我感兴趣的事情——但是听着卡拉比迪恩先生的讲述，我感觉就像一幅史诗的画卷：我可以把我脑海里所有这些画面，都详细地画下来，这想法可真棒！比如说渣甸先生，我可以加入一点委拉斯凯兹的手法；至于说韦特莫尔先生，完全可以按范·戴克①的手法来画。我还可以在渣甸先生的旁边再加入一点布吕赫尔②的风格去画另外一人——因为番鬼城里刚好有一位觊觎王位的人和一位无须皇冠的国王！这个人就是兰斯洛特·颠地先生——虽然这人名字很奇怪，但他却是个名副其实的大富豪。

你也许还记得，亲爱的帕格里——我以前给过你小彼德·布吕赫尔的一幅雕版作品。画的是几位乡村律师：我直到现在还清楚地记得那位年轻人的脸庞，一副自以为是但又带着些许好奇的神情。这正像颠地先生：卡拉比迪恩先生说颠地先生和渣甸先生的财富相当，他掌控的鸦片贸易甚至要多过渣甸先生；许多年来，他自甘躲在渣甸先生的身后，因为他一心就想着积聚自己的钱财。既然现在他已经富甲一方，便又开始觊觎渣甸先生的皇冠。卡拉比迪恩先生告诉我，颠地先生还在爱丁堡读书的时候，就受到了某种比较高深学说的极大影响，这种学说主要关注国家的财富；他是这一学说的信徒，更是一名使徒，会把此学说强加给他碰到的任何事和任何人。虽然我很反感他，但有时又可怜同情他：受役于一种只相信贸易和

① 安东尼·范·戴克，比利时弗拉芒族画家，是英国国王查理一世时期的英国宫廷首席画家。

② 老彼得·布吕赫尔，文艺复兴时期布拉班特公国画家，以风景与乡村风景的画作闻名。

经济的学说，你说还有比这个更糟糕的人生命运吗？这就好像一名裁缝铁了心地认为，这世上没有任何一种东西是他的尺子量不出长短的。

我对自己的画作思考得越多，就越感觉这幅作品会更宏大：因为有那么多人是**无法**略去的。比如说这里的清官：有一位番鬼们都叫他“黄袍”的——看名字你肯定当他是个袋鼠什么的。其实不是，他是广州海关总管——但他的长袍和项链特别精致漂亮，你说不定会以为他就是忽必烈汗。还有那些公行里的商人——他们是经允许与外国人做生意的中国商人。他们都非常富裕，穿的衣服都华丽得让人叹为观止：丝绸的长袍上绣满了漂亮的图案，帽子上的玻璃珠各不相同，表明他们的官阶各有高低。

亲爱的帕格里，你还记得我在加尔各答的时候，常常临摹那些显贵的缩身像，一画就是几个小时吗？现在看来，有了那种练习经验真是太**幸运**了——在广州有人需要你用那种方式来给他画像。他是一位来自孟买的帕西富商，巴拉姆吉·那鲁吉·莫迪。他是番鬼城里的一位要人，也是位潇洒的人物：他让我想起了马诺哈画的阿克巴①皇帝——头上戴着头巾，身着华丽的长袍，挺着个胖胖的肚子，还系了条精美的穆斯林宽腰带。卡拉比迪恩先生和他是好朋友，他说现在各帮派都在尽力争取这位老爷。

你看，帕格里，我这幅史诗巨画将是幅多么大的挑战！而我只向你展现了很小一部分。还有很多其他人：比如说《广州纪录报》的编辑——约翰·施赖德先生。他长得相当肥硕，看上去就像一盘巨大的沙拉，上面一层层累着各种各样的蔬菜和动物：要是能用阿尔钦博托②的手法来画出他来，那是件多美的事儿——他的脸红润得像棵石榴；胡子亮闪闪的，就像一只野鸡尾巴上的毛；肚子大得就像牛屁股，脖子和牛一样粗。施赖德先生的声音很大，所以他有个外号，叫“雷公”——再找不到比这更恰当的外号了：有时候他人在广场的另一头，我坐在房间里都听得到他的声音。

---

① 阿克巴（1542—1605），印度莫卧儿帝国第三代皇帝。

② 朱佩赛·阿尔钦博托（1527—1593），意大利文艺复兴时期著名肖像画家。

还有帕克先生，总是东跑西颠，像只乌鸦一样忙叨，但其实性格很温和。他开了家医院，有很多中国病人到他那里看病。还有英尼斯先生，他好像是英格兰高地氏族的酋长，走在广场上像一名十字军战士，如果有人冒失地挡了他的道，他非要跟人家干上一架。卡拉比迪恩先生是名虔诚的信徒，他认为自己的一切所为都是受神力指引，甚至卖鸦片也是！

在番鬼城，这种信念司空见惯，连一些传教士也都这样以为。有好几个——有个人见人恨的叫赫尔·加特什么的，他总爱欺负别人；还有一位布里奇曼牧师，总是假正经，让人反感。我讨厌这些传教士，他们总是对我表示同情关心，好像我是罪恶之子，就应该受此待遇，不过我不待见他们并不是因为这个。卡拉比迪恩先生说他们全都是彻头彻尾的假面派，因为他亲眼看到过，这些传教士站在船上，一边向下分发着《圣经》，扭过头就到船的另一边去兜售鸦片。你现在既然已经了解他们的真面目，你说他们是不是最好用哥特式画出来呢——画出他们食尸鬼和江湖骗子的真面目，那该多有意思！

我还没有说完我这幅画的内容，我万万不能忽略了查尔斯·金先生。准确点儿说，他并不算哪个帮派的，他自成一家——因为他树立的这种楷模，在番鬼城也是一支不容小觑的力量。他是同孚洋行的代表，卡拉比迪恩先生告诉我，他家的洋行是广州城唯一一家从来不做鸦片生意的！因为他的这种行为，其他番鬼当然都不喜欢他——他这种正直端行反倒招来他们的恶言秽语，他们都说他是在巴结清官。可任你威胁嘲讽，金先生自岿然不动。跟那些德高望重、掌控番鬼城的老家伙们相比，他只不过是个毛头小伙子，可他坚持与他们势不两立——你也能想象得到这需要多么大的勇气，因为在这样一个散乱的地方，其他人都老老实实地跟着领头羊。

金先生才三十岁不到，但他已经是同孚洋行的高级合伙人了（很多年前，洋行的创立人奥立芬先生就离开广州了）。你看到金先生本人时，一定猜不到他是个生意人——我这个笨蛋，亲爱的帕格里，我告诉你，金先生吸引我的理由之一就是，他长得非常像我最尊敬的现代艺术家：杰出又悲惨的西奥多·席里柯[①]。

其实，我只见过席里柯的一张画像，是一个我不记得名字的法国人用钢笔画的——画的是他年轻的时候，额头上垂着深色鬈发，下巴上有个精致的酒窝，目光像梦一样迷幻，但还散着炽热的感情。凡是看过那幅画像的人见到金先生肯定会大吃一惊（我当时就是）——因为两人长得实在是太像了！

亲爱的，你还记得我给你看过席里柯的一幅叫“美杜莎之筏”的代表作吗？你是不是还记得，那画作反映的是木筏上注定一死的沉船失事者的惨相？他的刻画如此生动，我不禁哭湿了画纸？你我当时都认为，只有自己经历过巨大的悲剧，才能画出这样摄人心魄的苦难与失落：当然了，这是金先生与我想象中那位伟大的艺术家的另一相似之处——因为他身上总有着一种**激荡的**忧郁。他的外表中这种气质非常强烈，所以当我知道（当然是卡拉比迪恩先生告诉我的）他确实经历过一场几乎无法承受的损失时，我并没有觉得出乎意料。

金先生的家庭状况并不理想，所以他非常年轻的时候就不得不离开美国的家乡。他被派到广州来的时候只有十七岁——他那时长得比现在更瘦弱俊美，所以那些粗俗的番鬼们常常要欺凌他。他们对他的羞辱从他的外号中就能看得出来——“金小姐”。（你也许不相信，亲爱的帕格里，他们还在叫这个外号，当然都是在他背后叫的。这也是我同情金先生的理由之一，因为我自己也被叫过类似的外号［“钦纳里女士”，“大妈”］而且对于被那些粗人欺负，我也有切身体会。亲爱的帕格里啊，你可知道我碰到过多少那些下手粗狠的流氓啊，有多少次，我只能赤手空拳地招架他们……）

但是，金先生比我幸运——老天可怜他，让他找到了一位密友。他到了广州一两年之后，又有一位美国人也来到了中国，和他进了同一家

① 西奥多·席里柯（1792—1824），法国著名画家，新浪漫主义画派先驱者。

公司。他的名字叫詹姆斯·佩里特，人人都说他是个黄金少年，头脑出众，谈吐迷人，而且长得一表人才。（我看到过他的一张肖像——还好我知道这是在广州画的，不然我肯定把画里的人当成是庚斯博罗的“蓝色男孩”！）

我也不知道这些是不是我自己想象的，亲爱的帕格里（我估计应该是，因为你也知道，我是个爱做梦的人）——但我相信，我的席里柯和蓝色男孩肯定尽享了最完美的亲密友谊，虽然二人在一起的时间非常短暂。好景不长——因为詹姆斯·佩里特还不到二十一岁就得了严重的高热症……

我就不跟你细讲了，我亲爱的帕格里拉妮（这页纸上的水渍足以表明他二人的悲剧让我多么伤悲）。就告诉你，黄金少年被病魔击垮——他现在被埋在离黄埔不远的法属岛屿的墓地里。

可怜的金先生——尝过了凡人难得的幸福之后，却又被生生夺走！他悲痛至极，之后就全心投入到宗教信仰和行善积德中了。（卡拉比迪恩先生告诉我，这个城里满是虚假的信徒，金先生是为数不多的真正的基督徒之一。）

我也不瞒你，亲爱的帕格里，在我得知这一切之前，我自己也有过稍纵即逝的念想，金先生会不会是我梦想中的那位密友。当然这肯定是最离谱的幻想：金先生的眼光肯定很高，而且他一定当我是个轻浮、花心的人，还有，肯定认定我是个异教徒（而这一切的一切，我清楚地知道，都不能怪他）。但我也心存感激，因为金先生心地善良，对我总是极尽礼节所至，关怀有加——而且他还亲口保证，说他希望我给他画幅画像！我看他不像是那种喜欢把自己的画像挂在墙上的人，所以我猜他应该是想帮我成为一名基督徒——不过我无所谓：我是多么盼望这就开始作画啊！

至于其他人，我知道他们肯定私下也谈了很多我的事情（卡拉比迪恩先生说，世界上再没有比番鬼城是非多的地方了）。每次我一经过，总有些人目光立马闪开，然后就会窃窃私语。至于他们说的是什么，我根本都不用猜，尤其是那些大公贵族们，都和钦纳里先生很熟，因为他给他们中大多数人都画过像。这样说吧，我真的很怕他们那些讥讽，所以尽量离我叔叔那个圈子的人远远的。

但我终究和他们是一个圈子的，所以只能硬着头皮忍着。我只能这样安慰自己，等我的画作完工，就可以为自己报仇了，也许这种复仇并不算是最痛快的。

可我亲爱的帕格里啊，别以为我把你和你那位恩人吩咐给我的任务忘记了。我每天都希望能碰到个人，他能对彭罗斯先生的山茶花有个些许了解。

我可不会粗心地忘记，我已经收到了你的回信，谢谢你告诉我“雷德鲁斯”号上发生的一切。知道你在那座小岛上发现了可爱的植物，我也很**高兴**！谁能想到在那样一块荒废无人的地方，怎么会有那么丰富的植被呢？而且谁又能想到我最甜美亲爱的帕格里，有一天竟也会假扮成一位勇敢无畏的探险家呢？

你信中最后提到的请求：我当然会答应，我一定会帮你提高你的口语的！但同时，我督促你以后在选词上要多加注意。你对“雷德鲁斯”号上的船员们常常鼓励当然是好的，尤其是他们真的出色完成工作的时候，但是你在措词上一定要谨慎。以我对你的了解，如果说一位水手长漂亮地完成了自己的工作，你向他表示祝贺，我知道你的目的一定是非常单纯的。但是你要知道，亲爱的帕格里，你一番好意的妙语有可能会让他非常吃惊：如果说一位豆蔻年华的少女祝贺我在“擦洗前棍”方面心灵手巧，那我也肯定要相当**吃惊**了。我不能责怪你的机智聪明，但是，亲爱的帕格里，你不能以为把法语词直译成英语是**稳妥**的。法语里“前桅杆”的英语对应词肯定不是“前棍”——应该是“斜桅”。

而且，亲爱的，你也不能跟那位一头雾水的水手长解释说，你其实是想夸他在处理“前面凸起的大帆”方面的本领。我亲爱的帕格里小公主，你应该知道，有时候一再解释是很**不明智的**，那只会越抹越黑。

*

尼尔觉得很难应付巴拉姆的工作方式。以前他自己请抄写员和秘书到办公室工作的时候，基本上不用和那些账房、翻译、管家讲太多，因为，由于长久以来形成的各种规矩，他们比他自己更有经验，最知道如何按一位庄园主的规矩来写信、回信。后来，他被判了伪造罪，在被关在加尔各答的阿里布尔监狱，等候被转运的时候，他又帮监狱里的犯人们写信。写那些信倒也不费劲，因为那些犯人大多是些不识字的人，不论是给家里亲戚写信，还是给隔壁牢房的小子写信，他们把任务都交给了尼尔，让他随意选词、组织词句。

这些就是尼尔全部的写信经验了，尼尔发现自己完全不理解巴拉姆的书信有怎样的要求：这位老爷的书信并没有一定的规矩或用途，大多是让他的联系人了解现在中国南方的形势。尼尔也不能奢望这位老爷听从他的建议，因为他一直把翻译当成个小奴才——在他眼里，翻译的重要性就介于男仆和收钱的，翻译的主要职责就是把老板讲的话整理一下，然后从里面挑出有价值的留下，没有价值的就抛弃不用了。

这位老爷的用词习惯也让尼尔的工作更加复杂：他总是站着讲话，而且没完没了地走来走去，这让他讲的话更增添了些坏脾气，而且常常都是混成一团地讲出来，每句话里都有很多种语言——古吉拉特话、印度斯坦语、英语、洋泾浜、广东话。在他说得起劲的时候，是万万不能打断他的，如果说想问问某个词组，或是某个单词的意思，那就有可能惹得他大发雷霆——这些问题都要留到最后再问，或者最好的办法是，去问维科。所以尼尔能做的就是尽量理清他嘟嘟囔囔的声音，不但要听巴拉姆说的是什么，还要注意他的手势、姿势以及面部表情，因为这些都是他的话语被放大、强调以及释放的方式。这些未讲出来的信息很容易被忽略。有一次，尼尔写了一句话“莫迪先生确认他将欣然同意”，巴拉姆狠狠地训斥了他的粗心大意——“什么？你没看到我的手是怎样的吗？像这样，这样？你怎么能把这当成是‘是’？你看不明白这是‘不’的意思吗？你是在做梦还是在干吗？”

还有就是那扇窗户，它常年喧闹纷吵，十分影响办公。虽然尼尔的书桌在办公室最里面的角落，但还是会有各种各样的声音从底下一路传到这来：沿街小贩的叫卖声此起彼伏，喝醉的水手们大喊大叫；乞丐的哭号声伴着他们手里的打板声；会唱歌的小鸟啾啾地叫着，在鸟笼里踱着步，每每有人要经过时震耳欲聋的开路声，等等。广场里传来的刺耳声没有一分钟停歇。

如果说这扇窗户总让尼尔分心，那显然更加烦扰他的老板，他总是话说到一半，站在那里好像被催眠了一样。身子的轮廓照在窗框上，头巾裹得像个圆顶，裁剪宽松的长袍，身形看上去很有帝王的气派，尼尔有时候会想他是不是特意在那摆着架势，好让广场里闲逛的人能欣赏一下他。但巴拉姆可不是一个能长时间站着一动不动的人，他心情烦躁地盯着远方，然后又开始愤怒地踱着步，好像想要追上脑子里飞速的思绪或一闪而过的记忆。但有时候他再次看向外面，就会看到一位朋友或是熟人，心情就会产生变化：他会一步跨到窗口，伸出头去，开始打招呼，有时候用古吉拉特话（先生，你好？），有时候是广东话（你好吗，宁先生？好久没见！）；有时候又是洋泾浜话（“请，请；好久不见！”）；有时候又是英语（“早上好，查尔斯！你好吗？”）。

等他的注意力再次回到写信这事儿上，他经常发现自己已经忘记打算说什么了。这时候他的脸色就会变坏，声音也会尖利起来，好像是说这些中断都是尼尔的错：“快，把信给我念念——从头念。”

等上午的咖喱角和茶端进来的时候，尼尔就可以离开办公室了。从这时起，这位老爷就要一个接一个地听手下汇报了——出纳、账房、会计，等等。尼尔这时候就会回到他那个窄小的隔间，那里因为挨着厨房所以常是烟熏火燎，他现在就要开始把老爷的想法和考量整理成相应的文字——按照需要用印度斯坦语或是英语来写。虽然这份工作常常很困难而且费时，但是过程并不让人反感：每当尼尔用最漂亮的波斯字体或是罗马字体把完稿抄摹出来时，他才体会到给巴拉姆写信是件多么有挑战性的工作。在老爷的信里，从没有那些华辞丽藻、官话客套、成词叠句，在他自己当办公室主管的时候，这些东西要占书信的很大一部分。巴拉姆关注的是当机立断，价格是看涨还是跌，对他的生意有什么影响。

那么，他到底是做什么生意的？奇怪的是，虽然他一直和巴拉姆在一起，而且所有的信都是他帮着写的，可尼尔却一直都搞不大清楚他的公司是怎样运作的。他清楚了解的是，巴拉姆的利润绝大部分都来自鸦片贸易，但是至于他卖了多少、卖给了谁、又卖到了哪里去——这些事尼尔全都不得而知，因为巴拉姆的信里很少提到这些。尼尔之所以不得而知，是不是因为这些信是用某种密码写的？或者说，是不是巴拉姆亲自用古吉拉特话填进去些详细信息，就写在尼尔给他的那些信纸旁的空白处？还是说，有些信是一些其他办公室人员帮他写的，也许那些人比他对这种生意的运作更熟悉？最后一项是最有可能的，但是尼尔却也觉得不大可信：在他看来，巴拉姆所有的手下——可能只有维科除外——都只需了解些必需的信息。巴拉姆办公室人员的安排就像一个手表的部件，每个人都按他的要求工作，但对整个办公室的运作却没有了解：只有老爷知道整体的安排，各为何职。而这并不是随意安排，更像种天生的本领，让他可以有效地管理下属，这样每人都能在自己的工作范围里高效地工作，而他自己一人负责全局。

这也让尼尔回想起自己经营办公室的经历，现在他才理解自己当时这份工作做得有多糟糕：他的员工对他的事情远比他自己更了解，如果他想帮他们些忙，反倒更给他们添乱。意识到这以后，他对巴拉姆才能的欣赏很快就上升到了一种狂热的崇拜：不可否认，给这样一位老爷工作着实让人抓狂，因为他有很多小毛病和怪癖；但毋庸置疑的是，他是一位极具能力与远见的生意人：尼尔认为巴拉姆在这个领域，绝对算得上是一个天才。

同样很明显的是，阿发对巴拉姆的描述并不过分，他很受人喜爱，或者说受人爱戴。他指挥的手下对他都有着几近疯狂的忠心，并不单单因为他工资发得多、做事公平得人心，更多的是因为他的行为举止向他们传递出一种信息——他从不觉得自己比那些下人更高一级或是更好。这些下人好像都能感觉到，虽然他富有奢华，但这位老爷心里其实还是那个乡下小伙子，出身贫苦人家。他的坏脾气不会让人感到无礼，却有点讨人喜爱，而他时不时的发作和叫骂，大家又都当作爱变脸的天气，而往往不会记恨在心。

巴拉姆受到的爱戴不仅局限在阿差洋行里。写宴会的邀请回执是尼尔的另一项职责，所以他清楚地知道，飞地里的很多聚会都会邀请老爷。

番鬼城里众多的社交活动总是让尼尔觉得十分有意思：这样一个小地方，住着各种各样短期逗留的人，能组织起社交活动就已经够让尼尔惊奇的了，更不要说还总是一个接着一个。让人觉得有趣的是，这些活动的参与者一共也就那么些人——所有的外国商人和中国商人加在一起，也不过就几百个人。（维科有一次跟尼尔讲，这些家伙可是世界上屈指可数的富豪；“在这里，他们挤在一起，连个转身的地方都没有。没有了家庭的拖累，他们必须自己找点乐子了，不是吗？没有老婆的人谁会愿意坐在自己家里吃饭？若没人责备，哪个小伙子会早早爬上床？）

并不是说，只有老爷、大班和生意人才知道怎么玩：如果这些房里的主人们都在宴会上玩，他们的下人们也会自己搞些聚会，餐桌上的食品和饮品和老板桌上的一样丰富（这些食物确实都是同一间厨房里烧出来的，同一个小店买来的）。聚会过后，他们会到江边去散步，欣赏各家洋行里不同的娱乐项目——而且常常要比他们的老板们玩得更尽兴。

维科在番鬼城里人脉宽广，并不比巴拉姆逊色：哪个洋行都有他认识的人，而且常常都会在外面玩到后半夜才回来。他在阿差洋行是出了名的爱吃好喝，又很爱显摆：他这人就喜欢把口舌之欲挂在嘴上，如果你听他自己讲，准以为他是个每天只爱躺在床上吃吃喝喝、放屁鬼混的人。

他又总是没完没了地这样描述自己，尼尔过了好一段时间才缓过劲儿来，其实从某方面来讲，维科和他口中那个人几乎是完全相反的：他本是个勤恳、活跃、爱老婆的男人，还是位虔诚的天主教徒。而且他这人很有本事，哪个门路的人他都认识，而这些都是从一些不经意的话中才了解到的。比如说冈萨罗·加西亚神父，他本是归属东印度公司的传教士，在日本长崎附近，与另外几位天主教徒一起被钉在十字架上处死了，他们中有五位都是圣方济各会的教士。这位殉道士被教皇乌尔班八世赐福，在他的出生地，人们已经尊他为圣者：而他的出生地正是维科的老家——孟买附近的伯恩赛——他家是当地为数不多的与这位德高望重的修道士家沾些远亲的家族。

因为他认识很多同样的信徒，在中国乡下，天主教传教士的教社总是对当地的一些消息非常灵通。其中有一些教徒常常来到广州，来为飞地里的天主教徒们提供一些宗教服务，虽说天主教徒素以神秘隐蔽出名，但都逃不出维科那无处不在的关系网。

维科认识这么多朋友对尼尔也有好处，因为尼尔除了要写便条、书信，他的工作中最重要的部分就是收集消息。他刚到广州的头几个星期，老爷急于了解最新的消息，尼尔根本没办法完成任务。因为他在城里谁都不认识，也没有什么消息来源，除了看两份报纸，《广州纪录报》和《中国丛报》。而他当时只能搜罗到很旧的几期报纸，希望能找到些有意义的消息。这两份发行物中，《中国丛报》比较学术派，其中有大篇幅关于马来人中盛行的食蚁兽和巫术的生活习惯的报道。而巴拉姆对这些根本不感兴趣：他讨厌那些抽象的言语，更不喜欢毫无用处的事实报道。

“不要什么教授说教，明白吗，翻译老师？消息，消息，消息，只要消息。别搞什么‘迄今为止’、‘综上所述’：只要消息。明白吗？”

《广州纪录报》更具时事性和观点性，因此巴拉姆更中意这份报纸，他尤其喜欢这份报纸的编辑约翰·施赖德，他是商会里的常客。这意味着他常常可以在《广州纪录报》还没有被印刷之前，就能得到一些内幕消息。

"翻译老师，"老爷有时会发脾气，"你为什么总给我讲些陈芝麻烂谷子的事？我让你上鲜牛奶，你难道就给我上凝乳？"

维科有时候看尼尔可怜，就会告诉尼尔一些他认为老爷会感兴趣的消息。所以有一天早上，尼尔说道：老爷，我要告诉你件事，你肯定很关心。

什么事？

老爷，是他们呈给天子的一份奏折。《广州纪录报》将它翻译了过来。我想你一定想了解一下内容，因为这份奏折主要是讨论如何中止鸦片贸易的。

哦？巴拉姆说道，那好，你讲讲吧。

"'自鸦片始流入中国起，陛下先祖智亲王[①]已然预见其为我朝带来之伤害；他切意警示让我民不可沾染，还立国法禁令鸦片。彼时一众大臣未曾预见鸦片之毒害已至今日之深。鸦片之初只为纨绔子弟闲时之纵。现蔓延至上达各级帽带之官、下触劳民商贾，纵连妇僧尼修都难逃其害。吸食之人随处可见，烟枪烟具公开贩卖，番外之流与日俱增。伶仃众岛，外船林总皆为鸦片之舟。虽未通虎门、入我珠江，广东腐官，官兵勾结，派蛟龙、快蟹小舟携银两出海，私潜鸦片入我境。依此法，我年失逾三千万银两。羊毛、钟表之进口，茶叶、丝绸之出口，总价不及一千万银两，我朝年利不过几百万银两。合规之贸易总价不及鸦片走私利润十或二十之一。外商之利绝非正规商贸，皆私运鸦片而得。钱财外流已为危疾，众臣皆不知何日得将鸦片之毒终之……"

巴拉姆一把推开了身前的食物，站起身来。这是谁写的？

是朝廷上的一名元老，老爷。

---

① 智亲王实为道光帝登基前的封爵称号，但按本文写述年代，当时在位清朝皇帝应为道光帝，所以此处按原文内容实译。

巴拉姆又开始在屋里转了起来：好吧，继续。他还说了些什么？

老爷，他接下来为阻止鸦片流入中国，对几项建议进行了探讨。

都是什么？

其中一条建议封锁中国所有的港口，禁止外国船只进入、从事商业活动。

他对这条是怎么说的？

老爷，他说这个行不通。

“为什么？”

因为中国的海岸线太长，老爷，是不可能完全封闭的。外国人已经与中国商人和官员建立了密切的联系，他说，因为既然能赚取这么多钱，那么注定要带来很多的腐败。官商勾结，想尽办法将鸦片运入中国。

哈！巴拉姆一边走着，一边捋着胡子。继续。他还说了什么？

另外一个建议是中止与外国商人的一切贸易与交流。但是他说，这个也是行不通的。

那又是为什么？

因为这样的话，外国船只只需停靠在近海，中国这边的人就会派出些快船把鸦片运进来。所以这个办法也是行不通的。

巴拉姆走到一个大鱼缸旁停了下来，鱼缸里有只凸眼睛的金鱼，一直追着自己那条摇摇摆摆的尾巴。

那他的建议是什么？他想让朝廷采取怎样的措施？

老爷，看来中国朝廷的官员现在正研究欧洲人是怎样处理鸦片的。他们发现，欧洲国家对自己国内的鸦片流通有着严格的限制。只有他们来到东方，才会无限制地贩卖这种毒品，卖向那些他们觊觎的土地，盘剥令他们垂涎的财富。他以爪哇岛为例，说欧洲人将鸦片给了爪哇人，引诱他们使用鸦片，这样就可以轻易掌控他们，这才是他们的真正目的。因为欧洲人清楚地了解这种毒品的威力，所以在自己本国，用最严格的措施与最酷厉的刑法严格控制鸦片。他说，这才是中国应该借鉴的。他谏言，应该给吸食鸦片的人一年的时间去戒毒。如果一年之后发现复吸，或是买卖鸦片，就应该被处以极刑。

极刑是什么意思？

是死刑，老爷，凡是使用或贩卖鸦片者，他建议，都应该被处以死刑。

老爷不置可信："你这说的都是些什么啊？肯定是搞错了。"他走到尼尔旁边，往他身后看了看。你说的这些在哪儿呢？给我看看。

这，老爷。尼尔站了起来，把报纸摊开来，给巴拉姆看了一些他做过标记的文章。

看到了，老爷？这里写的："凡违令者，其子孙不得参与科举，本人将处以死刑……"

"呸！你以为我不认识英语吗？"

巴拉姆越看眉毛锁得越紧，但他的脸色马上见好，眼睛也亮了起来。"这只是个奏折，不是吗？他不就是个什么文官吗？像他这样写的肯定有好几百人，皇上看完就扔到脑后去了。他关心个什么？他是个皇上，不是吗，就忙着他那些嫔妃吧？清官们才不会想要什么改变——改了的话他们上哪儿去赚油水？他们拿什么来填自己的大烟枪？那些当官儿的是最大的大烟鬼。"

*

巴拉姆认识现任广州总商会主席休·汉弥尔顿·林赛好几年了。他红光满面，态度温和，和苏格兰王朝中的贝拉卡伯爵有关系。他已经在中国待了将近十六年，受人爱戴，人人都觉得他是个好人，从不会和他发生什么矛盾。巴拉姆和他多次共进晚餐，知道他是个很会招待人的主人，而且，还知道他是位美食家。

所以为了参加汉弥尔顿先生的晚宴，巴拉姆精心挑选着自己的衣服，满心期待。他没有挑长袍，而是选了一件达卡棉布制成的及膝白色长上衣：装饰着精美的织锦缎，颈部和衣袖处都围着绿色的丝绸。他并没有配上往常的宽松裤，而是穿了一条黑色亚齐特紧腿裤，上面织着银线。天气现在还很暖和，所以他挑的外衣是件奶油色的棉质长外衣，也有银线绣的图案，最后再配以马马尔绣制的平纹细布头巾。接着，巴拉姆又挑了根细细的拐杖，上面带着象牙把手，男仆又在空中洒了些他最喜欢的玫瑰香油，巴拉姆在香气里站了一会儿，然后走向了门边。

晚宴将在商会的餐厅里举行，离阿差洋行只需要步行五分钟。但在广州的习俗是，如果被邀参加晚会，一定要雇个挑灯的照着路，哪怕是很短的距离。巴拉姆这几十年来雇的都是同一个挑灯人：洋人都管他叫阿卜，这人有着奇异的本领，总能知道老板什么时候需要他挑灯，而且还很会劝人，所以广场里的乞丐和乡下人都不会来烦他。今晚就像以往一样，阿卜就在日落前准时到达，巴拉姆没多久之后就出发了。他那布满刺绣的外衣在微风中摆动着，一盏纸灯在他白色的头巾上亮着，样子十分气派——而他那位挑灯的本领甚强，整个广场只有他一个人身旁不会不停地响着“钱，给点钱”。

广场里的忙乱和吵嚷让巴拉姆的思绪有些凌乱，令他回想起了刚到广州的那段日子：他停步四下看看——看着镇海楼那远远的宽大轮廓，看着内城那堵灰灰的高墙，像窗帘一样衬在飞地之后，再看那些门脸窄小的洋行，一个个都亮起了灯。洋行里一扇扇窗户好像在向他眨眼，带着廊柱的门厅也好像都笑着，似乎在问候一位老朋友。这里的景象让巴拉姆胸中充满了一位主人的骄傲：因为这些年来，这里的一切都有他的一份努力，他不比任何一位洋人差，想着就充满了激动的情绪。

在丹麦洋行的大门处，有两个包着头巾的门卫把守着。他俩都是从马德拉斯附近的特兰奎巴来的，看到巴拉姆后二人都鞠躬致敬：作为广州阿差人中的地位最高者，他们都认得他。嘴里都念着请安的话，二人请他进了门，走进洋行。

穿过商会的院子，巴拉姆看到了林赛先生请来的很多客人，他们已经在会所聚集起来：会客室和餐厅全都通亮，可以听到各种声音和觥筹交错的声音。在会客室的入口，巴拉姆停下来向里望了一下：看着里面的人大多穿得非黑即白，等他一进屋，那亮闪的烛光，映在他衣服的金丝银线上，肯定会给人留下深刻的印象；他用手又抚了抚自己长裙的下摆，想让它摆起来，这样可以最好地展示。

巴拉姆刚一踏进屋就受到了热烈的欢迎。在场的人他几乎都认识，和其中很多人都报以拥抱，甚至亲吻。因为他知道，决不会有人冷漠拒绝。这样的热情欧洲人可能会不以为然，但是作为地位极高的东方人，这种表现就会被人看作是自信的表现。当巴拉姆在广州还是个年轻阿差的时候，就注意到了，这种热情的抒发似乎是只有地位够高的老爷才有的特权；而且他也发现，那些长者也常常会刻意露面，为了展示自己更大的权力。现在他也到达了人生中的这样一个高度，心里不由有种奇怪的满足感，现在人人都乐得和他拥抱、被他拍拍后背，甚至亲吻，甚至包括那些拘谨的欧洲人。

晚宴的主人林赛先生走到了巴拉姆身边，向他表示祝贺，欢迎他加入委员会。之后巴拉姆马上就被拉去欣赏林赛先生的全身肖像画，它就挂在之前众商会主席的画旁。

林赛先生自豪地说道："你肯定认得出，这是钦纳里先生的手笔。"

"漂亮！"巴拉姆说道，一边认真地欣赏着这幅画，"他画得真好，是不是？让你手里握着剑。看着像个大英雄！"

林赛先生红润的脸上马上浮现出满意的表情："是啊，很不错，是不是？"

"为什么这么急，休？你的主席任期还没有到，不是吗？"

"事实上，"林赛先生说，"就只剩几个月时间了。"他又靠近了些，轻声地说道，"我只告诉你，巴瑞，这次晚宴就是为此事——我要宣布我的继任者了。"

"下一任主席？"

“正是……”

林赛先生正要说的时候，却往巴拉姆的身后看了一眼，马上就把话咽了回去。匆匆说了句“失陪”，他就走开了，巴拉姆转过身就看到了兰斯洛特·颠地。

从上次见到颠地，巴拉姆发现他的长相变化很大。原来是个瘦弱的人，脸颊瘦长、下巴尖尖的，现在已经长出了浅色的山羊胡，让下巴显得更长。他现在长得更慈祥些，而这是以前巴拉姆没有发现过的。

“莫迪先生！祝贺你——欢迎你成为我们中的一员。我的哥哥汤姆让我向你问好。”

“谢谢，”巴拉姆礼貌作答，“收到你的祝福，我很高兴。当然了，你还是叫我巴瑞吧。”

“那你也一定要叫我兰斯禄。”

“那是当然，兰斯……”他的名字并不好发音，但巴拉姆还是没有打嘣地一下讲了出来，“当然，兰斯禄。”

锣声响了，召唤客人到餐厅就座，颠地马上用手臂挽住了巴拉姆。桌子上并没有名牌，巴拉姆没有办法，只能坐在了颠地的旁边。坐在他左边的正是《广州纪录报》的约翰·施赖德。

施赖德长久以来都是委员会的成员，所以他出现在晚宴并不是意外之事。他除了要编辑出版报纸，也涉足生意——但却没有太大成功。据说他欠了一大笔债，可大家都惧怕他那尖酸的口才和不饶人的笔锋，所以债主们谁都没想问“雷公”讨回自己的欠款。

但施赖德先生在和巴拉姆打招呼的时候可没亮出什么响雷来：他那大大胖胖的脸上挤出了个笑容，然后说道：“极好……极好……听到你加入委员会真的很欣慰，莫迪先生。”

之后他的目光就环绕房间一周，脸色有些变化：“可要是那些保加利亚人，那可就不一定了。”

这话让巴拉姆很吃惊。他循着施赖德的目光望去，看到雷公正看着同孚洋行的查尔斯·金。这本是家美国公司，而且巴拉姆确切地知道，金先生是个美国人。

“你是说‘保加利亚俗人’吗，施赖德先生？”

“不。我说的是保加利亚人。”

“金先生不是从美国来的吗？你确定他是保加利亚人？”

“又不是不可能，你懂的，”施赖德诡秘地说道，“说不定两个都对。”

“可不得了！又是美国人，又是保加利亚人？那不是太多了，不是吗？”

这时候多亏了颠地，他在巴拉姆的耳边小声说道：“这你可得多跟我们施赖德先生学了：他固守着语言的正规用法，所以很多滥词他是不屑一用的。他最不喜欢用的就是‘鸡奸’，那些俗人们都好用这个词。他认定了这词定是从‘保加利’或是‘保加利亚人’那堕落而来的，所以就认定要用‘保加利亚人’了。①”

可他这番解释却让巴拉姆更加丈二和尚摸不到头脑了，因为他一直把英语的“鸡奸”当成印度斯坦语里的“山羊”。

“意思是说金先生养山羊，是吗？”他问施赖德先生。

“这倒也不是不可能，”施赖德先生面露惨样地说道，“咱都知道，那些天生的变态逮着什么都能成。**爱使人疯狂**②。”

巴拉姆还真听说谁在番鬼城里养山羊，但是如果是同孚洋行的代表养的话，也似乎说得过去——因为这家洋行算是番鬼城里一家特立独行的洋行，做的都是些古怪的赔钱生意。而且这家公司的经理还总自以为是地去批评其他人，说人家不向他学习。可想而知，他这样更加不招同行的喜欢。

巴拉姆是为数不多的几位大班之一，算得上和查尔斯·金关系还不

---

① “鸡奸”一词英文为“buggery”与“保加利亚人”一词的英文“bulgarian”发音相近。

② 此处原文为拉丁文 *Amantes sunt amentess*。

错，但这主要是因为，他喜欢聊一些生意之外的事情。巴拉姆知道，在番鬼城的上层阶层间，同孚洋行常常和同行作对，看到他也是委员会之一着实让巴拉姆有些意外。

巴拉姆转向颠地，一脸疑惑："查尔斯·金也是委员会的吗？"

"他是的，"颠地说，"邀请他来是因为清官们都很喜欢他。大家一致认为，他可以向他们转达我们的想法。但是不得不承认的是，他的转达工作做得不怎么样：他非但没有帮我们促成我们的事情，却反而总是搞砸了。他总是极尽所能地让我们听从那些天朝的官员们。"

这时候，会所里的男仆们开始上第一道菜了。这些男仆都是本地人，编着长长的辫子，戴着圆帽，穿着草鞋。他们穿的宽长袍是会所要求的统一的蓝色，罩着下面的灰色及膝长裤。

和这些男仆不一样的是，很多商会厨师都是从澳门来的。和平常不一样，他们不用非做一些商会里常吃的饭菜——烤牛肉、约克郡布丁、羊肝、牛排牛肾馅饼等——他们可以做他们擅长的上等澳门菜。看着摆在眼前的盘子，巴拉姆发现了自己最喜欢的一道菜：亮绿色的西洋菜汤，叫"豆瓣肉汤"。这道菜旁是各种调味品和酱料，还有从澳门运来的醇香的阿尔巴利诺红酒。

巴拉姆品味着美酒和鲜汤，施赖德如雷的声音又从桌对面传来。"渣甸先生啊，也没人敢问，那就我当个出头鸟。先生，你马上就要回英格兰了，是不是真的？"

大家马上就不喝汤了，全都看着渣甸先生，他就坐在桌子的最里面，在宴会的主人和韦特莫尔先生中间。他那毫无皱纹的脸上露出诡黠的一笑，轻轻地说道："施赖德先生，我本打算今晚宴会结束的时候再公开我的行程计划，但既然你给了我机会，那我不如提前讲了。我的回答很简单：是的，我确实打算返回英格兰。具体日期还没有定，但是应该是一两个月之内。"

顿时鸦雀无声，很多勺子都停在半空。林赛先生打破了这一寂静，用他那一贯浑厚、缓慢的声音说：“结婚生子是很多男人的追求。我们不能因为他举世无双的领导才能，而剥夺了渣甸先生享受这种幸福的权利。他为我们工作如此之久，已经是我们的幸运了。现在就请我们一起祝愿他找到可心的新娘。”

大家都纷纷点头认可——“阿门”，“是啊，是啊”。渣甸先生微笑作答：“谢谢，各位，谢谢。我很需要你们的祝福。我对那些穿衬裙的实在是不了解，如果能找到个肥乎、漂亮、上了四十的妻子就算幸运的了。我这个年纪的男人也不能指望再高了。”

大家哄堂大笑，汤碗被撤了下去，又上了几盘菜。巴拉姆仔细看了下，又发现了很多他最爱吃的澳门特色菜：炸丸子、猪肉饺子、鳄梨拌对虾、香炒蟹和鱼饼。

但食品并没让施赖德先生分神，他很快地灌进几杯酒、几盘蟹子，还有鳕雪猪肉丸子，又再次向渣甸先生发问：“那么，先生，我们在座很多都是王老五，对自己这种生活都没什么挑的——你直到最近不是好像也没什么异议吗？——还请原谅我的冒昧，你离开我们的唯一理由，难道就只有一张婚床的召唤吗？”

渣甸先生眉毛向上一挑：“施赖德先生，我并不理解你的意思。”

“这个嘛，先生，”施赖德先生依旧用洪亮的声音说道，“那我就说白些：早有传言，说您已经制定了详细的战争计划，并打算说服外交部长帕麦斯顿爵士采纳您的建议。这是真的吗？”

渣甸的微笑没有丝毫变化：“您对我的先见与影响力，实在是高估了，施赖德先生。帕麦斯顿爵士从未向我征求建议或寻求协助——但您也知道，如果他真有需求，我定会鼎力相助。”

“听到你这样讲，我很高兴，先生。”施赖德先生的声音更洪亮起来，“如果你碰到了帕麦斯顿爵士，我恳求你，一定要把你的想法和他讲一下，算是代表我们大家。”

“您想让我向他表达什么呢？施赖德先生？”

“这个嘛，”施赖德先生说道，“我的想法大家都清楚：我在《广州纪录报》上多次重申过。我希望您可以告诉子爵阁下，我们对他的每个决定都非常失望。毫无疑问，他是一位能力出众的人，所以我们希望他可以理解贸易与商业对大英帝国未来的重要性。目前他就英国对中国贸易所采取的一切保护和促进措施全都彻底失败了，实在是令大英蒙羞。我想让他认识到，指派义律上校做女王陛下政府在中国的代表是彻头彻尾的错误。义律上校之所以坐到今天的位置，完全是凭他在社交和政界的关系——他对财政事务一窍不通，而且作为一名军官，他永远无法确切理解自由贸易的准则。因此他永远不能真正地代表像我们这些人的利益。然而，却正是我们的税收养着他这样的人——一堆官场的寄生虫们，其数目好像永远与日俱增。这是完全不合理的，先生，请您一定向子爵阁下转达。请他改变政策，不要再相信那些士兵、外交官和其他政府代表。现在是个新时代，应该是贸易与商业决定政策的时代。阁下他应该与我们志同道合，我们是在最前沿的，是最了解这个国家状况的人，他应该委任我们中的杰出分子来代表我们的利益。阁下他应该知道，如果他打算延续他最初的政策，那么这个国家子民的前途将是一片黑暗：若不是因为他的碌碌无为，情况也不至沦落到今天这个地步。您要告诫他，如他继续按现行的路子走，他只会让自己颜面尽无。如果他要牺牲本国的荣耀和利益，那他将会为自己的行政失职付出高昂的代价。”

话音一落，一片寂静，男仆们马上又上了一道菜。虽然巴拉姆的注意力被施赖德先生如雷的声音吸引，但他还是注意到了桌上的新菜，这道菜是澳门菜肴中最引以为豪的——烤鸡旁配着椰子酱，那香味一闻就让人想起了莫桑比克的香料。

可是没有人注意这盘鸡肉。桌子的另一头，林赛先生朝着施赖德先生皱着眉头。“算你走运吧，约翰，因为你生在英国。如果是别的国家，你这样和国家的官员讲话，十有八九是会掉脑袋的。”

“相信我，先生，”雷公说道，“我非常了解所享有的自由的价值。我最大的乐趣，莫过于看到无数民众也可以享有这样的自由，他们在暴政统治下苦不堪言——尤其是这些在清朝暴君统治之下的苦难民众。”

“施赖德先生！”这是查尔斯·金的声音，“如果你觉得自由不过是一根用来殴打别人的棍子，那这一字眼岂不丧失了一切意义？你一会儿指责帕麦斯顿子爵，一会儿指责义律上校，一会儿又指责中国皇帝——但对于将我们带入今天这一僵局的东西却只字不提：鸦片。”

施赖德转身面朝他的发问者，胖胖的双颚随着他洪亮的声音直震。“是的，金先生，”他说，“我是没提鸦片，我还没提你那些见不得人的猪马羊狗呢。我也不打算提，你就等着你天朝那些朋友亲口向你承认吧，其实他们才是这场贸易的主要推手。按他们的需求提供这些货品，我们不过是在遵循自由贸易的法则啊……”

“那良心的法则呢，施赖德先生？”查尔斯·金说道，“你考虑过吗？”

“金先生，没有了贸易的自由，哪里会有良心的自由？”

还没等查尔斯·金回答，渣甸就打断了他。“可还是一样，施赖德，你态度还是有些过激，是不是？用这样严厉的措辞来指责我们的外交部长，又有什么用处？至于说义律上校，他只是个履行公务的当差的——对于无法预料的后果，我们又怎么能怪罪于他呢？”

施赖德张开嘴刚要回应，却被刚端上来的甜点给分了神，是份品味丰富、奶香浓重的“沙冰布丁”——木糠布甸①，上面还撒了层脆脆的面包屑。

林赛先生马上趁机用餐刀敲了敲自己的酒杯。

“先生们，接下来，让我们为女王干杯。在此之前，我想向大家宣布一个好消息。大家都知道，还有几个月，本人商会主席的任期就要满了。按惯例是要由即将卸任的主席来提名继任者的。我很高兴地在此宣布，下一任主席一定会确保，即使渣甸先生离开了我们，他的精神还是会发扬光

① 木糠布甸，一种澳门的葡式甜品。木糠指饼干碎，布甸即布丁。

大。因为他就是渣甸先生最亲密的朋友：韦特莫尔先生。”

大家纷纷鼓掌，韦特莫尔先生也站了起来向大家致谢。

“我很感动，深深地感动，在这样的时刻被委以此重任。”他的声音有些紧，所以他顿了下，清了清喉咙，“这算些许安慰，请容我这样表达，因为渣甸先生就要离开。”

又是一阵掌声。连他自己也鼓起了掌，巴拉姆意识到，他旁边的两位彼此会心地笑着，好像是在说：“你看，我说什么来着？”

在这片声音的掩盖之下，颠地向巴拉姆的耳边靠了过来：“你现在明白了吧，巴瑞，我们之间是如何安排事情的？”

巴拉姆认为还是要小心作答：“那么，兰斯洛特，您的意思是？”

颠地的声音虽然不大，但是变得很瓷实：“我们已经到了紧要关头，巴瑞，但我看这个头头并不是我们需要的。”

他的话还没说完，林赛先生就站了起来，手中举起了酒杯：“先生们，祝女王……”

干杯之后，林赛先生宣布晚宴并未结束，才刚刚开始。他示意一下，餐厅与会客厅之间的滑门就打开了。会客厅里有三位小提琴手，摆好了演奏的姿势。他们开始演奏华尔兹舞曲，林赛先生示意客人们都起身。“来吧，先生们，如果不跳跳舞，又怎能算作一场在广州的晚宴呢。我相信，渣甸先生和韦特莫尔先生会带头跳的，就像以前一样。”

客人们都一对儿对儿离开了餐桌，巴拉姆意识到他只能在施赖德先生和颠地先生之间选择一个舞伴。他马上转向了右边：“我们跳一曲吧，兰斯禄？”

“当然可以，巴瑞，”颠地说，“但跳舞前能不能借步说个话？”

“当然可以。”

他手臂挽着巴拉姆，把他带到了与餐厅相连的宽敞的阳台上。“你要知道，巴瑞，”他低声说道，“我们现在面临的危机是前所未有的。现在我们都预料到，大清已经下定决心要一展他的天朝之力，全面禁止鸦片流入国内。专制的本质就是，暴君们都会被自己的幻想所掌控，很显然，这个皇上将不择手段地实施他的一时怪念：逮捕抓人、突袭查抄、处以死刑——这个怪物一样的暴君会极尽他的压迫手段。他是一名异教徒的暴君，此举不足为奇——但很不幸的是，现在我们圈子中，竟然也有和这位暴君唱着同个调子的人。”

“你是说查尔斯·金吗？”巴拉姆问道。

“是的，”颠地说，“我怕的就是渣甸先生如果离开，他肯定会想要掌控委员会。幸运的是，没什么人支持他，而且渣甸先生的支持者也不会让他得逞。但渣甸先生和他的支持者们所提出的办法其实并没有实质不同：他们嘴上说自由贸易，但其实他们的目的是想请女王陛下的政府派出武装部队来干预。在我看来，这不但与自由贸易的原则相悖，这分明就是对自由贸易的嘲弄。我认为，一旦政府意欲扬起它那无形的干预之手，想要按自己的意愿来左右贸易的流向，那么所有自由的人都要当心，你的自由就要难保——因为那就意味着，我们面对的是一大强权，它想要把我们当作孩童来玩弄，企图夺走我们至高无上的意志，而那本是上帝公平赋予给我们所有人的。我的意思是，两方的想法都不对头。”

此刻，巴拉姆对抽象概念的本能怀疑被激发了起来：“但是，兰斯洛特，**您**对目前的情况又有何打算呢？有没有什么确定的计划？”

“我的计划，”颠地说，“就是要相信万能的上帝，让自然的法则决定一切。不用多久，人类的贪念就会再次显现。我认为它是人类最强大、最高贵的本能：没有任何事情能够抗拒贪念。要控制这些贪念的野心终会被彻底击败，这只是时间问题。”

巴拉姆有些紧张地摆弄着自己长袍的衣角。“但是，兰斯洛特……您看，我只是个普通的生意人，您能不能把您的想法用简单一点的说法表达一下？”

“好吧，”颠地说道，“那我就这样说吧。你觉得中国对鸦片的需求就真的会因为北京的一纸禁令就能所削减吗？”

“不，”巴拉姆说，“我表示怀疑。”

“你怀疑就对了，因为我向你保证，那是绝对不可能的。人不会因为没有食物就忘记了饥饿——只会让人更加求食若渴。这和鸦片是一样的道理。据说现在一箱鸦片在城里的价格已经到了三千美元——那可是一年前的五倍啊。”

“是真的吗？”

“是的。你能想象这意味着什么吗，巴瑞？现在每个清官、守卫、打旗的能赚到的油水比起一年前，有可能又要高出几倍。”

“的确如此，”巴拉姆说，“你说得有道理。”

“你说这些当官的要用多久就能想明白？如果说皇帝的法令和禁令还不废除，那他们肯定自己也要闹出事端来！如果他对自己的一时之举不马上撤回，那下面的老百姓势必要起义反抗这位嗜权唯重的满族皇帝，他们甚至都不是一个民族的。人们意识到自己的利益所在，那能需要多久呢？”

“但这就是问题，兰斯洛特，”巴拉姆说，“时间。我跟你直说。我现在有一船的鸦片就停在香港，我要马上把它卖掉。我现在可没多少时间能耗了。”

“这我非常理解，”颠地微笑着说道，“相信我，我和你的处境一样——甚至有过之，因为我要卖的还不止一艘船的货。但是你自己想想，有别的办法吗？如果同孚洋行当了权，那我们的货就全都打了水漂；如果说渣甸和他的人胜出，那么我们能获得怎样的好处，你和我？可能一年，或是两年，才会派来军队。你觉得那些把资本托付给我们的投资人，难道会乖乖等着英国舰队晃晃悠悠地从世界另一边过来吗？”

“是的，你说得没错，他们可等不了那么久，”巴拉姆说，“但请你告诉我，兰斯洛特，你有什么办法？你想怎样解决这个问题？”

“很简单，”颠地说道，“你和我需要尽快将鸦片脱手，而且一定要确保商会不会从中作梗。我们切不能让商会成为一个小政府，反过来干预我们的个人自由。要确保此事成功，我需要你的帮助。接下来的几个月间，我们将面临巨大的压力。世界各地的政府都会想让我们屈从于他们的意愿。这时候，我们要准备好与之抗衡——如果我们不团结，那么很快就会被甩到一边。”他把手放在了巴拉姆的手臂上，“告诉我，巴瑞——你会支持我吗？”

巴拉姆低下了眼睛：他觉得自己不能和渣甸结盟，也不会和同孚洋行的代表为伍——因为颠地给他一种感觉，让他怀疑此人能否能说服自己大部分的同乡。

“你说，兰斯洛特，你觉得你能得到足够的支持吗？”

颠地沉默了一会儿。“我知道，如果说本杰明·伯纳姆也在这里，我会更有信心。我完全可以信任他，而且我相信有了他和你的帮助，我一定可以左右委员会的意见。”

“加尔各答的伯纳姆先生吗？”巴拉姆说道，“他也是委员会的吗？”

“是的，”颠地说，“你也知道，按规定委员会一定要包括一位加尔各答的代表。而且我可以确保为伯纳姆保留这个职位，他和我的想法很统一。他现在正赶往广州，等他一到，我就会更有信心了。”他清了清喉咙。“当然了，我们还需要你，巴瑞——毕竟你与颠地和东印度公司有着长久的合作。”

巴拉姆想着，现在表态还为时过早。“我当然极为尊重与你的合作，”他用一种没有明确表态的方式继续说道，“但是，至于其他的一些事情，我还需要再作考虑。”

音乐停了下来，巴拉姆刚好可以将这次会话告一段落。他把头转向会客室，说道：“啊，华尔兹结束了！波尔卡舞开始了。我们进去吧？”

他这样话锋一转让颠地有些措手不及，不过颠地并没有表现出来。“那是当然，”他说道，“来吧，咱们进去吧。”

他们刚走进舞厅，巴拉姆就看到一个巨大魁梧的身影，心不在焉地靠在会客厅的滑门边上，手里拿着一大杯啤酒。

“咦，那不是英尼斯先生吗？”颠地说道。

“他也被邀请了吗？我之前并没看到他。”

“如果没受邀，我估计他应该不会过来，”颠地大笑着说道，“他可是人挡杀人，鬼挡灭鬼啊！”

巴拉姆和英尼斯只是点头之交，却对他的名声早有耳闻：虽然出身很好，但却有着狂野放纵的性格，完全按自己的意愿行事。喜欢打架生事，孟买没有哪个像样的生意人愿意和他打交道，因为他从来就是个麻烦制造者。所以他的鸦片货源都是从一些小贩——或者小偷和土匪那儿弄来的，大家都了解他。

现在，听到颠地夸奖英尼斯，他颇为惊讶。

“正是英尼斯这样的人才能解决我们的困境，”颠地说道，“他们都是些自由惯了的人，他们定会挫败一切暴君的肆意妄为。如果说自由贸易界中也会有十字军的话，那非他莫属。”

“您这是什么意思，兰斯禄？”

颠地的眉头惊讶地一提。“你难道不知道吗？巴瑞，现在英尼斯是唯一一位还在把鸦片运进广州的人？他认为这是上帝的意愿，所以他把那些鸦片箱用自己的小艇运上珠江，根本无视皇上的禁令。当然也极有这种可能，他在当地也有内线——该送钱的送钱，还认识关口的人、清官，等等。他到现在也没碰到过什么麻烦——这就证明，自然的贪念才是人类自由的基础，而暴君极政是不能奈何它的。”

颠地靠到了巴拉姆的耳边：“我只告诉你一个人，巴瑞：这几个星期里，英尼斯已经帮我卖掉好几箱了。我可以帮你求求他。”

“哦，不用。”巴拉姆立马说道。他不敢想，如果孟买的人知道他和英尼斯这样的人打交道，那会怎样评说他啊。“就不麻烦您了，兰斯洛特，并没有这个必要。”

让巴拉姆忧虑的是，英尼斯好像猜到此刻有人在议论他，因为他突然转过身来，脸上还带着不快之色。巴拉姆突然意识到，英尼斯有可能会要和他跳舞。这实在是吓到了他，他立马拉起颠地的手：“来吧，兰斯洛特，”他说道，“该跳舞了。”

第九章

马克威克酒店

11月21日

我亲爱、亲爱的帕格里贵妇太太，好消息！关于你们那件山茶花的事情，我终于可以汇报一些进展了。虽然进展并不大，但是也算迈近了一步——而且我还希望，不单单是你们对那幅画，还有其他的探寻，都会离我的心更近！

关于画的事我等下再讲：我只消告诉你，如果不是我做了一件多年前就该完成的事，这些进展都是无法达成的：我终于鼓足勇气去拜访了一位在广州非常著名的艺术家关乔昌先生。

完成此行之后，我真恨自己没有早些前行：我怎么能这么愚蠢？但也不能过于苛责自己，因为责任并不都在我自己身上：责任很大部分都在我叔叔身上。

你应该听彭罗斯先生说过，钦纳里先生完全不把广州的画家放在眼里，但凡称他们为艺术家都会让他火冒三丈。他认为，他们都是些最微不足道的手艺人，充其量不过是些街边开店烧陶的、打铁的。与他想法一致的人并不在少数：中国这边的艺术品鉴赏家们也有此想法；他们对于广式风格的绘画也表示不屑，因为广式画法与中国人所欣赏的画法也完全不同。而且广州的画家和那些传统的中式艺术家也不属于同类：他们并非出自名门望族，没念过多少书，当不了高官，更不属于先觉者。他们的长辈都是些园丁、农民、工厂里的监工和劳工——地位低下、意志坚强、身材刚健。卡拉比迪恩先生对此很有研究，因为他有时候向一些手艺人购进钟表，这些人和广式艺术家们归属同类。他告诉我，广州画室都是从——你都不敢相信——瓷窑发展而来，就是那些生产闻名世界的中国瓷器的地方！在这里，番鬼们会把图案和图片给中国的瓷器制造者，他们再把这些图案画在陶瓷上面，然后销往欧洲市场。（想想真的好笑，那些主妇们都争先恐后跑去买“瓷器”，以为这些都是外国货，可其实所有的图案设计却都是本国人提供的！）

这些工人都是行家，他们会画出吸引西方人的各种图案，而且还有时间做些其他的手艺活：他们还会在鼻烟壶、烟缸、瓦片以及玻璃片上画上图案；也会从挂盒、护身符上复制下一些肖像，再制成小人偶——这些小玩意对那些来广州的水手和船长们非常有吸引力，他们会把自己最喜爱的图片拿来让他们照着画：把妻子和孩子制成小人偶，还可以做一些迷你的风景画和肖像画——有些人拿来的是著名的欧洲油画蚀刻版，也因他们高超的技艺得以再现。卡拉比迪恩先生告诉我，有些广州画家已经对一些欧洲大师的作品非常熟悉，他们可以不费劲地就画出提埃坡罗和丁托列托从未绘制出的画作——手法之完美，就是画家本人都会坚称这些画作是出自本人之手！卡拉比迪恩先生很多这样的画作已经被带往欧洲出售；而且他愿意打赌，总有一天很多以为是创作于威尼斯或罗马的画作，最终都会被发现其实出自中国！但是广州画家在自己的国家却并不受尊重，因为他们的画作与中式高雅的艺术品位不相一致。

亲爱的帕格里，你可以想象我听到这些的时候会有多么震惊！我马上明白了为什么钦纳里先生会如此贬低这些艺术家，因为广州的画室里出产的都是些流氓艺术——连为父的陛下都不喜爱，子民也不会喜爱。（这种唯父命是从，有谁比我更有体会呢？）

你可以理解，为什么与这些艺术家亲如兄弟的感觉在我心里滋长：我深深同情他们——得知他们中有一些竟与我同样师从钦纳里先生，这种情感联系就更为强烈。是的，我亲爱的帕格里，我叔叔对这些画家的态度是那样不屑，但却有很多人都在钦纳里画室里当学徒的，这着实让我感到惊讶。可是在钦纳里先生的眼里，这些人的好处不比他手里的画笔多多少——这些学徒之于他就完全是工具（就像我和我哥哥一样），不过是这里帮他涂涂颜色，那里帮他修一条线条：他一刻也不曾考虑过，这些人会参与到他所谓的“艺术”盛宴之中。

这些学徒完全可以自己作画，发现这一点后他大受打击；而这些人当中最有名的就是他最为不相信、不喜欢的一位——此人就是关先生——番鬼都叫他林呱。（你可能会为问什么叫他“呱”？有些人说这是从他的姓演变而来，也有人说这其实是一种头衔称谓——我是不可能搞清楚的，也不打算追究了。但我可以确定地告诉你——要说叫咔、呱、奇名怪姓的，在世界上再没有比广州更多的了——洪呱、孟呱、林呱，谁知道呢，说不定还有叫杰尼呱的！）

继续给你讲林呱：他也在伊格纳西奥教堂街上的画室工作过，而且钦纳里先生声称，此人的所有本领都是在他那里学的。但这话显然并不准确，因为林呱的父辈也是画家：他的祖父是广州最为著名的艺术家之一——关作霖，番鬼们给他起的名字实在是太好笑了：史贝霖。（卡拉比迪恩先生给我看过几幅他的画，番鬼城到处都能见到他的作品，我向你保证，他的画技绝对超群，尤其是那些在玻璃上绘制的肖像画。）但是钦纳里先生可容不得别人说林呱的本领是从他前辈那学来的；他坚称林呱假扮成一个男仆找到他，其实真实目的就是来偷学他的画艺。他这话到底有几分可信，我就不好说了，但是我可以告诉你——在我打算出发到广州的时候，钦纳里先生给我的感觉就是，他们二人的关系已经到了不共戴天的地步。他提醒我，不论什么理由，如果我进入了林呱的画室，我肯定是要被赶出来的，说不定还会被乱棍打出来。他提醒我的还不止这些：广州画家中大多互有联系，他说，所以我最好离他们都远一点儿。

我亲爱的帕格里贝贝，你现在应该明白了：我当时为什么小心回避这个人，而他其实正是我一到广州就立马求见的——如果不是因为卡拉比迪恩先生，我可能还在挡着自己的脸从他的画室前偷偷摸摸地走过。但是扎迪大哥（我现在学会这样称呼他），这位善良的好心人一再地劝我，说其实根本没什么好怕的：林呱是个**性格温和**的人，他说，对自己以前的老师并没有任何敌意——这种旧恨只是钦纳里先生一己之怒，因为林呱自己已扬名立万，现在有些原本打算去伊格纳西奥教堂街上画室的客户，可能就会直接转而找他（而且林呱收的钱还不及钦纳里先生的一半，这也是一部分原因）。

我跟着扎迪大哥走进林呱的画室时，我的小心脏跳得有多么快。当然，他的画室我以前就有所了解：离我住的酒店很近，说实话从老中华大街上走过，很难注意不到它。因为它的大门正上方挂着一块**很有意思的**牌匾：上面写着——“林呱：俊美的画脸家”。

画室是一处三层楼的店面，和街上其他的店面一样：前脸是木制的，上两层楼都有雕刻精美回纹的滑窗。白天的时候，窗户拉开，你可以看到里面学徒们都低着头，坐在他们桌前拿着画笔和铅笔——我向你发誓，亲爱的帕格里，你只要看上一眼就会发现这和下面牌匾上保证的是一样的：全都是些俊美的画脸家。

亲爱的帕格里帕斯，你能想象得到我在走进那扇门的时候有多么激动吗？刚刚走进精灵山洞的阿拉丁也不会比我更激动！而且绝对不虚此行——不论我看到哪里，都会有些奇怪、有趣或是完全新颖的东西打动着我。在那些玻璃面的箱子里有很多油画，全都是这个画室制作的：有各种各样会让客人感兴趣的画，不论是中国的还是外国的客人——因为那些想要番鬼城油画的外国人，看着这些画会觉得非常有天朝的风格；而中国客人对这些画也感兴趣，因为同样的画在他们眼里完全是异域风情的。对这两种客人来说，这间画室所制作的广州风景画打开了很大的市场——除了这些，还有很多数不清的画，画的有动物、乡村风景、塔、植物、宰羊肠子的、和尚和番鬼。有些画是画在小卡片上，大小和手掌差不多，只卖几块钱；这些小卡片开始热卖，到处都在效仿——扎迪大哥说这在欧洲已经卖疯了，他们管这些叫“明信片”。

这里还出售漆制的小盒子和成卷的纸，我原来一直以为那些是稻米纸，但是扎迪大哥告诉我说这些纸和稻米没有一点儿关系：他们从一种芦苇中去除木髓，然后打平；接下来再用矾进行加工，以保留纸上的色彩，这样处理后，画纸上的色彩在多年之后依旧鲜艳。他们还卖画笔，有些笔可能只有一根毛，有些却像手腕那么粗；制作画笔用的是各种动物的毛，具体是哪些动物世人都一无所知。

店铺的楼上是工作室，你可以从一处窄窄的楼梯上去——充其量是把梯子，只有一侧有楼梯扶手。上完楼梯，你就来到了这家画室的最中心处。这里有好几张长长的桌子，就像那些木匠和裁缝用的。学徒们都坐在长凳上，每个人都有自己的工作空间，画画用的材料都整齐地摆放着；你绝看不到粗心溅出来的画彩，也找不到一处颜料的污渍。他们坐在那里都低着头，辫子盘在帽子上，完全不会意识到有人在看着他们——因为他们都非常专注于自己的工作，根本不会注意到有其他人在房间里。

现在我要向你揭秘他们绘画制作中最重要的秘密之一：模板！他们什么图案都有模板轮廓——船、树、云、风景、衣服。扎迪大哥说这些模板都是按套出售，市场上都有的卖：每个画室手头都有几百个模板。通过变换人员配置和位置，这些画家就可以表现出很多有意思的效果。

亲眼看着一张画是如何制作完成的，这是很让人惊讶的事情：画从桌子的一头开始，铺上一张空白的画纸，迅速地刷上一层明矾。当画纸从长凳慢慢转过来，经过一个个画师的手中，纸上多了轮廓、颜色、更多层明矾、更多的颜色，最终到了桌子的另一头，就是一幅完成的画作！而整个过程不过几分钟时间。真是令人拍案叫绝——这样真实的图像制作坊。

扎迪大哥告诉我，画室的这种工作方式要追溯到瓷窑。在那里，一个茶杯、茶碟都要由七十个工匠经手，有勾轮廓的、画边框的、抹蓝色的、涂红色的，等等。他说这些画室对世界的贡献实在是太大了，因为是它们把一些穷苦人只能在梦里见过的东西都制作了出来：可以拥有自己或是亲爱的人的画像，墙上挂上真的画作。（我无法理解为什么我们孟加拉邦没有这样的画室：真的，亲爱的帕格里，我认为很有可能，我的命运就是回到那里去创立一间像这样的……）

说了这么多，你还没见到林呱本人：还要再上一层楼，和之前那层完全不同，你来到了这个艺术神庙的圣所之核心——主人画室中。刚好有一位坐画像者——一位脸色红润的瑞典船长——刚好有时间可以观察一下他如何作画。这位艺术家看上去很有福相，圆圆的脸、胖胖的腰身、头顶很高。他穿了一件像工人穿的朴素长袍，辫子被系成了个黑亮的发髻。他的画法和欧洲画家并无大异：手里拿着调色板和油画笔，站在画架支起的画布前面。画室很小，但头顶有个天窗，让房间里十分敞亮：屋里干净整洁——没有乱放的东西，没有画笔的污渍，也没有乱溅的画彩。墙上挂了很多张肖像，有些是刚刚画完的，也有一些是出于某些原因客人还没有来取走（这当中有一幅非常忧郁的海军军校学生的肖像——画未画完，而且永远也无法完成了，因为就在画的过程中这孩子死于伤寒了）。

有一件事是林呱从不肯做的——考虑到他门前挂的牌匾，这就有些奇怪了——把客人画得比真人俊美。如果有以下特征，他是一定不会省去不画的：疤、瘊子、胎记、黄牙、浑浊的双眼、畸形的像花菜一样的双耳、朝天鼻孔加个酒糟鼻，等等——他墙上的有些画像真的很吓人。

在我四下张望的时候，你猜我看到了什么？我自己！或者说，是钦纳里先生，他被画得非常迷人：只要看到了这幅画像人人都会明白，画家对画像中的人断然是没有一点怨恨的。

林呱一定是看到我盯着这幅画像，因为他指着画对我说："一样一样的。"然后，还不等介绍，就开始连忙跟我客套，双手抱拳并称我为"钦纳里先生"。他说他早就听说我到了广州，本想请我到他的画室来，但是又怕我叔叔不悦，所以没敢提出邀请。他接下来又问了钦纳里先生的身体情况，他的工作情况，然后说不能前去拜访他的画室深感遗憾，尤其是当他听说钦纳里先生最近刚刚完成一幅非比寻常的风景画，他真心希望可以一睹那幅画的风采。

我承认我觉得这一席话很感人，因为我觉得钦纳里先生如此对待林呱是完全不公的：这种感觉如此强烈，我决定一定要为他做些事情，所以我问他要了一张纸和一支铅笔。

你知道，亲爱的帕格里芙娜，我对画作有着过目不忘的本领，所以没过一会儿，我就可以勾勒出他口中那幅画（澳门全景图）。扎迪大哥后来告诉我，说我这样做有欠妥帖，因为钦纳里先生对林呱的主要不满之一就是他爱剽窃他的绘画风格。但我却说，他的想法连个屁也算不上：如果连自己腰下生出的子嗣都羞于关照，那自己画出来的作品有什么权利好保护的呢？

接下来，我亲爱的帕格里，就要说到你最感兴趣的事情了：你的山茶花。因为林呱对我那点小小的给予非常开心，所以马上问我有什么可以为我效劳。我这才有胆量把彭罗斯先生那幅画递给他：我跟他讲，这幅画是我一位朋友的，他非常想了解这画里的植物，以及这幅画的出处。

林呱一看就说自己从未见过这朵花——但他还是很认真地察看了这幅画。他翻过来倒过去，一遍又一遍，摸着画纸，还点湿了画纸的边缘。他说他基本上可以确定，从画的风格来看，这幅画是在广州画的；画纸的情况表明这幅画有差不多三十年之久。但他却有些迟疑，不敢断定画家是谁。他的意思是，一般专门画植物和动物的插画家和广州艺术家的大流有些不和。按规矩，他们是不会像其他人一样在画室做学徒的，他们一般会到欧洲植物学家和收集家那去找些工作，在那里他们练就一些他们自己特有的绘画技艺。也正是因为这一缘由，他们的作品在中国是很少见的——他们的画作大都会被运往欧洲，一起运去的还有某些植物。

林呱讲到这里停下想了一会儿，接着又说道，虽然他本人再帮不上忙，但他认识一个人，也许会愿意帮忙：他是个植物和画作的收藏家，而且在两方面都算行家。如果说有人能帮上我的话，那非他莫属了。

天啊，那这位收藏家是谁呢？虽然我不知道他，但扎迪大哥认识他：他是公行里的一位富豪，他身家富足，名叫潘启官。林呱与他很熟，并告诉我说一位学徒会安排带我去见他。

之后他就派人去叫来了那位学徒——亲爱的帕格里，这一切就这样发生了！他一进屋来，没几分钟我就知道了，这并不是一次普通的会面：我的心不由得一悸，双手放在前胸，好像想抚平那像击鼓一样的心跳。

他名叫贾呱，你别以为我说的这人长得像阿多尼斯①，或是位波提切利画中的金色如蜜桃般的少年，不，根本不是那样的。贾呱个头不高，长得也并不健美，但脸庞却有光泽，眼睛里有种镇定与纯粹的智慧，是画笔无法捕捉的。我记忆中没有任何一个形象、一张图画或是肖像可以与贾呱相提并论！我见到此等人的机会并不多（亲爱的帕格里，这个你比我更了解，我脑中可以记住多少张画作），一旦这种机会降临，那真是奇妙得令我激动，因为我知道现在眼前站着的是一个全新的作品，我就站在悬崖边上，迈下去就是个全新的发现、彻底的沉沦、未曾经历的冒险……

哦，我亲爱的帕格里维亚公主，如果你知晓，那么请为我祈祷……因为我全心全意地相信，我也许终于遇见了我的那个他——一位我一直在找寻的真正的密友。

我还要告诉你的是，他并不是我这个星期里唯一一次天公作美的相遇，我还找到了一位最令人意想不到的信使——你也可以亲眼一见了。

*

一天早上，空气清新但还没有变冷，巴拉姆从办公室的窗户向外望去，看到大多当地人已经把夏天的衣裤都换成了厚实的衣服：棉质的上衣和裤子、轻便的拖鞋和丝质的帽子都换下了——换上的是填了棉物的长袍

① 阿多尼斯，罗马神话中爱与美的女神维纳斯所爱恋的美少年。

和带刺绣的裤子、厚底的鞋子和毛皮帽子。

巴拉姆明白这一切到底是怎么回事：准是前一天他们都看到直隶总督穿上了冬装。这往往就是信号，要这些人跟着效仿穿上冬衣。就像那些在印度的英国人一样——只不过在这里，总督还要等着从遥远的北京传来的信号。奇怪的是，京城离这里如此遥远，气候又有很大差异，但广州这里衣装的变化只比北方晚上几天。

没过几天，的确有阵清冷的风开始从北面吹来，气温马上直线下降，办公室里冷得必须得搬进来个烧炭的火盆了。

天气的变化也带来了些风言风语，说起另外一些可能的变化。下午的时候，扎迪顺便过来一下，告诉他自己听到些有意思的传闻：现任的直隶总督，对收缴鸦片、焚烧快蟹船、处决鸦片商相当激进，现在已经被召进京。很显然，马上就会派来一位替换他的新官。

番鬼城里最近尽是些小道消息，所以巴拉姆对这个消息也没有抱太大的希望。几天以来，他一直比较低调地四下打听，虽然没收到些直接确凿的消息，但他知道其他很多人都听到了同样的传言——对于此事的流言之多，现在已经难分孰真孰假。大家一致认为，至少在委员会中，有所改变就有盼头。

这对巴拉姆来说已经足够鼓舞心情。过去的几个星期里，他已经被那些忧心忡忡的孟买商人问过很多次，因为“安娜希塔”号上的货物他们都有投资：他们已经收到船只受损的报告，纷纷写信过来询问，什么时候可以挽回自己资金的损失。巴拉姆向他们表示歉意，但也尽力安慰，信中说广州的市场日前并不景气，但马上就会有所起色。他可没那个心情告诉他们，现在“安娜希塔”号还停在香港附近，而且货仓里几乎还是满的；他也没有告诉他们，截至目前，联系他的意向买家只有一位。听到关于省总督换人的传言，他决定通知自己的投资者们，中国的上苍终于得以瞥见一点有益他们的预兆了。

新写一封信，他对尼尔说道。开头照旧，接下来：你们知道，广东市场最近并不景气，因为现任总督的一些政策使然。你们最谦卑的仆人现在想通知你们：中国最高权力已经发出更改政策方向的信号。可靠消息称，现任总督已被召入京城。替任者目前尚不知晓，但无须赘言，此举必然会让我们有所转机。很有可能，这里的情况会很快恢复正常，有理由相信我们可以将货物销出，毕竟鸦片需求业已积蓄过久……

说到这里，有人在敲办公室的门。

老板！老板！

维科？什么事？

门打开来，维科探进头来：老板，有人要见你。

现在？

巴拉姆被打断之后，感到意外也有些不悦，因为他已经定下这样的规矩，每天早上的头几个小时，都是他专门为写信留下的时间段，他对手下的指令是：上午茶歇之前，任何来访者不得入内。

怎么回事，维科？现在来客人？我刚开始写信。

老板，是一位胡先生。他的全名叫胡龙金。

这并没让巴拉姆的怒气有所消减：胡先生？谁？没听说过。

维科又往房间里走了几步，用食指做了一个几乎注意不到的手势，意思是有这位新翻译在屋里，他就不要再问了。

巴拉姆极不情愿地转向尼尔：就到这里吧，翻译老师——你可以回你的房间了。我准备好之后再叫你过来。

是的，老爷。

巴拉姆一直等他关上了门：什么事，维科？这个“胡先生”是谁？

老板，他说多年前，你是认识他的。

呸，维科，广州叫胡先生的成千上万。我怎么记得我碰到的是哪个？而且还是很久以前！

维科的脚局促地挪了几步：老板，他说认识女士……

池梅？巴拉姆的眼睛马上惊讶地瞪了起来。但我不记得她有哪家亲戚是姓胡的。

可能你记得他另外一个名字，老板。这些中国的家伙就爱改名字——一会儿叫阿什么，一会儿又什么什么先生。

那他有没有说他还叫什么名字吗?

是的，老板。他说你可能记得阿罗、阿龙还是什么的。

阿龙？这名字在巴拉姆的记忆里激起了阵阵涟漪。他把后背转向维科，走到了窗前，向下面的广场望去。和往常一样，那些流着鼻涕的小叫花子跑来跑去，穿着灰灰的满身泥点的衣服，带着圆锥形的帽子，围着一些外国人不停地叫着："我说！我说！阿差！没有钱！给点钱吧!"

突然，他记起了那张孩童的脸，一个长到他腰那么高的小仔，走路还会一跛一跛的——就是那位帮他和池梅传话报信的小家伙。

巴拉姆转向维科：我记得这个叫阿龙的小子。但我上次见他，起码是二十年前的事儿了。你在哪儿碰到他的?

在广场，老板。他主动找上我，问我是不是给你工作。我说是的，然后他就说，他有要紧的事儿想见你。

什么事儿?

生意上的事，老板。

什么生意？他做什么生意的?

他做的是现货生意，老板——专门卖我们那种货的。算个中等规模的，不是那种批发商。自己有几间小仓房，还有艘花船。

巴拉姆刚才一直疾步地在房间里走，听到这里突然停了下来。鸦片商，维科？他说道，因为生气声音也大了起来。你竟然让个鸦片商进到我房里来?

他们二人一直有这样的共识，鸦片生意中最低端的贩卖者是不能进入巴拉姆房子里的。这类生意都是在洋行外进行，由维科打理——过去几年里，维科根本不用和那些小贩、小店主之类的打交道，因为货物一般都是在外海就被处理掉了，比如说伶仃岛或是更远些的岛旁。

鸦片贸易内部那些地位低下、脏臭粗陋的人们，巴拉姆根本不需要和他们交涉。那个圈子里的人跑到他办公室里要和他见面，此事着实让他吃惊，同样不能理解的是维科竟然会允许他进来。

维科，你是不是疯了？什么时候，这样的人可以进我们商行了？

维科还是很冷静地解释道：听我说，老板，你和我都清楚，咱们那些货这几个星期也动不了，毕竟现在不比以往。我和他谈过了，他的提议比较有趣。我觉得你可以听他说说。

在这？在我办公室？

那还能去哪儿，老板？这里更好，不是吗？比外面更好，在外面别人会看到你。

如果有人看到他进来呢？

没人看到，老板，我把他从后门带进来的。他正在楼下等着。你说吧，你希望我怎么办？如果你不敢冒这个险，那我就请他走。

巴拉姆又站到了窗户那里，看着下面那些着急忙慌的力工和叫卖食品的小贩；忙乱的仪仗官和手脚利落的杂耍的。广场上的喧闹与生机让他对自己的谨慎感到丢脸：他真不愿意相信，自己的冒险精神已经丢失殆尽——难道不正是敢闯的精神才支持自己走到了今天吗？他深吸一口气，转过身来。好吧，他对维科说道：带他进来。但要确保翻译和其他人都看不见他。

是的，老板。

在办公室的另一侧，摆着一排直背的中式椅子。巴拉姆一般都坐在这里接待来访的客人，他刚落座，维科和客人就走了进来。客人个子很小，穿着朴素，但看上去价格不菲，他穿的是棉夹袄和鸽子毛色的丝质长袍。他的辫子垂到腰处，里面系着红绳，头上戴着的是个圆圆的黑帽子。

“请请，巴瑞先生，”他口里说道，迈着轻快的步子穿过房间，“发财！发财！”

其实巴拉姆认出来的是他走路的样子，并不是他的长相，他突然记起一个矮胖的小家伙，踮着双脚快步走着，看着总好像马上就要朝前摔趴下一样。以前鼻子又短又扁，现在脸颊也胖乎了，看着已是一副中年人的面庞，但他走路的样子还和年轻时一样有活力。他讲话的语调一点儿也没变：听着他讲话，巴拉姆又想起以前的日子，他常会突然从广场的人群里冒出来，小声跟他说道："请请，巴瑞先生，大姐让你今晚来啊……"

这些记忆在这样的情境下不期而至，让巴拉姆不能按自己的想法完全一本正经："请请，阿龙！请请。发财！"

听到这个，客人很是高兴，他大声说道："哇！巴瑞先生记得，哈？"他笑着，露出几颗金牙，双手做出划船的样子。"阿龙带巴瑞先生和大姐去白鹅湖。记得吗？"

"是的。"巴拉姆全都记起了，清晰得有些心痛，那是他们二人第一次去那个湖，正是这个小子给他和池梅划的船：他当时坐在船尾，慢悠悠地摇着摇橹，他和池梅就躺在下面的船舱里，手忙脚乱地扯下彼此的衣服。

"还记得吗？后来我去了巴瑞先生家里，你给我了钱！好多钱！"

"是的，记得。"

说着，阿龙的脸色变得沉重起来，好像是为了迎合巴拉姆的表情："阿龙心里很难过，巴瑞先生。太伤心了，大姐死了。"

巴拉姆眯起了眼睛："大姐怎么死的？阿龙知道，不知道？"

阿龙立马摇头："不知道。阿龙那时候在澳门。很伤心，巴瑞先生。"

"咱们聊聊，"巴拉姆说道，"坐，坐这里。阿龙有什么事儿？告诉我，快快。没多少时间。"

"是啊！"他连忙点头应道，"阿龙听说巴瑞先生到中国这边带了好多好多的大货。是不是真的？巴瑞先生有，还是没有很多货，啊？"

"是真的。有货。有很多大货啦。"

"知道喽，巴瑞先生和阿龙说说心里话：你想怎么处理这批货？现在广州没法做生意。不能卖。巴瑞先生知道不知道啊？"

"知道，知道。"巴拉姆点了点头。

“广州有个官闹得很大啦！鞭笞、砍头，他太狠了。现在货都不能卖啦。”

巴拉姆仔细地端详着阿龙，上下打量着他：很显然，他说的是现任总督，还有他推行的禁令——但是他可能也是在打探，看看巴拉姆对这些情况有多少了解。

巴拉姆不以为然地耸了耸肩，表示他对此并没有过多担忧。“阿龙没听说吗？这个官马上就要回去了。巴瑞先生可以等。说不定新官会好些。不会乱搞。”

“是吗？”阿龙脸上露着笑，实然却是种警示，“巴瑞先生不知道啊？这个官走了之后，下一个更糟糕。我有朋友从北京来。他说那里的人说皇帝已经选好了下一任官。他马上就来。他是下一个……”

说到这里，他一时想不出要用的词，阿龙停在那里，从衣服袖子里拿出一个小册子。巴拉姆已经不是第一次看到有人在翻这种小书了，所以他认识这东西——是本叫做“外鬼话”的词汇表。

这位客人翻着那小册子，上面上百的汉字，巴拉姆耐心地等着他找到那个要找到的词。

“总督。皇帝已经为广州定好了新的总督。这次是湖广总督。他已经中止了很多鸦片贸易。皇帝想让他在广东也这样做。所以新总督要来了。他叫林则徐。”

因为提到了确切的名字，这让巴拉姆有些怀疑：像阿龙这样的人怎么会掌握如此详尽的消息，这种可能性实在很小，这可能还是他讨价还价的一种手段。他决定揭穿这位客人的把戏，大笑起来：“阿龙连名字都知道？”

让巴拉姆感到惊讶的是，阿龙可劲儿地点着头：“知道，知道。”

“能把名字写下来吗？”

“能。能。”

巴拉姆一个手势，维科马上拿来一张纸和一支笔，阿龙费劲地写出了几个汉字。他把纸递给了巴拉姆，说道："这个官，林则徐，他是个铁面官员。他来之后，巴瑞先生可就要进了虎口啦。阿龙也一样。买不到货。生意完都得完——立斩——阿龙没开玩笑。多多益善，巴瑞先生现在卖，合适合适。在林则徐来之前。"

阿龙对此事的透彻了解以及坚称为实，开始让巴拉姆觉得不悦。他的声调愈发尖刻："阿龙怎么这样讲呢？想做生意？想买货？"

阿龙连忙否认："也买不了太多货。阿龙是小人物——没那么多钱。阿龙想要一百箱啦。买不了太多。您怎么想？可以，不可以做生意？"

这个数量让巴拉姆有些迟疑：一百箱还不到他所有货物的二十分之一，但是现在这个时候，这个数目也算不少了。但最重要的问题还是没有变：如何把货物运进广州？

"阿龙如何把一百箱从船上运进广州，啊？清官不管吗？那到时候巴瑞先生可就麻烦了。"

阿龙看了一下维科，他身子向前倾正打算插话。

听我说，老板，他小声紧张地对巴拉姆说道，这个我已经和我们的朋友们讨论过了。现在还在运货的只有一个人——詹姆斯·英尼斯先生。他手下的留一手一直在把货品带进黄埔，用他自己的快船，藏在其他货品下面——棉布、毛皮、银币等等。他认识一位很大的销售商。他们已经收买了沿路的所有官员。目前他还没碰到过任何麻烦事，所以打算这次直接过境进广州——我们可以让他安排一下，把我们的货也带进来。只要你同意，我就亲自回到"安娜希塔"号上去，监督整个运货过程。不用您太操心。你只需要在最后的时候，到英尼斯先生的房间去待上几分钟，确认一下货物运达。英尼斯先生会通知你具体的时间。就这些——我都安排好了。

巴拉姆又停下来考虑了一下：他以前也和一些不怎么样的人做过生意，如果一定要应付英尼斯，他还是绰绰有余的。如果价钱合适，冒下这个险还是值得的。他看也没看阿龙，对维科说道：我们这位朋友叫价多少?

维科笑着，在座位上直了直身板。他会自己亲口告诉你的，他说道。你最好亲自和他谈，我在外面等。

等维科走到门外，巴拉姆转向阿龙:“一箱多少美元?”

阿龙笑了笑，举起手来，大拇指朝下，伸出四个手指。

“四?”巴拉姆小心地用平缓的声音说道，“四千美元? 四千元?”

阿龙点着头，笑得更灿烂了。

巴拉姆站了起来，穿过房间，推开了窗户，让清冷的空气吹吹自己的面庞。

这个数目要比颠地透露的更高，比正常的价值要高出六倍。这对还清自己的债主们可是大有帮助;他似乎都能看到自己在指示着如何给他们写信:你们最忠诚的仆人很欣悦地向你们通报，虽然市场并不景气，但他还是完成了自己的职责……

“巴瑞先生……”

他转过来发现阿龙正站在他的身后，淡淡地笑着。“巴瑞先生，”他有些暗示地说道，“巴瑞先生知道不知道，阿龙买了大姐的那艘船，啊?”

“你? 是你买了池梅的船?”

阿龙鞠了一躬，咧嘴笑道:“是的，阿龙买了。大姐死了以后。巴瑞先生哪天到船上看看? 去白鹅湖，像以前一样? 来一两管大烟? 我有一等一的姑娘。巴瑞先生可以随心所欲。男人时不时总要爽爽，不然要生病，老得快。阿龙给巴瑞先生找些头牌的歌女，就像大姐一样……”

听到他这样说起池梅，巴拉姆有些忍无可忍。他转过身来，面朝着阿龙，双眼冒着怒火:“阿龙!”他喊道，“你在说些什么? 大姐可不是歌女。她是好女人——勤劳工作，照顾儿子。她不是歌女。阿龙知道不知道，啊?”

阿龙向后退了几步，双眼瞪得很大:“抱歉! 非常抱歉，巴瑞先生。我心里太伤心，说了些不好的话。”

门打开来，维科冲了进来。他问道：出什么事儿了，老板？

巴拉姆气得浑身发抖，现在又把身子探出了窗户，把后背朝向自己的客人。

把他带走，维科，他边说边比划道，告诉他，我生意不做了。我不愿意和像英尼斯还有这样的家伙搞在一起。风险实在太大。

全听你的，老板。

走到门口，阿龙停下来，回头看了看。“巴瑞先生，”他说道，“你考虑一下我说的。只要你愿意，我还愿意和你做生意。任何时候，阿龙都准备好了。最好在新总督来之前做生意。”

巴拉姆现在实在生气，顺嘴吼出一句记得不大准确的广州脏话：滚啊！滚开啊……

过了几分钟，维科回来了，新来的翻译跟着他，巴拉姆气得大吼道：我都招了些什么手下？怎么你们谁都搞不来些靠谱的消息？为什么所有东西都是从别人那听来的？

你是什么意思，老板？什么消息？

关于新总督的消息；这个什么林及徐还是则徐什么的。为什么你们俩没有人告诉我？

*

尼尔能提前掌握一些消息的办法也都是维科教他的：你看，翻译老师，《广州纪录报》每个星期二出版，但是打印和其他准备工作基本上周日和周一就完成了。有时候还会更早。

那这对我有什么用呢？尼尔问道。

很明显，不是吗？维科说道，你只要去打印报纸的地方就行了。

在广州只有两家英语出版社，维科告诉他。一个是在美国洋行，归那些新教的传教士；另一个是在十三行街上，归一个中国人运营，因为他多前年就在一位著名的澳门印刷商那里当学徒，那位澳门印刷商是德索萨先生，是印度果阿人。维科和他相熟已久，通过他就认识了他的那位助理，梁凯川，番鬼们都叫他康普顿。维科知道，康普顿经常会找一些校对员。

你会校对英语吗，翻译老师？

尼尔以前的确编校过一份文学杂志，所以他很有信心地答道：是的，我可以。

那我就带你去见康普顿，维科说道，他那家印刷厂就是贩卖各路消息的集市。

康普顿的店就在十三行街上，这条街把番鬼城和城市的南郊分隔开来。街的一侧是那些洋行的后墙，有些后墙上已经开出小门，方便和大街相连。另一侧是数不清的小店和店铺，大大小小，上面都挂着条幅和三角旗，写着店里出售的商品：丝绸、漆器、象牙雕饰、假牙，等等。

康普顿的印刷店和邻居店铺并不相同，因为他没有柜台，也没有待售的商品。来的客人进了屋就会闻到墨水和焚香的味道，屋里堆满了整令整令的纸张。看不到印好的出版物，因为印刷是在这栋楼的其他地方完成的。

尼尔和维科进了屋，看到一个小男孩在一堆旧《广州纪录报》上面打盹。他刚一看到进来的客人，就匆忙跑进门里去；等再见他，已经躲在一个从里面走出来的人腿后面，那人胖胖的，一副很忙的样子。

“维科先生，您好吗？”

“好啊，康普顿先生。您呢？”

康普顿长着一张圆圆的脸，正衬着他鼻尖上顶着的那副摇摇欲坠的眼镜的形状。他穿着件灰色长袍，外面套了件沾满墨渍的围裙，辫子也盘成一个紧紧的发髻。

“这位就是您的朋友，维科先生？”康普顿眯眼看着尼尔，由于长期近视习惯性地皱着眉头，“这位是，呃？”

“是阿尼尔翻译老师。他是巴拉姆老爷的书信员。你在找一个校对员，不是吗？”

康普顿的双眼在厚厚的镜片后瞪得出奇的大："啊？校对员！真的？"

"真的。"

没过几分钟，尼尔就坐在一捆纸前面，校看着下一期的《广州纪录报》了。等到那天晚上，他和那位印刷商已经熟得直呼名姓了：康普顿让他不要叫"先生"，而他也被叫成了阿尼尔。他离开印刷店的时候，手腕上缠了一圈现金，第二天又过来继续工作。

康普顿又准备了另一份需要校对的材料，尼尔边看边问道："你听说新总督的事情了吗？一个叫林则徐的？"

康普顿惊讶地看着他："是啊！你也听到消息了？"

"是的。你认识他吗？"

康普顿笑了："林则徐是个了不起的人——是中国最好的诗人和学者。他有远见、思想开明——总想学习新事物。是我老师的朋友。老师常常提起他。"

"你老师怎么说的？"

康普顿压低了声音："林则徐可不像其他清官。他是个好人，诚实的人——全国上下最好的官。不论哪里有麻烦，都派他过去。他从不收钱财，什么都不收——正派！他很年轻的时候就当上了江苏巡抚。两年后就中止了那个省的所有鸦片贸易。人们都叫他'林青天'。"

康普顿又停下来，用手指压在嘴唇上："最好不要告诉你老板。他一定会很担心。知道吗？"

尼尔点着头：知道！知道！

没用多久，尼尔只要有空闲时间，就会到印刷店去，有时候康普顿还会领他走过走廊，走廊把他的店和住的地方分隔了开来。另一边是两层楼，所有房间都围着院子。虽然院子里铺上了石板，但是很多盆栽、树木以及藤木让院子感觉像花园一样。上层的阳台上扯着晾衣绳，洗好的衣服就挂在头顶，让院子里很阴凉；院子的一侧有棵樱桃树，树上的叶子已经开始变色。

当尼尔走到这里的时候，房里的女人们都看不见了，只能看到些孩子。尼尔总能看到些之前未见过的面孔，所以他感觉这是个大户人家，而且常常会有客人。因此当康普顿告诉他，自己的祖上住在珠江口的穿鼻，总要招待很多来访的亲戚时，他并没有感到惊讶。

康普顿并不是土生土长在广州。他小的时候，大部分时光都住在船上。他的父亲是一个船上的买办，每到贸易季，全家人都要往返于虎门和黄埔之间，紧跟着那些外国的船只。

船只买办和洋行买办的工作性质非常不同：洋行买办就像印度的管家，等外国商人在广州住定后，负责给他们提供一应需求。但船只买办更像船上的杂货商，帮他们买船只所需的补给和设备，维持船只正常运行。洋行买办大多和公行的商人们关系密切，船只买办大多单打独斗，没有强大的靠山，所以他们的生意竞争更激烈。康普顿还是个孩子的时候，每到贸易季，就和父亲在自家旁边的山坡上轮流盯着那些鸦片船。当发现第一艘船的时候，他们就冲到下面的港口，划出自家的舢板船，和其他那些小贩船争先恐后。因为第一个到达那些船只的小船，最有可能成为他们的买办，如果船长认识家里人，那就更好办了；如果他们动作够快，运气够好，就可以签下合同，接下来几个星期就有生意可做了。

康普顿家做这行已经很久，那些快船和很多外国船只的船员都认识他们，所以有些船员每次到了中国南方都会雇佣他们。他们最老、最忠诚的客户当中就有归属波士顿的旗昌洋行。通过他们，他家又联系了一大批美国客户，有很多都会帮他们给其他美国船只写推荐信；有很多顾客在停止航行后很久还与他们保持联系，有时还会托年轻些的亲戚带来些小礼物和纪念品。正是这样，家里人收到过库里奇先生、阿斯特先生和德拉诺先生的信件，他们都是后来才发现，所有这些人都是美国举足轻重的家族的成员。有一位广州商人名叫威廉·欧文，曾送给他们一本书，是他叔叔华盛顿·欧文写的《阿尔罕伯拉传说》，但康普顿已经记不起来这人了；对于他来说，他不过是那些教过他英语的数以百计的友好的旅行者之一。

从他会走路的时候开始，康普顿就和他父亲往那些外国船上跑。他是个好胜心很强的小孩儿，而且很招那些水手和船上长官的喜爱。在黄埔时，那些返航的船只会在那里停上数星期，水手们有的是闲散时间，他们就会和这孩子讲英语，寻些乐子。康普顿是个学得很快的孩子，马上就成了家里一个宝贵的资产，因为他流利的英语为家里赢来很多客户。因为这个天赋，他马上就在澳门的德索萨印刷店里找到了工作。他在那里的工作并不单单只有印刷。学徒期间，他还把自己的英语和汉语知识整理成一本广东话的小册子，专门供自己国家的人使用。

这本小册子的名字翻译给尼尔听就是《红毛佬买卖常用鬼话》。更常用的名字是《鬼佬话》——卖得很好，好得超出作者的预想，赚到的钱使康普顿自己可以在广州开一家印刷店。

出版多年之后，《鬼佬话》的流行程度丝毫未减：为了不时之需，很多小贩和店主都人手一本。书的封面是番鬼城最常见的标记，是一个穿着18世纪着装风格的欧洲人，及膝马裤、长袜、三角帽、搭扣外衣。这人一手握着一根细细的手杖，另一只手拿的好像是一方手帕——至少康普顿本人是这样以为的。手帕曾一度为中国人所着迷，他告诉尼尔，很多人认为欧洲人用这个来保存并运送自己的鼻涕——就像很多节俭的中国农民会把自己的大便带到田地里去一样。

在尼尔还没见过康普顿之前，《鬼佬话》的封面就吸引了他，所以他一直想知道这书里的内容是什么。当他知道这是一本词汇表的时候，觉得很吃惊——也很高兴地发现，原来这书的作者竟然就是自己的兼职老板。

至于这本书，尼尔几乎看不懂，因为它完全是用汉语写的。但由于尼尔对一切词语类的东西都很感兴趣，他早就对汉字的写法十分着迷：广州对他的吸引还不如那些无处不在的表意符号——那些挂在店标、门口、伞上、马车以及船上随处可见的符号。他已经学着认识了几个汉字：比如说“人”，这个很容易记住，因为它长着两条腿，代表着他的意思——“人”。同样的，还有“大”字可以生动地表意，就是一个双臂展开的人；还有

“钱”，番鬼城到处都能看到，很多店标上都有这个字。一旦认识了这个字，他就会经常认出来，而且常常会出现在意想不到的地方，好像这些字都会挥舞四肢，故意引起他的注意似的。

尼尔在翻看《鬼佬话》的时候看到的第一条就是他已经认识的两个字：一个是汉字“人”，另一个就是“钱”。把“人”和“钱”放在一起让他不能理解。这是不是某种微妙的、有哲理的话呢？

康普顿大笑了起来。“妈呀？”他说道，“什么，你没看明白？‘钱’用广东话讲就是英语的man，汉字‘人’的意思。”

尼尔对这种巧妙的安排惊讶不已：康普顿没有使用音标，而是用一个广东话发音相近的汉字来解释英语的发音。对于更长、更难的词，他就会把两个或是更多单音节的广东话组合起来：因此today就变成了‘头帖’，等等。

“这些都是你自己编的？”

康普顿自豪地点着头，然后说自己每年都会重新编写并扩充这本小册子，这样会确保一直畅销。

尼尔之后回到自己的小隔间，回想起来，感觉自己与康普顿的相识像是某种天意：就好像命运安排他遇见了一位同宗的神灵，一位和他一样珍视词语的人。翻看着《鬼佬话》，他突然想到，为什么不为那些讲英语的人编一本生意专用的词汇表。或是为印度斯坦人？这些短期居住在番鬼城里的外国人当然也想要理解飞地的词汇，就像飞地人想理解外国人一样。如果可以编写一本英语版本的《鬼佬话》，那一定也会打开很大的市场。

半夜的时候，他在自己的床上坐起来。这样一本书是一定要编的——与康普顿联手，有谁比他来编写更为合适呢？

第二天，办公室的工作刚一结束，他就快步赶到了十三行街。一进康普顿的店里，他就说道：“我有个建议。”

“是什么？”

“听我说，康普顿……”

原来康普顿早就想到过要编写一本英文版的《鬼佬话》。他为了找到一位合作者，已经问过几位英国人和美国人。但他们都取笑他，十分不屑地让他打消这个念头。

“他们认为啦，洋泾浜就是些破碎的英语，就像小孩儿讲的。他们听不懂。其实并不简单。”

“那你打算让我编吗？”

一定！一定！

“那是什么意思？”尼尔有些紧张地问道。

“是的。当然。”

多谢康普顿。

别客气。

尼尔似乎已经看到了书的封面：一定会是一位穿着马衣的清官。至于说小册子的书名，他也早就想好，就叫：《天朝读本：中国南方商务用语全指南词汇》。

*

在香港收集植物的经历要比费切尔和波莱特所料想的更有挑战性。因为这座岛上的第一面山坡很陡峭，它那八英里的海岸线上大多数都是山脊，而且都在是五百英尺以上的高度：其中有几座山峰甚至已经超过了一千英尺，其中最高的山峰，费切尔估计差不多要有两千英尺高。土质都是花岗石，下面还有石英、云母，以及长石；陡峭的山坡非常滑，有时只要迈错一小步，就会一路滚到寸草不生的沟壑之下。有一些山坡上，那些分解过的花岗石上长满了霉菌和蕨类，乍看上去还会错以为是坚硬的石头；所以一点点大意，就会摔得很惨。

这些陡坡以及乱石密布的山坡对费切尔上了年纪的关节来说实在很难爬，收集一天之后，他会感到浑身酸痛。他不愿承认自己的年纪已经受不了这种辛苦，这就对身体更加不好：他总会计划完成好几英里的探险，而且坚持认为自己习惯在康沃什的草原上走这么远，根本没有考虑这里地貌的不同。一旦出发，不管波莱特如何劝他，他总要坚持走到最后，这让他事后疼痛很久。

现在天气变冷了，费切尔的大腿根和膝盖越来越难受，那种疼痛使得他自己也不得不承认，如果坚持要去岛上收集植物，他是无法步行完成的。但香港又没有其他的交通工具，更谈不上像样的道路；连小径都没有几条，因为岛上的村落和小屋都分布在海岸线上，居民之间来往大多是乘船。

解决他们困境的最简单办法就是骑马，但岛上却找不到一匹马——至少他们不知道上哪儿去找，能看到的陆地动物只有公牛和水牛。找到个小轿子也可以，但是费切尔可不同意："让人抬着去收集植物？你是开玩笑的吗？波莱特小姐……"

罗宾接下来的来信给他们指出了办法：送信来的是个"老大"——开着艘平底帆船，和那些开着快船的皮肤粗糙的广州人并没有什么不同。身材结实，有点罗圈腿，有那种老水手炯炯的眼神。他穿着那种船夫的裤子和棉夹袄，辫子很短，夹杂着一些白头发，头上戴着每个船夫头上都戴的圆锥形太阳帽。

但他一开口说话，就把波莱特惊讶得说不出话来。感谢，他用孟加拉邦语说道，双手合十。你是波莱特小姐吗？你的朋友，钦纳里先生，给你带来一封信，从广州。

过了好几秒钟波莱特才回过劲来。之后她向他一再表示感谢，她说道：你叫什么？你是从哪学会讲孟加拉邦话的？

我在加尔各答住了很久，他笑着回答道，我到那里是当水手的，从一艘船上跳到另一艘上，想去讨个老婆。在那里，他们都叫我巴布鲁。

那你现在住在广州，是不是，巴布鲁？

是的，不出海的时候就住广州。

他回头指着他的船，就停靠在旁边，他告诉他们自己经常往返于广州和澳门，当个信使，一路上帮着送些信和包裹之类的东西。

你们需要什么就告诉我，我也许能帮上你们。

波莱特从他的举止就能看得出来，他这艘船可不是一般的船：他看上去就像孟加拉邦语里叫做*jogaré*的人——头脑机灵的家伙，眼观六路、耳听八方。

那巴布鲁，她说道，你看在这个岛上能不能找几匹马？

巴布鲁抓了抓头，想了一会儿。他的脸色亮了起来：当然可以！他说道，我认识一个住在岛上的人。他养了几匹马。你们想见见他吗？

事情就这样安排好了。第二天，巴布鲁带来一艘舢板船，把波莱特和费切尔带到了小湾岸边一个像画一样的小村里。养马的主人就住那里，他们检查了一下那些马匹，双方谈妥了价钱。当一切几乎都敲定之后，却出现了一件未料想到的事情：马主人只有两个马鞍，而且都是中式的，有着高高的鞍头和鞍尾。

费切尔看了一眼就摇起了头："你穿着裙子是无论如何也坐不进这里的，波莱特小姐。"

波莱特早就想好了办法，但她知道，她需要很好地向费切尔解释。

"呃，先生，"她说道，"我除了裙子，也有其他样子的衣服。"

"啊？"费切尔皱起了眉头。

"你应该记得，先生，我们最开始在庞普勒穆斯碰面的时候，我穿的是衬衣和短裤。瑞德先生借给我的，我现在还留着它们。"

"什么？"费切尔大声问道，"穿成男人的样子？你真是这么想的？"

"拜托你了，先生，这是唯一的办法，不是吗？"

费切尔的脸色有些不悦，都快纠成一团了，胡子尖翘得都快碰到他那对儿发抖的眉毛了。但之后，他考虑了一会儿，又松下了自己的下巴。

"既然你已经下定了决心——那我们明天试试看。"

第二天他们又折返回来，波莱特穿上了扎卡里的衣服，费切尔也不得不承认这的确是个解决办法。马匹驮着他们一路走上了一千英尺之上，他们又发现了更多的兰花："竹叶兰"，还有一种小小的淡黄色的附生植物，长在干涸的河床之上——第一种费切尔很熟悉，但第二种他从没见过。

"波莱特小姐，看来你是发现新物种了。你打算管它叫什么?"

"如果我说了算的话，先生，"她说道，"我想管它叫彭罗斯蛇舌兰。"

第十章

马克威克酒店

11月26日

最亲爱的帕格里，新消息太多了！进展也太大了——而且不光是关于你的山茶花……但我是不会马上把进展告诉你的，不然剩下的信你就不会好好看了。我想要告诉你，亲近的帕格里，我从没像这几天如此幸福……

林呱让我在他的画室里待着，我经常在那儿待上好几个小时。我就挨着贾呱坐在学徒长椅上，现在在印刷模板的制作工艺上我已经算个专家了。他还把自己的一些手艺教给了我，比如说，把新鲜的色调画在纸的背面——你真是难以想象，这样从正面看半透明的色质就跟真人的一样！但是他还有一些手艺，我觉得自己是无论如何也学不到手了。他的画都不大，他画衣服的手法有时候会让你觉得，都可以看到衣服里的每一根线。如果你能亲眼看到他作画，你肯定觉得那是幅令人震惊的画面：他手里拿的可不是一支，而是两支画笔，第一支笔是粗的，可以滴下一滴画彩。第二支是细的，细得只有一根毛，他把它在其他画笔上一沾，在画纸上进行画作——而这样画出的画彩非常细，用眼睛都看不出来！

我和贾呱有时候会去散步，在番鬼城里或是外面的城郊，他会给我讲他的家庭。他看上去有种调皮的样貌，所以我一直认为他比我年轻——当他告诉我，其实他比我还要大点儿的时候，你知道我有多惊讶吗？他已经二十多岁了，不但已经结婚，而且已经有了两个孩子——七岁大的儿子和五岁大的女儿（他把两个孩子的画像给我看，是他自己画的。他们长得真像天使一般，把他们画在曼特尼亚教学的天花板上才是适得其所）。他的妻子也缠足，我非常想看看她的画像，但是他假装说自己没有（也许是他不想给我看），因为她是养在深闺之内（在这里和我们国家一样，某个阶层的女人是一定要待在家里的）。他们家的房子，我想，应该和加尔各答那种挤在一起的家族居所差不多，有很多的院子，叔婶侄甥多得数也数不过来——但有一点不同：贾呱的很多兄弟、堂兄表兄也都是画家——他们家里也是开画室的。

不作赘言了……我知道你等不及想了解你的山茶花了，我这胃口也吊得太久了。

不走运的是，我亲爱的帕格里，过了很长时间才从潘启官那里收到回信，就是那位行商，因为他搬到了乡下的住所，说是要换换空气！昨天贾呱告诉我说潘启官终于送来了一封信，邀请我们去他乡下的住所，那是在河南岛上。我俩是今天早上过去的……一回来我就马上坐下来给你写信，因为如果我不马上写下来，那我可是压抑不住这么爆炸性的消息，而且恐怕以后就不敢写下来了——因为这实在是超乎一切地奇怪、惊奇、新颖！就连我们坐着过去的船都是我从没见过的，如果是我一个人，我是断然不敢上船的——因为那是艘科拉科尔小船！是圆形的外形，全都是芦苇编成的辫绳加上稻草做的：珠江上随处可见这样的小船，在河上轻快地转来转去，里面的小孩儿紧紧地抓住船，就好像把他们装在大篮子里，随时有可能被大浪卷走一样。我们这小船里并没有小孩儿，但有两个年轻的女人，一人拿着一柄桨。这在广州也是稀松平常的事情，因为河上很多船都是女孩儿或是妇女掌舵的——这些女人可不是细腻的、像那些生活在内陆里胆小得都不敢正眼瞧男人的女人。她们都是些粗陋的女人，说出来的话常常会让那些最硬气的塔尔人都脸红。如果你知道我上船的时候，她们跟我说了些什么，你就会懂得她们那种调侃的风格了。这些小船都很不稳当，当你上船的时候，会因为身体的重量晃得更厉害。我生怕自己掉下去，所以一只手臂挽住了其中一个姑娘。她非但没生气，反而一阵大笑，说道：“呐！呐！大白天可不带这样儿的。当官的看到，要找我麻烦的。稍等。等天黑，没人看得见！”说完她们又是一阵大笑，对我极尽挖苦和嘲笑——但是我们的小船却一直在河上轻快地前行，我们旁边有运茶的船、运米的船，还有舢板船，停在那里就像河上的一条条街道与小巷。

在这些小巷穿行蜿蜒后，我们来到了河道中间，这里要保持船只来往通畅。我们穿行于那些笨重的驳船和篙杆撑着的平底船之间，船上都堆满了竹子。感觉马上就要撞上它们，所以我不得不死死抓住这小船的边，用力过猛，关节都变成了惨白毫无血色——但我们船上那两位划桨的女人对这些危险似乎毫不在乎，她们一边划着船，一边竟然还可以用扇子给脸上扇风。

河南岛就在珠江河的对岸，我之前应该跟你讲过这个岛，就在广州城的正对面，岛的面积也很大，绵延足足有十六英里。贾呱告诉我，这外岛的名字其实和中国另外一个省的名字一样。就和这里其他的事情一样，每个东西背后都有很复杂的故事，好像说有一位清朝的大人因为在这个岛上种了从河南运来的松林，竟然让这个岛上下了雪——但是我感觉，其实这故事的意思是说，这条河两岸的岛竟有如此大的不同，差异的明显不亚于两个不同的省份。广州所处的北岸是你能看到的最拥挤的岛屿，房子、城墙、贫民区、商街绵延数里；而河南岛更像是个大公园，绿葱葱、长满了树木：岛上有很多小溪河流，岸边满是寺院、尼姑庵、果园、塔，以及如画的小村庄。

我们的目的地在岛的最深处，所以小船要沿着一条小溪一直进去。先是穿过了一片丛林，然后来到一个突出的泥滩子。这里很偏僻，看不到一个住家，但船只能开到这里，接下来我们就要沿着一条蜿蜒的小路走到岛上森林的最深处。你会看到一堵高高的围墙，形状就像海浪一样，一直延伸到很远的地方。这是唯一一扇大门，圆形的大门就像一轮满月。门前种了密密的松树，还摆满了漂亮的大石头。你看到那些石头肯定会把它们当作蚁丘，因为石头上布满了密密麻麻的小洞和裂缝——石头呈灰色，不过这些小洞并不是虫子洞，而是水冲刷而成的。

大门是上锁的，我们站在外面等着进去的时候，贾呱告诉我，潘启官的住所被公认为南方风格花园的代表。我亲爱的帕格里，我趴在大门的小圆洞往里面瞄的时候，心里有着怎样的期许啊——真的就好像来到了另一个王国，那里充满了最奢华的幻想：有蜿蜒的小河流、一座连一座的拱形小桥；湖里布满了小岛，上面点缀着精巧的小假山；大大小小的院落和小亭随处可见，有的大得可以容下一百人，也有的小得只站得下一个人。树木的品种也是各式各样，有的高耸坚挺，直直地长向高处；有的精小细矮，修剪得好像随风摆动一样。每转过一处，就会又出现一些让你叹为观止的新景。这里的每一处似乎都经过精心设计，营造出一片美景幻象。

我这才突然明白了为什么中国画家都喜欢在卷轴上画风景。如果单从一处视角来作画的话，无论如何也设计不出这样的花园。但当卷轴在你面前展开，自上而下，如故事娓娓道来——你就像亲眼看到那景观；你看着画卷上的风景，就像走在花园里一样。

之后，亲爱的帕格里，我有了一个主意，一个念想，让我停了下来一动不动。是不是我的史诗画也要画在卷轴之上？（当然我还得给它想一个更合适的名字，因为“史诗画卷”听上去好像不大对劲，是不是？）你说我这想法是不是很绝妙？事件、人物、脸庞、风景都像真实发生一样展现在你眼前：一定是一个全新且具有革命意义的想法——这一定会为我扬名立万，让我进入艺术家的万神之殿……

我亲爱的帕格里瓦娜，你最理解我的，当我的想法如这般行云流水的时候，肯定是注意不到任何其他事情的，直到我见到了这里的主人——潘启官。

你可不要以为我很莽撞地就跑去与他会面的：在来这儿的好几天前，我就已经做了好一番准备工作了。扎迪大哥告诉我，潘家已经在广州做了几百年的生意了，而他家祖上就是公行的创始人之一，公行是在上个世纪中叶成立的。而且他们并不是广州人，是从另一个沿海省份福建过来的，福建有着著名的厦门港——虽然他们长年住在广州城里，但是一家人还是很认真地保留了很多祖先的生活方式与传统。他家现在是公行里最富有的家族，潘启官自己位及高官，帽子上都可以镶上一些特殊的扣子：据说此人生性好色，妻妾成群；吃上也很讲究，常常举办一些盛大的宴会。

听了这些，我不禁琢磨，这位潘启官是不是有点儿像我们加尔各答那里的老爷们——自负自大、目空一切。但是我现在发现，这完全是多余的担忧：他慈眉善目，一副和蔼可亲的样子。举止没有一点儿自大的表现。当我们看到他的时候，他正闲适地待在一个小亭子里，亭子装着蓝色与白色相间的玻璃。他穿得也非常朴素，夹袄外套和普通棉质长袍，躺在一个像长沙发一样的东西上，旁边摆着一张小茶几。他热情地招呼我们，而且对林呱和贾呱的家里人也寒暄了半天。接下来他又问了问钦纳里先生，说他与他相熟，自己所有的画像都是钦纳里先生画的。我表示对这些作品都很感兴趣，不过就像许多钦纳里先生卖往中国的画作一样，我都没有见过，所以他到屋里帮我拿了出来——一看就知道，的确是我叔叔的杰作，用他一贯华丽的手笔，有很多笔触轻盈、颜色艳丽的雕饰。

寒暄客套之后，我才把山茶花的画片给他看——亲爱的帕格里，你要是看到他的反应一定会非常吃惊，因为他的脸马上就亮了起来，所以你丝毫不用怀疑，他一定是认出了些什么。他立马叫来了一个侍从，吩咐几句，那人就沿着崎岖的小路跑走了。我一度以为，他肯定会端着一盆山茶花出来，让我们这番探寻圆满结束。但是，不！他回来时拿的竟是一卷丝绸，从里面拿出一张和我那张差不多的画——从各个不同角度画的花，构图虽然稍有不同，但以我并不十分专业的眼光也看得出来，这花苞分明是同一种。画的颜色、笔锋以及纸质，都和我那张差不多，所以说这两张图一定出自同一人，创作时间应该也相差不远。

我亲爱的帕格里，我现在就能看到你坐在那里，眉头紧锁，大气不敢出地问道：出自谁的手？

真是很遗憾地告诉你，你恐怕要失望了……

……潘启官也不知道这个画师是谁，他唯一记得的，就是他是一位年轻的广州画师，但是老板是一位英国人——大约三十或是三十五年前来到广州的一位植物学家或是园艺师。而且奇怪的是，正是这位老板——番鬼——把画送给了潘启官，而且把画送给他的目的竟与彭罗斯先生委托我的目的一致：希望可以帮助他找到这种花。潘启官也不认识这种花，虽然他也费了很大一番周折，却始终没找到一点儿线索。据他了解，那位英国人始终没有找到这种花。

现在我又想象得到你在问自己：这个番鬼是谁，这个你追寻着的英国人是谁？

你放心，这我是一定会向主人打听的——却也是一无所终，他已经记不得这个英国人的名字了。（这实属正常，毕竟已经有三十年了！）

若不是走了大运，这些就是我今天要向你转告的一切。然而当我们正打算与潘启官作别，公行里的另一个大富豪也来了。我马上就认出他来，因为钦纳里先生给他画过像，而我之前刚好看过他画的一些准备素材：伍秉鉴先生，是公行里了不得的商人，番鬼都叫他浩官。

浩官是公行里资格最老的商人，也是目前最富有的一位。扎迪大哥说他的家产差不多值三千万西班牙银币——你能想象得到吗？亲爱的帕格里，如果你要把这些银子都熔化，那足足要超过一万两千个成年人的体重！可是看到浩官本人，你无论如何也想不到他会是世界上数一数二的富翁。扎迪大哥告诉我，他这人慷慨大方，而且对自己要求甚严，无欲无求。（据说有一次，一位美国人没法还他钱，又着急想要回国，他因为可怜他竟把一张总额七万五千美元的借条给撕得粉碎！）说到他的习惯，扎迪大哥说他坐在一个摆了上百道菜的宴会餐桌上，吃到嘴里的也不会超过一两口菜。他看上去就一副苦行禁欲的样子，瘦得几乎皮包骨头，脸颊和眼睛都深陷了下去。

他们坐在那里，全都是广州财商界最显赫的人物，他们要买下半个伦敦城是丝毫不成问题的——现在却都在那里帮我合计着这个山茶花的下落！他们记起那位英国人是个上了年纪、性格古怪的家伙，非常喜欢抽大烟；他们记起，他当时并不招英国人待见，所以跑来住在河南岛上的一个小棚屋里。最后还是浩官记起了他的名字（但我想他可能记的并不准）：因为听上去，亲爱的帕格里，好像是叫“可儿”——怎么可能会有英国人叫这么个名字。但也许彭罗斯先生会知道哪个在广州的植物学家的名字听起来像这个？

哦，我亲爱的帕格里男爵小夫人，信写到这儿，我要谢谢你托巴布鲁带来的信：实在是太迷人了！想到你穿着漂亮的衣服在香港岛上飞驰，那场景真让人出神！而且我告诉你，巴布鲁对你也是赞誉有加：他说你要比那些白人小姐更像个贵族！

*

宴会的邀请来得正是时候：番鬼城里每天都有些新的传闻，巴拉姆一直不能和公行那些商人好好聊一聊，这着实让他愈加觉得沮丧。其实想要约见公行内的商人并不是一件难事，但巴拉姆知道，在谈生意的地方是不能坦诚相见的，而如果是在一场大型聚会上不经意碰面，那里肯定没有偷听的人，这样便更能交换些有益的对话。

以前，这样的聚会是经常举行的，因为这些公行的商人们最喜欢热闹，在番鬼城大部分的聚会上都会看到他们的身影。但是今年，他们都变消停了：在参加飞地聚会的时候，他们大多表现拘谨，而且还带着大批随从。在以往的日子里，常常都是由他们来举办一些精致的鸿宴，可现在这些众人期待的聚会却都少之又少。所以当收到这封通常用作请柬的装饰华美的红色信封时，巴拉姆感到非常高兴。当他打开信封，看到是潘启官发来的请柬，邀请他到他河南岛上的住所参加宴会时，他更是开心。巴拉姆记得，曾几何时，珠江另一边的河南岛上有着广州最令人难忘的宴会——

而且这些宴会都非潘启官的莫属，因为他是有名的美食家。

在宴会举行那天早上，按这里的习俗，巴拉姆会收到另一张红色卡片作为提醒，几小时之后，巴拉姆就会穿过广场，带着他那位打灯的小子阿卜，坐着轿子朝着屁眼角的方向出发。在石梯的下面停着十几艘船，不停地卸下船客和货物，要顺利越过这一级级泥乎乎的台阶可是一个不小的挑战。

但屁眼角有一点好处，这里的人从来都是着急忙慌的：这里很少有那些街上无所事事的混混，如果你不是特别赶时间，完全可以站在这里四下张望，绝不会有人注意到你，或是和你搭讪；所以巴拉姆站在一个角落里，阿卜跑去联系一艘船和船夫。

巴拉姆看着人群走来走去，记起了自己第一次去河南岛的经历，那时候他刚刚二十二岁：他记起自己看到那精美的亭子、雕饰的兽首、带游廊的花园以及秀美的湖泊，他当时真的是目瞪口呆——这一切的一切都是他无论如何也想象不出的美景。他记得当时一通狼吞虎咽，沉醉在那些未知的香气和陌生的美味之中；他记起那令人心醉的米酒，让他就好像走进了一个醒着的梦里：他想，自己一个来自瑙萨里的穷小子，怎么会来到这样一个地方？这分明是个传说中的天堂。他那时的想法是，他愿把自己这么多年的经历、对世界的所有认知全都放弃，换取再次一瞥这令人眩目的人间奇迹——当时，在经历过那么多新奇有趣的事情之后，他依然觉得一个古吉拉特来的穷小子可以走进一座中式的花园，再没有比这更离奇的了。

一个熟悉的声音把他拉回到现实中来：“巴瑞先生！请！请！”

“阿龙？”

“请！请！巴瑞先生！你这是要往哪边走？河南？”

看到阿龙站在自己身旁，巴拉姆有些不悦和不安。他认为在这样拥挤的人群中相遇，断不是一次不期而遇；巴拉姆现在想知道的是，阿龙是怎么提前得知他今天打算要过河的。但是当然了，他实在想不出答案。

“是的，”他简短地答道，“去河南。”

阿龙忙献上一个大大的、巴结逢迎的笑容，“巴瑞先生怎么不跟阿龙讲，呃？我带您去河南。巴瑞先生知道阿龙有艘不错的船，不是吗？”他抬起手来指向水边，“那边——看看。”

巴拉姆转向阿龙手指的方向，不由得为之一惊。他一眼就认出了那艘船，虽然已经有了很大的变化：那船就是池梅买的最后一艘“饭船”——她就在这艘船上被杀的。之后船经过整修装饰，刷上了那些花船的鲜艳油彩——红色和金色——但它那明显上扬的鱼尾一样的船尾，还是让他一眼就认了出来。甲板上原来是池梅的餐馆，现在都变成了亮丽装饰的窗户；上层甲板上原本是她的住所，现在也变成了富丽堂皇的亭子。船头上是一个像阳台一样的走廊，巴拉姆和池梅过去经常坐在那里的一对旧椅子上。现在已经换成了一条长沙发，上面挂着飘动的丝质帘子。

“巴瑞先生喜欢吗？”

巴拉姆稍稍点了下头：“是的。喜欢。”一想到阿龙可能是趁势低价买的这艘船，他就觉得生气，不过他确实把这船装饰得不错。

阿龙不停地点头哈腰：“可以马上带巴瑞先生到河南。船可以开得很快。”

直到这时巴拉姆才看到这个船已经改装上了帆，还加了六柄桨：池梅在的时候，这船就一直停在河边——一次也没有动过。

“巴瑞先生不和阿龙一起去河南吗？”

巴拉姆对阿龙的提议稍稍有点儿动心。但是他本能地感觉到，阿龙这样只不过是想哄骗自己和他做生意——而且他现在实在是没有心情对付那些如潮水一样袭来的回忆。

“不，阿龙，”巴拉姆说，“不能去。已经找好了船，挑灯的已经去叫了。”

正说到这里，如有天意一样，阿卜刚好回来，已经找好了船，这样巴拉姆可以不费一句话就抽身走了。

*

那晚的宴会将在一个阁楼里举行，那阁楼有着高高的窗户和房顶，形状像一只在飞的鸟。阁楼的下面有一个莲花池，花池里布满了纸做的莲花灯，一只只就像小月亮一样漂在水面上。

阁楼的一边是一个舞台，上面坐着一些演奏着弦乐器的乐师；阁楼中间摆了几张桌子，椅子摆放在桌子周围。家具上都覆着红色织锦，桌上摆满了小盘子和小碗：碗里盛满了杏仁汁、烤坚果、蜜饯、西瓜籽，还有切成片的橙子。每个盘子上都摆满了菜肴的各种餐具——瓷制的小碟、勺子和酒杯；用红白相间的纸包裹的牙签；当然还有放在黑檀木制小架上的象牙筷子。

潘启官的家族和孟买的商人有着长久而密切的联系。以前，潘家的公司被一位清朝的大人给“压榨”得厉害，有一些帕西商人借给了他一大笔钱，如果没有他们的帮助，潘家根本撑不下来。潘启官从不会忘记这样的恩德，所以在他家的宴会餐桌上，帕西商人总会受到尊贵的待遇。今晚和以往一样，巴拉姆被安排在贵宾座，就是主人左边的位置。

晚餐一开始就是一轮敬酒，酒杯被一次次斟满温热的米酒。敬酒之后，第一道菜就端上了桌，由潘启官给大家挨个介绍每一道菜：这道菜叫石耳，和尚们都很喜欢吃，是一种鱼加上醋和蘑菇做成的；那上面的一堆是油炸贝类；这个透明抖动的是鹿蹄熬成的肉冻；那些小吃叫“海参”，吃之前要泡上好几天；这碗是烤毛虫，这种毛虫只在甘蔗地里才找得到。

“巴瑞，你中不中意哈?”

“非常中意！好吃！好吃！”

巴拉姆和桌上其他外国人不同，他毫不犹豫就下筷开始尝这些菜：他自己说，对于食材他没有一点偏好，只要是好闻好吃的他都喜欢。他很大方地向大家宣布，以他这样毫无偏见的美食鉴赏能力，这些菜里最好吃的——毫无疑问——就是那些胖胖的、甜甜的毛虫。

接下来上的菜就是最流行的新式浓汤，名叫“佛跳墙”。这是一道福建美食，是专门请来的一位厨师特意做的，要花两天时间准备，用近三十种佐料——鲜脆的竹笋、滑溜的海参、耐嚼的猪肉筋、肥美的扇贝、芋头根、鲍鱼、鱼唇和蘑菇——口感与口味俱佳，据说这道菜诱得很多出家人都打破了食戒。

这道菜上来之后，有好一阵再没有上菜，大家又是一番觥筹交错。这时候桌上的气氛已经十分融洽，巴拉姆感觉是机会倾身与潘启官说上几句了。“是真事儿吗？有个新的大人马上要到广州来？一个叫林……林……”

他一时记不起那人的名字，但这并不打紧：看潘启官的反应，他清楚地知道，潘启官肯定知道他说的是谁。因为这位大亨的眼睛瞪得老大，压低了声音说道：“谁说的？你打哪儿听到的这个话儿？”

巴拉姆不经意地摆摆手：“有个人跟我讲的。到底是不是真的？”

潘启官的眼睛环顾了一下餐桌，看了看其他的客人。然后轻轻地摇了摇头：“现在不方便。我们稍后聊。找个安静地方。”

巴拉姆点了点头，继续享受桌上的美味。又上了一批菜，有鱼翅卷、清蒸鱼块、冰糖燕窝、鹅肝、油炸乳鸽头、油炸田鸡腿、豪猪肉配海龟油、海带包裹的鱼胃——每一道菜都比上一道更加好吃。巴拉姆品尝着这些美味，感觉有些迷糊，所以每次有仆人走过来问是否再来点儿时，他都点头示意再来。

食客们享用了足足两个小时的美食，现在终得一歇，但据说接下来还会有小吃上来。其他客人都纷纷起身，想去消化一下刚才吃下肚的三十道菜，巴拉姆还坐在座位上，因为潘启官用他那足有一英寸长的指甲轻轻地点了一下桌面，示意他请留座。

这样他就可以不被人注意，起身离开餐桌，潘启官将他的椅子向后一拉，领着巴拉姆走出了餐厅，穿过一座小桥来到了一座小岛之上，小岛上面有一座八角凉亭。他走到亭子里，示意巴拉姆坐到石椅上。然后他举起手来轻拍一下，马上就上来一位翻译：他走到潘启官的身旁，站在阴影里，你除了可以听到他的声音，根本看不到这个人。

话佢之……潘启官说完，那位翻译开始翻译："我家主人问：你从哪儿听说有位新大人要到广州来？"

"这不重要。"巴拉姆耸耸肩，"但是，这是不是真的呢？"

"他说，很惊讶，你这么早就知道了。现在没人知道确定的消息，只知道皇帝召湖广总督进京，他的名字叫林则徐……"

他本人并不认识林则徐，潘启官说道，但他对他有所了解，是因为他也是福建省人。他出身贫家，但受人尊敬，因为林家出过很多官员与政治家。林是一位杰出的学者，中举时年纪很轻。官阶升得很快，皆因他能力出众、为人正直。他不但两袖清风，而且是一位少有的敢于直言、不惧皇威的朝官。不论出了什么大事——洪灾、暴民起义、河堤决口——朝廷都要派林则徐去解决问题。正因如此，林在四十岁的时候就被授以清朝最为人眼红的官位，江苏巡抚。他正是在任江苏巡抚的时候与英国鸦片走私商有了初次交锋。

"莫迪先生可记得一艘名叫'阿美士德勋爵'号的船？"

"记得，"巴拉姆点头，"我记得。"

巴拉姆对"阿美士德勋爵"号的事情还记忆犹新，因为他自己也与之相关，虽然关联并不大。那是六年前，"阿美士德勋爵"号是众多英国船只中的一只，它被派往中国北方沿海去一探虚实，想要找到一些新的港口，可以将鸦片以及其他外国商品运进这个国家。英国对清朝当局施加的限制一直颇为不满，而众多限制中最为其不能容忍的就是外国商人都只能在广州进行商业活动：英国一直认为，只要找到办法可以规避这一限令，那就会大大增加英国对清朝的贸易总量。

"阿美士德勋爵"号的任务就是去联系一些中国人，也许他们会愿意对这项中国的法规做出更改。这其实是一项很有风险的任务，但其中潜在的利润又着实巨大；如果可以成功打入这片处女地，这些商人们一定会赢得巨大的回报。由于他在自己人中的地位，巴拉姆是为数不多的非英国商人之一，他也受邀投资这项冒险探索之中，如此难得的机会确是可遇而不可求，所以他帮“阿美士德勋爵”号的货物中又加了五十箱。

可事情并不顺利。“阿美士德勋爵”号遭遇了恶劣的天气，不得不在一个中国港口避一避。当地的清官前来询问，他们的船为什么要开到这么北部的海域，船上的官员说自己是在从加尔各答去往日本的路上被风暴吹得偏离了航线。其实这回答本来也是天衣无缝的，可是他们手上却拿着些印满汉字的小册子，这让当局对他们的真实目的产生了怀疑。船上的官员还特别小心地没有说出船的名字，这样一旦清朝政府对东印度公司发难，它完全可以一口否认，称这艘船根本不归自己公司——可是这个伎俩也没有成功，因为那些清朝当官的，一如既往地令人讨厌，最后还是查明了船的真名。

这时，潘启官突然打断了巴拉姆的回忆，直接对巴拉姆讲道：“那时候林则徐，他是江苏巡抚。他很了解这些事情。可能他认为，说英语的人太爱撒谎，总撒谎。”

巴拉姆笑了。“没错，”他说，“说英语的人最能撒谎。但他和我们一样：他只是喜欢钱而已。”

不管怎么说，“阿美士德勋爵”号显然是给林则徐留下了深刻的印象。他接下来的职位是湖广总督，上任后就开始大规模地焚毁鸦片——而且因为他的为人与作风，销毁鸦片的举措取得了空前的成功。他现在已然成为禁止鸦片走私的专家，他是少数几个被挑中专门向天子承报鸦片事宜奏折的——他对鸦片的奏折是目前为止写得最为详尽的。

说到这里，潘启官再次倾身向前：“莫迪先生，林则徐，他知道得很多。”他说道，“很多，很多。他有很多密探。他知道货是怎么运的，谁运来的，运到哪去。知道很多。如果他来当广东的总督，那生意可就要遭殃了。”

“不是还没有定下来吗，是不是？”

“是。还没有。”翻译说道，“但是皇帝已经见过林大人很多次。他允许他在京城骑马。这可是个明显的暗示。人们都说，皇帝说如果不能在中国铲除鸦片，自己无颜面见祖先。”

“但之前也有人要禁过鸦片，不是吗?”巴拉姆说道，“现任的总督不是也在努力：突袭、处决、搜查——我们一直有所耳闻。但鸦片贸易不是还在继续吗?”

潘启官再次向前倾身，用指尖点了点巴拉姆的膝盖：“林大人可不像其他大人，”他说，“如果他到广州来，那莫迪先生就有大麻烦了。如果有货，最好现在就卖，快脱手。”

*

“呃，”费切尔挠着下巴说道，“他们说的一定就是比利·克尔。”

波莱特抬起头来，手里拿着罗宾的信：“可是，先生，这位把卷丹、刺柏、茶梅介绍给世界的人怎么能是个大烟鬼呢?”

“他自有他的烦恼，可怜的比利·克尔……”

费切尔第一次在广州见到克尔的时候，克尔已经在中国待了一两年了，那是1806年的冬天。他当时二十多岁，比费切尔要年轻些，是个高大魁梧的苏格兰人，精力旺盛，雄心勃勃。他来到广州的时候，顶着光耀的“皇家园艺师”头衔，却发现这头衔在英国洋行根本没有半点用处，而且那洋行拘谨刻板，就像个大宅子。说起来园艺师不过就是个仆人，所以洋行里的人也都没有高看他，他只能住在下层楼里，不可以冒犯自己的上级。

比利生来确实就是个劳苦命——他的父亲也是一名园艺师，而且他的爷爷很可能也是。但比利是个头脑机灵、吃苦耐劳的小伙子，自己钻研图书和园艺，一心想要干出些成绩。他在英国洋行里的地位并没有让他偏离自己的初衷，而且他有时还会更加积极主动，可是结果却不尽如人意，他还是常受人嘲弄冷落。自己的工资也没什么起色，一年只有一百英镑，要是在别处是足够衣食无忧，但是在广州这种地方，实在是少得可怜，甚至付不起洗衣服的钱。

“比利是个友善开朗的家伙，但是发起脾气也像个野兽一样。”

有年夏天，他公然违背约瑟夫爵士的指令，一个人跑到菲律宾去了。实在是不走运，这次旅程真是彻头彻尾的一场灾难：就在返回中国的途中，他在马尼拉收集的所有植物都被台风卷走了。

比利深受打击。费切尔到广州的时候，这件不幸的事情刚刚过去几个月。费切尔看得出来，他受到的打击很重。明显的一点就是，他从英国洋行中搬了出去，与自己的同胞们断绝了联系。一位中国商人给了他一块地，就在花地苗圃附近，他自己盖了间小窝棚。费切尔去看过他一次，以他看来，克尔如同隐士一样独居那里。他的“房子”只有一个房间，旁边都是树苗和一排排实验性的植物。能陪他的唯一一个人是他雇来帮他打理花园的小男孩儿，因为帮克尔做事，这个小男孩儿已经可以讲一口流利的英语了。

“那他是不是就是把这个茶花的画带到英国的那个阿飞？”

“是的。正是他。”

虽然阿飞成功地完成了自己的任务，但是他离开了广州对克尔也是一记打击：他是他唯一的陪伴，所以他比以前更加孤僻。当费切尔再看到他的时候，他的状态非常糟糕：瘦得皮包骨头，眼神空洞，说明他的烟瘾已经很深。他当时急于离开，费切尔刚到广州没几天，他就离开了。费切尔再也没见过他：他在到达科伦坡没多久以后，就染上热疾，丢了性命。

“那阿飞呢？”

“哈，他的故事就离奇了……”

三年后，费切尔回到了英格兰，他听说阿飞在克佑过得并不顺心：他和工头吵过架，而且他寄住在一户人家中，和房东家也发生过不愉快。当地一位神职人员把这个可怜的外乡人收留了，希望可以唤醒他对主的信仰，以挽救他的灵魂。可是对他这一番好心，阿飞的回报竟是偷光了他家值钱的东西，然后跑得没影没踪了。

多年之后，听说阿飞换了名字，住在东伦敦的贫民窟里，每天推着一辆小车卖水果。

“那你亲眼见过他吗?”

“没有，”费切尔说道，“我最后一次听说他的消息，说他正打算坐船回中国。但是这已经是很久以前的事情了——如果没记错的话，那起码是二十年前的事情了。”

*

等宴会八十八道菜全部上完，最后一轮敬酒也结束之时，餐桌上的酒杯已被喝光又斟满多次，没有哪个客人可以清醒地、稳当地走路。只剩下感谢宴会的主人，最后再一番“请请”。之后，巴拉姆和一些英国美国的朋友一起走向了这处庄园的石梯处。他们手挽着手走到水边，有几十个挑灯的帮他们照着路，大家一致认为今晚的热情与欢乐让这次晚宴成为最精美的一次。

走到石梯处之后，还要再来最后一次道别，大家就各自散去。其他人都坐上小艇和舢板船，巴拉姆环顾四周想找自己那艘船，可是让他心烦的却是怎么也找不到它了。旁边的河岸上都长满了树木，而且现在天也黑了，小溪上升起了一层雾气。在石梯上基本看不到任何东西，巴拉姆等了几分钟之后，走到了岸边，沿着河岸走了一段，想看看是不是船夫在哪个安静的停靠处睡着了。他一会儿往这边走走，一会儿往那边走走，但是哪边都没有找到自己的船，只能回到石梯处，那里已经没有人了，雾气缭绕。其他客人都已经走了，挑灯的也都回到了宅子里——还能远远看到他们挑着的灯，在挑杆上上上下下地抖动着，已经走开很远一段距离了。

这下该怎么办呢?这里根本没有给人租的船，也没有路人经过能帮上忙。他正打算转过身跟着那些挑灯的人回到潘启官的宅子里去，忽然听到远处传来一阵叮当声，似乎是船上的铃铛声。好像是从小溪那边传来的声音，慢慢在雾气中越来越近：船夫肯定是漂离了停靠处，自己迷了路；看来非要好好训斥他一番，非得训得他连自己母亲叫什么都记不起来。巴拉姆站在这里等着船，开始搜肚刮肠地想着他以前听过的广东脏话，等下那个死家伙回来的时候，一定要好好地骂他一通。

但是来到眼前的船却并不是带他过河来的这艘：船上被一排排的纸灯笼照得通亮，可以看到船的轮廓从水雾中开来，离石梯越来越近，船尾像一个巨大的鱼尾，在水中扬起优美的曲线。

巴拉姆很惊讶地盯着这一神奇的船景，不知道是不是自己酒后的某种幻觉。接着他听到水上传来一个声音："巴瑞先生！巴瑞先生！"

又是阿龙。这个臭流氓肯定是买通了原来那个船夫，让他把船开走了，这样他就有机会再跟巴拉姆谈谈生意了。这点已经很明确了——但想不大清楚的是，他是如何知道巴拉姆会在这里，这个偏僻的石梯处呢？而那些挑灯的人，他们以往都很细心，可这次怎么都这么快就溜走了呢？难道说阿龙在潘启官的下人里有内线？

还是说，这些都是酒后幻想出来的阴谋诡计呢？

无所谓了，他既然已经身处此地，现在跟人家发脾气也无益。说实话，也许是终于看到船让他松了口气，也可能是因为酒的暖身效果，他看到这艘船和阿龙时还是很高兴的。当然了他又不能表现出来，所以清了清喉咙，喊出一通广东话：吊你阿龙！吊你老母！吊你老母！

"抱歉，巴瑞先生！非常抱歉。"

"阿龙，你个臭婊子养的，我船呐？你把我的人给支走的，是不是？"

"阿龙真的抱歉，巴瑞先生。阿龙想给你个惊喜——让你坐坐阿龙的船。只不过我有点来晚了。"

"你给巴瑞先生搞得太麻烦了。看看这儿：巴瑞先生一个人待在林子里。如果被蛇咬了怎么办？"

说话间，船已经靠在石梯旁，阿龙下了船，朝巴拉姆深深地鞠了一躬："抱歉，巴瑞先生，非常抱歉啊。来来，阿龙带巴瑞先生回阿差行。"

他现在别无选择，只能接受这个邀请，但是巴拉姆可不想表现出来有些许感激。他没有理阿龙，径直踏上跳板，朝船尾走去。

他正前方就是那间宽大、像客厅一样的房间，以前池梅家的餐厅。原来的入口处现在已经装饰得豪华气派，侧柱上雕龙刻凤。其中一扇门是半开着的，巴拉姆能看到里面有个女人站在一盏红灯旁的侧影。这个景象让他吃了一惊，因为他突然就想起了池梅。他似乎看到了她，快步走过来跟他打着招呼，用她一贯尖脆的高声喊道："巴瑞先生！巴瑞先生！请请。"

他停下脚步，阿龙就跟在他身后，动作好像是要引巴拉姆走进那里。"巴瑞先生想要进去不？"

巴拉姆把眼光避开了那位阴影中的女人，他不是个多愁善感的男人，所以很少怀念过往的事情；他也一直努力不让自己把时间浪费在怀念池梅这样无用的事情之上，因为他不想活在记忆之中。

"不，阿龙，"他说，"不想进去。想上楼。那边。"

巴拉姆指着上层的甲板，走向舷梯。当他的手把在扶手上，他才想到，到上面去也不见得是个好主意：上层甲板是这船上他最熟悉的部分——那里是池梅生活起居的船舱，他们习惯了在他晚上过来的时候坐在里面。

他猛然想到，她可能就是在这里被杀的，是不是杀她的凶手走的正是这几级舷梯？他想，这要问问阿龙，看他是否知道她被袭击的确切位置，在这艘船的哪个部分？可是当他自己琢磨着怎么提问的时候，又觉得实在难以启齿："大姐是在哪个地方死的？"这话听上去，好像她的死微乎其微，不足挂齿一般。

更何况，就是知道了，对自己又有何益呢？

巴拉姆走到舷梯一半的时候，步履又有些摇晃。他想，可能现在转身回去更好，找个其他的地方坐坐。可心里却有种畸形的好奇，促使他一直走了上去。他快步走上舷梯，当他来到房间门口的时候，着实觉得松了一口气，因为池梅的房间已经完全变了样子，几乎认不出来：墙都被刷成了红色和金色，屋里摆满了一排排带流苏的油灯。她之前的床、椅子、柜子以及供桌都没了，之前摆放这些东西的地方都变成了花柳船上常见的家具——那些雕饰精美的躺椅、高脚凳、茶几，等等。

巴拉姆径直穿过房间，来到位于前甲板位置上的带罩棚的矮沙发。他现在筋疲力尽，就想着立马找个地方坐坐。他脱了鞋，马上躺在了一个长枕头上。

虽然河上水雾浓郁，但天空还是清澈透亮的。巴拉姆看着天上的繁星，觉得那时他和池梅一次都没有把这船开到河中，实在是桩憾事。这时阿龙走到了这沙发旁，弯腰在巴拉姆的耳旁低语："巴瑞先生要不要来个姑娘？一等一的'银鸡'。她是赛妹——各种手艺都是头牌，连舔脚都可以。你想怎么来，都可以。"

巴拉姆被他这种粗俗的建议气得大发雷霆。"不，阿龙，"他怒气冲冲地说，"才不要歌女！ 回去啦！"

"抱歉，巴瑞先生。非常抱歉。"他立马退下，让巴拉姆一个人留在了房里。

现在船开始动了起来，船首推开水雾，产生的水涡就像雾蒙蒙的阴影漂在河面上。船上很多盏灯都已经熄了，剩下的少数几盏也因为雾气变得不那么亮了，灯光就像一个个小亮孔一样。水雾太浓了，一切轮廓都变得模糊了，也似乎隔绝了声音，看不到颜色也听不到声响：连船桨的声音也听不大清楚。

阿龙又走了进来，端着一个托盘，上面还盖着一块刺绣的布。

"拿来了什么？"

阿龙也坐到了沙发上，他掀掉了上面盖着的布，露出一根用象牙雕制的精良的烟管、细长的针和一个带雕花的装鸦片的盒子。

"拿这些东西干什么？"巴拉姆说，"我不想抽大烟。"

"没问题，巴瑞先生。阿龙坐在这里，抽上几口。如果巴瑞先生想来一口，就和阿龙讲。"

巴拉姆一直盯着雾气笼罩的河面，可当阿龙把针尖扎进黑色的鸦片里、放到油灯上烤的时候，他又转向了阿龙。鸦片已经开始噼啪作响、被点燃了，阿龙开始大口抽着大烟管，嗞嗞地把烟尽力地吸到肺里。他呼出的烟气飘向巴拉姆，那种香甜的气味让他觉得很惊讶——他似乎忘记了这种最原始的查丹鸦片有多么香甜、多么让人迷醉。

“巴瑞先生也想来点儿？这里面真是好东西。”

阿龙把烟管递给巴拉姆，并帮他点着的时候，巴拉姆没有说话，但是也没有反对。他把烟嘴放到了嘴唇之间，阿龙挑了一小点嗞嗞作响的鸦片滴进了烟管头里。巴拉姆吸进了一口、两口，顿时就感觉身体轻飘了起来。近些天来脑子里一直萦绕不断的烦心事竟烟消云散——就好像自己是一艘刚刚被暴风摧残过的船只，现在正慢慢稳了下来。

阿龙从巴拉姆手中拿走了烟管，端起了托盘。“巴瑞先生先休息一下。阿龙去去就回。”他起身离开，拿着那些家伙什件，巴拉姆又躺了下去，沉醉在这只有鸦片能带来的极致的快感之中：这种神仙一样的飘飘感，让身体与精神都没有了任何负担。

现在水雾似乎已经把他完全包围，他感觉自己轻飘飘的身体似乎正浮在一朵云上。他闭上眼睛，任由自己飘忽。

他也不知道这样躺了多久，但他后来感觉到自己已经不是一个人躺在这矮沙发上：他的脚下坐着一个人——一个女人。他知道她肯定是从下面甲板上被人派上来的，巴拉姆一开始知道是阿龙在违抗自己的指定，还觉得很生气。如果这女人是那种常见的歌女，香气扑鼻、浓妆艳抹、浑身戴着廉价的珠宝首饰，他肯定立马就打发她走了；说不定他还会扯大了嗓门，大发脾气。可是这女人却并不是那样的打扮：她的衣服很简朴——灰色的裤子和外衣——没有卖弄一点点风情，更没有搔首弄姿，头上只绑了个头巾，似乎是想特意挡挡这河上浓厚阴湿的雾气。她对巴拉姆也没有一点动作；她就一动不动地坐在矮沙发的头儿上，双脚板板正正地放着，两只手臂环着自己的膝盖。有她坐在这里，竟有种莫名的安慰，巴拉姆一开始对阿龙的不悦之意慢慢转变成些许感激；他虽然不是个正经人，但还真是个不错的家伙，从某方面来讲还是很善解人意的。

那女人只消坐在那里，似乎也心满意足，最后还是巴拉姆示意让她离他近一点儿。但她却没有一点儿反应，所以他坐起了身子，靠在长枕头上，伸手去拉她的手。他发现，这女人的手并不像那些歌女的——显然是一双经常劳动的手，手掌里布满了坚硬的老茧。她的衣袖很湿，他把她的袖子一直推到手臂上，拿起了她的手腕，放到鼻子下轻轻闻了闻，一丝香水的气味都没有。她闻上去就是河水、柴火和淤泥的味道。巴拉姆身体里某种感觉被轻轻地搅起，是一种强烈的需求，是一种被遗忘许久的期许，他早已经忘记了这种感觉。他拉着她的手臂，她似乎有些抗拒，他马上转过身，将头靠在她的头上。他就感觉自己又和池梅待在了一起，回到了那个二人同住的幻想的泡沫里，躺在那一片连名字都没有的小圆舟之上，彼此挨着，品味着那既非爱又非“爱事”的情谊。

“来，”他说，“过来，我给你钱。很多钱。”

她没有回应，他一度担心她会拒绝他。为了试探一下，他用双唇吻过那棉布盖着的乳头；那棉布也是潮湿的，让他有些吃惊，但又很高兴，因为她没有推开他，对此他觉得万分感激。他解开衣服上的盘扣，把脸埋进她那小而坚挺的胸部之间，尽情地呼吸着，想吸尽她身上烟火、河水的全部味道。

她的双手现在也抚在他的身上，一层层穿过他的衣服，带着惯有的熟练，解开外衣，拉开长袍的系带，从腰带下轻轻取下了内靴，解开长袜最上面的系着的带子，让袜子滑落下来，轻抚着他最私密的位置。她几乎没费一点力气，就将他拉向了自己，并把自己的身体转了过去，这样她那盖着的脸庞刚好背过去，让他的脸颊可以贴在她那潮湿的颈部后面。

他这一辈子经历过的做爱过程，数这次时间最长、最完整，而且最不费力气；两个人的结合是如此的纯粹，就好像二人都轻得没有一点分量；肌肤、皮肉、肌肉、汗水——这些都无法分隔二人，当最终那一刻来临之时，他就好像和瀑布一起滚落下去，但却是慢慢而舒缓，像被一朵云朵托着一样。

他根本不想打发她离开，他紧紧地抱着她，脸颊还依在她脖颈后面。他能感觉到船正在调转方向，他稍稍抬起头，看到船已经开到了小溪的尽头。珠江就在前面，河岸边停着的上千艘船只上烧菜的油烟，与河面上的水雾混成一片。这些雾气很厚，快速飘动着，可以看到很多小旋涡与水流，好像整条河都变成了一股奔流的烟雾。

巴拉姆闭上双眼，继续靠在她的颈背之上；他再次感觉自己轻飘飘地浮在雾气之上，当他一觉醒来，发现自己臂弯里已经寻不见她的踪影，不觉有些怅然。

“巴瑞先生！巴瑞先生！我们到屁眼角了。”阿龙站在他的身边，提着一盏灯。看到巴拉姆在矮沙发里起身，他笑嘻嘻地问道，“巴瑞先生喜欢？”

巴拉姆点点头。“是，”他生硬地答道，“喜欢。”他坐起身，摆弄着自己的长袍。露水似乎都渗进了他的衣服里，所有衣服都变得很潮，而且有股河水的味道。他披上外衣，系上裤子上的带子。他正打算系上衣带子的时候，手抚过了衣服的内兜，那是他装钱的地方；里面的衣服也是潮湿的，但他能感觉出来，银子并没有见少——他其实多少是希望这里面会空空如也，所以当意识到分文未少的时候，他感到有些吃惊。如果她自己把银子拿走，他是不会介意的——他毕竟答应会给她钱，就是把身上带的钱都给她，他也是心甘情愿的。

巴拉姆抬头看着阿龙：“那姑娘上哪儿去了？阿龙能找到她吗？”

“找谁，巴瑞先生？”

“那个姑娘。阿龙派上来的，不是吗？”

阿龙的眼睛里满是不解。

“阿龙没有派什么姑娘上来。巴瑞先生说不要姑娘的。你会生气的，不是吗？”

“是的，但是阿龙还是派人上来了，没有吗？”

阿龙连忙摇了摇头："没。阿龙没派人上来。"

巴拉姆把手放在阿龙的肩膀上，轻轻地摇了摇他："听着，巴瑞先生没有生阿龙的气。阿龙派了这样的姑娘上来，巴瑞先生很高兴。巴瑞先生现在只想知道：她是谁？叫什么名字？巴瑞先生想给她钱。"

阿龙那长着扁鼻子的脸立马笑成一团。

"巴瑞先生是做了大烟梦了，"他边笑边说道，"大烟枪帮巴瑞先生请来的姑娘。"

他松开了扶在阿龙身上的手，又躺回到了垫子上。他的脑子里似乎还是雾沼沼一片，一时想不清楚怎么回事。可能阿龙说的是真的，可能事实真就如此——是抽大烟后做的梦。所以他才一直看不到她的脸，而且一切行事都是那么完美——就像年轻时做过的那些春梦一般。

"阿龙说的是真的？没有派姑娘？"

"真的，真的，"阿龙边说边点头，"没有派姑娘。巴瑞先生是做梦了。巴瑞先生一直在睡觉，从抽完烟之后一直睡到屁眼角。"他指着石梯，在翻滚着的浓雾中依稀能够看到。

巴拉姆耸了耸肩。"好吧，阿龙，"他说，"巴瑞先生现在回阿差行了。"

阿龙又是点头，又是鞠躬："阿龙送送巴瑞先生。"

巴拉姆穿上鞋，站起来准备走。他刚迈第一步，就踩到了一汪水里，脚一下就滑倒了。要不是阿龙抓住了他，他肯定要摔倒了。

"这里怎么会有水？又没有下雨。"

巴拉姆低头看看，看到那地上可不止一个小水汪，而是有好几个：水汪其实是一串潮湿的足迹，从甲板的边缘一直来到他的矮沙发旁边。

阿龙也看到了这些水汪，每一个间隔都是一步的距离。他的脸色马上紧张地一惊，但又很快恢复了平静，他说："这什么都不是，巴瑞先生。雾弄的。经常会这样。"

"但是雾怎么会踩出水汪。"

“会。会。来，我们走吧。太晚了。”

巴拉姆跟着阿龙走了下去，走到了跳板处，迈到了石梯上。广场现在已经空无一人，也漫卷着水雾。往远处望去，在一排排的洋行里，阿差行是唯一一个亮着灯的。巴拉姆知道维科和其他人肯定都很担心自己的下落。

就在他们走在广场中的时候，阿龙又再次提起了鸦片的事情：“巴瑞先生想不想和阿龙做生意？上次提到的那种？如果巴瑞先生想，还可以。”

巴拉姆知道他早晚要提起这个，他要是几个小时前提起，他肯定还是会毫不犹豫地拒绝他。可现在说“不”似乎已经不大可能了。“好吧，阿龙，”他说，“我们做生意。明天维科会去找阿龙谈。然后维科会带船去‘安娜希塔’号，联系一下。我们做生意。”

第十一章

马克威克酒店

12 月 2 日

亲爱的帕格里，你的信让我一口气从头读到尾——当然也吃惊不小——听你讲述了可怜的威廉·克尔先生的职业生涯。我向你保证，我要给你讲的事情只会让你更加吃惊——至于说彭罗斯先生，他也会为之震惊，因为我有了最为令人震惊的发现。这种重要的事情，我稍后再讲，首先给你讲讲我是如何发现的吧。

你还记得那两位公行行官，潘启官和浩官，答应会把我介绍给良陈，就是那个花地苗圃里的园丁吧。已经过去好几天，两人都没有任何消息，我就想可能要自己去一趟花地了。但今天早上，马克威克先生过来敲我的房门，说来了一位客人。他当时真是气得瞪大了双眼，因为他最不喜欢外面来的客人，你知道，尤其是当地人——他觉得常常混在广场附近的本地人都是“抢盗之人”。所以，但凡是他觉得不入流的人，他都让他们等在楼下的台阶处。以此为据，马克威克先生可算是个没什么好心肠的人，但其实这事上完全不能过分苛责他。来的客人看着就是个贼眉鼠眼的人，脸上长着很大一颗痣，梳着长长的辫子，他那鞠躬的样子再加上满脸堆着的假笑，看上去就是个阿谀奉承的马屁精，而且这样的人常常要给你的东西，也都是些羞于启齿的事情，我一开始还怕他是哪派来打探我什么消息的人。原来他就是良陈先生派来带我去花地苗圃的人，他管良陈叫大佬，“老板”的意思。

他说他叫阿姆，我看他还不如直接就叫阿哈姆德，因为他还告诉我，他父亲其实是个黑毛鬼，也就是说他很可能是个阿拉伯人或是波斯人（要不是他亲口告诉我，我是一点儿看不出来，因为他看上去和这里的广东人长得一样）。

不管他算不算半个阿拉伯人，河上刚好有个舢板船在等着阿姆，而且等他上船立马就开动了。

我还挺希望浩官也跟我同去，因为我也不知道要和良陈先生讲些什么，更不知道和阿姆坐这么久的船要怎么办才好。但阿姆不由我多想，他说我们马上就得走，快快，而且也不需要什么翻译，因为“老板讲一等一的英语——讲得好好”。我是一丁点儿都不相信，而且也不喜欢他这样催着我，但是自己又实在没别的办法：我就回了房间拿了那幅山茶花的画，跟着他上了舢板船。

花地离番鬼城并不远，就在河南岛的最边上，那里正是珠江流入白鹅湖的位置。但要去往那里，小船组成的浮城是必经之地。就在番鬼城的旁边有一处名叫沙面岛的沙洲：这里停靠着很多的“花柳船”——就是男人在上面找乐子的船只。我知道你不是那种没见过世面的小姐，我亲爱的帕格里小女士，所以不用委婉地向你解释了（但我建议你可不要把这段读给彭罗斯先生听到）——这些船，说实话，就是开在河上的妓院！一看到这些船，阿姆乐得都唱起歌来，让我不禁在想，他和这些船到底有些怎样的关系——因为按照他的描述，还有他提到的那些乐子，亲爱的帕格里，我就连一想到向你复述，都会让我脸红到耳根子：这样说吧，只要我有需要，自有来自湖北、河南以及澳门的各地姑娘随我挑；有风烛残年的老妈妈等级的，也有标致细条的少女；有那些会唱得你如痴如醉的歌女，也有会挑针引线心灵手巧的手艺人。

但是，不，我说，听到这个着实让阿姆大失所望。他好像是为了报仇一样，他指着远处一个地方说道："看那边，"他大声叫道，"那里砍头！砍头！"

他这是在说些什么？过了一两分钟我才明白过来，他指的那地方是公开行刑的地方，也在珠江之上。

说实话，我真是看得目瞪口呆。扎迪大哥以前跟我讲过那里：在行刑的日子会聚满很多人，也会有番鬼，他们都跑到那去看热闹——有些洋行据说还会开着船去看！这实在是太让人反胃了，是不是？当然在加尔各答也会有上百人跑去看绞刑，我知道在伦敦和一些其他城市也有类似的事情——所以说这里行刑人人围观也不足为奇。但是我，不知道别人如何，对这类事情可是不感兴趣的，所以我下定决心要离那里远一些——可既然现在都来到了附近，我承认，我还是带着些讶异凝视了一会儿的。

那是一块狭长的开阔地，就在珠江边上，所以站在船上是可以看得一清二楚的。那里不是绞刑架，而是些其他的设备和装置——比如说有一把像椅子的东西，人在脑袋被砍下来的时候，是要被绑在那上面的。还有一个像是十字架的东西，其实那是用来把人吊起来的：被判刑的人绑在上面，双臂张开，然后绳子在脖子上打个死结。

虽然我们离那里还有一段距离，但我感觉那其中有个架子上是吊着一具尸体的。看到那个真是要把我吓晕了——我这也算开了眼界，再别无什么遗憾了：我马上就想到，我那个画卷上一定要把这个也画进去，然后我就一直在构思要怎样画出来。

当阿姆说我们已经到了花地的时候，我还在想得出神。我还一直以为花地会是一处开阔的花园，一直延伸到水边，但和我想的完全不一样；河岸边有数不清的泥乎乎的小溪流、小河道，和我们加尔各答那里的差不多，河岸边有很多树，也像我们孟加拉邦那里的一样：榕树、菩提树和红棉树。我们的小船转到一个小河流上，途中经过很多大片的、像碉堡一样的建筑，墙里面是什么根本看不到，只能时不时望见几处铺着瓦片的屋顶。接着我们开到一处石梯，那里停着好几艘各不相同的船只——舢板船、平底船、帆船，甚至还有一艘色彩明亮的游船。

往里面的建筑就像我们路上看到过的那些一样。周围的墙都很高，一片灰色，看上去戒备森严，乍一看还以为是监狱或是军火库。这地方真的和我想象中的苗圃差距太大了，我开始就以为是走错了地方。可当阿姆带我穿过门口，一下子就知道自己来对了地方——因为大门旁就挂着一个牌子，汉字的上面还写着几个英文词："珠江苗圃"。

阿姆带我走了进去，来到了一个长凳处，然后他拿过我那张卡片，就走进了后面的一个小门里去。周围有很多园丁、育苗工，但是他们都忙着自己的工作，根本不在意我。所以我可以自己随便转转。

这苗圃里有很多大大小小、正方形的园子，整个苗圃都被高墙围着。从外面看一片灰白、没有形状，但是墙的里面都是瓦片精心装饰的，构成很多几何的图案。地面上也都铺着瓦片，找不到一块没有打理过的土地。每株植物都各有摆放——至少有几千株植物——全都是养在花盆里。你永远不会看到比这里更多的花盆，每个花盆各不相同——有的浅浅像小盘，有的圆圆的带着尖尖的小嘴，还有种着李子树的像大缸一样的花盆；瓷制的花盆里开着颜色亮丽的花朵。

花盆、花盆、花盆——你乍一看似乎全是花盆。但是，当你眼睛渐渐适应这周围的布置，你就会发现这些容器其实都是有意布置摆放的，它们会自成一道风景，再配上蜿蜒的小径、草地、种着小树的山坡和植被密布的林子。你会发现这里的自然风景似乎千万变化：一处是刚刚剪出的小树丛；另一处又好像是果园刚刚改造成的草地。原来这些园子是可以随着季节有着景象变化的，或者说可以随苗圃主人心情变换的。

这样布置苗圃真的是太有才了！

我在里面转悠着欣赏着这一切，渐渐来到了阿姆刚刚走进的那个门口。我发现这个门上有一个细小的门洞，而且很巧妙地用一个小百叶遮盖着。我把眼睛趴在那门洞上往里看，看到一处湿地，里面有一条曲折的小径。在小径的尽头是另一处高墙围着的建筑，比这个苗圃要大得多——看上去像个碉堡。

当我站在这里，眼睛趴在门洞上的时候，这座碉堡的大门突然打开了，里面走出了十或十一个人，趁这段时间，我得以一瞥那碉堡的里面：虽然没看到太多，但我感觉那应该是一个华丽的花园，里面有凉亭水榭。当大门再次关上的时候，那一队人马朝着这边的苗圃走了过来。其中稍稍走在前面的那人，双手背在身后，从其他人毕恭毕敬跟在后面的样子判断，这人就是“老板”，良陈。

别人一定这样评价过他，他长着一张让人过目难忘的脸，我难得有与他面见的机会，肯定是要好好仔细端详一下的。

帕格里亲爱的，你可能会觉得我这样评价一位中国人有些奇怪，但我向你发誓，帕格里亲爱的，我说的是真的：他长得就像画像里那些文艺复兴时期的红衣主教！而且连他穿的衣服都和他们差不多——帽子、长袍、首饰——就连鼻子也像那些人一样，是高高的鹰钩鼻；还有鼓鼓的颚骨；浓密的睫毛下，眼光很有穿透力——换句话说，从他这张脸就看得出他是个机灵而又堕落的人，此人定是心狠手辣，而且流连美色。

我从门口处向后退了退，这样就不会被他们发现我在偷窥。等小门打开的时候，我已经站在远处，假装自己一直在看那些花盆瓦罐。

只有阿姆跟着良陈出来，其他那些人——侍从、苦力、力工等我也叫不上名来的下人——都留在门那边候着脚。他站在那里打量了我一下，然后面露些许肯定，我正打算用洋泾浜话跟他说“请请”，他却开口先讲了——我向你保证，帕格里亲爱的，我当时的惊讶程度不亚于自己脚下的平地瞬间变成了海洋。因为他用流利的英语问道：“你最近怎么样，钦纳里先生？”——而且他的发音绝对是在伦敦待过几年的人才有的伦敦腔！

我连忙整理自己思绪，说道：“非常好，先生。您呢？”

“哦，你也知道，”他说，“时好时坏，就像晴雨表一样。”

阿姆这时候搬出来两把椅子，良陈自己拿过一把，示意我坐在另一把上。我还没从刚才的惊讶中回过神来，他又开口了。

他说很高兴见到我，说他的名字是陈良，我也可以管他叫良陈，或是陈先生，或是随便我，他对于这件事没有特别在意。然后就像其他那些繁事缠身的人一样，他没再多费口舌，直接说到正题上：“他们说你要给我看样东西。”

“是的。”我说道，然后把山茶花的图片递给了他。

他看着那个图片，厚厚的眼睫毛直忽闪，脸上露出一个奇怪的表情。他用手指点着那张图片，那指甲足足有两英寸长。

“你从哪拿到的这个？”他既然问起，我就告诉他，这是一位朋友给我的，托我打听这图片的来龙去脉。“为什么？”他说，还是一贯那种直接的口气。他那种口气我倒是并不介意，所以我说，因为我的朋友想找到这种植物，他是收集各种植物的。

那他们愿意出多高的价？他问道，我就说他们的意思是想一物换一物，因为他们的船上有很多从美洲带来的新奇的植物种类。

这时他的眼光闪烁了一下，长长的指甲挠了挠手掌心，好像是想抚平那种疑问带来的心痒。“他们有什么植物？你带来了吗？”

没带，我说。植物都在停在近海的一艘船上，在香港附近。

“那对我能有什么好处呢，是不是？我怎么能知道这些东西值不值得换那株植物呢？这些山茶花，可都是稀世珍贵的——都是在最深的山沟里才找得到。我可是个不爱撞运气的人，钦纳里先生，我要亲眼看看他们提供的交换物。”

那接下来怎么办呢？我一时竟不知道怎么办，之后想到了一个办法。我说：“先生，我的朋友们可以给我拿些图片来，我带给你看一下，我朋友中有一位很擅长画画。”

他考虑了一会儿，然后说可以，这样可以，只要你尽快把图片拿给我看看——而且要把这些金花茶从广州那边山里运出来，也是需要一些时日的。

“我马上就写信，先生。”我向他保证，“我保证一周内就会给你带来图画。”

他现在已经有些坐立不安，所以我估计我们的会面应该快要结束了，因为他好像等不及要站起来一样。但他伸出他那长长的指甲，示意我先停一下。“让我问你点儿事情，钦纳里先生，”他说，“你这位朋友——给你图片这个人——他的名字是不是叫彭罗斯？我一时想不起他的教名，我记得他们管他叫‘费切尔’。”

你能否想象到我当时的惊讶，帕格里亲爱的？我向你保证，我们两人的对话过程中，我一次都没有提到过彭罗斯先生的名字。这个人是怎么知道这个图片主人的呢？这张小小的图片可是跨越了大半个世界啊！

可他真就这么神奇地说了出来。

“是的，先生，”我说，“这画的主人正是彭罗斯先生。”

“我还清楚地记得他——他长得像个治痘的大夫，是不是？彭罗斯·费切尔那个老家伙。”

“你认识他，先生？”

“没错，”他答道，“他也认识我。你要是给他写信，就说阿飞向他致以最好的祝福。他一听这就知道来龙去脉了。”

现在你知道了，帕格里亲爱的，这并不是良陈，或是说陈先生，或者说随便你怎么叫他，他就是大名鼎鼎的阿飞，把威廉·克尔先生的全部收藏送到伦敦的那位园丁！

也许，我亲爱的帕格里小姐，现在你就能理解我对这人为什么会充满了好奇。你就可怜可怜我，把你们最好的植物图片尽快邮来，我已经等不及要再去见见这位陈先生了。

*

巴拉姆的这个居所就像一个严密运行的大家庭，每日的运作都是一成不变、不行通融的。所以当这个精密的“交响乐团”的演奏家维科告诉尼尔他要离开几天的时候，尼尔顿时觉得有点被打乱了节奏。

“我走的时候，就由你来管理老板的事情，”这位事务长笑着说道，“别紧张，你可以胜任的。”

“你要上哪儿去?”

“去‘安娜希塔’号，去办些事。”

“那船不是停在外海的岛边上吗?”

“是的，”维科说，并拿起自己的背袋，“我得去港口租个船从虎门或是穿鼻走。”

维科不在，尼尔才开始体会到这位事务长的重要性，尤其是在处理巴拉姆的一应事宜之上。作为一个公司的头头，这位老爷更像是位海军上将而不是个船长，他的眼光总是望向最远的地平线上，注意力也总是投向长远的策略制订上。而开着这艘旗舰的其实是维科，他的手刚刚离开船舵，船就开始有些颠簸了：“食堂”——油烟浓重、热气朝天的那个厨房，那里本是二十多个下人吃饭的地方——已经没人好好打扫了，到了原定的时间，也没有准备好的食物端出来；走廊里的灯都被熏得乌黑，但仆人到了该点灯的时候也不去点灯；侍从和苦力们都跑到新豆栏街去喝酒找乐子去了，而且总是回来得很晚，第二天早上不能按时起床，按以往的要求收拾老板的办公室。而这种事情巴拉姆以前的要求是非常严苛的，但是这次他似乎没发现也不介意自己的旨意没人领会。整个居所就像两颗巨大的骰子被抛向了空中——每个人，从老爷一直到地位最低的苦力，所有人都屏住呼吸，等着这旋转的小方块自己重新落地、恢复以往的平静秩序。

但尼尔却没有听到任何风声，不知道维科到“安娜希塔”号上任务的确切内容。其实其他下人关系都很紧密，虽然他们的家乡和出身各有不同，但大多来自孟买的穷乡僻壤：而他一个从东部来的外乡人——而且进来就地位很高——尼尔知道，他人对自己肯定心生疑虑，所以他在举止行为上都多加小心。他从不问些旁人难以回答的问题，而且当他们用自己听不懂的话谈事情的时候——古吉拉特语、马拉语、卡其语，或是果阿语——他就尽量不表现出自己的好奇之心。但他可是很认真地听着，没多久他就猜出来，这些同事们和他一样，也不知道维科去办什么事情；如果说他们有些慌乱，那也绝不是因为他们知道事务长的任务，而是他们长久以来已经练就了一种本领，可以领会自己老板的心情——而现在头号洋行丰泰行里没有一个人猜不到自己老爷的心情，因为最近他的心情可是相当可疑。

其中的一个迹象就是，他晚上再不出去了。每天当太阳刚刚照到白鹅湖上的时候，巴拉姆就会问尼尔自己收到了什么请柬，等尼尔把所有邀请从头到尾读一遍之后——他会装模作样地考虑个一两分钟，然后果断地把所有邀请全都推掉。

把挑灯的派出去，就告诉他们说我……

“不舒服？”

随便你。

日子一天天过去，一直没有维科的消息，每个人都能感觉到，老爷的神经已经绷紧得像根细丝一样。他那种局促不安表现出来就是越来越爱发脾气，而且会发泄到任何人头上，身边任何人都可能遭殃——而经常殃及的，就是那位倒霉的翻译。

爆发的训斥都会很快在阿差行里传开，没过一会儿，每个人都会像集体苦修一样，蹑手蹑脚地走路，轻声地用英语讲话。

两个账房换钱的总是最先向尼尔送去安慰：

“……怎么办呢？老爷这样只是……”

“……生活中总会遇到愤怒与苦难……”

“……祈祷神啊带走你的负担……”

一天早上，巴拉姆正在摆弄自己的早餐，尼尔开始向他宣读一份皇帝在北京发布的法令：“‘朝廷总管向我呈报，鸦片吸食日益加剧，虽各省总督已收缴鸦片。怎念官员不以为剧，处事不利。纵获鸦片，只为蝇头小量，恐众官已为所污……’”

都是些什么？巴拉姆又发怒了。

老爷，是那位天子在都城发布的一篇告示：我念的刊登在最新一期《广州纪录报》上的翻译版本。

巴拉姆把身前还没吃完的盘子推到一边，从桌旁站起了身：继续，翻译。把剩下的念完。

"'自今日起，各省总督必严厉要求属下子民服从此令；必命各省人民、军队竭力搜查贩卖鸦片之叛国贼商。城内开设烟店者俱应逮捕，听候发落。'"

尼尔抬眼看了看，发现巴拉姆站起身之后，做了个他很少会有的动作——他坐到了桌子上。

"怎么不念了？"巴拉姆问道，"继续。皇上还说了些什么？"

"'各省总督必亲自从根源铲除此等恶毒，不容一位罪人成为漏网之鱼；若稍有纵容、藏匿、错失追逮之机或此等恶行，也必难逃法网，子孙不得参加科举。如朝廷众官厉行有智，按新法令晋升提拔。此令颁布至各省，为众民通晓。钦此！'"

念到这里，尼尔听到了奇怪的声音，好像是磨牙的声音。他抬头惊讶地发现，原来这声音正是从巴拉姆的嘴里传出，而不是他的双手——他已经把那个带着雕花的砚台放到了身前，正在磨着那块被遗忘很久的墨石。也不知道他这是在发泄怒气，还是为了让自己冷静下来，尼尔也无法判断，但不到一秒钟，随着老爷越来越用力的动作，那块砚台就滚下了桌子。漆黑的墨汁也洒了出来，溅到了老爷那身洁净的长袍和桌上所有纸张之上。

巴拉姆站起了身，低头有些害怕地看着自己。"都是些什么屁话！谁让这些中国人把墨汁弄得像菜饺子一样？一群疯子！"接着那双愤怒、错乱的双眼盯着尼尔，手指着砚台："拿走！再也别让我见到它。"

是，老爷。

尼尔刚走到门前，门就打开了：门口站着个小工，手里拿着个封着的便条。

刚有人送来张紧急的便条，那人说。送信人还在楼下，等着消息。

从巴拉姆的反应来看，这个便条他显然已经盼了很久了。刚才墨汁那些意外已经一下散去，他的声音立马变得清脆、冷静：翻译，我请你去一下账房。让算账的准备一包九十两的银两，让他们挑那些“一等一的好银子”。然后告诉他们：银子上不许有我的标志。

是，老爷。尼尔弯着腰退出了办公室，马上走下了楼梯。

和番鬼城其他账房一样，老爷的账房也在最底层。是一间不透气的小房间，但门却很大，只有一扇挂着厚厚百叶窗的窗户，上面还有粗粗的钢条。这里是公司两位账房的天下，别人都不能进：他们常常会在那里坐上几个小时，理着各种钱币，钱币从他们手中滑落，会发出不间断的金属音律。

番鬼城最常见的钱币就是世界上面值最大的西班牙的银币，也叫“八片币”，因为它的价值正好是八里尔。一块八片币里面银子的含量还不到一盎司，上面浮雕的图案是西班牙姓的头和手臂图案。但在广东流通的八片币，已经很少有保留这种铸造时印在上面的图案了。在中国，这些钱币在不同的人手中流通，每个钱币上都会留下每位主人的印章。这种做法是对买家和卖家的双重保障，因为如果你觉得自己拿到的是块残币，只要前一个主人的印章还留在上面，你就可以去换枚好的回来。

当钱币上的地方不够加印章，钱币就会被用锤子砸得更扁。过了段时间，这种被砸过、压过的钱币就会碎成小块，装在袋子里，当有些买卖想要一定重量的银子的时候，就可以拿出来称重付款。钱币的年头越久，就越不容易再流通，哪怕它里面银子的重量并没有减少；但是新的钱币，也叫“头等钱币”，它们的价值往往都会超过自己本身的重量价值。

虽然说西班牙银币在番鬼城四下流通，但一般还都只是每日小额交易；一般生意上重要的钱货交易都是用中国的银两，最小的单位都是“钱”（也叫“大钱”），由锌和铜制成，中间有个正方形的洞，这样可以把很多大钱串在一起：一百个大钱叫“一贯”，人们去买东西的时候，常常会带上一两串这样的钱币，像手镯一样挂在手腕或是手臂上。

在尼尔看来，大钱是种很漂亮的钱币，因为太重不能大量带在身上，而且价值低廉又不易查数，一枚大钱的价值还赶不上一个印度派萨[①]。银两才是中国钱币里有实在价值的：里面的银子比西班牙银币的含量三分之一略多些，大宗的买卖都是用这种中国的银两。

巴拉姆特意要求用装银两的钱袋，而不是装钱币的，其实是别有用意的，但尼尔一时揣测不出他的真实用意：因为钱款总数并不多，但相比每日开支，数目似乎又过大了。

想和洋行里其他人一起讨论一下此事，当然是完全不可能的了，所以尼尔估计这个问题的答案他是永远猜不到了。可是没一会儿，等他把这九十个银币用一个皮袋子装好，送到老爷的卧室，并帮老爷去办公室取文件的时候，他发现了书桌上一个奇怪的加了密的信件。有一团当作吸墨纸的废纸团，上面有些潦草的字迹，他仔细一瞧，就认出了是老爷手笔。

显然自己的书桌上被洒了墨水，巴拉姆只能用尼尔的桌子。他是在给刚才那个纸条回信，墨水都沾在了这团纸上。尼尔现在看着这张纸，依稀能看到几个词：

……英尼斯……

……确认……带钱袋……洋行 11 点……

巴拉……

*

那天早上，巴拉姆心里一清二楚自己需要做什么；维科已经把细节都告诉了他。他要先到詹姆斯·英尼斯位于义和行的房间去，要在他拿出第一箱货的时候把钱再拿出来，但这笔钱并不是给英尼斯的——要稍晚些再给他钱——这笔钱是好处费，是给那些当地官员的，因为是他们打点才得

① 派萨，印度、巴基斯坦、卡塔尔、马斯喀特和阿曼的货币单位，等于百分之一卢比。

以让这批货送得进来。第一批货将是次试运，由维科押货；他计划到时候留在黄埔，确保接下来的货都能够顺利运进，用小帆船从香港再转运到几艘小艇上。

维科已经将一切安排妥当，巴拉姆只需要花一个小时左右的时间赶到义和行——这时间并不长，但巴拉姆可从没关心过义和行，他真巴不得在那停留的时候可以更短些。他虽然从未在那间洋行住过，但对那里却很熟悉，因为这间洋行就挨着他刚来广东时住的荷兰洋行。两座楼之间只隔着一堵墙，却是完全不同的两种风格。荷兰洋行忧郁森严，而义和行奔放自由，里面住的都是些心意坚决、志气刚强的自由商人——就像渣甸和英尼斯那样的人。

义和行得以有此名是因为其被一道狭长的小河环绕，番鬼城里最靠边的一所洋行——小河的另一边就是那些中国商行商人的石梯。一旁的小河成就了商行独特的特征，商行中的住户大多有自己的小石梯，可以直接走到小河边。

住在义和行的住户都很喜欢这里，因为它临水，但巴拉姆却对这一优势没有一点感觉。洋行得名的这一小河充其量只是个泥沟——就是个污水道加上潮汐涌进的河水。这个泥沟是番鬼城主要的污水流放处，当潮水低落，它缩小成一丝细流，河床完全暴露在外面，再没有比它更让人作呕的景象。潮水又常会带进来一些死狗和死小猪崽儿，全都淤在泥里，招来一群群的苍蝇，散发出阵阵恶臭，直到最后腐肿得炸裂开来。

巴拉姆从来都不觉得这种“风景”有任何吸引力，而且他坚信洋行里的住户肯定也不会有人喜欢。其实像詹姆斯·英尼斯这样的人能看中义和行的唯一原因就是它与外河相连，所以他们的住所都配有码头和石梯，这样货物就可以无须经过广场，直接运到自己门前。而且像广东海关总管们也都住在靠近义和行的入口处，正在这个泥沟的河口处，其实也别无二致：这些海关监察——也都叫他们“等潮人”——都会在货物未到之前就都打点得好好的。

巴拉姆知道义和行经常会有货船运进，所以出现差错的可能性很小——但他还是禁不住担心，这差错可大可小。他拿出一本希琳拜送给他的年鉴，看看安排的日子和时辰是不是吉祥——当他发现日子和时辰都不大吉利的时候，就更加担忧了。他又看了看为自己挑好的衣服，平平整整地铺在床上，顿时觉得穿成这样去办手头的事情未免过于张扬。本来戴着头巾、穿着长袍的他就够扎眼的，他可不想再穿得光鲜艳丽引起不必要的注意。

他最后挑了一件旧衣服，已经很多年没穿过。当他绑头巾的时候，又突然想到，如果把头巾的布头散下来挡挡脸，不失为一个好主意。虽然如此小心看似荒唐，但他现在只图能让自己心神安宁些；如果这些事走漏了一丝风声，那整个洋行都得议论开来——所以他打算自己来绑头巾，把下人都打发了出去。

这笨头笨脑的下人当然不解其意，以为是又在责备自己，拧巴着双手嘀咕道——又哪儿惹你了？

听到这个，巴拉姆也来了脾气，大声喊道：你难道以为我一无是处？走你的得了，快走！

下人退了出去却还是有怨气，巴拉姆又觉得有一丝愧疚感：这家伙已经跟了自己很久，差不多有二十年；他还记得那人来的时候还是个小男孩，可现在嘴巴上的胡须里已经有了些许白丝。他突然把手伸进了上衣胸袋里，拿出了手指碰到的第一块钱币，这个足足有一美元，但没关系了——他递给了那人。

给，他说。没关系，拿着。你可以走了，下面的事情我自己来。

男人的眼睛瞪得老大，马上充盈了泪水。深深鞠了一躬，他抓过巴拉姆的手，亲吻了一下。他说道，你就是我的神，我们的生身与衣食父母。没有你，老爷……

呸！巴拉姆说道，够了，你可以走了。快！

门一关上，巴拉姆就照着镜子，解开了一圈紧紧缠着的头巾。等他理好打算再轻轻地掖回去的时候，他发现自己的手都在发抖。他停下来深吸了一口气，原来自己的神经如此紧张，脾气如此不冷静，这可不是好苗头——可是谁又能想到，他，巴拉姆吉·那鲁吉·莫迪老爷竟然会沦落到用自己头巾的尾巴来折出个面纱？

走出房间之前，巴拉姆把皮钱包夹在了腰带里：别在腰里感到分外的沉，但他感觉藏在羊毛的长袍下才够安全。他正要打开房门的时候，忽又想到，可能手里拿个拐杖会更好，于是挑了个结实的马六甲白藤制成的拐杖，还带着瓷制的圆头。他低头看了看表，已经快十一点了。他快步走出房间，看到翻译就等在楼梯旁。

老爷，今天早上需要我做些什么吗？

不用。巴拉姆停顿了一下，朝他笑了笑。最近你工作很辛苦。今天上午就休息吧！

是，老爷。

当走到楼梯的最下面，巴拉姆看到几位下人在走廊里转悠着窃窃私语。

……要不要我们陪你去？

……需要我们做些什么，老爷？

巴拉姆深知，如果自己态度不坚决一些，他们是肯定会跟着过去的，所以他举起一根手指，态度坚决地摇了摇：不。谁都不要——谁都不要跟着我。

听到这话，他们都垂下了眼睛，退了下去，巴拉姆就走到了门前。当他走到外面，呼吸着新鲜的空气，看着广场每日的繁忙景象时，他感觉些许安慰：理发师在伞下忙着剃头、编辫子；卖板栗的小摊前飘出阵阵香气；几个游行着的杂技演员正在给一帮瞠目结舌的观众表演节目。巴拉姆朝屁眼角望去，看到那里不似以往那般拥挤。卸货间歇时，那里常是这样，所以他也没多想，就拿着自己的拐杖快步地走了起来。

在广场和小河之间是英国洋行和荷兰洋行。这两间洋行把前面的地都圈了起来，变成了私家花园。结果使得广场和河道之间只留下很窄一条小巷——阿差们都管这个拥挤的小路叫“贼巷”。

巴拉姆对贼巷那些“扒手”有过亲身体会。好多年前，他只身一人走在这条小路上，当时被抢了五十美元。钱包是他在人群中挤来挤去时被偷走的，他的衣服内衬被划开，小偷下手可真利落，他一直到了海关那儿才发现钱包丢了。今天再次穿过这条小巷，他特别留意自己的钱包，一只手一直按住那里，好像在看着自己的全部家当一样。

巴拉姆走到小巷尽头的时候，快速瞄了一眼海关——海关是幢很普通的砖房，就在泥沟的河口处旁边，满是尘土的院子。今天院子里很安静，里面只有几个苦力和小贩在转悠，巴拉姆站的那里看不到河水，刚好被海关给挡住了。他还一时兴起，想要走到码头那里去亲眼看看，确信河面上没有什么不吉利的事情。但他再三考虑，决定还是不要太惹人眼目。晃着拐杖，他径直朝着义和行的大门走去，就在他左边几英尺处。

自从上一次走进义和行，几年时间过去了，可它看上去却没有丝毫变化：狭长暗黑的走廊正在前方，一股霉味和尿骚味扑鼻而来。英尼斯住在二号房，房间就在右手边。巴拉姆走上前去，用拐杖的头敲了敲门。里面没有应声，他又敲了一遍。很快门就打开了，一位男仆把他领进了英尼斯的房间。

这是一间狭长的房间，番鬼城里很多小贩都住在这样的起居室里——只是这间房间一片狼藉：盘子上都是些已经腐坏的食物，全都堆在一个小餐桌上，椅子和长椅都叠在一起，上面盖着脏兮兮的床单。巴拉姆不屑地皱着眉，把眼光投向了房间最里面。

和义和行里其他房间一样，这个房间也有一个小阳台，可以俯瞰泥沟。这里腐坏的食物和长年没洗过的衣物发出的臭气实在难闻，巴拉姆甚至一时觉得下面小河的味道也许也比这个房间要好闻。他正打算走到阳台上去，这时英尼斯从连接石梯和房间的楼梯上跑了上来，已经跑到了下面一层：脸上的胡子没刮，穿着一件夹克和一条马裤，看上去也是好几天都没有换洗了。他盯着巴拉姆开门见山地问道：“你带着物件来的，莫迪先生？”

“当然，英尼斯先生，”巴拉姆说道，“货一到，我就交到你手上。”

“马上就到。”英尼斯说道。

“你确定？一切都顺利？”

“当然。已经通了关，马上就过来了。”英尼斯往嘴里塞了个苏门答腊雪茄，然后拿起根火柴，“潮水马上就涨起，很快就到了。”

巴拉姆觉得自己对英尼斯的态度友好起来，他那种生硬的自信似乎让人感到放心：“你心情不错，英尼斯先生。我很高兴看到你这样。”

“我不过是更高旨意的行使者，莫迪先生。”

下面的楼梯处突然传来一阵叫声，正是英尼斯先生的男仆。“船！船到了！”

“肯定是了，”英尼斯说道，“我最好下去看看卸货。你可以在阳台等着，莫迪先生——如果你不介意闻些臭气的话。你站在那肯定能眼观一切。”

“悉听尊便，英尼斯先生。”巴拉姆推开了阳台的门，走到了外面。

随着潮水涌起，泥沟里已经涨满了水，船可以轻易地靠到英尼斯先生的石梯上。巴拉姆向下望去，看到英尼斯和他的仆人已经走到了外面，站在石梯上，都伸长了脖子望向了河里。他也随着他们的目光望了过去，看到从河里漂来一艘小船，缓慢地顺着水流漂了过来，正好经过了海关税员的办公室前面。这是艘大船下配的小艇，一个印度水手摇着桨，前面有两个当地人带路。

虽然伴着潮水水位涨了起来，但这条小河还是很窄，所以小艇的行进速度很缓慢——至少在巴拉姆看来是这样的，他的前额上已经渗出了汗津。当小艇最终停靠石梯，他松了一口长气，用自己的头巾尾巴擦了擦脸。

“你看，莫迪先生？”

说话的是英尼斯，双脚跨开站在码头上，趾高气扬地抽着自己的雪茄：“我怎么跟你说的？全数送到，完好无损。这难道不是早有注定？”

巴拉姆露出了笑容。这一计终得如愿；如果回头想想，似乎之前一切的安排都是那么容易——而且风险也小，鸦片都不需要运进自己的洋行，更无须经过自己的码头之前。他现在心头唯一的遗憾就是，当初没有安排运进来更多箱。

巴拉姆抬起一只手，以示庆祝：“好样的，英尼斯先生！干得漂亮！”

*

尼尔很少会一整个上午无所事事，难得的这次机会，他心里早打算好做些什么：他已经很久没去过阿莎大姐的饭船了，他一想到那个就勾出很多馋虫来。

这是在广东阿差间开的一个小吃，穿梭在这个城里的无数印度兵、水手长、水手们、收账员、记账的、管家、翻译，以及账房都必到这里消费。这是因为阿莎大姐的饭船是整条珠江上唯一一家可以让阿差们吃得放心、可以大快朵颐的地方，他们不用担心这里会有牛肉或是猪肉，也不会怕会掺进来什么狗肉、猫肉、蛇肉或是鸟肉的零碎食材：她只做羊肉、鸡肉、鸭肉和鱼肉。而且所有的做法也都是他们所熟悉的，用的是纯正的玛撒拉[①]和来路明白的油，米饭从不会做得松软黏乎。这里的招牌菜有印度烤香饭，也有鱼饭、面饼、面炸青菜、咖喱鸡和树叶煎鱼。偶尔——如果你够走运的话——还会有炸菜饼和炸面饼；如果你能提前通知一下，在阿莎大姐这还能吃到便宜的素菜——这里的素菜可不像广东寺庙里那些清淡的素斋，而是那种梦寐以求的酸辣菜。

有些来到中国南方的阿差就怕不小心吃了些禁食，宁可几个星期只吃

---

① 玛撒拉（masalas），即印度、巴基斯坦、尼泊尔、孟加拉、缅甸及斯里兰卡料理的名词，指一种由多种香料混合起来的调味料。玛撒拉其实是一个泛称，有不同的款式，可以有干身的或糊状的。

些白煮青菜和米饭。他们更怕的是，有时候一些他们不认识的东西吃到肚里，常常让他们上吐下泻。对于阿差来说，他们对阿莎大姐有着万分感激，更有着最深的信赖。可尼尔经常拜访她的小吃却另有原因：在她那吃吃饭还有项额外的奖赏——在那里可以听到孟加拉邦语。

阿莎大姐会讲流利的印度斯坦语和孟加拉邦语，而这常常让阿差感到吃惊，因为她长得没有一丝阿差的影子。身材消瘦、腰板笔直，穿着简单的工服，就是那种广东船家女常穿的衣裳——蓝色的外衣、长及小腿的裤子、圆锥形的遮阳帽，有时还会套件夹棉的马甲以抵御冬天的寒气。她常是坐在小凳上，手指拨着算盘，手肘处点着一杆香，她与周围的广东江边女融为一体，每每当她用阿差熟悉的家乡话问候他们，总让他们着实吃惊——印度斯坦语，有时也来两句孟加拉邦语，这两种话她都可以轻松应对。他们总是惊讶得掉了下巴，然后都会问起她是怎么学会的，就好像她这流利的语言是某个魔术师变出的戏法。而她却总是笑着回答：你们知道这儿可没魔术师，我生在加尔各答，在这里长大，我的家人还住在老家……

阿莎大姐的父亲在她出生后不久就搬到了孟加拉，他是第一批定居加尔各答的中国移民——是在一个很大的哈卡族中一位少有的广东人。一开始，他在基德波尔的码头当一名装卸工，但等他的家人也到了那儿之后，他就做起了食品生意，自己办了家小企业，专为来往码头的中国水手们提供食物，卖给他们些面条、酱、腌菜、香肠和其他补给，这些都是为了保持那些水手们的身体健康。

他卖的这些食物都是自家做的，家中成员都是生产者，也包括所有的孩子，而阿莎大姐是长女。当她已经不是个孩子但也还未成年时，有一天，阿莎大姐去开门的时候，刚好进来一位叫阿宝的水手，他是来给自己船上买食物补给的，他的船第二天就要离港了。那天早上，家里正忙得不可开交，她满脸的面粉、头上还挂着几根湿面条，阿宝一看到她这副样子，惊讶得张大了嘴。他用广东话说明了来意，她也同样用广东话回答了他，告诉他快说自己要什么——快点了！不论是她的回话，还是她那副样子，本都不可能吸引任何人再来——可是第二天，他却又来了：他逃下了自己的船，他说道，因为他想给她们家打工。

阿莎大姐的父母心里当然清楚他的心思，可他们心里却不是很满意——有部分原因是，他们从男孩的话里听出，这孩子生来就是在船上干活的；还有部分原因是他们心里为自己的大女儿早就物色到一位更合适的新郎。但尽管如此，阿莎大姐的父亲还是接纳了他，但却并不是可怜他，而是因为他是个会算计的生意人，并对自己的经商头脑很引以为豪。他认为这位年轻的水手也许会有些用处，尤其是对于他这样一位和船上人做生意的，比如说开船到河上，争取些新到的船只上的生意，等等。他来之前，这些活都是他自己亲力亲为，但他毕竟不是船上生的，所以总要到胡格利河上雇些船工来驾自己的舢板船，而这过程中总会吃些亏。这位年轻人是不是可以帮他在拥挤的河面上开船呢？可这答案却不是那么简单的，因为胡格利河上的舢板船和它的中文名字可相去万里了：珠江上的舢板船，取名同音“三板”。船头船尾都没有翘起，但胡格利河上的这种船形状上更像个独木舟，划起来也十分不同。

但是阿宝生就水性好，少有什么船可以难倒他：这里的舢板船对他来说轻松上手。而且他在珠江上学到的可不单单是划船：那些想挤开他、占他便宜的印度水手和码头流氓很快发现，他就是吃这碗饭的；而那些对他大声漫骂的人发现他连骂人也很溜。他很快在开船的那批人里有了名声，成了码头人人皆知的人物，大家都叫他宝布鲁。

宝布鲁立马成了家里生意不可缺少的重要人物，大家都想不出什么合适的理由拒绝他成为大女婿：之前的不情愿早已烟消云散，两家之前也互传了口信，好事遂了大家的心意。在一艘游船上举行了婚宴，之后两个就住进了家里的大房子，阿莎大姐的九个子女里有五个是在那大房子里出生的。

虽然宝布鲁已经在加尔各答开始了自己的新生活，可他对那里的感情不比自己的妻子。他就生长在一艘船上，这艘船就是自家的营生；这船就在广东周围做些小生意，爸爸就是船上的老大。自家的船并不大，虽然船速不快、船行不稳，但宝布鲁一直当那是自己的家。当他听说父亲打算卖了那艘船，他丝毫没有迟疑：加尔各答与广东之间的书信和礼物一直没有间断，因为两座城市之间的海上交通便利；宝布鲁从一艘船跑到另一艘船上，终于找到一个熟人，让他劝自己的父亲先不要卖掉船，再等等他。两人的路费是邻居一起凑的，几个月后夫妻二人带着孩子就来到了中国。

自从搬了家，阿莎大姐发现轮到自己靠船上的人捎口信回家里了，所以每每有印度水手或是船上杂工露面，带来了礼物或是口信，她总觉得自己当然应该给他提供些食物，这些食物正是自己日思夜想的——阿差饭菜，那种她在加尔各答习惯吃了的饭菜。她这种做菜的手艺一传十十传百，越来越多的阿差会主动找上门来，其中渐渐就不单是印度水手，还有印度兵、卫兵和办公室文员。来的人越来越多，开销也越来越大，直到有一天宝布鲁发了脾气，与其这样招待下去，不如做个营生。两人越合计，越觉得对头，而且宝布鲁的船可以去澳门拉些原材料，那里可以买到很多玛撒拉、面饼、腌菜以及其他食料，因为那里有很多果阿人。而且不是还有阿莎大姐的父母为先例，他们不正是做的同样的生意，给那些身处异乡的人做些可口的家乡饭吗？

这家小吃的成功，使得阿莎大姐和她的家人又开出好几家生意，但对她来讲，这个饭船却是主要的热情所在；她还是在自己最熟悉的地方最心满意足——那就是钱匣子和厨房之间。

尼尔每每从船头走进，穿过像门口一样的船上的小亭子，总会看到阿莎大姐坐在那里：对于他来讲，每次见到她的欣喜就是听她用孟加拉邦语招呼他，就像他第一次来时感受到的那种惊喜，话里常融进几个稀松平常的词，*nomoshkar*，*kemon achhen*？——这些都是在加尔各答小巷里常听到的词，可是在广东的饭船上听到却似神奇的经文。

可是今天刚一踏上船，尼尔就知道今天的惊喜是另外一种：不仅阿莎大姐不在平常的位置，而且她的几个儿媳妇也都忙前忙后，把船上的窗户都拉上了：看来今天小吃是不开门了——虽然现在还是半晌，一天才刚刚开始。

这艘饭船低矮而且呈长方形，整体是一个驳船的样子，船头船尾都有小亭子，中间一处凉棚遮挡，两边都摆着长凳，中间有一张大桌子——就在这里点菜吃饭。尼尔从门口望进去，看到阿莎大姐正在船尾扑灭灶火。她刚好抬起头，看到尼尔来了一脸惊讶，她快步穿过船身。刚走到他身边说的第一句话，可不是以往那些招呼的话语，而是语气急促，带着几分不悦，她说道：你怎么跑来了？

尼尔也很惊讶，只能结结巴巴答道：我就是过来吃些……

呸！她打断了他，你现在可不能上这儿来。

为什么？

当官的刚刚传下话来，让我们关门。

哦？尼尔问道，为什么？

她耸耸肩膀：他们就是要保证这里不会惹出什么麻烦事。

这还是让尼尔很不解。什么麻烦？他问道，我刚从广场过来，路上也没看到什么事儿。

是吗？她闭紧了嘴唇，又挑起一根眉毛：那你有没有朝河上看呢？

没有。

那你看看。

她手扶着他的手肘，让他转过身，这样就正朝着河面：他看着开阔的河面，以往每日此时都是一片忙碌，现在却空荡荡一艘船都没有。所有的桶船、小圆舟和舢板船都靠向了两边，给两艘战船让开了路，两艘船正从不同的方向朝番鬼城开来。

这片水域很少会看到战船，所以这种阵势让人看着紧张：船的两边都有雕刻，上面挂满了国籍旗和三角旗。其中有一艘已经开得很近，尼尔看到那上面有很庞大的部队——而且不是在城里常见的那些士兵，是那种高大的清朝卫兵。

出了什么事儿？尼尔问道，你知道吗？

阿莎大姐环顾四下看了看，示意他附耳过来。

我也不确定，她轻声说道，但我估计应该是搜捕。专门来搜其中一家洋行的。

尼尔突然有所警觉，说道：哪家洋行，你可知道？

她笑了笑，在他的手臂上轻拍了一下：不是你家，别担心。是最远那个，你认识不？

你说是义和行吗？

她点了点头，然后又说道：是的。义和行。

过了一阵他才想明白这个词。什么意思？他问道，是义和行的中文名吗？是说的一个行吗？

她又点了点头：是的。就是義和行；说的是一个行。

*

巴拉姆站在阳台上一直小心地看着那些印度水手们从小艇上卸下一箱箱货。他的这些货其实只是这批货的一小部分，但他还是离着老远就能认出来，因为箱子上还有上次风暴留下的印记。他开始在心里记着数，刚查到六，就突然听到隆隆的鼓声，他的注意力从码头上转移到了河上。他双脚一转，却发现只能看到小河的河口，入河口已经被一艘大船拦住——中式的平底大船——已经悄无声息地拦在了泥沟的入口处。

他这才明白刚才为什么敲起了鼓：鼓声是伴着一整支清朝军队登陆敲起的。这些卫兵都从大船上下来，集结在海关税员办公室的院子里，领头的卫兵已经朝着义和行的方向跑了过来。

难道是搜捕？有那么一阵巴拉姆站着动也不动。接着他费力地喊道："英尼斯！英尼斯！快看……"

豆大的汗水从巴拉姆的前额滴了下来，浸湿了头巾。呼吸也变得急促，他已经不能正常地思考了，他心头只有一念，一定要跑掉。他用手摸了摸腰带，确信皮钱袋还在那里。然后他把头巾的一角扯下来挡着脸，走下了阳台，快步穿过了这个住所。就在他走下楼梯的时候，听到了英尼斯的声音从楼下传来，他正在朝一个人喊着什么——可能是印度水手或是他的仆人——他也听不出是谁。

英尼斯要怎么对付那些清兵？巴拉姆想不出来，但此事也并不重要了。英尼斯没有家人，也没有什么好名声要维护；他是个危险的流氓，他肯定应付得来——就算他真的没搞定，也会有英国的战船给他撑腰。但他，巴拉姆，却没有这样的担保，所以再不能多耽搁一分钟。

巴拉姆快步走到院子里，走向那扇拱形门，那里一直通向这个行里的最深处。他走过门的时候，不时地回头张望，看向洋行的大门口。他已经能从大门处看到卫兵，他们穿过了海关大院，正跑步向着义和行前进。

巴拉姆转过头，开始快步走向另一个方向，挨着丰泰行还有其他几间洋行，义和行也有扇后门可以通向十三大街。巴拉姆知道，如果他可以穿过接下来的几个院子不被那些清兵发现，那么他就可以成功逃出这间洋行。

现在已经能听到清兵靴子的声音了，从洋行的大门那里传来。巴拉姆跑进下一个院子时，又偷偷回头瞄了一眼，看到有五六个清兵的身影：因为他们都戴着羽冠帽子，所以显得出奇的高大，就像巨人一样。

来不及了，来不及了……当他走过走廊的时候，巴拉姆已经能听到清兵正用兵器砸着英尼斯的房门。其他的房门都没有开，人们全都探出身来看看这番骚动是怎么回事。巴拉姆心里暗算着自己跑步的节奏，并用拐杖丈量着每一步的距离，头一直低着，身边的人朝着各个方向跑着：有些是急着离这一片嘈杂远一些，还有些人是朝着这片声音跑来。他的眼睛一直低垂着，就盯着下面的铺路石，两排牙齿紧咬着头巾的末梢，对那些与他肩踵相擦的人一点都不关心。他一直小心回避着他们的眼神，直到他发现自己的影子已经踩在自己的脚下的时候，他确信自己已经跑出了洋行。

他站在十三行大街上，这街上全都是小店，有很多都是他非常熟悉的；他心知，如果自己找到一家店进去，就可以坐下来缓口气。但是当他正在考虑走哪条路的时候，他看到这些店里也都慢慢空了，因为人们都跑出去看义和行到底发生了什么事情。

旁边有座石桥横跨泥沟，可以看到整座义和行。大伙儿大多朝着这个方向跑去，巴拉姆也随着人流拥到了那里。快到桥边的时候，他就紧靠着墙面，正好能看到自己几分钟前站着的阳台。现在阳台已经空了，但下面的码头上却挤满了人，大多都是清兵：英尼斯就站在大堆人中间，满面通红，嘴角的雪茄还在冒着烟，一边喊着一边挥着自己的手臂，想要挤出那片混乱。你不得不承认——他可不缺乏胆量，这个家伙——但是他现在可受尽了苦头，这是毋庸置疑的。他身边站着一位清兵，正撬开一个箱子盖——是他的箱子，巴拉姆意识到。箱子盖被撬开了，清兵把手伸进箱里，一脸得意地举起了一个黑色的圆形物体，大约就像一个炮弹——正是不列颠帝国生产的最优质的加兹布尔鸦片的容器。

巴拉姆感到自己喘不上气来。他抬起手来放在喉咙处，扯开长袍的颈线，似乎是被它勒得喘不上气来。衣服一解开，腰带也跟着松了；他能感觉到自己的钱袋慢慢滑了下去，他忙松开了拿拐杖的那只手，这样他可以用双手护住腰部。人群在他的周围涌动，他也被推得踉踉跄跄，被挤到了墙边。钱袋马上就要从手指尖滑落，这时他感到手肘处有人扶住了他。

老爷！老爷！

原来是新的翻译，他叫什么名字来着？巴拉姆已经想不起来，但他从未像现在这样高兴，可以见到自己的一个手下。他把翻译一把拉近，并把钱袋递到了他的手上：拿着这个，小心些，别让任何人看到。

是，老爷。

他挺直身子，推开了人群。

跟上，翻译，跟上。

是，老爷。

他们离开了人群，巴拉姆朝丰泰行那里走去。他已经身心疲惫，只希望翻译先生别再问他什么问题——但是他也知道，他出现在这片混战中的事情一定会传到手下的耳朵里。不如现在马上想出合理的借口，挫败种种流言与猜想，避免它们泛滥失控。

巴拉姆清了清喉咙，慢下了脚步。当尼尔跟上他的时候，他把自己的手放在了尼尔的手肘处。

我正要去潘启官的商行，他说道。去付一笔钱，你也知道……买些丝绸。之后就发生了刚才的混乱，我被人流挤得没了去处。事情就是这样。就是这样。

是，老爷。

还好走运的是，去往潘启官在城里的房子的路就在旁边，这也让他这则故事多了些可信性。但是正在此时，当巴拉姆刚拐到这个方向，眼前的景象让他又一下喘不上气来：正是潘启官本人，带着一队清兵沿着路走过来。他穿着暗红色的丝质官袍，上面带着金碧辉煌的祥云和穗子，前胸有绸制精美的图案——但却有块厚重的木板一直夹在脖子上。这块木板很大，让他的头看上去就像一个摆在桌上的苹果。

潘启官的目光落在他的身上，只稍稍停留了一下，两人就都移开了视线。

枷！巴拉姆吃惊地嘀咕道，他们竟然给潘启官带上了刑枷！就像抓了一个普通的小贼……

身后的清兵站满了整条路，巴拉姆能看到潘启官的家人——他的儿子们、妻子们，还有儿子媳妇们——全都站在一起，掩面痛哭。他似乎预见了自己，也变成了潘启官，以同样的方式被押出了广场旁阿波罗大街上的住所，就在自己的女儿们、女婿们、仆人以及大舅子们的眼前——希琳拜也看着——他的心几乎停止了跳动。他不知道自己能否受得这样的公开羞辱，但是他也清楚地知道，如果他真的像潘启官这样有了如此的下场，那被带走也是身不由己的；这不单纯只是侮辱，最终难逃的其实是死罪。

巴拉姆迷迷糊糊地朝着阿差行走去，尼尔紧紧跟着他。

潘启官戴上了刑枷！巴拉姆还是难以置信地摇着头，这一个人头要值至少一千万银元？这个世界已经疯了。疯了。

第十二章

马克威克酒店

12 月 9 日

哦，我最亲爱的帕格里，这里发生了最最可怕的事情，导致了一系列非比寻常的事件，我到现在还乱七八糟的。而且一下显露出这么多，实在是难以想象这就是从前天开始的巨变——可事实就是如此，我到现在也不敢相信，因为前天一开始还显得很吉利的。

我终于成功了，你可知道，说服了贾呱给我当模特！这可是费了我一番心思的，你应该知道，我不但要说服他同意，还要说服关乔昌准许他从画廊那请假离开。他可是极不情愿的，因为他怕此举引起其他学徒的不满，所以我又送给他一幅钦纳里最新的画作复制品，他这才应允了我的请求。我把贾呱带回了马克威克酒店，就好像他是战场上赢得的战利品——我定是被这胜利冲昏了头脑，我竟然当着马克威克先生把门摔上了（因为他又是跟着我的脚后跟，十分招人厌恶地嘟囔着一些难听的话）。

这是贾呱第一次——也是所有人中的第一人——来到我的房间，我其实有些担心，怕他看到房间里的杂乱有些不悦（因为他凡事总是整整齐齐的）。可令我意外的是，他却感到很有意思——至少我认为他是如此感觉，因为当他看到我的椅子上还有只鞋，竟逗得乐了起来（可这到底是不是开心的意思，我也不确定，因为我发现这些中国人有时候表达惊讶的方式也是笑一笑）。走运的是，这个小插曲并没有导致他不乐意坐在椅子上，如果他坚持不坐，那我就又有麻烦了——因为我已经决定给他画一个坐着的肖像，就像安德烈亚·德尔·萨尔托[①]那幅《圣约翰洗者》的画法（我肯定给你看过这幅画的版画：那真是最令人吃惊的画作——画的是一位年轻人，衣服都褪到了腰部，露出身上的肌肉以及那完全不似圣人的胸部）。我当然还没有胆大妄为到让贾呱也把衣服脱到那个地步（你最了解我，亲爱的帕格里小兔兔，我可不像那些手艺不好的画家，必须亲眼看到肉体才能画出栩栩如生的线条）——而且我也不想让他感觉我过于直接……而且我的房间也很冷，我认为让自己的密友感到不舒服是不对的（也许我的房间稍稍暖和些的话……）。

依着我的本意，我把贾呱的手臂和腿都摆到了自己满意的位置，而且他也好脾气地任我摆弄，我还故意多弄了一会儿。还没等我架好画架，我们就听到广场那里传来震耳的暴乱声。我们全都跑到了露台上，看到了令人紧张的一幕。广场上已经挤满了人群，人们都在四散逃开。广场的中间是一队打着各式方旗、三角旗的满族官兵，头盔和军装上都缀着羽翎。这支方队正在穿过广场，中间夹着五六位犯人，全都戴着镣铐。因为这些犯人周围全都是人，所以除了头几乎什么都看不到——但里面只有一两个是像中国人那样剃头蓄辫的，其余的全都像印度斯坦人那样戴着头巾或头帕！

给阿差戴上镣铐？这当地的官兵很少会抓外国人，我看到贾呱和我一样震惊：他肯定是也没见过这样的阵仗。这些倒霉的阿差是谁？他们犯了什么罪？

我和贾呱都很好奇，所以跑到了下面的广场，也挤进了人群之中。

贾呱没一会儿就了解到了些情况：官兵围剿了英尼斯先生在义和行的住所，把他抓了个现形，他正从一艘小艇上往下卸鸦片。他们接着逮捕了

① 安德烈亚·德尔·萨尔托，文艺复兴时期欧洲佛罗伦萨画家。

船上的人，其中有两个当地人，他们是带路的。其他的都是印度水手，现在就要把他们押回城里的监牢。

两个带路人的身上全都是伤，衣服也都被扯成了碎片。印度水手们似乎没有挨打，但看上去也相当可怜，全都光着脚，只穿着薄薄的裤子和上衣，除了头上的头帕和肩膀上的围布，再没有多余的御寒衣物。他们肯定也都吓得魂飞魄散，但却看不大出来，他们就像平常的阿差那样坚忍和顺从。虽然我知道他们是走私犯，罪有应得，可看着他们被推搡着前行、全都低垂着眼帘，心里却是抑制不住的怜悯之情：如果我身处其境，被一堆暴怒的人群拥着，在一座陌生的城市，被押解到天朝的监牢，我会怎么办呢？

贾呱帮着把我推到了人群的最前面，离那些卫兵和犯人越来越近。现在这支军队已经走进了老中华大街，在挤进这条烂街的时候我被推到了一个印度水手的面前。他长得十分清瘦，虽然也像其他犯人一样低着头，但感觉他却有着坚毅外表，我感觉他非常年轻。我离他非常近，都能看到他头上发灰的头帕是破旧褪色的碎布，所以我还在想他会不会也是从孟加拉邦来的，就像其他印度水手一样。

当我们拐过大街上背阴的角落，人群的骚动声愈加大了。这让卫兵们的注意力有些分散，所以我可以离那位年轻的印度水手更近一些：我只能看到他的侧脸，他下巴的线条突然让我想起，我似乎在哪里见过他。人实在是太多了，我根本没法仔细看清他的长相——但我向你发誓，从我站的角度看过去，他非常像那位“哥哥”：你最爱的乔都。

但你不要担心，亲爱的帕格里。首先我也不能肯定那个男孩是谁；而且贾呱向我保证，那些印度水手是不会被砍头的（我是求他去帮我打听的，因为我脑袋里总是惦念着那个……）——但不会的，你也可以放心，肯定罪不至死；他们只是被关在监牢里。

那天之后，番鬼城似乎又一切恢复了正常，但其实一切都变了模样。英尼斯先生住的义和行已经被官兵包围，四周一直有官兵和卫兵把守。也许你会问，为什么他们不进到洋行里捉拿英尼斯？扎迪大哥跟我讲，他们之所以不进去的原因是，一直有这样的习俗，公行的商人会为那些洋商人做担保。清朝官员始终坚持认为，应该由公行的商人把英尼斯赶出广东，如果英尼斯离开，那么就要由公行的商人代受其罪罚——而对他们的判罚可是相当的严苛。

在我又去拜访珠江花圃的时候，我亲眼看到了。

我不能跑题：这次行程中发生的事情你也会感兴趣，因为它和你那些画有直接的关联。

你上周送来的包裹是四天前收到的——我们真是幸运，埃伦·彭罗斯小姐准备好了一整套的插画（我要说，这些插画，画得真是太有水平了）。这包裹到的正是时候——至少我是这样以为的——因为按照我们的安排，你应该记得，第二天阿姆就会到酒店来接我，我上次去珠江花圃已经是一周前了。我还是很想见陈先生，我为阿姆的到来做了精心准备。把画都装到了布包里，提前告诉了马克威克先生我要等一位客人，他一到就要立马通知我。然后就自己坐在房间里，等了好几个小时。

这段时间我也没闲着，我可以开始画贾呱的身体轮廓——亲爱的帕格里，你真是想象不到，阿姆没来我有多么的失望！我很受打击——也有些生气，当小教堂的钟敲了六下的时候，我决定不再等了。我去找到贾呱，告诉他我要第二天自己租艘船去花地苗圃。让我高兴的是他竟主动要求（其实我也希望如此）陪我一起去，还说他会来安排租船事宜。

第二天早上我们就出发了，我亲爱的帕格里，你都无法相信我是多么的期待。一切看上去都那么吉利：天气很好，租来的小船也不是那种可怕的家伙执掌的小船，而是一位慈祥的老船夫摇的舢板船。小船确实有点窄巴，所以贾呱和我就要挨着坐下，因为小船的颠簸，我们二人还要时不时彼此抱住。可这只会让这次行程更有意思，所以我们决定再往河下游多走一段距离。直到我们过了最常见的那些地方——沙面岛、荷兰贸易站、行刑台——我们才注意到岸上挤满了人，都想看一眼刑台上的景象。

等离得近一点儿时，我们就看得清楚了，那上面有个公开示众的人，脖子上夹着一块巨大的木板。贾呱问了几个路过的船夫，打听到说此人是那位恶贯满盈的英尼斯先生的同谋，他对走私鸦片进城有着姑息纵容之罪。船夫还告诉贾呱，如果英尼斯先生不离开广州城，他就有可能要被砍头！

我们以为这人必定是个流氓或是土匪，同英尼斯那人一路货色——亲爱的帕格里，所以当我离近得以看清这受罚之人是谁，我那心中的恐惧啊！这人正是潘启官，杰出的公行商人，花卉与园林鉴赏家！

看他沦落到如此下场着实让人伤心，脖子上架着一块巨大的木板，成千上万的人都不怀好意地瞄着他，所以我巴不得这小船马上开到花地苗圃——但这也是不可能的了。我们刚调过船头打算朝花地前进，就碰到一处拦截，告诉我们现在有新的规定，没有特殊的令牌就不能再前进。所以我们不得不折返，回到马克威克酒店才发现，其实这次行程本就是多余的——因为阿姆已经来到酒店通知我，陈先生因为要紧的事情离开了。

打那以后，我就再也没见到过阿姆，也没从陈先生那再获到只言片语——但这也是意料之中的事情，因为番鬼城里的氛围已经紧张得一触即发。英尼斯先生仍旧拒绝离开，所以每天都会有新的传言，说要对他进行制裁和威胁。一天下午，义和行外面贴满了布告，分别是中文和英文写的。我拿走了一张，想要留作纪念，我实在是忍不住把上面的话抄下来给你看，因为你一定会感兴趣的：

"本月三日外商英尼斯公然藐视我国律法，以小船私运鸦片入我广东境内。公开置天朝禁令于不顾，无忌本人之名望。他之行为已引起公愤。吾将中止与之一切商业往来，并请搬离吾城内居所。现将此公告于众，务告知列位，以示警告。"

这是不是最不吉利的布告？可英尼斯先生就是这样一个人，连这样的布告他也置若罔闻。

整个事件最奇怪的地方，扎迪大哥说，是英尼斯先生不可能是单独行动——他肯定有同伙，如果他把那人招出来，这罪肯定会轻很多。可是他却下定决心咬死不说，对他自身的指控竟自称完全无辜（他可是在自家门口被抓住正在卸鸦片啊！）。可英尼斯先生非说那些毒品是被中国海关的人放在自己船上的（这当然是一派胡言），所以他不认为自己有一丝罪过。这让公行的商人们陷入了两难境地。他们已经多次会面，也发出了无数的通告，但却毫无用处，他们现在已经束手无策了。

也许他们已经商议出一个决定。扎迪大哥从他的朋友莫迪先生那儿听说公行商人已经向委员会请求召开一次秘密会议，他们希望英尼斯先生能出席，这样他们便可以与他当面对质。他们其实是寄希望于商会会感到羞辱，之后对英尼斯先生采取行动——他们热切地希望会面会起到一定作用，我亲爱的帕格里小姑娘，而这段时间内河上已经几乎没有任何活动，所以我也不知道我要怎样，也不知道什么时候能找到一艘船把这封信给你送去。

*

巴拉姆本以为这次商会特别会议会在商会会所一楼的大厅举行。可是，等他到了那里才知道，会议地址已经应公行商人的要求有所更改：考虑到此次会议的机密性，会址已搬到了一处更隐蔽的地方。林赛先生决定把会议定在三楼商会主席的个人沙龙里——这层有好几间私人办公室和会议室，只有商会主席、委员会，以及商会成员才有权进入。

当巴拉姆往沙龙走的时候，听到了一个高声回响在沙龙里：“不，先生，我不会离开广东，你也不能强迫我！我告诉你，我可不是你们商会的人。我是个自由人，先生，我绝不听命于任何人。你最好给我记清楚了。”

说话的正是英尼斯，一听到他的声音，巴拉姆停住了脚步。

巴拉姆这几天都在担惊受怕，生怕见到任何一位会证明他与义和行的事件有所牵连的人：一位是阿龙，另一位就是英尼斯。阿龙像应了天意一般，已经寻不见了——维科听说他早就逃出了国——至于说英尼斯，这是自那天之后，他第一次将与巴拉姆同处一室。所以在进屋之前，巴拉姆深吸了一口气。

现在讲话的是查尔斯·金："英尼斯先生，如果你这么看重自己所说的自由，那么你就要接受自己的行为所导致的一切后果。你难道没看到自己的肆意妄行导致的后果？难道你不明白，是你让潘启官——让我们所有人——遭了如此的灾难？"

主席的沙龙是间宽敞、设备齐全的房间，屋里的窗户望出去可以看到白鹅湖和北江优美的风景。在大理石的壁炉台上摆着两个漂亮的明朝年间的花瓶，在两个花瓶之间还有一对漆制的鼻烟壶。委员会成员都聚在房间里面角落的壁炉台周围。大家都已经就座，只有威廉·渣甸站在那里，后背靠在壁炉台上。虽然林赛先生有着商会主席的头衔，但可以清楚地感觉到，渣甸先生颐指气使，整个会议是他在主持。他正听着英尼斯和金之间的对话，只见他的脸上浮出一丝笑意。

"潘启官倒霉不能算在我的头上，"英尼斯大喊道，"要怪就要怪那些清官。他们愚蠢至极，与我有何干系?!"

每个人都专注地听着二人的争吵，似乎只有颠地注意到了巴拉姆的到来。他朝他点了点头，示意他坐在自己与施赖德先生之间的空位上。

巴拉姆正要坐下，忽然听到渣甸打断了二人的争吵，用他那一贯平和的声音说道："我说，查尔斯，你不得不承认英尼斯说得也有道理。是天朝那些人在小题大做，跟以往一样。"

"但是，先生，"金回应道，"眼前的事情完全是因为英尼斯先生的行为引起的。只有他才可解决这一危机——他只需离开即可。鉴于他固守此地只会带来血腥与不便，我认为他马上离开为好。"

一听到这个，刚才就在座位上有些坐不住的施赖德先生强烈地回应道："不！英尼斯先生的命运可不是唯一成问题的事情，还有一个更重要的原则问题有待解决，这关系到我们这个商会的影响力。在任何情况下都不能允许本商会对自由商人发号施令——那是公然侵犯我们的自由。"

施赖德在说的时候，颠地一直在点头认同："听我说清楚：如果商会想要做一个影子政府，那我肯定第一个与商会脱离关系。我们这个组织是为了辅助贸易与商业往来。我们不受任何司法管辖，我们必须坚持这一原则。不然的话，以后天朝每次都会利用商会把自己的意志强加在我们头上。这显然就是他们要求今天与我们会面的缘由——依我之见，这给了我们很好的理由，我们要团结起来支持英尼斯先生。"

"支持英尼斯？"查尔斯·金的声音听着有些难以相信，"明明犯了罪，我们还要支持罪犯？还打着自由的名号？"

"但是无论如何，查尔斯，"渣甸冷静地说道，"颠地说得对。司法是不能左右我们商会中任何一人的。"

查尔斯·金把双手举到了太阳穴的位置。"容我提醒各位先生们，"他说道，"我们眼前最紧急的事情是潘启官的人头。他是我们大家的好朋友，而且他在公行的同事们等下会来为他的人命求情。难道我们要依着法律条文拒绝他们的请求吗？"

"得了吧！"施赖德反驳道，"可别给我们演这些保加利亚的苦情戏了！如果不是你们太嫩，你们早就应该清楚其实还有很多……"

"先生们，先生们！"渣甸没等施赖德说完就打断了他，"我必须提醒你们控制一下自己。也许就此事我们的意见相左，但绝不是在今天、在这里吵个明白。"

在他讲话的时候，一位仆人进来在他耳旁轻语了一下。渣甸点了点头，然后转向屋里其他所有人："公行商人们已经到了。请他们进来之前，我再次提醒各位，不论我们个人观点如何，一定要由林赛先生代表我们发言——只有他一人可以。各位是否都明白？"

渣甸的目光巡视整个房间，最后落在了查尔斯·金的身上。

"哦，原来是这样了？"金说道，目光里有些不悦，"你们间的分歧已经解决了？"

"如果我说我们已经冰释前嫌了呢？"渣甸还是平静地回答道，"林赛先生是商会主席，代表整个商会是他的特权。”

金先生很是反感：“那好啊。那我们就不要猜谜语了。让林赛先生尽情发言。”

又一位仆人走进房间，宣布公行商人的到来，在场所有人都站起了身。来的代表是四位商人，领头的是公行行会里最资深的元老，浩官——伍秉鉴。所有人都穿着正式的官服，系着扣子、围着缎带，长袍与帽子上都缀着彰示官位的缨穗。

换作以往，公行商人与番鬼之间一定又是一番“请”、“请”，可是今天似乎是顺应眼前事情的严肃危急性，中方代表都站在门口，满脸肃穆坚毅的表情，他们的下人把沙龙里的座位又摆换了位置，四把椅子一个挨一个抬开，面朝着其他的位置。然后，这四位巨头径直走进，正襟危坐，双手全都轻放在腿上。除了衣袖不时窸窸作响，再没有其他的动作。

没有了以往的开场白和对话，一位传话的走到林赛先生面前，递给他一卷纸。当把封条拆开，发现里面是用中文写的——商会的翻译费尔龙先生刚好也在，他把这卷纸拿到了前厅，仔细阅读了起来。

他离开的时间差不多有半个小时，屋里几乎没有人说话。桌上摆满了为到访的客人准备的精美小吃——奶油葡萄酒、蛋糕、馅饼和果汁——在座的公行商人全都挥手示意撤下，他们一直坐着纹丝不动，目视前方。只有查尔斯·金几次想要搭话，可公行商人都一脸肃穆，他也马上消停了下来。

其实，这些公行的巨头们，屋里所有人都和他们在无数次宴会、花园聚会以及游船上会过面，相互之间敬酒闲谈。在座所有人都可以讲一口流利的洋泾浜，而且也都曾用这种语言谈及过一些与自己妻子都未曾聊过的私密话题——他们的情人、他们的星相、他们的胃口、他们的钱财。可现在没有一个人发出声响。

坐在最左边的就是瘦瘦的、清心寡欲的浩官，巴拉姆最钟爱的写字台就是他送的。坐在最左边的是茂官——卢继光，他曾拜托巴拉姆为自己女儿结婚去买珍珠饰品；坐在中间的是鳌官——谢有仁，这人诚信可靠，曾因为货里有一箱茶叶不合格，把整船货物的钱款都如数退还。

虽然语言不同、尽主不同、钱物不同，可是这些公行商人与番鬼之间的信任与友好却一直很牢固，可是现在，那些信任与友好虽历历在目，可彼此的脸上却丝毫看不到一丝残留。

当费尔龙先生回到房间，大家等候他的紧张气氛已经到达了顶点。这位翻译官面朝着林赛先生开始讲道：“恐怕我不能完全传达这里的旨意，先生，就先把主旨向你讲一下。还好，这里的观点与早前公行商人与我们的交流意见是有所重复的。”

“请您讲，费尔龙先生。我们洗耳恭听。”

费尔龙先生开始宣读起自己的笔记：“‘吾等公行之商将广东之商法禁令数次传达于你各位。但你等不为其重、置若罔闻。近日我朝缴没英尼斯先生企图私运入城鸦片数箱。致我同僚被罚身背刑枷公开示众。此为你亲眼所见、亲耳所闻。’”

闻此，巴拉姆不觉心头一震：看到潘启官背着重重的刑枷，那景象就像长在了自己的眼睛里。这些年来潘启官会浸污了多少双手？让多少人吃了他的嘴短？他这一生也许单单送给省级官员的银两就数以百万两计，也许前来抓拿他的人也收受过他丰厚的贿赂。可就是如此，也没能让他幸免于难。

费尔龙在房间的另一侧继续念着：“‘吾等立此商行旨为与你等来往生意，赚取薄利，只为相安无事互惠互利。但尔等外邦之人走私鸦片屡陷吾等于不利。可请自问，若你等身处吾位可会自安？你等一介邦夷中自有通理晓事之人。各路贸易业已中止，如需重启吾等必纳新规，意恐再为尔等牵连。自与今日时起，任一走私鸦片或非法买卖之物入洋行之夷商，吾等立向本朝廷进书，依国法办，违法之人逐出居所。夷商英尼斯先生，暗运鸦片入广东省，总督大人已经下令按法令逐出此城。’”

巴拉姆的目光不经意瞄向了英尼斯，他脸上正带着一种异样的表情望向窗外。这一场景也让巴拉姆对他心生怜意：如果不是他三缄其口，自己也是要被永远逐出广东的。

那将意味着什么，再也看不到广场？永远不得踏足中国？他现在才第一次意识到，这里已经是自己一生中最重要的一部分，而且不单单是生意上的意义：他只有在广东才真正感觉到自己活着——他是在这里才真正学会了生活。如果不是番鬼城让他有了逃离与庇护之所，他也许永远都是米斯特雷庄园里一个囚徒，他将是个一无是处的男人、彻头彻尾的败笔、被当作一个穷亲戚为家人所不齿。是中国让他摆脱了那样的命运，是广东给了他财富、朋友、社会地位、一个儿子，是这座城让他体会到了从未尝过的爱与肉体上的富足。如果没有广东，那他这一生就会是一个没有影子的男人。

他现在能够理解为什么英尼斯会坚称自己是无辜的了：因为那是他能重返中国、重返广东的唯一希望——如果供认出其他人，其实他完全可以自保，那其实就相当于认了罪，就不得不接受永远被逐出此地。

在房间的另一边，费尔龙先生的声音再次响起："'如若英尼斯执意拒绝离开此地，吾等不得不推倒其居住之所，他将头无瓦盖遮天。任何夷商不得收留，如有此举必受牵连。吾等要求将此令与尔等族人之间传播，并必请刊于尔等新闻报刊。以上皆为总督下达法令之旨意，他于令中已警告吾等，英尼斯若不速离广东，公行之商无一例外皆将挂上刑枷。时间紧迫。若尔等于英尼斯逐出之令无有作为，总督之令指日可行。'"

说到这里，费尔龙先生停了一下，房间里散播开一阵令人难受的寂静。

还是英尼斯打破了沉寂："请允许我再讲一次，我没有罪——或者应该说，我并不比屋内任何人的罪孽更深，包括这些公行里像模像样的列位。所以此事没有理由由我一人承担罪罚，因为我所为之事可是我们所有人共识默许的。而且商会对此也不会采取任何行动。这个最好由你来解释一下，林赛先生。"

很多双眼睛全都转向了商会主席，他站了起来面朝着公行商人。

“费尔龙先生，请劳您向我们公行里这些尊贵的朋友与同行们解释一下，商会对此事没有任何办法。因为英尼斯先生根本不是我们商会中的一员。他今天到此是应我一再邀请，但应该讲明的是，商会对他没有任何司法约束。英尼斯先生已经推翻了所有指控他的罪行。作为一名不列颠国的臣民，他享有一定的自由权利，所以我们无法违背他的意愿将他逐出这个城市。”

巴拉姆一边听着一边自己开心：这样的回答虽然简单，但却无法反驳。世上再没有什么语言比英语更适合把谎言变成法律条文了。

环顾整个房间，巴拉姆发现对这番话尤其赞许的并不是他一个人：林赛先生的反驳在番鬼间受到一致肯定。可在房间的另一侧，当林赛的话音一落，公行商人的脸上都现出难以置信的讶异。他们连忙互相合议，然后对传话的一阵轻语，那个人与费尔龙先生短暂地交涉了一下。

“费尔龙先生？”

“先生，接下来是他们需要我转达的意思：‘因为英尼斯一人的执意顽抗，整个对外贸易已经陷入困境，后果将是不堪设想的。我们诚挚地恳请各位先生努力地晓之以理，劝英尼斯于今日离开广东。我们已经相识很多年；你们不单单是与我们做生意，在我父辈与祖辈之时就往来已久。如果我们真的要背上刑枷，那名望将蒙受无法挽回的重创。若品格有污，以后无论是与本国抑或外邦之商人，如何生意交往？但请自问，念在我们长久的友谊之上……’”

翻译说到这里就被气得跳起来的英尼斯给打断了。“我已经听够了！”他大声喊道，“我可不想被这些黄肚皮的异教徒污了名声。他们还对我说三道四，天知道，他们自己在罪与淫上与我不相上下。一出了事情就把臭粪扬到我们头上，如果他们能动我们的话，早就这么干了。天啊，我非让他们一个个都背上那刑枷！这不过是他们下地狱前的预先演练。”

英尼斯的话说得如此生动，根本不需要翻译；而且公行商人的代表团也不需要翻译——英尼斯这种公然的反抗是昭然若揭的。

公行商人一个个站起身，整个会面戛然而止。唯一一位还没站起来的就是浩官：因为他上了年纪，没办法很快从椅子上起身。他的下人扶他起来的时候，他又看了看他的这些番鬼朋友，其中也包括巴拉姆。他的脸上交织着惊讶与难以置信的表情：他的眼神似乎在疑惑着事情是如何发展到这个地步的。

也许是这位老人给人的这种无法领会的敬意让屋里安静了下来，甚至包括英尼斯。中国代表团离开的时候，外国商人都没有发出任何声音。

还没等他们走远，英尼斯又向屋里的其他人开炮："哦，看看你们这些人，一个个拉长了脸坐在这里，满屋里都是你们那虚伪的恶臭！你们这些罪恶之地的执掌之人还敢把我当作个罪人看！你们这伙人里，还有些什么罪是你们没犯过的，还有哪个戒律是没有打破的——你们的一切所作所为在主的眼里都是可耻的。暴食、通奸、鸡奸、偷盗——哪个勾当你们没干？我只要看一眼你们的臭脸就可知道主为何选择我将船开进了这座城市——那是为了加速毁灭这座罪恶之城。如果说这一目的已提前达成，那我高兴还来不及。如果说我留在这里会让报应来得更快，那么，我觉得留在这里就是我的职责所在。"

他停下来环顾整个房间，随后朝地上吐了口痰："你们一个个都心知肚明，跟你们这些他妈的狗屁绅士比起来，我才是无罪的——一个诚实的人。我告诉你们，先生们，这才是我选择离开广东的唯一原因：因为你们中任何一个都不配和詹姆斯·英尼斯在一起。"

*

12月12日

最亲爱的帕格里，我都不敢相信这封信竟然孤立无助地扔在我桌上这么多天。可无奈事实，因为找不到去香港的船。多亏了那位英尼斯先生，他还没有离开广东，所以一切贸易全都停了下来。

但是奇怪的是，帕格里小可爱，这段时间却让我感到非常快乐——如果说贸易要永远都被冻结的话，我一点儿都不会觉得难过！这些天里，我头一次感到绘画是如此快乐。贾呱一有时间就来给我当模特，而且我并没有尽快地完成绘制——一是因为有他陪着我非常愉悦，再一个也是因为这一过程让我受益匪浅。也许你会觉得惊讶，他看到自己被画成没有穿衣服的样子并没有觉得冒犯。他还会好意帮我修正一些地方，修饰一下——因此我发现他和画室里其他那些学徒一样，对人体解剖画都有深入研究。是在林呱一再坚持下领会其真谛的，他经常去帕克医生的医院，去画那里做过手术的病人。林呱的这些画都非常特别——我这一生中从未看到过这样的画作，都是些被截了手臂与腿的病人，还有一些得了重病的人——这些画的神奇之处在于，虽然对血腥细节刻画精确、十分精准，但看上去丝毫没有那种尸魔的阴郁，也不似平庸的肉欲。如果我要盯着那些伤口看上好长一段时间，那我肯定要晕死过去（你也知道，我这人特别容易恶心反胃）。但林呱的画是那样富有同情心，所以我认为，能让他画上一幅画对那些病人来讲也能算是一种治愈。他对人体残缺和不完美的刻画似乎不是特例，而是定律，是生命本身的佐证。这种对人体的研究可不像那种在停尸房或是解剖尸体才学得到的——因为这些肉体里充满了生命力，生命也盈满了肉体。

贾呱对人体也有着无所畏惧而且温柔舒软的感情，当他纠正我画中的一些错误的时候，我会感到他像是在责备我——因为他笑着说，我在画人体的时候就当自己是一只老虎，它们就是我的食物一样。这让我重新审视了我画布上的那幅德尔·萨尔托的人体画：它的缺陷就在于，这个人体太过完美，所以画中的主角看不到生命的气息，与画作想表达的完全不契合。

可他的责备都是为我好，贾呱对我的批评我根本不会介意：这又有了理由可以重新开始学习，有时候贾呱还会让我从写生素描画起——我发现这种做法很有意义，远比那些回想一幅我看过的画要好得多，当然除非我是要翻新一幅画。

但这还不够，亲爱的帕格里。我还收到了第一份佣金！你也许会问是谁给的？正是那位金先生，我那位年轻的席里柯！他是几天前来到广场找的我，说因为眼前贸易的中断，他最近一直很有时间，问问我在他有空的时候是否愿意给他画幅肖像？我当然满口答应，所以我到他们美国洋行里待了几个下午，因为他的住所就在那间洋行里。

金先生对我很好，但我觉得他是位保守的、不愿表达自己情感的人。一开始，我俩不怎么说话，但后来发生了一件很奇怪的事情。我有一天在广场碰到了施赖德先生，他问我是不是在给金先生画肖像。我说还真有这么回事，他接着就开始给我一通教育，问我怎么能和他那样的人同流合污——一个倔强不正常的人，和那些中国人交好，还和他们合伙欺负自己同类。我说自己对那些事情并不了解，而且金先生一向待我友善，我也很喜欢他。施赖德先生就走开了，气得直哼哼，可我还是被吓得够呛，实在是忍不住，就把这件事告诉了金先生。让我惊讶的是他竟然乐了，带着点儿不屑，他承认自己并没感到特别意外。施赖德先生是很古怪的，他说道，虽然他常在公开场合对金先生表现出污辱，可私底下却常向金先生示好——据说他甚至还问理发师去要过金先生的一绺头发！金先生说，施赖德先生满眼皆是堕落与欲念，但独独看不到自己身上的劣迹，其实他才是那腐化欲念的化身。而他这样的人，总是怒气冲天，谩骂诋毁，在番鬼城居然有人追随他，实在令人失望至极，金先生说。

施赖德先生人虽然讨嫌，但我还是要感谢他，正是因为他我才与金先生打破之前没话的僵局。现在金先生与我讲话总是很坦率，让我感觉自己快成了他的知己（他还让我称呼他为查理！）。帕格里亲爱的，我相信眼前发生的这一切，他可是深受其害的！他认为眼前的状况完全要怪这些外国商人：鸦片让他们发了财，他们已经完全离不了鸦片贸易了；他们不能理解，现在中国人不可能继续进口这种东西，因为成千上万，甚至有上百万中国人都沦为了鸦片的奴隶——僧侣、将军、主妇、士兵、官员、学生。而比这些毒品更加危险的，查理说，是它所带来的腐败，因为有数不清的官员收受贿赂，为了可以继续维持鸦片的贸易。现在已经事关生死，查理说，因为在过去的三十年间，中国进口的鸦片已经激增了十倍。如果中国人再不停止鸦片的流入，整个国家都会被它吞噬——在他最阴郁的时刻，他认为外国人恰恰就希望如此，虽然他们嘴上总是没完没了地说要给中国带来自由与宗教。当他们走私的罪证被抓时，他们却要起了最荒唐的花招，以为中国人还会上当，以为自己聪明绝顶。他一直担心，眼前的这一关系到英尼斯先生的事件已经把矛盾推到了至高点，眼下起义或是暴动已是在所难免（这可不是夸张，帕格里亲爱的，我也问了贾呱，他说这完全有可能。他自己就认识些朋友，他们合计着要放火烧掉英尼斯先生住的房子——他们迟迟没有动手的原因只是担心地方官员）。

……哦，我亲爱的帕格里，也许我不该写上面的几句话，因为我坐在这里写信的时候，从书桌前都能看到广场上又集结了一场骚乱。很多打着旗的官兵穿过广场，拎着锣、打着三角旗、搬出烟花炮仗。他们围在美国国旗旁，就是广场的正中间，用手中长矛的背面把人都赶走，清出一块空地。他们周围已经围满了人，越来越多的官兵赶了过来，还有一些当官的也都坐着轿子来到广场。我真是不敢相信，因为他们还抬来了一个装备！看上去就像行刑场上用的东西——木头做的十字架。

我的心都跳到了嗓子眼，亲爱的帕格里……我没法写下去了……

*

尼尔走出了丹麦洋行，他刚刚去那里送封信，这时他听到了一阵意想不到的声响：整齐的脚步声，还伴着鼓、锣和炮仗的声音。

他来到了丹麦洋行的牛栏前，想要看看到底发生了什么事情。一会儿就见一整队官兵从老中华大街的街口拥了出来。他们跺着脚，扬起一片灰尘，走向最高的扬着美国国旗的旗杆。

其实，美国国旗并没有挂在美国洋行门前，而是挂在瑞典洋行前，因为那里是美国领事馆的所在。飞地的最里面是丹麦洋行，中间就是瑞典洋行。这两个洋行中间还有六家洋行：西班牙洋行、法国洋行、中和行、美国洋行、宝顺行以及中国商行。这些锣鼓炮声没一会儿就传到这些商行里。马上，商人、代理商、收账的、商贩全都拥了出来。

这是上午十点钟，番鬼城里每日最繁忙的时候。从黄埔过来的摆渡船几小时前就到了，拉来了日常到城里来歇息的水手们。只要一到飞地，那些印度水手和酒鬼就会一如既往地直奔新豆栏街的酒巷，想尽快一醉方休。但现在听说军队都到了，他们也都跑来看看到底出了什么事儿。尼尔看得出来他们都已经喝得东倒西歪，有的打着趔趄、有的搭在自己弟兄的肩膀上。

随着人群越聚越密，尼尔费了好大劲才挤到美国旗杆那里，官兵已经清出一块空地，还支起了一个帐篷。有位当官的穿着官袍，坐在帐篷里面，手下都在四下来回跑着。离他没多远，就在国旗下，一队官兵正在钉着一个奇形怪状的木制装备。

又是一阵锣鼓声，人群又让出路来，又走进一队官兵。他们抬着两根杆子上面架着的椅子。这上面绑着一个人，衣服散开着，剃光了头，双手反绑在背后。他被打得遍体鳞伤，头随着他们的步伐左右摇摆。

人群拥着他，尼尔听到一阵带着东部口音的孟加拉邦语。

……他们是不是要吊死这家伙？

……还能怎样？看看那杂种吓得直抖……

其实，尼尔旁边站着的两个印度水手就是从库尔纳来的，一个船头，一个帮工。那个船头手里还拿着瓶酒，他正高兴能碰到一个孟加拉邦人，所以手臂环在尼尔脖子上，酒瓶倒进他的嘴里。来，尝一口，没什么坏处……

尼尔想推开酒瓶，但这让两个印度水手更加来劲了。烈酒顺着他的嘴唇滑下，在身体里留下灼热的感觉：他一尝就知道这酒的酒劲很大。他张开了嘴，把灼伤的舌头伸出来，忙用手扇了扇。他这副样子把两个印度水手逗乐了，他们又把酒瓶塞进了他的嘴里。这次尼尔的抵抗就更加无力：烈酒的热劲从胃里直冲上头，他这时也感觉和他们像兄弟一样亲热。这两个家伙不错，话里带着粗糙明快的口音，可以和这些友好的陌生人讲孟加拉邦语真是让他感觉舒服。他也把双臂拦在他们的肩膀上，三人就肩并肩站着，摇摇晃晃地看着行刑的准备工作。

这些烈酒让两个印度水手不停地唠叨，尼尔一会儿就了解到他们两个都是“欧威尔”号上的，是一艘东印度公司的船，现在正停在黄埔。来的时候他们碰上了糟糕的天气，就抓紧机会逃到了广东，希望可以把航行的事儿抛在脑后。

可以听到这两位印度水手的英国水手弟兄们含混的声音。

“……看看那个老家伙……”

“……他们才不会把他钉到十字架上……”

“……我看真是亵渎神灵……”

现在要被行刑的那人行为更加癫狂。他的头是唯一一个没有被绑在椅子上的身体部位，已经散开的辫子甩来甩去，嘴里流出的口水把几绺厚厚的头发粘在了脸上。这时主持仪式的官员一声令下，一位侍者打开了一个盒子，拿出了一根大烟管。

“妈了个蛋的！难道是个洋蓟？”

“……我敢打赌，那肯定是个烟袋……”

“鸦片？为什么要给他尝这个马尿的玩意儿？”

那位犯人也看到了大烟枪，他整个身体都朝那倾了过去，脸上的肌肉都紧缩到了他那张开流着口水的嘴边。大烟枪一放到他嘴唇边，人群也静寂了下来，大家都能听到他那如饥似渴的吮吸声。他闭起双眼，把烟深吸入肺里，之后吐了出来，又马上把双唇靠到了大烟枪上。

这种异样的安静被一阵愤怒的喊声打破了：“长官，我代表美国人，向你们提出抗议……”

尼尔转过头去，看到三位外国人，都穿着夹克衫戴着礼帽，他们正朝着帐篷里的官员走去。人群顿时开始喧闹起来，有些听不清他们讲的话，但很明显，帐篷里的官员和这几位美国人之间的讨论非常激烈，而且还有很多水手跟着起哄。

“……这是杀头前的赏赐，兄弟！你难道看不明白……”

“……你是说——让他再尝尝鲜……”

“……难道他能自娱自乐些？”

大家你一言我一语，只见三位美国人走到了旗杆处，降下了自己的国旗。其中一位转向人群开始大声喊道。

“难道你们不明白这是怎么回事吗，各位？这是飞地历史上从未有过的过分之举！他们打算在我们的国旗底下行刑！这意图太过明显——他们是想把这个人的死归罪到我们身上。他们说我们是他的同谋！这还不够。在这里行刑，在广场上行刑，他们是想把我们的国旗和走私贩运毒品联系起来。这些长尾巴的流氓想要诬蔑我们——美利坚合众国！英国！——卑鄙犯罪！你们有什么反应，各位？你们可能容忍这一切？你们会允许他们亵渎我们的国旗吗？”

“……死也不会同意……”

“……要是他们想硬碰硬，我们一定奉陪……”

“……谁想我就打他个稀巴烂……”

人群里的声音越来越大，那位罪人却是越来越安静，他似乎已经不关心自己的命运，他的头已经歪到了肩膀上，好像沉入了梦里。当两名士兵解开了捆着他的绳子，把他拉起时，他一点儿没有反抗，跌跌撞撞地跟着走到了将要行刑的器具那里。当他快要到那里时，他回过头看了一眼，似乎是刚刚才看到这个刑具。只听得他的喉咙里挤出一个声响，膝盖变得绵软无力。

“……看他像不像要被拖去喂狗……？”

“……就像个要被削光了的树杈子……”

这些说话声就在尼尔身后。他回过头去，看到一个喋喋不休的水手，手里拿着一只空酒瓶。只见那人手臂慢慢向后展开，把酒瓶扔到了人群头上。酒瓶正落在官兵身旁，他们立马转向人群，手中的武器整装待发。他们的武器惹得这些水手们一阵大叫：“去他妈的狗兵！”

两位印度水手的喊声回响在尼尔的耳中：*banchodgulake maar, maar…*

尼尔也开始叫喊起脏话。他的声音似乎已经不是他自己的了，而是这人群中的一张嘴，周围这所有人的，这些陌生人似乎都变成了他的弟兄——他的声音与他们没有任何不同，大家的叫喊都混杂在了一起，而这一阵阵声浪似乎在敦促着他，让他捡起脚前的石头扔出去，就像其他人一样。就这样，雨点般的石头和酒瓶都在广场上飞，打到了那些戴着头盔的官兵头上，也落到了帐篷里官员头上。他们开始带着那名犯人逃开了，最后连那名官员也躲在士兵高高举起的武器下面逃走了。

看到自己的胜利，这些水手们开始大笑起来："我说，比尔，这可不是每天都能碰到的好运气！"

把行刑队赶跑之后，这些暴众又开始朝那些官兵落下的东西下手——木制的十字架、帐篷、桌椅——全被砸得粉碎。之后他们把这些碎片堆在一起，倒上烧酒，一把火点了起来。当火苗升起，一个水手撕下了身上的短裤，扔到了火上。受到自己朋友的鼓舞，另一个也扯下裤子扔到了火里。大家开始有节奏地拍起手，让这些半裸着的水手跳起舞来。

挫败了行刑的胜利感，和这些烈酒、火焰、号叫一样让人陶醉。尼尔也沉浸在这场欢庆之中，当他那几位刚找到的印度水手朋友全没了声音的时候，他还一度不明就里。更让他意识不到的是，其中一个拉了拉他的手肘，轻声说道：……跑！快跑！

为什么？

看那边：原来也是一伙暴众……中国人……正朝这边跑来……

没一会儿就见一阵石块雨落了下来。其中一块打到了尼尔的肩膀上，把他打倒在地。他从灰土中抬起头，看到几十也许几百个城里的人全拥向了广场。他们推倒了环绕着飞地的花园的栅栏，一个个都举着那些被拔起的木栅栏。他还瞥见有五六个人正朝着他的方向跑过来，手里举着木头块。他连忙爬起，跑向了丰泰行；他都能听到自己身后的脚步声，谢天谢地飞地是块小地方——他摔倒的时候，离门只有几步远了。

在他跑向大门的时候，他看到大门竟然关了起来。他已经没有力气再喊出声来，好在有人认出了他，帮他留了一扇门，又是喊又是比划：翻译老师，快跑！快跑！

就在他要跑过大门的时候，有个东西打到了太阳穴上。他踉跄了几步，跌倒在地上。

他醒过来的时候已经回到了自己小单间的床上。头疼得像要裂开，可能既有酒的作用，也因为头刚刚被打到。他睁开眼睛看到了维科正看着他，手里举着一根蜡烛。

翻译老师？你感觉怎么样？

太糟了。

他想坐起来，可头疼得厉害。他又倒回了枕头上。

现在几点了？

已经过了晚上七点。你这期间一直在外面，翻译老师。

什么期间？

暴动。他们差点打进来，你知道的。他们拿着各样的武器袭击了这些洋行。

有人遇害吗？

没有。我估计没有。但也有这个可能。有些老爷把枪都拿出来了。如果他们真的朝人群开枪，那将会怎样？还好，官兵在他们开枪前赶到了。迅速镇压了这次暴动——没几分钟就把所有人清出了广场。而且，就在一切归于平静的时候，你猜谁到了？

谁？

义律上校，不列颠的代表。他听说了这里的乱局，马上带着一队印度兵和印度水手从澳门赶来。如果那些暴众还在广场，他手下的人很可能会开枪镇压。那后果就不堪设想了！所幸现在一切都结束了。

那义律上校来做了些什么？

他召集了一次会议，并讲了话，还做什么？他说现在局势已经快要失控，他要亲自保证英国的船只不会再把鸦片运进中国。

哦？

尼尔慢慢坐了起来，一只手扶住头，发现头上已经缠了绷带。

那老爷呢？他还好吗？

是的，他还好。他去会所和颠地先生、施赖德先生共进晚餐。现在一切都消停了，暴动也结束了。除了广场那些被拔掉的栅栏、打碎的玻璃，其他都恢复了原样。

*

“正如我所预料的，”颠地伤感地说道，眼睛盯着自己的盘子，“义律上校并不是来保护我们的自由，他是想和那些官员一样来夺走它。他今天讲完话之后，就毫无疑问了，没有余地了。”

在颠地讲话的时候，一位男仆走到了他身旁，端来了一盘约克郡布丁。巴拉姆对这些调配食物本没有兴趣，但他发现今天端来的这个与以往餐桌上那种湿乎乎的主食不一样——今天是冒着热气刚刚出锅的。

巴拉姆认为会所里的人员一般不会像今天这样体贴：他们好像是为今天白天的暴乱做出一些补救。稍早些时候，其中一位男仆还走向他，在他耳边小声地说：知道他喜欢澳门食物，他们专为他准备了会所不常做的食物——脆炸马介休、焦烧八爪鱼，还有烤鸭饭。巴拉姆欣然表示感谢，现在这饭端到了他面前，上面还有鲜美多汁的红烧颜色的鸭肉，可他却发现自己对这已失去了兴趣。

施赖德的胃口却好像因为暴动更加好了，他已经狼吞虎咽了一大盘烧牛肉，现在又拨到自己盘里很多。

“没良心，我告诉你！完全是没良心，这个义律上校怎么能自己下了如此的命令。天啊，我看他是打算把自己进献给天朝，求他们封他个警察与海关总管！”

“令人震惊，不是吗？”颠地说道，“他单单要把责难特别针对英国的商人！”

“这完全证明了他对中国的情况不了解，”施赖德说道，“他好像不知道，他们所谓的这种‘走私’其实都是美国人干的。难道最开始运鸦片进珠江的船不是一个波士顿三桅纵帆船‘珊瑚’号吗？”

“可不是！”

“无论如何，义律上校都没有法律权限来代表我们发表这样过分的演说。而且英国与中国之间从来也没有所谓的外交会谈。他没有任何领事权力。这些权力分明都是他自己幻想出来的。”

颠地一直点着头：“他的工资是我们付的，现在却把天朝的恶法加于我们这些自由之人身上，这实在是让人震惊。”

巴拉姆正好面朝着一面窗，他看到有几艘点得通亮的花柳船出现在白鹅湖雾气缭绕的湖面上，其中有一艘离得很近，他都可以看到上面有男人躺卧在枕头上，有些女孩在拨弄着琴弦。就好像今天的暴乱根本没有发生过；就好像这一切都只是梦一场。

可就在此时，窗外又有事情发生，巴拉姆实在无法相信这就是事实：广场上竖起了一个绞刑架，就在他办公室的窗外，就要有一些可怜的家伙被处决了。当那位犯人被带上来的时候，这种超乎现实的感觉更加强烈。那人在他被绑的椅子上不停扭动打滚，他把头转向了丰泰行。几乎看不清他的脸，因为被头发盖住了，但巴拉姆发现那人双眼圆瞪，好像正盯着他。这景象让他不禁打了个寒战，忙从窗旁走开了。等他回办公室的时候，广场上已经热闹起来，行刑的人也都离开了。

“那家伙后来怎么了？”巴拉姆突然打断了施赖德，“他们打算吊死那家伙？他被免刑了？”

“没有，”施赖德说道，“他那刑只不过延缓了一两个小时。他后来被带到了行刑台，很快就处决了。”

“可怜的家伙，”颠地说道，“他只不过是条走狗，跟其他成百上千的无赖无异。”

巴拉姆再次望向窗外：在白鹅湖另一侧，一个村子里正在举行一场婚礼，有烟花燃在空中，还有直冲上天的炮仗，每个都同时破成两条线，穿过天空，映在雾气缭绕的湖面上。他盯着这个景观，又想起了多年前的夜晚，他和池梅彼此挨着躺在舢板船上，现在似乎那景象漫成了一道光芒。他还记得自己到口袋里去拿银元，并把银子放在了她的手上，她当时乐了，说道："阿龙呢？怎么不给阿龙点钱？"

巴拉姆不忍再望向湖面。他低头盯着自己的盘子，看到因为没碰那米饭，鸭子的肥油已经凝结在了饭上。他把椅子向后一推，"各位，"他说道，"请原谅我。我今天感觉不是很舒服，想先告退了。"

"什么？"施赖德问道，"不吃蛋糊？不喝汤？"

巴拉姆笑了下并摇了摇头："不，今晚就不了，你们请便。"

"那是当然。晚上好好休息，胃口就会好些。"

"没错。晚安，兰斯洛特，约翰。"

"晚安。"

巴拉姆快步走下楼梯，用衣服紧紧地裹住了肩膀。刚走出商会大楼，他就习惯性地停下了脚步，他在找给自己打灯的阿卜。一般情况下，维科，或是其他人，都会安排好让阿卜来接他——可今天不是普通的一天，看到院子里没有一个打灯的人，他也没有觉得奇怪。

巴拉姆快步走出了丹麦洋行，只身一人来到广场，此时厚厚的水雾从河上升起。河边几乎看不到任何东西，广场也是雾气一片，但各个洋行里的灯光还依稀可见。

白鹅湖另一岸远远地还能看到飞到天空中的烟花。每次炮仗炸开，都在雾气里形成一种特别的视觉效果。又一次依着炮仗炸开的光，巴拉姆看到一个穿着长袍的人，离他有十步左右的距离。他只能看到他的背影，却对那人走路的样子很肯定。

"阿龙？！"

没有人应他，而这时雾气更重了。又是一个炮仗飞上了天，巴拉姆又看到了那人。他抬高了声音："阿龙！请请！阿龙为什么不和巴瑞讲话？"

还是没人应答。

巴拉姆加快了步伐，这时他听到了维科的声音，在雾气里传来：老板！老板！你在哪里？

他转过身看到雾气里有灯光。

这里，维科！

站着别动，老板。等我。

巴拉姆停了下来，又过了几分钟，维科的脸在油灯的映照下从雾气出显现出来。

我来接你，老板，维科说。今天那打灯的小子不在，又起了这么大的雾，我想你得有人挑灯照着路。我在往会所走时就听到了你的声音。你在跟谁讲话？

阿龙，巴拉姆说。

谁？维科的眼睛瞪得老大：你说是谁？

阿龙。他就在我前面。你难道没看到他？

没有，老板。

维科手扶住了巴拉姆的手臂，把他领回了阿差行的方向。

不可能是阿龙，老板。你看到的一定是别人。

你这话什么意思，维科？巴拉姆有些吃惊地问道，我肯定那就是阿龙。他就在我前面。

维科摇了摇头：不可能，老板。一定是别人。

你为什么要这么说，维科？我告诉你，我看到阿龙了。

不可能，老板，你不可能看到他，维科轻声地答道。你看，老板，我们都以为阿龙跑了，其实不是。他其实是被捕了。

哦？巴拉姆手指捋了捋胡子。他们把他放了？不然他怎么会在广场？

维科停下脚步，一只手扶住了巴拉姆的手臂。

那不是阿龙，老板。阿龙死了。今天早上广场上处决的人就是他。地方官刚刚公布了犯人的名字：胡龙金——就是阿龙的名字，你可还记得？暴乱之后他就被带到了行刑台。今天下午被绞死的。

第三部

林大臣

第十三章

1839年!! 1月4日

我以前可从没干过这样的事情，帕格里亲爱的，头一年写的信一直写到第二年！但我也没有办法，珠江上的来往交通这段时间一直中断。但今天早上听说这个禁令就快中止了——我一下想起之前没有写完的信，从抽屉里拿了出来，它从十二月十二号就一直待在里面。

再次看了看上回写的内容，我决定把上一次没写完的地方补充完整：这就好像在庞贝城的餐桌上吃到一半的饭菜，正是那无法预见的埃特纳火山喷发的证据，我这小段未写完的信也见证了十二月十二日在广州突发的暴乱。

这样的消息根本不需要船只送达，我保证它肯定早在这封信前就传到了你的耳朵里。我不再赘述暴乱的细节，只把施赖德先生刊登在《广州纪录报》上的报告夹在信里。我真的是眼睁睁地看着那些事件发生，如今回想起来，我在一开始的时候刚好坐在书桌前，真是极大幸运的。正因如此，我身体才没受到伤害（那些在广场看热闹的人可就没这么幸运了）；我能看得一清二楚，既满足了自己的好奇心，而且还不用挤到事件发生的最前方。

这对你来说也不是什么秘密，我亲爱的帕格里，你可怜的罗宾并不想当英雄，所以你也不用惊讶，我根本就没离开自己的房间，一直待到了一切恢复正常。那天下午晚些时候，扎迪大哥告诉我，英方商务总监义律上校到达了番鬼城，很快就对所有的外国居民公开讲话。当确保了对我人身不会造成任何伤害，我才和扎迪大哥一起去参加了集会，集会是在英国洋行举行的，就在马克威克酒店穿过广场的对面。

这个时候的飞地相当安静，到处都有警卫，根本看不到平常那些小贩和闲逛的人。但是，暴乱后的痕迹随处可见：碎玻璃在土里闪着光；栅栏也被扔得到处都是，就好像风暴过后满地的树枝，因为它们都被拔了出来扔到了洋行的墙上；有些洋行的大门被摧残得不成样子，就还剩大门合叶在那勉强支撑着。

美国洋行是受损最严重的。查理就住在那里，所以我有些震惊，看到他办公室的窗户——就是我给他画像的那间房间——被打得粉碎！我其实真是个爱担心的人，帕格里亲爱的，当我之后不久看到查理，发现他没受伤，我真是松了口气。但他好像特别生气，因为他对这起暴动早就有所预知。这次暴动就是佐证，他说道，这些外国商人的想法完全错了，在鸦片问题上中国老百姓和他们的统治者的想法其实是一致的。他们完全支持统治者们反对鸦片，而且对于外国人的免罪法令相当愤怒——否则的话，他们不会一下子就涌来袭击我们，我们也根本不需要这里的官兵来保护我们。

“鸦片的走私已经让我们失去了好人对我们的支持，一味迎合恶人的口味，我们真的应感到恐惧，也许有一天我们所孕育出的强烈情感，会化做吞噬我们的情绪。”

查理说，很多读过书的人都相信，洋商就像孩子，根本不讲道理。而当官的竟采取如此极端、前所未有的手段，在广场行刑就是一个明确的暗示，他说道，他们已经放弃与洋人进行更理性沟通的希望。

我们当然也都认同，他们采取的办法是可叹的——我们一致认为，清官的真实目的是想让番鬼们意识到自己行为可能会导致的后果。所以在走进“洋行大厅”，也就是我们会面的地点的时候，我们也都十分失望：没有一丝反悔——连一丝丝认罪的想法都没有——所有与会洋商几乎都是如此。他们的态度更像是激昂好斗，而他们唯一的悔过之意，竟然是认为没有采取更为激进的方法来捍卫飞地。

事已至此，我们不得不扪心自问，清官没能做到的事情，义律上校会不会取得成功呢？他会不会认识到番鬼的罪过？我寄希望于他：义律上校不是商人，他似乎有可能会从另外的角度来观察时局。

扎迪大哥感觉也并不乐观。关于义律上校最重要的一点，他说，就是他其实是个大老爷：殖民地之于他无异于水之于鱼——是他的生、他的息、他的命。他是前马德拉斯总督的儿子，印度总督的侄子，多年供职于英国海军。无论他的出身，抑或他多年的历练，都不会让他牺牲自己同胞的利益。

那他到底是怎样的一个人？我问道，扎迪大哥这样回答："只要他走到你面前一开口讲话，你就会了解他是何许人也。"

扎迪大哥一点儿也没有说错。

义律上校最终来到集会地点时，他穿着军装，腰间挂着一把长剑。这身打扮很不错，我认为，因为他一露面就让大厅里的骚动顿时恢复了平静。这更有可能是因为跟着的一队士兵，而并不是单单因为他一个人——就连我，对人的样貌有着特殊天赋，也很难描述出上校的脸庞（虽然我还能清楚得记起他衣服的颜色与裁剪）。

义律上校真的很有老爷架子，一看就是个军官，他的脸庞与军装已经融为一体——他似乎并不是一个单独的人，而是代表了一整支军队，全都是穿着蓝色军装，头发与胡子修剪得整整齐齐。当他开口讲话，声音就像是从船的后甲板上传来：掷地有声、庄重威严，他的声音听上去就是以理性告诫于人。而事实上效果也确实如此：清官行为必须回复理性，他说道，停止在广场绞死犯人；但英国商人也要讲理，必须停止用英国船只公然向广州走私鸦片。英国政府强烈谴责这种行为，这只会使大英帝国声名狼藉；他已经决定中止此事，并愿在此事上与中国朝廷合作。

换句话说，上校的目的就是抵制英国船只在珠江上从事走私活动。关于更大的目的——停靠外岛的那些运送鸦片的船只，以及究其根本，从印度向中国运送毒品之事宜——他只字未提。实事求是地讲，他又能如何？鸦片的生产与销售都是由一个帝国赞助支持的，而他却是代表这个帝国来到此处和谈。

说实话，我在离开洋行大厅的时候，心里有着深切的恐惧。扎迪大哥也不敢相信那些话出自义律上校之口。他认为，眼下的情况，无论是义律上校还是清官都已经无法控制。洋商不容任何势力的干预，他说，不论是中方还是英方的代表：他们笃信贸易自由化，若为贸易，他们大可为所欲为。但广州百姓对洋人犯下本国国法却可免于罪罚这一事实的积怨日益见涨：如果没有官兵，扎迪大哥说，百姓非放火烧了这些洋行，把番鬼赶出广州城。

我当时觉得扎迪大哥有些过于夸张。可没过多久我就发现，他对百姓们的估计分毫不差——等你听我讲完之后，你就会充分理解，帕格里亲爱的，为什么事已过多日我都下不来床。

事情是这样的：

贾呱和我本来约好十三日下午来画肖像（就是发生暴乱之后的那天）。我一直待在房间里等着，都快等到了太阳下山，贾呱一直没来，后来我就去贾呱的画室想问问看怎么回事。当我刚迈进画室，就知道发生了可怕的事情，以往一进屋大家都笑脸相迎，连忙“请”、“请”，但今天却都横眉冷对。

贾呱并不在画室，没一个学徒愿意告诉我他在哪里。他到底发生了什么事情，还是后来我亲自问的林呱。

原来是这样：暴乱那天早晨，贾呱和那些学徒都在画室的长椅上干活，当时部队正经过画室。他们都有些好奇，就放下了画笔，跑到了广场上，虽然林呱一再劝大家不要出去。结果当洋人大闹的时候他们正好在场：贾呱很不走运，被一伙喝醉了酒的水手和印度水手挤倒，折断了手臂。

你能想象，帕格里亲爱的，我得知此事是多么伤心！我实话告诉你，我都难过得掉下了眼泪！我本来是想去看看我受伤的密友，但他家是在禁城里——就算不是，我也不能去。林呱告诉我，现在番鬼最好不要外出，因为一定会引起百姓的愤怒。

而这一切似乎还不够，在我从画室出来往回走的路上，画室里的几个学徒还把我抢了。这些男孩，以前都是很友好的，现在却都对我谩骂侮辱起来。他们当时具体说了些什么，我已经记不起来了，但大体的意思就是我们这些番鬼不比土匪、杀人犯强到哪儿；我们根本不懂文明对人的限制，不配住在广州，等等。

你是了解我的，帕格里亲爱的，所以你也许明白，我当时是多么震惊，一连几日都没有出门。圣诞节和新年都过了，我也收到过几份邀请，但都一直待在屋里。我一想到再走进番鬼城，可能会碰到那些踩伤贾呱的人，我告诉你，这就会让我感觉到非常绝望。

我以前也常常会希冀自己没有来到这世上，但是这种想法从未像现在这般强烈。我告诉自己，一定要离开广州，留在这样一个不受欢迎的地方是大错特错的，是很不明智的——可我心里却有个挥之不去的念想：别处是找不到如此的幸福的。我怎么可能舍弃这唯一的地方？我上下求索却只在此地寻得的财富——我的友谊。

如果不是扎迪大哥，我真不知道自己会变成什么样——多亏了他我才没有饿死。查理也来看过我几次，但是他现在可没太多空闲时间，他眼下必须处理棘手的状况：他决定要发起一次请愿，呼吁所有洋人一起抵制鸦片贸易，并交出自己的藏货。显而易见地，他的这一努力只会遭到同僚们的愤怒与嘲弄：结果查理一度情绪低落，哪有什么心情来开解他的朋友。

我也不知道自己会这样沉迷多久，但要不是因为扎迪大哥，我肯定还要痛苦更久。在新年那天，他来诱惑我，说要满足我一个长久以来心思挂念的愿望——到镇海楼上去看看广州。他其实一直劝我不要待在房间里，而且自从那位可怕的英尼斯先生离开之后（是的，他真的离开了这座城），糟糕的现状已经有了很大改观。我发现他甚至还给我安排了一个轿子，因为怕我太虚弱，走不了太远。我现在连走不动的借口都用不上，只能跟他走了——当时没有拒绝他，现在想起来真是太好了：因为这真是个壮观的景象，整个广州城可以尽收眼底！

你也许还记得，帕格里亲爱的，我以前给你看过一幅埃尔·格雷考[①]的《托利多风景》？你不妨想象那画上的灰墙更长，整个形状是一个巨大的铃铛：这就是广州城的城墙轮廓。城里有数不清的交错街道：有些路就像我们那里狭窄的小巷，还有些宽阔的大道，街上竖着壮阔的拱形大门：可不论宽窄，所有路口都是笔直的，角度都是一致的。街区和城区泾渭分明：那些清官们的衙门和穷人拥挤的小棚屋区都能分辨得一清二楚。那些公众场所和纪念碑就像棋盘上高高的棋子，上面是层叠的屋顶和上挑的回旋。

我现在才知道，认识像扎迪大哥这样一位文员是多么的幸运：他对这个城市非常了解，每一幢标志建筑都了然于心。他还随身带着一副望远镜，不时地一个个向我介绍那里的景致。第一个，我记得，就是标志城市建成的印度教神殿——他说广州城与罗马城的建立时间差不多！和罗马一样，它的诞生也和神有关：据说五个天神从天而降，并在河边划出一块地方。这些神骑着五只羊，羊嘴里都衔着一把谷物；他们还保佑岸上的人们："愿此阛阓永无饥荒。"

听着这奇怪的故事，看着禁城在我脚下铺开，有一种强烈的感受。我感到从未有过的格格不入，感到自己与这座城之间有些无法逾越的鸿沟。我想起那些学徒谩骂的脏话，我突然觉得，也许他们告诉我的就是事实：像我这样的人的出现真的就是一场不可原谅的冒犯，这座城是如此奇特、如此古老、如此根深蒂固，又如此开枝散叶，我的出现只是落花

① 埃尔·格雷考，西班牙文艺复兴时期画家、雕塑家与建筑家。

有意。

但扎迪大哥却不这样以为：广州城给人真正的意外，他说，就是每条街每道巷都透着异域的美。“你看看，”他说道，“连这座城的守城之神都是个外国人——其实是个阿差！”

“不可能！”我大叫道，但他坚称如此，并把望远镜指向了旁边的另一座印度教神殿。那是一座观音庙，据说是从印度斯坦那来的比丘，其实是一位不愿以菩萨形象示人的佛家尼姑，只为普度众生。

这是不是让人瞠目结舌，帕格里亲爱的，想想广州城的守护神灵竟是一位以前头戴莎丽的女人！

我还没从这个惊喜中回过神来，扎迪大哥又指向了另一座寺庙，离得很远。佛教从印度斯坦传来已将近一个世纪，他说道，其中最有名的就是这位叫做达兰莎拉的克什米尔僧人。

这还不够！河的下游还有一家寺庙，是最著名的佛教传教士建成的——菩提达摩，他从印度南部来到广州，而且还有可能是个马德拉斯人！

这还远远不够：扎迪大哥的手指又抬起指向了另一座屋顶，那个，他说道，是个清真寺——是全世界最古老的清真寺之一，建成于先知穆罕默德那个时代！结构精美，从外表看来与中国的寺庙没什么两样——除了一处宣礼塔，和孟加拉邦的那些寺庙大门一模一样！

这怎么可能？我问道，印度斯坦、阿拉伯以及波斯来的人怎么会在一座严禁洋人入内的城里建成寺庙和清真寺呢？

这时我才知道，原来广州城原本并不是这样。曾几何时，扎迪大哥说道，成百上千的阿差、阿拉伯人、波斯人以及非洲人都住在广州城。在唐朝的时候（那时的马和国画十分盛行），皇帝邀请外国人到广州定居，可以带着自己的妻、子、家仆。他们可以建自己的朝拜圣地，并且来去自由。在阿拉伯人中广州城非常有名，扎迪大哥说道，他们都知道一个词，“橄榄”——*Zaitoon*。连马可·波罗都到过这里，他说；而且我现在站着的地方，他当时很可能也曾来过！

讲了这么多还不够，扎迪大哥又讲了一个更让我吃惊的。

他问我，你可知道珠江的名字怎么来的？

不知道，我说，他接着就把望远镜指向了江中的一个岛，那里离飞地不远：那是一块露出石头的小岛，上面有些残存的废墟。番鬼们都叫它“荷兰大要塞”。

“但中国人叫的是另一个名字，”扎迪大哥讲道，“他们管它叫珍珠岛。据说那里原本什么都没有，后来有位漂洋过海来到这里的珠宝商人，也不知他是阿拉伯人、美国人还是印度斯坦人，无从知晓，但总之，他是个足够粗心大意的珠宝商人——他把自己最好的一颗珍珠掉到了河里。你也看到这江水有多浑！掉下水的东西沉得有多快！大多数东西掉下去就没了踪影，但是这颗珍珠却没有。它沉在江底，像一盏灯一样闪着，并且越长越大，后来竟变成了一座岛。从那以后，这段以往叫做‘西江’的水路后来就成了著名的珠江，意为‘珍珠之江’。”

你现在该明白我听到这样的故事有多吃惊了吧。

“我不敢相信，扎迪大哥，”我大叫道，“你难道让我相信，珠江的得名也是因为一位阿差？”

他点了点头答道：“是的，”他说，“非常有可能。”

“那后来又怎样了？”我问道，“为什么他们都离开了？那些阿拉伯人，波斯人还有阿差们？”

“这个故事大家就都知道了，”扎迪大哥说道，“后来唐朝衰落，人们都怨声载道。饥荒、暴动，时事如此，有些挑事搞乱的就把责任都推到了洋人身上。有一天一支起义军冲进城里，杀了所有洋人——男人、女人还有孩子，有十万多洋人被杀，血流成河。那段记忆太惨烈，人们久久不能忘怀，一连几个世纪都再没有海外洋人敢到这儿来。”

他停了一下，脸上又露出骄傲的笑容：“是我们的人最先带头回到这来的。”

“亚美尼亚人？”我问；他点了点头：“是的。有些是从拉萨那边陆路过来，那里自从罗马帝国晚期就聚居了很多亚美尼亚人。还有一些是从海路过来，经过波斯和印度斯坦等国。到了14世纪的时候，已经有几百名亚美尼亚人居住在广州城。其中有一位女人还建了一座亚美尼亚教堂。”

“在城墙里？”

“好像是。但那差不多有五百年前左右，你也知道。那时候的城墙并不在现在这个位置。”

“但那个时候，是不是外国人还是可以进城的？”

“哦，那是，”扎迪大哥说，“只是这近一百年的时间才禁止洋人进城的。”

他又把望远镜望向了荷兰大要塞。“荷兰人最先到广州的时候，”他说道，“他们想找个地方建仓库，就像葡萄牙在澳门建的那样的。清朝人就划给了他们那块小岛，之后他们请示清朝政府，问能否再建一所医院，专门收治本国生病的水手。这样的请求是无法拒绝的，所以中国人也同意了，荷兰人就开始把很多盆和桶都拉上了岸——据他们讲，里面装满了食物补给以及建筑材料。但是那些大桶都特别沉，而且其中一个散落了下来，摔得粉碎，竟从里面滚出来一颗大炮！‘你们病人怎么还吃火药？’显然他们回答不上来。原来荷兰打着盖医院的旗号，竟是在忙着建造一座碉堡！甚至在谎言被揭穿之后，清朝政府也没有打击或是干预他们。从那时起，他们就开始使用一项屡试不爽的对欧洲人的政策：闭关锁国。他们阻止人们向内运送物资，所以荷兰人马上就没了食物供给，不得不放弃了那个小岛。从那时起中国人就清楚地知道，欧洲人定会不惜一切代价想要侵占他们的岛——而且，对于中国人不得不承认的一点就是，他们和其他东方人不同，他们很务实。一旦出现问题，就立刻寻找解决办法。那里就是他们想出的解决办法：番鬼城。番鬼城的建立并不是因为中国人想让外国人孤立困窘，而是因为欧洲人实在让人难以为信。”

你真的没法想象，帕格里亲爱的，知道这些我是多么吃惊。

现在广州城在我眼里完全焕然一新：当然了，只要让我见到贾呱，我想，我就能向他们解释清楚，我并不是那些带着大炮来的番鬼，而是那些被艺术吸引而来的番鬼——就像唐朝那时的国画和瓷器。

所幸的是，这些解释都没有必要了。第二天来敲我房门的人竟是贾呱！他的手臂上还缠着绷带，绑着硬板，但虽然如此，他还是给了我一个大大的拥抱！

你一定可以想象得到，我有多么的开心。我发现贾呱从未认为我和那些在广场上伤害他的恶人有半点儿的联系，而且当他听说他那些同事对我的责骂，他甚为震惊。他狠狠地批评了他们，他们为表歉意还为我画了一幅画——是我和贾呱站在广场的样子，两人手臂相挽！这也许算不上大作，但我从未拥有过如此宝贵的东西！

所以，我亲爱甜蜜的帕格里小玫瑰，一切都再次美好了起来：我的密友与我重归于好，我那位万恶的同胞也被驱逐出城，我如此开心，我真的离不开这里……

而且请你无须担心，我亲爱的帕格里，我会把你的金茶花忘在脑后——我可没有！只等江上交通放行，我就立马奔去花地苗圃。

哦，我的信里还必须提一下你上封信里跟我提到的事情（你和“雷德鲁斯”号上的厨师那点小摩擦）。你可千万不要太往心里去，亲爱的，当你告诉他说你们的船闻着像薄饼店，你根本没有说错！他觉得对他不敬，那分明是他的错。我估计那人根本不懂法语，所以不知道你其实是在夸奖他的煎饼。如果他当时不高兴，那一定是他以为（当然是错误地以为）你把他的厨房比作了烂料厂（如果用英语讲，就是“超级烂”的意思）。

真的，亲爱的，当你告诉那厨师你最喜欢热乎乎的饼新鲜出锅时的香味，我倒好想看看他脸上的表情。我敢保证“雷德鲁斯”号上从没人见过那表情！

*

虽然巴拉姆对自己的信仰很虔诚，但他并不是一位极端迷信的人，而且他日常的繁忙生活也容不得他过于细致。他总是很精心地在床边放上一份火祆教圣典，而且身上从未离了守护神和腰带。在孟买的时候，希琳拜每天去火神庙的时候，他都会陪着她去，而且每次听宣讲布道的时候，他都仔细聆听。在广州时，他的卧室里有个神龛，他都亲自参拜，每日在先知的画像下点上一炷香，而且都会在下面摆上新鲜的花朵和水果，确保神堂的油灯都是亮着的。最重要的是，虽然他参拜的方法也许有误，但他总会一直把教义记在心里，这是从小就被灌输教育的——善思、善言、善行。

巴拉姆与他的同胞差不多，对宗教都是这样随性却心怀敬意；但他与同胞的不同之处在于，他不像别人那人容易轻信受骗——在他们商人圈子里，他是少有的几位，从不向那些占卜师、占星师、算命的等求取指引。如果说他是个例外，那主要是因为他更相信自己的直觉与预见，而不是那些预知天命的人。

可是现在，当十一月的冷风变成一月凌厉的寒冬，他有些怀疑自己前瞻的能力，这是以前从未有过的。不论他望向哪里，他都无法看清；每天都会下达新的宣告或法令，只会让前景更加不确定。

有时候到了晚上，河上的雾气越聚越浓，他常会从卧室的窗户望向外面，想起他在广场那里见到了阿龙。那个人影总会朝着他的窗户招手，用手指示意巴拉姆跟着他往水面上来。巴拉姆有时也知道，这是眼睛在骗自己——可是他身上却又有一部分充满了恐惧与幻想，阿龙好像总在阴影的地方候着他。有时他都不敢在脑子里回想他的名字：胡龙金，阿龙——这几个音节不停地重复着，慢慢变成了可以召唤亡灵的符咒。

而且不论他多么努力想把这些想法从脑中挥去，那些名字却总是不停地在脑海里回响，清晰可辨。

一天早饭的时候，翻译说：老爷，施赖德先生写了一篇长文，他狠狠地批评了义律上校。

为什么？

义律上校公开反对在江上走私鸦片，这让他怒不可遏。

你念念，翻译老师。

“‘义律上校的话最明显的旨意就是，他，以及英国政府，虽然反对在江上走私鸦片，但赞成并支持在江外以及中国其他海岸进行走私。从虎门外走私一百箱既不算犯罪也不算堕落，可如果把一箱甚至几颗鸦片球带进江上，那就另当别论！政府与公众之人的原则令人欣慰地一致！政治与商业的道德也是令人欣慰地一致！可义律上校要如何把这些英国的法令向当地政府解释呢？这其中又不能提及鸦片贸易一事。’”

翻译念到这里停了下来，瞄了巴拉姆一眼：还要继续念吗，老爷？

是的，继续。

“‘我们刚刚听闻义律上校通过公行商人向广州总督提出请愿。他为了这个谎话满篇、腐朽落后、阴暗不公的政府，竟然背叛了良心，玷污了英国臣民的名誉。据报道，他还向总督请愿，希望允许他指挥一艘中国战船，这样他可以亲自驱逐江上的英国船只。这在我们看来可是犯了重罪，损害了女皇的特权，未经允许竟要服侍一位外国王子。’”

“‘按众所周知的习俗，除了杀人罪，所有中国法律都不适用于外国人。请让中国人继续享受他们的大烟枪，让他们的皇帝与官员继续着他们残苛且不容辩解的政策，无味地牺牲人命只为纵容那奢靡且日渐羸弱的恶习，直到这王朝为‘刀枪起、反暴政’而终结。’”

念到这里，翻译又抬头看了看。

老爷，他还提到了你。

我？巴拉姆把盘子推到了一边，很快从桌旁站起身，他说了什么？

“‘我们从未想到，英国商会商务总监会去拍广州总督的马屁，竟要为别人献身卖命，而其本职本应是保护本国国人。等义律上校真正开始为清官卖命之时，义律大人接下来的职责就将是把颠地、渣甸以及莫迪先生也都驱逐出城。’”

什么？巴拉姆问道，施赖德先生是说“驱逐”吗？

是的，老爷。这就是施赖德先生写的。他在文中暗示说胡龙金被处决就是一个信号……

住嘴！巴拉姆双手捂住自己的耳朵，翻译——呸！

是，老爷，我不说了。

巴拉姆看了看自己的双手，发现有些发抖。他让自己缓了缓，就打发翻译出去了。

你可以回房间了，翻译老师，他说道，我需要你的时候再叫你。

是，老爷。

等门关上之后，巴拉姆走到窗前，朝下面的广场看去。和之前相比，最近广场的人一直不多，难得有几个人，也不像是常在广场出现的：他们不像以前那些没事在此闲逛的人，他们看上去都十分警觉，好像是在这里盯着飞地里住的人。

巴拉姆站在窗前，感觉下面有很多双眼睛都望向了他这个方向。这些是不是都是安插过来盯着他的？还是说这些都是自己臆想出来的？

最糟糕的答案就是，自己永远无从得知。

他的目光又转向了原来悬挂美国国旗的旗杆处。自从暴乱那日起，那里再也没有挂过美国国旗，其他国家的也没有挂过。这面旗的缺失已经让飞地变了模样，好像剥去了飞地本该有的一些色彩。那个光秃秃的旗杆好像是在提醒着那天发生的一切——那日清早搭起的绞刑架，还有用椅子抬来的……

那人的名字就在他的嘴边，他硬生生地咽了回去，就好像他的嘴被某种不干净、异样的东西给弄脏了一样。为了保持他的帕西习俗，他的门上挂着一个帘——小珠子缝成的一块布帘，是结婚的时候他母亲送给他的。他多次来到中国的旅程中都带着这块门帘，而且这么多年来都一直是件旧物，他当作是自己的幸运物。

巴拉姆刚想走进房间里，门帘突然从门梁上掉了下来，而且还勾到了门把手上。他试着把它拉下来，结果陈旧的线绳断了，小珠子全都掉落到了他身上。巴拉姆惊得向后一闪，低声嘟囔着：救救我，万能的神。

他跪倒在地，捡起那些已经摔得粉碎的玻璃片，有些已经滚进了木制地板的缝里，还有的弹进了他的上衣口袋里。

一位苦力连忙上来帮忙。老爷，让我捡吧……

不！巴拉姆大喊道，连头都没有抬起来。退后！别过来！

一想到别人要碰自己母亲当年送他的珠子，他就觉得不可接受。他一直跪着把最后一粒也捡了起来，然后才站起来，看到有好几位下人已经聚在走廊里，他们都站在一起，悄无声息地看着他。

他大喊道：走开！你们没事做吗？离这儿远点儿。快走！

他使劲地关上卧室门，躺到了床上。他能感觉到眼泪在眼皮里灼痛着，他马上翻过身，把头埋在了枕头里。

第二天，维科向他报告，说广州城里的官员下达了一纸通文，要求所有洋行必须封闭后门。这虽是小事一桩，但也让巴拉姆着实心烦；他不禁琢磨这要求是不是特别针对他的。会不会是因为有人看到他从义和行的后门走出来的？还是说那天有人看到了维科在……？

你说到底有没有人看到你，维科？巴拉姆问。他们到处安插密探，你知道的。可能在你把那家伙带进来的时候，他们正盯着你呢。

你是说阿龙吗？

呸！你知道我说的是谁，维科！没必要指名道姓。

维科很是不解地看着他，之后垂下了眼帘：对不起，老板，对不起，我以后再不提了。

但维科也无力阻止脑海里回响着的那个名字。

又过了些天，他匆匆忙忙地跑来说道：老板，金先生在楼下。他要见你。

为什么？

我不知道，老板。他没有说。

这样的拜访并不是第一次。查尔斯·金以前也来过很多次，大多是为他自己主持的几项慈善会筹集资金。也曾有过几次，他和巴拉姆聊着聊着就聊到了其他话题。有一次，金先生看到办公室里的画像，就问起了他：两人由此就聊起了人本性孰善孰恶，还谈到了阿胡拉·马兹达①和阿里曼②之间永恒的斗争。

巴拉姆现在的心境根本不想和他多论——但他又不能草草地把查尔斯·金从门口打发走：大家都知道，他和本地的官员关系不错，所以万万不能与他为敌。

让他上来吧，维科。

巴拉姆连忙调整了一下自己的状态，等客人进屋的时候，他忙像平常一样热情地招呼了上去。“哈，查尔斯！很高兴见到你！快请进，请进！”

“向你问好，巴瑞。”

巴拉姆鞠着躬，并示意他坐到扶手椅上：“请坐，查尔斯。请讲，需要我做些什么事？”

“巴瑞，来见您是因为我现在对广州城的情况很担心。在我看来，如果事态继续发展下去，那很有可能大不列颠马上就要干预中国这边的事情。但目的何在？为了继续确保孟加拉邦产的鸦片所带来的利润；还是为了单纯保护鸦片，这个连让中国的异教徒吸食都是件可耻之事。”

“但这贸易也持续很长时间了，查尔斯，”巴拉姆说，“你也不可能指望一夜之间就有彻底的变化吧？”

“不可能，但是一定要有所改变，巴瑞，我们必须做出改变。你还记得前段时间我提议我们签署一项声明吗？我感觉现在更需要做这件事情，所以我打算在委员会前再次提议。您的支持将会起到很大的作用。”

“声明？关于什么的？”

客人从口袋里拿出一张纸，念了起来：“‘我们，今日签字之人，皆认为在中国的鸦片贸易为邪恶之事，于商业、政治、社会及道德各层面所不

① 阿胡拉·马兹达，火祆教（也称拜火教）神话中至高之神。

② 阿里曼，火祆教神话中恶界的最高神。

容；伤害中国朝廷，我等扩张商贸、肆意居留，有碍官民；背离真正从善的基督教义；故于此宣布，我们将不再主导或参与任何与鸦片相关的购买、运输及贩运行为。’”

金先生念完抬起头，笑着说道：“我本是想与您在公开的会面上谈及此事，但不幸的是，竟没有一个人到场；而且这份声明除了我自己，也再没有人签字。我想考虑到眼下的状况，也许会有很多人愿意重新考虑一下。”

巴拉姆在座位上有些不安，说道：“但现在事情已经非您我可以控制，查尔斯。您不会真的以为，我们签了字，鸦片走私就真的会中止了吧？会有其他人继续的——因为其实要对这种贸易猖獗负责的并不是我们，而是中国人。毕竟离不开鸦片的人是他们。”

“这我可不认同，巴瑞，”金先生说道，“正是鸦片的这种随处可得才让他们欲罢不能；正是鸦片的源源流入才造成了那些人吸食成瘾。”

“那您建议我们怎么办，查尔斯？现在外海的船上有成百上千箱的鸦片。这些货物要怎么办？”

“那我就直说了，巴瑞，我认为所有存货都要上缴。”

“什么，查尔斯？”

巴拉姆一度以为这个年轻人是在开玩笑——但他那一弯浓眉的脸上闪着真诚的光亮，他才知道他是一本正经的。

巴拉姆清了清喉咙，十指指尖合在一起：“但是，查尔斯！您的提议可是相当险的一步棋，不是吗？您应该明白，我认为很多商人之所以有鸦片存货，就是指望有朝一日中国朝廷会将其合法化。现在已经有些朝官写了奏折，提此建议，您也应该有所耳闻。”

“您说得对，巴瑞，”金说道，“鸦片合法化的建议最先提交给中国朝廷的时候，我们同孚洋行也都以为会有结果。可现在并没有成功。那些奏折都被拒了，而且天子反对吸食大烟的决心是绝不动摇的。现在这件事上已经是毫无疑问的了，十二月十二日上午那一事就表明了一切，不是吗？”

“您的意思是？”巴拉姆问道。

“您知道，巴瑞，总督选择在飞地的正中心处决胡龙金是别有用心的。”

巴拉姆低下头，双手放到了长袍里：“什么用心，查尔斯？”

“您一定看过总督就此事写的回信了？商会认为此事是对外国国旗的不敬，他的信就是对此的回应。他信里写道：胡龙金的死罪是因堕落的洋人将鸦片恶意引入广州；将他在洋行前处决正是为使洋人以此自检——洋人虽生长于蛮夷之地，但终应念其仍存人心。”

这时巴拉姆突然想起——那个犯人——确实望向自己窗户的方向。他一阵寒悸，手本能地抓住自己的腰带。

“您知道吗？巴瑞，据传胡龙金向清官招供了很多。据说他告诉他们，他在很小的时候就被带入了鸦片买卖中，是一个商人送给他一个鸦片球。我还听说，当胡龙金得知被判死刑，是他自己要求在广场处决的。”

巴拉姆再也听不下去。他费力地挤出了一个笑容：“查尔斯，您讲的这些很有意思，”他小声说道，“您的建议我仔细考虑一下。很抱歉我现在这个时间比较忙……您一定也能理解。”

“那是当然，理解理解。”

查尔斯·金走了，有些不解。巴拉姆回到卧室就躺下了，手还是放在腰带上。

第二天早上，又传来了一则不吉利的消息：巴拉姆刚走进办公室，就得知林则徐要到广州来。

老爷，消息已经得到证实，翻译说道，林则徐是在十二月三十一日晚得到天子的任命。

他就是下一任总督，是吗？

不，老爷。他要比现在的总督权力更大。他的职位是“钦差大臣”。更准确些说，他是皇帝任命的总督——他要比海军大臣、将军以及其他所有官都要大。

派他来的理由是什么？

老爷，皇帝特别委派他来禁止鸦片贸易。皇帝在钦点林则徐的时候，双眼含泪地嘱托他，如果不能将鸦片赶出中国大地，皇帝死后将无颜见死去的列祖列宗。

巴拉姆走到窗前停了下来：你确定这不是什么谣传吗，翻译老师？

不是，老爷。即将卸任的总督及副总督已经发表了联名通告，对洋商措辞严厉。我摘抄下一些。

念念。

"'于鸦片屡禁而不止，总督及副总督一再重申吾令。但直至今日，你等只为追利，置我言令于耳边空风。吾皇对此恶习深恶痛绝，日日誓将其清出吾国。吾皇已令众大臣起草实施计划。并亲命钦差大臣修整广州，践行国策，以理海港众事。钦差大臣已奔赴此处，不日将至。其誓将此毒物彻底消灭，将此大恶斩草除根；为达其意愿破釜沉舟，鸦片一日不除一日不休。'"

"他们有没有说这个大臣将有怎样的举措？"

有，老爷。

"'吾等已经收到法令，令各站将军偕旗下军团，战船组队缉拿本国走私船只，并驱赶所有外国船只。日前已经捕获船只达百余。事此邪恶走私之事之罪人，将处以极刑，就如犯人胡龙……'"

这次翻译没等巴拉姆说话，自己就停了下来。

老爷，请原谅我。

不说还好，这一句抱歉反倒让巴拉姆更加不安：翻译怎么知道的？是不是你们这些人在楼下都在谈论我这件事？

他的头又开始裂开一样的疼，他打算再躺一会儿。

可以了，翻译老师。我准备好了再叫你。

是，老爷。

这之后没多久，收到了一则少有的好消息：现在外国船只再次获准可以离开并进入广州。但河上交通一恢复，大家就发现那些停靠在外海的鸦片船旁又多了很多艘，都是最近刚从孟买和加尔各答驶来的。

没多久就收到了很多信；其中有些信中讲了现在印度的市场情况。巴拉姆很惊讶地发现，去年罂粟的收成是这些年来最丰厚的一年，加尔各答和孟买的市场鸦片数量暴增，价格跌到了谷底。很多打算做这个买卖的，都立马转了行。

对于巴拉姆来讲，这些消息对他的打击是多重的：如果当时他再多等几个月，他那批货就可以以当时一半的价格买进，这就够让他心烦的；更糟糕的还有，剩下那批卖不掉的货，他不可能再带回孟买——在印度的市场价格太低了，他连成本的一小部分都收不回来。

过了几天，一大批孟买新来的商人涌入了广州。他们大多是帕西人，还有几位穆斯林和印度教的商人：大部分都是年轻人、小商贩，他们以前都没来过番鬼城。这里还有一个是希琳拜的亲戚——丁亚·弗都杰，巴拉姆已经好多年没见过这个小伙子。因此，当一位身材高挑健硕、方方下巴的帅气年轻人走进他办公室的时候，着实让他吃了一惊。

丁亚？

“是的，姑夫。”他伸出手来，有力地与巴拉姆握了握手，“您好，姑夫！”

巴拉姆看到他穿了一条裁剪得体的裤子，外衣是优质棉质的；系着一条三角巾，头上并没有绑头巾，而是戴了一顶亮亮的黑色礼帽。

丁亚带来了希琳拜和女儿给他的礼物，大多数都是为波斯新年诺鲁兹节准备的新衣服，一般在三月份左右。把这些交给他之后，丁亚在办公室里转了一下，脸上带着开心的笑容。从始至终他都在用英语和巴拉姆聊着，大多是孟买那里很多人捎来的问候和口信。

巴拉姆对他流利的英语感到很吃惊，他用古吉拉特语问道：你在哪里学得这么好的英语，小子？

“哦，父亲给我请了一位家教——沃塞思特先生。你认识他吗？”

不认识。

丁亚这时候又走到了窗户那里，向下面的广场望去："好景色，姑夫！总有一天我也要租到这个房间。"

巴拉姆笑了：那你得先把生意做起来，知道吗？——像这样的房间可是很贵的。

"贵也值得，姑夫。在这里你什么事儿都看得到。"

那倒是真的。

"十二月那件事，您在这儿一定看得一清二楚，是不是？"

什么事儿？

"他们要在这下面处决个人？叫什么来着——胡什么，是不是？"

算了。

巴拉姆坐回到扶手椅上，擦了擦前额："抱歉，侄子——我还有些工作要做……"

"那是那是，姑夫。那我晚些时候再过来。"

那一整天巴拉姆都刻意回避望向广场，也尽量离窗户很远。就在他准备上床睡觉的时候，他听到外面有些异样的声响，好像有节奏的敲打声，还伴着钹声。

不可能不过去看看怎么回事。他拉开窗帘，看到广场聚集了十几个人。他们前面跳动着烛光，微弱地照射在脸上：他们都是中国人，但不是那些广场上常见的人的模样——有几个还穿着道袍，带头那个在敲敲打打。

突然巴拉姆想起在池梅的一条船上曾经看到过类似的仪式：她总是很怕那些孤魂饿鬼，所以常常一有些小事，就会请来一位道士。巴拉姆现在从窗户望去，不禁想到广场里的人是不是在搞什么驱鬼的仪式。驱的是谁呢？为什么要在这里——就在那天绞刑台架起来的地方？

他伸手去拉铃，使劲地一拽，就听见楼下厨房里的铃铛响了起来。

没几分钟，维科就跑上来，一脸担忧。老板，什么事？

巴拉姆示意他到窗边来。

你看看下面那些人，维科。看见他们在敲敲打打了吗？看那——那是不是个道士，比比划划，还点着香？

可能是，老板。谁知道呢？

那是不是他们那天把那家伙拽过来的地方？

维科耸耸肩没有说话。

他们在那干什么呢，维科？是不是在驱鬼？

维科又耸了耸肩，都没有看他的眼睛。

这是什么意思，维科？巴拉姆还不依不饶地问道，我想知道怎么回事。是不是别人晚上也看到了，在雾气里？你有没有听说过类似的事情？

维科叹了口气，把窗帘拉上了。听着，老板，他用那种大人哄小孩儿一样的语气说道，您想这些有什么用呢？能有什么好处呢，是不是？

你不明白，维科，巴拉姆说道，如果我知道并不是只有我一个人看到，那我就会感觉好些——不论我那晚看到的是什么。

哦，老板，您就别想了。

维科走到巴拉姆的床头桌，倒了些鸦片酊。

拿着，老板，喝点这个，您就会感觉好些了。

巴拉姆从他手里接过了杯子，一口就喝干了。好吧，维科，他说道，又爬回到了床上。你下去吧。

手刚搭到门把手上，维科停了下来。

老板，您不能任由自己总想这些事情。有很多人现在还要靠您，不论是这里的，还是远在印度斯坦的。您一定要坚强，老板，为了我们。不能让我们失望，您可不能失了心性。

巴拉姆笑了，随着鸦片酊起效，他感觉到身体漾起一阵暖意。他的恐惧也消散不见，一种舒服的感觉油然而生。他几乎想不起来几分钟前自己为什么会难过，为什么会害怕。

别担心，维科，他说道，我没事儿。一切都会好起来的。

*

当尼尔走进她的饭船，阿莎大姐笑脸相迎，嘴里的金牙一闪一闪的。

感谢，老爷！她说道，拉着他穿过画着图案的门廊。您来得正是时候。这里正有人想见您，从加尔各答来的。

饭船的最里面坐着一个像雕塑的人形，穿着一件松松垮垮的长袍，那发福的身材、圆溜溜的头还有长长的辫子实在太明显，他一眼认出这人是谁。尼尔立马停住了脚步，但现在想撤已经太晚了。阿莎大姐已经开始介绍了：巴布·诺伯·凯辛，这就是我常跟您提到的那位先生；又一个在广州的孟加拉邦巴布——阿尼尔·库马尔翻译。

当巴布·诺伯·凯辛从他那满盘的面饼和炸饼中抬起头来时，突起额头上的眉毛立马皱了起来。他的目光落在尼尔身上，先是睁大而后又眯起了双眼。尼尔几乎可以感觉到，他的目光剥去了他的胡子与胡须。他强令自己保持冷静，脸上现出一个自然的笑容。恭祝你好，他说道，双手合十。

巴布·诺伯·凯辛没有理会他的问候，示意他坐下："你叫什么名字？"他转用英语问道，"我刚没听清。还是记清楚好。"

"阿尼尔·库马尔。"

"你是做什么工作的？"

"我是巴拉姆·莫迪老爷的翻译。"

巴布的眉毛挑了起来："好啊！那我们就是同事了。"

"为什么呢？"

"因为我是伯纳姆老爸的管家。他也是大班。"

尼尔用尽力气控制住自己听到这句话时的震惊："那伯纳姆先生也在这吗？"他特意用一种不掺杂任何语气的声调问道。

"是的。带着他的新船。"

"哪艘船？"

巴布·诺伯·凯辛的双眼又一次眯起来细细打量起尼尔的脸庞：“叫‘朱鹭’号。你也许听说过？”

正巧这时一盘炒饭摆到了尼尔面前。他垂下眼帘摇了摇头：“‘朱鹭’号？没有，没听说过。”

巴布·诺伯·凯辛叹了口气，又开始用孟加拉邦语讲起话来。

巴布·阿尼尔·库马尔，那你边吃，边容我给你讲讲“朱鹭”号的故事。伯纳姆老爷是去年得到这艘船的，我那时一看到她就知道，这艘船会极大地改变我的人生。你也许会问我一个受过英式教育的巴布，为何只看一眼就会有这样的想法。我跟你讲：你眼前看到的这个人并非你以为的那个人。在这个可见的身体里有另外一个人——藏在里面，在另一个轮回里是个放牛的女孩，为牛神养牛做黄油的小姑娘。我一直知道这个，而且我也知道终有一天，这有形的身体会脱掉，藏在其中的身形会脱颖而出，就像在蚊帐里安睡了一夜的梦中人。那何时何地呢？这些问题在我看到“朱鹭”号前也一直困扰着我，但见了那艘船一眼我就知道，它就是我脱胎换骨的契机。船上有一位叫扎卡里·瑞德的人，乍看你就会当他是一位普通的水手，但是我一眼就看出，他并不是看上去的那个人。因为在我看到他之前，我就听到他在吹笛子——笛子！——沃林达文神的乐器。我更加笃信他的到来是个征兆，我一定要登上这艘船——算我走运，我最终安排自己负责这艘船的货物押运。

船上装了一百多名苦力，还有两名犯人。这两个犯人中有一位是孟加拉邦人——和你的年龄差不多，阿尼尔。他早前是一位老爷，钱都没了，被判伪造文件罪。他不得不撇下自己的妻子、庄园、仆人，被押进了监狱，庭审之后被判服苦役——到毛里求斯的一处监狱里服七年的苦役。在他败落之前，我在加尔各答的街上见过这位老爷，他和其他那些庄园主一样，傲慢懒惰、腐化放荡。但船只和海洋真的会改变一个人，你说是不是，阿尼尔先生？

尼尔从自己的炒饭上抬起眼来。是的，也许……

我真的说不好，被“朱鹭”号改变更大的是我还是他，但当我看到这个当年的老爷戴着脚镣来到船上，就感觉与他之间有种特殊的联系。我内心的声音在我耳畔低语：这是你的儿子；这是你从未谋面的孩子。我一直在帮他；常到他和另一个犯人被关的小间，给他们拿去食物和其他东西。作为押货的，我自己有他们牢里的钥匙。有一天两个犯人让我不要锁上门，我也照做了。当晚趁着风暴，这位年轻人和其他几个人试图逃跑。第二天发现他们的船已经翻了，其他所有人都死了。这件事的罪责很不幸地落到了最无辜的扎卡里·瑞德身上，他现在还在加尔各答，努力想证明自己的清白。但我自己呢，我要承受另外一种罪罚：我一直以为我失去了自己刚刚找到的孩子——那种痛是如此之强烈，当我回到加尔各答，立刻就去看了他的妻子和儿子……

而尼尔能做的就是盯着自己盘子里的炒饭。他一直低着头，不停地嚼。

……他们早就得知他已经死了的消息，但你听到一定会觉得惊讶，阿尼尔，那位谨遵印度教习俗的太太却没有穿着寡妇应着的白服。她没有解下手上的镯子，没有摘下头发中戴的朱红。我那时发现，虽然外界已经宣布她丈夫的死讯，但她心里却深信，他还活着。我告诉你，她还一直劝我也不要相信那样的消息。她要我在以后的行程多多留意他。我告诉她，就算他还活着，我也不大可能认出来他。他必定要更名换姓，易容乔装；而且他也定然不会向我公开他的身份，因为他知道我是为伯纳姆先生工作，那位致他身无分文、流离失所的人。她就是不听。她说：如果真有奇迹，你们二人得以相遇，你一定要告诉他，你永远不会陷他于不义，因为他就像是你的儿子，一如他永远是我的丈夫……

别说了！尼尔看了看四周，确保周围没有别人。然后他倾身向前，低声问道：是真的吗，巴布·诺伯·凯辛？你真的见到他们了？玛拉蒂，我的妻子，还有我的儿子拉吉·拉坦？别骗我。

是的。我看到他们了。

她怎么样，我的妻子？

她比你想象的过得要好。她教你们的儿子识字，还有当地的一些孩子。你的妻子和儿子都深信不疑，说你一定会回去的。

尼尔流下了眼泪，他低下头抹干了泪水。他记起了玛拉蒂的脸庞，就像第一次见她时那样。那是他们婚礼的当晚，他当时十四岁，她比他小一岁。他记得他们躺到床上后，她还戴着面纱；他还记得晚上他拉过被盖的时候，她还把脸转了过去。他想起她到加尔各答的监狱来看望他：她那从不离脸的面纱已经不见了，就好像他第一次见到她的样貌。直到那时他才第一次意识到，他娶的那位姑娘已经长成了一位风姿绰约的妇人。

玛拉蒂能靠自己的能力生活，这点他倒没觉得意外；他感到吃惊的是她不肯接受自己已经死了的消息。她怎么会知道呢？而她这种坚定的信念让他思绪万千，却找不到合适的词语表达。

那我的儿子，拉吉·拉坦呢？

他长大了，他的母亲说，虽然你走了才不到一年时间。他已经是个健壮结实的小家伙了——她说他常常说要跑到大海上，要去找你。

尼尔想起警察来逮捕他那天，就在加尔各答的拉斯卡里庄园。他正在屋顶和拉吉·拉坦放风筝，他们就把他叫走了，他还对儿子说：我十分钟后就回来……

我一定要给他捎回去些中国的风筝，他嘀咕着，这里的风筝很漂亮。

他的母亲说他现在会自己做了，用一些纸片。她说，他一放风筝就会想起你。

尼尔好一阵都讲不出话来，他的喉咙发紧，并不单单是因为想起了自己的妻子儿子，还有他对巴布·诺伯·凯辛的愧疚。要不是因为他这样一个奇怪的人，很多方面精明有道，但又有着神秘的想法与情感，他就不可能从“朱鹭”号上逃脱，今天就不会坐在这里。巴布事实上就是他的保护神，守护神灵，他来到广州根本无须恐惧：这是天赐的礼物。

我很高兴见到你，巴布·诺伯·凯辛，尼尔说道，你要原谅我当初不敢向你表露我的真实身份。如果我想欺瞒你，那也只是因为伯纳姆先生。如果他发现我在这里，那我就完了。

他没有什么理由会发现你，巴布·诺伯·凯辛说，我是唯一知道真相的，你放心我不会告诉他。

那如果他认出我来呢？

那你就更不用担心了，巴布·诺伯·凯辛笑着答道，你的面貌变得我一开始差点儿都没认出来。至于说伯纳姆先生，他根本分不清印度人——除非你自己向他坦白，不然他绝对认不出你。

你确定吗？

当然，十分确定。

尼尔松了一口气：巴布·诺伯·凯辛，再多讲讲我的妻子，我的儿子……

*

一月末的时候，离威廉·渣甸启程回英的日期日益临近，渣甸的朋友与追随者一致认为，他的离开可不能让别人看成是灰溜溜的，或者说，是自认有罪（因为尽人皆知“铁头老鼠”被中国朝廷认为是罪魁祸首）。结果，为他饯行的晚宴开始大肆准备：他们老早就认为一定要把这办成番鬼城里最隆重的宴会。

饯行晚宴定在洋行大厅举行，这是飞地最大最豪华的地方。大厅位于“总领事馆”，也就是洋人都知道的英国洋行里的一号楼。

阿差洋行与英国洋行之间只隔了一个新豆栏街，从巴拉姆的办公室可以清楚地看到去往总领事馆的路。虽然巴拉姆与渣甸关系并不算密切，但他也为这即将到来的晚宴激动。准备活动吵吵闹闹，尽人皆知，这甚至让他一时忘记了总萦绕在他脑海里的关于广场的那个场景。现在每每望向窗外，他总能看到一排排苦力，背着一筐筐的和一包包的谷物穿行在广场上。有一天下午，听到一阵吵叫声，他连忙跑到窗边，看到正有一群猪跑来跑去。这群猪后来全消失在了英国洋行里，此后再也没见到过。第二天他又看到一幅更奇怪的景象：一长排鸭子摇摇摆摆地从广场穿行而过，广场上所有人都在驻足观看。最后一只鸭子刚从屁眼角的运鸭船上下来的时候，头一只已经走到了总领事馆。

连英国洋行的样子也开始有了变化。挨着洋行大厅的是一处有着巨大柱廊的走廊，一直延伸到大门处，可以远眺到“百码石梯”——洋行前面栅栏围起的花园。为了举办这次晚宴，长廊被临时改成了“休息室”。有一组装修工人正在忙活，用巨大的白色帆布将长廊两侧都盖了起来。每当夜幕降临，里面点上几十盏灯，长廊就变成了一盏巨灯，在夜晚闪闪发光。

整个场面引得城里所有人都来围观：现在快到中国的新年了，灯火通明的总领事馆也成了珠江上那些游船上的又一景点。

巴拉姆同时也在为渣甸的离开做着准备。作为广州阿差中的年高位尊者，他要保证在这件大事上不能让阿差们丢脸——不为别的，至少要让世界还记得，是阿差们让渣甸享得荣华富贵，这些印度运来的鸦片，可都是他的孟买朋友一直供应着的。他想到还要给渣甸买件饯行的礼物，作为整个帕西族人的代表送给他。没几天工夫，他就筹到了一千畿尼：商量好这笔钱要直接交给一位英国著名的银匠，请他打制一套餐具，上面要刻有渣甸名字的首字母组合图案。这件礼物一定要在晚宴上公开送出，而送礼时的讲话，巴拉姆决定，就由孟买代表团里英语最流利的那位发表——丁亚·弗都杰。

到了晚宴当晚，各方的期待到达了高潮，这次晚宴似乎很难满足各路人的预期。但刚一走进总领事馆，巴拉姆就发现处处都是惊喜：华丽的楼梯上点缀着丝质的挂件和各种花饰；走上楼来到临时改建的“休息室”，渣甸名字首字母制成的灯都挂在了白色的帆布上；大厅里多利安式的柱子上有五彩斑斓的花朵；头顶的吊灯里全是最优质的鲸腊制成的蜡烛，墙上雕花镜子把整个大厅放大了一倍。大厅里甚至还有一支乐队：停靠在黄埔的一艘“英格利斯”号商船请来的乐队。为了彰显渣甸来自苏格兰，所有参与晚宴的人在落座时都受到了一系列来自高地式的欢迎。

巴拉姆一开始就是负责所有帕西人的，看到他们都系着白色头巾、穿着金色浮绘的平底鞋以及织锦做的长袍，他十分满意。至于说座位的安排，他认为像他这样的大班和其他孟买来的人坐在普通的一桌有些不合适。所以他把自己安排在了委员会那桌，就在房间的最前面。

他刚走到桌子那儿，就发现自己被安排坐在兰斯洛特·颠地和一个新人中间。那人个子高挑伟岸，光亮的胡须一直长到了胸前。他看上去很眼熟，但巴拉姆却一时想不起他的名字。

颠地解了围：“请容许我向您介绍本杰明·伯纳姆，来自加尔各答。你们之前应该见过？”

巴拉姆和伯纳姆先生只是点头之交，但一看他是颠地的朋友，马上热情地和他握了握手：“您是最近刚到广州的，伯纳姆先生？”

“几天前，”伯纳姆说道，“弄令牌真是件麻烦的事。不得不在澳门等了一阵。”

施赖德坐在伯纳姆的右边，他马上露出一丝讥讽的笑容：“您在澳门的日子可不白待吧，伯纳姆？您肯定见着那位高不可攀的义律上校了。”

一听到那位英国代表的名字，巴拉姆很快环顾了一下房间：“今晚义律上校也来吗？”

“当然不来，”施赖德说道，“根本没邀请他。就算邀请了，我怀疑他也不屑和我们共进晚餐。我们在他眼里，不比那些罪犯强多少——他还真的冒天下之大不韪给巴麦尊大人写信，将我们说成犯人。”

“是吗？那您是怎么听说的，约翰？”

“听伯纳姆先生说的，”施赖德一眨眼，“他略施妙计，义律上校最近寄往伦敦的几封信就落到他手里了！”

伯纳姆先生立马将自己撇清：“那都是我的管家干的。他就是个流氓，但也有他的好处。他是个孟加拉邦人，还在义律的办公室里当抄写员——

就不用我细说了。”

“义律上校在信里都说了些什么？”

“哈！”施赖德从口袋里取出一张纸，“从哪说起呢？哈，这有个好段子。‘在我看来，大人，鸦片走私已经流毒到贸易的每一分支。其害其耻与日俱增，将不日落入那些穷徒之手，并使我外邦之人日益蒙羞。终有一日，大人，外邦人将为世界所不容，恐怕只能安身于广州；但十二月十二日一事却不得不令你们另作他想。整整两小时时间，所有洋行落入暴众之手，一间洋行大门被摧，并有人开枪，很可能只是朝天开枪，因为并没有人受伤。如果当时情形不加控制，女皇陛下的政府及英国大众将只会收到血腥损毁之消息，而皆因与我帝国通商所致。综上之穷极危重之事，大人，都只因一众莽撞之人，他等总认为其可不受任何法律约束，不论大英抑或清朝。’”

施赖德一边念着，一边脸气得通红，一串辱骂之词脱口而出：“呸！就这样的人也配代表我们？他的工资都是我们付的！他就是个犹大——他迟早把我们全毁了。”

“约翰，你现在紧张还为时过早，”颠地冷静地说道，“义律不过是个公务人员，受人利用者。唯一的问题就是他为谁服务，为我们还是那些清官？”

一阵鼓声响起，宣布上第一道菜了——甲鱼浓汤。这里一边上菜，那边的乐队演奏起欢快的乐曲，在音乐声中巴拉姆转向他旁边那位：“伯纳姆先生，加尔各答的市场现在已经很低迷了。您有没有买进很多货？”

“当然，”伯纳姆笑着答道，“我现在这批货就是我运过的最大一批。”

巴拉姆瞪大双眼：“那您不担心最近对贸易的禁令吗？”

“一点儿也不，”伯纳姆自信地回答道，“而且我已经派我的‘朱鹭’号到新加坡再新购进一批。我坚信，这些对鸦片贸易的禁令自会随着日益增长的需求而日渐消亡。这些清朝官员根本没法抵御自由贸易的力量。”

“您觉得渣甸先生这一主心骨的离开，不会对我们这些在广州的洋商有不好的影响吗？”

“恰恰相反，”伯纳姆说道，“我认为这是最好的。上帝保佑，有了我们的支持，颠地先生定会迎难而上。而且渣甸先生回到伦敦对我们可是不小的帮助。他足智多谋，说话有分量，一定会说服巴麦尊大人。而且他还会对政府施加一些其他方面的影响。渣甸很了解钱要花在刀刃上，您也知道，他在议会里有很多朋友。”

巴拉姆点了点头：“民主是件好事，伯纳姆先生，”他满是渴望地说道，“可以让那些普通人忙前忙后，像我们这样的人才有精力去处理更重要的事情。我真希望有一天，印度也可以享有这样的民主——当然中国也是。”

“那我们就为此举杯！”

“干杯，干杯！”

这是长久以来最让巴拉姆感到鼓舞的一次谈话，这也让他更加沉浸在这样的夜晚里。最近让他惴惴不安的事情一下烟消云散，他可以专心地享受这顿晚宴了。毫无疑问，是英国洋行里做过的最美味的晚宴，一道精美的菜品接着另一道。到最后，巴拉姆吃得酒足饭饱，当林赛先生敲着酒杯示意大家举杯时，他觉得终于可以歇歇嘴了。

第一杯是敬给女皇，第二杯是敬给美国总统。

“如父亲为自己孩子的力量、才智与勤奋而骄傲和快乐，”林赛先生高举酒杯说道，“愿大不列颠为其西方子孙的健康、成长与活力而骄傲和快乐！”

接着又为渣甸的离开敬了几杯酒。最后，为营造节日的气氛，响起了欢闹的歌曲——《口袋里揣了钱》，还有《这朋友任谁与美酒都不换》。接着乐队演奏起了《友谊地久天长》，当最后一个音符结束，渣甸站起身开始讲话。

“我起身，”渣甸说道，“你们刚才敬祝我身体健康，我向你们致以诚挚的谢意。我有生之年会永记不忘诸位的好意。”

讲到这里，他的情绪也激动起来，停了一下，清了清嗓子。

“我在这个国家住了很久，想就此讲上几句。在这里我们比在东方任何地方，甚至世界其他地方都更受到法律的保护；在中国，一个外国人可以夜不闭户，无须担心他的生命财产，因为这里有最警觉出色的官兵把守；生意在这里可以做得风生水起，因为大家心存同样美好的信念。我也不会忘记中国人友好地与外国人往来通商。综上所述……”

讲到这里，真的勾起了渣甸强烈的情感，他的眼光望向他最亲密的朋友们，声音也发抖了。渣甸努力恢复平静，整个大厅寂静无声：“这也是为什么我们中很多人常常重访这个国家，在此长居久留。各位，我视广州无城可逾越，但我也知道，在此之前以及最近时日，广州城被视作满是走私之罪人，这是我不能接受的。我们不是走私犯，各位！是清朝政府，是清朝的官员在走私、纵容默许，甚至鼓励走私，而不是我们；看看东印度公司：是啊，所有走私犯科以及走私犯的生身父亲就是东印度公司！”

大厅里响起雷鸣般的掌声，渣甸余下的讲话被淹没其中。直到他就座之后，这掌声依旧没有停歇，直到多次的响铃和锣鼓声才使大家安静下来。现在轮到丁亚·弗都杰讲话了，他一开口，巴拉姆就知道自己委托他此任是万无一失的：他把饯行礼物介绍得天花乱坠，讲得十分精彩。尤其结尾更是让人印象深刻：“大家都说是东印度公司把帕西人领到了中国，这当然没错，但其实只是时代的安排。有谁敢说，如果没有东印度公司，自由贸易就不会找到这片乐土？当然会！我们一定也会在很久之前就来到中国。现在我们聚在这里，虽然有重重压力，但我们不需要任何外部援助，因为自由贸易的精神就是自我独立、自给自足，她一定会更加繁荣昌盛！”

又是一阵欢呼，有一位年轻人非常激动，甚至跳上了长椅，大叫着要敬给“自由贸易、全世界自由贸易、消除垄断，尤其是最邪恶的垄断，公行的垄断”！

他的这一举动更是获得激昂的响应，最热烈的地方就是颠地和他的朋友就座的那里。“为自由贸易干杯，各位！”颠地举杯说道，“这是冲走大大小小一切暴君的一股清流！”

晚宴已近尾声，仆人们匆匆进来清出一块跳舞的场地。乐队奏起华尔兹舞曲，人群散开，这样渣甸先生和韦特莫尔先生可以手挽手穿过大厅。所有人都意识到，这两位长久以来的密友，在互相的陪伴下日益苍老，也许是此生最后一次共舞。当他们跳第一圈舞的时候，房间里没有一个人不为之潸然。

连施赖德先生都感动得掉了眼泪。“哦，可怜的渣甸，”他哭着说道，“他可能都不知道，以后他会多么想我们这一位小保加利亚人。”

巴拉姆从来没像今天这样想跳上一支舞，于是他请颠地和他跳上一支华尔兹。可本应圆满结束的夜晚，最终却变得混乱尴尬。就在巴拉姆要搂住颠地腰的时候，房间的一角却传来一阵争吵。巴拉姆一转身，看到原来是孟买帮那伙人和别人吵了起来。他快步走了过去，看到有些人正要和五六个年轻的英国人打起来。还好，丁亚并不在闹事的人中间。他们二人终于把打架的都拉开了。但看到双方情绪都还激动，巴拉姆想最好还是把自己孟买帮的人领出大厅。

直到他们走到外面，巴拉姆才停下来问问怎么回事：出了什么事儿？刚才到底怎么回事？

老爷，那些人一直在骂我们。他们说这里不是猴子待的地方，让我们走。

他们喝多了，不是吗？你们就不用理会他们啊。

怎么能不理会，老爷？他们晚宴的钱都是我们出的，怎么还管我们叫猴子，叫黑鬼？

第十四章

马克威克酒店

1839 年 2 月 20 日

我亲爱的帕格里诺阿皇后——你的仆人罗宾要向你骄傲地宣布一个新发现！最为激动人心的发现——也许只是一个猜想，我也不确定，但没关系了，因为我还有些其他的消息——终于！——关于你那些画。但我必须得从头讲起……

因为中国的新年，这个月初过得很快——所以整整半个月，我什么都没干：整个城里都是庆祝活动，街上到处都能听到人们大声地说："恭喜发财！"节日刚刚结束，你猜谁就来了，阿姆！你应该记得，他就是带我去花地苗圃见陈先生（或者说良陈，或是阿飞，或是你随便叫他什么）的那人。已经过了很久，我都没收到陈先生的消息，我都以为再也见不到他了。所以见到阿姆我真是出奇的高兴。我不瞒你，帕格里亲爱的，彭罗斯先生委托给我的任务的全部希望就寄托在这位陈先生身上了——除了他，我再没碰到任何一个人，能对这个神秘的金茶花提供任何一点有用的信息。从没有人见过，也没有人听说过，更没有人能够理解，为什么会有人觉得这东西有价值。而且我的询问一直未果，我都开始怀疑是否要把彭罗斯先生之前如此慷慨交付于我的钱还给他。（但那可不大合适，亲爱的，因为我已经把那笔钱花了——几个星期前，王先生，一个裁缝，给我看了件精美的云领，边上有皮草，我一看就觉得是送给贾呱最好的新年礼物——我的想法没错。他很喜欢，对我感激有加，他表示感激的方式很有意思，所以我可不想问他再要回来……）

我和阿姆站在那里，二人一番寒暄之后，他告诉我陈先生几天前已经回到广州，想问问我还有没有从彭罗斯先生那又收到其他的画。我说有的，就是几星期前寄来的，从那以后我一直焦急地等待着，非常愿意尽早交给陈先生看看。说到这里，阿姆笑得更加开心，他说他的老板就在附近，愿意马上和我见面。

“可以，可以！”我答道。我回房间抓起那些画，就跟他一起走了。

我以为阿姆会带我去那些茶馆或是小吃店，因为在广州一般会面都是在那样的地方——也许在十三行大街，或是在城墙里的某个地方。但结果却不是：阿姆朝河边走了去。我还在想是不是我们又要坐船，但也不是——我们原来是要去沙面岛！

我之前跟你提过沙面岛——那是个潮汐岛，每当江面低落的时候，就会显露出泥地来。它的一角和番鬼城相接，离丹麦洋行不远，虽然只是个沙滩，但在城里还算很有名的地方，因为这里常常停靠着广州城里最亮堂、最艳丽的“花船”。原来我是要在这样的船里见陈先生——而且，还是在个大早上！

花船是珠江上最大的，当然也是最花哨的船。如果你在别处看到的话，肯定以为是自己幻想出来的东西，因为这些船出奇的漂亮。船上有亭子、厅、长廊，有的是封闭的，也有的是开阔通风的；上面系着几百盏灯，灯上还有丝绸制成的饰品。每个船的入口都有一扇高挑的大门，一般都刷着红色和金色的漆，上面还会画上动物寓言的图案：绞龙、咧嘴笑的恶魔和长着獠牙的怪兽。这些吓人的怪兽是为提醒这些上船的人，他们要进入的世界是与每日经历的平淡现实完全不同的——每每入夜，当河面暗下来，这些船就会点起灯来，这时它们确实就像一个个漂浮在河上的幻想之域。我刚才说了，这还是上午的时候，不得不说，大白天的时候看着这些船还是相当无聊阴郁的，看上去有些花哨俗气，在阳光下显得稀松平常，好像根本无法战胜世俗间的美好。

在江面涨起的时候，沙面岛只能坐船到达，但现在潮水很低，从江水下浮出一条狭窄的小堤。我们步行穿过，阿姆带我走上其中一艘大船。高高的雕花大门紧闭，甲板上只有一个上了年纪的老太太，正在忙着洗东西。阿姆大喊一声，她站了起来，一会儿门就打开了。我走进去，进入了一个客厅，里面乱七八糟的，就好像忙乎了一晚上的集市。地板上铺了地毯，上面摆着雕刻精美的家具；墙上挂着些书法作品和一些秀美的风景画；窗户全都关着，房间里全是烟味——烟草、香和鸦片的味道混杂在一起。

阿姆带着我一步没停地穿过客厅，走到了船的里面。前面就是个走廊，两旁都有船舱——但所有的舱门都关着，除了一些鼾声，再没有任何声响。之后我们走到一处阴暗的台阶：来，阿姆示意我停下来，让我继续往上走。

我现在可是非常害怕，小心翼翼地上了楼，不知道会碰到什么样的情况。出来就是一条阳光普照的走廊，陈先生靠在一把躺椅上。他还像之前一样穿着中式服装，灰色的长袍，黑色的帽子，并没像清朝人那样跟我问好，而是特别英式地和我握了下手，说了句："你好啊！"躺椅旁有把椅子，他示意我坐在那里，然后给我倒了杯茶。他说很抱歉，自从上次见面之后，耽搁了这么久才联系我，但是眼下情况如此，最近他一直在到处走。

陈先生不是那种喜欢闲聊的人。刚寒暄完，我就把艾伦·彭罗斯临摹的他父亲的那些画递给了他。让我惊讶的是，他并没有打开那卷画，而是把它们放到了一边，说他稍后再看，眼下他想和我说的是另外一件事。

请便，我说。他接着解释道，他听说我和英国著名画家乔治·钦纳里先生是亲戚，而且听说我还是个和他风格相似的画家。

是的，我说，这些都是真的。他接着问我，是否有机会见到过钦纳里先生的一幅画——大家叫做《一位欧亚人的画像》?

“当然,”我说,“我当然看过!”——而且说实话,我对这幅画非常熟悉。钦纳里先生在中国所作的画作之中,我最喜欢这幅。你也知道,帕格里亲爱的,我一直都有个习惯,自己印象深刻的画都会自己临摹下来。幸运的是,这幅画我也临了下来,虽然副本很小,但是可以说,还是很忠实于原作的。我现在写信的时候,这个副本就在我前面:它画的是一个年轻女人,穿着像斗篷一样的蓝色丝质宽松外袍、宽肥的白色裤子。衣服很奢华,但搭配得却很漫不经心;脸庞的轮廓就像心形的树叶,黑色的双眼格外的大,目光既温存又直接。一朵粉红色的菊花别在她闪闪发亮的黑发上,头发中分向后梳去,在太阳穴那有着优雅的圆形弯。在她身后,好像画框里的又一个画框,是一扇圆形的窗户,映出她头部的轮廓,而且能看到远处一对雾气缭绕的山峰。画中的每一处细节都反映出这是个中国人家里——画中人坐的椅子,头上挂着流苏的灯,高高的三脚茶几,还有瓷制的茶壶。而且画中人的脸庞,从肤色、颧骨的弧线都明显是个中国人——但这个女人的微笑、仪态及造型,从某种程度上来说,又像是个外国人,至少某个部分有着异域的感觉。

在我看来,这幅画是钦纳里先生的优秀作品,但你也知道,帕格里亲爱的,我算不上是最公平的鉴赏家。也许我对这幅画的喜爱是源于对画中主角的同情——她名叫阿德丽娜——不单纯是因为她是个混血,更多是因为我完全知晓她的生死之事。(我马上就讲给你听,等你听了这故事,我想你也会认同,不可能不被其感动……)

你听到这么多,就知道我和这幅画之间的渊源已很深(可是花了我好一番时间和努力才从钦纳里先生的学徒那套来了这个人的故事)——但我心里还是明白的,不能让陈先生看出我对这幅画的熟悉程度。

“我知道那幅画,”我说,“你为什么问起呢?”

“你说呢,钦纳里先生,你能不能为我临摹一幅?我会给你很高的报酬。”

这让我有些尴尬，因为我知道如果我叔叔知道了，肯定会很生气——但是从另外一方面考虑，陈先生是个难以琢磨的人，估计他不会发现；而且以我现在的情况，实在无法拒绝这样一笔收入。我说，好的，我很乐意为你效劳。

“非常好，钦纳里先生，”陈先生说，“我明天就要离开广州四个星期。如果我回来的时候，你可以画好，那我将非常感激。我付你一百银元。”

听到这个让我激动得喘不上气来——这笔钱不比我叔叔画一幅赚的少——我还不至于激动得忘记自己为什么来的。“那彭罗斯先生的画呢，先生？”我问道，“那个金茶花？”

“哦，对，”他很随意地应道，“我走的时候会看看那几幅画。等我四周后再见到你的时候，我们再聊。”

我亲爱的帕格里，我们的会面就结束了。

我立马回到了自己的房间，在画框上铺上了画布。但刚提起画笔，我就发现这个任务可不像我想象的那么简单。想画出那张精致的脸庞就像要勾起一个逝去的灵魂：我感觉自己完全被她萦绕着。因为你知道，阿德丽娜就死在广州，就在从我窗口能看到的那条河上——从她祖父建立的那间画室就能看到（那画室现在还在，就在老中华大街上）。我和阿德丽娜的另一共同之处是她也出身于艺术世家。她祖父是粤派画家里最杰出的人物，名叫池呱，在各方面都是一位先驱。他刚三十多岁的时候——我估计大约是 1770 年——去了伦敦，在皇家美术学院举办了一场个人画展。当时引起很大反响，走到哪里都引起人们的追捧：卓梵尼[①]为他画过肖像，他还受邀与国王和王后共进晚餐。自从范·戴克之后，再没有任何一位外国画家在伦敦享有过如此礼遇。虽然池呱取得了巨大成功，却晚节不保。他回到广州之后爱上了一个出身贫寒的年轻女子——有人说是一个船家姑娘，也有人说她以前是个“妓女”。

---

① 卓梵尼，德国新经典主义画家，主要在英国活动。

池呱当时已经妻妾成群，子女众多，他却不顾家里远亲近邻的强烈反对，一定要庇护这位新宠。她为他生了一个儿子，他俩对这个儿子溺爱至极。你也能想象得到，这招得很多人的妒忌，而且很多人指责他这是在挥霍家产。不知池呱最终的死和这些事情是否有关系，但是他是在一次宴会之后突然没了气，所以很多人说这位画家是被毒死的。结果就是，年轻的情妇和她的儿子被扔到了世上，只干巴巴留下一个仆人。

他爸爸也教了这个儿子一些画画本领，如果不是他的出身问题，他肯定也会被广州的画室招收为徒。但是这里的画家是个联系紧密的团体，大多都是亲戚关系，所以他们根本不容这个男孩成为其中一员。这小子就靠在番鬼城打些零工来养活自己，给那些植物学家和收藏家们画些画片、插画。据说正是他这方面的才能，吸引了一位美国富翁的注意——这位商人把他带到了澳门，还帮他建了自己的画室。在澳门，这小子改了名字，就是后来大家都知道的——阿兰查。

就像很多投错了胎的孩子，阿兰查比池呱的其他儿子都更继承了他的衣钵。他很快成为澳门著名的肖像画家，受到洋人的追捧——商人、船长，当然还有这个城里的葡萄牙官员，很多人都花钱请他画像：给他们自己、孩子——还用说吗？——妻子。这些人里有一位上了年纪的纨绔子弟——他是趁着旧帝国瓦解时一夜暴富的，利用人际关系长年霸占着眼下的职位。这位骑士之前在果阿当过官，那里是葡萄牙在亚洲的首府，那时他的妻子得了疟疾已去世了，他马上又娶了一个，续娶的这位只有十六岁，比他足足小了五十岁。新娘家是曾经显贵的欧美人，眼下已经没落。她是个长相甜美的姑娘，一枚娇艳的玫瑰，她的丈夫能娶到这样的美人，异常兴奋，就请阿兰查为她画像，那时的她就像初开的花蕾。

我必须承认，帕格里亲爱的，我对这个故事非常着迷，有时感觉似乎能亲眼看到他们二人：可爱的印裔葡人森河拉和英俊年轻的中国画家；她穿着连披肩的头纱和蕾丝装，他穿着丝滑的长袍，深色的双眼，长长的头发。你不妨想象一下：那位还是个孩子的新娘和年轻的画家，她，已经是一个男人的所属，但那人却老弱得无法使婚姻生活圆满，而他，心里也是从未爱恋过。你可能看到他们彼此目光的吸引，虽然周围有拿念珠的保姆疑惑的目光？但一切都无济于事！森河拉是位虔诚而美丽的女人；任何诱惑都不会让她犯错，而这位画家的感情，找不到宣泄之处，全都投入到了画板之上。他用画笔抚摸着画布，轻抚、摆弄着，用炽热、明亮的喷墨画彩倾泄着他的感情！这爱的种子已经播下，生命在他的画里延续。这幅画就像是爱情的结晶，是如此之美，使得在造就它的过程中所滋生出的情愫更加深邃。可是……可是……二人却无能为力——结合是不可能的。社会向来是吹毛求疵的，一双双眼睛都盯着他们二人。但老天还是眷顾二人的爱意：那个老骑士，就像我告诉你的，本来就年事已高，画作完成之后没多久，他就死了（有人说他是带着那幅画下葬的）。老人去世之后，森河拉仍然留在澳门，她自称是为他守灵，但大家很快发现，她竟秘密地结了婚——森河拉嫁给了阿兰查！

你可以想象那丑闻、流言、恶语——所有认识的人都不再理会二人，无论中国的、欧洲的还是果阿人。那位画家，以前一度受人追捧，现在成了贱民；他的收入一下子没有了，不得不靠画些商店的幌子和壁饰维持生计。但二人感情很好，因为彼此相爱，没多久就收获了一份可贵的礼物：一个女儿——阿德丽娜。他们二人沉浸在新生儿的喜悦之中，却不知道幸福已经快到了尽头：阿兰查已经时日无多——死亡正披着伤寒病的外衣一步步向他靠近。

阿兰查死后，森河拉艰难度日，直到把她的孩子养到了快成年——可怜她也英年早逝，年轻的阿德丽娜被送到了米赛丽克迪亚，穷苦人家的孤儿和孩子都在那里靠些接济勉强活着。

帕格里亲爱的，可以说阿德丽娜——或者大家那时都叫她阿德丽——可不是那种会永远住在慈善机构里的小姑娘。她逃了出去，很快成了澳门最有名的交际花。（他们说，她正是因为这个才被钦纳里先生注意到的……而且，你当然可以想象出来，他们还说了她什么！）

著名的交际花都有着相似的命运，总有很多男人不愿与其他人一起分享阿德丽娜。她的情人开始争风吃醋，大打出手——很多都是富庶一方、有权有势的人，但最终获胜的那位有一项无人能及的优势。原来阿德丽娜在很久之前就是一个烟鬼，要吸食大量的鸦片——最终是能够为她提供鸦片供应的人得到了她，那人就像一个影子，没人知道他的名字，也从没有人见过他，大家都叫他“大哥”。你可以想象得到，阿德丽娜被他像个关在雕金笼子里的小鸟，孤身一人，与原来的世界一刀两断。她这位新主人对她看管很严，生怕她有不忠，把她从澳门搬到了广州一个住所，有机会就会来看看她。这样的男人，不论自己多么想长相厮守，总不会把大把时间花在情妇身上：当他不能陪她的时候，就会派他最信任的手下给她送来钱物、珠宝和鸦片——这个年轻人成了她和外面世界唯一的联系，是她的救生索。

下面的故事我就不用给你细说了：他们二人的事情终于还是被发现了；那个年轻人消失得无影无踪，而阿德丽娜——他们说，没了爱人她不愿苟活，所以投了江……

读到这里，帕格里亲爱的，你也许会和我有着同样的疑问：为什么陈先生想要这幅画像？阿德丽娜和他什么关系？他是谁？越琢磨，你就越会和我得出同样的猜想（或答案？）——而这样的答案不禁让人心生疑虑，但这是不会吓到我的，我还会按时完成自己的任务，也一定会完成彭罗斯先生交待的事情：你那可怜的罗宾可不是你想的那么胆小……

再过四个星期，我亲爱的、亲爱的帕格里小伯爵夫人，你就等着我的来信吧——到时再聊！

*

二月已到，关于那位新任命的最高长官、钦差大臣南下的消息越来越多，而这些消息大多是通过商会的翻译萨缪尔·费尔龙传到委员会的。

费尔龙先生是位一头金发、瘦削的年轻人，委员会里的很多成员都很关注他的简报，他每次走进会所，总会引得大家一阵激动。施赖德对这个年轻翻译最亲近，有一天正好看到他经过，他忙把手杖挂在自己的手肘上，把他拉到自己桌前："我说小伙子——你今天可有什么新消息？"

"当然有，施赖德先生。"

"那么，来吧，坐到我旁边——我很想听你亲口说说。伯纳姆先生会把椅子让出来。是不是，本杰明？"

"是的，那当然。"

于是费尔龙先生坐在施赖德先生的桌前，颠地先生和巴拉姆也坐了下来。他接下来说的事情让在座的所有人都大为吃惊——原来这个即将到任的大臣的一路开销竟然是自掏腰包！而且，他还尽力保证不会让国库支付不必要的开销。

这个消息让所有人都惊呼难以置信：一位官员竟会拒绝中饱私囊的机会，在座所有人都觉得愚蠢至极。当伯纳姆先生认为这个大臣不过是做做样子，糊弄那些容易上当的人，很多人——包括巴拉姆——都点头认同。"记住我的话：等机会到了，只会压榨得更多。"

当大家还在消化这则消息的时候，费尔龙先生又分享了一个惊人的消息。

让施赖德先生懊恼的是，这次他没把翻译留在自己的桌边，而是让韦特莫尔先生抢了先。"哈，费尔龙！"这位即将上任的主席说道，"你今天可还有些什么消息？"

"当然，先生。我有。"

其他的桌子立马都没了人，大家都围在翻译身旁："什么消息，费尔龙？你还了解到什么？"

"据说，先生，这位大臣的到达日期被耽误了。"

"是吗？"施赖德先生酸溜溜地说道，"那也许是他过年的时候庆祝得过了头喽？"

"哦，不是，先生，"费尔龙先生说道，"他应该是和一些大学士碰了下面，那些学士都是了解海外事务的专家。”

这又让大家响起了一阵讶异之声：当知道还真有一批中国学者会对外面的世界感兴趣，很多委员会的成员都觉得难以置信。大多数人都和施赖德的想法一致，他很是不屑地说道：“我敢打赌！你们放心吧，各位——这肯定就跟以前的大黄买卖一样。”

他这句话提醒了大家，他们都想起之前中国的官员们总是自以为是地分析那些红毛夷人，而往往都得出一些荒唐的结论——就比如说大黄那件事。这种蔬菜只是广州出口贸易中很小的一个部分，但当地的官员却坚信这是欧洲饮食里一项最重要的原料，他们认为番鬼们如果没有大黄，就都会因便秘而亡。所以他们每每与洋人发生冲突，就会禁止大黄出口。而番鬼中没有一人因为肚里的污物太多而肿胀至死，即便这样他们也显然没有质疑自己的错误理论。

终了，施赖德还背诵了一段圣旨——每每如此都会引得会所里哄堂大笑：“据查夷人若数日未食吾国之茶与大黄，则视线阴糊、肠便不通，可致生命垂危……”

等各位大笑过后，伯纳姆擦了擦眼睛，说道：“这真是毋庸置疑。纳匹尔勋爵的表述十分正确，某些中国人愚笨至极。”

听到这里，坐在位子上惴惴不安的金先生不得不反驳道：“先生，我觉得纳匹尔勋爵是不可能讲出这样一句泯灭人心的话的：他毕竟是一位虔诚的基督徒。”

“那我告诉你，查尔斯，”伯纳姆说道，“纳匹尔勋爵还是一位科学家，是他的理性思考让他得出这样一条无可辩驳的结论，他是个毫不掩饰的人。”

“那是没错，先生，”金先生说道，“纳匹尔勋爵不但是一位善良的基督徒，还是苏格兰启蒙运动最杰出的继承者之一。我认为他不可能说出这样的一句话。”

“那好，”伯纳姆先生说道，“那我们打个赌。”

马上有人拿来会所的押注账本，每人各记了十畿尼的赌注。接着又有人从图书馆拿来了律劳卑勋爵[①]在中国的游记，马上找到了那篇文章："天意有为，赋予中国——一群极为愚笨、贪婪、自负、顽固的种族——这地球上富饶的一隅，而这一族人几占全人类总数的三分之一。"

因为措辞与刚才所讲并不完全一致，所以由主席来定夺赌注的归属。他的判定偏向伯纳姆先生，而后者把赢来的钱捐给了帕克神父的医院，这让大家对他称赞有加。

虽然晚上大家心情还都很愉悦，但关于那位大臣即将到达的传言，不免产生一种急切而焦虑的情绪。在这样的前提下，韦特莫尔先生举行了一场小型晚宴，对即将离任的主席休·林赛以示谢意。

以往总是红光满面、情绪高昂的林赛先生整个晚宴看上去都心事重重，当他起身开始告别演讲的时候，大家发现他显然心绪不宁。在晚饭结束的时候，大家提议向他表示感谢，他起身讲了几句自己的感想："鸦片贸易利润丰厚，值得冒很大的风险，这我们必须承认。但也请诸位务必记住，这一贸易的应允者，或者说默许者，是中国朝廷。而现在我们担忧的是，将来是否还会如此。到那时会有怎样的变数？鸦片贸易要么悉数中止，要么不受中方干预继续进行。实事求是地讲：第一个建议——完全放弃鸦片贸易——只要其他可能尚存，就无须考虑。那么就只剩下唯一明晰的选择。那就是在中国沿海建起英国统治的居住地。"

和房间里其他人一样，巴拉姆礼貌性地鼓了鼓掌——但事实上，林赛先生的建议并没有什么新意：类似的建议之前也听到过很多次。在外海建立一个贸易基地的好处是很明显的：外国商人可以向中国运入鸦片和其他货物，而不需要担心中国的官员。而且也免除了将他们的货物运进内陆的风险和不光彩的事实——当地的走私商就可以负责此事。西方人仍可以受

---

① 律劳卑勋爵（1786—1834），第九任律劳卑勋爵，英国皇家海军职员、政治家和外交官，在1834年出任首位英国驻华商务总监，但不久便发生"律劳卑事件"，病故于澳门。

人尊敬，而罪责可以完全归结到中国人身上。

对于这个办法只有一个症结，那就是每个人对于这处新殖民地的所在都有自己的想法。巴拉姆就已经听到很多个奇怪的建议——可哪个都没有林赛先生提到这个令人惊讶。

“不用我说，”林赛先生慢条斯理地说道，“有很多之前提及的地方都很适合——但在我看来，都不及一处群岛，那里刚刚为英国政府所有，小笠原群岛，就位于日本和中国台湾之间。”

巴拉姆从来没有听说过这个小笠原群岛，而听说英国政府占领了那里，他着实有些吃惊。他也想不出这些岛能有什么用处，刚好这时施赖德先生提出一个建议：“也许可以找到离中国大陆更近点儿的地方，那里更好——比如说，台湾？”

大家还在思量这点的时候，就发现施赖德先生的建议不过是个托辞。“才不，先生！”他突然大声喊道，只见他话锋急转，“经过两个世纪的商业往来，我们是不可能放弃洋行，撤出广州的。我们一定要在这里立住脚；我们必须让中国人知道，如果他们企图削减对外贸易，那么他们自吹自擂的力量必被我们砸个稀巴烂。难道现在不正是时机，让这个无知的王国和顽固不化的统治者知道违抗我们的后果吗？中国对外界一无所知，顽固不化地只听从清政府一家，现在难道不正是时机让他们知道后果吗？我们的答案是明确的：我们必须留在这里，不为别的，只为保护这些中国人不受清政府压迫。我坚信，英国政府很快就会像在其他国家一样，出手干预，只为平复民愤。”

雷鸣般的掌声响了起来，每个人都祝贺施赖德先生再次将难题满意地化解了。

*

二月末的时候，天气已经开始转暖，三月的头一个星期就开始闷热难当。广场上出现一批新的小贩，他们推着陶土制的小车，上面用稻草和布条隔热，卖一种冰凉的糖浆，里面和着一块块的蜜饯。

每到傍晚，尼尔就会走到广场上，来一碗糖浆凉快一下。一天晚上，他再朝小摊走去，突然碰上了康普顿，他好像比以往眼神更加不好使，样子很着急，连汗水打湿了眼镜都没来得及擦干净："哈，尼尔！你好吗？"

"很好。你这么着急忙慌是要干吗去，康普顿？"

"屁眼角啦。去租个舢板船。"

"舢板船？为什么？"

"你不知道吗？钦差明天就到广州了。"

"谁？"

"钦差大臣，林大人。所以广州人都租船去看。你要不要也来啊？可以和我们一起。明天到屁眼角，辰时左右。"

"七点？"

"对，要来啊。行不行啊？"

"不知道，可能要工作。"

康普顿乐了起来："哦，别担心了。明天不会有人上班的，大班也不会上班的。"

让尼尔惊讶的是，康普顿的预言还成了真。那天晚上，维科宣布所有下人明天早上全部放假。老爷不会像平常在办公室用早餐。他已经受邀到总领事馆的走廊那儿观看钦差大臣进城。

第二天很早，就见整座城都情绪高昂，离得老远就听得到鼓声和鞭炮声，一大早就乱糟糟一片，迈斯托说市场也都关了，十三行大街上没有一家店铺开张。每个人，连小贩和要饭的，全都跑去看钦差大臣了。

等尼尔来到广场上的时候，英国洋行和荷兰洋行的走廊上已经挤满了观看的人群。等他到了屁眼角，发现那里更是水泄不通——他花了足足半个小时才找到康普顿，他正领着一帮孩子在石梯上，往一艘舢板船里走。

康普顿说这里面的三个男孩是他的儿子，剩下的都是他们的朋友。显然他们都已经被叮嘱过不可以乱说乱叫，他们在阿尼尔面前还都表现得很乖，没有一个管他叫“阿差”或是“赞毛肉叉”或是“黑鬼”。眼睛都害羞地低垂着说着“请，请”，没人看尼尔的头巾或是长袍。等舢板船动起来之后，还听到他们在告诫别的船上的小孩儿，那些盯着看或是说粗话的，他们都会斥责两句。

……叫什么啊？……

……不关你事！……

船在河里走的速度很慢，因为河上挤满了船，它们一艘挨着一艘往前蹭着。

尼尔看到这么多人，着实吃惊：“天啊，好像过节一样！以前有大官到城里来都会这样吗？”

康普顿乐了：“不会！从来不像这样——人们都会藏起来。但是林则徐不一样——他和别人不一样……”

康普顿解释道，林大人来之前就有很多关于他南下的消息。这些消息让整个广东省都沸腾了起来。关于他的故事有很多很多，人们不禁纳闷这位钦差大人会不会就是快绝种的那类人：一位两袖清风的公仆，而且学识渊博——就像传说和寓言故事记载的那些大官。

其他官员每每出行必奢靡铺张，但钦差大人却只带一小批随从——五六个侍卫、一位厨师和几个仆人——还都是自掏腰包。其他当官的总会借着自己上司之名，勒取钱财，但林大人手下的所有人都被警告，如果发现收受贿赂就会立刻逮捕。每到酒馆饭庄，他都要求只上些普通饭菜——那些燕窝鱼翅都严禁端上桌来。这一路上，他并没有跟其他高官称兄道弟，而是约见了很多学者大家，就处理南方省份一事征询他们的高见。

“我的老师也被请去与钦差大臣会面。”康普顿骄傲地说。

“你的老师是谁？”

“他叫常南山，”康普顿说道，“但是我管他叫‘常老师’，因为他是我的老师。常老师是个广东通。他写过很多书。他现在要为钦差大臣当顾问。”

“他也和钦差大臣一起吗？”

“是呀！”康普顿说道，“也许您能看到他——他在船上。”

这时候人群开始有些骚动，因为看到了钦差的船。很快一艘巨大的平底官船慢慢驶入眼帘：船外披着深红色的布，在太阳下闪着一丝丝金光。船员都穿着整齐的白色红边的制服，戴着圆锥形藤帽。

一直到船快开到眼前尼尔才看到林大臣：他坐在船头的一把巨伞下。后面有几位带着红扣和蓝扣的官员，两旁站着一排排的官兵，头上都戴着花翎。

与手下随行的士兵相比，钦差看上去很小，在他周围那些飘扬着的缎子和三角旗的反衬下，他的着装显得很素气。

船开得很快，一排排桨有节奏地在水中划着，但尼尔还是很清楚地看到了大臣的脸。他以为看到的会是个正襟危坐的官员——没想到这位大臣却并没有一脸严峻。只见他天庭饱满，蓄着一小缕胡须，眼神里透着睿智。

这时康普顿拉了拉他的手肘：“阿尼尔！看那！那就是常老师。”

尼尔见他指向一位有些驼背、上了年纪的人，炯炯的目光，蓄着稀疏花白的胡须。他站在船尾看着人群。他在这么多人中看到了康普顿，两人互相鞠躬示意。

“你和他很熟吗？”尼尔问道。

“是的，”康普顿说道，“他以前常到我店里来，和我聊天。他对英语书籍还有《广州纪录报》上所有的报道都很感兴趣。也许哪天你能碰到他。”

尼尔又看了一眼大臣的船：船尾那个略有些驼背的身影就是个典型中国学者。他说道：“我非常期待和他见上一面。”

*

对于在总领事馆的走廊上观看新大臣进城的那群人来讲，最让他们感到吃惊的时刻是在大臣从视线中消失之后。在城墙大门处他停下脚来与当地官员一番商议。接着，好像是在回答大臣的问题，有些官员抬起手来，指向了飞地的方向。这时大臣转过身来——巴拉姆和他身边的其他人都感觉他正在看着他们。

他们竟然被大臣盯着，这让很多委员会的成员感到有些失措。大家都认同颠地所说的话：“各位，咱们别搞错了：来者不善，善者不来。”

后来，巴拉姆和其他几位委员会成员一起走进了会所，共进午餐。天气晴朗温暖，午餐是在带遮阳棚的走廊里进行的。虽然酒浓饭香，但桌上却没什么欢声笑语，很快聚会就变成了一次战时会议。大家一致认同需要经常碰面，以互通有无；韦特莫尔先生，作为即将上任的主席，被分派了安排一些通风报信的人，这样委员们可以不论日夜随时会面。如果有危机发生，英国洋行小教堂的钟声就作为警钟，响起以示危急。

在这么多为不吉利的预想所作的准备之下，竟然没有一次来报信或是钟声发起的紧急提示，反倒让大家觉得有些失望。据说这位大臣一直在忙着开会、收拾住所。唯一的消息是费尔龙先生带来的：据说这位大臣并不打算住在城里侍卫高官聚集的地方，他把居所安排在了广州最德高望重的学府——云林书院。

商会的委员都没听说过这个书院，连费尔龙先生也不知道它在哪个位置。番鬼对城里的大街小巷一无所知，因为他们很难找到广州城的地图。地图只有几张，而且最详尽的都在商会主席的保险箱里：它是以一张有两百年历史的荷兰人绘制的地图为基础，每每得知有新的改变，都会在这张地图上加注。出于安全考虑，它一直都被放在主席办公室里一间上锁的柜子里——应韦特莫尔先生的邀请，大家都可以上楼去看上一眼。

当地图展开的时候，可以看到广州城的形状像是一口钟。最上面是一座山，北面有个三角形顶点，正是镇海楼；最下面就是一条几乎是直线的河流。城墙共有十六扇大门，城里的区域按块划分，各条街道小巷纵横交错，构成几何形状。

按地图标示，隔开飞地与衙门的并不只是一道墙，中间还有绵延数里的居民区：番地只是其中小小的一隅，与广州城西南一角相连。而当官的和清朝军队都住在城里的最北面。广州的番鬼们一直觉得自己远离官员是件幸运的事——正因如此，这位大臣居所的位置就很有深意了。他们在地图上发现，他住的地方离飞地很近，这让他们感觉大事不妙。

“很显然，”颠地说道，“他已经把他的旗舰指向我们。看来他是准备和我们打硬仗了。”

听到这个，施赖德先生拍了拍胸脯，又慷慨陈词了一番。“各位，”雷公说道，“我们现在的使命也很明确。外国人一定要保持完全安静冷静；让清朝的官员先行动——让他们先走一步：这是他们对对手常采取的办法；他们认为这会让他们占尽先机，但这一次我们一定要占上风。”施赖德停了停，讲出最后一句，“在风暴来临之际，我们要做抚柳而不是硬橡。”

大家马上应声表示赞许：“没错！”

“说得好，约翰！”

巴拉姆也热情地附和着。他一直担心那些英国人里爱头脑发热的人会采取很强硬的态度，听到他们中最强硬的人竟说出这样的缓和之计，让他松了一口气。

“你真是一语中的，约翰！”巴拉姆说道，“目前肯定是抚柳更有先机——何必要装硬橡？还是静观其变。”

但是连他们预期的风暴也没有来袭，接下来的几天都是些让他们抓不到头脑的小风。当听说这位大臣已经盘问了几位被捕的鸦片商，大家有点担忧——但当得知他只不过是又商议了一下这几个犯人的刑期之后，所有人的戒备又放下了。于是洋人们纷纷猜想，可能对这位大臣的雷厉风行有些夸大其辞——可接下来的一则消息又让他们疑惑不解了。有布告称钦差已经离开广州，去检查珠江上的布防情况。

委员会全都松了一口气，又平安无事地过了几天——可当番鬼城刚刚有些恢复平静，大臣又回来了。这时他终于开始有所行动了。

一天早上，巴拉姆在吃早饭的时候，有个报信的敲响了丰泰行一号楼的大门。维科开的门，听了他带来的消息，维科马上跑到了办公室，连门都没来得及敲。

巴拉姆还坐在早餐桌前，吃着早春刚采的青菜做的一盘炸菜丸。翻译正在给他念最新一期《广州纪录报》，维科进来的时候他停了下来。

老板，刚有个送信的，召集大家到商会开紧急会议。

哦？委员会的会议？

不，老板，是商会大会。但只通知了各位委员会成员。

你知道是关于什么的？

是公行商人召集的，老板。他们已经到了，你得快些。

巴拉姆喝干了奶茶，从椅子上站了起来：把我长袍拿来——要棉的，但颜色不要太浅。

最近天气又有些转凉，当巴拉姆走到广场上的时候，一阵不期而至的冷风刮了过来。他系紧了长袍，这时听到有人喊道——“哈，你在这啊，巴瑞！”他抬头看到了颠地、施赖德和伯纳姆也正朝着商会走去。他快步走了过去。

集会是在商会的大厅举行，那里是经常举办商会大会的地方。他们到的时候发现已经对着讲台摆好了几排椅子。坐在最前面一排直视前方的，是五六个公行的商人，全都穿着正规的官服，戴着象征自己等级的帽子，他们的仆人和随从都在一旁靠墙站着。

公行代表团旁边的椅子是空着的，前面几排按习惯都是留给委员会成员的。新到的人纷纷就座，他们看到了商会主席韦特莫尔先生。他正在一脸焦急地和费尔龙先生交谈着。他们看上去都一脸疲惫、面露难色，尤其是韦特莫尔先生，连胡子都没刮，蓬头垢面的，和平常那个干净整齐的他完全不同。

“天啊！”颠地说道，“看来他们是一宿没睡！”

施赖德先生的嘴角露出一丝讥讽的笑："可能，"他说道，"韦特莫尔又开始上他那保加利亚课了。"

他们刚一坐齐，韦特莫尔先生就走上了讲台，拿起了一把小木槌。刚敲了一下，整个大厅就一片安静。

"各位，"韦特莫尔先生说，"我很感激各位能这么快到。如果不是事关紧要，我肯定不会要求各位到来——此事是公行行会的朋友们提醒我们注意的。他们请我向你们转达，昨天刚到的钦差大臣林则徐大臣在自己的住所召见了所有公行商人。他们在那一直商议到深夜。凌晨时分大臣送来一纸法令，法令是针对广州所有外国商人的——就是在座的我们所有人。我马上请来了翻译费尔龙先生，他连着忙了几个小时。现在还没有完成，但他已经能够传达文件中最重要的主旨。"

韦特莫尔先生望向了房间的另一侧："你准备好了吗，费尔龙先生？"

"好了，先生。"

"那您请，我们洗耳恭听。"

费尔龙先生在讲台上铺开一张纸，开始念了起来。

"'钦差大臣林则徐大人对洋人宣布：

"众所周知，到广州事商的洋人已经收获巨额利润。此事确凿。洋人船只自数年前不过十余已有剧增。容我一问，天下之大，可有其他商港其利丰厚如此？若无吾国之茶与大黄，恐洋人性命不保……'"

"哈！"施赖德满意地笑道，"大黄这事难道没被我猜中吗？"

"'洋人可曾对吾皇之隆恩示以谢意？你等须尊我国法，牟利不可伤及他人。你怎可令鸦片流入我国腹地，使我国人贫不果腹，民不聊生？你等以此物诱我良民几十年；而你等却由此聚敛不义之财。此举为人心所共愤，天理所难容……'"

坐在巴拉姆旁边的伯纳姆先生听到这个，气得小声嘀咕："那你呢，你们这些虚伪的为官之人！难道你和你那些同党就没有半点责任？"

"'……对鸦片之禁令一度松懈，但吾皇现已龙颜大怒，此毒一日不除，一日不休。你等洋人到我们土地上居住，理应如吾国之民遵守吾国之国法。’”

这时大厅里已经响起些小声的议论：

“……遵守长辫子的法律……？”

“……也背上长枷，像落后的年代那样……？”

“……被绞死，像胡龙金那样……？”

又是那个名字！巴拉姆又有些畏缩，目光落向公行商人和他们的随从身上。其中一个仆人也低下了头，好像在回避别人的目光。巴拉姆因为恐慌，心跳得更快，手指不由自主紧紧地抓住自己的手杖。他感觉那个仆人又抬头看了他一眼，这使他强迫自己站着一动不动。等他重新站好，费尔龙先生的朗诵又进行了一段。

“‘……我，一位朝廷命官，来自福建，也地处沿海，所以洋人的想法与招数知无不尽。我发现你们现在伶仃岛及其他地方已经停驻数十船只，其中鸦片逾万箱。你们的目的就是将其秘密倾销。但卖到哪里？这次鸦片已经被禁止，不可流通贩卖；人人皆知鸦片为致命之毒物；而你等为何在货船上积压鸦片，而又停靠于此？此举浪费钱财又易受风暴、火灾及其他灾祸侵袭。’”

费尔龙念到此处停了一下，深吸一口气。

“‘据此分析，我现签发法令；请传至洋人，即刻交出其货船中所有鸦片，交至政府官员。请公行商人记清何人上缴多少箱数、总重量等一干信息，列出清单，官员将所获鸦片如数充公，并将悉数焚毁，以断此恶物。不容私藏任何一粒……’”

大厅里顿时响起一片抗议之声，声音之大已经湮没了翻译的声音。

“……把我们全部货都上缴？”

“……全都焚毁？”

“……天啊，这完全是一个疯子、一个暴君的胡言乱语……”

韦特莫尔举起双手：“拜托，拜托，各位，还没有讲完呢，还有更多。”

“还有？”

“是的，大人还有另一项要求，”韦特莫尔先生说道，“他还要求签署契约。”他转向翻译，“请，费尔龙先生，让我们听听法令的那个部分。”

“是的，韦特莫尔先生。”费尔龙先生又看着自己的笔记。

“‘我在你等洋人的日常生意往来中常听你们强调‘良信’。请准备一项契约，并以中英双语清楚表明，从今往后，船只将永不会运送鸦片来此。如若有违背契约之船只，所有货物将被收缴，船上所有人员全部处死……’”

“不要脸！”

“……简直忍无可忍，先生……”

大厅里已经喊成一片，公行的商人们惊恐万状，纷纷离开座位躲在自己的随从身后。

韦特莫尔先生的说话声也盖不过众人，连小木槌都无济于事。他走到第一排，与委员会的成员们进行了简短的商议。“继续下去也没有意义，”他说道，“现在我们也无法定下来。必须马上召开委员会会议。要马上给公行一个答复。”

“他们代表会在这儿等吗？”颠地问道。

“会的，是他们提出的，他们是一定要带回一个答复的。”

“那我们这就开始吧。”

在吵闹声中，委员会和公行代表团从后门溜出了大厅，一直上到了三楼。当委员会成员走进会议室，公行的商人们就等在主席办公室旁边宽敞的等候室里。

等他们都就座之后，很多委员会的成员都很惊讶，因为他们发现那位年轻的翻译，费尔龙先生，也跟着主席走进了房间里。“怎么，先生，”施赖德先生对韦特莫尔先生说道，“你和这位年轻的朋友都如此亲密了，已经把他也列进了委员会中？”

韦特莫尔先生冷冰冰地看着他："费尔龙先生是来给我们继续宣读法令的。"

"还有？"颠地问道。

"是的，"韦特莫尔先生向翻译点头示意，他又继续念了起来：

"'至于那些居于洋行之内习惯贩卖鸦片之氓流，我已经完全掌握其姓名来历。而那些与鸦片贩卖无关的良商，我也心知肚明。'"

一听到"良商"，好多双眼睛都愤怒地瞪向了查尔斯·金。他假装没有意识到，继续望着正前方。

"'愿供出氓流洋人并使其交出鸦片之洋人，首先站出签署契约之洋人，是为良商，吾为朝廷命官，将立即向其授予最高认可。'"

听到这里，施赖德先生再也按捺不住，大声喊道："什么，简直恶心至极——他还要奖励我们当中的叛徒。"

他就直盯着查尔斯·金，所以大家都知道他意指的是谁。金先生的脸立马变了颜色，他正打算应答，韦特莫尔先生再次打断了他。

"拜托，先生们，"韦特莫尔先生说道，"费尔龙先生还没有念完——请允许我提醒大家，他并不是委员会中一员，所以不应该听到我们的讨论。"

这句话马上让施赖德先生没了声响。费尔龙先生有些紧张地继续念了下去：

"'是悲是喜，孰荣孰耻，全由你等决定！选择权在你。我已经令公行商人前至洋行，将此与你等说明。现给出三日时限，必须予以答复。同样契约也应于时限期内交出。刻不容缓！'"

等最后一句话念完，房间里已经怒气冲天。直到向年轻的翻译表达完谢意并送到门外，大家都没有发言。等韦特莫尔再次回到座位上，他向伯纳姆先生点头示意。

伯纳姆先生坐回到椅子里，捋着顺滑的胡须："我们刚才听到的就是如下的意思，"他冷静地说道，"这是公开向我们发出威胁，我们的生命、财产、自由都危在旦夕。而我们唯一的罪过只是遵行了自由贸易的法则——如果视这种法则于不顾，那无异于违背了自然的力量，违抗了上帝的戒律。”

“得了，伯纳姆先生，”查尔斯·金说道，“上帝可没有让你把大量的鸦片运到这个国家，而且违背了他国政府的意愿，践踏了他国的国法。”

“拜托，金先生，”施赖德先生又插进来，“难道还要我提醒你吗？法律只存在于文明的国家。这位大臣今天的行为已经证明这个国家根本不在文明之列，还需要什么证据？”

“你的意思是说，”金说道，“禁止鸦片的国家就都不算是文明的国家？那我们自己的政府与国家又当何论？”

“恐怕，金先生，”施赖德又讥笑暗讽地说道，“你对这天朝的同情已经让你听不懂英语了。你完全曲解了我的意思。我是说这位大臣对我们的威胁说明他已然不在文明之列。难道在他的信中没有鼓动他们所有国民反对我们吗？难道他没有影射是他掌握着我们的财产与性命吗？我向你保证，先生，任何一个文明政府的代表都不会对我们做出如此跋扈、夸大、闻所未闻的指责。”

“各位，各位，”韦特莫尔先生打断了他们，“现在不是讨论文明政府与否的时间与场合。我要提醒你们，现在我们已经收到最后通牒，我们公行的朋友们还在等着我们的答复。”

“‘最后通牒’？”施赖德先生说道，“英国人最讨厌听到这个字眼。对此做出任何回应，那只会是对女皇的不敬。”

听到这里，颠地用食指敲了敲桌子：“我在这里与你意见不同，施赖德。在我看来，最后通牒是个可喜的进展。”

“是么？何出此言？”

“现在敌人已经亮出武器，发出第一轮火炮。现在该我们回应了。”

“那你建议我们如何回应？”伯纳姆先生说道。

颠地微笑着环顾了一个桌上的各位：“没有回应。我建议我们不做出回应。”

“不回应?”

“是的。就告诉我们公行的朋友们，此事事关重大，不经深思熟虑断不可草草做答。就告诉他们，我们需要一些时日——这样我们也有时间看看这位林大人是个什么样的性格。最后通牒可是易下难行。”

颠地说完又靠回到椅子上，开始摆弄起一张纸来。伯纳姆先生打破了屋里的寂静：“好啊，颠地，你说得没错！真是奇思妙想。我们就这样做——不回应。倒要看看这个林大人是不是一个言出必行的恶犬。”

韦特莫尔先生摇了摇头：“我看公行那些朋友对这个答复一定不会满意。我提醒你们，他们可是要马上带着我们的答复回到洋行会馆的。”

“那好，韦特莫尔，”颠地笑着说道，“你就和他们一起到洋行会馆去——你，当然还有金先生，因为他对清朝官员那么赞赏有加。我看你们肯定会向他们解释得清楚，就说我们需要些时日来考虑林大人的要求，毕竟他的建议从各方面来讲都特别合理。”

第十五章

马克威克酒店

1839 年 3 月 20 日

我最亲爱的帕格里，你应该记得我说过四个星期之后给你写信。这时间稍稍有些长了——但是我今天告诉你的故事就算将功补过，我保证！你也别以为这期间我把你忘记了：我一直在热切地盼望着你的来信，对于“雷德鲁斯”号上发生的一切也觉得很惊奇——尤其是你们在香港发现的那一块很有前途的土地，以及彭罗斯先生决定把自己收集的一部分植物移植到那里去。如果这个小岛像你描述的那样水源富足，那么你们那些可怜的植物算是能好好放个假了，因为它们在“雷德鲁斯”号上的日子真的不好过。毕竟植物本来不是长在船上的，是不是，帕格里亲爱的？而且当它们自然的家园离得如此之近，不让它们去一亲芳泽实在有些残忍。我也想不出彭罗斯先生能有什么理由会拒绝到岛上建一座小苗圃——我把这事和巴布鲁说起，他说没准还能帮他找一块更合适的地方呢。

想象一下，我亲爱的帕格里公主，就在这片广袤大陆的边缘可以建起一座彭罗斯苗圃的分支，这是多么激动人心啊：你们就可以把各种植物运送往返于康沃尔和中国，是不是？说不定还是个利润丰厚的买卖呢——如果真的成行，你可记得谢谢你的小罗宾，是他帮你想到这个主意的！

闲话少叙。你一定等不及想知道我在广州这段时间的故事——我很开心地告诉你，这几个星期可是没有白过。我之所以没有去信，最主要的原因是我根本没有一分钟空闲的时间。从我接手了陈先生的那份工作，我就知道他肯定到时候就会回来，而他一回来我是一定要把阿德丽娜的画像画好的——难就难在这里，这份差事远比我想象的要难得多。忙活了一星期之后我发现，若想要按时按要求完成工作，我是一定得找个帮手的。这时就想到请贾呱来帮我（作为回报，当然，我给他一笔不菲的报酬），这真是个好主意：每天林呱画室的工作一结束，贾呱就会到我的房间来待一段时间——我们共度的时间是如此之愉快，毫不夸张地说，这是我一生中最幸福、最有成就的时光！但至于说要完成画作的目的有没有达成，你最好还是别问了：这永远是一种巨大的诱惑，你知道，每当艺术家们亲密合作的时候，尤其是在从事与艺术相关的工作之时——这方面，也许我们是有些罪过的。我们在一起的时间越多，对彼此的艺术倾向就越加好奇；只要能对彼此的艺术手段与方法有所了解，再多的时间都不觉得长。有时只是把手放在彼此的画笔上——如此熟悉又如此陌生——都会有惊喜的新发现！我们从没有想过，帕格里亲爱的，对彼此的画具会有那么多亟待发现的知识：每分钟都有新发现，有时也许只是画笔的毛质与软硬的区别；有时也许只是感觉一下画笔的纤细与粗壮；有时也许只是掌握如何将藏在画笔中那些奇妙的光芒引入到画里。

你知道，帕格里亲爱的，我总是求知若渴，而贾呱教给我的东西又总是那么巧妙。（对他接受过的教育与经验我是多么的羡慕啊！）我学会了如何用细微的手部节奏的变换营造奇特的效果；我还了解到，通过呼吸的调节，人身体里的能量可以带入到每一笔中；我学会了放空心思、凝练注意力的冥想手法，这样可捕捉到最摄人心魄的一瞬间；我还学会了计算自己的笔画数，这样可以留住最高潮的一笔，每一幅作品中的精华都可以用最后、最高潮的一笔抓住它。

不能否认的是，我们常常就走神了：因为要学的东西实在是太多了，连美丽的阿德丽娜有时都不能吸引我们的注意力。所以直到几天前我才意识到，她的衣服和鞋都还没有画好；而且后面那扇圆形的窗户以及远景里的山都还没画出来；她的茶几竟然只画了一条腿！我们二人这次在画布前下定决心，决定熬上一夜——效果还真不错，等我昨天早上醒来发现这幅画已经马上就要画完了！因为我发现，这天阿姆就该再次来到酒店了。我知道不能浪费一点时间，马上从床上跳起来，把最后几笔连忙补充上了。但当然这是一项无穷无尽的工作——每次我在这里加上一点颜色，就好像为了平衡要到别处再添上一笔——就这样我这儿修修，那儿补补，要不是有人来敲我的门，我可能还要再干几个小时。

又是那个一脸愁容的马克威克先生，手里拿着一个刚刚送给我的便条：我一般没有这样的公文，所以当我发现那上面的封印是查尔斯·金的时候，喜悦有加啊！是一封邀请函——上面说三月十九日是他的密友詹姆斯·佩里特的忌日，他七年前在广州去世。每年这个时候，他都会去法国人岛他的坟上献花。他打算早上出发，但计划被一个什么紧急会议给耽搁了；他现在打算下午晚些时候出发——如果我有时间，并愿意同他一道，他会在船里给我留一个位置。

我永远都不会拒绝这样一个邀请！我立马回信应允，本打算亲自把信送去——可这时候正巧阿姆来了！但现在时候还早，而且知道我一定来得及赶回来，就把自己的回信交给了一个苦工去送。我马上准备好画，等卷纸包好之后，我就在阿姆的带领下出发了。

这次去哪里呢？你肯定也有这个疑问。我的脑子里也在琢磨这个问题，问过阿姆之后得知我们这次还去花地。但这回去往那里的路程和上回可是大不一样——这回特别鬼鬼祟祟，正因如此，我还是有丝丝（还是条条来着？我记不得那个词了）激动。我们坐着一艘大船，上面有间密室，整趟路程我们都待在里面，时不时会有官兵拦住我们的船，这期间我们都藏在里面，那位可怜的船夫被官兵反复地盘问。

你也许不理解为什么如此紧张，我告诉你，前几个星期，当我和贾呱快乐地追求着艺术造诣的时候，广州城其他人都在忙着一些与艺术毫不相干的事情。我虽然对这类事情的发展没怎么关心，但也不是一无所知，因为扎迪大哥总是好心地给我透露些消息。

那位千呼万唤的钦差大臣十天前到了广州，受到热烈拥护。（整个广州城都放了假——贾呱和我特别感激，因为这样我们就可以一整天都忙于彼此的艺术追求！）这位大臣好像是带着明确的指示来到这里，就是要中止鸦片贸易，而且他似乎态度异常坚决。正是因为他的这些法令，现在当地的清官和侍卫们管得特别严。

但这些事情和我们这次小心翼翼的行程是否有关系呢？我也没有去问，我知道问了也不会有人讲实话。直到我们的船驶进了花地苗圃里那些宁静的小河里，阿姆和我才重见天日——这时我才发现我们的目的地根本不是我先前以为的珠江花圃，而是藏在苗圃避风处的一座围墙高筑的楼里。你应该记得，我之前跟你说过这里，看上去就像个堡垒。现在还是那种感觉，而且现在周围还有些拿着兵器的侍卫，它更像是被包围了的堡垒。

我们不是从陆地上进去的，而是依水路而入——这处堡垒有自己的石梯，藏在后面。我们碰到一队一脸威严的人，带着我们快步穿过了那座墙上的大红门。那感觉异常奇怪，但当沉重的大门一打开，感觉又马上不同了。

世界上再找不到任何地方比中国更能理解大门的重要性。在这个国家里，大门可不单单只是进口和入口——它分明是两种不同空间存在的通道。站在潘启官花园的大门前，我再一次有了这种感觉，似乎自己走进了一个只有在其他非比寻常的地方才能够存在的境地。

前方是一座花园，很像潘启官家的风格，小桥流水、池塘假山、叠石丛林，里面布满了曲曲折折的小径和波浪形状的矮墙。这些花园的迷人之处就在于它们更凸显了季节的变换。我在十一月份的时候见过潘启官家的花园，那时秋意还依依不舍；可现在已春意盎然，在这里感觉尤其强烈——树木与植物都满是花苞，空气里充满了花香。

如果不是有人带路，我肯定要在这里转上几个小时——但阿姆可不会让我在这里驻足。他拉着我径直来到一处“小山”，上面有个亭子，也不像是用普通材料盖的，因为看上去是半透明的紫色。走近了我才看清，这亭子其实就是一处巨大的紫藤花墙，有藤架支着。里面花朵密布，透出甜甜的、令人心醉的香气；在阴凉下有几把椅子、茶几，还有几把长沙发。陈先生就躺在一个沙发上，穿着他日常的服装。

我一开始以为他在睡觉，但我刚走到紫藤花下，他就睁开了眼睛，坐了起来。

“您好，钦纳里先生，您还好吧？”

这声音我已经熟悉，但似乎总是与这环境不搭。“还好，陈先生，”我说道，“那您呢？”

“不错，不错，”他嘀咕着，好像生了重病的老人一样，“那画呢？”

“我带来了。”

我们拿出了还撑在木框上的画布，把它立在一把椅子上，放在他面前。

给客户看作品总是有些担心，你会焦虑地盯着人家的脸，想要揣测他们的反应；你总是期许看到一些感情的表露，比如说眼光一缓，或者是一丝笑意。但陈先生的脸上却看不出一丝一毫反应；似乎有那么一瞬间，我见他眼光里有一丝亮光，接着他点了点头，示意我坐在旁边的沙发上。等我坐好，他拍了拍手，几分钟后就上来一位仆人，在他身边的桌子上摆了一个盖着布的托盘。陈先生掀掉布，拿出一个小布袋，递给了我：“付你的费用，钦纳里先生。”

这虽然有些突然，但得知自己的作品通过了，心底长吁了一口气。“要谢谢您喽，先生。”我带着感激之情说道（不瞒你说，帕格里亲爱的，我这几个星期有时真的有点儿缺钱）。

“好，”他说道，“我既然拿到了我的画，您也收了您的钱，那您要不要来抽根烟呢？”

我这时候才意识到，刚才给陈先生端上来的托盘里原来还有一个大烟枪、一根针、一盏灯和一个小的象牙盒子。这些物件是干什么的，我当然知道，因为我以前在叔叔家里常常看到类似的东西。而且我也知道，很多中国人把这当作一种礼数，就是邀请客人和你抽上三两口大烟。我实在想不出拒绝的理由——但我也没有胆大到毫不顾忌。当陈先生把烟枪递给我的时候，我只吸了一小口，以为会像吸烟叶那样呛到嗓子。但是感觉完全不同：那烟感觉像昂贵的精油一样腻重，同时又很滑。更加意想不到的是它很快就有了效果。一下子，我就感觉自己在紫藤花架下飘浮了起来。

我听别人说，鸦片的作用很微妙：虽然大多数人吸食后都会慵懒无力、默不作声，但也有吸上一口后变得健谈的。这个我很快真真切切地领教了——我虽然一下子说不出话来，但陈先生却开始侃侃而谈起来。我也不记得是怎么聊起来的，但他突然就滔滔不绝地和我讲起他三十年前去往英国的旅程。

我闭上双眼听着陈先生的话，句句真切——过了一阵，我感觉自己似乎虽然根本没有听到什么，但却亲眼看到他讲的一切。这就是这种毒品的神奇效果，我一下子变成了一个十五岁的叫阿飞的园丁：站在东印度公司商船的甲板上，孤零零一个中国男孩，越过大洋一路向西，朝着英国前进。

我的植物箱就像我的生命一样宝贵：白天浇水，晚上搂着睡觉；天气热的时候，我用自己多余的衣服给它们搭起小棚子；遇上狂风暴雨，就用自己的身体给他们遮挡。每一次，其他水手都会挖苦我。有些是印度水手，有些是英国水手，他们彼此也都水火不容。但有一件事能让他们变得团结，那就是对我的厌恶——对于他们来说，我几乎就是只猴子。等我们过了赤道以后，我对他们的调戏已是逆来顺受——有时淋水、有时抹些东西——但突然有一天，我发现自己被五花大绑钉在甲板上。接着我听到一阵刺耳的剐蹭声：他们正用一把没磨过的刀切断我的辫子。我一开始还挣扎，但后来意识到，那只会让自己更痛苦；我就老老实实躺在那儿，让他们把辫子剪了下来——但我记下了都有谁参与其中，因为我一定要报仇。带头的是一个高大的前桅哨。一天晚上夜深之后，在值夜的时候，大家都睡得差不多了，我走到了他的脚缆那里，用刀把绳子划得精薄。两天后，他的绳索在一场大风中断了，他也掉到了海里……

我最后到了皇家花园，我运来的中国植物种类比之前任何人运来的都要多。这些植物是我从广州的克尔先生那拿来的：其实他只知道买鸦片，根本不知道到哪儿去找植物——我其实才是他的跑腿的和拉客的。但是将这些植物成功送达的功劳却不归于我，而是克尔。我只是一个随植物一起来的猴子。

我什么都没有说：我已经快变成哑巴了。一直过了几个月的时间，我才能让别人明白我说的话。我住在一个领班家，他每天都要打自家的孩子，而我也逃不开他的鞭子；吃的就是些很糟糕的稀粥，所以我总是饥肠辘辘。在我看来，皇家花园并不是个花园，而是一处没有打理的荒野。一天晚上我钻进了一个温室时，把里面的杂草都拔光了——其实我当时希望被人发现，还真的如愿以偿。他们又让我去和一个神父住在一起，结果他比那些园丁更让我记恨。又是一天晚上，当他喝了白兰地烂醉在那里的时候，我把他钱包里的东西席卷一空，逃了出去。借着室外集市上的灯光，我朝着格林威治的方向走去；几个月以来，我第一次可以消失在人群当中。人们在一处帐篷下跳舞，我趁着没人看见，溜了进去，被他们的舞蹈所吸引。那些拉我进去的人是我所熟悉的——有推板车的、小贩、卖鱼的和吉卜赛人。我混在他们当中，一点也不觉得奇怪；天一亮，我就跟他们一起穿过泰晤士河，就好像我从河南到了广州。在东伦敦的聚居地，一切都是那么熟悉：拥挤的小棚屋、赤脚、板车、街上的污物、烤板栗的味道、坐着小轿子的纨绔子弟、到处乱跑的小孩儿，就好像在世界上转了这么一大圈，我终于找到了回家的路……

多么精彩的旅程！

其实这并不奇怪，帕格里亲爱的，每当我们以为自己对世界的了解已经够多的时候，就会发现，在世界的各个角落总有那么多人，他们远比我们见过的多得多。

我也不知道是鸦片的迷幻效应，还是陈先生讲述的生动，但当我该离开的时候，我已经被彻底震撼了。陈先生把我送到了舢板船上，我还没回过神来，就已经回到了马克威克酒店。感觉好像已经过了几星期甚至是几个月——但其实外面还亮着天。我头疼得厉害，正打算躺下的时候，眼睛却瞟到了书桌上，看到了查理的字条。我顿时恢复了知觉，想起了要到法国人岛上的墓地去。

查理是不是已经离开了？他是不是还在等着我？我停下来往脸上拍了些水，就跑到了他在美国洋行的住所。让我惊讶的是，他早上去开会还没有回来！他们告诉我他和韦特莫尔先生，商会的主席，一起去给公行商人送信去了；几小时前他们就进了洋行会馆，到现在还没回来。

你可以想象，我亲爱的帕格里，我听到这些消息，心里有多么担忧。我的朋友怎么会被关在里面这么久？他是不是被捕了？如果是的话，那是犯了什么罪？

我马上来到了洋行会馆，但到了那里就发现，那儿大门紧闭，他们只告诉我代表们还在里面，其他一概无可奉告。

哦！多么曲折的一天！

我回到房间，本打算一小时候后再去一趟洋行会馆——但显然毒品的作用还没有散去，因为我马上睡了过去。

等第二天早上一醒来，我就马上跑到查理的住所，被告知他直到深夜才从洋行会馆出来，出来后就直接去了韦特莫尔先生的住所。他天亮才回到自己房间，筋疲力尽，现在还没有起来。

那你就可以想象了，帕格里亲爱的，我现在写信时的状态：我的头还晕成一团，所以只能捡些重要的消息告诉你……

……等下，我听到有人敲门……

*

巴拉姆从没见到会所像今天这样挤满了人。自从早上开始，每个人都在等着从韦特莫尔先生的嘴里亲口听到，他们代表团在洋行会馆长时间逗留的来龙去脉。现在一天已经过去了一大半，却没有一点消息，很多好奇的商会会员都来到了商会，希望韦特莫尔先生可以从他的闭关之中走出来，像平常一样喝上一杯甜汁酒。

但往常他喝甜汁酒的时间到了，却根本看不到韦特莫尔先生或是其他代表的身影：大家只知道他几乎整晚还有白天大部分时间，都和费尔龙先生在一起。

可是这则消息却没有让施赖德先生消停。他嘴一吧嗒，又说出一段话里有话的讽刺："要是说我们阿喀琉斯喜欢待在帐篷里，那可离不开他的普特洛克勒斯。"

"'普特洛克勒斯'？"巴拉姆不解地皱着眉头，"什么是'普特洛克勒斯'？是一种新药吗？"

"有些人也管它叫药。"

"那查尔斯·金呢？"巴拉姆问道，"他怎么也不在？他也吃了普特洛克勒斯？"

"这种可能性，"施赖德讳莫如深地说道，"也不能排除，当然了。*Abore maiori discit arare minor.*"

"那是什么意思，约翰？"

"'小牛跟老牛，迟早成耕牛。'"

"天啊！"巴拉姆说道，"太难以置信了！现在时间快没了，他们怎么还忙着耕地？那个大臣的最后通牒还有多久了？"

"还有两天，"施赖德说道，"但你可别指望他们考虑这个——保加利亚人最没时间观念了，你知道的。"

大家从晚餐开始一直等到晚餐结束，还是没有韦特莫尔先生或是其他代表的任何消息。巴拉姆又喝了一杯之后，决定还是回去。

但现在时间尚早，所以当他起身的时候，其他人都有些惊讶。

“这么早就睡了，巴瑞?”

“你不会现在还按乡下的作息时间吧?”

巴拉姆已经站了起来，他鞠躬示意：“抱歉，各位，但今天我得提前走了。明天是我们族人最重要的节日——我们叫诺鲁兹节。就是我们的新年，所以我天一亮就要起床的。”他微笑着环顾了一下餐桌，“当然我们也会有大餐。非常欢迎你们来参加——午饭正午的时候开始，就在我的住所。”

伯纳姆先生和施赖德先生两人对视了一下。“谢谢，巴瑞，”伯纳姆说道，在座位上有些不大自然，“我不得不承认，我对异教徒的节日并没有太大兴趣——而且我们也不想太妨碍你们庆祝。”

巴拉姆笑了：“那晚安，各位——但是如果你心意有变，还是很欢迎大家参加的。”

“晚安。”

一回到阿差行，巴拉姆马上就睡觉了。第二天天一亮，他就起床点上了香，把各个房间都熏了个遍。回到卧室后，他神清气爽地开始忙乎起来，擦拭神龛。他很小的时候，大人就告诉他，诺鲁兹节是一个清扫整齐的节日——因为在这一天要把阿里曼最暗的影子赶到房子里最偏远的角落去。虽然他知道，自己忙乎这点只是杯水车薪，但手里拿着掸子勾起了很多过往诺鲁兹节的温暖记忆。

他打扫了一个小时之后，已经出了一身汗，就叫人送上来热水，彻底地洗了个澡；接着，他又请来了专侍男仆，换上了家里人从孟买捎来的新衣服。

迈托斯为早餐准备了一些他最喜欢吃的帕西饭菜：印度炒蛋、脆饼干、甜豆馅饼、煮蛋、煎鱼、椰子馅饺子、甜奶酥油饼。

换作其他的日子，巴拉姆肯定会多吃一会儿，但今天还有很多事儿要做。作为族人中德高望重的一位，他把广州每个帕西人都约到自己的住所来了。一楼有间宽敞、空着的储藏间已经被清扫出来，但客人来之前，他还要搭一个像样的诺鲁兹节神龛。

维科！那个蕾丝边的桌面在哪？

这儿，老板——我早就找好了。

神龛布置好了，又摆好了供盘，上面有玫瑰香水、蒌叶果、大米、糖、花、檀香木的火、还有一张查拉图斯特拉先知的画像，这一切刚刚准备好，第一批客人就到了。巴拉姆坐在门口，向来到的每一位问好，给每一个人热烈的拥抱，开心地说上一句**新年好！**

其中一位客人是来自僧人之家，巴拉姆安排他来领着大家做祷告，并主持整个仪式。他很好地完成了自己的职责，用那种古老的语言清晰地念着，连巴拉姆这样对经书不大熟悉的人，都可以跟着念上几句：——“愿阿里曼被击败……”

巴拉姆一直记着，这篇经文对自己有着特殊的作用，它比其他经文都更能让他生动地想象出善与恶之间的较量。今天这些词更让他心生敬畏，他一度激动得发起抖来：他闭上双眼，感觉好像他的头、整个身体都被那场善与恶的争斗的火焰点燃了。他的膝盖发软，不得不把住椅背，生怕自己从椅子上跌落。在余下的仪式过程中，他尽力让自己坐得笔直，仪式一结束，他马上把大家请进了正式的餐厅，那里也专为今天的节日装饰一新。

这时扎迪也来了，他到阿差行参加过很多次诺鲁兹节。巴拉姆马上坐到了扎迪的右边，把迈托斯做的美味亲手给他拿去：各种各样的鱼肉被炸得脆脆的卷在叶子里蒸熟；杏炖羊肉；小山羊肉蘸杏仁酱；油炒饭配干果、坚果和藏红花——还有很多别的菜。整个宴会上，红酒、白酒都可以尽情饮用，最后迈托斯端上蛋糕、牛奶蛋糊和椰香甜饼。他还从河对岸那些西藏人那买来原料，做了加糖和香料的酸奶，上面有豆蔻和肉桂香末。

等所有人都离开之后，扎迪留了下来，和巴拉姆在办公室再喝些奶茶。

好一场宴席，巴拉姆老弟！我在您家吃过的最好的一次——您家的美食都能养活一支军队了！

听着这样的赞美之辞，加上这一天复杂的情绪，巴拉姆又不禁陷入了往事。他的眼神落到了墙上挂着的一幅不大的母亲的画像。

扎迪大哥，他若有所思地说道，我还是个小孩儿的时候，有几次过节，我家里只有几个面饼做的饼汤。我们家那时没有钱，我妈妈在烧饭的时候，连“饼渣儿汤”都让我们喝掉——就是烧饭剩下的汤。我们经常是米饭就着些生的洋葱和辣椒，有时候可能还加点芒果做的腌菜。每个月只有一两次我们可以吃上几片干鱼，那感觉就像过节一样。可现在……

巴拉姆停了下来，又看了看自己的办公室：我真希望我的母亲能看到这一切，扎迪大哥。我真想听听她会说些什么。

扎迪面带嬉笑地看着他：她能说些什么，巴拉姆老弟，如果他知道这些都是卖鸦片赚到的？

虽然这只是个玩笑，但巴拉姆还是感到被深深地刺了一下；他本想反唇相讥，但又咽了回去。他放下自己那杯奶茶，很坚决地回答道：那我告诉你她会说些什么，扎迪大哥，她会说莲花若不能扎根在泥里，就不会开出莲花——重要的是它能长出来的东西是什么。

那你说能长出什么东西，巴拉姆老弟？

巴拉姆还是坚毅地回视他朋友的目光：未来，扎迪大哥，他说道，长出来的是未来。如果一切顺利并且我的投资有所回报，我会开创一条全新的前程——为我自己，也许是为我们所有人。

什么前程？你说的是什么意思？

你还不明白吗，扎迪大哥？我们生活的世界并不是由我们掌控的。如果我们不能抓住一些眼前的机会，就跟不上这世界，最后我们就会没有生意可做。我眼见着我的岳父被世界甩在了后面，这样的事情不会在我身上重演。

巴拉姆老弟，你的意思是？你的岳父怎么了？

巴拉姆又喝了一口茶。我给你讲个故事，扎迪大哥，他说道，是关于“安娜希塔”号的。你见过那艘船的做工是何等的精美？我就给你讲讲为什么我的岳父会对这艘船下如此大的工夫。多年以来，他一直在为英国人造船——为东印度公司还有皇家海军。他一共造了五艘护卫舰，三条船队，还有数不清的小船。他在孟买造的船要比他们在普茨茅斯和利物浦造得更好、更便宜——而且也都装备有最先进的技术改良设备。等英国的造船厂意识到这之后，你觉得会怎样？只要对他们有利，他们就会大谈贸易自由化——但他们同时却想尽办法迫使东印度公司和皇家海军无法从我们这订购船只。接着，他们又制定了一些新法，让那些海外贸易中使用的印度造船只比其他地方的都要昂贵。我的岳父是最先意识到是怎么回事的一批人。他知道这样下去，孟买的造船生意坚持不了多久。所以他想把“安娜希塔”号造成他毕生中最优质、最美丽的一艘船。他以前常对我说：巴拉姆，你看到我们船厂的下场了吗？其他所有的买卖和手艺也都会是一样的。我们一定要找到另一条路，否则被逼得做不成生意，那是迟早的事情。

那这话是什么意思，巴拉姆老弟？

意思就是我们要找到那条新路，扎迪大哥，我们自己的路。我们一定要把生意搬到新的地方去，那里的法则不会改变，不会把我们逼得走投无路。

什么地方？

我还不知道。也许是英国。也许是欧洲。也许有可能是中国。或者也许——巴拉姆朝扎迪露出诡异的一笑——也许我们可以找到一片自己的地方。如果有足够多的钱，我们也许可以买下一个国家，是不是？一个小点儿的国家。

扎迪大笑了起来。巴拉姆老弟——你这听上去可是煽动叛乱的话！

叛乱？巴拉姆也笑了，但多少有些吃惊。嘿！别乱说！我可是女皇最忠实的子民……

不等他多说，门一下开了。

老板！

维科急着跑上楼来，不得不停下缓口气。

老板——有送信儿的刚到！韦特莫尔先生派来的。召集会面。你必须马上就去！

*

3月21日

又是这样，帕格里亲爱的，我又是再续一封被打断的信——我真的实在抱歉，但上次的意外却是最让人期盼的！我刚刚应了上次那敲门声，立马就和查尔斯·金坐上同一艘船，朝着法国人岛出发了！

法国人岛就在河南岛的后面，黄埔那个方向，是一片很大面积的岛，上面有山、河谷和平地，植被丰厚。洋人的墓地位于一处茂密的山坡上，离河很近。那里十分安静，一旁湍急的珠江河水更显出它的静谧，河水离那里不足一英里。墓地旁就有一条小溪，溪旁都是些参天的大树，树荫遮蔽着那些坟墓。这里的景色多少有些像康斯特布尔先生画里的乡间风景：有些石碑有些倾斜，上面长满了青蔓，还有一些被青苔包裹着。每每读起碑上的刻字，就觉得可惜，因为就像詹姆斯·佩里特一样，这里大多都是一些还未成年就离世的人——我不禁要想，如果我现在就被埋在这里，肯定要比很多人都要年长。

佩里特先生的坟墓是少有的那几块被收拾得很好的（查理是花钱让附近的村民帮着照顾的）。他随身带来了鲜花，当他跪在坟前念起祷告，我看到他眼里滑出的泪珠，顺着脸颊流了下来。

这我就不多说了，帕格里亲爱的，不然我肯定又控制不住我的眼泪了。我只能说，这是我见过的最温柔的场景（而且我当时可不像现在这样冷静——我当时的手帕都被擦得不成样子了）。

后来当我们往回走的时候，查理给我讲了很多他这位去世的密友，而我认为，他之所以对中国有着深厚感情，很大程度上是缘于佩里特的离世。因为佩里特先生的坟墓已经成了他的船锚，把他牢牢地拴在了这片土地上。由于这个缘由，当然还有其他的缘由，他根本无法把中国人当作一个对立的民族：中国人在他的眼中，有优点也有缺点，就像世界各地的人民一样——但如果要利用他们的缺点剥削其中一些意志薄弱的人，在他看来是不合道理的，在哪里都是不对的。而且他认为，现在最糟糕的事情是，由于洋人的贸易，中国人已经把鸦片和基督教牢牢地绑在了一起。因为兜售这种毒品的人中很多人都大声鼓吹自己是虔诚的信徒，所以不少中国人认为鸦片走私与基督教信仰是密不可分的。而查理觉得忍无可忍的是，本应简单的道德准则连异教徒都想得明白，怎么基督徒会如此黑白颠倒。

说起这些事情，查理的脸色变得很凝重，我知道最近发生的事情肯定让他很操心——我猜得没错。

贾呱和我最近太亲密了，帕格里亲爱的（我们可是两情相悦），所以我对番鬼城里发生的一切几乎一无所知——我估计就算我每天出去闲逛，也不见得能了解到太多（对那些一本正经的人喜欢思考的事情，我向来就不感兴趣）。但是与我不同，查理可是一直在考虑这些事情，最主要的原因是他是委员会里的成员。他把最近发生的事情告诉我了，真让我大吃一惊（不瞒你说，帕格里亲爱的，他竟会把这么重大的事情推心置腹地和我谈，让我感到异常兴奋）。

商会最近收到了新上任大臣发出的法令，他要求所有人都将存在各自商船上的鸦片上缴上来，还要他们签署契约，表示永不会向中国走私鸦片。你完全可以想象得到，这在委员会中引起了不小的波澜，其中很多人都在自己的商船中积存了大批的鸦片，他们不是一纸法令就会乖乖交出大笔财富的人，不论这法令措辞有多严厉。刚刚结束的集会上，查理极力向其他洋人解释，这次的损失只是暂时性的，可以通过买卖其他产品很快补平——他自家的公司，同孚洋行，就足以向世界证明，无须贩卖鸦片也完全可以获得丰厚利润。

但是，当然了，被金钱蒙蔽双眼的人是听不进道理的。查理被粗暴地推到一边，委员会还是决定听从颠地先生的建议，就是到洋行会馆送一封信，说商会会对大臣的法令仔细考虑，但此事需更多时日进行讨论、调查、商议，等等。

查理完全不同意颠地先生这封信的内容——但结果却是，他不幸被推举和公行商人代表们一起将回信送到洋行会馆。事情就是这样，你看，查理是从布鲁克林来的，和商会主席韦特莫尔先生来自同一个城市。他们两家互相熟识，韦特莫尔先生在查理还是个孩子的时候，就认识他。他一直很喜欢查理，总是尽力帮助他。所以当韦特莫尔先生要求他陪他去一趟洋行会馆的时候，查理根本没法拒绝他。

到了那里之后，他们见到了浩官、茂官以及商会中其他几位成员，也包括潘启官（他现在已经被释放了）。这些人以前都是他们的老朋友，所以双方都极为沉重地沟通了商会的回信内容——虽然他们十分内疚，但公行商人们仍是非常震惊，并对信的内容感到伤心。

浩官、茂官以及他们的同事都是精明的商人，可他们还是过于相信自己的洋人朋友了：显然他们认为，洋人们一定能体会到自己正面临的危险境地。当他们得知商会已经决定故意无视大臣公布的最后期限，所有人都惊得目瞪口呆，因为他们知道，这位大臣是一定会言出必行，他们无法想象洋人会置自己的性命于不顾，因为这点财产的损失和他们一生中将会赚到的利润相比，实在是沧海一粟，完全不值得。公行商人们难掩自己的悲痛，查理说道。最糟的是亲眼看到那些商人的儿子和随从也悲从中来，他们很多人都哭得难以自抑。

好像这些还不够，公行商人代表团们后来又去见了些清官：林大人并没有来，但他最信任的几位副官和海军将军都在。当得知了商会的回信内容，他们也都难掩震惊之情——他们知道商会的目的是拖延搪塞，于是提醒洋人，林大人可是不会纵容这样的把戏。他们又详细询问了前来的代表——不过虽然如此无理，查理说，洋人们却还是受到了丰厚礼遇：会面结束的时候，他们都收到了礼物——丝绸和茶叶！

这也许是最能体现中国人特点的地方，查理说，整个过程中，中国人都表现得完全礼数得体：他们提出最合理的要求——外国商人交出非法买卖之物，签署永不贩卖鸦片的契约，这些都不为过。但洋人们，换句话来说，却完全违背了自己号称的更高文明的代表：他们完全知道，如果是中国人要将鸦片贩入他们的国家，肯定立马被绞死。

但并不是没有任何收获：查理这灰暗的一天中还是收获了一个小小的胜利。在从洋行会馆出来之后，韦特莫尔先生的心情不错，恳请查理陪他回到自己的住所。他应允了这个请求，结果证明了是个不错的经历。没有了渣甸先生盯着，韦特莫尔先生现在更放得开。（他伤心落泪的时候，竟靠在了查理身上！）查理劝了他好几个小时，而且一再请他扪心而问，终于让他听从了自己内心的意愿！他们一起起草了一封信，作为正式回复林大人要求的答复！今天就要把这封信交给委员们过目，所以韦特莫尔先生整个早上都和商会的翻译费尔龙先生在一起，这样等其他委员们签完字，就可以立即派送到林大人手上。但确实没人知道，他们到底会不会同意签字。一定少不了激烈的争吵，查理想，但现在韦特莫尔先生也站在了自己这边，他感觉胜利只在咫尺之间！结果其实就取决于一两位委员，查理希望至少可以说动其中一位——巴拉姆·莫迪先生。他其实是个心地善良的人，查理说——他几星期前去见过他，看上去前几个月发生的事情，他完全无法释怀。一提到十二月十二日那天处决的那个鸦片商贩的名字时，他就像见了鬼一样！这就是个征兆，查理说，说明莫迪先生的良心还在，很有可能在最终决定的时候，他会做出正确的抉择。

我承认，帕格里亲爱的，查理直面斗争的那种不可动摇的精神，我不得不为之赞叹。当我看着他的脸庞，我能看到年轻的席里柯的线条——

但是我认为，这种外表完全是有欺骗性的：因为他心底是最勇猛的斗士。当我问他在哪里获得的力量，让他可以和自己的同胞孤军奋战，他援引了《圣经》里的一句话：不可随众行恶[①]！如果说一人可成一军，那非他莫属。

……我相信战鼓已经马上擂响！从我的窗口就能看到委员会的成员们，他们全都朝着商会走去！我看到了韦特莫尔先生，查理就跟在旁边——还有施赖德先生，一如往常怒不可遏，还有坐在小轿上的，正是莫迪先生！

有谁能想到，一个商会竟也能有如此暴风骤雨的景象？与查理不同，我既不是印度兵，也不是个总管，但能与他肩并肩（或者说，鞍并鞍）目睹此事，我乐此不疲。你可能够想象这个场景？帕格里亲爱的，你那可怜的罗宾冲进会议室，和一干印度人口舌相争。

说到搞出一场戏来，我亲爱的帕格里，你最了解我，知道我往往都把最精彩的放在最后——今天也正是如此，但我得快一些讲这个故事，因为巴布鲁今天下午就要离开这里，他答应这封信明天就会送到你的手上！

你一定会理解，我和陈先生之间发生的事情，因为一起抽的那口烟，我有些记不大清楚的地方。但我还记得，在我要走的时候，他告诉我他很想看看你们的植物，而且他也帮你们收集到一些，你一定会很感兴趣的。但是时间有限，陈先生可能很快又要离开了——而且这里的形势没有定数，谁都不知道河上的交通会开放多久。所以如果要把东西送出，肯定要趁早。

而你和彭罗斯先生现在都没法到广州，恐怕你只能让我帮你们互相递换了。我建议你让巴布鲁带来五六盆植物，我一定会帮你换到最划算的一批植物。但我要提醒你，我也不知道能不能帮你要到你们最想要的金茶花——我确实帮你们问了陈先生他是否找到了这株植物，但我记得，他当

① thou shalt not follow a multitude to do evil，为《出埃及记》中原句。

时的回答很闪烁其词。

不论如何，我的帕格里啊，你一定要抓紧！

*

巴拉姆是最后一批走进会议室的。韦特莫尔先生已经在桌子最前方落座，巴拉姆意识到，他的打扮像以前一样讲究，但脸上满是疲态，而且嘴角有些小小的抽搐，使得他的嘴唇看上去像在咧嘴笑。

巴拉姆走到他常坐的位置，发现自己身边的位置还是空的。他靠向施赖德先生的方向，轻声问道："颠地在哪里？"

施赖德先生耸了耸肩："可能是有要紧的事耽搁了——他一般不迟到。"

等其他人都到场之后，韦特莫尔先生又等了一两分钟，然后要求把门关了起来。"各位，"他开始说道，"颠地先生今天不能到场，我感到很遗憾，但恐怕我不能再等下去，我们的时间有限，而且我想大家也一定都急切地想知道，我们此去洋行会馆的结果如何。如果让大家久等还望谅解，因为在我们会面前，还需要翻译一些文件，我接下来会发给大家。但首先，我会向大家透露一个概况。一到洋行会馆，我们就见到了公行中的几位朋友，有茂官、潘启官、明官、昆官和其他几位。他们全都十分担忧——可以说是惴惴不安。我想金先生会证明我所说的。"

查尔斯·金坐在桌子的另一侧，他朝巴拉姆望去，看到他的脸上也满是疲惫。他的声音却是坚定清晰的："我以前有过这样的经历，曾见将死之恐惧之人。各位，我实在无法向你们表述，当发现这些老朋友的眼中闪烁着同样的恐惧之时，我倍感心痛——我们曾与之共进晚餐，是这些朋友让我们荣华富贵，我们所享之福都拜其所赐。"

当大门打开，颠地进来的时候，这些话还回响在屋内。

"各位，见谅——原谅我的拖拖拉拉。"

"您来得正是时候，颠地先生，"韦特莫尔先生说道，"您对我接下来将宣布的文件一定会很感兴趣。”他这时举起了一张纸，并环顾整张桌子，“这是钦差大臣交给公行商会的法令：这就是让他们心生恐惧的一纸文书。所以各位，我们有必要留意一下大臣的原话。”

韦特莫尔先生又看了一下在座的各位：“那我就开始了，各位？”

“请吧。”

“我们听听他都说了些什么。”

“‘当鸦片肆虐毒害大清上下，公行商人却依旧不分青红皂白为洋商担保，皆谓来船并无夹带，岂非梦呓？是则掩耳盗铃？公行商人之祖家财兴旺，不应堕落至此；而现在却与洋商同流合污。今日之事公行之责不容推卸，我为尔等深感羞耻：你们眼中除敛财而不容他物。

“‘彻底废除鸦片贸易为我第一要条，我已令洋人悉数交出其货船上之鸦片。并请其以中文洋文签署契约，宣布从今往后永不将鸦片运入中国；如有违反，收缴全部财产。如今此令传至公行商人处，责令尔等传至洋行并使吾意递达。此令之意不可移。公行商人应团结一致，视为崇高己任，将此令达于洋商。三日之内契约与货物必交于吾处。如行办此事不利，则视同你等与外贼同流合污，吾为朝廷命官，必将赐你死罪，不日处决。吾已令行通达之责。’”

桌上一片低语，大家似乎都不敢相信。巴拉姆以为自己听错了，便问道：“您是说‘处决’吗，韦特莫尔先生？”

“是的，莫迪先生。”

“您是说，”林赛先生说道，“如果我们不把货物交出、签署契约，这位大臣会绞死一两个公行商人？”

“不是的，先生，”韦特莫尔先生说道，“我的意思是他们会被砍头，不是绞死。而且我们的朋友浩官和茂官已经认定，一定是先处决他们二位。”

桌上一片哗然。接着伯纳姆先生说道：“这是毋庸置疑了：这样的罪行就要处决两个人，这个林大人就是个禽兽，只有疯子禽兽才会对生命如此漠视。”

“没错，伯纳姆先生。”说话的是金先生，坐在桌子的另一侧，“你很明显还是悲悯人命的，这无疑是值得称道的品质。但容我一问，你的鸦片货物所危及的人命，难道你就不关心吗？你难道不知道，每次货运都会将数百甚至数千人害死吗？难道你看不到自己行为的兽性吗？”

“不对，先生，”伯纳姆先生冷冰冰地答道，“因为那些自己沉迷鸦片的人，并不是我亲手将他们处死。而是另一种看不见的、无所不能的力量：是自由、市场、自由精神，正是我们神的旨意。”

听到这里，金先生的声音有些愤然：“你也配称自己为基督徒！难道你不觉得把市场说成与上帝平起平坐是多么粗俗？”

“好了，好了，各位！”韦特莫尔重重地拍着桌子，想要屋里恢复秩序，“现在不是讨论神学信仰的时候。请容我提醒各位，我们是来商讨这位大臣的最后通牒，还有危在旦夕的人命！”

“这正是症结所在，韦特莫尔，”伯纳姆先生说道，“如果林大人是我认为的那样，一个禽兽和疯子，和他打交道根本毫无意义，是不是？”

不等韦特莫尔先生开口，施赖德先生插了话：“这我就跟你意见不同了，伯纳姆。在我看来，这个大臣既不是个禽兽，也不是个疯子，他只是个善用手段的朝官。他的目的就是用这些威胁和夸夸其谈吓倒我们，这样他可以在皇帝面前炫耀自己的成就，为自己争得官晋一级。我是一句都不信他的——既不相信这个大臣的恐吓，更不相信我们公行朋友装出来的恐惧——他们其实是演给我们看的。公行商人们肯定以为，表现出恐惧，不花一分钱就能让我们乖乖交出货品：这才是关键——我们每次到广场上都能看到这样的戏码。这是清朝人惯用的伎俩，我们是不会轻易相信的。”

“那你建议我们如何应对，施赖德先生？”巴拉姆问道，“你的建议是什么？”

“我建议，”施赖德说道，“我们要立场坚定，表示出不会有半点退让。等他们看到这样的反应，浩官和茂官自会解决此事。他们无非就是送些礼、拜拜佛，此事就过去了。他们的脑袋还会老老实实地待在肩膀上，而我们也不会损失货物。只要表现出一点儿软弱，就会满盘皆输：这正是需要我们坚持自己原则的时候。”

“原则?”金先生惊讶地反驳道，“我实在不明白，走私鸦片遵循的是什么原则。”

“这个嘛，你就是故意视而不见了，先生!”伯纳姆先生的拳头狠狠地砸在桌上，“难道自由不是原则，不是权利吗?难道自由的人不惧暴君独裁，按自己意愿做事，这难道不是原则吗?”

“如若论此，先生，”金先生说道，“每个杀人犯也都可以声称自己是在行使其自然赋予的权利了。如果你所宣称的自由是要给无知大众带去死亡与绝望，那这自由不过是屠杀的借口。”

金先生和伯纳姆先生都站了起来，在桌子两侧互相瞪着对方。

韦特莫尔先生又狠狠地拍了拍桌子：“拜托，各位！我再次提醒你们，眼前的事情万分紧急。我们没有时间讨论这些抽象的原则。留给我们的时间非常有限，请大家尽量加快速度。金先生和我已经代为各位起草了一封对大臣法令的回信。”

“是吗?”颠地揶揄地一笑，“那看来你没少忙乎吧，韦特莫尔！那你的信上都写了些什么呢?”

“总结起来，颠地先生，信中是向钦差大臣保证我们愿意答应他的条件，但也保留一些意见。”

“是吗?”颠地不经意地笑道，“那我们是否可以这样理解，韦特莫尔先生，你和你的查理小朋友自作主张，未经我们同意就代表我们写一封信?而这封信是答应中止一项自我们出生之日起就存在的贸易往来。而这个贸易为你和你的朋友会带来丰厚利润，尤其是渣甸先生!”

一提到渣甸，韦特莫尔先生似乎有些窘迫，他的声音有些发抖。“这个，”他说道，“我们的信中讲到，在过去，清朝政府对鸦片贸易的态度有些模糊。曾有一段时间，大家一致以为政府可能会将此贸易合法化。但此大臣的行为与言语一扫过去所存之疑惑。所以现在理应毫不犹豫地答应他所提出的契约要求。”

“是吗？”颠地缓缓地说道，“那些已经停靠在香港和其他外港的船只呢？难道我们真要乖乖地把货物清仓，如数送给那位大臣？”

“当然不是，”韦特莫尔说道，“我们信中称，这些船只为我们所有，但货物却不归我们。它们其实是我们孟买、加尔各答，以及伦敦的投资者的财产。交出货物是不可能的：我们只能把船只都打发回印度。”

巴拉姆最怕听到这个。“把货送回印度？”他惊慌地大声问道，“但是你也知道，韦特莫尔先生，孟买的鸦片价格已经跌至谷底，而产量大增。我们的货卖到哪里去？谁会买？把它们送回印度就是打了水漂儿。”

巴拉姆环顾了四周，当听到最后一句的时候，很多人的眼睛都眯了起来：如果说他对英语有所了解，那么商人的信用最怕的词就是“打水漂儿”。他连忙继续说道：“我说的当然不是在座的各位。我们都有丰厚的资金为后盾，一定可以挺得过去。但那些小本生意人呢？我们一定要考虑到他们，不是吗？很多人可是把一辈子积蓄都搭上了。他们怎么办？”

“没错！”施赖德大喊道，“在我看来，我们只是被公行商人可能血溅满地的幻想吓到，却忘记了交出我们的货物会产生怎样的后果。金先生和韦特莫尔先生只关心那些中国人的苦难，却不惜把所有鸦片交易中的人都拖下水。那些把毕生积蓄都投入到我们货物中的人，他们的饥苦与潦倒怎么办？他们身败名裂怎么办？也许他们会身陷囹圄，要受人接济，甚至可能会活活饿死！”

“但是施赖德先生，”金先生插话道，“你的意思是，你的投资者都是些食不果腹，会被债主关进监狱的人吗？一个贫困至此的人怎么会把最后几分钱投到像鸦片这样的商品投资上？以我的经验来看，投资无不是以闲钱周转——如果他们会沦落受人接济，那你我也坚持不了几日。鸦片贸易最残酷之处就是——为数不多的富人为聚敛财富，宁愿牺牲百万人的性命。”

施赖德高举双手：“我猜得没错：金先生的心都是为他清朝的那些朋友长的，而对于自己同胞商人和投资者的死活，完全不为所动。为什么宁愿同胞们财产巨损？为什么啊！就因为浩官与他在洋行会馆的私会中告诉他，如果我们不依允，他就要掉脑袋。可是浩官，我们都知道，是个地道的生意人，为了保住自己的钱财，他可是什么都敢说的。”

韦特莫尔有些疲惫地打断了他们：“我向你保证，施赖德先生，浩官是真心相信自己会是第一个人头落地的。在洋行会馆看到他让我心痛彻不已——我从没见过更令人怜悯的场景了。”

“算了吧，韦特莫尔！”施赖德先生大声回斥道，“快把你那保加利亚的猫尿收回去吧！你可得牢记你是我们商会的主席，可不是领导一帮老寡妇的老婆娘！”

“你的话，施赖德先生，越来越不像一个委员会成员的样子。”韦特莫尔先生严肃地说道，“因为眼前情况紧急，我暂且放下不论。你们对此不应有所怀疑——我们在洋行会馆亲眼所见，浩官、茂官还有其他几位公行商人确实已经惊恐万分。”

“浩官？”颠地一声尖笑插话进来，“我今天早上还在老中华大街上见到浩官，所以我今天早上才晚到的。他说他和公行的同僚们受到了钦差的威胁，但也不过就是些口头威胁，并无大碍。浩官是个极其精明的人，我想他可能就是为演给金先生和韦特莫尔先生看，才会夸大了自己的恐惧，因为他知道这二位，容我冒昧，比在座大多数都要心慈手软。要是碰到我，或是在座大多数人，都不会来这么一套。我刚才碰到他的时候，他看上去心情很好——请委员会相信我这话。”

大家都在回味这句话，屋里顿时安静了下来。金先生的脸都气红了，大声说道：“你这真是弥天大谎，颠地先生！”

施赖德先生嘴里发出咝咝的声音。“我要是你，金小姐，”他说道，“可要谨言。有些话，你知道，可是会招致杀身之祸。”

“随你怎么说，先生，”金先生说道，“但我是不会因为惧怕什么就闭口不言的。我最近也刚刚见过浩官，我向你们保证，他的情绪不可能是装出来的，而是真真切切；我亲眼所见，他吓得蜷坐在地上。我敢保证，公行商人真心地恐惧自己的性命和财产难保。我无意为霸道行径张目辩护，我只想提醒各位，事事相连，一旦启动，我们就无法补偿或是赎罪。请大家记住，现在损失的一些钱财可以很容易地在短时间内赚回来——可是一旦有流血事件发生，那就是覆水难收了。眼下的形势会夺去我们同胞的生命；我们也许有时会和公行商人有些摩擦，但他们始终是我们的朋友与友邻。哪个尚存理性的人会为了投资者的几分钱财，而置友邻的性命于不顾呢？”

金先生的话充满感情，但是对委员会成员的作用却被颠地大大地削弱了，在金先生发言期间，颠地一直四下环顾，好像是在查人头，估计会有多少人站在自己这边。等金先生一讲完，颠地就冷静地说道：“看来你我的意见是无法统一了。金先生的想法是，浩官之流生怕丢了自己的性命；而我却坚信这不过是他们清官的又一场诡计。我们公行的朋友们是在利用我们某些人的感情，这些人不论从本性还是秉性都缺乏通常该有的阳刚坚毅。”

“这事与刚毅又有何干？”金先生问道。

“这事考验的就是刚毅，”伯纳姆先生说道，“你肯定看得出来，不是吗？很显然，阴柔软弱是亚洲人的祸根，难道你不清楚吗？而正是这才使得他们容易对鸦片上瘾，正是这才使得他们注定依赖政府。如果这个国家的达官贵人不是只懂赏画吟诗，她就不会沦落到今天如此可怜的地步。这个国家若不能重塑刚毅之气，她的人民就永远不会明白自由的价值，也永远不会领会自由贸易的重要性。”

“你难道真的认为，”金先生反驳道，“自由贸易的教义才造就了刚毅之气？如若如此，那真正的男人真是凤毛麟角。”

韦特莫尔先生再次打断了他们的争论：“拜托，各位——我们不要跑题。”

“我同意，”颠地说道，“再争论下去也没有意义。我们就不要浪费时间了：韦特莫尔先生已经将他起草的信的内容告知了我们。我现在另有一个提议：我建议大家一同给公行去封信。向他们保证，我们也认为最终须中止鸦片贸易；并告诉他们，为了商讨如何得以中止此贸易，我们将专门成立一个委员会。这样就可以完全达到我们的目的了；那位大臣可以借口撤回他的禁令，而我们也不用上缴任何货物。”颠地停了一下，环顾了四周，接着转向了韦特莫尔先生，“可以了，主席先生，现在就是你和我的两项建议。我们来投票表决一下。”

金先生也望了一圈，看到颠地的话音一落，很多人纷纷点头，小声赞同，他抓着桌边，又站起了身。

“等一下，”他说道，“我请你们再给我几分钟时间，我还有最后一项请求。这个事情不能单纯靠举手表决——因为我们今天的决定，后果是不受在座各位控制的，影响也将波及很远；而且因为我们在座中有一位，他是唯一一位代表最多人口的人——也是唯一一位能代表生产这一货品的国家的人。”

金先生转向了巴拉姆：“我说的当然就是你，莫迪先生。我们之中你的责任最重，因为你的回答不但代表了你自己的祖国，更是给你的邻国一个交代。我们各位都从遥远的国度远道而来——我们的后代不像你们的，要长久地承受今天的决定所引发的后果。我们今天的一切决定，都要由你的子子孙孙承受。我恳请你，莫迪先生，仔细考虑一下你在这关键时刻所肩负的责任：你所说的话和你的投票将对本委员会影响巨大。你曾与我谈起你的信仰和信念。你不止一次向我提起，没有一种宗教像你们的那样清楚地昭示善与恶的永恒较量。请慎重考虑你的抉择，莫迪先生。我请你望一下你眼前的绝壁。不要只考虑眼下，更要考虑永恒的未来。”他停下来，压低了声音，“你会选择谁，莫迪先生？你会选择光明还是阴暗，阿胡拉·马兹达还是阿里曼？”

他最后一句话像闪电一样击中了巴拉姆。他的手开始发抖，他连忙把手放到了长袍里。真的，这不公平，这太不公平，查尔斯·金会给他来这么一招；不但提到了亚洲大陆和上面的国家，竟还提到了他的信仰。大陆与国家和他有什么关系？他肯定还是会先考虑那些与他最亲密的人，不是吗？如果他毁了自己，对他的亲人能有什么好？为了他的孩子、女儿和弗雷迪，他会情愿即刻献出自己的生命：他再想不出比这更重大的责任，哪怕是要他永世不能再进天堂。

出于习惯，他把右手伸进长袍里，抓着自己的腰带。他深吸了一口气，清了清嗓子。接着他抬起了头，直视着金先生的眼睛。

“我的票，”巴拉姆说，“投给颠地先生。”

第十六章

风湿病让费切尔总是抽筋，这几天都只能躺在床上，所以现在只能让波莱特把这些植物收起来，和巴布鲁一起送到广州。

时间有限，经过短时间的讨论，他们决定挑出六盆植物：花旗松的树苗；红醋栗矮丛和美国西北海岸的两种植物——足有一码高的俄勒冈州葡萄秧，现在已经开出了黄花，还有一盆沙龙白珠树，闪亮的叶子和一簇簇像铃铛一样的萼片。还有两株从墨西哥带来的植物——墨西哥橙子——开着白色的小花；一株漂亮的倒挂金钟属的植物，是费切尔的珍宝之一：长筒倒挂金钟。

波莱特已经对这些植物有了深厚的感情，尤其是那株俄勒冈州葡萄，它的生命力特别顽强。一想到要把它从"雷德鲁斯"号送走，送到巴布鲁的船上，她就觉得很舍不得；就好像与孩子分别的家长，她总是担心自己的孩子会被照顾得不好。

"先生，我知道我不能去广州，"她对费切尔说道，"但我能不能送送这些植物呢？"

费切尔挠了挠自己的胡子，说道："你可以送到伶仃岛，只要不上那里的船就没关系。"

"真的吗，先生？"

"是的。那个大船可以把咱们的小舱拖在后面，之后就会有人把你带回来的。"

“谢谢你，先生。谢谢。”

她跑到甲板上，忙让那个小舱停下等等她。

大船就在旁边的河水里，等小舱被拉上大船的时候，巴布鲁专门放下来一个木架子。波莱特看着那些花盆被绞索拉上去的时候，顿时屏住了呼吸，直到顺利被拉到船上，她才松了一口气。然后从船上扔下了一根绳子，她爬上了甲板。

这是波莱特第一次登上巴布鲁的大船，她的第一反应就是大失所望。“雷德鲁斯”号已经在香港停靠了很久，所以她已经能认出一些河上跑的船了：有像蚕蛹形状的客船，又长又细，里面有一排排的座位；装满棺材的“丧船”；两桅的“鸭尾”船，上面有好几层房间；还有最吸引人的——像鲸鱼一样的“花屁股”船，足足有一百英尺长，船嘴就像要从水里筛着吃东西一样。

在各色船只往来频繁的河面上，巴布鲁的平底船并不起眼：一艘沙船——是他的祖父低价从北方买进的。船的名字很长，波莱特记不住，但没关系，因为在她听来，巴布鲁就管自己的平底船叫“命运”——他说，就是船头上写的那个汉字。

和珠江上其他的船一样，“命运”号的船头两边有一双巨大的眼睛——就好像瞪着眼睛要捕食一样。它要比“朱鹭”号和“雷德鲁斯”号都小，只有六十英尺长，但船上的桅帆却比另外两艘都多，至少不下五个。而且这些帆的形状也很奇怪，全都歪歪斜斜，就好像被风吹斜的烛芯一样。只有两张帆是扯开的，但是也扯成了奇怪、不规则的角度，一个朝前倾着，另一个向后仰着。其他三个小一点儿的桅杆，看上去更像是竖着的木棍儿，而且它们并不是立在甲板上，而是绑在甲板栏杆上，像是随意插在船身外一样。船舵的位置也很奇怪，至少波莱特是这样认为的，因为船舵并不在船尾正中央，而是在船身的一侧；船舵也不是圆形的轮子，而是一把大大的舵柄，支在甲板舱的屋顶上。

高翘的船尾、奇怪的船帆和圆桶一样的船身，使“命运”号看上去出奇的难看。但这可都是表象：只要桅杆上的船帆一撑起，这平底船就和其他同体积的船一样，速度飞快地驶了起来。

启程一开始也有一场仪式，就和波莱特在加尔各答见过的祈福很像，给天后和观音上香（两位都是慈悲的女神，巴布鲁向她解释道，就像印度的拉希米[①]和萨拉斯瓦蒂[②]）。接着，仪式突然一下热闹起来，开始鞭炮齐鸣、锣鼓喧天，数不清的红色金色纸片撒满了天（巴布鲁解释道，这是为了吓走那些孤魂、野鬼和其他妖魔）。所有这一切，再加上被吓到的鸭子的嘎嘎叫声、孩子的哭闹声和猪的哼哼声，营造出如此特别的气氛，即使看到这平底船像离弦之箭一般飞出去波莱特也不会惊讶。但等这些声音越来越大，达到最高潮的时候，“命运”号的船帆全部扬了起来，开始向前移动，在船身后面留下一条长长的烟雾。

珠江口的江水被各路湍流划开，而且有很多船只挤在江面上，需要很小心地驾驶这艘平底船才行。看着船上的工人们忙前忙后，波莱特这才发现，“命运”号和“朱鹭”号以及“雷德鲁斯”号的不同之处不单单是在外观上：原来是船上的船员安排也完全不同。波莱特原来以为这船上的船老大就和印度船上的船头一样——集船长、押货的和大副于一身，但是巴布鲁指挥这艘船的方式，和她在胡格利河以及孟加拉湾的船上看到的船头和船长并不一样；而且“命运”号根本都算不上有人员配备——船员里还有些女人，她们的职责和那些男的没什么区别。不论男女，都不会被吼或是霸道地辱骂：巴布鲁和他们讲话的语气一般都很和缓，就好像是在劝他们听从自己的建议一样。更让她奇怪的是，他大部分时间都不怎么说话：每个人都各司其职，如果巴布鲁一说话，其他人基本上都会言听计从。如果有时意见不统一，也从不会霸道专横或是动用暴力，而常常都是船上一个女人出面调解。

---

① 拉希米，印度女财神，吉祥天女。

② 萨拉斯瓦蒂，妙音天女萨拉斯瓦蒂，在印度神话中是创造之神梵天之妻。

这艘平底船缓慢地走了几个小时，穿行在很多渔船、尖厉的暗礁以及波浪拍打着的小岛之间。后来，她的船头转向了一角悬崖，一层层的怒波环着那里。

这里，巴布鲁说，就是伶仃岛。

大船慢慢地绕过岛的东面，这时只见两艘样子很奇怪的船停在那里。船身像那些外国的帆船，但船帆都被剪断，缆绳也都卸掉了，所以看上去就像被砍成一半的大桶。

这些是伶仃岛最后剩下的几艘废船，巴布鲁介绍说：过去，这些船是用来存储和销售鸦片的。其中一艘是英国的，另一艘是美国的，它们已经停在伶仃岛很多年，这样洋人的运鸦片船只就可以在开往驻守珠江口的海关之前，把货物都卸下。甚至就在几年前，他说道，这个海湾里总停满了洋人的船只，忙着把船上的摩腊婆和孟加拉产的货卸下来；那里还会停着很多快蟹船，等着把这些货运到内陆去。

要是没有那两艘奇形怪状的大船，这个海湾是处人烟稀少、风景优美的地方，一团团的云绕在海岛那些高耸的山上。巴布鲁把船停在海湾中间，慢慢地调整方向，小心翼翼地选择停靠地点。

接着又是一番仪式，烧香、上供，还有烧纸。

还要再祈福吗？波莱特问道，和上次不一样，巴布鲁似乎不愿回答。她有点后悔自己不该问来问去，这时候他说道：是的，也是祈福，但和上一次不一样。

哦？为什么？

这个是为了我的大哥，他是在这里死的……

这是好多年前的事儿，巴布鲁解释道，可每次经过都会到这里来拜一下。他说的这个哥哥是老大，他也是在“命运”号长大的，做着和父亲、祖父同样的工作。可是有一天，有个人跟他说：你身体好，为什么不去划快蟹船？那样赚得多，比打鱼和开船赚得多。谁又能拦得住他？所以他时不时去一艘快蟹船上当划桨的。那个工作很辛苦，但每次干完活，他都能赚点儿鸦片回来。当然，他本来可以把这些东西卖掉，换些钱回来，可他还是个孩子，所以总是自己把这些鸦片就抽了。没多久，他去干活就变成为了鸦片了，他干得越多，想抽的鸦片就越多。没几年时间，他的身体就垮了，脑子也不好使了；他再也划不动桨了，什么都干不了了。总像个影子一样躺在“命运”号的前甲板上。有一天，大船停在这里的时候，他滚到了水里，再也没人见到过他。

我是小弟，巴布鲁说道，四个弟兄里最小的那个。我大哥死的时候我还很小。我爸觉得，我最好出去找份工作，所以在一艘马尼拉的船上给我找了份小工的差事。因为他知道，如果我留在船上，也会像我那些哥哥一样抽上大烟。

你大哥不是唯一一个？

不是，巴布鲁说道，我另外两个哥哥，也都抽上了大烟。虽然他们亲眼看到了大哥的下场，但却都控制不了自己：他们都开始贪恋钱财，跑到快蟹船上当伙计。其中一个被砍了头，尸体扔在黄埔附近一个小河里。时至今日，我们也不知道是谁因为什么杀了他，但可以肯定的是，那跟“黑泥”有关系。另一个哥哥活得还算长，结了婚生了孩子。但他也是个大烟鬼，二十多岁的时候去世的。他死之后，我父亲想要把大船卖掉——他说这黑泥已经把河变成了毒河。我听到这个消息的时候，自己在加尔各答。我实在不愿卖掉“命运”号，我是在这船上长大的。我爱着这条河，决定自己要回来了。

那你觉得自己的决定正确吗？波莱特问道。

我以前觉得正确，但跟你说实话，我现在也不知道了。我见得越多，就越担忧。我为我的儿子、孙子们担心。他们怎么可能在这条河上生活，而不受这大烟的毒害？

巴布鲁说到这儿停了下来，轻轻拍了拍她的肩膀：来，我给你看些东西。

他带着她走到了船尾的最高处，递给了她一个望远镜。

看那儿，他说道，指向河的上游。你能看到一个很大的要塞，就在河口处。印度水手叫“Sher-ka-mooh”，虎口的意思；英国人叫它“虎门”，是几年前建成的，为了守卫珠江。你乍一看它，会以为没人能越过这样一块据点。但是一到晚上，你、我或是任何人都可以走进去，不会有任何人阻拦。因为所有的士兵都去抽大烟了，连他们的军官都抽。这是一场人人难逃的瘟疫。

*

没过几个小时，整个番鬼城就尽人皆知，颠地派在集会时取得了大胜。阿差行是从维科那里听到了消息的细节，他早就通知要庆祝一番，结果预言应验，而且知道还有几位老爷的朋友晚一点儿会到。

这消息让厨房里有些紧张，但等客人纷纷到达的时候，迈斯托已经都准备好了：一瓶瓶的香槟已经冰上，还炸了很多丸子、炸菜饼、三角饺，就等着上菜了。

颠地先生和伯纳姆先生是最先到办公室的，施赖德先生和很多其他人随后就到了。庆祝活动马上就要开始了，那些服侍客人的仆人随时把上面的情况通告其他下人：伯纳姆先生正在发表感言，感谢神的指引让他们这一派赢得了胜利；又轮到老爷向颠地敬酒了，祝贺他领导有方。

维科是唯一一位对此事有所保留的：现在结果还没敲定，他表情凝重地说道，颠地先生可能是用计谋赢了金先生，但钦差可不是个容易被糊弄的人。老板也心知肚明，别看他频频举杯，但我知道，他心里是没底的。

等宴会接近尾声，仆人们说老爷看上去确实有些疲惫。到了晚饭的时候，等颠地和他那些朋友离开再赴会所的时候，仆人们的想法得到了证实：巴拉姆没有和他们一同离开，他留在家里，直接就上床休息了。

楼下的厨房里剩下了很多香槟和食物；老爷也已经上床睡觉了，大家都开始议论起来。大家都畅饮起来，餐盘也都吃完了，维科决定开始教所有人一些跳舞的基本步伐："来，翻译老师，让我教你几步。我们先从华尔兹练起。"

迈斯托在一个大的铜盆上开始打起了鼓点，其他人也开始拍手。尼尔的推让根本没用，他就开始和维科在厨房里转了起来，尽量跟上他的舞步。

两人的舞动马上让大家乐得前仰后合。一大罐格罗格酒端了上来，很快就被喝光，马上大家都开始跳起舞来——仆人、门卫、厨工，连一本正经的收账的都加入了；很快地，除了迈斯托，所有人都像过节时候的孩子一样在厨房里转来转去。接着，只听维科一句话，音乐的节奏就变了。这个新的舞，事务长说道，叫做瓜德利尔舞，在他的指导下，大家都排成了两队。他们的手臂挽在一起，全都撞到一起，很多人都被撞倒了。他们就躺在地板上大笑着，都觉得这么好笑的动作还能叫做跳舞，真是让人惊讶。

接着，等笑声渐渐淡下，就听到一阵咣咣咣的拍打声。维科从地板上站起身，来到前门。等他再回来之后，刚才脸上的喜悦之情全都消失不见了。

商会又派来一个送信儿的，他说道。又召集一次集会，老爷必须马上过去。

维科在说话的时候，小教堂的钟声都响了起来：这时已经是晚上十一点了。

集会？尼尔问道，这个时候？

是的，维科说道，是紧急事情——公行商人刚刚与林大人会过面。他们要求洋人集会，因为他们有重要的事情要转告洋人。

维科已经走到了楼梯那儿，但刚迈上一阶，他又转过身：今晚哪个男仆当班？让他快点儿上来。

这人喝得可不是一般的醉，直到他们往他脸上溅了些水，他才上了楼。半小时后，老板穿着黑色的长袍从楼上跑了下来：大家都很欣慰地看到，他的头巾系得整整齐齐，衣服也穿得服服帖帖。

现在再找挑灯的，已经来不及了，所以维科拿了个火把陪着老爷去了商会。

大家开始在厨房里守夜：等老爷和维科回到阿差行的时候，已经是晚上两点了。他们径直回到了老爷的卧室，又过了半个小时，维科走了下来。

到了这个时候，尼尔在熬夜写那个《注解读本》，只有他是醒着的。维科拿出了一瓶茅台酒，倒了两盅。

会上说什么了？

维科喝干了，又倒了一杯：翻译老师，看来老板和他朋友们的庆祝有些为时过早。

为什么？

翻译老师，你都不能相信那些乱七八糟的东西……

他们到了商会的时候，发现大厅的灯都亮着，人们也都转来转去，就好像那里是个影院一样。这样更走运，因为维科可以从后面看到整个集会的进程。

公行的十二个成员都来了，坐成一排。浩官、茂官和潘启官都在，但还有几位年轻的商人，这其中有吴天桓、罗福泰和经官。他们把自己的仆人和随从都带来了，所以头顶都打上了好几盏灯，墙上尽是些人影。洋人都在房间里比较暗的一边，有些坐着、有些站着，全都满脸阴沉，和大厅里那些跳动的烛火很不相符。在两队人马之间没人站的地方，就都是翻译了——一边站着密密麻麻的随从，另一边站着高个年轻的费尔龙先生。

集会一开始，就宣布公行商人是前来把钦差对商会回信的反馈通知洋人的：因为这事关生死，他们就决定请来翻译，而不是自己讲些洋泾浜英语。而结果就是，一句话都要经过很多人传达。

“我们将你们的回信交至钦差大臣，他交由他的副官详细通读。等全信读完之后，大人说道：‘洋人玩弄公行商会于股掌之间。但我可和他们不同。’接着他说道，‘如果明天没有人上缴鸦片，我将会在十点到公所大厅，并将言出必行。’”

这话什么意思？

意思就是，翻译老师，他一眼看穿了颠地先生的小伎俩：他告诉公行商人，如果明天早上没有鸦片上缴，他之前说过的，就会付诸实施。

要处决？

公行商人就是这么说的——而且说实话，翻译老师，我当时站在大厅的最后面，从我的角度看过去，他们绝对不是在开玩笑。他们的手都在发抖；仆人都掉了眼泪；有些还晕倒，被抬了出去。但商会的人还是不相信。以颠地和伯纳姆为首的，还在那里吵，质问一些细节上的事情，问那些公行商人怎么会知道自己真的会被砍头——就好像精神正常的人会对这样一件事情撒谎一样。公行的每个成员都说真的，真的，如果明天十点钟的时候没有上缴鸦片，两个人就会被砍头。可是商会的人还在问来问去。他们没完没了地，直到有人提了个建议：不把所有鸦片上缴上去，不如只交个一千箱。这样钦差会不会就满意了？

那他们都同意了吗？

最后，同意了，但是他们——那些洋人——讨价还价，就好像在集市上买鱼一样。他们竟然还想让公行的人把上缴的鸦片的钱赔给他们：“为什么要我们赔？”他们问道。“因为这是你们脑袋的钱——就应该由你们承担。”

那他们说什么？

又吵了一会儿。

维科十分不解地摇着头。你也知道，翻译老师，做生意的时候，你要考虑自己的利润，每个人都懂。有时候你不得不搞一些见不得人的事情。但这都是生意上的事情。有时候你会赚钱，也有些时候，你会赔一些——这都是正常的，我们大多数人都懂。但是伯纳姆、颠地和林赛一伙，他们却不这么看。他们赚到的钱比任何人都多，而且所有这些钱都是靠浩官、茂官和公行其他人的帮忙。但是现在，这是公行商人命关生死的事情，他们却还是狠命地压价，这还让不让人家活了。你不得不这样考虑，如果他们连自己朋友的性命都毫不顾及，那你或是我又能值多少？

但是等一下，尼尔说道，那金先生呢？他一定不会和其他人一样吧？

是的，维科说，他就一直在说商会应对公行所负的责任，说要念及旧的友情，等等——但他说的这些跟其他人根本没法比。其实让他们改变心意的是另外一个人——一位英国翻译。他告诉他们，现在城里的情绪已经高涨，如果公行的商人真的受到了伤害，有可能会发生暴动。这让他们有些害怕了，所以决定给大臣交上一千箱，算是赎金。

那你认为他会接受吗？

维科耸了耸肩。我们也只能等到明天上午见分晓了。只有到那时候，我们才能知道那些公行商人到底能不能保住他们的脑袋。

维科又倒了一杯茅台，把酒瓶递了过去。再来一杯，翻译老师？

尼尔摆摆手，没有拿过酒瓶：很晚了，他明天还想早点起床，到公行会馆那等着看林大人。今天如此漫长，巴拉姆明天也不大可能像平常的时间起床，就算他起来了，也不大会因为他不在而发脾气。

第二天早上，尼尔一踏进广场，很快就感觉到气氛有些微妙和变化。今天那些喊着的骂声可没有半点玩笑的意思：

……黑不溜秋，滚回老家……

……吊你老母……

……黑鬼，滚回老家……

这回连给钱都没有用。当尼尔穿过广场的时候，一帮流着鼻涕的小孩儿跟在他脚后；他们的叫骂声里可不像开玩笑，全都是毒言恶语。到了老中华大街，那些孩子就没跟上来了。可这里，尼尔感觉路人的眼神也不大一样：他们的眼睛里都透着愤怒，让他想起那次处决后拥进番鬼城里的暴民。

走了一段，尼尔听到有人喊："阿尼尔！阿尼尔！"

原来是阿托，康普顿的大儿子："早上好，阿尼尔！爸爸让你快来。"

"为什么？"

阿托耸耸肩："来，阿尼尔。来。"

"好吧。"

一到了印刷店，尼尔就被径直领到了康普顿家的里面。和平时相比，院子里更像是宁静的绿洲：自打尼尔上次来过之后，中间的樱桃树已经开满了花，就好像从裂缝里喷出了雪白的花瓣，落满了石板。

康普顿坐在树旁一处屋檐的阴凉处，旁边的椅子上是一位花白胡子的老学者，就是林大臣到的那天他向尼尔指认过的那人。

早上好，阿尼尔，康普顿说道。

早上好，康普顿。

"来认识一下我的老师，常老师。"

两人都站起来鞠了躬，尼尔也照着样子回敬礼。

康普顿和常老师坐在一张矮石桌旁，喝着茶。康普顿让尼尔坐在一张空椅子上，接着两人又互相寒暄了一番身体如何。康普顿接着说道："这么说来，阿尼尔，你或许也知道昨天晚上开会的事情了？"

尼尔点了点头："是的，他们提出上缴一千箱鸦片。"

"是的，没错。今天早上，公行的人去向钦差大人汇报这个提请了。"

"然后呢？林大人满意吗？"

"不。钦差大人很明白这是怎么回事——只是洋人在讨价还价。他们以为可以像之前的那些官员一样，收买林大人。但是钦差大人立马把这建议扔到了一边。"

"那接下来会怎样？"尼尔问道，"浩官和茂官真的要被处决吗？"

"不会，"康普顿说道，"林大人知道公行商人们已经尽力了。他也知道有一些洋人是不反对如数上缴鸦片的。只有一些在制造麻烦。现在是时候来对付这些人了——最坏的那些罪犯，那些最能制造麻烦的人。”

“你意思是指谁？”

“你认为呢，阿尼尔？”

“颠地？伯纳姆？”

康普顿点了点头：“渣甸走了，现在颠地就是最可恶的。这些年来我们一直在盯着他。他走私、行贿；其实所有事情背后的黑手都是他。”

“那么要怎么对付他呢？”

康普顿朝常老师看了一眼，又转向了尼尔：“这些都只有你知我知，阿尼尔。你明白吗？不能跟任何人讲。”

“那是当然。”

“颠地是一定要被问罪的。要把他抓起来。”

“那伯纳姆呢？”

“不。他不用。一个英国人就够了。”他停了下来，“但还要抓一个人。”

尼尔喝了一口茶：这是一杯很浓的普洱茶，他咂了咂嘴。“是谁？”

康普顿在回答尼尔之前和常老师交谈了几句。“你听好，阿尼尔，我再说一次，这事儿只能跟你讲。我们这很多人都在传，说还要抓一个印度人。几乎所有鸦片都是从那来的，对不对？没有他们，鸦片也不会来，所以也要制止他们。最好的办法就是抓一个印度人，以儆效尤。颠地的走狗。”

“那你想是谁呢？”

“只能是一个，不是吗？广州阿差的领头人。”

尼尔意外地发现，他的喉咙都发干了；他又喝了一口茶，才开口说道：“巴拉姆老爷？”

康普顿点了点头。“对不起，尼尔，做坏事他也有一份；现在查出很多事情。对了，他还和颠地一伙。”

尼尔看了看自己的茶杯，想象着巴拉姆老爷颈上带着刑枷被带进监狱，就像潘启官一样。他这时想起，曾几何时，那些老爷的随从对他的忠心让他感到很有意思。而他现在感到惊讶，现在他对老爷的忠心也几近发展成一种爱。就好像阿发和他父亲之间的血缘关系现在变成了他自己的，他实在无法对老爷的事情冷静判断。他知道，如果要让他陷害巴拉姆，那从今往后他都会难以释怀。

“你看，”尼尔说道，“你们考虑到这一步，也是情理之中的事。但你们也知道，就算巴拉姆老爷和所有其他的阿差都中止鸦片贸易，也不会对情况有任何改变。鸦片的确是从印度来的，但是贸易完全都是英国人在操纵。在孟加拉邦的统治下，鸦片的种植完全由英国垄断，除了那些种植的农民，很少有阿差参与其中。在孟买，英国人没有建立起垄断，是因为他们当时并没有控制整个孟买地区。所以在当地的商人，像巴拉姆老爷这样的才能进行鸦片贸易。而像他们这样的人赚到的，只是印度斯坦所产出的巨大利润中很小的一部分——余下的都流向了英国、欧洲以及美国。就算巴拉姆老爷和孟买其他所有老爷明天就中止一切鸦片贸易，那么这项交易指日就会为英国完全垄断。而且一开始也不是阿差向中国运送鸦片，而是英国人。就算所有阿差都不再染指鸦片，中国的情况也不会有任何改变；英国人和美国人是一定会让鸦片源源不断流入中国的。”

尼尔等着康普顿把这些话翻译过去，接着他把最有力的证据留到了最后：“如果你们把巴拉姆老爷和颠地放在一起，可知道结果会如何？”

“如何？”

“商会会为了保住颠地，把巴拉姆交出来。颠地还是会从你们手心中溜走。”

“是吗！他们真会那样？”

“我敢肯定。毕竟，他们欠公行的人情要远远超过巴拉姆老爷。他们连公行朋友的性命都不惜牺牲，怎么可能会不把老爷交出来？”

他说完这些，就坐回椅子里喝起了茶。过了一会儿，康普顿说：“常老师问你和莫迪先生是不是一个省的？是不是一个家族的？”

“不是，”尼尔说，“他和我离得很远——就像京城和广东一样。我们生来信奉的宗教都不一样。”

“尼尔，那我能不能问问你，为什么对他这么忠心？他和颠地、伯纳姆有什么不同？”

“巴拉姆老爷可不像颠地和伯纳姆，”尼尔说道，“如果说世道不同，他一定会是一个先驱，一个天才。他出生的国度里，最优秀的男人都不能忠实于自己，实是他的不幸。”

“你是说印度斯坦吗，阿尼尔？”

“是的。印度斯坦。”

当康普顿把这些翻译给常老师听，他的眼睛里流露出一丝同情。他说了一句话，看上去是他的心里话。

“常老师说：正是为了中国不会沦落成为下一个印度斯坦，钦差大人才不得已而为。”

“没错，”尼尔点头说道，“所以我现在和你们坐在一起。”

*

商会的集会结束得很晚，而且大家情绪都很糟糕，要不是喝了一大杯鸦片酊，巴拉姆是肯定睡不着的。刚一闭上眼睛，他就沉沉地睡去了，小教堂的钟敲十一下的时候，他才醒了过来。

卧室的窗帘关着，除了神龛上的油灯，屋里一片漆黑。巴拉姆的脑袋还因为那鸦片酊晕晕沉沉的，他以为自己睡过了头，到了晚上。然后，他看到从窗框的裂缝处漏进来的阳光，突然前天晚上发生的事情全都涌入脑中：双方的争吵；浩官和茂官那破碎的脸庞，还有颠地对他们的警告，他说如果交出一箱就意味着他们全部都投降了；他又想到了最终完成定论的一件事：托姆先生预言，如果浩官、茂官或任何一位公行商人受到伤害，肯定会有暴乱发生。听到这里，韦特莫尔先生建议商会交出一千箱鸦片，作为公行商人性命的赎金。

和其他大班一样，巴拉姆同意交出自己那份货物——但即使如此，谁也不能保证林大人会接受这项建议：只有到十点，大家才能知道他会不会把当初的威胁付诸实施。

现在已经十一点了，时限已过：浩官和茂官恐怕已经死了。

巴拉姆伸手去拉铃绳，狠狠一拽，没几分钟就上来一位仆人。

维科在哪儿？巴拉姆说。

他出去了，老爷。

那翻译老师呢？

他在办公室，老爷。正等着您。

巴拉姆示意这人退到一边。把我衣服摆好，快。

他很快穿好衣服，马上穿过走廊，走到了办公室。

翻译老师，你今天早上去过洋行会馆吗？

去过，老爷。

出什么事儿了？林大人有没有宣布最后的定罪？

没有，老爷。我在那儿一直等到十点半。林大人没到洋行会馆。也没有最后定罪。什么都没发生。

你确定吗？

是的，老爷，我确定。

巴拉姆顿时松了口气，扶着门把手。如果林大人没到洋行会馆，那只能表明他接受了商会的建议。一千箱可不是小数目：一年之前，这么多箱的鸦片能卖到三十二万五千两银子——换言之，相当于十一吨半的银条。如果林大人自己留下一部分，那足够养活他的子孙后代了。世上不可能有哪个人会不为所动的。

巴拉姆的肩上似乎顿时轻了许多。他环顾了一下自己的办公室，很高兴地看到所有东西都一切就位：早餐放在桌上，迈斯托手臂上挂着一张餐巾等着他。等他坐在书桌旁之后，他感到很平静：他第一次感觉不想听到任何消息，只想安安静静地吃早饭。

老爷，需要我给你念《广州纪录报》吗？

不用，翻译老师，今天不用。最好你帮我把维科叫来。

是，老爷。

翻译老师的话音一落，巴拉姆就开始环视了一下餐桌。一眼就看得出迈斯托是精心准备的：他肯定在广场的小商贩那转了一大圈，巴拉姆看到有叉烧包，口味轻俏、塞满了猪肉馅，还有几个蒸饺，是他最喜欢的那种，馅里有花生、大蒜、韭黄、虾干和蘑菇。迈斯托还准备了一道巴拉姆最爱吃的帕西小吃，蕃茄大虾馅的摊蛋饼。

巴拉姆一尝，就朝迈斯托笑了。很棒！就像我妈妈做的一样好吃！

迈斯托也开心地笑了，把那盘饺子推到他面前。尝尝这个，老爷，都是刚出锅的。

巴拉姆吃得很慢，每道菜都细细品尝了。已经过了快一小时，但直到他吃完饭，维科和翻译都没过来。

他们怎么去了这么久？迈斯托，派个小子叫他们过来。

迈斯托走了没几分钟，维科和尼尔就冲了进来，上气不接下气。

老板，有一帮官兵到了颠地先生的住所！有委员带着他们。

委员是当地官兵的头领，他是很少会进番鬼城的。

不可能！巴拉姆说道，为什么要到那儿去？

这回是翻译回答的：他们要逮捕颠地，老爷！判定他犯了走私和很多其他罪名。

什么其他罪名？

他们说他一直在秘密行事，想要在中国煽动闹事。

他们是去逮捕他？

他们要把他带进老城，去审问。

巴拉姆看着翻译皱起了眉头。你怎么会知道这些？

伯纳姆的管家告诉我的，老爷，伯纳姆先生和颠地住在同一个洋行，宝顺洋行。管家全都看到了。

巴拉姆把椅子拉开，站了起来。他们已经逮捕了颠地吗？还是说他还在家里？

他现在还在家里，老板，维科说道，其他大班都朝他家去了。

我也要去，巴拉姆说道，我的长袍和拐杖呢？

宝顺洋行离丰泰行只有四扇门之隔，巴拉姆没用几分钟就走到了。刚进了大门，他就看到一排侍卫拦住了去路，全都是戴着花翎的高大侍卫。走运的是，有一位公行的随从——年轻的汤姆也在里面，他认出了巴拉姆，让那些侍卫放他进来。

颠地的住所在洋行的最后面，可以看到十三行大街。要走到那里，巴拉姆得穿过好几个院子：以往总是人来人往，但现在全都空无一人——最后终于走到了颠地的住所。他的住所和其他的都不一样，挤满了人，而且几乎全都是中国人，大多都沮丧地盘腿坐在院子的地上，有一帮清兵在看着他们。

巴拉姆正要推开这些人，这时感觉有人在拉他的衣角。

“莫迪先生，莫迪先生——帮帮忙……”

巴拉姆低头惊讶地认出来，原来是浩官最小的儿子，阿涛。原来他是温文尔雅、缄默含蓄的，现在蓬头垢面，脸上全是泥土。

“出什么事儿了，阿涛？”巴拉姆问道，“你父亲也在这吗？在颠地先生家吗？”

“是的。还有潘启官。钦差大人说如果颠地先生不走，就把他们的头都砍下来。求求你，莫迪先生，你求求颠地先生吧。”

“当然可以。我一定会尽力。”

巴拉姆来到了颠地住所的大门口，大门敞开着，他走进的时候没有一个人拦着他。

颠地的住所和巴拉姆的一样，是竖排着的一排房间，共有三层。按照番鬼城的习俗，储藏间都在最下层。和大门挨着的其实是个石梯，里面堆满了这几十年里积攒的东西，都是番鬼城里常见的一些东西——欧洲运来的高高的大钟、漆器、当地仿制的欧洲家具，等等——除了这些，这里还有一些其他的奇玩：动物标本、陶器，等等。

现在这个灰蒙蒙、光线昏暗的石梯上都挤满了人。坐在最中间的一把精巧的奇本德尔式双人沙发上的，是一位怒目圆睁、正襟危坐的清官，一只手里拿着一卷纸，另一只手里拿着把扇子。在他的一侧，有一个巨大的犀牛标本，另一边站着浩官和潘启官。这两位公行商人都跪在地上，脖子上戴着锁链。他们身上的衣服全都脏兮兮的，好像在泥地里被拖了好几英里。帽子上象征官职的彩珠都被摘了下来。

巴拉姆还记得，曾几何时，这些清官们都会围在浩官和潘启官周围，而现在看到这两位家财万贯的人跪在委员身旁，像乞丐一样，实在是无法理解，他禁不住更仔细地看了看，好像是想确定是不是真的是这两位富翁。

过了几分钟之后，巴拉姆意识到颠地、伯纳姆、韦特莫尔和其他几位洋商在房间的另一边，全都围在费尔龙先生旁边。他走过去，刚听到伯纳姆在说："司法——这是我们必须遵守的原则，要不惜一切代价。你要跟那个委员讲，他对颠地先生根本没有司法权。其他任何一位英国商人也都一样。"

"我已经讲过，先生，你们也看到了，"费尔龙先生耐心地说道，"委员的答复是，他只是代表林大人在行使命令，而林大人是有皇帝御旨在身的。"

"那么，你就跟他解释说，"伯纳姆说道，"任何人，就连清朝皇帝，对于女皇陛下的子民都没有司法权。"

"我认为他也不会接受的，先生。"

"但无论如何，你要和他讲清楚，费尔龙先生。"

"好吧。"

等费尔龙先生走开之后，颠地用手擦了一把脸。巴拉姆看得出，他现在看上去脸色苍白，指甲都被咬得很碎。

“我亲爱的颠地！”巴拉姆伸出一只手说道，“这太严重了。他们要对你怎样？”

颠地已经被吓得讲不出话来，是伯纳姆回答的：“他们说要把他带到旧城去，问他一些问题。但很可能，他们的真实目的不是这样的。”

“有传言，”韦特莫尔说道，“说林大臣已经请公行找一位擅长欧洲烹调的厨师。”

“那是什么意思？”巴拉姆说道，“他们是要关押颠地吗？把他关进监狱？”

“也许，”伯纳姆有些阴沉，“可能是更糟糕的事情——可能他们是打算给他做顿最后的晚餐。”

“拜托，本杰明，”颠地说道，使劲地拧着自己的手，“你一定要说这些吗？”

“先生！”

费尔龙先生已经回来了。“委员说，圣旨中已经明确指出，中国所有洋人都要遵守中国的法律。”

“但是这里的习俗不同，”韦特莫尔先生说道，“在广州，一直都是洋人按自己国家的法律处理事情。请你把这个向委员转达一下，费尔龙先生。”

“好的，先生。”

费尔龙先生没一会儿就回来了。“委员请你过去。他想直接跟你讲。”

“跟他？”施赖德先生气愤地说道，“他是想把他对浩官和潘启官的羞辱都算到我们头上。这真是厚颜无耻！”

“他坚持请你过去，先生。”

“我们还是过去吧，”颠地说道，“还是不要激怒他。”

其他人都跟着他走到另一侧，特意选择一个位置，这样他们可以和委员对话，并不用直接面对两位戴着锁链的公行商人。

“委员问在你们国家，外国人是不是可以不用遵守你国的法律。”

“不可以，”韦特莫尔先生说，“不可以。”

“那为什么你们认为自己可以不受中国法律约束?”

“因为这就是广州洋人自制的习俗。”

“委员说：这种习俗的前提是你们不会无视本国的法律。我们已经多次敬告你们，法令、布告无数，但你们还是将鸦片船开到我国沿海，藐视我国法律。你们凭何认为自己不是违法?”

“请向委员解释，”韦特莫尔先生说道，“作为英国人和美国人，我们享有本国法律所容许的自由权利。所以这使得我们只可遵守本国的法律。”

这段话解释了很久。

“委员说，他不相信任何国家会野蛮到允许本国的商人自由伤害、掠夺外国的子民。这不是自由权利——这分明就是海盗行为。任何政府都不可能宽恕此罪。”

施赖德先生没耐心再听下去，他开始用拐杖拼命地敲着地板。“我的天啊!”他大喊道，“我们就省去这些拐弯抹角的废话吧。就告诉他，费尔龙先生，等他看到一个十六磅炸弹飞到他面前，他就知道什么叫自由权利了。”

“我可不敢跟他这样讲，先生。”费尔龙先生说道。

“当然不用这么样说，”颠地说道，“但我相信施赖德先生的话也有道理。等到逼不得已的时候，我们只能请义律上校进行干预了。”

金先生听着这些话，脸上一直挂着苦笑，他这时插话道：“可是颠地先生！正是你和施赖德先生想让义律上校离广州远一点儿。不是你说的吗？如果让政府代表卷入其中，那不是违背了自由贸易的法则吗?”

“这已经不是贸易的事情了，金先生，”颠地冷漠地说道，“你们也看得出，这已经关系到我们个人、我们的人身安全了。”

“我明白了!”金先生笑道，“你们的政府之于你们就是不可知论者们的上帝——只有当你们的人身性命受到威胁，你们才会想起你们的上帝!”

“拜托，先生，”费尔龙先生插话道，“委员还在等着。我要跟他说些什么？”

还是韦特莫尔先生给出了答复：“就告诉他，我们要先与英国代表义律上校咨询一下，不然没办法做决定，而他现在还在澳门。请告诉他，我们现在就给他送话过去。他立马能到。”

巴拉姆聚精会神地听着他们的谈话，几乎已经意识不到周围的一切，当听到扎迪在他耳旁说话的时候，他吓了一跳。

巴拉姆老弟，我能不能跟你说句话？

可以，当然可以。

他们二人退到一个角落，藏在一个巨大的衣橱后面。

我有些话得跟你说，巴拉姆老弟。

好的。什么事儿？

扎迪靠了过来。我已经从当官的那儿打听到，你的名字也曾在逮捕令上。

什么逮捕令？你在说什么？

就是逮捕颠地的这个。我收到确定消息，今天早上你的名字还在上面。你也要被抓去。就在委员出发来抓颠地之前，才把你的名字去掉的。

巴拉姆瞪大了眼睛不敢相信：他们为什么要逮捕我？我犯了什么罪？

看来他们对商会集会上的事情完全掌握。很明显，他们知道颠地是反对上缴鸦片的。可能他们也了解到，你也是反对的。

他们怎么知道的？巴拉姆说道，如果知道了，为什么又把我的名字划掉了？

也许他们认为商会可能会把你供出来，以保住颠地。

巴拉姆轻声嘀咕道：可是委员会不会同意的吧？他问道，是不是？

听着，巴拉姆老弟，你不是美国人也不是英国人。你身后可没有什么战船。如果商会一定要交出你或是颠地，你觉得他们会挑谁？

巴拉姆盯着他看，他的喉咙都干了，但还是问道：那我应该怎么办，扎迪大哥？告诉我！

你最好回你家洋行，巴拉姆老弟。也许最好躲一段时日。

虽然巴拉姆并没有完全相信，但还是决定听从扎迪的建议。他溜走了，在回去的路上感觉那些侍卫都很仔细地检查了他；当他穿过广场的时候，本能地感觉到有人在盯着他。不论他看向哪里，似乎都有眼睛盯着，虽然他快步地走着，这两分钟的路走得感觉有一个小时。

连回到安全的办公室都没有让巴拉姆感到些许安慰，好像熟悉的周遭都变成了一个牢笼。他从窗口望了出去，仿佛很多侍卫神不知鬼不觉地出现在了广场上，而且全都盯着他；他坐在书桌旁，开始琢磨如果自己的名字还在逮捕令上，会发生什么？如果浩官和茂官也来到阿差行，颈上也戴着锁链，恳请他把自己交给钦差大人怎么办？他似乎都听到了丁亚和其他那些帕西人，全都咬着舌头，轻声地说道：可怜的希琳拜……丈夫被关进监狱……多么羞耻……

这个晚上，连鸦片酊都没了作用：他喝的那些酒酒劲儿很大，他可以闭上眼睛，但是这一觉却断断续续、噩梦连连。有一阵他甚至感觉他的守护神灵都离开了自己，抛弃了他，让他独自一人面对余下的一生。他坐直了起来，发现整个房间都像葬礼一样阴暗，连神龛上的油灯都灭了。他摇摇晃晃地下了床，划了根火柴，又点起了灯。可他还没闭上眼睛——尽管他感觉自己闭上了——眼前又浮现出另一个让他更加担忧的景象：他看到自己走到了通往天堂的桥上，他看到那些判官天使拦住了自己的去路；他听到自己说着——“我要回到何地，我要去往哪里？”——他看到天使把手指指向了桥下的一片黑暗；自己翻下了桥，掉到了下面深不可测的深渊。

醒来时汗水已经湿透了全身——但他十分庆幸自己是在做梦。手伸向了铃绳，使劲地一拉，维科连跑带颠地上来了。

什么事，老板？出什么事儿了？

维科——我想让你去一趟宝顺洋行。看看能不能打听到颠地到底怎么样了，把翻译老师也带上。

维科惊讶地看着他。今天没别的工作了，老板？

没有了。我感觉不舒服，告诉他们把我的早餐送到卧室里。

是，老板。

接下来的上午，维科和翻译轮流向巴拉姆汇报情况：现在公行商人们都在颠地的住所；现在商会的人在求那些委员们，让颠地自己请罪。

“但是我们都没办法强迫委员会里的成员。”委员会一直这样坚持着。

“那你们委员会还有什么用？”公行商人问道，“如果对自己的成员都管不了！”

到了下午的时候，翻译告诉他，他刚刚见了扎迪大哥——他还有一批翻译和调解人；他们正打算去见清官们。

又过了几个小时，扎迪过来，看上去一脸倦容，但却很兴奋。

怎么样了？你到哪儿去了？去洋行会馆了吗？

没有，扎迪说道，我们去了城里——是我这辈子第一次进广州城……

他们是从楚兰门进的城，一直走到了观音庙。他们坐在了第一个院子里一株巨大的树荫下。过了一会儿，就被带进了寺庙里面那些僧人们住的院子，有人端上来茶、水果和点心。过了一会儿，就有些大官到了，包括广东省的财务使司、盐运使司、粮谷监察和一位衙门法官。

有些人是心生企盼，也有些倍感恐惧，生怕钦差大人也会过来——但他却没来，只有其他一些清官。

问了来人的名字、国别和其他信息，这些清官说道：“为什么颠地先生不服从钦差大人？”

由翻译托姆先生代表大家发言：“洋人们都认为如果把颠地先生带进城，就是要把他逮捕关起来。”

衙门的法官答道：“钦差的眼睛是雪亮的，他耳听八方，他知道颠地是一位富有的资本家。钦差大臣是受皇帝委派，来中止鸦片贸易；他只是想告诫这位颠地，然后想询问一下他的生意情况。如果这个颠地不同意来，他就会被用武力押过来。如果他反抗，是要被杀头的。”

看到来的众人没有反应，财务使司说道：“你们为什么还要继续包庇这位颠地？难道你们洋人不看重与我们中国的贸易吗？”

“看重，”托姆先生回答道，“但是颠地先生的性命更重要。”

接着，扎迪说道，一件很奇怪的事情发生了，巴拉姆老弟。他们很喜欢托姆先生的回答，竟开始鼓掌了！你可能相信……

还没等他说完，维科冲了进来。老板——快看窗外！

扎迪站在一旁，巴拉姆走到了窗边往下看了看：有一大群人围在英国洋行的大门前。而从那些看热闹的人头顶上看过去，全都是系着头巾的印度兵；有些人的肩上还扛着枪，带头的还扛着英国国旗。

“义律上校，”扎迪说道，“一定是他！”

“哦，谢天谢地，谢天谢地。”巴拉姆说道。他闭上双眼，念起了一段感恩的祈祷；这么多天来他第一次感到了安全；有这位英国代表在旁边，就像自己被缓了刑。

第十七章

广州马克威克酒店

1839 年 3 月 25 日

最亲爱的帕格里，坏消息总是很难开口，但是如果时间紧迫，那就另当别论了。你也应该能理解，为什么这封信会尤其困难：因为我不但要给你讲一件最不幸的事件，看来我一定要尽快给你讲完——有迹象表明，现在番鬼城正在酝酿一些不祥的事情。我写信这时候都能听到让人担心的声音——就在这家洋行的楼上，有鼓声在敲，还有急急忙忙、跑来跑去的脚步声——这些都在提醒我，我现在没多少时间，一定要长话短说……

你应该很开心，昨天在经历了很辛苦的努力之后，巴布鲁成功地把你那些宝贵的植物安全送到了广州。河上的交通是一团混乱，他说，因为英方代表义律上校正加紧从澳门赶往广州，想要赶在清朝官兵之前。巴布鲁亲眼看到了义律上校经过，就在一处河湾——他坐着一艘轻快的小艇，由一队印度水手划桨，还有印度兵护送：碰到清兵船只的时候，他们硬性闯过，几乎是剑拔弩张。

上校之所以这样着急——你现在也能体会到最近番鬼城里有多混乱了——是为了去营救：颠地先生被要求亲自去见大臣，他已经吓得魂不附体！他以为自己要被关押起来，所以他说什么也不肯离开自己的住所；他那些同党也都聚到他家支持他，因为都害怕自己成为下一个。

查理·金昨天告诉我的，事发当时他就在颠地先生的住所。大臣已经认识到洋商们宁愿牺牲公行商人的性命，也不愿意交出他们的鸦片。结果就是，他决定直接与他们交锋：他已经停止发放一切通行许可，意味着他们已经不能从广州逃走；他还决定要质问最大的、最不知悔改的走私犯——兰斯洛特·颠地。这让颠地先生和他的同党们全都倍感意外：很明显，他们一直认为，他们身为欧洲人是绝对不会为自己犯下的罪行负责的。

查理说，当那份逮捕令下达的时候，颠地先生的脸色真是难看。没几分钟，他就变成了一个可怜巴巴的人；他以前鼓吹的自由贸易法则一眨眼就被抛到了脑后，他立马藏到了自己政府的裙子下。他和他那些自由贸易的同党们就知道吹牛，事实上他们都是一群懦夫——没有英国陆军海军在身后给他们的利润做护卫的话，他们什么都不是。

得知如此，你就能够理解，帕格里亲爱的，义律上校到达番鬼城带来了多大的骚动。有很大一群人，中国的外国的，都围过来看着他从自己的小艇来到了总领事管，升起了自己的国旗。接着，他带着手下的印度兵，去了宝顺洋行，很快他就把颠地先生带了出来，他那时候已经抖得像片树叶一样。在上校的保护之下，他穿过了广场，进了英国洋行：现在这里变成了颠地先生的巢穴和避难所。查理说，一个罪犯竟然要在女皇的国旗下寻求庇护，这实在是让英国蒙羞露耻。

没过多久，所有洋商都被召集到英国洋行开会——这也许根本轮不到我参加，但你知道我最喜欢凑热闹。这可是千载难逢的机会！我和扎迪大哥一起去的——你绝对想象不到，帕格里亲爱的，那里有多么的乌七八糟，各路货色的洋人都在抢座位！我们都得拼命挤进去。

但愿我可以说义律上校的演讲称得上激动人心——但不幸的是，还是那些常听的大老爷们的废话：他根本没提到他的政府其实是在纵容鸦片走私；也没提到那些判给颠地和其他走私犯头上的罪名。他只是宣布，自己会立即要求给所有洋人发放通行许可；如果中方拒绝的话，他说他有可能会考虑采取战争手段。（你难道不觉得是这样一幅画面吗？帕格里亲爱的，一个流氓头子走进法庭，要求立即无条件释放自己的手下党羽？）接着——这是最让人感到惊讶的部分——上校要求我们把所有财产都搬到目前停靠在黄埔的英国船只上。这让大家都认为，他马上就要下令撤离——那你一定能想象得到，帕格里亲爱的，我得知此事有多么难过。一想到要离开贾呱，离开这唯一能给我带来些许幸福的地方，无须多说，真是让我感到憎恶……

我陷入深深的伤感之中，坐在房间里，正在想着接下来怎么办，这时候巴布鲁到了。

得知你的植物安全运抵广州，我当然非常开心——但我承认（我相信你不会因为这个生我的气，帕格里亲爱的）这个消息本可以在一个更适宜的时候到来。我现在的脑海里根本没有什么植物：我能拿它们怎么办？如果没有阿姆的带领，我要怎么把它们送到珠江苗圃去？我又怎么可能知道陈先生到底在不在广州城？从上次见面后，我再没看到过他或是阿姆。

然而，很显然，如果要交换植物的话就得马上进行——因为洋商们现在已经完全整装待发，不但拒绝交出鸦片，而且不同意遭到质询。毋庸置疑，这是一定会有严重后果的。

在此事上巴布鲁和我的意见是完全一致的：大臣可不是一个能被轻易蔑视的，他说道：他一定会关闭河上交通。所以一定要在关闭之前，把植物换好。

这时已经天黑了，就是立即出发去花地苗圃也来不及了，于是我们决定第二天一早出发。所以今天早上我就到了河边，巴布鲁依我们安排好的已经等在那里，开着一艘盖着的舢板船，你的六个花盆精心地摆在阴凉处（因为最近天气热得难受）。我们马上就开了船，很高兴地告诉你，我还真不像自己担心的那样路盲：快到花地苗圃的时候，我可以按我自己的记忆指出那条通往珠江苗圃的小溪。

我们直到开进那条小溪，才意识到非常令人惊恐的事情。有几艘官船停在我们前面，岸边全是清兵。

恐怕你不会感到意外，帕格里亲爱的，巴布鲁的脑袋转得比你可怜的罗宾快多了：他把我推到了舢板扇布的下面，让我藏在那些植物旁边。我很快地听从了他，像小猫一样蜷在你的花盆旁边（这可不是件易事，我告诉你，帕格里亲爱的，因为你那盆讨厌的花旗松可把我扎得够戗——我发现，要说它浑身装备了尖针，那真是毫不为过）。

这时候，巴布鲁一直保持着舢板船平稳前进，他打算如果被问起，就说自己只不过是经过这里去往其他地方。果然，快到苗圃的时候，我们被截住了。巴布鲁被一位官员盘问了很久。你一定不会相信，帕格里亲爱的，我当时有多恐惧，我被吓得不停抖动，而且还要忍住最难受的一件事——你那个可恶的小树丛，竟然把一片叶子伸到了我的鼻子里，我必须忍住不打出喷嚏来。

走运的是，巴布鲁脑筋足够灵活：他和当官的说了些什么，我肯定是没听懂，但他却说服了那人，我们的舢板船都没有被搜查就通过了。

巴布鲁继续平稳地划着船，就在我们划到苗圃前面的时候，我在船的竹篷上发现了一处小缝，就趴在上面朝外看。我真应该做好心理准备，因为我没想到会看到这一切，天啊！我看到的一切让浑身的血都凝固了。那处堡垒已经被打破了！苗圃的大门，里面的花园全都被捣烂了，陈先生的很多手下全都在河岸边站成一排，双手都被绑在身后——要面临怎样的命运，我真是不敢想。

我却没有发现陈先生和阿姆，我也没敢细看，因为我已经满脑子都是那些清兵，我必须承认，全都是些恐怖的画面：如果事发的时候我正在那儿会怎样？他们会对我怎样？

哦！我真是不敢说了，帕格里亲爱的——我的肚子都吓得发抖，我真怕再多想一些，裤子都要被尿湿了。

我曾经琢磨过陈先生——或者说良陈，或者说阿飞——他是一个很多面的人。但我却很想找到他，因为我这不可救药的好奇心。我不能否认，陈先生曲折的人生故事极大地引起了我的兴趣：我以前一直觉得奇怪，一个人怎么会既喜欢花又喜欢鸦片——但现在我发现，这两者并不矛盾，因为它们不都是使人着迷的东西吗？难道不能说，人会不由自主地被吸引过去吗？而且没有鸦片就不会有花——不然那些抽大烟的人的梦里哪来的那些不同凡间的花园呢？

事已如此，巴布鲁和我竟如此轻易地躲过了这场小小的意外，我们真的足够走运。回去的路上，我们决定要把这些植物尽快送还给你，因为巴布鲁担心他养活不了多久——我们知道这些植物对你来说多么宝贵，而且它们跋涉了多远。所以就目前来说，帕格里亲爱的，最好把它们种在你们那块内陆的苗圃里，这样它们才可以生长、繁殖，以待更合适的时机。我知道此事一定让你和彭罗斯先生非常失望——但还有些许慰藉，不是吗？这些植物可以幸存下来，日后再完成交换。并没有完全损失，帕格里亲爱的：我恳请你听我告诉你一句中国格言，是我和贾呱一起研究绘画之道时他教我的：有舍方有得；有放可有收；有输才有赢……

我又说起来没完了（你看，今天早上这样的惊吓，还没有治好我这絮絮叨叨的毛病）。我坐在这桌前写信的当儿，不祥的征兆还在累积。楼上的敲打声越来越响——马克威克先生认为这是清官们在建桥，把洋行和十三行大街那边的楼连起来。这样他们就可以更轻松地进入各家洋行，每家洋行楼顶都可以安放岗哨，让飞地完全在他们的监控之下……

……现在，从我的书桌前望出去，我看到有几十个人朝洋行跑过来。都是当地人——有清洁工、厨师、苦力，他们原来都是番鬼的仆人。现在全都头顶着布包和行李，好像在逃荒一样……

……有人在敲我的门……一定是巴布鲁到酒店来拿信……没时间写了……只能结束了。

*

这天午后异常闷热，尼尔和其他几个人坐在房子里最凉快的地方——

厨房旁边的空石梯上——这时一个仆人跑了过来。

快啊！快来看看外面出什么事儿了！

他们跳起来跑到前门去，一路上撞翻了好几盆水和果汁。一打开前门，就看到一大帮中国苦工快步跑在院子另一侧的走廊上，他们朝着洋行的大门跑去，背着自己的被垫、衣服、盆和锅。

在时常居留在广州的洋人里，巴拉姆是为数不多自带仆人的。因为雇当地人更便宜，所以大多数洋人都靠买办给他们请来厨师、清洁工，还有苦力——现在在跑的就是这些人，他们所有人都在跑。就好像收到了马上要爆发的警告，全都跑开躲避。

为了挤到人群里，尼尔一会儿就肩并肩和一个常常往阿差行送吃的苦力跑到了一起。“嘿！你们这些人跑什么？”

“钦差大人发话——所有中国人要走。不能待在这儿。”

他们现在已经跑到了丰泰洋行的大门：一跑到广场，尼尔就看到同样的苦力和仆人都从十三个洋行里拥出来。很多洋人都聚成一堆，看着眼前这一番景象。尼尔看到了巴布·诺伯·凯辛那橘黄色的身形，他正站在一处旗杆下，尼尔朝他走了过去。

出了什么事，诺伯·凯辛·巴布？

很明显，不是吗？这位管家说道。他们在清当地人。飞地马上和广州城完全隔断了。

这一大批仆人的离开持续了差不多半个小时。之后没多久，好几队当地的衙门官兵就进入了广场。有些官兵四散开来，在叫喊着公布一些命令和告示。很快，广场上那些剃头的把阳伞折了起来，小吃贩子也熄了火，那些在斗蟋蟀的也都把自己的小虫子关进了笼子里。大商小贩全都收拾起自己的家伙，其他番鬼城居民——走街串巷卖东西的、兼差的、唱歌的——全都被围到了一起，赶了出去。

同时，在广场的另一侧，河上也扑扑腾腾有了动静。好几组小船组成的舰队调转船头，正朝着各家洋行；等调配完毕，就看到这些船只形成了三层屏障：第一排和第二排都是些茶叶驳船，每个上面都站了十几个人；第三排是一排货运驳船：它们全都紧紧地停靠在一起，形成一条密不透风的线，连最小的船也无法穿插进来。接着，就好像要分外明确不要企图逃跑的意思，一帮清官把所有外国船只都拉出水面，拖到了岸边。

你看，巴布·诺伯·凯辛说道，你看他们是多么精心地计划？就好像他们要保证，连一只蛤蟆或是老鼠都休想逃出去。

尼尔建议两人散个步，巴布·诺伯·凯辛陪着他在番鬼城转了起来。他们很快就发现，每条进入飞地的大道全都封闭了起来：新豆栏街、新中华大街以及老中华大街都在街口就被尖柱封闭了起来，拿不出令牌的，都不能通过。

十三行大街成了空城，每个商行的后门前一阵就都被用砖堵上了，现在拿着火绳枪和子弹袋的步兵把守着整条大街。

到傍晚的时候，飞地的路灯都点亮了，等广场的灯也亮起来的时候，整个广场被照得一片通明。

阿差行厨房里的气氛很平和，按老爷的吩咐，维科、迈斯托，还有厨房的小工们花了很长时间把仓房里的东西完整地清点了一遍。剩下的面饼、大米、糖、面粉和豆油还够撑上一个月，但是饮用水却只够两天。

你觉得他们的计划是什么？维科说道，他们是想要饿死我们吗？

大家还没开始讨论，一排苦力就来到了前门：原来他们是清官派来送食物的。一号丰泰洋行按分配收到六十只活鸡、两只羊、四只鹅、十五桶饮用水、一桶糖、数包饼干、数袋面粉、数罐豆油，还有些其他东西。

我不明白，维科挠着头说道，他们是想撑死我们，还是想饿死我们？

外面的活动也没有消停：整个晚上，广场上都响彻着锣声、螺声、命令，还有突然的喊声！这些是清官在叫手下的人保持警觉。那一晚是个不眠之夜。

到了早上，等厨房做好了早餐前的点心，尼尔又去广场看了看：那变化真是很惊人——就好像一个嘉年华一夜间变成了士兵游行地。所有常见的居民都不见了，到处都是配着武器的士兵——差不多有五百名——有的走来走去，有的警觉地站在自己所属军排的三角旗下。

白天这种改变还在继续。到了快中午的时候，有一批工人来了，在广场的正中间搭起了一个帐篷。帐篷里马上来了很多随从，领头的是老汤姆，他是这个行当里的最老辈。

他们在那儿到底要干什么？

尼尔被派去问问，回来之后告诉大家：他们被安排在那里，专门处理洋人的一些疑问和投诉。如果洋人想要洗衣服，举个例子，他只要拿到帐篷就可以——这些随从会确保安排妥当的。

老爷吃惊得张大了嘴巴。他们把我们当犯人一样关起来，怎么还会惦记我们洗衣服的问题？

是的，老爷。他们说不想让任何洋人感到不便。

没过一会儿，几把大扶手椅被搬了过来，放在了英国洋行阳台下的阴凉处。有几位公行商人走到了广场上，坐到了这几把椅子上——他们一直坐在那里，从早到晚，随时保持着警觉。就好像因为他们没有说服自己的洋人伙伴交出非法买卖的货品，作为自我惩罚待在这里一样。

现在，三三两两地走来一群穿得破破烂烂的外地人，他们跌跌撞撞走到了广场：有些是欧洲水手，有些是印度水手。他们是前一天上岸来到番鬼城的：醉倒在新豆栏街，现在才醒过来看到飞地已经变了模样。现在被困在番鬼城里，他们正要找些营生。

因为很多飞地洋商的仆人都走了，这则消息让洋行里非常兴奋：那些老练的商人衣服还没穿好就从洋行里跑出来，为了抢到这些水手，一个个都跑得摔倒了。这些东倒西歪的水手全都找到了工作：就是几分钟的时间，他们全都被拉到各家洋行，去服侍这个或那个主人了。

到了午后，广场在骄阳下灼烤着，这时巴布·诺伯·凯辛冲进了阿差行，大声喊叫着："紧急情况！必须马上实施营救！"

"出什么事情了，巴布·诺伯·凯辛？"

"奶牛！它们都中暑生痱子了！"

原来是飞地里这些中国仆人都撤走了，这让番鬼城里一小群奶牛的养牛人也没了，现在所有奶牛都被正午的太阳折磨得够戗。这些奶牛的苦难让巴布·诺伯·凯辛胸中隐藏的那位疼爱奶牛的挤奶女工心如刀绞：尼尔要是不给他找一批仆人帮他建起个竹篷搭的临时牛棚，他是不会罢休的。

到了晚上，一批新的士兵又来到了广场：这些人几乎全部是从之前在洋行工作的那批人里征招上来的。现在他们都手拿着长矛、长刺和木棒，而且全都换上了系红色徽带的外套。每人手上都拿着藤条制成的盾，头上都戴着坚硬的锥形帽子，上面有巨大的汉字。

尼尔认出其中好几个人。看到他们表情的改变，让他很是吃惊：以前当仆人的时候，他们都穿得邋里邋遢，卑躬屈膝的；现在换上了新制服，一副他从未见过的自豪样子。

晚饭迈斯托准备了各种鸡肉做的菜：炸鸡肉饼和美味的鸡胗，油亮的鸡肉条，还有香脆的千褶饼。

天啊，这真是一等一的好！尼尔说道，有什么好事吗？

维科点了点头：自从老爷着急忙慌地从颠地先生那回来之后，他已经几日没有离开洋行了。迈斯托做了几道他最喜欢的帕西菜，希望可以让他高兴高兴。

*

第二天一早，一封写给巴拉姆的通知由义律上校的私人秘书送到了阿差洋行。通知要求他到总领事馆开紧急会议。这不能不管，所以巴拉姆很快换上衣服，走到洋行的大门处。

虽然这几日巴拉姆都没有出过门，但从他的窗口可以一直看到广场上的活动，所以他对外面的变化有所知晓——然而，到了一楼，他才意识到广场气氛的改变比他想象得要大。他从没想到过会有这样一天，番鬼城再看不到乞丐和缝扣人。和很多其他洋人一样，他一直认为飞地里这些小贩让人讨厌，经常希望再也见不着他们——但是他没有想到的是，他们真的消失却会让飞地的气氛顿时消沉了不少。

当然，以前广场上挤满了哑剧演员和闲逛的人的时候，想要穿过是很费劲的——但是现在，有一群群的侍卫盯着你，走过广场变得更加难受。更糟糕的是，巴拉姆现在就看得到，很多在飞地巡逻的侍卫都是拿着长矛和长刺的。比如，有一个会所之前的男仆，像你是个逃犯一样盯着你，而盯着你的这人前几天还站在你手边，举着一盆烤鸭，这种感觉非常奇怪。这从某种角度来讲，是最让人感觉不安的：好像之前隐匿的广州经济结构突然为所有人所了解了；连最低一级的仆人和小贩——那些以前都要点头哈腰讨好番鬼的人——现在都可以对你评头品足。

警戒线最为严密的地方就在英国洋行：自从颠地进入了总领事馆，整个洋行都被密切关注着，就是为了防止他逃跑。公行商人们也都驻扎在这里，就好像为了让之前的合作伙伴感到羞愧好交出货物似的。巴拉姆来到了大门口，不得不经过他们坐着的椅子；互相僵硬地点头示意，脸上没有一丝笑意，十分冷淡。

一进了英国洋行，巴拉姆就碰到一队印度兵：他们都认识他，其中一个带他来到了总领事馆的图书室，因为会议是在那里举行的。这是一间宽敞、华丽的房间，里面靠着墙有很高的书架，摆满了皮革包裹着的书籍。在最里面的一面雕花镜子下是一处壁炉，壁炉上有个壁炉台。巴拉姆到的时候，房间里已经站满了人：他环顾了一下，看到委员会里的每个委员都到场了，还来了很多其他的洋商。

义律上校背靠着壁炉台，面朝着大家：他穿了一身海军军装，一副庄严、威重的军人样子，腰间别着一把剑。他一眼就认出了巴拉姆，二人互相点头示意，之后巴拉姆就在后面找了一个座位。

上校用剑尖敲了敲壁炉，好像是要求会议恢复秩序。义律上校直了直腰板，说道："各位，我今天邀请大家过来，是想把我与林大臣之间的商谈结果通知各位。我在两天前给省级官员写了封信，请求给你们签发通告许可。信中还写道，如果拒不签发，那我只能于万般无奈之下认定我国国民与船只是被暴力扣押，并将采取相应措施。信中写到，都是因为广州清官的一番作为，才将我两国之间的和平关系置于危急之关头。同时我向他们保证，我本意是想要维护和平的。我的信被送到了林大臣的手上。我现在收到了他的回信。”

此话一落，大家一片惊讶，因为所有到场的人都知道，省级官员一直拒绝直接与英国代表交流。有几个人问道，林大臣是不是一反常规，直接回信给义律上校。上校摇了摇头，说回信是间接交给他的，由官阶稍低一些的人回信，但里面大段引用了林大臣的原话。

“我认为，”义律上校说道，“你们应该第一时间听听林大臣是怎么说的。所以我请我的翻译，罗伯特·莫里森先生挑出一些段落。他已经翻译完，接下来就念给大家。”

上校退到壁炉台旁坐了下来，翻译站了起来面朝着大家。翻译是一位矮胖、严肃的二十多岁的人：是一位著名的传教士的儿子，他大部分时间都住在中国，对中国语言和文化有着公认的权威理解。

莫里森先生拿出几张纸，用手背抚平：“各位，这些都是林大人的原话，我尽自己的能力传达他的意思。”

“‘我，钦差大臣林则徐，发现洋人在与本国进行商业往来的过程之中，长久享受着令其满意的优势。但他们却将鸦片——这一流毒——带入我国，以侵害他人为自己谋取利益。我作为钦差大臣，已经颁发法令既往不咎，只要求现已运到的鸦片直接上缴，并立即停止日后所有鸦片运往此地。给出三日期限，令你等给出答复，但却音信全无。作为钦差大臣，吾已查明颠地所运鸦片数量巨大，召请他前来问话。他也拖延达三日之久，吾令未行。其后果即临时禁止所有一切贸易活动，签发去往澳门的许可也已中止。读到英方代表的信，未对此等事宜有所知会，却只提出通行许可的要求。试问：吾令未答，吾命未遵，何能签发许可？义律作为英方代表进入我天朝之领地，其属国严禁鸦片使用，却令吾朝子民深受鸦片诱惑及毒害。货船长期停靠在广东水域，但义律却未能驱散毒船。试问义律此行是为监督何事？’”

当他继续往下念着的时候，巴拉姆有种奇怪的感觉，似乎他听的并不是翻译在讲话，而是有一种其他的声音从这年轻人的嘴里说出来，是一种完全理性、怨愤难平的声音。巴拉姆听到这个感觉很惊讶：一个如此遥远、陌生的人，林则徐，是怎么控制了这位年轻的英国人的声音呢？是不是真的有人具备如此强大的性格？不论是在哪里读到他的话、何时听到他的话、用任何一种语言表达，他都会把自己的性格深深烙在这些话上，使自己独特的声音能被所有人听到？

这到底是怎样的一个人，这位林则徐？谁赋予了他这样独特的力量、这种权威、这种斩钉截铁？

“‘吾现已将此责全权交于义律，责其迅速平稳处理以下事宜：按吾令上缴鸦片，签署契约。如果他能将货船之上所有鸦片即刻上缴，吾定当予其鼓励。如若他依旧无所回应，请陈理由，并呈递声明。如若其强词夺理，趁夜携其人潜逃，则足见其无颜面与本军相见。他可否逃脱这恢恢天网？’”

读到这里，莫里森先生有些尴尬地放低了手中的笔记：“我还要继续念吗，义律上校？”

义律上校的脸有些红，但他点了点头：“是的。请继续。”

“‘需请令义律对罪行心有恐惧，存悔改补救之意；应责令所有洋人遵守法规，即刻交出趸船上所有鸦片。所有洋人应严格进行合法贸易往来，方可享不尽收获。但若继续佯装不知，义律实则咎由自取，所有恶果皆为自己所种，于何处可寻得悔改之余地？’”

*

巴拉姆早就闭上了眼睛，等再睁开的时候，很欣慰地看到翻译已经念完，正走回到自己的座位上。

义律上校再次走到壁炉台旁。“那么，各位，”他用他一贯的毫无感情的声音说道，“林大臣的话已经讲完。无须怀疑，他将穷尽各种办法强迫你们交出目前存货于趸船上的鸦片。他也知道，靠武力不可能缴获你们的货物——你们的船要打败他的海军攻击是不费吹灰之力的。所以他打算把我们当作人质，直到我们交出鸦片。而事实是，我们确实无能为力。逃脱是不可能的：我们已经被四面包围，时刻处于监视之下；我们的船也被拉上岸，就算我们冲到河岸，也无法逃脱。如逃脱未遂，我们只会陡增伤害与侮辱。而此时，我们还不能考虑动用武力：目前我们没有战船也没有部队。要组建一只合适的远征军至少要花数月时间。就算我们具备相当实力，目前也不能考虑攻击广州，因为这会置我们的性命于危难之中。只有我们安全撤离此城，方可实施攻击，而且我最关心的是确保女皇陛下所有子民的安全。无须多言，目前如果我们不满足大臣的要求，他是不可能允许我们离开的。”

义律上校深吸了一口气，用一只手指很紧张地挠了挠自己的胡须：“所以各位，恐怕结论是一定的：你们不得不交出囤积于你们趸船上的所有鸦片。”

这时整个房间都震惊得没有一点声响，接着很多人开始发出了声音。

“这是明抢，先生，公然的抢劫。不可容忍！”

“你可知道，义律上校，你说的这些货物价值数百万美元？”

“而且，这些货根本都不是我们的。你这是在要求我们从自己的投资人那里偷窃！”

义律上校让这些声音喧闹了几分钟，然后他用一种抚慰的语气说道：“各位，你们所说的句句属实，我并非不赞同，可这不是我们此议的目的。现在的问题只是要将我们安全放行。这位大臣是布下了陷阱将我们困在其中，逃脱他的魔爪只有一条路，就是交出鸦片，别无选择。”

此话一出，下面的骚动更大。

“别无选择？世界上最强大的国家的子民走投无路？”

“天啊，先生，你真是给你这身军装抹黑！”

“难道我们都是些青蛙，一碰到麻烦立马举起双手投降？”

义律上校一副无可奈何的表情望向了施赖德先生，他立马从自己的椅子上站起了身。当他拿着拐杖走到壁炉旁，下面吵闹声依旧。

接着施赖德先生一声大吼：“各位！各位，你们都知道，这里没有人比我更同情你们。但此时我们最好记起这样一句话：‘外表皆假象。’[①] 我们要听取不朽的塞内卡：千万不要被假象迷惑。”

巴拉姆这时明白了，义律上校要比他看上去精明得多：他知道自己在番鬼城威望不足，显然他早已拉拢了一些有影响力的人来支持自己。

“各位，大家稍稍一想便可明了，”施赖德先生说道，“大臣通过威逼攫取我们的财产，这其实是在帮我们一个大忙。他这样做就是交给巴麦尊爵士对华宣战所需的一个借口：宣战的正当理由。”

此言一出，反对声开始消退，房间渐渐安静下来。

“我考虑过此事，”施赖德先生继续说道，“稍一探究，就能想到数起类似事件，但凡掠走大英子民财产的行为，都为宣战提供了理由。在1622年的安波纳大屠杀之后，当时荷兰人夺走了住在岛上的英国居民的财产，并让他们遭受了难以言状的暴行。后来本国索要了巨额战争赔款。同样，西班牙政府也被要求保护英国臣民财产不受损失，而且不止一次。但我要强调的是：我举的这些例子只是先例，因为在我商业往来历史上，从未有过如此巨额的抢夺行为可与林大臣所要求的相提并论——而且还特别提出道德上的恳请。”

“但是，施赖德先生！”插话的是查尔斯·金，他刚刚站了起来，“但你忘记了，这些先例和我们目前的情况有着根本的不同——我们现在谈及的财产是走私的货物，是中国法律禁止近四十年的鸦片，而且走私范围已

---

① 此处原文为拉丁文“*fallaces sunt rerum species*”。

经越来越广，尽人皆知。可还需我提醒你们吗？相比之下，英国法律也规定，任何藏匿违禁货物之人需交货物三倍之罚款。可还需我多讲？英国法律规定，任何人如果犯了走私罪，将作为重刑犯被判处死刑。”

“那可还需要我提醒你吗？金先生，”施赖德先生说，“我们现在并不在英国，而是在中国！英国法律恐怕鞭长莫及吧：既没有审判，也没有逮捕。”

“哈！这难道就是你的反驳吗？”金先生反问道，“大臣非但没有采取暴力逮捕走私犯人，缴获违禁的货物，反而是一而再，再而三地提出警告，只是要求他们自愿上缴。因为他并没有把这些货物的主人当成一个个重刑犯，而是认为所有洋人公然反抗一个国家的政府。你们最好明白，先生们，这种集体责任的认定正是中国法律过程的核心。”

施赖德先生的脸都变了颜色，声音又开始咆哮起来：“你真是自取其辱，先生，”他大声吼道，“把英国的法律与暴君的一时兴起相提并论！如果你，作为一名美国人，想要向清朝暴君臣服，那是你自己的意愿。但你不要指望像我们这样的自由人士会与你一起，接受天朝暴政的今风明雨。”

“但是……”

还没等金先生讲话，房间里响起了大声的叫喊。

“……你已经说得够多了，先生……”

“……你根本就不属于这……”

“……喋喋不休的美国北方虚伪佬……”

金先生再次环顾四周，推开自己的椅子，静静地离开了房间。

“……可终于消停了……”

“……留个大辫子得了，更适合你……”

等房间再次安静下来，颠地先生站了起来，来到义律上校和施赖德先生旁的壁炉处。他转而面向房间其他人，说道：“我与施赖德先生的思想一致：林大臣的要求就是公然的抢劫。但是施赖德先生也说了，此事并非全然被动：如果大臣认定此路，他就给女皇陛下的政府一个完美的机会，为我们所遭受的羞辱报仇雪恨——同时也会让我们与中国的商业关系建立在更加牢固的基础之上。多年试图沟通一直无果，也许很快就会由几艘火炮船和一小支部队达成目的了。”

施赖德先生为了不被抢了风头，再次用拐杖狠狠地敲了敲地板：“请容我提醒各位，威廉四世国王在将他的传道士派到加拿大时曾说过：‘记住，加拿大不可丢！’无须多言，与华贸易对英国的商业价值远远大于加拿大。年利润达到五百万英镑，而且对于大英王国的商业、制造业、运输业以及航海业的利益也极具重要性。它还很显著地影响着我们印度帝国的地域利润。在目前面临的困境中，任何愚蠢的动摇都会令我们损失这些利益。”

看到民意已经转向自己这一方，义律上校露出一丝笑容：“利益不会受损的，各位，我可以向你们作出保证。”

颠地先生点了点头：“如果真到了运用武力之时，而且一定会，但凡熟悉中国防守能力的人都不会有所疑虑，我们的军队必然获得大胜。另外，毋庸置疑的是，等战事一有定论，英国政府会保证我们的损失得到回报，其赔率也一定会对我们有利。”颠地磨着自己的指甲尖，环顾了一下这间图书室，“我们在座的都是生意人，所以也不需要我向你们解释这其中的含意。从实效来讲，我们并没有把我们的货物上缴给林大臣。”他停下来，向听众闪过一丝笑意，“其实，我们是借给他一笔钱款——等他还款之时的利息，不但是对他无知的惩罚，更是对我们耐心的回报。”

巴拉姆扫视了整个房间，看到很多人都点头认同。他突然意识到，在这一事件的突变之中，自己是唯一应感到焦虑的。当他发现没有一个反对声音的时候，他更加担忧。这时义律站起来说道：“在我看来，各位并无反对了？”这让他更觉得忧心忡忡。

在公众场所讲话，而且还是用英语，这不是巴拉姆喜欢做的事情，但他压抑不住喉咙中冲出的喊声：“有，义律上校！我反对。”

义律上校望向他这个方向的时候，脸色马上严肃起来：“请您再讲一次？”他挑起一根眉毛问道。

“你不能放弃，义律上校！”巴拉姆喊道，“拜托——你一定要立场坚定。你其实看得明白，不是吗？如果你现在放弃，这个人就赢了——这个大臣。他无须动我们头上一根头发、无须动一杆枪。他只靠写这几页信就赢了……”巴拉姆指向翻译手中的那几页纸——“他只靠写这几页信就赢了，你们管这叫什么？法令？信？”

义律上校的脸上挤出一丝笑容：“我向你保证，莫迪先生，大臣的胜利是不会长久的。作为一位海军上校，我可以告诉你，胜仗不是靠写信打赢的。”

“但是他还是赢的，不是吗？”巴拉姆说道，“至少这一仗赢的是他，不是吗？”他实在找不到其他的词来表达自己的痛苦，他那种被背叛的感觉。他甚至都无法再看义律上校：他当时是怎么想的？怎么会认为这人会促成一个对自己有利的结果？

伯纳姆先生在自己的椅子上转过身来，脸上挂着大大的笑意插话进来。

“但是，莫迪先生，难道你不明白吗？大臣的胜利——如果这也算的话——完全都是一番假象。我们会把自己放弃的东西再挣回来，挣得更多。我们的投资者也会赚到丰厚的利润。只是需要等待一些时日。”

“正是如此，”巴拉姆说道，“我们要等多久呢？”

义律上校挠了挠自己的下巴：“也许要两年。也许要三年。”

“两到三年！”

巴拉姆想起了那些堆积在自己办公室里的愤怒的来信；他一直在想要怎么向自己的投资者们解释眼下的情况；他想到了当这样的消息传回家乡，他那些大舅哥们会作何反应；他似乎都能听到他们隐藏着的狂喜；他能想象到，他们会对希琳拜说：我们早就提醒过你，他就是个投机倒把的，你就不应该让他挥霍你的财产……

“你的投资者肯定也会等着，莫迪先生，不会吗？”伯纳姆继续说道，

“毕竟这段时间也不算很长。”

时间！

现在房间里所有人都望向了巴拉姆的方向。他有自己的自尊心，不愿告诉他们自己最浪费不起的就是时间；再拖上两年他就要算拖欠钱款；对于他来说，义律上校这一背叛给他带来的就是毁灭、破产、被关进债权人的监狱。

但这些又都不能明说，至少此时此刻不可以。但巴拉姆还是露出一点儿笑意。“是的，”他说道，“当然。我的投资人会等。”

很多人点了点头，转过身去。当他们不再紧盯着时，巴拉姆想要坐稳一些，但这已是不可能了——他的四肢已经不听自己的使唤了。他把自己的长袍下沿抓在一起，悄无声息地溜出了图书室。他低着头，谁都不看地穿过了总领事馆的走廊，走出了洋行裙房。当他经过公行商人身边的时候，他也没有看他们一眼，当已经穿过半个广场的时候，他听到扎迪在身后叫他：巴拉姆老弟！巴拉姆老弟！

他停下来。什么事，扎迪大哥？

巴拉姆老弟，扎迪气喘吁吁地说道，义律上校让所有人都上缴鸦片，是真的吗？

是的。

那他们都同意了？

是的。同意了。

那你怎么办，巴拉姆老弟？

我能怎么办，扎迪大哥？他现在眼里已经充盈了泪水，他只能用手擦干。我会交出我的货物，就像所有人一样。

扎迪一把抓住他的手臂，两人开始朝河边走去。

只是钱的问题，巴拉姆老弟。很快你的损失就会有所弥补的。

钱并不是我担心的，扎迪大哥。

那是什么？

巴拉姆说不出来；他只能停下来，咽下了一声抽泣。

扎迪大哥，他轻声说道，我把灵魂卖给了阿里曼……但结果却一无所有。一无所有。

*

“阿尼尔！阿尼尔！”

当小汤姆站在随从帐篷里叫尼尔的时候，他正穿过广场：“阿尼尔，有给你的消息，从黄埔来的。他说明天你到老中华大街，正午时候。他在那见你。”

“在屏障那儿？”

“是的。在屏障那里。”

“好的。”

第二天，尼尔按照约定的时间来到了老中华大街。从远处看这屏障是个很吓人的东西，而且当街上空无一人、所有店家都关门的时候，看上去更是如此：都是削尖的竹刺做成的，周围的士兵全都拿着火绳枪和单刀。

当尼尔走到那些士兵跟前的时候，脚步不由自主地慢了下来：在另一边的十三行大街上，有很大一群好奇的看客。大家都密实地挤在一起，要不是康普顿举起手来边挥边喊“嘿！尼尔！阿尼尔！这儿！”，他都找不到他。

康普顿拿着一根木牌，上面印着一排汉字。等把这个拿给当差的士兵看过之后，屏障被拉开，尼尔才可以走过去。

等他刚一过去，尼尔说道：“这是什么，康普顿？为什么会让我通过？”

“要紧的东西。一会儿你就知道了。”

他们走进了印刷店，康普顿打开了一个上锁的匣子。他拿出一张纸递给了尼尔：“给，阿尼尔，看看。”

这上面共有十八个人的名字，每个旁边都有一个数字：字是用中文写的，但每一条旁边都有一个英语备注。尼尔一看就知道这些名字都是那些广州最大的洋商。

“这些数字是什么意思，康普顿？”

“意思是他们船上有多少箱鸦片。你觉得能是真的吗？”

第一个名字就是兰斯洛特·颠地，他目前公布的存货是最大的，记数超过6000箱。第二个名字就是巴拉姆，一旁的数字是2670箱。

看到尼尔有些迟疑，康普顿说道：“阿尼尔，你一定要说实话。这些是不是他船上所有的鸦片？”

“我也只能猜猜，”尼尔说，“我也不知道过细的。但我感觉这个数字是真的。我听我们的事务长有一次说，老爷在一次风暴中损失了十分之一的货物。还有一次他提到，他损失了三百多箱。如果这样算一下，那么总数是对的。”

康普顿点了点头：“那他损失很大——差不多有一百万银两，差不多。”

“真的？”尼尔惊吸了一口气，“有那么多？”

“是啊！损失大了。”康普顿点了点那张纸：“那其他人呢？还有吗？”

尼尔只对这上面另外一个人的名字感兴趣：B. 伯纳姆。名字旁边的数字比较少：1000。

尼尔笑了笑，有些窃喜：自己被伯纳姆先生折磨陷害至今，终于有机会可以小报一仇。“这个数目是错的。”他说道。

“点解？你怎么知道的，阿尼尔？”

“因为伯纳姆先生的会计是我的朋友。他告诉我伯纳姆先生今年的存货要比巴拉姆老爷还多。”

“真的？”

“真的。我可以保证。”

“好！那我定会让大臣了解此事。”

*

日子一天天过去，巴拉姆越来越睡得不好。不论那些仆人如何仔细地关好窗帘，广场明亮的灯光总会透进来，让影子照进他的卧室里来。每当巡逻的士兵或侍卫经过丰泰洋行，他们那些像鬼一样的倒影就会跳上他的天花板和墙上。他们的声音也没办法清出脑海：就算关着窗户，他们的喊声、下令声也会回响在他的房间里。

每过几个小时，巴拉姆总会在锣钹声中醒过来，只能静静地躺在那儿，看着那些鬼一样的身影，听着他们的喊声。有时候，那些声音会逼得很近：他甚至能听到走廊里有脚步声，床边都有人轻语；他有时还会感觉怎么都抓不到铃绳。但维科现在也不在——他已经去到了“安娜希塔”号上，去安排把船上的货物转送到虎门，那里收缴鸦片的仓库已经建好——但现在除了维科，他不愿和任何人讲话。

连鸦片酊都没有用：而且它还让那些声音听上去更响，梦境更加真实。有一天，在他喝了一大杯之后，他梦到池梅到阿差行来看他。而这是她以前总会吓唬他说自己要做的事情：这是很稀松平常的事情，她常这样说，妓女们常常会偷溜进洋行。他们穿上男人的衣服，把头发编到头上，办法多的是。

在巴拉姆的梦里，这是番鬼城里普通的一天：晚上，他正打算穿上衣服去会所，这时维科走进了卧室。

老板，有个中国人要来见你。一位李先生。

谁？我认识他吗？

我不知道，老板。我看他以前从未来过。但他说事关紧要。

好吧，带他到办公室。

在这个时候，办公室当然是没有人的：翻译已经下楼回到自己的隔间，仆人也打扫完毕。巴拉姆走到一把大扶手椅上坐了下来。没一会儿门就打开了，一位身材矮小、削瘦的人戴着圆帽、穿着带格子的衣服走了进来。

办公室的光线不好，照不到那人的脸上，巴拉姆也没有马上认出她来。她很正式地鞠躬，说道：“请请，李先生。”

她什么都没说，一直等到维科也走了。她马上大笑了起来：“巴瑞先生真笨。”

他像是被雷打到了一样：“池梅？怎么来到这地方了？池梅真是闯大祸了。”

池梅根本没有理他，她拿起一盏灯，在办公室里转了起来，看着每一件他慢慢积攒起来的东西。从她的眼中能看出，很多东西她都不中意。

“这么多旧东西。巴瑞先生为什么要放在这儿？”

这声音熟悉得很让他感到安慰：她总是这样和他讲话，有些抱怨又有些娇嗔，就好像也在数落一个孩子。他笑了。

唯一一件看上去讨她喜欢的东西就是他的书桌，那上面有很多带锁的抽屉。她仔细地端详着，然后点着其中一个抽屉：“里面什么东西？”

巴拉姆抽出一串钥匙，打开了抽屉。里面是一个很大的漆制的盒子。

“池梅送巴瑞先生的盒子，是不是？”

“是，池梅送的那东西。”

“为什么巴瑞先生放在这儿？不喜欢？”

“喜欢。喜欢。”

她又对书桌丧失了兴趣，环顾了一下四周：“巴瑞先生睡在哪儿？”她说道，“这里没有床。”

“卧室，”他说道，不由自主地指着，“但是池梅不能去。”

但她没理会他，推开了门，穿过了小走廊。他跟着她来到了卧室，无可奈何地抗议着。她根本没理会他：一看到床上盖着丝绸的床单，她立马躺了上去，解开了衣服上的系扣。一看到她的胸部缓慢地从衣服里露出来，他有些迷醉。他躺到了她旁边，但当他伸手去摸她的时候，她又变了主意。

“巴瑞先生的床不好。最好回船上。快来，巴瑞先生。我们去船上。来河边。好啦！”

“为什么？”他问道，“池梅到了这儿。最好留下。”

“不，”她坚持道，“该回河上了。来，巴瑞先生。这里不好。”

他被深深勾引，但有些事却拉住了他：“不。没时间。不能去。”他去拉她的手，“留下来，池梅，和巴瑞先生待在一起。”

但却无人作答，等他望向窗户，她已经走了。窗户已经打开了，窗帘在清风中抖动着。

他醒来一身汗，发现窗户确实被吹开了。他走下床，很快关上了窗。

他浑身发抖，这样再躺回去睡肯定是不可能了。他点起一根蜡烛，找到自己的钥匙环，拿进了办公室。他走到书桌前，打开了那个抽屉。当然，那个池梅送给他的漆制盒子还在里面，已经盖满了灰尘。他拿了出来，擦掉上面的灰尘，然后打开了插划。里面是一个精工雕刻的象牙烟管、一根金属针和一个小小的八角形盒子，也是象牙做的。这盒子现在是空的，但巴拉姆记得那是一季刚开始，维科给他拿来备好的鸦片，作为样本，现在它被锁在另一个抽屉里。他找到了钥匙，打开了那个抽屉：那个盒子也在里面。

他把这些东西都抱到手臂上，回到自己的房间。他把蜡烛放到了床头桌上，打开了盒子，用针尖挑出一小块棕色黏物再把它放到火苗上烤，等开始嗞啦作响的时候，他把它放到了自己的烟管头上，深深地吸上了一口。

等最后一缕烟消散之后，他吹灭了烛火，再次躺回到枕头上。他知道今晚能睡个好觉了，但他搞不明白自己之前为什么没想到这样做。

第二天等他醒过来的时候，已经过了平常起床的时间。他能听到仆人们都在他门外用低沉而担忧的声音交谈着。他很快从床上起了身，把烟管、漆盒、装鸦片的盒子都藏到了一个箱子里。接着，他打开了窗户，把屋里的空气又放了几分钟之后才让仆人进来。

其中一个仆人说道：老爷，迈斯托已经在办公室了。他给你做了点心。

一想到食物，巴拉姆就觉得恶心。我不饿，他说道，叫迈斯托拿走吧。我就想喝些奶茶。

老爷，翻译老师想知道你今天还需要他工作吗？他说有些信需要回复。

不用他。巴拉姆摇着头。告诉翻译老师今天没有工作。

是，老爷。

大半个上午巴拉姆都坐在窗旁的椅子上，望向河的方向，看着池梅的船以前曾经停靠的位置。

差不多中午的时候，有些印度水手来到了广场上，演了一出杂技，爬上了旗杆，在上面做些杂耍。这样的场景让巴拉姆开心，他还想让厨工替他送给那些水手们一些辛苦钱。但是站起来去拉铃似乎太费力气，他之后就忘了这件事了。到了下午，天气很热，他决定睡个午觉——可是他一躺下，就想到可能吸上一口大烟后会休息得更好。他拿出那批随身物件，躺到床上前又吸了一点儿。

他从未感觉如此平静。

白天和黑夜渐渐混到了一起，有时候，小教堂的钟声会传到他的耳朵里，一想到曾经一度自己的生命都是被这个钟声所控制，他自己不禁觉得好笑。

有一天，一位仆人来通告说扎迪来看他了。巴拉姆感觉并不想讲话，但还没等回应，扎迪已经来到了办公室。他换了身衣服，洗了洗脸，然后才走出小走廊。虽然打理了一番，但扎迪看到他的样子还是吃了一惊。

巴拉姆老弟！你这是怎么了？怎么变得这么瘦？

我？巴拉姆低头看了看自己。真的吗？但我一直吃得很多啊！

这倒并不假：现在只要吃上两三口，他就会感到撑得要爆。

而且你脸色很差，巴拉姆老弟。你的仆人告诉我，说你几乎都不出自己的房间。为什么不多出来转转，到广场里走上几圈？

巴拉姆并不为之所动。出去？为什么？现在这么热。还是屋里更好，是不是？

巴拉姆老弟，现在广场上又有有意思的事情了。

办公室的窗户开着，转过去一看，巴拉姆听到一个木头钉硬东西的声音。他站起来走到窗前。原来广场上正在玩曲棍球：他惊讶地发现竟然有几个帕西人也在玩。玩得很欢的正是丁亚·弗都杰，他头戴帽子，身着白裤子。

扎迪站在他的旁边：丁亚跟谁学会的曲棍球？

这里。不然还能到哪儿去学这个？

你看，巴拉姆老弟。下面总有些事情。你应该走出去，加入其中。就会有所改变。

一想到要出去，巴拉姆就感觉非常疲倦。

这与我又有什么关系，扎迪大哥？他说道，我又不懂曲棍球。

但还是……

他们默不作声地又看了一会儿，之后巴拉姆说道：我们现在都上了年纪，是不是，扎迪大哥？这些人才是未来——像丁亚这样的年轻人。

下面正响起一阵掌声：丁亚刚刚击中了广场对面的一个球。

这孩子看上去非常自信，当他靠在自己的球棒上审视整个球场的时候，一副很拿手的样子。

巴拉姆内心不禁升起强烈的妒忌感。

当他们创造未来的时候，你觉得他们还会记得我们吗，扎迪大哥？你觉得他们还会记得我们所经历的事情吗？他们还会记得我们在这儿赚到的钱、我们得到的教训、我们亲眼目睹的一切吗？他们还会记得他们的未来的代价是靠牺牲百万中国人性命吗？

而在下面，丁亚还拼命地奔跑在两个球门之间。

这一切又是为了什么，扎迪大哥？难道只是为了这个：让这些家伙可以讲英语、戴着他们的帽子、穿着他们的裤子、玩曲棍球？

巴拉姆把窗户拉上了，那声音也渐渐弱了。

也许那就是阿里曼的王国，是不是，扎迪大哥？在遗忘与空虚的沙漠里一场无休无止的表演。

第十八章

广州美国洋行一号楼

6月5日

我亲爱的帕格里莎，我感觉自从上次坐下来给你写信，似乎已过去整整一个**时代**了。在这六星期里，与外界通信是我们想都不敢去想的事情——因为他们警告我们，所有为我们送信的人，一旦被捕将受到严惩，而且在那种情况下，连写信似乎都是**错误的**。为了我们这些愚蠢的絮叨要谁去冒着杖刑的风险，只有最**冷漠无情的**人才能做得出来，是不是，帕格里亲爱的?

但现在一切都过去了。大部分鸦片都已经上缴，而且大臣也信守了他的诺言：从明天开始，所有愿意离开广州的人都将获准离开——除了被认为犯罪最重的十六位洋人。扎迪大哥一两天内就走，因为我被安排留下，所以他主动要求帮我送信——我又再次坐到了我的书桌前。

在这期间发生了很多事情，帕格里亲爱的，我也不知道要从何说起。至于我的最大变化，就是搬出了马克威克先生的酒店。我上次给你写信那天，番鬼城里所有的工人、苦力和仆人——每个在飞地工作的中国人都被清朝朝廷告知离开。这以后，可怜的马克威克先生根本没法经营下去，所以他决定关闭酒店。

你可以想象这置我于何样的境地：我也不知道自己能到哪儿去住。但我不用担心：查理来看我，让我搬进他那儿的一个房间去。（他难道不是这世界上最善良的人吗？）我认为自己应该交房租，但他听不进去，只让我帮他画些画，我当然乐意为之。从那以后我就待在了美国洋行，房间有我以前那个两倍宽敞，而且更加豪华，而我在马克威克酒店能看到的风景，这里一样一览无遗，因为这儿的窗户正好就能看到广场！我实在是幸运，我当然非常想念贾呱，但我也能时不时隔着屏障看到他，有时候如果有可能，他还会让那些随从帮我带进来些东西——枣和蜜饯。和查理住在一起，可要比以前幸福得多：我们在一起的时间过得很愉快，我真不愿它结束。

我们这几个星期里要承受的各种匮乏，你肯定有所耳闻。但你可千万不能相信，帕格里亲爱的。我们有着充足的食物和饮品——我们最大的困难是少了仆人，但如果你问起我的感受，我倒觉得这实在是一件有益的事情。当我走在飞地里，看到靠着自己的犯罪恶果变得富有而懒惰的番鬼商人，现在不得不自己擦地板、铺床、煮鸡蛋，等等，真让我感动快乐。这也许是他们受到的老天唯一的报应。

你都不能相信，他们中有一些是多么的**无助**、绝望。有一天，一个肥肥的老家伙穿着睡衣蹒跚地跟在我身后，几乎是**求**着我，让我当他的男仆。那可不行，先生，我挺直了腰板说道，我是金先生的人，从没想过要服侍其他任何人。

而看着番鬼和清朝派来的随从，更是让我觉得好笑（那些随从轮流在广场的帐篷里值班，正对着我的窗户）。这些随从是专门派来处理洋人的投诉和疑问，所以他们从早到晚都要被番鬼们围着：甲先生的衬衣脏了，想把它送到自己的洗衣工那儿；乙先生非常生气，因为他没有喝到每天派发的泉水；丙先生在擦地板的时候撕开了自己的裤子，所以找不到裁缝缝上就不罢休；丁先生要一筐橙子；戊先生发誓说自己的房间里老鼠成灾，他所有的食物都被老鼠搬走了，所以要立即给他三个火腿和五块面包。这时候己先生到了，满头大汗，说他看到一头牛走进了自己的走廊；他说如果再有牛进去，他就会拿出他的前镗枪，嘭嘭嘭嘭；接着又是庚先生，说被一群士兵袭击了，并声称如果伤害他的人不被惩戒，他会用自己的竹拐击败他们。所有这一切叽叽歪歪，随从们都耐心地听着，只是时不时问上一句："怎么会呢？清官很生气，才会这么大动作……"他们真是好性格，极力把自己的笑意都忍住了。

这里只有为数不多的洋商在这期间一直没有变化，其中一位就是巴拉姆·莫迪先生，从孟买来的老爷（他有自己的船，所以去往哪里都可以带着自己的手下）。莫迪先生在这次上缴鸦片中损失最重（据说总数的十分之一都是他的货物），他意志消沉，很少走出自己的房间——就连他的老朋友扎迪大哥，几乎都没怎么见过他。

但是莫迪先生的手下可是很热闹的一群人，这几个星期他们家就像个开放式客房，欢迎任何人去那里吃饭。你不知道这对我来说就是个福利，帕格里亲爱的，因为他们家的厨师和食物真是绝不会让你失望——直到我到他家吃过一顿饭，才知道自己有多么想念我的蒜炒豌豆和咖喱饭！

他家的人也非常和善：莫迪先生的事务长名字叫维科，是个让人开心的家伙，总会想出些有意思的"打发时间"的活动（他最近总是不在，因为要监管莫迪鸦片转交给清朝当局，所以我们对他很是想念）。莫迪先生的翻译是一个很有意思、非常神秘的人，他是个孟加拉邦人，但自己说是从特里普拉邦来的——可是他的孟加拉邦语口音一听就是纯正的加尔各答人，虽然他从来都不承认。（一说到加尔各答人，我碰巧和他提了一个在加尔各答出生的小姐，名字叫波莱特·兰伯特，也在广州附近——我发誓，我亲爱的帕格里普，他一定知道你的名字。因为一听到你名字，他的脸都白了，或者说到了肤色能白的最大地步！）

莫迪先生厨房的常客里还有几个帕西人，其中有一个最引人注意的年轻人，名字叫丁亚·弗都杰。我们有一天晚上正在想玩些什么，我突发奇想，说可以演一出戏——还没等我反应过来，我们就演上了"阿娜卡丽：注定悲剧的拉合尔舞女"（你知道，帕格里亲爱的，这是我母亲最喜欢的角色，我一直梦想着可以出演一次）。

我多想告诉你，我甜美的姑娘，我们玩得有多开心！所有的妆都是我自己画的，翻译演的是那位残暴的老皇帝，而且演得相当出色（我必须承认，对于一位内地的翻译，他对宫殿礼节可是非常的熟悉）。丁亚演的是贾汉吉尔[①]，完美地衬托了我的阿娜卡丽：他擅长唱歌跳舞，所以我还加入了几首新的歌，我们一边绕着树跑一边唱着（其实那树就是屋里的一根柱子）。我们玩得实在太开心了，丁亚说等他回到孟买，一定要建一家剧院公司！

丁亚真的是精力旺盛。有一天他看到英国人在广场上玩曲棍球，很快就让他们教会了自己这项运动（他说自己在孟买就看到英国人玩，但那时候作为当地人是不可以学的，因为他们根本不可以参加相应的俱乐部）。丁亚很快就掌握了这项运动，还教会了其他几名阿差，一两个星期之前，他们还向英国洋行发起挑战，进行了一场比赛。可就在最后一刻，他们发现自己队伍里少一个——你也许不相信，我亲爱的小帕帕，正是你可怜的罗宾被拉去补了这个空缺！

不用我说你也知道，帕格里亲爱的，大多数运动我都不喜欢，最讨厌的就是曲棍球。但我又不能拒绝我的贾汉吉尔，尤其是他双臂搂着我，还用恳请的语气不停地劝着我。他答应，一定不会让我受伤，而且比赛大部分时间都很平静。要了我的命我也都搞不懂为什么人们会喜欢这种运动——好像那没有任何意思嘛（那些清兵们，我告诉你，为这里热闹的气氛感到惊讶，有些人甚至问我们，是不是有人给钱让我们追那些球——他们再想不出其他原因，而这种想法也确有道理）。突然间，我听到所有人都在喊："抓住，罗宾，抓住！"我抬起头朝天上望去，正看到那个讨厌的小球朝我的方向飞过来。我的第一反应当然是跑开，但怎么也跑不动，因

---

① 贾汉吉尔（Jahangir），是印度莫卧儿帝国的第四任皇帝，生于1569年，死于1627年。他被认为是莫卧儿帝国最伟大的皇帝之一。

为我背靠着牛棚。所以我只能站稳，按贾呱教我的方法——清除脑中一切杂念，只留下一个目标……嘿！我竟然在空中抓住了那个讨厌的小飞物！显然这是件了不起的事情，因为这是另一队的头号击球手打出来的——所以我抓住的不但是他的球，还有他的三柱门，阿差队因此大获全胜。丁亚异常兴奋，发誓等他回到孟买一定要建一个当地人的曲棍球俱乐部——我真心希望他成功。你能想象吗，我亲爱的帕格里，看着一群阿差在烈日下互相追着球和三柱门，那会是多么有意思的一幕？

但是，帕格里亲爱的，你可不要以为我所有时间都打发在这些娱乐活动里了——住在一位像查尔斯·金这样思想崇高的人家，肯定不会一直这样。他如果听我这样讲，一定会觉得我在羞辱他（他是我见过最谦虚的人），但我相信他真的是一位伟人——我认为，要与自己人决绝地对立是需要伟大精神的，尤其是你孤军奋战的时候，尤其是你知道连历史对你都未必公正的时候，因为至高无上的领袖为使自己脱罪都会认定你所说的全部都是谎言。

奇怪的是，我却相信唯一一位真正赞赏查理的勇气与真诚的就是那位钦差大臣。也许事实如此并无意外——因为我认为林大臣的处境与查理并无两样。他的做法也不是广受欢迎，甚至在中国人中间也是如此，有人说他已经树敌无数。在这个省里有很多人都是靠鸦片发了财，他们对林大臣的痛骂一定不亚于番鬼对查理的恶言。这也许就是他们二人之间的联系：在一个充斥腐败与贪婪的世界里，他们二人都是清正廉洁的人——所以才会招致同僚们的仇恨。

不论何种原因，毫无疑问，林大臣与查理之间有着一种联系。大臣甚至还公布了一则对查理的表扬信，在番鬼城里张贴了很久。（你可以想象这会把颠地先生和他那些同党们气成什么样儿！）

就在几天前，刚开始毁灭那些上缴的鸦片的时候，查理是为数不多的到场的洋人之一。他向我生动地描述了销烟的场面，我为之震撼，并决定画一幅画——我已经绘出几张素描图，查理说画得十分准确！

那是一处离虎门不远的小村庄。一处平整的沼泽地，其中布满了小溪，周围稻田环绕。已经被圈出一块场地，并且挖开了沟渠；运来的鸦片箱都堆在一旁。林大臣决定，为防止被盗，周围都有士兵日夜把守，所以在那里工作的人进入和离开前，都要被彻底搜身。

一天天过去，堆积的鸦片越来越多，都是几百几百箱的运来，直到最后总量达到了 20381 箱。总计价格超过了人们的想象：扎迪大哥说，如果你要买的话，需要上百吨的银子！（你能相信吗，帕格里亲爱的——像小山一样的银子？而所有这些鸦片本来是打算销售一年的：光是想想都很难不激动对吧？）

可事已如此，那么一大堆鸦片，终于到了那天，林大臣下令开始销毁。就在销毁的前夜，你可知道大臣做了些什么？他竟然坐下来，写了一首诗——是写给海神的信，请求保佑所有水域动物不受这些流入大海的毒物侵害。

等时辰一到，他坐在一处凉亭下。他发出开始销毁的信号。所有鸦片箱都被撬开，鸦片球被砸碎，混上盐和生石灰，然后扔进添满了水的沟渠里；等鸦片溶化之后，打开水闸，鸦片全都被冲到了河里。这是项艰巨的工作：五百名工人，忙活了好几个小时，每天也只能销毁三百箱鸦片。

当查理到了那里的时候，看到的就是这样的场景。大臣坐在凉亭里，查理马上被带到了他面前。这是查理第一次和他见面，惊讶地发现大臣并不是他那些敌人刻画的样子。他的举止很活泼，查理说道，看上去比实际年龄要年轻；个子不高，有些粗壮，脸很光滑，稀疏的黑色胡须，一双炯炯有神的黑眼。两人一番寒暄之后，大臣问查理在公行商人里，他认为谁是最诚实可信的。查理无法立即给出答案，大臣爽朗地大笑了起来！

这难道不是最有意思的场景吗，我最亲爱的帕格里？我想就叫："林大臣与鸦片江"。

查理感到很开心，能看到这些毒品变成一堆堆灰烬，而不是在上百座城市的妓院里跳动着欲望与癫狂的火苗。但他的开心又夹杂着痛彻的伤心，因为他知道这位大臣的胜利是不会长久的：已经有数艘英国和美国的战船朝中国开来，如果真的爆发战争，结果是毫无疑问的。查理心里很是担忧，所以他给义律上校写了一封长信。在我看来，那真是一封写得动情讲理的信，我本就有摘抄的习惯，实在忍不住抄下了几段（我会在寄信前把它们夹进去的）。

查理每每想到将要发生的事情，总是情绪低落，因为他感觉那将会是一场巨大的灾难。我也不知道会不会是真的——而且说实话，我也并不关心。我只知道，眼前是一个值得享受和庆祝的时刻。因为毕竟现在这世上比较少见，不是吗？帕格里亲爱的，为数不多的好人战胜了与他们对抗的恶势力。

一如往常，我亲爱的帕格里，我又啰唆了——这真是个改不了的恶习。结尾前，我一定得提一下上个星期发生的一件怪事。

有一天早上，一个通红的信封，就是那种在中国当请柬用的信封，就放在房门前。是写给我的，用英语，而且是（至少信上写的是）那位陈先生（阿飞或是随便你叫什么的那人）邮来的。信里写道：

“亲爱的钦纳里先生，我因要紧的事情离开了广州城，不知道什么时候能回来。实在遗憾，因为我早就为你备好了几盆不错的花。但要告诉你的是，里面并没有金茶花。那是因为，这种植物根本就不存在。它其实是威廉·克尔先生自己编造出来的。就像很多关于中国的讲述一样，都是妄言。克尔先生编造出它的目的是，他的赞助者们才会给他更多的钱，别无他因。那些画都是一位叫阿兰查的画家画的。克尔先生教他画植物。我了解这些是因为我就是他家的仆人和园丁——是阿兰查的母亲派我去为克尔先生工作的。我很想亲口去告诉彭罗斯先生这一切，但我目前也不知道是否有这个可能。

“祝你一切安好。兰尼·陈（良陈）”

说实话，帕格里亲爱的，我也不知道对此有何想法，也不愿去想。原来一切竟如此奇特——可也许在广州，事事皆奇。

花和鸦片，鸦片和花！

有时想想感到奇怪，这个城市吸纳了这世间如此多的恶，作为回报却为世间带来了那么多的美。读到你的来信，知道那些送到外面的花，真让我感到惊奇：菊花、牡丹、卷丹、紫藤、杜鹃花、紫菀、栀子花、秋海棠、山茶、八仙花、报春花、文竹、桧、柏、月季和可以常开不败的玫瑰——很多很多。如果我有能力，一定要让世界上所有的园丁都记得，当他们种下这些花蕾，他们花园中所有的美都蒙恩于这座城市——这座拥挤、肮脏、喧闹、性感的地方，我们叫它广州。

终有一日，其余一切都会被遗忘——番鬼城、密友们、鸦片以及花船；也许连画也是（我觉得不会有人像我这样喜欢这些画还有画它们的人；这毕竟只能算作不成流派的作品，非中非洋，所以定不会招人喜爱）。

但就算这一切为人们所遗忘，花朵还会存留于世，不是吗，帕格里亲爱的?

广州的花是不朽的，会永远盛开。

*

致查尔斯·义律先生及诸位

近四十年来，英国商人在东印度公司带领下从事贸易，已违反了清朝帝国的最高法律，侵害了其最大利益。此业已扰乱其货币、腐化其官员，更毁其人民。此毒已累及朝政，使其国蒙羞、大为不利；论罪，应砍头入牢；及平民处，财产、道德、尊严与幸福已尽失。举国上下，上及在位皇帝，下至黎民百姓，无不受其毒害。而其对社会底层人民之迫害，为你我常见；朝廷公报也是明证，因皇亲国戚也都因毒染羞，甚至家破人亡。

上天为证，中国人应施举措，对其不公者以友者自居，却只图加剧其伤，理应将此谬行严惩。以合法合用之商行为牺牲，却只图非法走私，此举自损我益。更应厉声严禁之行是索行不公之战，其伤——非针对中国朝廷——实则使中国人民受累。强如大不列颠之国，战不应为胜、为安，应为良知而战——道德之役——可知其敌实为三四亿平民。

鸦片之商已经污我上帝之名，其恶远超古今任何一项走私。“流毒”、“恶土”、“洋人及我之大祸”，恶名不下百余，以此国言达之，字字真切。此毒之根已经为民众所知，引毒之人之名姓已经传至中国大小城市村庄。

那是谁将摩腊婆、比哈尔以及瓦拉纳西变成鸦片种植的主产地？又是为何，原来满是农田的地方现在全为罂粟所覆盖？已然广及各地，为何还需迅速增加生产？

此商为东印度公司之产物，而东印实为英国政府的心腹。印度国年利润，包括鸦片所获，一再受到议会诟病。鸦片生产，当然不可分隔的还有鸦片贸易，已经受到一个国家最严苛的禁令，而这一毒物在另一国同样严行谴责。英国商人却从最高立法机构走出，大言不惭地加入东印度公司的贩卖活动。当局、先例、同情却都站在他这一方；至于那奇怪、独裁、令人生厌的清朝政府发出的禁令，他又怎会介意？被议会所误导，他继续自己的错行。世上没有哪个社会能容忍此谬意。难道斯坦霍普、诺埃尔和哈里斯之流不会立此论据，告诉英国人民在践行仁慈的信条中他们已经远远沦落于中国之下吗？难道这一异教帝国对邪恶诱惑的起义不应该激起西方基督徒们的正义之战吗？我在中国的一位老朋友——熟悉我们英语的一位——说道：“我与不下百余人谈及这一毒物的使用，从未发现一位称其为好事的人，连缓辞批评的都没有。”就算所有被其毒害的受害人，也都未赞其用。在英国，有售鸦片许可的镀金豪华小酒店引诱每一位路人；而中国鸦片客满怀愧疚地向他常去的秘密场所。

据估计，现如今还残存有80000箱毒品。既有如此巨大之数目，遍布印度全境的罂粟种植应立即停止。被这一毒物所残害的农田应尽快恢复其用，才会滋养人类的性命、美德与幸福。

我们业已知晓，吸食这一毒品也已不知不觉地成为西方社会病态之人的日常习惯。（大不列颠国从1831年至1832年每年会消耗28000镑。）如果此味一旦传播开来，成为定式，再传至一两代之下，何时才能彻底根除？

不可否认，我们当今某些最重要的天意是由国家的品位所促成的。比如说，英国人与中国人已经历时弥久，因对茶味的钟爱而联系在一起。但也请铭记，有些天意正是运用这些特别的嗜好与某国交好，也为此与某国成仇。愿这样的恶报——恶味必有恶果，诱惑者终受惑——不会是西方国家与中国从商的结果。

我们承载着上帝的能量与真理，所以我们应为世界的和睦与自由加快努力；但这样的时代应是同步的，“国与国之间不再兵戎相见，从此再无战事”。

我是，亲爱的先生

永远最真诚的

C. W. 金

*

突然有一天就全都结束了。屏障都取消了，新中华和老中华大街上的店铺也都拉开了大门和橱窗。

但是现在的番鬼城几乎都荒芜了，只有那十六个不准离开的洋商留在这里，还有他们手下的一些仆人。

在那些被遗弃的、空荡的洋行里，最后那段时间的扣押是对所有留下的洋商的一种审判；当阿差行得知鸦片都已上缴完成，他们都可以离开的时候，大家全都松了一口气。

在离开前的那一天，尼尔最后一次看了一圈这个飞地，和阿莎大姐告别，和那些随从们又互相客气了一番，有些已经成了他的好朋友。他的最后一站是印刷店：康普顿领他进了内院，叫人端上了茶和点心。他们又谈了谈那本还没写完的《注解读本》，接着康普顿递给他一个信封："最后一个东西给你，尼尔。是个礼物。"

"这是什么？"

"信。"

"但这是谁写的？谁是写信人？"

"信是林则徐写给英国女皇的。"

尼尔很惊讶："林大臣给维多利亚女皇写了信？"

"哈！已经翻译好打印出来。你可以回去看。"

"一定看，"尼尔说完站起来打算走了，"谢谢你，康普顿。多谢！"

不谢！

走到印刷店的门口，尼尔停了下来："听着，康普顿，有件事情我一直想要问你。"

"好，阿尼尔。什么事？"

"那天，你把我介绍给你的老师，常老师，你说了些我不大懂的话。"

"什么话？"

"你说你们已经掌握了巴拉姆老爷的一些事情——一些他做过的坏事，有他的责任。"

康普顿点了点头："是的。我们是从胡龙金口中得知的。你还记得吗？那个被处决的人？"

"记得。"

"在他死前，他很害怕，脸白嘴白，好像有鬼要抓他。他说了很多，啰啰唆唆。说了很多事。他说一开始是莫迪先生给了他鸦片——他因此干上这个行当。那时候莫迪先生在广州有个女人——胡龙金的姨妈。后来他跟她生了儿子，是不是？你知不知道这些，阿尼尔？"

"我听说过一些。继续。"

"那个男孩，他长大以后，想要找工作。胡龙金把他带到了澳门——带他入了个走私团伙。他跟他们干了几年，但后来惹了麻烦，就想跑了。他让他的父亲带他回父亲那国，但他父亲不同意，说只能让他待在这儿。后来他的情况就很糟。团伙老大要杀了他，所以他就跑路了，来到了广州，躲在他母亲那儿。团伙的人抓住胡龙金，他告诉他们，那男孩和他母亲，在船上。他们来抓他，他已经走了。只有他妈妈在。"

"然后呢？"

"然后他们就杀了她，把她扔在了船上。"

康普顿闭紧了嘴唇，摇了摇头："莫迪先生不好，他做了太多坏事。老老实实，你不应该给他干活儿。要紧——要小心，他身边所有亲密的人都因为他干的勾当而遭了殃。"

尼尔听了这话，没有做声。"也许你是对的，"他说道，"但是，康普顿，那些巴拉姆老爷身边亲密的人很少有人不爱戴他，这也是事实。我也不例外——因为我了解老爷，他有一颗慈悲慷慨的心。这让他和伯纳姆、颠地、弗都杰以及那些人都不一样。你记得我的话，那些人到最后不会损失什么。巴拉姆老爷肯定是最大的输家——而原因就是这个：他是个有心人。"

康普顿笑了："忠心耿耿的尼尔。是。是。"

"我们阿差都是忠心耿耿的人——这也许正是我们的大缺点。背弃那些给我们吃过盐的人，是一种罪。"

"是吗？"康普顿乐了，"那我下回一定给你吃些盐，尼尔。"

"不需要，"尼尔微微笑道，"我已经吃过你的盐了。"

康普顿笑着鞠了一躬。

再见，阿尼尔。再见康普顿。再见。

*

一直到了那天晚上晚些时候，等他把一切打包好了以后，尼尔才打开康普顿给他的信封。他把大臣给维多利亚女王的信读了好几遍，然后伸手取下一页他未编完的《注解读本》。他将它翻了过来，一时兴起把几个段落译成了孟加拉语。

举天下以为公；不可为利己以为害他人。普天之下，一视同仁：天贵命恶危。贵国远去两万里；但天道为你我共知，夷人与我无异；世间之人未有此盲，不知何为命何为亡、不知何为利何为伤。

我天朝四海之内皆一家；吾皇之善与天齐，恩泽万物。蛮夷偏远之地，惟吾皇扶绥中外。自广州港首开，商贾兴旺。百有二三十年之余，广州之地与海外船只相安宁静、日益富饶。

怎奈一党恶夷制售鸦片，引愚者自毁只为谋利。鸦片吸食之人为数曾少；而今此害已经流毒远广，深入膏肓。故此吾令对鸦片商及吸食者行以极刑，为终此毒。

此毒物为贵国统治之下一恶隅所产。产售并非贵国指使，贵国统下各邦也非尽产此毒，只此少数恶地。贵国于本邦厉行禁烟。足见已知其毒之剧。既贵国已免受其害，任侵别国企非错行？鸦片贩卖之人怎可为一己之利将此恶毒害于我民？若有他邦夷人至贵国，诱贵国之民购买吸食鸦片——贵国必恨而弃之。吾素闻贵国之君心存博爱，己所不欲，勿施于人。但望严禁鸦片吸食，鸦片销售，鸦片生产，是为贵也，此为清此恶毒之根本。若贵国不行移覆，继产继诱吾民购买，可见只惜己命，视他民为草芥，贪心恋利，伤及民命。此行必招人厌天谴。

*

不知是否有意为之，结果是把最后一批洋人带离至虎门的令船正好经过销毁鸦片的那片地。如果巴拉姆提前知道，他早就会把船舱的窗户关上，但还没等他闭上眼睛，那一幕就闯进了他的眼帘：上百号人全都拥在那里，搬着鸦片箱，倒入一个个大箱里。

他一看就知道他们在做什么：他半辈子的时间都在海上运送这些芒果木制成的箱子，离得多远他也能一下子认出。现在看着这些箱子，他想起自己在孟加拉湾遭遇的那场风暴，他为了这些宝贵的箱子如何不顾自己的性命；他想起自己奋斗数月才集满了最大的一批货，里面投入的还有很多他的希望。虽然他希望自己看不到这一幕，但目光却无法移开，他看着那些站在齐腰高的大箱子里的人、脚踩着鸦片，就好像被踩踏的是自己的身体，直到所有鸦片溶入水里，流入河中——就好像污水渠里淌出的黑水。

他的喉咙、头和胸都剧烈地疼起来，他想马上抽上一口大烟——但在这里是不可能的，因为下人都在左右。他要等到上了“安娜希塔”号，也就是他躺到床上开始漫长归途的时候。

直到半夜，船长套间里才终于只剩下他一人。他打开舱窗，锁上了门，然后点起了一管大烟。当他用力吸入的时候，手指抖得厉害。没过几秒钟，他的手就正常了，关节的肌肉也放松了下来。

那晚炎热无风，他已经脱下了长袍，但腰带和护腿也已经被汗水浸湿。他将这些也脱下，躺在床上只穿了内衣和内裤。

从舱窗望向外面，他能看到香港岛上荒凉的山脊和海角的轮廓从船上慢慢压下来，映在一片明亮的月光之下。“安娜希塔”号旁停满了船，有很多小船在一旁划来划去。他能听到船桨打水还有船娘的声音，有些在笑着，有些在吵着。她们的声音听上去很熟悉，好像是来自过去的一些回声，所以当听到有人叫他的名字，他一点儿也没觉得奇怪：“巴瑞先生！巴瑞先生！”

他来到舱窗前，看到一艘舢板船拉近，正停在“安娜希塔”号的船尾下。船的后面有个男孩，靠在摇橹上；他戴着一顶椎形遮阳帽，所以脸是在暗处。但巴拉姆听着他的声音却很真切，虽然他是轻声细语，生怕叫醒了船上的水手：“来啊，巴瑞先生。来。她在等你——在里面等你。”他指向舢板船被盖住的船身。

巴拉姆知道，船长套房的舱窗也可以用作逃生舷窗，为防止火灾或其他紧急情况。下面有一个玻璃口的盒子，里面是一把绳索做成的梯子。巴拉姆拿出了梯子，把小锚挂在了舱座上，然后另一边扔到了船外面。等那男孩抓住了下摆，巴拉姆就把穿着内裤的腿迈过了舱座，开始往下爬。他很小心地向下一级级爬着，留意着每一步。

“来啊，巴瑞先生。好啦！”

舢板船就在他的脚下，所以他松开了梯子，把它扔到了一边。

男孩指着舢板船的里面：“那里，巴瑞先生。她在那儿等着你。”

巴拉姆钻到竹篷下面，马上一只手就抚上了他赤裸的胸部。他立刻就感觉出那粗糙、长满老茧的手指。

“池梅?”他听到了她在咯咯地笑，就把手臂伸向了黑暗之中，“池梅！快来！”

事后，就像以前一样，他们爬到了船头。两人都趴在船上，看着水中月亮的倒影闪亮在河水上。那光很亮，反射过来的光都映到了她的脸上，她就好像在水下望上来，对着他微笑，用一根手指挑逗着他。

“来啊，巴瑞先生。来啊。好啦！”

他笑了：“是啊，池梅，我来了。到时候了。”

水里很温暖，就好像他们还在船上，躺在彼此的臂弯里。

*

那天一清早，波莱特刚刚像往常一样爬到岛上的山坡上，去那块费切尔租来种花草的地上去，就注意到一艘船上摇晃着的绳索。

那处地势很高，所以她能看到海峡的全景，所以每天早上，她爬到顶上之后，都会在树荫下坐一会儿，查查海湾里船只的数目，自己也缓一口气。

在先前的几个星期里，香港和九龙的海峡比以前都更加忙碌。很多英国船只都离开澳门，来到了这里；很多澳门的英国居民也都离开，搬到了这些停靠在此的船只上。结果就是，在香港岛的山峰和山脊的阴影下，有一大片船只组成的居住地；虽然这里的主体都是些外国船只，但很多船家都会聚在这里，为那些船只提供各种各样的服务，从洗衣到烧饭，一应俱全；有很多小船常常往返于此，贩卖些水果、蔬菜、肉、活鸡和其他吃的。

在这些形形色色的船只里，“安娜希塔”号以她那优美的轮廓和歪着的船帆而出众。波莱特和费切尔以前常去这岛上的东面去搜寻植物，那时他们总经过这艘船。每次经过的时候，“安娜希塔”号上站岗的印度水手总会朝他们挥手。

今天“安娜希塔”号的船尾朝向波莱特。所以那个绳梯吸引了她的注意：因为看上去非常奇怪——一艘落锚的船上的一个窗户处挂着一个绳梯，下面除了水什么也没有。她琢磨了一会儿，就没多想，忙乎照看自己的植物去了。

天气炎热潮湿，干了一个小时之后，她不得不休息一会儿。再次转向“安娜希塔”号，她看到那艘优美的三桅船上已是一团混乱：晃晃荡荡的绳梯被发现，拉了上去。水手们全都冲到了主甲板上，又是摇动信号，又是朝水面上拿着绳子大喊。

到了快中午的时候，波莱特该下去回到“雷德鲁斯”号的小舱船上，她发现从“安娜希塔”号上放下一艘小船，正朝着香港的方向划来。上面有十几个缠着头巾的人，大多数都是印度水手。他们都使劲地划着桨。

通往海滩的小路在山坡上曲曲折折。波莱特顺着山路走下去的时候，有几分钟是看不到那艘小船的。等她再看到它的时候，它已经停到了岸边：船上的人都跳了下来，往海滩上跑过来。他们显然是看到了什么东西，正朝那跑过去；她也看不清是什么，因为被一个船尾挡住了视线。

一分钟之后，就听到喊声回荡在山坡里。那声音几乎发狂，全都用失控的、尖厉的印度斯坦语喊着：这里！我们找到他了……

她加快了脚步，马上就看到了那伙人。他们都跪在一个裸着的尸体旁，那尸体显然是被冲上岸的；有些人在哭，有些人在用手掌狠狠地拍打着自己的前额。

其中有一位蓄着胡须、戴着头巾的人，一抬头看到了她。他的脸看上去并不熟悉，但是她从他那瞪大的双眼判断得出来，他一定认得她。他站起来朝她走了过来。

“兰伯特小姐？”他轻声地问道。

她马上认出了这个声音。她用孟加拉邦语问道：是你吗？“朱鹭”号上的？

是的，是我。

她看到他的脸上满是泪水。出什么事儿了？她问道，那人是谁？

你还记得阿发吗？“朱鹭”号上的？

她点了点头：是的。当然。

这是他的父亲。巴拉姆·莫迪老爷。

*

根据家族里的传说，尼尔获得了罗宾·钦纳里的信件，完全是意外。

故事是这样的，就在尼尔在克罗尔农场的小住快要结束的时候，他问自己能否到波莱特住过的地方住上几晚，那就在海边。这是一处锡顶的小棚屋，藏在椰子林里。房间里有四脚藤床，还有一张摇摇晃晃的书桌和一两把椅子，除了这些之外，屋里空空的。看不出波莱特曾在此住过，但却有这样一种感觉，好像总有人在你的身后盯着你看，尼尔感觉这里有些她的东西在直瞪着他的脸。他跪倒在地，在地砖上爬来爬去；他摸了摸墙面；他又跑到屋外，把旁边的沙地翻了个遍，想要找到一两株可能是她栽的小树或是小花。但是除了椰子和海葡萄，他什么也没有找到。

一番折腾之后，尼尔更加确信波莱特的东西就藏在明处：那会是什么？藏在哪儿呢？这想法一直萦绕在他的脑海里，他根本睡不着觉。到了晚上，他把枕头推下了藤床：这时他发现床垫上有一处隆起——下面藏了东西。他点起油灯，把床垫拽了下来。下面有一包油布包裹着的东西。他解开皮绳，缓慢地打开了油布。

里面有一叠纸。最上面一张已经因为时日泛了黄，上面写满了字——大大、浮夸的斜体字，已经有些褪色了。

尼尔把油灯拿近了些，开始读了起来。

*

澳门伊格纳西奥教堂街8号

1839年7月6日

我最爱的帕格里女皇，你无法想象收到你最近一封信，我有多么的开心。这让我长久以来有了些许的喜悦。得知对扎卡里的指控已经全部撤销，而且他正赶往中国，没有比这更让人激动的了！

我是真的为你感到高兴，帕格里亲爱的，我渴盼着更好、更令人欣喜的消息——可以让我管你叫“帕格里大姐”的消息！——我确实盼望可以很快收到这个消息，因为这也许是这几个星期中唯一一件能驱散我心头乌云的美事。

澳门根本不适合我，我发现——也许我只是不喜欢住在我叔叔家。但是不对——把自己的愁苦怪罪到澳门或是我“叔叔”或是他的房间，这都是不对的。事实是，我实在太想念广东了：广场、洋行、新豆栏街、老中华大街、林呱的店——其实最想念的还是贾呱。我唯一的慰藉是知道他也在想着我。我得知此事是因为几周前他给我邮来的礼物：枣子和蜜饯，就像以前一样，但是却用很奇怪的东西包裹着——这块丝绸，仔细一看，竟是从他的衣服上剪下来的衣袖！里面也没有信，这是当然——因为我们都不会写彼此的语言，所以我也没指望收到他的书信。但是我对这块丝绸非常感兴趣：是为了让我保存，我自问，还是说这里有什么隐秘的信息？我越琢磨，越觉得第二种可能性大，所以决定去找我叔叔的中国助手问个究竟。他们的反应即刻印证了我的怀疑——他们咯咯笑着，窃窃私语，红了脸不肯告诉我这是什么意思。我不得不用尽贿赂企求之法，想问出其中的典故：原来在很久之前，有一位皇帝，他和自己的密友感情很深，有一次密友靠在他的手臂上睡着了，为了不打扰他休息，他竟然把自己那无价的衣袖剪了下来！

这难道不是最感人的故事吗？得知此典故我本应心生欢喜，但我承认，这却让我心情更加抑郁：如果说之前我对广州只是想念，此事一过，我对那里渴盼有加，却心生绝望，因为知道此生再不可得见。

因为一直郁郁寡欢，我开始经常做噩梦：第一次是从那晚刮起可怕的风暴开始，大约半个月前——你应该也记得，我知道，因为“雷德鲁斯”号肯定也是异常颠簸。

在那个漫漫、恐怖的夜晚，当暴风有些弱下来之后，我闭上了眼睛，感觉自己又回到了广州——但是却发现它又发生了暴乱，就像十二月十二日那次，但比那要糟糕得多。

城里发生了可怕的事情，有一大群暴民涌入了番鬼城；这次没有部队来维持秩序，人群誓要毁灭这里。我看到有人举着火把冲到广场，冲进洋行把石梯都点上了火。我从自己的房间逃走，沿着城墙跑到了镇海楼。从楼上可以看到河上也已是一条火龙，洋行全都着起火来，整整烧了一晚。等到早上太阳升起，我看到番鬼城已化为灰烬，全没了，所有一切都消失了——马克威克酒店和林呱的店、新豆栏街的酒楼和广场的旗杆。所有的一切都被卷走，原来的地方只留下一堆灰烬……

我满脑子都是这些场景，帕格里亲爱的，我几乎每晚都会梦到。有时连醒着的时候，都挥不去眼前这些景象。所以我只能把这些画下来，已经画好了几幅——我会随信送给你一幅。

我本来想亲自给你送去，帕格里亲爱的，但我现在实在是备受打击，连这么近的距离都不想去。我们钦纳里人一直是这样，你也知道——开心的时候乐得飞上天，但不开心的时候，就落入了深谷之中。现在的我就是这样，帕格里亲爱的。

我好妒忌你的幸福，我最甜美的帕格里女皇，但不是那种觊觎的感觉。我为你感到高兴，只希望可以分享你的幸福……但是，我可不想你快乐得忘记了你可怜的罗宾。

*

尼尔彻夜未眠，一直读到了天亮，等迪提来到小棚屋，他把这个包递给了她。因为她从来没有读过书，所以对那些信并不感兴趣。可他在包里找到的画却一下子吸引了她的注意——尤其是那幅番鬼城一片火海的画。

这是哪里？她问道，在什么地方？

这就是你常常听说的那个地方，尼尔说道，卡鲁阿和你的哥哥克斯里·辛在打仗的时候都在那里——他们一定跟你提过。还有乔都——和波莱特。

哈！是不是叫广州？

对。英语叫广州。

为什么着火了？

这事有些奇怪……

尼尔把画转了过来，指着最右下角，那里用很小的字母写着“E. 钦纳里，1839 年 7 月”。

你看，他说道，这个画家——波莱特的朋友罗宾·钦纳里——写下的日期是 1839 年 7 月，但是十三洋行被毁是在那十七年之后才发生的。罗宾只是在梦里见到的这一切。

那这地方已经不复存在了？

尼尔表示肯定。是的。已经烧成了灰烬。那是在战争中的一个夜里，广州城被英国和法国的战船一番狂轰滥炸。城里人看到洋行是城里唯一没有受损的地方，顿时变得十分愤怒。暴民点火烧毁了所有洋行，全都化为灰烬，再没有重建起来。

你后来回去过没有?

尼尔点了点头。我最后一次去，那离我第一次到广州已经过去了三十年。变得已经认不出来了。以前广场的地方已经一片荒芜，洋行全都不在了——连块砖都找不到了。新的飞地就建在旁边，是一块后期填出的泥地。那里叫沙面岛，欧洲人建起的房子和之前的十三洋行没有一处相似。新的飞地的氛围也与旧的番鬼城格格不入。这其实是那种英国人随处爱建的典型的“白城”——完全与其他的城池相隔离，除了仆人，很少有中国人可以获准进入。街道干净，落满树叶，楼房就像里面住的人一样古板乏味。可是那些平和的正面背后，洋人却从印度进口着比以往更多的鸦片——在战争胜利之后，英国迅速中止了中国想要禁止这一毒品的努力。

我憎恨沙面岛上那些呆板的欧洲建筑，一本正经的正面，却有着贪婪食人的门楣：这个新建的飞地就像是邪恶势力建起的纪念碑，用来庆祝他们在历史上取得了凯旋。我真不愿在此久留：这与我记忆中的广州相去甚远，使我不禁怀疑自己的回忆是否只是一场梦。可我走到了十三行大街，那是番鬼城里唯一残存的部分。那里还有些店在售卖旧画，其中有一幅画着广场和十三洋行……

尼尔低头看着罗宾的画，喉咙一紧。

这幅画的价格远非我能承担，他说道，但是我还是买下了它。我知道，如果没有这些画，没有人会相信，这世上曾有过这样的一个地方。

鸣谢

此本小说谨遵尼尔建议，参照《中国丛报》和《广州纪录报》内容（此时期的报道内容为约翰·施赖德主编）。除这两份报纸，小说情节主要来自与尼尔几乎同时期居住或来访广州的人所写以及所收集的书、回忆录、文件、游记及单词表，这些人有：大卫·阿比尔、科林·坎贝尔、C.图古德·唐宁、罗伯特·义律上校、爱弥儿·D.福尔盖、付沈（音译）、托马斯·卡迪内、亨利·格里布尔、郭士立①、威廉·C.亨特、J·约翰森、威廉·克肖、查尔斯·W.金、W.罗存德②、安德斯·龙思泰爵士③、吉迪恩·奈④、塞缪尔·肖、乔治·史密斯、拉塞尔·斯特奇斯、哈丽特·罗⑤、威廉·亨利·罗⑥以及游历很广的布鲁克林一家中的其他几位成员。

尼尔是一位热衷收藏文件的人，尤其是与他在中国时期经历相关的各

---

① 郭士立（Karl Friedrich August Gützlaff，1803—1851，英文名 Charles Gutzlaff），自称郭实猎、郭士立，又被译为郭实腊，是普鲁士来华新教传教士，曾任香港英治时期的高级官员抚华道。

② 罗存德（Wilhelm Lobschei，1822—1893），来华传教士，曾经编纂过《英华字典》。

③ 安德斯·龙思泰爵士（Sir Anders Ljungstedt，1759—1835.11.10），瑞典商人、历史学家。1815年到瑞典东印度公司工作，在澳门度过余生。致力研究澳门葡人移民史及天主教来华史，写成了第一本英文澳门史。

④ 吉迪恩·奈（Gideon Nye，1812—1888），美国外交家、艺术品收藏家、商人。

⑤ 哈丽特·罗（Harriet Low Hillard，1809—1877），美国女作家、日记作家。1829—1833 年她居住于澳门。

⑥ 威廉·亨利·罗（William Henry Low），哈丽特·罗的叔叔。曾在广州为旗昌洋行从事一些生意管理事宜。

种文件。他收集的文件被收录在议会文件中，比如《英国议会上议院会议文件，1840 年，第八卷，与中国相关书信往来》（应女王陛下要求递交英国议会上下议院，T · R. 哈里森印刷，伦敦，1840 年）；另有其他相关的文件集，如《英国国民在广州视为公众服务之上交义律上校鸦片索赔清单》（伦敦，1840 年）。还包括一些中国官方文件的纲要，如《说明目前中国事态的中国国家文件真件合集》，为 J · 刘易斯 · 沙克编辑（澳门，1840 年）。

尼尔的收藏足以证明他兴趣广泛。比如其中包括一些有关自然史著作，如卡斯伯特 · 克林伍德的《一位博物学家漫步在中国海周围的海岸与水域》（约翰 · 默里出版社，伦敦，1868 年）；几部论园艺的著作，如 J · C. 劳登的权威著作《园艺大百科》、《园艺学、花艺、树艺学及庭园学的理论与实践》，其中包括《最新理论改进》、《各国园艺通史及当前发展的统计学研究》（朗文出版社等，伦敦，1824 年），威廉 · 钱伯斯爵士的开山之作《论东方园艺，并附录与泉州府谭池呱先生的对话》（伦敦，1773 年）。

尼尔实为幸运，他竟获得一部启发他去往大尼克巴岛的书：约翰 · 戈特弗里德 · 亨泽尔的《尼克巴岛的来信》（伦敦，1812 年）。但他却一直未获得以利亚 · C. 布里奇曼的《广东方言中文对照本》（S · W. 威廉姆斯，澳门，1841 年）。他最终放弃了出版自己编撰的《天朝对照本》，将自己的著作内容改往了完全不同的一个方向（部分内容可在某些网站上查到，如 www.amitavghosh.com）。

本书中人物所讲的话大多为本人原话。约翰 · 施赖德的一些演讲改编自其发表在《广州纪录报》上的评论和文章；查尔斯 · 金的话也多改编自《广州纪录报》上的报道以及他自己的著作，最著名的为《鸦片危机：写给查尔斯 · 义律先生的一封信》（伦敦，1839 年）。还有丁亚 · 弗都杰、威廉 · 渣甸、查尔斯 · W. 金，以及 H · H. 林赛等的演讲也都改编自相应出版的文本。

中国官员的法令及布告所引（包括林大臣）多摘自发表于同一时期的《中国丛报》、《广州纪录报》、《说明目前中国事态的中国国家文件真件合集》以及《与中国相关书信往来合集》中的英译文。林大臣谕维多利亚女皇的信，我采用了尼尔的孟加拉邦语的译本，另一部分参照的是 W·C. 亨特的译文；但绝大部分都摘自阿瑟·韦利在《中国人眼中的鸦片战争》中优美的英译本（斯坦福大学出版社，1968 年）。

除了尼尔的藏书之外，我还参考了众多当代及现代学者和历史学家的著作。在此将所有书籍、文章及论文一一枚举不尽可能，但若不将谢意表达实为疏忽，以下各位的著作对我辅助很大：E·N. 安德森、罗伯特·安东尼、S·F. 巴尔弗、杰克·比钦、大卫·贝罗、亨利以及西德尼·贝里-西尔、金斯利·波尔顿，J·M. 布拉加、露西尔·布罗克韦、安妮·布利、张馨系、吉迪恩·陈、Weng Eang Cheong、柯律格、艾丽丝·科茨、帕特里克·康纳、A·H. 克鲁克、卡尔·L. 克罗斯曼、斯蒂芬·道布斯、雅克·M. 唐斯、沃尔弗拉姆·埃伯哈德、马克·埃尔文、范发迪、阿马尔·法鲁奇、皮特·瓦德·菲、R·W. 费里尔、S·N. 嘎杰拉嘎德卡、瓦莱丽·M. 加耐特、约翰·加斯科因、L. 吉布斯、巴赛尔·格林西尔、马丁·格里高尔、玛丽和约翰·格里宾、阿玛兰度·古哈、郭德燕（音译）、G·A·C. 赫克洛茨、A·P. 西尔、韩献博、Ke-en Ho，楠·鲍威尔·霍奇斯、A·W. 赫梅尔、罗宾·赫奇恩、克里斯托夫·赫顿、格拉姆·E. 约翰森、罗塞尔·琼斯、门耐克·弗都杰·坎嘎、法兰克·克尔、麦琪·凯斯威克、简·奇尔帕特里克、保罗·克里瓦杰克、罗伊·兰卡斯特、丹尼尔·欧文·拉金、托马斯·N. 雷顿、刘之为（音译）、何西阿·巴卢·摩丝、H. 勒·鲁格特尔、埃尔玛·洛因斯、大卫·R. 麦克格里格、乔伊斯·麦当赛、皮埃尔-伊夫·曼盖、约翰·麦克科伊、威尔逊·麦纳德、埃里克·穆埃格、Yong Sang Ng，E·H. 帕克、格兰·D. 皮特逊、詹姆斯·邓肯·菲利浦斯、比海提·米诺契尔·N. 彭多尔·萨伊伯、皮特·拉比、德斯蒙德·雷、H·E. 里查逊、石定栩、阿斯亚·斯蒂奇、萧凤霞、安东尼·泽维尔·索尔斯、谭崇义、麦德哈维·谈彼、阿德利安·P. 托马斯、G·R. 蒂拜茨、G·H·R. 蒂洛森、祖运辉、皮特·瓦尔德、保罗·A. 范·戴克、阿瑟·韦利、芭芭拉·E. 瓦德、鲁比·S. 华生、泰勒·惠特尔、G·R. 伍斯特、吴景超和刘瑜（音译）。

至于有关考查一些事实及语言的细节，比如说搜寻资料等方面的帮助，我要由衷感谢罗伯特·安东尼、陈炳耀、阿马尔·法鲁奇、阿堤什·高希、郭国良、阿素托史·库马尔、刘佳静、吕明、麦加·玛佳姆达、西塞尔·品托、拉胡尔·斯里瓦斯塔瓦、余慕莲、许素细，尤其要感谢金斯利·波尔顿和罗伯特·麦凯布。在这里我还要向舍奈·伊塔利阿、弗兰尼·高台吉以及他们的家人们表示我最深切的谢意。

如果没有我的经纪人巴尼·卡普芬格以及英国出版商及编辑罗兰·菲利普斯的鼎力支持，这次漫长的溯流而上的航程将会异常艰辛。如果没有我的妻子以及我的第一位读者黛比，这艘船必然会搁浅；如果没有我的孩子莱拉和纳扬，这艘船一定会偏离它既有的航线。是我的母亲安佳丽·高希教会了我如何阅读——如果没有她，我根本不会开启这一航程。